KB067801

文人畵 畵題集

菊堂題

裵敬奭 編著

書报文人畵

題字　菊堂　趙盛周

序　言

　　오늘날 물질문명의 첨단을 걷고 있는데 반해 정신적으로 몹시 황폐되어 가는 면이 없지 않다. 자기의 심성을 올바르게 다스리고 돌아보며 성찰할 시간은 부족한 편이다. 오랫동안 우리의 곁에서 함께하며 정신세계를 살찌운 그림과 글씨의 예술은 우리들의 삶의 품격을 높여주고 맑게 해 준 좋은 벗이었다. 선비의 고고한 정신세계와 예술세계를 면면히 이어받은 우리들은 이를 통해서 맑은 영혼을 일깨우는 지혜로운 친구로 벗 삼아야 할 것이다.

　　겨울을 이겨내고 봄을 기다리는 매화의 높은 품격과, 세속을 물리치는 난초의 맑고 향기로움, 늦가을 국화의 고운 빛깔, 변함없는 대나무의 절개와 지조는 그 자태와 향기 그 정신 모두가 군자의 인품을 상징하기에 우리 모두 닮고자 하여 그려서 간직하려 함이 아니겠는가.

　　근간에 문인화에 대한 관심이 매우 높아지는 실정이다. 그러나 그리고 난 후에 마땅한 화제를 自作할 수 없을 때는 적당한 시를 고르기는 쉽지 않아 불편하여 난감할 경우도 종종 있다. 얼마 전 공부를 하면서 우리나라와 중국의 한시 중에서 문인화 화제에 적합한 시들을 가려 정리해 놓은 적이 있었다. 이 한 권의 책으로 그 좋은 시들을 다 담을 수는 없겠으나 그 가운데에서 다시 가려서 실었다. 가끔씩 참고할 수 있는 도움되는 책이 되길 간절히 바랄 뿐이다. 방대한 양의 시를 최소화하여 실었기에 내용이 미흡하고 다소 해석의 부족함이 많이 드러나리라 여겨 부끄러우나 선배 제현들의 너그러운 양해를 구하며 더욱 수정보완해 나갈 생각이다.

　　모양과 기교보다는 氣韻과 精神에 치중하는 높은 人品과 志操를 지니는 향기나는 우리들이 되기를 기원하며, 이 책이 나오기까지 도와주시고 격려해 주신 菊堂 趙盛周 선생님과 文鄕墨緣會, 學而同人 동학들께 감사드린다.

2008년 1월 25일

撫古齋에서 裵敬奭 謹識

目次

目次

植物類〈꽃, 나무종류〉

梅花 〈매화〉

- 寒香 : 청한한 향기
- 鐵幹 : 매화의 굳센 가지
- 寒心 : 청한한 마음씨
- 花魁 : 꽃 중의 으뜸이라
- 瓊姿 : 옥 같은 자태
- 孤芳 : 홀로 피는 꽃
- 孤艶 : 홀로 아름다워라
- 凌寒 : 추위를 이김
- 雪骨 : 눈 속의 뼈대
- 素艶 : 희고 고움
- 識春 : 봄을 알도다
- 淸客 : 청아한 손님이라
- 淸友 : 맑은 벗
- 香雪 : 향기 나는 눈이로다

- 一枝春 : 한 줄기의 봄
- 白玉條 : 흰 옥 같은 가지
- 君子香 : 군자의 향기로다
- 水玉質 : 빙옥의 자질
- 耐凍枝 : 얼음을 견디는 가지
- 傲歲寒 : 겨울 추위에 꿋꿋함
- 雪爲友 : 눈과 벗함

- 玉骨貞魂 : 옥 같은 뼈 곧은 혼
- 苦節寒心 : 괴로운 절개와 청한한 마음씨

- 香魂玉骨 : 향기로운 혼과 옥 같은 뼈
- 氷肌雪色 : 얼음 같은 살결 눈같이 고운 빛
- 玉骨氷魂 : 옥 같은 뼈 얼음 같은 혼
- 雪裏開花 : 눈 속에서 꽃이 피네
- 孤芳皎潔 : 고고한 향기 희고도 정결해
- 暗香浮動 : 은은한 향기 떠다니며 진동하네
- 高士美人 : 격조 높은 선비요 아름다운 여인이라
- 君子之交 : 군자의 사귐이라
- 冷香寒玉 : 서늘한 향기에 차가운 옥 같네
- 帶雪迎春 : 눈 속에서 봄을 맞이하네
- 萬古淸香 : 만고에 맑고 향기롭네
- 萬玉玲瓏 : 일만 개의 옥구슬이 영롱하구나
- 芳信先傳 : 꽃 소식을 먼저 전하는 매화
- 氷肌玉骨 : 얼음 살결에 옥 같은 뼈대
- 氷花如玉 : 찬 꽃이 옥 같아라
- 雪裏吟香 : 눈 속에서 향을 읊조리네
- 素艶芳馨 : 희고 어여쁜데 아름다운 향기나네
- 疎影橫斜 : 성근 그림자 가로 비껴 비추네
- 暗香疎影 : 그윽한 향기에 성근 그림자
- 與雪共春 : 눈과 더불어 봄을 함께하네
- 如雪似氷 : 눈 같고 얼음 같다
- 艶態淸香 : 고운 자태, 맑은 향기
- 一枝春信 : 일찍 봄소식을 알리는 매화
- 淸標幽趣 : 청아한 품격 그윽한 정취
- 淸香滿枝 : 맑은 향기 가지에 가득하네
- 寒骨淸珍 : 추위 속의 줄기가 맑고 보배롭네
- 寒不改香 : 추위에도 향을 바꾸지 않네

- 香魂入夢 : 매화 향기 꿈속에 들어오네
- 橫枝綴玉 : 뻗은 가지에 옥이 묶여 있네
- 早傳春信 : 일찍이 봄소식 전해주네

- 梅花如高人 : 매화는 고상한 사람 같네
- 能先天下春 : 천하의 봄 가장 먼저누리네
- 凌寒獨自開 : 추위 업신여기고 홀로 꽃 피웠네
- 幻出氷雪姿 : 찬 눈 같은 자태 환상처럼 피어오르네
- 梅花含玉白 : 매화 옥같은 하얀 빛 머금었네
- 溫溫人似玉 : 따스한 성품의 옥같이 귀한 사람
- 江路野梅香 : 강변길 들판의 매화 향기롭네
- 春近有梅知 : 봄이 가까워짐을 매화는 알고 있네
- 寒香知是梅 : 차가운 향기로 매화인 줄 알겠네
- 溪梅作小春 : 시냇가의 매화 작은 봄을 이루었네
- 老梅寒自開 : 늙은 매화가 추위 속에서 스스로 피어나네
- 弄花香滿衣 : 꽃을 희롱하니 그 향기 옷에 가득하네
- 凌寒一枝春 : 추위를 견디니 매화 한 가지에 봄이 왔네
- 梅發雪盈樹 : 매화가 피어나니 눈이 나무에 가득한 듯
- 梅邊有別春 : 매화 주위에 특별한 봄이 있네
- 梅綻香風遠 : 매화가 터져 향기로운 바람이 멀리 가네
- 瓶梅落硯池 : 병에 꽂은 매화꽃이 벼루 위에 떨어지네
- 疎雪亂梅花 : 성근 눈 속에 매화 어지럽네
- 餘香千載淸 : 남은 매화 향기 영원히 맑으리
- 玉蕊明朝暾 : 옥 같은 매화꽃 아침에 밝히네
- 淸氣滿乾坤 : 맑은 기운이 온 천지에 가득하네
- 春色上寒枝 : 봄빛이 차가운 가지 위로 올랐네
- 春風暗通梅 : 봄바람이 그윽이 매화 향기 전하네

- 寒風送夜香 : 차가운 바람이 밤의 향기를 날리네
- 香中別有韻 : 향기 속에 특별한 운치가 있네
- 野梅隨處發 : 매화꽃 곳곳에 피어나도다

▪ 大枝蟠屈小枝紝

큰 가지 서리 굽고 작은 가지 얽혀 있네

[출전] 梅月堂 金時習의 探梅

　　　蟠 서릴반, 屈 굽을굴, 紝 동여맬규

▪ 花時高格透群芳

꽃필 때의 높은 품격 여러 꽃 중에서 빼어나네

[출전] 梅月堂 金時習의 探梅

　　　透 뚫을투, 群 무리군, 芳 꽃다울방

▪ 剩分淸氣入詩脾

맑은 기운 나눠옴에 시상 얼른 찾아든다

[출전] 四佳 徐居正의 梅窓素月

　　　剩 남을잉, 脾 비위비

▪ 一枝橫窓綴素紗

창을 지른 매화가지 흰 비단을 짜놓은 듯

[출전] 太虛亭 崔恒의 梅窓素月

　　　橫 가로횡, 綴 묶을철, 紗 흰깁사

▪ 香肌瘦盡玉生寒

향기로운 살결 다 야위어 옥결처럼 싸늘히 생겨나네

[출전] 退溪 李滉의 題畵梅

肌 살갗기, 瘦 파리할수, 盡 다할진

▪ 娟姸綽約玉仙姿

의젓하고 아름다운 백옥의 신선 같은 자태여

[출전] 惕若齋 金九容의 畵梅

娟 예쁠연, 姸 고울연, 綽約(작약) 얌전하고 정숙한 모양

▪ 玉骨氷魂別樣春

옥 같은 뼈 차가운 혼 특별한 모습의 꽃이라

[출전] 退溪 李滉의 梅花

魂 넋혼, 樣 모양양

▪ 剪氷裁玉歲寒姿

얼음 자르고 옥 다듬은 추운 겨울의 자태여

[출전] 退溪 李滉의 梅花

剪 자를전, 裁 자를재, 姿 자태자

▪ 雪中標格自然高

눈 속에서 닦은 품격 스스로 높아라

[출전] 陶庵 李縡의 梅花 下又賦

標 표적표, 然 그럴연

▪ 漸看蓓蕾吐明珠

꽃봉오리 보노라니 밝은 구슬 토해내네

[출전] 童士 尹舜擧의 揷梅

漸 점점점, 蓓蕾(배뢰) : 꽃봉오리

▪ 嫣然雪裏回春色

눈 속에서 생긋 웃으니 봄빛 돌아온 듯하네

[출전] 童士 尹舜擧의 揷梅

嫣 방긋웃을언, 裏 속리, 色 빛색

▪ 天然淡泊孤高性

천성이 담박하여 고고한 성품일세

[출전] 紫霞 申緯의 野梅

淡泊(담박) : 맑음, 孤 외로울고

▪ 梅雖地卉生態潔

매화 비록 땅에서 자라지만 자태는 고결하네

[출전] 紫霞 申緯의 雪梅

雖 비록수, 卉 풀훼, 態 모양태, 潔 정결할결

▪ 數枝墻角被春催

울타리 모퉁이 몇몇 가지 봄 오기를 재촉 당하네

[출전] 訥齋 朴增榮의 題玉堂雪中梅

數 몇수, 墻 담장, 被 입을피, 催 재촉할최

▪ 氷肌雪色夢娟娟

얼음 같은 살결 눈같이 고운 빛 어여쁘게 꿈꾸네

[출전] 退溪 李滉의 溪齋夜起對月詠梅

夢 꿈몽, 娟 예쁠연

▪ 香度前林色映橋

향기는 앞 수풀에 퍼지고 꽃빛은 다리에 비치네

[출전] 退溪 李滉의 梅花
      香 향기향, 映 비칠영, 橋 다리교

· 縞袂靑裙月下遊

흰 소매 푸른 바지로 달 아래 노닌다.

[출전] 稼亭 李穀의 梅花
      縞 흰비단호, 袂 소매몌, 裙 바지군

· 梅花春色弄微和

매화 봄빛 희미하고 온화하게 흔드네

[출전] 蘇東坡의 梅花詩
      弄 희롱할농, 微 희미할미

· 暗香浮動月黃昏

달빛 어두울 때 어둔 향기 떠다니며 진동하네

[출전] 林逋의 山園小梅二首
      浮 뜰부, 動 움직일동, 昏 저물혼

· 梅花落處疑殘雪

매화 떨어진 곳 눈 쌓인 곳인가 의심하네

[출전] 杜審言 詩句
      處 곳처, 疑 의심할의, 殘 남을잔

· 梅花未動意先香

매화꽃 피지 않아도 뜻이 먼저 향기 뿜네

[출전] 薛嵎 詩句
      動 움직일동, 先 먼저선

▪ 春到梅邊第一風

봄에 매화 이르는 곳 제일 먼저 바람 부네

[출전] 道原 金涓 詩句

邊 가변, 第 차례제, 風 바람풍

▪ 梅花遶屋香成海

매화 온 집안 둘렀으니 향기가 바다를 이루네

[출전] 袁枚 詩句

遶 두를요, 屋 집옥

▪ 園梅拆甲迎春笑

정원의 매화 껍질을 터뜨리고 봄 맞아 웃고 있네

[출전] 金立之 詩句

園 동산원, 拆 터질탁, 笑 웃을소

▪ 梅花隔水香撩客

매화는 물 건너에서 향기를 객에게 전해주네

[출전] 韓仲正 詩句

隔 떨어질격, 撩 전할료

▪ 梅含春意雪殘時

눈 남아 있을 때 매화는 봄뜻을 품고 있네

[출전] 王平甫 詩句

含 머금을 함, 殘 남을잔

▪ 愛梅自古屬詩人

매화를 사랑함은 예로부터 시인에 속하노라

屬 속할속, 詩 글시

凌霜傲雪歲寒操

서리를 능멸하고 눈에 오만한 찬 지조로다

凌 능멸할릉, 傲 업신여길오, 寒 찰한, 操 지조조

枝繞春風降雪香

가지에 봄바람 둘렀으니 내리는 눈도 향기롭네

繞 두를요, 降 내릴강

一枝梅動已催春

매화 한 가지 피어나 이미 이른 봄 재촉하네

動 움직일동, 催 재촉할최

春近野梅香欲動

봄 가까워 들매화 향기 뿜으려 하도다

野 들야, 欲 하고자할욕

梅花枝上春如海

매화가지 위에 봄소식 바다 같네

枝 가지지, 如 같을여

半窓明月數株梅

창밖에 밝은 달 두서너 그루 매화나무

數 셈수, 窓 창창

· **氷肌玉骨不知寒**

　　얼음 같은 살결 옥 같은 골격으로 추위를 모르네

　　　肌 살갗기, 寒 찰한

· **雪裏梅花帶雪姸**

　　눈 속의 매화꽃이 눈에 띠어 곱게 피었네

　　　裏 속리, 帶 띠대

· **玉雪爲骨氷爲魂**

　　백옥과 눈으로 뼈를 삼고 얼음으로 혼을 삼네

　　　爲 하위, 魂 넋혼

· **一枝梅花和雪香**

　　한 가지 매화 눈 속에서 향기 머금었네

　　　雪 눈설, 香 향기향

· **梅經寒苦發淸香**

　　매화 추위 고통 지나고 맑은 향기 토하네

　　　經 지날경, 發 발할발, 淸 맑을청

· **鏤玉製衣裳**　　옥을 새겨 옷을 짓고

　啜氷養性靈　　얼음 마셔 성령을 기르네

[출전]　三峯 鄭道傳의 詠梅

　　　鏤 새길루, 製 지을제, 裳 치마상, 啜 마실철, 養 기를양, 靈 신령령

· **梅花莫嫌小**　　매화 작다고 탓하지 마소

花小風味長　꽃 작아도 그 풍미 으뜸이라

[출전]　板谷 成允諧의 詠梅
　　　　莫 말막, 嫌 싫어할혐, 味 맛미

- **野梅隨處發**　매화꽃 곳곳에 피었는데

魂斷暗香中　애끓는 혼백 그윽한 향기 속에 있네

[출전]　靑蓮 李後白의 偶吟
　　　　隨 따를수, 魂 넋혼, 斷 끊을단

- **君家好梅樹**　그대 집 고운 매화나무에

發興聊有自　애오라지 스스로 흥겨움 일어나도다

[출전]　三淵 金昌翁의 梅
　　　　發 필발, 興 흥할흥, 聊 애오라지료

- **異色深宜曉**　기이한 빛 의연히 아침은 깊고

生香故觸人　향기 내어 사람들 코를 찌르네

[출전]　陳師道의 臘梅
　　　　異 기이할이, 曉 아침효, 觸 접촉할촉

- **皎潔天邊影**　희고도 정결한 하늘가의 달님

淙濛樹上馨　가는 비같이 살랑대며 나무위에 향기 날리네

[출전]　乖厓 金守溫의 梅窓素月
　　　　潔 맑을결, 淙濛(공몽) : 가는 비

- **白白紛瓊屑**　새하얗게 날리니 옥가루요

盈盈糝粟糜　질펀하게 깔리는 싸라기같네

[출전] 乖厓 金守溫의 梅窓素月
　　　　紛 어지러울분, 瓊 구슬경, 盈 찰영, 粟 조속,
　　　　糜 싸라기미, 糝 쌀가루삼

▪ **數枝疎影苦** 두어 가지 성긴 그림자 괴로운데
　老樹半身枯 늙은 나무는 반쯤 말라 비틀어졌네
[출전] 蓀谷 李達의 東閣尋梅
　　　　疎 성길소, 樹 나무수

▪ **自晦追前哲** 스스로 감추어 옛 성현 따르고
　同塵避俗猜 티끌 속에 함께 묻혀 속세시샘 피하네
[출전] 孤山 尹善道의 墨梅
　　　　晦 어둘회, 哲 뛰어날철, 塵 티끌진, 猜 시샘할시

▪ **亭亭耐霜雪** 꼿꼿한 모습으로 눈, 서리 견디면서
　澹澹出塵埃 맑고 고요하게 티끌먼지 벗어났네
[출전] 茶山 丁若鏞의 賦得堂前紅梅
　　　　亭亭(정정) : 꼿꼿히 곧은 모양, 耐 견딜내,
　　　　澹 담백할담, 埃 먼지애

▪ **老樹有餘韻** 늙은 매화나무 여운이 남아있고
　別花無此姿 뛰어난 어떤 꽃도 이 같은 자태 없으리
[출전] 張道治 詩句
　　　　餘 남을여, 韻 운치운, 姿 자태자

▪ **清光入空查** 밝은빛 등걸에 비쳐 들어오니

似績殘花發　이어서 남은 꽃들 다시 피려나

[출전]　楚亭 朴齊家 詩句

　　　　査 등걸사, 績 길쌈할적, 發 필발

· **不知梅蘂上**　매화꽃 봉우리 어느 곳에서

何處得春來　봄이 오는지는 알 수 없어라

[출전]　芝峯 李睟光 詩句

　　　　蘂 꽃술예, 處 곳처

· **何處春生早**　어느 곳에 봄 일찍 이르나

春生梅援中　봄은 매화가지에서 생겨난다

[출전]　元稹의 生春

· **迢遙閬苑境**　아득히 먼 신선의 세계에

婷約藐姑眞　막고산의 아리따운 신선이여

[출전]　退溪 李滉의 雪月中 賞梅韻

　　　　招遙(초요) : 아득히 먼 것

　　　　閬 대문랑, 婷約(작약) : 아리따운 모습

　　　　藐姑眞(막고진) : 막고 신선, 북해에 산다는 신선

· **孤芳忌皎潔**　외로운 꽃 희고 깨끗함 시기당하나

氷雪空自香　얼음과 눈 속에서 스스로 향기 뿜네

[출전]　山谷 黃庭堅의 贈東坡

　　　　忌 질투할기, 皎 밝을교, 潔 맑을결

· **素艶雪凝樹**　희고 어여쁜데 눈은 나무에 응기고

清香風滿林 맑은 향기 나는데 바람은 가지에 가득해

　　艶 농염할염, 凝 응길응, 滿 찰만

・**獨有梅花白** 오직 매화꽃만이 흰데
含香色相奇 향기 머금고 빛 서로 기이하네

　　獨 홀로독, 含 머금을 함, 奇 기이할기

・**一花天下春** 매화 한 그루 피니 천하는 봄이요
萬里江南雪 만리 먼 강남에 눈이 내리네

　　萬 일만만, 南 남녘남

・**獨有梅花冷** 홀로 매화는 차가움 있어
疏疏點翠微 성글게도 점들이 희미하고 푸르네

　　冷 찰냉, 疎 성길소, 點 점점, 翠 푸를취, 微 희미할미

・**不知春色早** 봄빛 일찍 온 것 알지 못했는데
疑是弄珠人 이 구슬 사람 희롱하는지 의심되네

　　早 이를조, 疑 의혹의, 弄 희롱할롱

・**賴伴高人情不世**
一吟千古飮香名

　　고사(高士)가 벗을 삼아 세상에 등 돌리고
　　천고에 한번 노래해서 향긋한 이름 마시네
[출전]　太虛亭 崔恒의 輕盈玉梅
　　賴 의뢰할뢰, 伴 짝반, 吟 읊을음, 飮 마실음

▪ 遞送暗香知有意

相逢淡質欲無言

은은한 향 보내오니 그 뜻을 알겠는데

맑은 모습 만나보니 나는 말하기 싫어라

[출전] 四佳 徐居正의 輕盈玉梅

遞 멀체, 送 보낼송, 逢 만날봉, 淡 맑을담

▪ 淸艶看看抵死奇

貞心只許月相知

맑고 고와 살펴보면 죽을 만큼 기이한데

올곧은 마음일랑 달님만이 아시겠지

[출전] 四佳 徐居正의 輕盈玉梅

艶 농염할염, 看 볼간, 抵 막을저, 許 허락할허

▪ 可描淸瘦含烟態

耐見模糊帶雪腮

맑게 여위어 안개 머금은 태도 그릴 만하고

모호하게 눈은 얹은 뺨을 견뎌 볼 만하네

[출전] 梅月堂 金時習의 老梅

描 그릴묘, 瘦 야윌수, 態 자태태, 耐 참을내,

模糊(모호) : 흐릿하여 밝지 않음. 腮 뺨시

▪ 姑射氷膚雪作衣

香脣曉露吸珠璣

고야의 얼음살결 눈으로 옷 지어 입고

향기로운 입술 새벽이슬 내릴 때 구슬 마시네

[출전] 雙明齋 李仁老의 梅花
　　　　姑射(고야) : 신선이 산다는 산, 膚 살갗부, 脣 입술순, 吸 들이킬흡
　　　　珠璣(주기) : 구슬

- **獨憐一樹春心露**

　閒到庭前嗅異香

　　　　홀로 가련히 한 나무에 봄마음 드러내고
　　　　한가로이 뜰 앞에 이르니 기이한 향기 풍기네
[출전] 星湖 李瀷의 梅花
　　　　憐 가련할련, 嗅 냄새날후, 異 기이할이

- **緣他受氣分先後**

　不是化工費巧思

　　　　인연 따라 기를 받아 먼저 피고 뒤에 핌은
　　　　조물주가 일없이 꾸며서 그런 것 아닐까
[출전] 晚翠亭 朴永錫의 梅花詩
　　　　緣 인연연, 氣 기운기, 費 쓸비, 巧 교묘할교

- **自詫凌寒顔色好**

　臨風寂有暗香來

　　　　추운 날씨 이겨내어 얼굴빛 좋은 것 속이려하나
　　　　바람 따라 고요하게 은은한 향기 불어오네
[출전] 訥齋 朴增榮의 詩
　　　　詫 속일타, 凌 능멸할릉, 顔 얼굴안, 臨 임할임, 寂 고요적

- **一樹橫斜雪作團**

香肌瘦盡玉生寒

가로 걸친 매화 한그루 눈꽃송이 모여 있고

향기로운 야윈 살결 옥같이 싸늘히 일어나네

[출전] 退溪 李滉의 題畵梅

斜 기울사, 團 모일단, 瘦 야월수

· 不須更喚微風至
自有淸香滿院間

다시 가는 바람 불어오지 않아도

저절로 맑은 향기 뜰에 가득하네

[출전] 退溪 李滉의 詠梅

須 모름지기수, 喚 불환, 微 가늘미, 院 집원

· 帶雪更粧千點雪
先春偸作一番春

눈 맞고도 천 송이 또 단장하고

봄 앞서 살짝 한번 봄 미리 꾸미네

[출전] 白雲 李奎報의 梅花

帶 띠대, 粧 단장할장, 偸 투기할투, 番 차례번

· 淸處便同高臥士
瘦來渾似苦吟人

청아한 맵시는 마치 고상한 선비 누워있는 듯하고

메마른 자태는 흡사 고심하여 시 짓는 이 같네

[출전] 玩山 吳應默의 梅花

處 곳처, 臥 누울와, 瘦 파리할수, 似 같을사

- 素艶乍開珠蓓蕾

  暗香微度玉玲瓏

  맑고 어여쁘게 붉은 꽃봉오리 잠깐 열리고

  그윽한 향기 옥구슬 같아 살며시 건너오네

  [출전] 藏春 劉秉忠의 江邊梅樹

  艶 농염할염, 蓓蕾(배뢰) : 꽃봉오리, 微 희미할미

- 獨立風前惟索笑

  能超世外自歸眞

  바람 앞에 홀로 서서 오직 쓸쓸히 웃고

  세상밖에 벗어나 스스로 진실을 찾네

  [출전] 宋匡業의 梅花

  惟 오직유, 索 쓸쓸할삭, 超 넘을초, 歸 돌아갈귀

- 數枝墻角被春催

  憑仗雪華趁臘開

  울타리 밑 몇 가지 봄 오기 재촉 받고

  눈꽃처럼 가지 의지하여 섣달 쫓아 피었네

  [출전] 訥齋 朴增榮의 題玉堂雪中梅

  被 입을피, 催 재촉할최, 憑 의지할빙, 趁 따를진, 臘 섣달랍

- 苦節寒心是自家

  天機動處有英華

  苦節과 寒心으로 스스로 일가 이뤄

  天機가 움직이는 곳 화려한 꽃 피도다

  [출전] 蘇齋 盧守愼의 詠梅 十二首

機 고동기, 動 움직일동, 處 곳처, 英 꽃부리영

- **昨來香雪初動驚**

  回首群芳盡索然

  어제 향기로운 눈 내려 처음으로 꽃피게 하고

  돌아보니 여러 꽃들 끝내 쓸쓸하도다

  [출전] 退溪 李滉의 再訪陶山梅

  動 움직일동, 驚 놀랄경, 首 머리수, 索 쓸쓸할삭

- **春風園裏君先發**

  月夜慇懃對美人

  봄바람 동산에 불어 그대가 먼저 피었네

  달밤에 은근히 미인을 대하는 듯

  [출전] 古詩

  裏 속리, 慇懃(은근) : 소리없이 속으로만 생각함, 對 대할대

- **聞道春還未相識**

  起傍寒梅訪消息

  봄이 돌아왔단 말 들었으나 아직 알지 못해

  일어나 찬 매화 곁에서 소식을 찾아보네

  [출전] 靑蓮 李白의 早春寄王漢陽

  還 돌아올환, 識 알식, 傍 곁방

- **瀟灑江梅似玉人**

  倚風無語澹生春

  깨끗한 강 매화 마치 미인 같고

　　　　말없이 바람에 의지하니 담담히 봄기운 이네
[출전]　趙孟頫의 梅花
　　　　瀟灑(소쇄) : 깨끗함, 倚 의지할의, 澹 담백할담

▪ 疎影橫斜水淸淺

　暗香浮動月黃昏

　　　　드믄 그림자 물 맑고 얕은 곳에 비껴 기우는데
　　　　그윽한 향기는 달 저문데 은은하게 떠다니네
[출전]　林逋 詩句
　　　　疎 성길소, 影 그림자영, 淺 얕을천, 昏 어둘혼

▪ 半窓圖畵梅花月

　一枕波濤松樹風

　　　　창 반쯤그린 매화에 달 떠있고
　　　　베개머리에 파도치고 소나무에 바람부네
[출전]　趙范 詩句
　　　　圖畵(도화) : 그림, 波濤(파도) : 물결

▪ 春來無雪有梅花

　淡淡幽香透碧紗

　　　　봄 왔기에 눈 녹아 매화는 피었고
　　　　담담한 맑은 향기 파란 비단에 들어오네
[출전]　竹瀨 李日華 詩句
　　　　淡 맑을담, 幽 그윽할유, 透 뚫을투, 紗 깁사

▪ 歲晚山空誰是伴

北窓梅月最知心

해 늦은 빈산에 누가 짝이 되어줄까

북창 매화 달이 정녕 내 마음 알아주리

[출전] 永庚 丁鶴年 詩句

歲 해세, 誰 누구수, 最 가장최

▪ 暖日晴窓始吐葩

相看胸次自無邪

따스한 날 갠 창에 처음 꽃술 터지면

서로 바라보는 가슴속엔 절로 사악함 없어라

[출전] 陶隱 李崇仁의 梅花

暖 따뜻할난, 胸 가슴흉, 窓 창창, 邪 사악할사, 葩 꽃송이파

▪ 梅窓素月 | 梅竹軒 成三問

매화 핀 창가의 밝은 달

溫溫人似玉　따스한 성품 지닌 옥같이 귀한 사람

靄靄花如雪　뭉게뭉게 피어 꽃은 눈 같아라

相看兩不言　서로 바라볼 뿐 말하지 않으니

照以靑天月　푸른 하늘 달님만이 비추어주네

溫溫(온온) : 온화하거나 온순한 모양, 윤택한 모양

靄靄(애애) : 구름이 피어나거나 끼는 모양

看 볼간, 照 비칠조

▪ 畵梅 | 蓀谷 李達

매화를 그림

擁腫古楂在　늙은 등걸에 울퉁불퉁 혹 달렸는데

寒香知是梅　차가운 향내로 매화인 줄 알겠네

前宵霜雪裏　간밤의 눈서리 속에서도
尙有一枝開　오히려 한 가지에 꽃이 피었네
擁 안을옹, 樝 등걸사, 宵 하늘소, 裏 속리

▪ **咏梅** | 陶庵 李縡

매화를 읊다

莫小盆中土　화분속의 땅 좁다 않고서
能先天下春　천하의 봄을 가장 먼저 누리네
祇應氷雪底　다만 얼음과 눈송이를 마주하고서도
千樹盡精神　모든 나무가 온 마음을 다하네
盆 동이분, 祇 다만지, 마침지, 應 응당응, 盡 다할진

▪ **孤山雪梅** | 文谷 金壽恒

외로운 산 눈 속의 매화

西湖無限景　서호의 끝없는 경치들 중에
獨愛孤山雪　홀로 고산에 내린 눈 아꼈지
更著水邊梅　물가의 매화 다시 나타나
黃昏映斜月　황혼에 기우는 달 비치네
西湖(서호) : 송(宋)의 임포(林逋)가 살던 곳
孤山(고산) : 서호 곁의 산이름
限 한계한, 邊 가변, 昏 어두울혼, 斜 기울사

▪ **詠梅二首** | 三峰 鄭道傳

매화를 읊다
其一
久別一相見　오랜 이별 뒤에 한번 서로 만났는데

楚楚着緇衣　깨끗이 치의(緇衣)를 입었네
但知風味在　다만 풍미(風味)가 있음을 알고
莫問容顔非　얼굴이 그릇됨을 묻지 말아라
緇衣(치의) : 卿大夫(경대부)가 입는 옷
楚楚(초초) : 산뜻하고 선명한 모양, 顔 얼굴안

其二
鏤玉製衣裳　옥을 새겨 옷을 짓고
啜氷養性靈　얼음을 마셔 성령(性靈)을 길렀지
年年帶霜雪　해마다 서리와 눈을 띠었으니
不識韶光榮　봄빛의 영화로움을 알지 못하네
鏤 묶을루, 製 지을제, 啜 마실철, 識 알식

▪ 詠梅 | 板谷 成允諧

매화를 읊다

梅花莫嫌小　매화꽃 작다고 탓하지 마소
花小風味長　꽃은 작아도 그 풍미는 으뜸이라
乍見竹外影　잠깐 대숲 밖에서 그림자 보고
時聞月下香　때로는 달 아래서 그 향기 맡네
風味(풍미) : 풍류적인 성격, 맛, 乍 잠깐사, 影 그림자영

▪ 盆梅 | 滄溪 林泳

화분의 매화

白玉堂中樹　백옥당의 매화가
開花近客杯　꽃이 피어 술잔을 들게 하네
滿天風雪裏　온 하늘 눈바람 속인데
何處得夫來　어디서 이 꽃을 얻어 왔는고

白玉堂(백옥당) : 송나라 翰林院(한림원)의 별칭, 조선 때 弘文館(홍문
관)의 별칭. 杯 잔배, 滿 찰만, 裏 속리, 處 곳처

- **偶吟** | 靑蓮 李後白

  우연히 읊다

  細雨迷歸路　가는 비에 갈 길이 아득한데
  蹇驢十里風　나귀등에 십리길 바람속이라
  野梅隨處發　매화꽃이 곳곳에 피어 있으니
  魂斷暗香中　애끓는 혼백 그윽한 향기 속에 있네
  歸 돌아갈귀, 蹇 절건, 驢 나귀려, 隨 따를수, 魂 넋혼, 斷 끊을단

- **梅** | 三淵 金昌翕

  매화

  開門素雪平　문을 열면 평평히 쌓인 흰 눈
  四山無蒼翠　온 산엔 푸른 빛 전혀 없는데
  君家好梅樹　그대의 집 고운 매화나무엔
  發興聊有自　애오라지 스스로 흥겨움 일어나네
  素 흴소, 蒼 푸를창, 翠 푸를취, 聊 애오라지료

- **梅落月盈** | 楚亭 朴齊家

  매화는 떨어지고 달은 차네

  窓下數枝梅　창 아래는 매화 몇 가지요
  窓前一輪月　창 앞에는 둥근 달 하나라
  淸光入空査　맑은 빛이 빈 등걸에 비치는데
  似續殘花發　이어서 남은 꽃이 다시 피려나
  輪 둘레륜, 바퀴륜, 査 등걸사, 續 이을속, 殘 남을잔

- **梅花折枝圖** | 牛軒 王行(明)

  매화 꺾는 그림

  映水一枝開　물에 비친 한 가지 핀 꽃은
  春從筆底來　봄 따라 붓끝에서 온 것이라
  高樓漫吹笛　높은 다락에서 느긋이 피리 불다가
  終不點蒼苔　끝내 태점(苔點)은 찍지 못했네
  映 비칠영, 從 따를종, 底 밑저, 漫 부질없을만

- **梅花** | 牛山 王安石(宋)

  매화

  墻角數枝梅　담 모퉁이에 매화 몇 가지
  凌寒獨自開　추위를 업신여겨 홀로 피었네
  遙知不是雪　멀리서도 눈이 아님을 아는 것은
  爲有暗香來　그윽한 향기 풍겨 불어오기 때문이지
  墻 담장, 凌 업신여길릉, 遙 멀요, 爲 하위

- **梅** | 南田 惲壽平(淸)

  매화

  天寒吹琪樹　찬바람이 옥 같은 나무에 불어
  幻出氷雪姿　찬 눈 같은 자태 환상처럼 피어오르네
  虛庭落寒影　빈 뜰에 찬 그림자 떨어지니
  夜半明月時　밤중 달 밝은 때이라
  琪 옥이름기, 幻 환상환, 姿 자태자, 虛 빌허

▪ **臘梅二首** | 陳師道(宋)

　그믐날의 매화

　　其一

　　一花香十里　한 송이 꽃이 십리에 향기로우니

　　更値滿枝開　가지 가득히 핀 꽃보다 더 낫도다

　　承恩不在貌　사랑을 받은 것이 얼굴이 고와서가 아니니

　　誰敢鬪香來　뉘라서 감히 향기를 다투려 하리오

　　其二

　　異色深宜曉　기이한 빛 의연한 아침에 깊고

　　生香故觸人　향기일어 사람들 코를 찌르네

　　不施千點白　점점마다 하얗게 아니하여도

　　別作一家春　유달리 一家의 봄이 되게 하도다

　　異 기이할이, 曉 새벽효, 觸 접촉할촉, 點 점점

▪ **寒梅** | 晦庵 朱熹(宋)

　찬매화

　　白玉堂前樹　한림원 앞뜰 매화나무에

　　風淸月影殘　바람 맑고 달그림자 희미해

　　無情三弄笛　무정히 들리는 피리소리

　　遙夜不勝寒　긴긴밤 추위를 못이기는 듯

　　影 그림자영, 殘 남을잔, 弄 풍류곡조롱, 笛 피리적, 勝 이길승

▪ **梅花落** | 劉方平(唐)

　　新歲芳梅樹　새해 향기로운 매화나무가

　　繁花四面同　무성하게 사방에 함께 피었네

　　春風吹漸落　봄바람에 점점 떨어지더니

一夜幾枝空　하룻밤에 몇 가지 비었을까

繁 번성할번, 漸 점점점, 幾 몇기

▪ 梅圖 | 白雲外史 惲格(淸)

매화그림

古梅如高士　오랜 매화는 고상한 선비 같아

堅貞骨不媚　굳고 곧으며 화려하지 않다네

一年一小劫　한 해에 한 번의 겁을 지내니

春風醒其睡　봄바람이 그 잠을 깨우노라

堅 곧을견, 醒 잠깰성, 睡 졸수

▪ 詠梅 | 元帝(梁)

매화를 읊조리다

梅含今春樹　매화 올봄의 나무에 머금었고

還臨先日池　다시 예전의 연못에 임하였네

人懷前歲意　사람은 지난날의 생각 품고

花發故年枝　꽃은 지난해의 가지에서 피어나네

還 다시환, 懷 품을회

▪ 紅梅 | 半山 王安石(宋)

붉은 매화

春半花纔發　봄이 한창일 때 꽃이 겨우 피어나니

多應不耐寒　추위를 견디지 못해서라오

北人初不識　북녘 사람들 이를 전혀 알지 못하고

渾作杏花看　온통 살구꽃이라 착각한다네

纔 겨우재, 耐 참을내, 識 알식, 渾 섞일혼

- **梅花** | 東甌散人 崔道融(唐)

  매화

  數萼初含雪　두어 송이 비로소 눈을 머금은 듯

  孤標畵本難　고고한 자태 그리기 본래 어렵네

  香中別有韻　향긋한 가운데 따로 운치 있고

  淸極不知寒　지극히 청순하여 추위를 모르네

  萼 꽃부리악, 難 어려울난, 極 지극할극

- **梅花** | 文昌 張籍(唐)

  自愛新梅好　새로 핀 매화의 아름다움을 사랑하여

  行尋一徑斜　기울어진 외길을 찾아 오가네

  不敎人掃石　사람들아 바윗돌 쓸지 마소

  恐損落來花　떨어진 매화꽃 다칠까 두렵다네

  斜 기울사, 掃 쓸소, 恐 두려울공

- **梅花落** | 張正見(南北朝 陳)

  매화가 지네

  芳樹映雪野　매화나무 눈 덮인 들판에 해 비쳐

  發早覺寒侵　이른 계절 추위 속에 피었네

  落遠香風急　세찬 바람에 멀리 꽃잎 떨어지니

  飛多花逕深　꽃길 깊은 곳까지 수없이 날리네

  映 비칠영, 侵 침노할침, 逕 길경

- **蠟梅** | 山谷 黃庭堅(宋)

  봉오리 맺은 매화

  其一

金蓓領春寒　꽃망울이 봄추위를 받아
惱人香未展　향기 아직 나지 않아 사람 번뇌하게 하네
雖無桃李顔　비록 도리와 같이 아름답지는 않으나
風味極不淺　풍미가 지극히 얕지 않노라

蓓 꽃망울배, 惱 번뇌뇌, 顔 얼굴안

其二
體薰山麝臍　몸에서는 사향 배꼽의 향기풍기고
色染薔薇露　빛은 장미꽃이 이슬에 젖은 것 같도다
披拂不滿襟　꽃을 활짝 피우지 않아도
時有暗香度　때때로 그윽한 향기가 지나가노라

薰 훈훈할훈 麝臍(사제) : 사향노루의 배꼽
襟 옷깃금

▪ 題花鳥爲曾公卷作水邊梅 ┃山谷 黃庭堅(宋)

증공의 책에 물가의 매화를 짓다

梅蘂觸人意　매화의 꽃술이 사람의 뜻을 건드리니
冒寒開雪花　추위를 무릅쓰고 눈 속에 꽃이 피도다
遙憐水風晚　멀리 가련하게도 늦게 수풍이 부니
片片點汀沙　조각조각 물가의 모래밭에 떨어지노라

蘂 꽃술예, 觸 접촉할촉, 冒 쓸모

▪ 墨梅爲李鍊師賦 ┃士敏 高遜志(明)

이련사를 위한 지은 글

誰向隴頭來　누가 언덕머리 향하여 오는가
寄此一枝雪　이 한 가지의 눈과 같은 꽃을 부치리
莫負歲寒盟　겨울에 맺은 맹서를 저버리지 마소

道人心似鐵　도인의 마음이 무쇠와 같이 굳노라

隴 언덕롱, 寄 부칠기, 鐵 쇠철

▪ 題梅屛 | 伯溫 劉基(明)

매화 병풍에 쓰다

其一

樹杪過流星　나무 끝에는 유성(流星)이 지나가고

經霜落半庭　서리 지나자 뜰에 반이나 떨어졌네

疎花與孤客　성근 꽃이 외로운 나그네와 더불어

相對一靑燈　푸른 등불 아래 서로 마주하고 있노라

其二

梅花含玉白　매화가 옥같이 흰빛을 머금고 있으니

別是有丹葩　따로 붉은 꽃봉오리를 가지고 있도다.

莫道氷霜異　얼음과 서리가 다르다고 말하지 마소

春風總一家　춘풍은 모두 한 집안이 되거늘

葩 꽃술파, 總 모두총

▪ 爲李處士詠盆梅二首 | 柳下 洪世泰

이처사의 분매를 읊다

其一

窓外千峰積雪　창밖엔 봉우리마다 눈이 쌓이고

床頭一樹寒葩　책상머리엔 한 그루 꽃이 싸늘해

看君道骨淸甚　그대의 몸에 도가 배어 청아한 것을 보니

莫是身學梅花　몸소 매화꽃을 아주 배웠네 그려

峰 봉우리봉, 積 쌓을적, 葩 꽃술파, 甚 심할심

其二

眼明忽驚新蘂　문득 새로 핀 꽃을 보니 눈이 번쩍
坐久渾忘暗香　오래 앉아 있으면 그윽한 향기를 잊어
夜來抱琴花底　밤에 거문고 들고 꽃 밑에 가니
恰有孤月流光　흡사 외로운 달빛 흐르는 듯
眼 눈안, 驚 놀랄경, 蘂 꽃술예, 渾 섞일혼, 抱 안을포, 恰 비슷할흡

▪ 詠梅 | 牧隱 李穡

매화를 읊다

聞說梅花已半開　듣건대 매화가 이미 반쯤 피었다 하는데
有誰能送一枝來　누가 있어 한 가지를 보내올 수 있을까
焚香危坐南窓靜　향 피우고 외로이 앉은 남쪽 창은 고요한데
記得相逢月下臺　달 아래 누대에서 서로 만난 것 기억되리라
聞 들을문, 送 보낼송, 焚 태울분, 危 위태로울위, 靜 고요정, 逢 만날봉

▪ 梅花 二首 | 陶隱 李崇仁

매화

其一

折得梅花一兩枝　매화 한두 가지를 꺾어다가
膽瓶斜插轉淸奇　목 긴 병에다 비껴 꽂으니 맑고 기이한 향기도네
騷人只解吟秋菊　시인들이 다만 가을 국화만 읊는 것은
未見參橫月落時　별 기울고 달 질 때는 보지 못했기 때문이지
折 꺾을절, 膽瓶(담병) : 목이 긴 병, 揷 꽃을삽, 騷人(소인) : 시인

其二

暖日晴窓始吐葩　따사한 날 갠 창에 처음 꽃술 터지면
相看胸次自無邪　서로 바라보는 가슴속엔 절로 사특함 없도다

多生結習從今盡　많은 삶에 맺힌 버릇 이제부터 다하리니
髣髴昆耶長者家　곤야의 장자 집과 방불하기 때문이지
葩 꽃술파, 胸 가슴흉, 髣髴(방불) : 비슷한 것

▪ 梅花 次權一齋 韻 | 稼亭 李穀
권일제의 운을 따라 매화를 읊다

縞袂靑裙月下遊　흰 소매 푸른 바지입고 달 아래 노니니
知渠不要錦纏頭　너에게는 비단의 예물이 필요 없음 알겠다
世間紅紫迷人眼　세상에는 붉은 비단이 사람의 눈 어지럽히니
便恐凌風控玉虯　문든 바람을 갈라 허공에 빗긴 옥룡이 두렵구나
縞 하얀호, 袂 소매메, 裙 치마군, 纏 얽을전, 紫 자주자, 虯 올챙이두

▪ 畵梅 | 惕若齋 金九容
매화를 그리고

嬋姸綽約玉仙姿　얌전하고 아름다운 백옥 같은 신선의 자태로
不避東風特地吹　특별한 자리에 부는 봄바람 피하지 않네
似有暗香來擁鼻　은근한 향기 콧등에 와 닿는 듯하더니
一痕新月更相宜　새로 돋는 한 조각달이 서로 마땅하구나
綽約(작약) : 얌전하고 정숙한 모양, 姿 맵시자, 擁 안을옹, 鼻 코비

▪ 雪梅 | 惕若齋 金九容
눈 속의 매화

獨占園中雪裏春　동산 안에 홀로 있어 눈 속의 봄인데
輕盈玉骨絶纖塵　유연한 옥골엔 가는 먼지도 없도다
若敎北客來相見　만약 북쪽 손님이 와서 본다면
且與明妃未辨眞　왕소군(王昭君)과 진가를 가리지 못하겠네

裏 속리, 輕 가벼울경, 盈 찰영, 纖 가늘섬, 塵 티끌진, 辨 분별할변

- **梅** | 雪谷 鄭誧

  매화

  死憐梅藥委泥沙　가련하다 매화 꽃술 진흙 모래에 맡겨두니
  風雨滿山可奈何　산에 가득한 비바람을 어찌할 수 있나
  縱有淸香誰見賞　비록 맑은 향을 누가 감상한다 하여도
  競栽桃李日來多　복사 오얏을 다투어 심는 일이 날마다 많아져
  藥 꽃술예, 委 맡길위, 泥 진흙니, 沙 모래사, 奈 어찌내, 縱 비록종,
  誰 누구수, 栽 심을재, 桃 복숭아도

- **詠梅** | 蘇齋 盧守愼

  매화를 읊다

  苦節寒心是自家　괴로운 절개 청한 마음 스스로 일가를 이뤄
  天機動處有英華　자연의 기미가 움직이는 곳엔 아름다운 꽃 있네
  莫嫌籬外紛紛過　울 밖에 시끄럽게 지나는 사람아 꺼려하지 마소
  未必看花便識花　꽃을 보러 오는 이가 꽃을 알아서 오는 것은 아니니
  機 고동기, 籬 울타리리, 紛紛(분분) : 어지러운 모양, 識 알식

- **雪中梅** | 德溪 吳健

  눈속의 매화

  六花千點數枝梅　천점의 눈이 매화 몇 가지에 뿌려져
  難弟難兄一樣開　같은 모양으로 피니 형과 동생 정하기 어렵네
  兩箇淸眞宜野老　눈과 꽃이 청진하여 촌 늙은이와 잘 어울리니
  成三何必謫仙杯　꼭 세 벗이 이루어져야 신선 술잔을 들겠는가
  六花(육화) : 눈의 별칭, 樣 모양양, 箇 낱개,
  謫仙杯(적선배) : 귀양 온 신선이 마시는 술

- **梅花** | 雙明齋 李仁老

  매화

  姑射氷膚雪作衣　고야(姑射)의 얼음살결 눈으로 옷 지어 입고
  香脣曉露吸珠璣　향기로운 입술 새벽이슬에 구슬을 마시네
  應嫌俗藥春紅染　속된 꽃술들의 봄철 붉게 물듦을 못 마땅히 여겨
  欲向瑤臺駕鶴飛　요대를 향해 학을 타고 날고자 하네
  瑤臺(요대) : 신선이 사는 곳, 膚 살갗부, 脣 입술순, 曉 새벽효,
  吸 들이킬흡, 嫌 미워할혐, 藥 꽃술예, 染 물들염, 飛 날비

- **梅花** | 星湖 李瀷

  매화

  萬草千花不見芳　온갖 풀과 꽃들 아름다움 볼 수 없는데
  今年節晩少風光　금년은 절기 늦어 볼만한 정경 드무네
  獨憐一樹春心露　홀로 가련히 한 나무에 봄 마음이 드러내고
  開到庭前嗅異香　한가로이 뜰 앞에 이르니 기이한 향기 풍기네
  憐 가련할련, 露 드러날로, 嗅 냄새후

- **瀛國公第盆梅** | 一齋 權漢功

  영국공분매

  玉瘦瓊憔意未平　옥같이 여위고 구슬같이 파리하니 기상 쓸쓸해
  出塵仙骨更輕盈　세속 벗어난 신선모습 더욱 가냘프도다
  細看不是春風面　자세히 보니 그것은 봄바람의 얼굴이 아닌데
  萬里明妃雪裏行　왕소군(王昭君)이 만리 눈 속으로 가는 듯
  明妃(명비) : 왕소군(王昭君)을 말함
  瓊 구슬경, 憔 파리할초, 裏 속리

- **梅花下又賦** | 陶庵 李縡

  매화 아래서 짓다

  梅花花下百花醪　매화꽃 밑에서는 모든 꽃이 막걸리가 되는지
  花氣熏人寒欲消　꽃기운이 사람들을 취하게 하여 추위가 사라지네
  莫露藥珠宮裏面　궁(宮)속에 감춰둔 꽃술 드러내지 않아도
  雪中標格自然高　눈 속에서 닦여진 품격 스스로 높아라
  醪 막걸리료, 熏 취할훈, 藥 꽃술예
  標格(표격) : 목표가 되는 품격, 높은 품격

- **題紅梅畵簇** | 梅溪 曺偉

  홍매 그림에 쓰다

  夢覺瑤臺踏月華　요대에서 꿈을 깨고 달밤을 거니는데
  香魂脈脈影橫斜　향기 속에 끝없이 그림자가 비껴 있네
  似嫌玉色天然白　매화의 흰빛 싫어하는 듯
  一夜東風染彩霞　봄바람이 밤새 붉게 물들여 놓았네
  瑤臺(요대) : 구슬처럼 아름다운 정자, 신선이 산다는 대
  踏 밟을답, 嫌 싫어할혐, 染 물들일염, 霞 노을하

- **梅** | 荷屋 金左根

  매화

  素紅交錯舊新枝　묵은 가지 새 가지에 붉고 흰 꽃이 섞여있어
  開處天然人不知　천연스레 열린 것 사람들은 알지 못해
  髣髴兒生當滿月　마치 어린애같이 달밤 속에 있는데
  歆歆自動折胞時　부러워서 저절로 한 아름 꺾어보네
  錯 어긋날착 舊 옛구, 髣髴(방불) : 비슷함,
  歆歆(흠흠) : 부러워함, 욕심남

- **插梅** | 童土 尹舜擧

  매화를 꽂다

  折得靑條貯玉壺　푸른 가지 꺾어다 옥병 속에 꽂아두고
  漸看蓓蕾吐明珠　꽃봉오리 보노라니 밝은 구슬 토해내네
  嫣然雪裏回春色　눈 속에서 생긋 웃으니 봄이 돌아온 듯한데
  恰有淸香滿座偶　흡사 맑은 향기 온 방 가득 있도다
  貯 둘저, 漸 점, 蓓蕾(배뢰) : 꽃봉오리, 嫣 예뻘언, 恰 마침흡

- **次退溪梅花詩韻** | 晩翠亭 朴永錫

  퇴계의 매화시 운을 따라

  一箇古楂著數枝　한 줄기 옛 등걸에 몇 가지 붙어
  開花底事或差池　꽃은 무슨 일로 피고 또 머무나
  緣他受氣分先後　인연 따라 기를 받아 먼저 피고 뒤에 핌은
  不是化工費巧思　조물주가 일없이 꾸며서 그런 것이 아닐세
  楂 등걸사, 著 붙을착, 差 어긋날치, 費 없앨비
  差池(치지) : 가지런하지 않은 모양, 서로 어긋난 모양.

- **野梅** | 紫霞 申緯

  들의 매화

  薄冷春陰欲雪時　봄 날씨 살짝 차가워 눈이 내릴 듯한데
  野人籬落忽橫枝　야인의 집 울타리에 늘어진 가지여
  天然淡泊孤高性　천성이 담박하여 고고한 성품인데
  纔許幽閑隱逸知　조용히 살아가는 사람이라야 겨우 알지
  薄 얇을박, 纔 겨우재, 逸 숨을일, 隱逸은 숨어사는 것

▪ **雪梅** | 紫霞 申緯

눈 속의 매화

梅雖地卉生態潔　매화 비록 땅에서 자라지만 자태는 고결하고

雪是天葩也欠香　흰눈은 하늘의 꽃이나 향기가 없네

畢竟鏤氷雕玉手　옥을 새기는 솜씨로 얼음을 새기는 꼴이 되어

花神不讓化工良　끝내는 화신의 좋은 솜씨 양보하지 않으리

卉 풀훼, 葩 꽃봉오리파, 欠 빠질흠, 鏤 새길루

鏤氷(루빙) : 헛수고를 비유

▪ **題春帖** | 秋淵 禹性傳

춘첩에 쓰다

積雪層氷擁短籬　울타리에 눈 쌓이고 얼음 두껍게 어니

爐烟無賴慰寒飢　화로 연기로 추위 굶주림을 달랠 수 없네

開窓忽見春消息　창문 열자 문득 봄소식을 보나니

政在梅花第一枝　매화 한 가지에 그것 실로 있었구나

層 층층, 擁 안을옹, 爐 화로로, 慰 위로위,

無賴(무뢰) : 믿을 수 없음

▪ **梅** | 私淑齋 姜希孟

매화

黃昏籬落見橫枝　황혼녘 울타리 비스듬한 가지 보고

緩步尋香到水湄　깊은 향기 찾아 천천히 걸어 물가에 왔네

千載羅浮一輪月　천년 나부산의 둥근 저 달이

至今來照夢回時　꿈을 막 깬 지금도 비추어 오네

籬落(이락) : 울타리, 羅浮(나부) : 중국 광동성의 산이름

輪 바퀴륜, 夢 꿈몽

- **梅花** | 夏園 鄭芝潤

매화

一任繁華與寂廖　꽃이 피고 떨어져 쓸쓸함 모두 자연에 맡겨
春頭臘尾也消搖　세모(歲暮)에서 초봄까지 슬슬 피어나네
纏於有意無情處　겨우 뜻만 있고 정 없는 곳에
已壓千花不敢驕　이어 모든 꽃 누르면서 교만치 못하게 하네
繁 많을번, 臘 섣달랍, 消搖(소요) : 목적 없이 슬슬 돌아다님,
纏 겨우재 壓 누를압, 驕 교만할교

- **嶺梅** | 慧勤 懶翁

고갯마루의 매화

突出巍巍揷碧天　돌연 우뚝 솟아올라 푸른 하늘에 꽂혀있어
氷姿玉骨劫空先　얼음 자태 백옥 뼈는 영겁의 공간보다 앞섰네
峰巒嶮峻誰能到　봉우리들 험준하니 누가 능히 다다를까
臘月春風物外玄　섣달의 봄바람이니 사물 밖의 현묘한 이치라
突 솟을돌, 巍 산높을외, 揷 꽂을삽, 劫 겁겁, 巒 멧부리만
嶮峻(험준) : 가파른 모양, 臘 섣달랍

- **題玉堂雪中梅** | 訥齋 朴增榮

옥당의 눈 속의 매화를 쓰다

數枝墻角被春催　울타리 모퉁이 몇몇 가지 봄 오기를 재촉하여
憑仗雪華趁臘開　눈꽃처럼 가지 의지하여 섣달 좇아 피었네
自詑凌寒顔色好　추위 이기며 얼굴빛 좋은 것 속이려 하나
臨風寂有暗香來　바람 따라 그윽한 향기 고요히 오네
憑 기댈빙, 仗 기댈장, 雪華(설화) : 눈송이를 꽃에 비유
趁 쫓을진, 臘 섣달랍, 詑 속일타

- **梅花** | 幽閑堂 洪原周

  매화

  千里歸心一樹梅　천리 밖 그리운 마음, 한 그루의 매화여

  墻頭月下獨先開　달 아래 담 머리에 혼자 먼저 피었지

  幾年春雨爲誰好　몇 해나 봄비는 누구 위해 좋았지

  夜夜隴頭入夢來　밤마다 이 밭두둑 꿈속에 들어오네

  墻 담장, 獨 홀로독, 隴 언덕롱, 夢 꿈몽

- **題自畵梅花** | 洪聲

  <u>스스로</u> 매화를 그리고 쓰다

  瘦盡東風只是癡　동풍이 어리석어 야위게 한 그 줄기와

  雪香深谷獨開時　눈 향기 깊은 골짝 홀로 핀 꽃과

  紙窓茅屋疎疎影　초가집 창에 비친 성긴 그림자와

  寫出林家照水枝　임포의 집 물에 비친 가지를 그렸노라

  瘦 빼빼마를수, 癡 어리석을치,

  林家(임가) : 평생 매화를 사랑하여 길렀던 송나라 임포(林逋)의 집

- **咏落梅** | 玉峯 白光勳

  떨어진 매화를 읊다

  孤負東園滿樹雪　눈 가득 덮인 나무들을 뜰에서 혼자 등지고 서서

  一枝留賞月明時　달도 밝은 때에 한 가지 남은 꽃을 감상하네

  夜來只恐風飄盡　밤이 오면 바람에 다 날아갈까 그게 두려우니

  玉笛樓頭且莫吹　다락 머리에서 옥피리마저 불지 말려무나

  負 짐질부, 恐 두려울공, 飄 날릴표, 樓 누대루, 吹 불취

▪ 畵梅花 | 梅月堂 金時習

매화그림

香魂玉骨先春妍　향기로운 혼(魂) 옥 같은 뼈 봄 오기 전 고운데

獨占孤山煙雨邊　홀로 고산의 연기와 비오는 가를 차지했네

疎影暗香雖不動　성긴 그림자 그윽한 향기 비록 움직이진 않아도

淸姝風韻正依然　맑은 빛의 풍도와 운치 정말 의연하여라

妍 고울연, 邊 가변, 疎 성길소, 雖 비록수, 姝 빛좋을주

▪ 餠奉寺看梅 | 梅月堂 金時習

병봉사 매화를 보고

香魂玉骨最閑姿　향기로운 넋과 빼어난 가지는 가장 한가한 모습인데

占得孤山兩句詩　고산(孤山)에서 두 시구를 차지해 얻었구나

古寺前頭春雪遍　옛 절의 앞 머리에 봄 눈이 내렸는데

相逢淸韻有誰知　서로 만난 맑은 운치를 누가 있어 알꺼나

最 가장최, 姿 자태자, 遍 두루편, 逢 만날봉

▪ 溪齋夜起 對月詠梅 | 退溪 李滉

시냇가 집에서 밤에 일어나 달 보며 매화를 읊다

羣玉山頭第一仙　군옥산 봉우리 제일이 신선이며

氷肌雪色夢娟娟　얼음 같은 살결 눈 같은 빛 어여쁘게 꿈꾸네

起來月下相逢處　달 아래서 피어나는 매화를 만난 곳에

宛帶仙風一粲然　완연한 신선의 기풍은 찬연도 하여라

起 일어날기, 詠 읊을영, 羣 무리군, 第 차례제

▪ 題金季珍所藏蔡居敬墨梅二首 | 退溪 李滉

김계진이 가진 채기경 묵매를 보고 쓰다

其一

古梅香動玉盈盈　묵은 매화 향기 봉오리 가득히 진동하고
隔樹水輪輾上明　나무 넘어 차가운 달은 굴러 올라 밝아지네
更待微雲渾去盡　다시금 구름 한 점 없이 거치기를 기다려 보는데
孤山終夜不勝清　고산에서 밤새도록 맑은 정취 못 이기겠네
　蔡居敬(채거경) : 蔡無逸의 字, 號는 逸溪. 休巖, 그림을 잘 그려 中宗의
　　　　　　　　　초상화를 그렸으며 글씨는 팔분체를 잘 썼다고 함.
　蔡 성씨채, 盈 가득할영, 隔 막힐격, 輪 바퀴륜, 輾 구를전, 微 작을미,
　渾 모두혼, 勝 이길승

其二

瓊枝疏瘦雪英寒　옥가지 성글고 파리한데 꽃봉오리 찬 눈 내려
縱被緇塵不改顏　검은 티끌 앉은들 고운 얼굴 바꾸지는 못하리
可惜詩翁眞跌宕　애석하도다 시 짓는 늙은이 진실로 호탕하여
枉將調戲比端端　웃자고 한 일인데 단단하게 비유하고 말았도다
　瓊 옥경, 瘦 수척할수, 被 입을피, 緇 검을치, 塵 티끌진, 顏 얼굴안
　惜 애석할석, 宕 호탕할탕, 調戲(조희) : 희롱하고 놀리는 일.

▪ 梅花 | 退溪 李滉

매화

溪邊粲粲立雙條　시냇가에 곱디곱게 두 줄기 매화서서
香度前林色映橋　향기는 앞 숲에 퍼지고 꽃빛은 다리에 비치네
未怕惹風霜易凍　바람 불고 서리 내려 얼기 쉽다고 두렵진 않는데
只愁迎暖玉成消　꽃과 시리 햇빛 받아 이룬 옥이 녹아질까 근심하네
　粲 고울찬, 雙 두쌍, 橋 다리교, 怕 겁낼파, 惹 이끌야, 愁 근심수
　暖 따뜻할난, 消 녹을소, 燦燦(찬찬) : 곱고 고움

- **題畵梅** | 退溪 李滉

  매화를 그리고 쓰다

  一樹橫斜雪作團　가로 비낀 매화 한 그루 눈꽃 송이 모여있고
  香肌瘦盡玉生寒　향기로운 야윈 살결 옥처럼 싸늘히 생겨나네
  不知疎影傳毫末　붓 끝에서 전하는 성긴 그림자 알지 못하는데
  疑向孤山月下看　고산의 달 아래서 보는 듯 의심되네

  橫 기울어질횡, 斜 비스듬할사, 團 둥글단, 肌 살갗기, 瘦 수척할수
  傳 전할전, 毫 붓호, 疑 의심할의

- **梅花** | 退溪 李滉

  매화

  梅樹依依少著花　매화나무 휘늘어져 조금씩 작은 꽃 피었는데
  愛他疎瘦與橫斜　성글고 파리하며 비스듬히 비낀 그들을 사랑하지
  不須更辨參昏曉　삼성이야 밝든지 말든지 분별해서 무엇하랴
  看取香梢動月華　달빛 어려 향기 피운 가지 두고 볼까 하노라

  著 꽃필착, 疎 성길소, 瘦 파리할수, 橫 비낄횡, 須 모름지기수,
  辨 분별할변

- **再訪 陶山梅 十絶** | 退溪 李滉

  도산 매화를 다시 찾아서

  手種寒梅今幾年　손수 심은 찬 매화 지금 몇 년인가
  風煙蕭灑小窓前　작은 창문 앞에서는 연하 바람 산뜻하고 상쾌하네
  昨來香雪初驚動　어제 내린 향기로운 첫눈에 놀랐는데
  回首羣芳盡索然　고개 돌려보니 온 꽃이 모두가 쓸쓸해라

  陶 질그릇도, 蕭 쓸쓸할소, 灑 물뿌릴쇄, 驚 놀랄경, 羣 무리군,
  盡 다할진, 索 쓸쓸할삭

- **梅花** | 退溪 李滉

  매화

  南國移根荷故人　남쪽에서 뿌리 옮겨 옛 친구가 부쳐왔는데
  溪山烟雨占淸眞　계산의 연하와 비로 청진한 곳 차지했네
  何妨桃李同時節　복숭아 오얏 시절 같다 해도 아무 상관없이
  玉骨氷魂別樣春　옥골과 빙혼을 간직한 특별한 모습의 꽃이라
  移 옮길이, 荷 멜하, 妨 해로울방, 桃 복숭아도, 節 계절절,
  骨 뼈골, 魂 넋혼, 樣 모양양

- **己巳正月 聞溪堂小梅消息 書懷** | 退溪 李滉

  계당 작은 매화 소식을 듣고

  聞說溪堂少梅樹　듣자니 시냇가 서재 작은 매화나무에
  臘前蓓蕾滿枝間　섣달도 되기도 전 꽃 가득 피었다지
  留芳可待溪翁去　꽃향내 붙들어두고 내 갈 때를 기다리다
  莫被春寒早損顔　봄추위를 입어서 일찍 시들지는 말게나
  臘 섣달랍, 蓓 꽃봉오리배, 蕾 꽃망울뢰, 翁 노인옹, 被 입을피
  寒 찰한, 顔 얼굴안

- **陶山月夜詠梅六首中 其一** | 退溪 李滉

  도산의 달밤에 매화를 읊다

  獨倚山窓夜色寒　산창에 홀로 기대니 밤 빛 차가운데
  梅梢月上正團團　매화가지 걸친 달은 밝고도 둥글어라
  不須更喚微風至　다시 기는 마람 불어오지 않아도
  自有淸香滿院間　저절로 뜨락에 맑은 향기 가득하네
  詠 읊을영, 獨 홀로독, 梢 나무끝초, 喚 부를환, 微 작을미, 香 향기향
  滿 가득할만

- **彦遇 惇敍同訪 愼仲盆梅韻 二首** | 退溪 李滉

  언우 돈서가 찾아와 신중의 분매시를 차운하여 짓다

    其一

    至後微陽生九地　동지 후 작은 양기 땅속에서 시작 일어나
    盆梅驚動已先春　분매는 벌써 알고 봄보다 먼저 꽃 피네
    誰能畵出兩騷客　누가 능히 두 시인을 그림으로 그려낼까
    踏雪携壺訪主人　눈 밟으며 술병 끼고 주인 찾고 있구나
    彦 선비언, 遇 만날우, 惇 도타울돈, 敍 펼서, 愼 삼갈신, 盆 동이분
    驚 놀랄경, 誰 누구수 踏 밟을답, 携 이끌휴, 壺 병호

    其二

    窓外雪風吹動地　창밖 눈보라 천지를 요동칠 때
    窓間梅藥玉生春　창틈에 매화꽃술 옥 같은 봄 데려왔네
    故應天護淸香別　응당히 하늘이 보호하니 맑은 향기 특별한데
    隔斷寒威餉與人　추위 위협 단절시켜 시인에게 베풀어주네
    藥 꽃술예, 應 응당응, 護 보호할호, 隔 막힐격, 斷 끊을단, 餉 먹일향,
    威 위엄위

- **紅梅韻** | 退溪 李滉

  홍매를 읊다

    玉貌丹砂略試粧　옥 같은 모양 단사로 간단히 단장을 하여
    羣芳甘與讓韶光　여러 꽃들 봄빛 달게 주어 붉기도 해라
    嘉栽已得來同社　아름다운 매화 얻어 함께 살게 되었으니
    不分君家獨擅香　그대 집에서 홀로 향기 피우도록 나누지 않았네
    砂 모래사, 略 대략략, 試 시험할시, 讓 사양할양, 韶 아름다울소,
    嘉 아름다울가, 栽 심을재, 擅 멋대로할천

▪ 梅花 | 退溪 李滉

매화

剪氷裁玉歲寒姿　얼음 자르고 옥 다듬은 추운 겨울의 자태여
開向靑春欲暮時　아름다운 봄철 저무는 시절에 피었네
自是天香無早晩　이에 매화 향기 이름과 늦음이 없으니
不應因地有遷移　응당 땅 때문에 옮기는 일 없으리

剪 자를전, 裁 마를재, 姿 모양자, 早 일찍조, 應 응당응, 遷 옮길천
移 옮길이

▪ 梅竹吟 | 河西 金麟厚

매화와 대를 읊다

霜葩雪幹兩爭淸　서리 꽃 봉오리와 눈 쌓인 대가 청초함을 다투어
人道風流是弟兄　사람들은 멋스러움이 형제라고 말들 하지만
梅尙有時凋玉色　매화의 옥빛은 시들어버릴 때가 있고
竹曾何處減金聲　대의 금성은 일찍이 줄어든 곳이 없으니

葩 꽃봉오리파, 金聲 : 가을소리, 쇠소리, 시원한 소리
凋 : 시들조

▪ 山茶梅 | 紫霞 申緯

동백꽃과 매화

山茶花向雪中看　동백꽃도 눈 속에 볼만하게 피는데
兄在羅浮玉叢間　항차 나부산에 구슬떨기같이 피던 꽃이야
洗却鉛華嫌太淡　백분으로 씻은 듯 너무 담박함을 꺼려하여
故敎相伴鶴頭丹　그래서 학머리의 붉은 벼슬과 짝하게 했지

山茶 : 동백의 이칭, 玉叢 : 구슬꽃, 매화를 뜻함.
兄 : 況의 뜻과 통함(하물며), 鉛華 : 백분(白粉) 敎 : 하여금교, 가르칠교
鶴頭丹 : 학머리의 은벼슬, 동백꽃을 뜻함. 故 때문고

• 題梅花小扇贈高陽使君 | 秋史 金正喜

매화를 그린 작은 부채에 써서 고양의 수령에게

到處春風五馬前　봄바람 수레 앞에 이르는데

婆娑數樹托因緣　너울거리는 몇 나무에 인연을 부쳤네

爲他一段淸如許　그를 위해 한번 맑음이 저와 같은데

但愛梅花不愛錢　단지 매화를 사랑할 뿐 돈을 사랑치 않네

婆娑 : ① 춤출 때 소매가 너울거리는 모양

　　　② 초목의 잎이 무성한 모양

如許 : 저와 같음. 如此

緣 인연연, 愛 사랑애, 錢 돈전

• 梅花 三首 | 高峰 奇大升

매화 삼수

其一

京洛趨塵誤汝期　티끌 진 서울생활에 그대와 기약 어기고

秖今歸對舊氷姿　이제야 돌아와 대하니 청아한 자태 옛날 같네

淸香滿樹空相惱　맑은 향 나무에 가득한데 빈 가슴에 고민스러

多病其如廢酒詩　어이하랴 병이 많아 술과 시도 끊었네

趨 따를추, 誤 그릇오, 惱 번민할뇌, 廢 폐할폐

其二

梅花開尊愜素期　매화 아래 술자리 여니 상쾌한 때이라

最憐煙外偃風姿　안개 밖 바람에 누운 자태 사랑스럽네

徘徊不覺衣沾露　이슬에 젖는 줄 모르고 돌아다니다

一盞傾來一首詩　술 한 잔 기울이고 시 한 수를 짓노라

尊 술잔준, 愜 뜻맞을협, 쾌할협, 偃 누울언, 盞 잔잔

其三

粲粲枝頭春有期　아름다운 가지 끝에 봄날 기약이 있어
黃昏獨立淡瓊姿　황혼녘에 홀로 서서 아름다운 자태 맑구나
相知已撥形骸外　이미 속세 밖으로 벗어난 것 아나니
何似閒吟處士詩　한가로이 처사 시 읊조린다네

粲粲(찬찬) : 빛 선명한 모습, 얼굴이 아름다운 모습
撥 다스릴발, 제할발, 瓊 구슬경

- **早梅** | 孝先 王曾(宋)

　일찍 핀 매화

　　雪壓喬林凍欲摧　눈 덮인 높은 숲 추위 억누르려 하는데
　　始知天意欲春回　하늘의 뜻 알아내니 봄 돌아오려 하네
　　雪中未問和羹事　눈 속에서 국에 섞인 일 묻지를 않고
　　但向百花頭上開　다만 모든 꽃 향해 머리 위에 피었네

　　壓 누를압, 喬 높을교, 摧 꺾을최,
　　和羹(화갱) : 鹽梅和羹(염매화갱)의 준말, 和鼎(화정), 調鼎(조정)이라고도
　　　　　　　쓰며 매장(梅漿)과 소금을 섞어 국을 끓여서(和羹鹽梅)조화
　　　　　　　를 이룬다는 뜻, 여기서는 조화에 필요한 매화를 가리킴.

- **梅花** | 放翁 陸游(宋)

　매화

　　聞道梅花坼曉風　듣자니 아침바람에 매화꽃 싹텄다 하는데
　　雪堆遍滿四山中　온 산엔 눈이 가득 무더기로 쌓여
　　何方分作身千億　어찌하여 한 몸을 천억으로 나누어
　　一樹梅前一放翁　한그루 매화나무 앞에 한 늙은이 쫓아냈나

　　坼 싹틀탁, 曉 밝을효, 堆 흙무더기퇴, 遍 두루편,
　　一放翁(일방옹) : 눈사람을 뜻함.

• 和宋都官乞梅 | 堯夫 邵雍(宋)

송도관과 매화를 얻으며

小園雖有四般梅　작은 뜰에 네 가지 옮겨 심은 매화가

不似江南迎臘開　섣달에 피는 강남 매화 같지는 않네

長恨東君少風韻　한 많은 봄 귀신은 풍류 운치가 적어

先時未肯放春來　앞질러 봄 보내는 것 즐겨하지 않지

乞 구할걸, 般 옮길반, 臘 섣달랍,

東君(동군) : 봄을 맡았다고 하는 가상의 신, 韻 운치운, 肯 즐겨할긍

• 題愚齋梅軸 | 半山 王安石(宋)

우제의 매화에 쓰다

悄然筆下有心期　조용히 내려 그었으나 마음먹은 바 있어

寫出寒梢玉立時　싸늘한 가지에 아름다운 꽃 핀 때를 그렸네

何事巧藏烟雨裏　어쩐 일로 교묘하게 연우 속에 감추었나

孤標深不願人知　뛰어난 품격 사람들이 아는 것 원하지 않아서지

軸 질책축, 悄 근심할초, 悄然(초연)은 고적하고 맥이 없는 모양,

藏 감출장, 孤標(고표) : 높은 뜻, 높은 품격

• 次韻楊公濟奉議梅花 | 東坡 蘇軾(宋)

양공제의 매화를 토론한 운을 따라서

梅梢春色弄微和　매화가지 봄빛 희미하고 온화하게 흔들어

作意南枝翦刻多　뜻대로 남쪽 가지를 많이 잘라 버렸네

月黑林間逢縞袂　어두운 밤 숲 속에서 흰옷 입은 여인 만나

霸陵醉尉誤誰何　패릉의 관리 취해 누구냐 소리치네

梢 나무끝초, 翦 베어없앨전, 刻 긁을각, 縞 흰깁호, 袂 소매메,

尉 벼슬위

- **紅梅** | 永庚 丁鶴年(明)

  홍매

  姑射仙人鍊玉砂　고야(姑射)의 신선이 옥 같은 알약 구워 내어
  丹光晴貫洞中霞　단사(丹砂)의 빛 골짜기를 환하게 비치는 듯
  無端半夜東風起　뜻밖에 한밤중에 동풍이 일어나
  吹作江南第一花　강남 매화꽃 한 가지 피게 불어 왔네
  姑射仙人(고야선인) : 살결이 얼음같이 희다는 신선, 鍊 쇠불릴련,
  砂 : 약이름사(丹砂), 霞 노을하, 無端(무단) : 단서가 없음, 뜻밖에

- **梅花** | 南田 惲壽平(淸)

  매화

  雪殘何處覓春光　눈 남은 어느 곳에서 봄빛을 찾을까
  漸見南枝放草堂　남쪽 가지를 살펴보니 초당으로 뻗었네
  未許春風到桃李　봄바람은 복숭아 오얏꽃에 이르지 않고
  先敎鐵幹試寒香　먼저 무쇠가지에 찬 향기 뿜어내게 하네
  殘 남을잔, 覓 구할멱, 漸 차차점, 敎 하여금교, 幹 줄기간, 試 시험할시

- **和提刑趙學士探梅** | 希文 范仲淹(宋)

  제형 조학사의 탐매시에 화답하다

  蕭條臘後復春前　쓸쓸한 섣달 뒤 봄 이르진 않아
  雪壓霜欺未放妍　눈 내리고 서리 업신여기니 아직 예쁘게 피지 않네
  昨日倚欄枝上看　어제 난간에 기대어 가지 위를 보니
  似留芳意入新年　아름다운 뜻 품은 듯 새해가 돌아오네
  臘 섣달랍, 欺 업신여길기, 壓 누를압, 欄 난간란

- **雪中梅尋** | 放翁 陸游(宋)

  눈 속에서 매화꽃을 찾다

  幽香淡淡影疎疎　그윽한 향기 담담하고 그림자는 성근데
  雪虐風饕只自如　눈이 사납고 바람 몰아쳐도 변함없구나
  正是花中巢許輩　이는 바로 꽃 중의 소부와 허유이니
  人間富貴不關渠　인간세상 부귀와는 관계치 않네
  淡淡(담담) : 맑은 모습, 虐 사나울학, 饕 탐할도, 輩 무리배
  巢許(소허) : 소부(巢父)와 허유(許由)를 일컫는다. 소부는 요(堯) 임금이
  　　　　　천하를 물려주려 했으나 사양하고, 산에 거하며 세상의 일
  　　　　　을 꾀하지 않았다. 노년에는 나무에 둥지를 만들어 그곳에
  　　　　　거했다고 한다. 허유도 요 임금이 천하를 물려주려 하자
  　　　　　사양하고 기산(箕山)에 들어가 은거했고, 다시 부르자 영수
  　　　　　(穎水)에 귀를 씻었다고 한다.

- **題徐季功畵墨梅** | 周紫芝(宋)

  서계공의 매화 그림에 쓰다

  夜色無人能畵　밤의 경치를 능히 그릴 사람이 없으니
  徐郞挽上寒枝　서계공(徐季功)이 찬 가지를 붙들어 매었네
  彷彿孤山盡處　마치 고산(孤山)이 다한 곳과 같은데
  黃昏月到花時　황혼의 달이 꽃에 이른 때 같구나
  郞 사내랑, 挽 잡을만, 彷彿(방불) : 비슷함

- **明發房溪** | 誠齋先生 楊萬里(宋)

  아침 방계를 떠나며

  山路婷婷小樹梅　산길에 작은 매화 아름답게 피었는데
  爲誰零落爲誰開　누구를 위하여 시들고 누구를 위하여 피느냐
  多情也恨無人賞　다정하고도 한이 많아서 구경하는 사람이 없으니

故遣低枝拂面來　일부러 가지를 낮추어 얼굴에 당겨 비비네

婷婷(정정) : 아리따운 모습

遣 남길유, 拂 떨칠불

▪ 蠟梅 | 誠齋先生 楊萬里(宋)

天向梅梢別出奇　하늘을 향한 매화나무 끝이 별스럽게 솟아나와

國香未許世人知　뛰어난 향 허락지 않으나 세상사람 알리라

殷勤滴蠟緘封却　은근히 납(蠟)을 떨어뜨려 봉해 버리니

却被霜風折一枝　도리어 상풍(霜風)으로 한 가지가 꺾이노라

梢 나무끝초, 國香(국향) : 뛰어난 향기, 蠟 밀랍랍, 被 입을피

▪ 江上散步尋梅得三絶句 | 放翁 陸游(宋)

강가 산보하다 매화 얻어짓다

其一

小園風月不多寬　소원(小園)의 풍경이 그리 넓지 않은데

一樹梅花開未殘　한그루 매화 꽃 피어 아직 시들지 않았네

剝啄敲門嫌特地　문들 두드리며 사람이 찾아오는 것을 싫어하니

緩拖藤杖隔籬看　등 지팡이 느릿느릿 끌며 울타리 너머 바라보네

寬 넓을관, 殘 남을잔, 剝 벗길박, 緩 느릴완, 拖 끌타(=扡)

其二

鐘殘小院欲消魂　종 낡아 쇠잔한 小院에서 마음 달래려 하는데

漠漠幽香伴月痕　아득하고 그윽한 향기가 달과 같이하네

江上人家應勝此　강상(江上)의 인가(人家)는 이보다 응당 나으리니

明朝更出小南門　내일 아침에 다시 소남문을 나가리라

消 삭일소, 魂 넋혼, 勝 나을승

其三

小南門外野人家　소남문 밖의 들판의 집엔
短短疏籬繚白沙　짧고 성근 울타리로 흰 모래밭을 둘렀도다
紅稻不須鸚鵡啄　홍도(紅稻)는 앵무(鸚鵡)새가 쪼지 못하게 하리니
淸霜催放兩三花　맑은 서리는 두서너 송이 꽃피기를 재촉하네
繚 에워쌀료, 稻 벼도, 啄 쪼을탁

- **瓶梅** | 張道洽(宋)

　병의 매화

寒水一瓶春數枝　병 찬물에 봄꽃이 몇 가지 꽂혀 있으니
淸香不減小溪時　맑은 향기가 소계의 푸름보다 못하진 않네
橫斜竹底無人見　비스듬히 기운 대나무 밑에는 보는 사람이 없으니
莫與微雲澹月知　희미한 구름과 맑은 달이 알지 못하게 하소

- **題楊補之墨梅卷** | 高子鳳(宋)

　양보지 묵매 그림에 쓰다

籬根玉瘦兩三枝　울타리 밑에 옥같이 야윈 두서너 가지가 있으니
爲繞吟香夜不歸　향기를 풍기며 둘러싸고 밤새 돌아가지 않네
安得密林千畝月　어찌 밀림 속의 넓게 비치는 달을 얻으리오
仰眼吹笛看花飛　우러러보고 피리를 불며 꽃 나는 것을 보노라
瘦 야윌수, 繞 두를요, 仰 우러를앙, 笛 피리적

- **墨梅** | 劉永之(元)

　묵매

郭西茅屋經年別　성곽 서쪽의 띠집이 세월 지나 달라져
嫩蕊疎枝入夢頻　어린 꽃술과 성긴 가지가 꿈속에 자주 들어오네

何處幽尋重相憶　어느 곳에 그윽함을 찾아 다시 서로 기억하리

寒雲野水月如銀　찬 구름 들 물 흐르는데 달이 은과 같구나

郭 성곽곽, 嫩 어릴눈, 蕊 꽃술예, 頻 자주빈

▪ 題畫墨梅 | 陶宗儀(元)

묵매 그림에 쓰다

明月孤山處士家　달 밝은 고산(孤山) 아래에 처사의 집이 있으니

湖光寒浸玉橫斜　호수 빛 차갑고 달이 비스듬히 기우네

似將篆籀縱橫筆　마치 전서와 주문을 휘두른 것과 같으니

鐵線圈成箇箇花　굳은 선이 돌고 돌아 송이송이 꽃이로다

斜 기울사, 篆籀(전주) : 전서와 주문, 鐵 쇠철

▪ 題畫梅 | 劉基(明)

매화를 그리고 쓰다

夭桃能紫杏能紅　요염한 도화는 자줏빛이 되고 행화는 붉으니

滿面塵埃怯晚風　얼굴 가득 티끌이 저녁바람을 겁내도다

爭似羅浮山磵底　마치 나부산(羅浮山) 산골 밑에서 매화와 다투는 듯

一枝淸冷月明中　한 가지 맑고 서늘하게 밝은 달 아래에 피었네

塵埃(진애) : 티끌과 먼지

羅浮山(나부산) : 매화가 많이 난다는 산

磵 산골간

▪ 宋徽宗畫半開梅 | 張迪(明)

송휘종이 그린 반쯤 핀 매화

上皇朝罷酒初酣　상황께서 조회를 마치고 술을 처음 즐기니

寫出梅花蕊半含　매화의 꽃술을 반쯤 피게 그렸도다

惆悵汴宮春去後　슬프도다 변경의 궁궐에 봄에 지난 뒤라
一枝流落到江南　한 가지가 흘러 강남에 이르네
罷 마칠파, 酣 술즐길감, 蕊 꽃술예
汴京(변경) : 北宋의 도읍으로 지금의 開封 땅

▪ 趙子固畵梅 | 正傳 吳師道(元)

조자고의 매화그림

千樹西湖浸碧漪　서호의 수많은 나무 푸르고 고요히 잠겨있고
醉拈玉笛繞花吹　취하여 옥피리잡고 꽃을 돌며 부는도다
秪今無限凄凉意　마침 지금 마음이 한없이 처량하니
留得春風雪一枝　춘풍은 눈속의 매화꽃 한 가지 남겨 두노라
漪 물놀이칠의, 拈 집을념, 繞 두를요, 秪 마침지

▪ 探春 | 戴益(宋)

봄을 찾으며

終日尋春不見春　온종일 봄을 찾아도 봄을 보지 못해
杖藜踏破幾重雲　여장 짚고 구름 깊은 곳까지 올라갔네
歸來試把梅梢看　돌아올 때 시험 삼아 매화 가지를 당겨보니
春在枝頭已十分　가지위에 모든 봄이 이미 와 있네
藜 명아려, 踏 밟을답, 梢 나무끝초

▪ 梅 | 王琪(宋)

매화

不受塵埃半點侵　조금의 먼지 티끌에 묻히지 않고서
竹籬茅舍子甘心　대 울타리 초가집에 만족하였네
只因誤識林和靖　다만 임화정에게 잘못 알려지더니

惹得詩人說到今　지금까지 시인들이 읊조리게 만들었네
埃 먼지애, 侵 침범할침, 籬 울타리리, 識 알식, 惹 야기할야
林和靖(임화정) : 송나라 임포(林逋)의 시호다. 그는 명리(名利)를 구하
　　　지 않고 홀로 서호(西湖)에 은거했다. 서화와 시문에
　　　능했으며 매화를 심고 학을 기르는 것을 취미로 삼아,
　　　당시 사람들이 매화는 그의 아내이고 학은 그의 아들
　　　이라 일컬었다.

▪ 梅花 | 巨山 方岳(宋)

매화

有梅無雪不精神　매화 있고 눈 없으면 곧은 정신 나타나지 않고
有雪無詩俗了人　눈 있는데 시 없으면 속된 사람 되도다
日暮詩成天又雪　해 저물어 시 이루니 하늘엔 또 눈 내려
與梅并作十分春　매화와 더불어 온전한 봄을 이루도다
并 아울러병, 十分(십분) : 충분한 것, 온전한 것

▪ 早梅 | 正信 張謂(唐)

이른 매화

一樹寒梅白玉條　한 그루 찬 매화 백옥 같은 가지인데
逈臨村路傍溪橋　시골길에 시내다리 곁에 멀리 있는데
不知近水花先發　물 가까이 매화꽃 먼저 핀 줄 모르고
疑是經冬雪未銷　겨울 지나도록 눈 녹지 않은가 의심하네
條 가지조, 逈 멀형, 傍 곁방, 銷 녹일수

▪ 武夷山中 | 疊山 謝枋得(宋)

무이산 속

十年無夢得還家　십 년 동안 고향에 돌아갈 꿈 못 꾸다가

獨立靑峰野水涯　홀로 푸른 봉우리들의 물가에 서 있네

天地寂廖山雨歇　천지는 고요하고 산비는 그쳤는데

幾生修得到梅花　몇 겁을 겪고 나서야 매화꽃 피웠네

還 돌아올환, 涯 물가애, 寂廖(적료) : 쓸쓸하고 고요함. 歇 쉴헐

- **種梅** | 劉翰(宋)

  매화를 심다

  凄凉池館欲棲鴉　처량한 연못 가 집에 갈가마귀 쉬려 하니

  彩筆無心賦落霞　채색 붓으로 무심하게 지는 노을을 그렸네

  惆悵後庭風味薄　쓸쓸한 뒤뜰엔 고상한 맛 떨어져

  自鋤明月種梅花　호미 들고 밝은 달 아래 매화를 심누나

  棲 쉴서, 彩 아름다울채, 霞 노을하

  惆悵(추창) : 매우 슬프거나 쓸쓸한 모습, 鋤 호미서

- **紅梅** | 白石 齊璜(淸)

  홍매

  若與千紅較心骨　만약 온갖 붉은 색으로 심골(心骨)의 매화 비교하면

  梅花到底不驕人　매화는 도대체 사람에겐 교만하지 않네

  東風無意到深林　봄바람 무심히 깊은 숲에 이르러

  吹放胭脂出色新　연지 색깔 불어와 고운 색 바꿔났네

  與 줄여, 驕 뽐낼교

  胭脂(연지) : 여자의 뺨에 바르는 붉은 안료

- **瓶梅圖** | 晴江 李方膺(淸)

  병의 매화 그림

  四升三合茅柴酒　넉 되 세 홉짜리의 모시주(茅柴酒)와

換得歪瓶隣舍豪　비뚤어진 병 바꾸고 보니 집에 호사 더하네
莫謂携歸無用處　쓸데없는 것 가지고 왔다 말하지 마소
案頭也可插梅花　책상머리에 매화 꽂기에 제격이니라

茅柴酒(모시주) : 띠와 섶으로 만든 술이름

升 되승, 合 홉홉, 歪 비뚤어질왜, 瓶 병병, 豪 호걸호, 携 가질휴

▪ 一枝梅 | 晴江 李方膺(淸)

매화 한가지

揮毫落紙墨痕新　종이에 붓 휘두르니 먹자국 새롭고
幾點梅花最可人　몇 점 매화꽃 마음에 꼭 드는구나
願借天風吹得遠　원컨대 바람이 저 멀리 퍼져나가
家家門巷盡成春　집집마다 거리마다 봄기운 가득하기를

揮 휘두를휘, 痕 흔적흔, 願 원할원, 遠 멀원, 巷 거리항, 盡 다할진

▪ 墨梅 | 孤山 尹善道

매화그림

物理有堪賞　사물의 이치에 감상할 거리가 있어
捨梅取墨梅　매화를 버리고 묵매를 취했네
含章知至美　詩文을 품으면 가장 아름다운 걸 알았으니
令色豈良材　겉모양 꾸미는 것이 어찌 좋은 감이랴
自晦追前哲　스스로 감추어 옛 성현을 따르고
同塵避俗猜　티끌 속에 함께 묻혀 속세의 시샘을 피하네
回看桃與李　복사꽃과 오얏꽃을 놀아다보니
猶可作輿臺　시중이나 들기에 알맞겠구나

猜 시기할시, 捨 버릴사, 良 좋을량, 晦 어두울회, 避 피할피,
輿臺(여대) : 하인, 종

- **賦得堂前紅梅** | 茶山 丁若鏞

  집 앞의 홍매를 얻어짓다

  窈窕竹裏館 대나무 숲속 고요한 집에
  牕前一樹梅 한 그루 매화가 창 앞에 피었네
  亭亭耐霜雪 꼿꼿한 모습으로 눈. 서리 견디면서
  澹澹出塵埃 맑고 그윽하게 티끌. 먼지 벗어났네
  歲去如無意 아무 생각 없는 듯이 한 해를 보내더니
  春來好自開 봄이 오자 저절로 활짝 꽃을 피웠노라
  暗香眞絶俗 그윽한 향내가 참으로 속세를 떠났으니
  非獨愛紅腮 붉은 꽃잎만 사랑스러운 건 아니어라
  窈窕(요조) : 오목조목 깊은 모양, 耐 견딜내, 澹 담박할담, 腮 뺨시

- **梅窓素月** | 乖厓 金守溫

  매화 창에 밝은 달

  久有憐梅癖 오랜 세월 매화를 사랑하던 습벽 탓에
  仍含愛月情 달까지 사랑하는 애정을 품었노라
  何如今夜裏 어찌하여 나도 오늘 밤중에
  供得一般淸 한결같은 맑음을 함께 얻을까
  皎潔天邊影 희고도 깨끗해라 하늘가에 비치고
  涳濛樹上馨 살랑살랑 날리는 나무위에 향기롭네
  超然成俯仰 마음을 비우고서 굽어보고 올려보니
  渾覺坐瑤京 문득 천상계에 앉았는가 여겨지도다
  癖 버릇벽, 潔 맑을결, 涳濛(공몽) : 날리는 보슬비, 超 넘을초, 渾 섞일혼
  超然(초연) : 세속에 얽매이지 않고 우뚝한 모양
  渾覺(혼각) : 온통 느끼다. 실컷 느끼다.
  瑤京(요경) : 옥황상제가 산다고 하는 하늘나라의 수도, 옥경(玉京)

- **雪月中 賞梅韻** | 退溪 李滉

  겨울날 매화를 감상하다

盆梅發淸賞	화분의 매화 맑게 핌을 감상하는데
溪雪耀寒濱	시내 눈은 찬 물가에 빛나네
更著水輪影	더욱이 달그림자까지 어리니
都輸臘味春	모두 섣달에 봄을 느끼겠네
迢遙閬苑境	아득히 먼 신선의 세계에
婥約藐姑眞	막고산 아리따운 신선이여
莫遣吟詩苦	시를 읊노라고 괴롭게 보내지 말라
詩多亦一塵	시가 많아도 역시 한 티끌일 뿐이니

  盆 동이분, 賞 감상할상, 濱 물가빈, 著 붙을착, 輪 바퀴륜
  輸 보낼수, 臘 섣달랍, 迢 멀초, 遙 멀요, 閬 대문랑, 婥 예쁠작
  藐 멀막, 姑 시어미고, 遣 보낼견, 塵 티끌진
  藐姑眞(막고진) : 막고신선, 북해에 산다는 신선

- **江梅** | 子美 杜甫(唐)

  강의 매화

梅蘂臘前破	매화 꽃술 섣달 전에 터지더니
梅花年後多	매화꽃 해 바뀌니 번성하네
絶知春意早	벌써 봄이 되었음을 알겠으니
最奈客愁何	나그네 시름을 참으로 어찌 할꼬
雪樹元同色	눈 속의 나무들은 본디 모두 동색이요
江風亦自波	강가의 바람도 역시 저 홀로 불구나
故園不可見	고향 땅은 보이지 않고
巫岫鬱嵯峨	무산의 봉우리만 우뚝 울창하구나

  蘂 꽃술예, 臘 섣달랍, 波 깰파, 岫 산구멍수, 鬱 빽빽할울
  嵯峨(차아) : 높이 솟아 험한 모양

▪ 梅花 | 陳亮(宋)

매화

疏枝橫玉瘦	성근 가지는 옥처럼 야위어 기울었는데
小萼點珠光	작은 꽃받침에 점점이 구슬 빛이라
一朶忽先變	한 떨기 홀연히 먼저 변하더니
百花皆後香	모든 꽃이 뒤 이어서 향기 뿜도다
欲傳春信息	봄소식 전하고자 하는데
不怕雪埋蔣	눈 속에 묻혀도 두렵지 않아
玉笛休三弄	옥피리를 세 곡조 불고 그치면
東君正主張	봄바람이 정히 봄을 주장하리라

瘦 파리할수, 萼 꽃받침악, 變 변할변, 埋 묻을매, 笛 피리적
東君(동군) : 봄바람

▪ 梅花 | 開府 庚信(南北朝)

매화

當年臘月半	올해 섣달 반이나 지났으니
已覺梅花闌	이미 매화 흐드러짐을 알겠네
不信今春晚	올 봄 늦음을 믿지 않으니
俱來雪裏看	모두 같이 와 눈 속에서 보네
樹動懸氷落	나무 흔들려 고드름이 떨어지니
枝高出手寒	가지 높아 손 뻗으니 차가와라
早知覓不見	일찍이 찾아도 볼 수 없음을 알았지만
眞梅着衣單	참된 매화 옷에 붙어 있네

臘 섣달랍, 裏 속리, 懸 걸현, 覓 찾을멱, 着 붙을착

▪ **早梅** | 子厚 柳宗元(唐)

　　일찍 핀 매화

　　　早梅發高樹　이른 매화 높은 나무에 피어나
　　　逈映楚天碧　멀리 비치니 초나라 하늘 푸르네
　　　朔風飄寒香　삭풍에 찬 향기 흩날리고
　　　繁霜滋曉白　잦은 서리 흰 빛을 더하네
　　　欲爲萬里贈　만리 먼 곳에 전하고 싶으나
　　　杳杳山水隔　아득히 산과 물이 막고 있네
　　　寒英坐銷落　차가운 꽃 그대로 삭아 떨어지는데
　　　何用慰遠客　멀리 떠난 객 달래본들 무슨 소용 있으랴

　　　逈 멀형, 飄 날릴표, 贈 줄증, 隔 떨어질격, 慰 위안위

▪ **梅窓** | 葛長庚(宋)

　　매화 핀 창가

　　　南窓屋數楹　남쪽 창밖 몇 칸의 기둥에
　　　一點陽和生　한 점 봄기운이 일어나도다
　　　枝上雪裝瘦　가지 위에서 눈을 야윈 몸을 덮어주고
　　　牆頭風作淸　담장 머리에서 바람은 시원하게 해주네
　　　霜天酒自暖　서리 내린 날 한 잔 술에 저절로 따뜻하고
　　　月夜夢難成　달밤에 잠은 이루기 어렵구나
　　　何處人吹笛　어디선가 뉘가 부는 피리 소리
　　　黃昏送幾聲　황혼녘에 몇 소리 들려오도다

　　　楹 기둥영, 裝 장식할징, 瘦 파리할수, 難 어려울난

▪ 梅花 | 茶山 丁若鏞

매화

飛騰暮景趁金鴉	석양빛은 날아날아 金鴉의 뒤를 쫓고
又見東風煙柳斜	푸르른 버들가지 봄바람에 하늘대네
未信他鄕方是客	나그네 신세지만 타향이라고 믿지 않아
要知斯世本無家	원래 정해진 내 집이야 이 세상에 없을게지
雲沈碧海鱗鱗月	푸른 바다 구름끼니 구불구불 달빛이요
春入靑山面面花	청산에 봄이 드니 곳곳마다 꽃이라네
却道梅花纔一樹	그런데 매화만은 단 한 그루뿐이라도
暗香留待別人誇	그윽한 향기 두었다가 자랑할 곳 따로 있지

騰 오를등, 趁 따를진, 纔 겨우재, 誇 자랑할과

金鴉(금아) : 태양의 다른 이름

東風(동풍) : 봄바람

鱗鱗(린린) : 바람 불어 물의 파도가 비늘 같은 모양

面面(면면) : 보는 곳마다, 곳곳마다

▪ 紅梅 | 東坡 蘇軾(宋)

붉은 매화

怕愁貪睡獨開遲	근심으로 두려워 잠을 탐하다가 홀로 늦게 피고
自恐冰容不入時	스스로 찬 몰골 두려워 제 때 나타나지 못해
故作小紅桃杏色	복숭아 살구 연분홍빛 흉내 내어
尙餘孤瘦雪霜姿	야윈 가지 여유 있어 눈서리 이기는 자태라네
寒心未肯隋春態	세한심은 봄의 티를 내지 않으려 했는데
酒暈無端上玉肌	이유 없이 술기운이 옥 같은 살결에 오르네
詩老不知梅格在	시 짓는 늙은이 매화에 격조 있는 줄 모르고
更看綠葉與靑枝	푸른 잎 파란 가지만 다시금 바라보네

怕 두려울파, 貪 탐할탐, 遲 더딜지, 恐 두려울공, 瘦 야월수

暈 어지러울운

蘭草 〈난초〉

- 香淸 : 향기가 맑구나
- 幽香 : 그윽한 향기
- 素心 : 소박하여 거짓 없는 마음
- 蘭薰 : 난의 훈훈한 향기
- 淸香 : 맑은 향기
- 德香 : 덕스러운 향기
- 舞風 : 바람에 춤을 추네
- 芳馨 : 꽃다운 향기
- 楚香 : 초나라의 향기
- 楚魂 : 굴원의 혼
- 馨遠 : 향기가 멀리 이르네

- 王者香 : 왕자의 향기
- 九畹香 : 구원의 향기
- 美人愁 : 미인의 시름
- 風露香 : 바람과 이슬의 향기

- 凉露蒼玉 : 싸늘한 이슬에 푸른 옥
- 王者之香 : 제일 높은 향기가 있다
- 隱谷王香 : 숨은 계곡에 왕자의 향기로다
- 空谷佳人 : 빈 골짜기의 아름다운 자태여
- 空谷幽姿 : 빈 골짜기 그윽한 자태
- 芳馥乘風 : 아름다운 향기 바람을 타네
- 紺碧垂香 : 짙푸른 난초의 향기
- 格貴品高 : 격이 귀하고 품위 있는 난

- 空谷幽貞 : 빈 골짜기의 그윽하고 곧은 자태
- 國香瑞色 : 나라의 으뜸가는 향기에 상서로운 빛
- 蘭竹雙淸 : 난초와 대나무가 함께 맑은 자태를 뽐내네
- 蘭竹蒼崖 : 난초와 대나무가 푸른 언덕에서 자라네
- 蘭吐幽香 : 난이 그윽한 향기를 토해낸다
- 露根折葉 : 드러난 뿌리에 부러진 잎새
- 濃薰淸艶 : 짙은 향기의 맑고 고운 자태
- 美人香草 : 미인과 같은 향기로운 난초
- 芳姿輕柔 : 꽃다운 자태 가볍고 부드럽네
- 芳香襲衣 : 꽃다운 향기 옷에 베어드네
- 百媚千般 : 각양각색의 온갖 아름다운 자태
- 仙艶天工 : 신선 같은 고운 자태 조화옹의 재주이네
- 迎風帶露 : 바람 맞으며 이슬을 머금었네
- 玉貌瓊肌 : 옥 같은 모습에 옥 같은 살갗
- 幽谷佳人 : 그윽한 골짜기의 아름다운 사람
- 幽節孤芳 : 그윽한 절개 외로이 핀 꽃
- 幽香淸遠 : 그윽한 향기 멀리 맑구나
- 一株餘香 : 한 촉의 난으로도 향기가 족하네
- 臨風含情 : 바람 맞으며 정 머금네
- 淸香四溢 : 맑은 향기가 사방에 넘치네
- 淸香倚石 : 맑은 향기 돌에 기대어 있네
- 淸香自遠 : 맑은 향기가 먼 곳까지 퍼지네
- 風露淸香 : 바람과 이슬 속의 맑은 향기
- 懸岸幽芳 : 깎아지른 언덕의 그윽한 난초
- 懸岩散香 : 바위에 매달려 향기를 풍기네
- 香溢四海 : 향기가 사해에 넘치네
- 蘭似君子 : 난초가 군자와 같네

- 蘭如美人 : 난초가 미인과 같네
- 蘭香馥郁 : 난초의 향기 더욱 짙어라
- 不厭幽谷 : 깊은 골짜기를 싫어하지 않는다
- 皓露幽色 : 흰 이슬에 젖은 그윽한 빛
- 懸岩照水 : 바위에 매달려 물에 비치네
- 淸香滿堂 : 맑은 향기가 집안에 가득하네

- 馥郁畹中蘭 : 무성하고 향기로운 밭의 난초
- 種蘭如種德 : 난초를 심는 일은 덕을 심는 일과 같네
- 臨風細葉長 : 바람맞아 날리는 가늘고도 긴 잎
- 淸風搖翠環 : 맑은 바람 푸른 잎 흔드네
- 蘭花在空碧 : 난초꽃이 푸른 하늘에 걸려있네
- 香氣滿幽林 : 향기가 그윽한 숲속에 가득찼네
- 蘭葉遶階生 : 난초잎 계단 둘러 피어나네
- 蘭蕙吐幽香 : 난초 혜초 그윽한 향기 토하네
- 蘭室君子居 : 난이 있는 방은 군자가 거하는 곳
- 寫蘭難畵香 : 난초를 그려도 향기는 그리기 어렵네
- 幽蘭帶露香 : 그윽한 난초가 이슬 띠고 향기를 피우네
- 幽花香一泉 : 그윽한 난 꽃 시내에서 향기를 발하네
- 春靄蕙蘭香 : 봄 아지랑이 속 혜초 난초의 향기
- 風泛香滿室 : 바람이 불어 향이 방 안 가득하네
- 香淸得露多 : 향이 맑고 이슬 많이 젖었네
- 懷香不近人 : 향을 품고 사람과 멀리 하네
- 熏風送野香 : 훈풍이 들의 난 향을 실어 보내네
- 谷深蘭色秀 : 깊은 골짜기에 난초 빛이 빼어나네
- 花發風露香 : 꽃이 피어 바람과 이슬에 향기롭네
- 蘭爲王者香 : 난초는 왕자의 향기나게 하네

- 淸芬雪外浮 : 맑은 향기가 눈 밖으로 떠다니네
- 蘭死不改香 : 난초는 죽어도 향기를 바꾸지 않네
- 秋蘭氣當馥 : 가을 난초 향기롭게 피었네
- 素心自芳潔 : 소심이 저절로 아름답고 정결해
- 淸寒蘭氣遠 : 맑고 차가운데 난의 기운 멀어지네

▪ 瘦葉凌霜不受塵

　　가는 잎 서리 이겨내며 더러운 세상 멀리하네

[출전]　仁齋 姜希顔의 蘭

▪ 幽香不爲世衰歇

　　그윽한 향기 어려운 세상에도 그침 없도다

[출전]　保閑堂 申叔舟의 傲雪蘭

▪ 入眼芳姿起我歎

　　향기로운 자태 눈에 들어와 내 탄식 절로 이네

[출전]　豹庵 姜世晃의 蘭

▪ 陣陣香風湧鼻端

　　끊어지다 이어진 향기 코끝에서 솟아나네

[출전]　明美堂 李建昌의 題畵蘭 八首

▪ 寫得芝蘭滿幅春

　　지초 난초 그려놓으니 화폭 가득 봄이로다

[출전]　板橋 鄭燮의 蘭詩

• 遠香自到靜中來

　　아득한 향기 고요한 가운데 그윽이 풍겨오네

[출전]　翠屛山人 張以寧의 墨蘭詩

• 珍重幽蘭開一花

　　보배롭고 소중한 난초 한 송이 피어났네

[출전]　靑丘子 高啓의 蘭詩

• 一庭春靄蕙蘭香

　　뜰에는 봄 아지랑이 끼어 혜초 난초 향기롭네

[출전]　歐必元의 詩

• 蘭在幽林亦自香

　　난초 깊은 숲속에서 스스로 향기낸다

[출전]　劉禹錫의 蘭

• 煙開蘭葉香風暖

　　연기 일면 난초피어 향기 따뜻하게 불어온다

[출전]　靑蓮 李白의 蘭

• 日暖風和次第開

　　날씨 따스하고 바람 온화하니 차례로 피었네

[출전]　衡山 文徵明의 題畵蘭

• 穠香石花襲人來

　　들에 핀 꽃 짙은 향기 옷 속으로 스며드네

[출전] 潁濱 蘇轍의 幽蘭花

▪ **參差花葉總成文**

　　꽃과 잎 서로 어긋나니 모두 문자 이룬 듯

[출전] 庸庵 宋玄僖의 蕙花圖

▪ **名在山林處士家**

　　명분은 산림속의 처사 되길 즐겨하네

[출전] 誠齋 楊萬里의 蘭

▪ **空谷佳人抱幽貞**

　　고요한 골짜기의 가인(佳人)이 그윽한 정절을 품었네

▪ **空谷幽蘭人共馨**

　　고요한 골짜기 그윽한 난초가 사람과 더불어 향기롭네

▪ **幾葉幽蘭帶露香**

　　몇 줄기 그윽한 난초가 이슬 띠고 향기 피우네

▪ **崇蘭幽竹契風人**

　　숭고한 난과 그윽한 대는 시인의 마음을 빼앗네

▪ **深谷香風泛紫蘭**

　　깊은 골짜기 향기로운 바람에 자색 난초 떠도네

· **幽谷無人獨自香**

  인적없는 깊을 골짜기에 홀로 향기를 발하네

· **自有幽香似德人**

  스스로 그윽한 향기가 있어 후덕한 사람 같도다

· **深林不語抱幽貞**

  깊은 숲속에서 말없이 그윽한 정절 품고 있네

· **無求眞見美人心**

  구함이 없으니 미인의 마음 참으로 보도다

· **芝蘭之室君子德**

  지초 난초의 집에 군자의 덕 있도다

· **旣與凡卉殊** 유별난 것 벗함을 뭇 풀과 달리하고
  方爲天下獨 천하에 홀로 방정하도다

[출전] 容齋 李荇의 石蘭
      與 더불여, 卉 풀훼, 獨 홀로독

· **節晩尤生色** 늦은 계절에도 생색이 더욱 나고
  林深更發馨 숲 깊은 곳에서 더 향기 진동하도다

[출전] 月軒 丁壽崗의 詠蘭
      尤 더욱우, 發 필발, 馨 향기형

▪ **只憐君子花** 사랑스러운 군자의 꽃이

　西風亦相偃 서풍에 역시 서로 누웠네

[출전] 翼之 錢良右의 詩

　　　憐 가련할련, 偃 누울언

▪ **歲暮窮陰盡** 세모라 겨울 다하고

　靑靑獨自芳 파릇파릇 홀로이 곱구나

[출전] 乖厓 金守溫의 傲雪蘭

　　　暮 저물모, 盡 다할진

▪ **陰崖百草枯** 낭떠러지 온갖 풀 말라도

　蘭蕙多生意 난초 혜초 생기 가득하네

[출전] 公甫 陳獻章의 題蘭畵

　　　崖 낭떠러지애, 枯 마를고

▪ **種蘭如種德** 난초를 심는 것은 덕을 심는 것 같아

　惟待汎光風 오직 광풍의 기상을 기다리네

[출전] 俛宇 郭鐘錫의 詩句

　　　惟 오직유, 待 기다릴대

▪ **懸崖露奇節** 절벽에 걸려 기이한 절개 드러내고

　空谷播幽香 빈 골짜기 그윽한 향기 퍼뜨리네

[출전] 竹懶 李日華의 詩句

　　　懸 걸현, 崖 언덕애, 播 퍼질파

- **蕙本蘭之族** 혜초는 본래 난의 무리인데
  依然臭味同 의연하여 냄새 맛 같도다

[출전] 東坡 蘇軾의 詩句

　　　族 겨레족, 臭 냄새취

- **春蘭如美人** 춘란이 미인과 같고
  不採羞自獻 캐지 않아도 부끄러워 스스로 바친다

　　　羞 부끄러울수, 獻 드릴헌

- **一尺千仞勢** 한 자 천 길이나 뻗친 형세요
  數莖三月香 몇 줄기 삼월의 향기로다

　　　勢 형세세, 莖 줄기경

- **石體長時靜** 돌의 몸은 오래 고요하고
  春蘭常氣淸 춘란은 항시 기운 맑도다

　　　體 몸체, 靜 고요정, 氣 기운기

- **從風不惜香** 바람 따라 아낌없는 향기 보내고
  俯溪自憐影 시냇가에 늘어진 애처로운 그림자

　　　從 따를종, 惜 아낄석, 影 그림자영

- **香淸月初上** 향기 맑은데 달 처음 떠오르느니
  識得故人心 옛사람의 마음을 능히 알겠노라

　　　識 알식, 故 옛고

- **清風搖翠環** 맑은 바람 푸른 잎 흔들고

  凉露滴蒼玉 차가운 이슬 푸른 구슬 방울지네

  搖 흔들요, 翠 푸를취, 滴 적실적

- **猗猗綠葉互交加**

  一幹仍開四五花

  부드러우면서 굳센 잎이 서로 엇갈려

  그 위에 너댓 송이 한 줄기에 활짝 폈네

  [출전] 老稼齋 金昌業의 蘭花

  　　　猗猗(의의) : 아름다운 모양, 幹 줄기간, 仍 잉할잉

- **幽蘭生在小山陽**

  清露光風秪自香

  그윽한 난초가 작은 산 양지에 자라

  맑은 이슬 따스한 바람에 향기 풍기네

  [출전] 郎山 李垕의 蘭

  　　　陽 볕양, 露 이슬로

- **半依巖穴半藏身**

  此是幽貞避世塵

  바위 곁에 의지하여 반신(半身)을 감추니

  이것은 곧음을 머금고 세상 티끌 피함이라

  [출전] 亦堂 具永會의 題蘭花

  　　　巖 바위암, 藏 감출장, 避 피할피, 塵 티끌진

- **一畹芳芬本在山**

清香無路出塵間

한 두둑의 향기로운 꽃 본래 산 속에 피어

맑은 향기 인간세상에 나갈 일 없네

[출전] 海思 朴枝藩의 詠蘭

畹 밭두둑원, 路 길로, 塵 티끌진

▪ 細葉媚如眉月掛

微風動處放幽香

눈썹달이 걸린 듯 가는 잎 고운데

희미한 바람 이는 곳에 그윽한 향기 내뿜네

[출전] 雲步 鄭鎬康의 春蘭

媚 아름다울미, 眉 눈썹미, 掛 걸괘

▪ 世間美惡俱容納

想見溫馨澹遠人

세상의 좋고 나쁜 것 모두 받아들이고

따스한 향기 서로 보고 사람 멀리하니 담박하네

[출전] 板橋 鄭燮의 蘭詩

容 용납할용, 納 들일납, 馨 향기형, 澹 담박할담

▪ 叢葉幽花尺許長

如將入室聞眞香

포기 잎 그윽한 꽃 한 자 넘게 자라고

방안에 옮겨 놓으니 좋은 향기 감도는 듯

[출전] 翼宗 李昊의 假蘭

許 허락할허, 聞 들을문, 眞 참진

- 雨打風披只數莖

  亭亭玉立最關情

  비에 젖고 바람에 흩어진 몇 줄기

  곧게 솟아올라 정겨움 맺어있네

[출전] 明美堂 李建昌의 題畵蘭 八首中

   打 칠타, 只 다만지, 莖 줄기경, 最 가장최

   亭亭(정정) : 곧게 솟아 오른 모양

- 春雨春風寫妙顔

  幽情逸韻落人間

  봄바람에 묘한 얼굴 그려내고

  그윽한 정 뛰어난 운치로 인간세상에 태어났네

[출전] 板橋 鄭燮의 題破盆蘭花圖

   寫 그릴사, 妙 묘할묘, 顔 얼굴안, 逸 뛰어날일

- 此是幽情一種花

  不求聞達只烟霞

  이는 정 품은 한 포기 꽃이니

  알려지길 원하지 않고 단지 연하에 잠겼네

[출전] 板橋 鄭燮의 蘭

   幽 그윽할유, 聞 들을문, 達 이를달, 霞 노을하

- 手培蘭蕙兩三栽

  日暖風和次第開

  난초 두세 포기 손수 심어 길렀더니

  따뜻한 날 온화한 바람에 차례로 피었네

[출전]　衡山 文徵明의 題畵蘭

　　　　培 심을배, 栽 기를재, 暖 따뜻할난

- 珍重幽蘭開一枝

　清香耿耿聽猶疑

　　　보배롭고 귀중한 그윽한 난 한 가지 피어나니

　　　맑은 향기 깔끔하여 맡아보니 의심되네

[출전]　潁濱蘇轍 蘭詩句

　　　　珍 보배진, 耿 빛날경, 聽 들을청, 疑 의심의

- 空谷佳人絶世姿

　翠羅爲帶玉爲肌

　　　빈 계곡의 가인 절세의 자태요

　　　푸른 비단 허리띠 옥살결에 두른듯

[출전]　素卿 薛素素의 畵蘭

　　　　佳 아름다울가, 姿 자태자, 翠 푸를취, 肌 살갗기

- 明珠翠帶倚秋風

　石上雲生暮色中

　　　가을바람 의지하여 푸른 잎에 이슬 구르고

　　　저녁 빛 속에서 돌 위에 구름이네

[출전]　庸庵 宋玄僖의 蘭石圖

　　　　珠 구슬주, 翠 푸를취, 倚 의지할의

- 猗猗綠艶映華軒

　雪深綺石紫花繁

아름답고 무성한 푸른 자태로 고운 집 비추고
눈 깊은 비단돌에 자주색 빛 번성하네

[출전] 太虛亭 崔恒의 傲雪蘭
　　　　猗猗(의의) : 아름다운 모양
　　　　艶 농염할농, 綺 비단기, 紫 자줏빛자

- **細葉媚如眉月掛**
  微風動處放幽香

　　가는 잎 눈썹달이 걸린 듯 아름답고
　　미풍이 일어나는 곳 그윽한 향기 풍기도다
　　　　媚 고울미, 眉 눈썹미, 掛 걸괘, 微 희미할미

- **一香當日壓千紅**
  怪石長年太古同

　　한 향기 당일 붉은 꽃 누르고
　　이상한 돌은 오래도록 옛날과 같구나
　　　　壓 누를압, 怪 괴이할괴

- **石上寄生幾歲長**
  有人不願自吩芳

　　돌 위에 의지하여 자라 몇 해나 자랐느냐
　　사람 있어 원치 않아도 스스로 향기 품네
　　　　寄 부칠기, 幾 몇기, 願 원할원 吩 뿜을분

- **愧頭靜體留心地**
  淸秀舞叢放志天

기이한 머리 고요한 몸 땅에 마음 머무르고
맑고 빼어나 춤추는 떨기 하늘에 뜻 풀어놓네
　愧 괴상할괴,　靜 고요정,　舞 춤무,　叢 떨기총

- **傲雪蘭** | 梅竹軒 成三問

　눈을 이겨내는 난

　　彈入宣尼操　공자(孔子)는 거문고로 난의 노래 탔었고
　　紉爲大夫佩　대부(大夫)들의 허리에 수를 놓아 묶었네
　　十蕙當一蘭　열 촉의 혜초(蕙草)를 한 촉 난이 감당하니
　　所以復見愛　그래서 더욱 더 사랑받는 것이라
　　彈 튕길탄,　操 곡조조,　紉 수놓을인,　佩 찰패
　　선니(宣尼) : 한(漢)나라 평제(平帝)가 공자(孔子)에게 추시(追諡)한 이름임.

- **石蘭** | 容齋 李荇

　돌에 자란 난초

　　蘭從石上生　난초 돌 위에서 자라고
　　石骨非土肉　돌은 흙이 아니라 뼈와 같구나
　　旣與凡卉殊　유별난 것 벗함을 뭇 풀보다 뛰어나니
　　方爲天下獨　천하에 홀로 반듯하도다
　　從 따를종,　旣 이미기,　與 더불여,　卉 풀훼

- **蘭竹圖** | 四佳 徐居正

　난초와 대를 그림

　　檀欒石上竹　돌 위의 대나무 들쭉날쭉하고
　　馥郁畹中蘭　밭이랑의 난초는 향기롭구나
　　胡爲伴一圖　어째서 한 폭 그림 속에 벗했는가 하니

以德非勢干　덕으로써 권세 누리기를 원치 않네
檀 박달나무단, 欒 둥글란, 檀欒(단란) : 대가 들쭉날쭉 아름다운 모양
馥 향기복, 郁 성할욱, 畹 스무이랑원, 胡 어찌호, 勢 세력세

■ **詠盆蘭** | 松堂 趙浚

　화분의 난을 읊다

　寒色宣尼操　찬 빛은 공자님 거문고 노래요
　孤芳楚澤吟　외로운 꽃은 초나라 물가의 시 같네
　香淸月初上　달이 솟아오를 때 맑은 향기내니
　詩得故人心　옛사람의 마음을 능히 알도다
　宣尼(선니) : 공자의 시호
　宣尼操(선니조) : 琴操. 공자가 천하를 주유하고 돌아오는 길에 골짜기에
　　　　　　　　　홀로 무성한 난초를 보고 난초는 왕자의 향기를 가졌
　　　　　　　　　는데 때를 만나지 못하여 비루한 사람들과 무리 짓는
　　　　　　　　　것 같다고 탄식하고 수레를 멈추어 거문고를 타면서
　　　　　　　　　노래를 지어 불렀다고 고사를 인용한 글귀
　楚澤吟(초택음) : 초나라 물가에서 읊은 시, 굴원의 이소경을 말함.

■ **種蘭二首中 其一** | 俛宇 郭鐘錫

　난초를 심다

　種蘭如種德　난초를 심는 일은 덕을 심는 일 같아
　惟待汎光風　오직 광풍의 기상을 기다리도다
　合臭吾何望　내 어찌 좋은 향기만을 바라리요
　不榮君與同　영화롭지 않는 것 그대와 같이 하리라
　種 심을종, 惟 오직유, 汎 뜰범, 臭 냄새취, 榮 영화영

■ **詠蘭** | 月軒 丁壽崗

　난을 읊다

　　人貪紅紫艶　사람들은 붉거나 자주색 짙은 꽃을 탐내는데
　　我愛此蘭靑　나는 난초의 푸르름을 사랑하노라
　　節晚尤生色　추운 계절에도 더욱 생색이 나고
　　林深更發馨　깊은 숲 속에서 더욱 향기 퍼지네
　　貪 탐할탐, 尤 더욱우, 節 계절절, 馨 향내멀리낼형

■ **蘭** | 磊谷 崔克家

　난

　　入室香猶遠　방에 들여놓으니 향기 오히려 멀어져
　　寧移桂道間　차라리 계수나무 곁에 옮겨 놓았네
　　倘容荊共晼　문득 난초와 함께 뻗어난 가시를
　　猶有帶鋤看　호미를 들고 살펴 보는 게 낫구나
　　猶 오히려유, 寧 차라리영, 荊 가시형, 帶 띠대, 鋤 호미서

■ **惟蘭** | 象村 申 欽

　난초

　　惟蘭在谷　오직 난이 골짜기에 자라고
　　芳亦揚只　향기도 일어나는구나
　　豈不烈烈　어찌 열렬하지 않으리오
　　荊棘于傍　가시덤불 곁에 있구나

　　惟蘭在晼　오직 난이 밭에 자라고
　　芳亦郁只　향기도 그윽하도다
　　薄言掇之　말없이 이를 따다가

馨我佩服　내 몸에 향기를 두르노라

惟蘭在帷　오직 난이 휘장 아래 있으니
芳亦崇只　향기도 숭고하구나
凡百君子　무릇 모든 군자들이
盍敬爾衷　어찌 너의 마음에 공경치 않으랴
荊棘(형극) : 가시덤불
畹 밭이랑원, 掇 딸철, 佩 찰패, 衷 정성충

- **蘭** | 企齋 申光漢

  난

  石古山門邃　오랜 바위 산골은 깊은데
  幽蘭枝葉長　그윽한 난잎 길게 자랐네
  看渠應已化　그를 바라보기만 해도 동화했을 테지만
  對久不聞香　오래 대해도 향기를 모른다오
  邃 깊을수, 渠 그거, 應 응할응

- **詠蘭** | 汾涯 申晸

  난을 읊다

  欲把丹靑筆　그림 붓을 잡고 싶어서
  移描谷底蘭　계곡의 난초 옮겨 그렸네
  其如一片土　한 뙈기 땅 같아
  羞作畵圖看　그리고 보니 부끄럽기만 하네

- **幽蘭** | 崔塗(唐)

  그윽한 난

  幽植衆寧知　깊은 곳에 자라니 사람들이 어찌 알리오

芬芳只暗持　좋은 향기를 몰래 품고 있은 뿐이네
自無君子佩　따로 군자가 몸에 지니지 않았을 뿐
未是國香衰　빼어난 향기는 시든 적이 없다오
芬芳(분방) : 좋은 향기
佩　찰패

▪ **蘭** | 廷秀 楊萬里(宋)

　난

健碧繽繽葉　짙푸르게 무성히 뻗은 잎
斑紅淺淺芳　붉게 아롱지고 연하게 물든 꽃
幽香空自秘　그윽한 향기 부질없이 숨기지만
風肯秘幽香　바람이 그윽한 향기를 숨기려 하겠는가
繽繽(빈빈) : 많은 모양
斑　아롱질반

▪ **蕙** | 文嘉(明)

　난

清風從東來　맑은 바람 동쪽에서 불어와
幽香忽西去　그윽한 향기 홀연히 서쪽으로 가는구나
欲以寄所思　사모하는 마음 의탁하려 하지만
所思在何處　사모하는 님 어느 곳에 계시나

▪ **寫蘭** | 景翩翩(明)

　난을 그리다

道是深林種　말하길 깊은 숲에 심었다고 하는데
還憐出谷香　골짜기에 향기 나오니 사랑스럽네

不因風力緊　바람이 급히 불지 않는데
何以度瀟湘　어찌 소상을 건너리오
緊 급할긴, 度 건널도

- **墨蘭** | 時敏 管訥(明)
  묵란

  靑草三閭亭下　푸른 풀은 삼려정 아래에 자라고
  蒼梧二女祠前　푸른 오동나무는 이녀사의 앞에 있도다
  欲採幽芳寄遠　그윽한 꽃을 따서 멀리 보내고자 하니
  月明秋水涓涓　달은 밝은데 가을물 졸졸 흐르네
  閭 마을려, 涓 작은흐름연

- **蘭在** | 元亮 彭炳(元)
  난이 있어

  蘭在在楚澤　난초가 있으니 초나라 물가이고
  蘭在在楚山　난초가 있으니 초나라 산골이라
  故人見心易　옛사람은 마음을 알기 쉬우나
  今人見心難　요즘 사람은 마음을 알기 어렵네
  楚 초나라초, 澤 못택, 易 쉬울이, 難 어려울난

- **蘭** | 衆仲 陳旅(元)
  난

  楚畹春露濃　초나라 난초밭에 봄이슬 짙은데
  幽芳發瓊莖　옥 같은 줄기에 그윽한 향기 뿜네
  寧同薺麥秀　차라리 냉이와 보리밭에 자라더라도
  不與蕭艾生　쑥밭과는 더불어 살지 않으리라

畹 스무이랑원, 濃 짙을농,
瓊 : 옥(玉)경, 寧 차라리녕, 薺 냉이제
蕭 쑥소, 艾 쑥애

- **蘭石** | 清江老人 釋道濟(清)

난과 돌

磊磊幾塊石　쌓여있는 몇 덩이 돌 곁에
馥馥數枝蘭　짙은 향기 몇 그루 난초 있네
寫得其中意　그 품은 뜻을 그려 내었는데
幽情在筆端　붓 끝에 그윽한 정 품고 있네
磊 돌쌓일뢰, 塊 덩이괴, 數 대여섯수
幽情(유정) : 깊은 마음, 端 끝단

- **蘭 三首** | 清江老人 釋道濟(清)

난초 3수

其一

明月不留人　밝은 달도 사람에게 남아있지 않고
紅顏自衰老　젊은 날은 저절로 늙고 쇠퇴해
何日歸湘濱　어느 날에 남쪽의 상빈(湘濱)으로 돌아가서
與君還舊好　옛날의 좋은 시절을 너와 함께 할거나
顏 얼굴안, 還 돌아올환, 舊 옛구

其二

垂枝經曉露　늘어진 가지 새벽이슬 지나갔고
修葉復含風　기다란 잎에는 다시금 바람 머금네
艷色明如錦　고운빛 밝기는 비단 같은데
宜栽閬苑中　마땅히 신선 사는 곳에 심어야 하리

曉 새벽효, 艶 고울염, 閶 솟을대문랑, 修 길수

其三
炎地多奇卉　더운 지방은 기이한 풀 많아
繽紛處處開　어지러이 곳곳에 피어있네
翩翩生羽翅　훨훨 날아가는 나비 있는데
莊叟夢中來　이 나비 莊子의 꿈속으로 들어오도다
繽粉(빈분) : 어지러운 모습, 翅 날개시, 叟 늙은이수

▪ **題蘭畵** | 公甫 陳獻章(明)

　난 그림에 쓰다
陰崖百草枯　그늘진 낭떠러지에 온갖 풀 말랐는데
蘭蕙多生意　난초 혜초는 오히려 많은 생기 돋았네
君子居險夷　군자는 험하고 평평한 곳 어디에 있어도
乃與恒人異　더불어도 다른 이보다 뛰어나도다
崖 낭떠러지애, 枯 마를고, 險 험악할험, 夷 평이할이, 恒 항상항

▪ **題垂蘭** | 竹瀨 李日華(明)

　늘어진 난초
從風不惜香　바람 따라 향기를 아낌없이 내보내고
俯溪自憐影　시냇가에 늘어져 그림자 애처롭네
空山狼藉春　빈 산에 봄이 흐드러지면
半屬野樵領　절반은 나무꾼들의 몫이 되겠지
垂 늘어질수, 俯 숙일부, 憐 어여삐여길련, 狼 어지러울랑, 屬 맡길촉
樵 나무꾼초, 領 거느릴령

- **蘭** | 正淑 鄭允瑞(元)

  난

  立石疎花瘦　쌓인 돌 곁엔 성근 꽃 야위었고
  臨風細葉長　바람 맞으며 가는 잎 길도다
  靈均淸夢遠　굴원의 맑은 꿈 아득하지만
  遺風滿沅湘　남겨진 풍류는 원상에 가득했네
  瘦 야윌수, 靈 신령령, 夢 꿈몽, 沅 원수원, 湘 상수상
  靈均(영균) : 굴원(屈原)의 字

- **畵蘭** | 永庚 丁鶴年(明)

  난을 그리다

  湘皐風日美　소상강 언덕 풍광은 아름답고
  芳草不勝春　향기로운 풀에는 봄빛이 한창이라
  欲採紉爲佩　캐어 엮어 차고 싶지만
  慙非楚藎臣　초나라 충신이 못 됨이 부끄럽네
  湘 상수상, 皐 언덕고, 紉 엮을인, 佩 찰패, 藎 곧게나갈신

- **蘭二首** | 鹿門 唐彦謙(唐)

  난초 두 수

  其一

  淸風搖翠環　맑은 바람에 푸른 잎 흔들리고
  凉露滴蒼玉　싸늘한 이슬에 푸른 옥이 방울지네
  美人胡不紉　미인이 어찌하여 캐어 차지 않으랴
  幽香藹空谷　그윽한 향기 빈 골짝에 가득하네
  搖 흔들요, 翠 푸를취, 露 이슬로, 藹 초목무성할애

其二

謝庭漫芳草　사씨(謝氏) 뜰에는 향기로운 풀 시들고

楚畹多綠莎　초원(楚畹)엔 푸른 향부자 많네

于焉忽相見　아하 문득 서로 보나니

歲晏將如何　한해가 다 갈 무렵 장차 어찌 하려나

謝庭(사정) : 謝方得(사방득)의 뜰이란 뜻, 楚畹(초원) : 굴원이 가꾼 밭이랑

漫 부질없을 만, 莎 향부자사, 晏 늦을안

· 題趙子固蘭蕙二首中 其一 | 翼之 錢良右(元)

조자고의 난초 그림에 쓴 두 수 중 한 수

生意苦不繁　살아감이 괴로워 번성하지 못하고

託根那計畹　무슨 일로 이랑에 뿌리 붙였나

只憐君子花　다만 군자다운 꽃이 사랑스러운데

西風亦相偃　서풍에 또 이리저리 누워있네

繁 번성할번, 那 어찌나, 憐 가련할련, 偃 누울언

· 蘭 | 無可(唐)

난

蘭色結春光　난초색에 봄빛이 맺혀 있고

氛氳掩衆芳　무성한 기운이 뭇 꽃을 가리네

過門階露葉　문 지나 섬돌 난잎에 이슬 앉아

尋澤徑連香　못은 깊은데 길 사이 향기 이어지네

氛氳(분온) : 기운이 무성한 모양

掩 가릴엄, 澤 못택, 徑 길경

• 仲穆著色蘭 | 張羽(元)

중목의 착색 난

芳草碧萋萋　아름다운 난초가 푸르게 무성한데
思君潭水西　연못가 서쪽에서 임을 그리워하네
盈盈葉上露　잎 그윽이 이슬이 맺혀
似欲向人啼　사람을 향해 울려고 하는 듯

萋萋(처처) : 풀이 무성한 모양, 啼 울제

• 詠蘭花 | 張羽(元)

난꽃을 읊다

能白更兼黃　하얗고 또 누런 빛깔로
無人亦自芳　사람 없는 곳에서 저 홀로 아름답네
寸心原不大　작은 꽃술 본래 크지 않으면서
容得許多香　수많은 향기를 머금고 있네

寸心(촌심) : ① 마음
　　　　　② 얼마 안 되는 크기, 사방 한 치
　　　　　※ 여기서는 꽃을 표현함.

• 詠蘭葉 | 張羽(元)

난잎을 읊다

泛露光偏亂　이슬 맺혀 어지러이 빛을 발하고
含風影自斜　바람 머금어 그림자 저절로 기우네
俗人那解此　속세 사람들이 어찌 이를 알리오
看葉勝看花　난잎을 봄이 꽃 보는 것보다 낫구나

亂 어지러울란, 含 머금을함, 那 어찌나, 解 풀해

▪ **蘭** | 王穀祥(明)

   난

   綠葉轉光風　푸른 잎에 화창한 바람 불어대니
   紫英泛淸馥　자줏빛 꽃엔 맑은 향기 떠다니네
   不受當門鉏　인가의 호미질 간섭 받지 않으려
   托根在空谷　빈 골짜기에 의탁하여 살고 있다오
   轉 돌전, 紫 자주자, 馥 향기복, 鉏 호미서

▪ **崇壁蘭** | 板橋 鄭燮(淸)

   높은 절벽의 난초

   峭壁一千尺　가파른 벽 일천 척이나 높은데
   蘭花在空碧　난이 푸른 하늘에 피었다.
   下有采樵人　아래에 나무꾼이 있으나
   伸手折不得　팔을 올려도 꺾어가질 수 없네
   峭 가파를초, 崇 높을숭, 壁 절벽벽, 采 캘채, 伸 펼신

▪ **題蘭棘同芳圖** | 希遽 李祁(明)

   幽蘭旣叢茂　그윽한 난초 무성한 포기 곁에
   荊棘仍不除　가시를 베어 버리지 않았음은
   素心自芳潔　평소 마음이 아름답고 정결해
   怡然與之俱　그와 더불기를 싫어하지 않기 때문
   棘 가시극, 叢 더부룩할총, 茂 무성할무, 荊 가시형, 仍 인할잉
   除 덜어넬제, 潔 깨끗할결, 怡 기뻐할이

▪ 猗蘭美友人也三首 | 茶山 丁若鏞

아름다운 난초 벗을 찬미함

其一

蘭兮猗兮　生彼中彼　　쭉 뻗은 난초줄기 저 산바람에 자라는데
友兮洵美　秉德不頗　　아름답다 우리 벗님 덕을 지켜 반듯하네
豈無他好　念子實多　　어찌 딴 벗 없으리오만 그대 생각 많도다
猗 아름다울의, 洵 믿을순, 頗 잡을파

其二

蘭兮猗兮　生彼中丘　　쭉 뻗은 난초줄기 저 언덕에 자라는데
凡今之人　不其疾渝　　지금 세상 보통 사람들 지조 너무 빨리 변하네
念子不忘　中心是猶　　그대 생각 잊지 못해 내 마음속 안절부절
渝 변할유, 猶 같을유

其三

蘭兮猗兮　生彼蓬蒿　　쭉 뻗은 난초줄기 저 쑥밭에서 자라는데
萎兮蓊兮　誰其耨兮　　시들어 거친 포기 어느 뉘가 손볼꼬
念子不忘　中心是勞　　그대 생각 잊지 못해 이 내 가슴 애태우네
蓬 쑥봉, 蒿 쑥호, 萎 시들위, 蓊 시들할옹, 耨 김맬누

▪ 蘭 | 仁齋 姜希顔

난

紫葩抽出產淸芬　　자색 꽃봉오리 솟아오르니 맑은 향기 뿜어내고
瘦葉凌霜不受塵　　파리한 잎이 서리를 이겨내며 티끌도 용납치 않네
高潔終爲世所惡　　고결하였기에 끝내는 세상의 미움을 받아
獨紉幽佩憶靈均　　홀로 엮어 차고 영균을 생각하네
葩 꽃봉오리파, 芬 향기분, 紉 엮을인, 靈均(영균) : 굴원의 字

▪ 傲雪蘭 | 保閑堂 申叔舟

서리를 업신여기는 난

雪壓孤叢楚畹蘭　눈에 덮인 외로운 떨기 초(楚)나라 밭이랑의 난

無人紉佩歲將闌　허리에 차는 사람 없고 해는 장차 저무네

幽香不爲世衰歇　그윽한 향은 어려운 세상에도 그침 없으니

讀罷騷經使我歎　이소경(離騷經)을 읽고 나니 내 탄식케 하누나

壓 누를압, 叢 떨기총, 佩 찰패, 闌 늦을란, 歇 쉴헐

騷經(소경) : 굴원(屈原)의 離騷經(이소경)을 말함.

▪ 蘭花 | 老稼齋 金昌業

난초꽃

猗猗綠葉互交加　아름답고 푸른 잎이 이리저리 엇갈려

一幹仍開四五花　한 가지에 너댓 송이 꽃이 활짝 폈네

偶得古名非添竊　우연히 얻은 고상함이지 엿보아 더한 게 아니므로

還嫌九畹少奇葩　오히려 구원(九畹)에 기이한 꽃이 적음을 싫어하네

猗猗(의의) : 아름답고 성한 모양,

添 더할첨, 竊 엿볼절, 嫌 싫어할혐, 葩 꽃봉오리파

▪ 假蘭 | 翼宗 李旲

너그러운 난초

叢葉幽花尺許長　포기진 잎 그윽한 꽃 한 자나 자라고

如將入室聞眞香　방안으로 옮겨 놓으니 참된 향기 감도네

春榮秋謝自然理　봄에 무성하고 가을엔 시드는 게 자연의 이치인데

何事孤根竟歲芳　어찌하여 외로운 뿌리 해 저물 때 아름다운가

謝 꽃떨어질사, 竟 필경

竟歲(경세) : 해가 저물 때 쯤

- **蘭** | 朗山 李壆

  난

  幽蘭生在小山陽　그윽한 난초가 작은 산 양지에 자라
  淸露光風秖自香　맑은 이슬 따스한 바람에 향기 절로 풍기네
  尼父傷心千載後　공자님 마음 상한 천년 뒤에도
  憐君猶得掇遺芳　너를 아껴서 떨어진 꽃을 줍노라
  秖 다만지(=祇와도 통함), 尼父(니부) : 공자, 掇 주울철, 遺 남길유

- **芝蘭** | 朗山 李壆

  지초, 난초

  自愛蘭芝異衆芳　뭇 꽃과는 유별난 지초 난초 사랑하여
  終朝采采不盈筐　한나절 또 캐어도 광주리를 못 채웠네
  縱然作佩還憔悴　길쭉이 엮어 찼으나 오히려 초췌한데
  那有風飄撲鼻香　바람에 흩날리면서 향기 코를 찌르네
  采 캘채, 筐 광주리광, 憔 파리할초, 悴 파리할췌
  飄 흩날릴표, 撲 부딪칠박

- **蘭** | 豹庵 姜世晃

  난

  入眼芳姿起我歎　향기로운 자태 보고 찬탄이 일어나니
  小盆憐爾托根安　너를 아껴 작은 화분에 곱게 옮겨 심었네
  灌餘爲問東歸否　물을 주며 동쪽으로 돌아가지 않겠는가 물으니
  背立無言淚暗彈　뒤돌아서서 말없이 눈물 뚝뚝 흘리네
  姿 맵시자, 歎 탄식할탄, 盆 동이분, 托 맡길탁, 灌 물댈관

- **題畵蘭** | 明美堂 李建昌

난초 그림에 쓰다

其一

玉露娟娟欲化霜　맑은 이슬 방울 고운데 서리로 변해갈 때
江潭悱惻念群芳　강가의 온갖 꽃들 마음속으로 슬퍼하네
畵師不是無心者　그림 그리는 이도 무심한 사람이 아니라서
曾寫靈均九畹香　영균이 가꾼 난초향기를 모아서 그렸네

娟 고울연, 潭 못담, 悱 성낼비, 惻 슬플척
靈均(영균) : 굴원의 字

其二

相見遲遲去魯心　난초 서로 보고 노나라로 돌아감이 늦어졌고
猗蘭千載感荷深　의란조는 오랜 세월 사람들 감동시켰네
美人香草關性情　미인과 향초는 이성과 감정으로 관계가 깊은데
不信風騷有古今　잘 지은 詩文 관계치 않고 예부터 있어왔네

遲 더딜지, 猗 너그러울의, 關 관계관, 騷 시끄러울소, 荷 더할하
猗蘭操(의란조) : 공자가 난초를 보고서 탄식하며 지어 불렀다는 곡조,
　　　　　　　　유란곡(幽蘭曲)이라고도 함.

其三

用筆無多古紙寬　넓은 종이에 붓을 여러 번 놀리지 않았으니
一花一葉補應難　한 송이 한 잎을 메우기 응당 어려워라
空諸有處皆禪境　비어있는 곳곳마다 정신을 모은 경지인데
陣陣香風湧鼻端　이어지는 향기론 바람 코끝에 솟아나네

紙 종이지, 補 기울보, 諸 여러제,
陣陣(진진) : 끊어졌다 이어짐, 湧 넘칠용, 端 끝을단

其四

雨打風披只數莖	비바람에 젖고 맞은 몇 줄기가
亭亭玉立最關情	우뚝 솟아 정 품고 옥같이 서 있네
縱然放作欹斜勢	세로지른 듯 비스듬히 기울어진 모습인데
難道幽芳不是貞	그윽한 꽃 굳세지 않다 말하긴 어려워라

披 헤칠피, 莖 줄기경, 縱 세로종, 欹 기울의, 勢 형세세

其五

病思羈愁撥未開	나그네 근심에 생각은 병들어도 풀리지 않아
夜深風露獨徘徊	깊은 밤 홀로 배회하며 바람이슬 맞도다
半生歷落同心少	반 평생 역락하여도 마음 같은 이 적어
逐臭何妨海上來	향기 따라 바다에서 오는 일 어찌 방해하리오

羈 말탈기, 撥 다스릴발, 逐 따를축, 妨 방해할방

其六

北派南宗且莫謾	북파 남종 모두 다 늘어놓지 마소
自將性格要人看	그림의 성격은 보는 이에 따라 나타나리라
不須更問誰家法	누구의 화법이냐고 물을 필요없으니
似此應堪目以蘭	응당 난초만을 지목하여 본뜰 수밖에

派 갈래파, 謾 늘일만, 堪 견딜감

其七

秋老風流老更顛	추사어른 풍류는 늙어갈수록 전일하여
海天一笠記登仙	바닷가 귀양살이에도 신선되어 기록됐네
殘香剩墨堪惆悵	먹빛에 감도는 향기 슬픔을 견디어 냄은
交臂人間五十年	오십년 인생 동안 팔목을 놀렸기 때문이라

顛 돌전, 剩 남을잉, 惆悵(추창) : 슬픈 모양, 臂 팔뚝비

- **蘭** | 通亭 姜栢年

  난

  誰泄天機幻紫蘭 누가 천기를 누설해 자줏빛 난으로 현혹하나
  不勞培埴落毫端 땅에 심어 가꾸지 않고 붓끝으로 그렸네
  風前雪裏渾無恙 바람 앞 눈 속에서 섞일 걱정 없으나
  只恨春香畵得難 다만 봄날 향기를 그려내기 어려울 뿐
  埴 찰흙식, 幻 미혹할환, 渾 섞일혼, 恙 근심양

- **題銀臺蘭竹畵屛** | 愼齋 周世鵬

  은대의 난죽 병풍에 쓰다

  幽谷猗蘭宣父德 깊은 골의 아름다운 난초는 공자의 덕이요
  淸風孤竹伯夷心 맑은 바람과 외로운 대나무는 백이의 마음이라
  忘形相對無聲臭 형상 잊고 마주하니 소리 냄새도 없으나
  二益令人每起欽 두 벗이 나로 하여금 매번 공경심을 일으키네
  猗 아름다울의, 宣父(선부) : 孔子를 말함.
  聲 소리성, 臭 냄새취, 欽 공경할흠

- **題蘭石** | 張大千

  난과 바위 그림에 쓰다

  輕風一過枝枝舞 가벼운 바람 한 번 부니 가지마다 춤을 추고
  墨雨新和朶朶香 짙은 비가 새로 개니 떨기마다 향기롭네
  不是畵蘭蘭在畵 난을 그린 것이 아니라 그림에 난이 있음이니
  湘江曾斷幾人腸 상강에는 일찍이 애끓을 이 몇인가
  輕 가벼울경, 朶 떨기타, 湘 상수상, 斷 끊을단

- **畵蘭竹題一絶** | 趙 昱

  난초 대나무 그림에 쓰다

  自憐蘭竹同心事　난과 대의 마음이 같음을 사랑하니
  種竹何妨更佩蘭　대를 심고 난꽃 지님이 어떠하랴
  寸土如金香易歇　좁은 땅도 금 같은데 향기도 그치니
  年來欲作畵圖看　그림에 담아 즐겨 보려던 터였네
  憐 사랑할련, 佩 찰패, 歇 쉴헐

- **題蘭花** | 亦堂 具永會

  난화에 씀

  半依巖穴半藏身　바위굴 곁에 의지하여 반신(半身)을 감추니
  此是幽貞避世塵　이것이 세상 먼지를 피하는 곧은 절개라
  隱谷王香誰採佩　조용한 골짜기의 왕자향 누가 캐어 차리오
  猗蘭古操亦傷神　의란조 옛 곡조도 그를 슬프게 만드네
  巖 바위암, 藏 숨길장, 避 피할피, 隱 숨을은, 操 곡조조
  猗蘭操(의란조) : 공자가 난을 보고 지었다는 곡조

- **詠蘭** | 海思 朴枝藩

  난을 읊다

  一畹芳芬本在山　한 두둑의 향기로운 꽃 원래 산속에 피어
  淸香無路出塵間　향기 맑으나 인간 세상에 나갈 길이 없네
  他時應作幽人佩　훗날엔 고상한 선비 캐어다 찰 것이니
  莫遣樵童許採還　초동들 캐 오도록 보내지 말아라
  畹 스무이랑원, 幽人 어지러운 세상을 피하여 그윽한 곳에 숨어 사는
  사람, 遣 하여금견, 樵 나무꾼초, 採 캘채, 還 돌아올환

- **蕙草生** | 浮海 安宅承

  ### 난이 자라다

  雪未消時葉已生　눈이 다 녹기 전에 잎이 이미 자라나
  叢叢簇簇綠簪明　포기마다 무성히 푸른 떨기 밝도다
  靈均已後香猶在　영균은 떠났는데 향기는 오히려 남아있어
  百畝春光爲孰呈　백 이랑 봄빛은 누구에게 주려하는고
  叢 떨기총, 簇簇(족족) : 무성히 모인 모양, 孰 누구숙

- **蘭** | 李湜

  ### 난

  如愧人間被俗塵　인간 세속에 물드는 것 같아 부끄럽게 여겨
  叢生岩谷澗之濱　바위 골짜기 물가에서 살고 있네
  雖無今色如嬌女　비록 교태롭게 아양 떠는 재주는 없지만
  自有幽香似德人　스스로 그윽한 향기 가져 덕인(德人)을 닮았네
  愧 부끄러울괴, 被 입을피, 濱 물가빈, 嬌 교태교

- **種蘭** | 李誠中

  ### 난을 심으면서

  移從蘇泰仙巖底　소태현 선암 아래서 옮겨와
  種向韓城小院春　한성의 작은 봄 정원에 심네
  擧世盡知蘭可愛　온 세상이 난을 사랑할 줄 알면서
  却無人愛似蘭人　난초 같은 사람을 어찌 사랑하지 않는고
  蘇 깨어날소, 擧世(거세) : 온 세상

▪ **春蘭** | 雲步 鄭鎬康

　춘란

> 無言淸楚四時靑　말없이 청초하게 사시절 푸르고
> 一朵花含一窈情　한 떨기 꽃이 고요한 정취 머금었네
> 細葉媚如眉月掛　가는 잎은 아름다워 눈썹달 걸려있는 듯하고
> 微風動處放幽香　희미한 바람 이는 곳 그윽한 향기 내뿜네
>
> 窈 고요요, 깊을요, 媚 아름다울미, 掛 걸괘, 處 곳처

▪ **蘭** | 思白 董其昌(明)

　난

> 綠葉靑葱傍石栽　푸른 잎 푸른 줄기를 돌 곁에 심었더니
> 孤根不與衆花開　외로운 뿌리는 뭇꽃들과 어울리지 않네
> 酒闌展卷山窓下　산 창 아래서 술 한창인데 두루마리 펴니
> 習習香從紙上來　훈훈한 향기 종이 위에서 일어나네
>
> 葱 푸를총, 栽 심을재, 闌 한창란, 展 펼전
> 習習(습습) : 봄바람이 솔솔 부는 모양

▪ **題芝蘭棘刺圖** | 板橋 鄭燮(淸)

　지초 난초와 가시를 그린 그림에 쓰다

> 寫得芝蘭滿幅春　지초 난초 그려놓으니 화폭 가득 봄인데
> 傍添幾筆亂荊榛　그 곁에 가시 몇 줄기를 난잡하게 그려 놨네
> 世間美惡俱容納　이 세상의 아름답고 거친 것을 모두 받아들이는
> 想見溫馨澹遠人　향기롭고 온화한 담박한 사람을 상상하여서이지
>
> 棘 가시극, 幅 폭폭, 亂 어지러울란, 荊 가시나무형, 榛 가시나무진,
> 馨 향기형, 澹 담박할담

▪ 題破盆蘭花圖 | 板橋 鄭燮(淸)

깨진 난화분의 그림에 쓰다

春雨春風寫妙顔　봄날 비바람에 예쁜 자태 그려서
幽情逸韻落人間　그윽한 정취 뛰어난 운치로 인간 세상에 태어났네
而今究竟無知己　지금껏 살펴보아도 알아줄 이 없으니
打破烏盆更入山　까만 화분 깨뜨리고 다시 산으로 들어가네
盆 동이분, 破 깨질파, 妙 예쁠묘, 顔 얼굴안, 逸 편안일, 韻 운치운
知己(지기) : 서로 마음을 잘 알아 뜻이 통하는 참된 벗

▪ 蘭 | 板橋 鄭燮(淸)

난

此是幽情一種花　이는 정 품은 한 송이 꽃인데
不求聞達只烟霞　알려지기 바라지 않고 연하에 잠겨 있네
采樵或恐通來徑　나무꾼이 혹시나 좁은 길을 지날까 두려워
更寫高山一片遮　높은 산 더 그려서 한쪽 옆을 막았지
聞達(문달) : 명성이 높고 현달함, 霞 노을하
樵 나무꾼초, 徑 지름길경, 遮 막을차

▪ 枯木蘭石圖 | 庸庵 宋玄僖(明)

고목, 난초 돌을 그리다

洞庭木落怨湘娥　동정호에 나뭇잎 진다 상아는 원망하는데
紉佩含情奈爾何　엮어 차는 깊은 정을 네가 어이 알리오
秋水不禁凉葉碧　가을 물은 잎이 푸르러짐을 막지 못했는데
花開斜日不須多　저무는 날 피는 꽃이 자못 많지 않노라
湘娥(상아) : 상수의 신인 순임금의 두 왕비 아황(娥皇)과 여영(女英), 紉
　　　　　실꿸인, 凉 서늘할량

- **題明雪窓蘭** | 貞期生 張渥(元)

　　명설창의 난초에 쓰다.

　　　援琴誰歎生空谷　거문고 당겨 누가 빈 계곡에서 탄식하였나
　　　結佩應憐感逐臣　쫓겨난 신하는 엮어 허리에 차니 응당 가련해
　　　九畹斷魂招不得　난초 밭이랑에서 떠나간 혼 불러도 오지 않으니
　　　墨花夜泣楚江春　묵화가 밤에 우니 초강(楚江)은 봄이로다
　　　援 끌어당길원, 逐臣(축신) : 쫓겨난 신하, 굴원을 지칭함.
　　　招 부를초, 泣 울읍

- **墨蕙** | 簡齋 陳與義(宋)

　　혜초 그림

　　　人間風露不到畹　인간 세상의 풍진 이슬 난초밭에 이르지 않고
　　　只有酪奴無世塵　다만 소치는 이는 있고 세상 티끌 없구나
　　　何須更待秋風至　어이하여 가을 바람이 불기만을 기다리나
　　　蕭艾從來不共春　봄철의 쑥풀들과는 함께 하지 않느니라
　　　酪 소젖락, 須 기다릴수, 艾 쑥애, 畹 스무이랑원

- **墨蘭爲湛然上人題** | 翠屛山人 張以寧(明)

　　난 그림에 담연스님을 위해 쓰다.

　　　雲林蒼蒼石齒齒　구름낀 숲 푸르른데 돌들이 줄지어 섰고
　　　一花兩花幽薄底　한두 송이 꽃 풀서리 밑에 피었네
　　　遠香自到靜中來　아득한 향기가 고요히 풍겨와도
　　　道人湛然心不起　담연스님의 마음은 움직이질 않네
　　　上人(상인) : 승려의 높임 말
　　　齒齒(치치) : 흰 돌이 줄지어 있는 모양, 薄 엷을박

• 題北山蘭蕙同芳圖 | 翠屛山人 張以寧(明)

북산의 난초 혜초 그림에 쓰다

秋露春風各自姸　가을 이슬 봄바람으로 제각기 아름답지만

幽香倂到雨花前　비 맞은 꽃들 둘 다 향기가 더욱 그윽하다

道人不是騷愁客　도인은 세상일을 근심하는 나그네가 아니어서

慣讀南華第二篇　장자 제이편을 습관처럼 읽고 있네

姸 고울연, 慣 익힐관, 南華(남화) : 장자(莊子)책

第二篇(제이편) : 齊物論임.

• 蘭溪 | 樊川 杜牧(唐)

난초 핀 시내

蘭溪春盡碧泱泱　난계에 봄이 다하고 푸르름이 무성한데

映水蘭花雨發香　물에 비친 난 꽃은 빗속에서 향기 발하네

楚國大夫憔悴日　초나라 대부가 초췌한 모습으로 물러날 때

應尋此路去瀟湘　이 길을 따라 깊이 소상강으로 떠났지

映 비칠영

楚國大夫(초국대부) : 초나라의 굴원(屈原)

憔悴(초췌) : 야위어 마른 모습, 應 응할응

• 次韻答人幽蘭 | 穎濱 蘇轍(宋)

그윽한 난에 대해 차운하여 답하다

幽花耿耿意羞春　그윽한 꽃 빛나며 봄을 부끄러워하는데

紉佩何人香滿身　누구 품에 안기어 온몸 가득 향기를 발하려나

一寸芳心須自保　자그마한 난꽃은 스스로 온전하지만

長松百尺有爲薪　백 척의 장송은 땔나무가 될 수 있네

耿耿(경경) : 빛나는 모양

羞 부끄러울수, 紉佩(인패) : 허리에 차다. 薪 땔나무신

- **蘭** | 晦庵 朱熹(宋)

  난

  漫種秋蘭四五莖　가을 난 너댓 줄기 심었는데
  疎簾底事太關情　성근 발 아래에서 마음을 사로잡네
  可能不作凉風計　서늘한 바람 일지 않게 한다면
  護得幽香到晚淸　그윽한 향기 늦도록 맑게 할 수 있으리
  莖 줄기경, 簾 발렴, 護 보호할호

- **詠堯民案上盆蘭** | 衡山 文徵明(明)

  요민의 책상 위 화분에 담긴 난을 읊다

  崇蘭移自荊溪上　난초를 형계로부터 옮겨 심으니
  小盆春深自着花　작은 화분에 봄이 깊이 절로 꽃을 피우네
  賓客淸閑塵土遠　인적이 고요하니 세상사 멀어져
  曉窻親沃案頭茶　새벽 창가 책상머리에서 차를 부어 마신다
  盆 동이앙, 賓 손님빈, 曉 새벽효

- **蘭** | 文嘉(明)

  난

  幽蘭奕奕吐奇芳　그윽한 난초 아름다워 기이한 꽃을 피우니
  風度深林泛遠香　바람이 깊은 숲 지나니 먼 향기 떠다니네
  大似淸眞古君子　맑고 진실한 옛 군자와 매우 닮아
  閉門高譽不能藏　문을 닫아도 높은 명예 감출 수 없구나
  奕奕(혁혁) : 아름다운 모양, 큰 모양, 성한 모양
  奇 기이할기, 閉 닫을폐, 藏 감출장

▪ 蘭 | 缶廬 吳昌碩(淸)

　　난

　　　百尺懸崖結數叢　백 척 낭떠러지에 걸려 몇 떨기 자라나
　　　花開香墮遠來風　꽃 피고 향기 흩어져 멀리 바람에 실려온다
　　　佳人欲佩無由採　가인(佳人)이 지니려 해도 얻을 길 없으나
　　　終勝栖身蔓草中　풀숲에서 몸 쉬는 것 보단 좋을 것이네
　　　懸 걸현, 崖 낭떠러지애, 叢 떨기총, 墮 떨어질타, 栖 쉴서

▪ 蘭 | 缶廬 吳昌碩(淸)

　　난

　　　蘭生空谷無人護　난은 빈 골짜기에 자라나 보살피는 이 없어
　　　荊棘縱橫塞行路　이리저리 가시덤불이 가는 길을 막았네
　　　幽芳憔悴風雨中　그윽한 꽃은 비바람에 초췌하지만
　　　花神獨與山鬼語　꽃의 신이 저 홀로 산 귀신과 속삭이네
　　　護 보호할호, 荊棘(형극) : 가시덤불, 塞 막을새
　　　花神(화신) : 꽃의신, 여기서는 난초를 지칭함.

▪ 蘭 | 王士愼(淸)

　　난

　　　蘭性堪同隱者心　난초의 성품은 같이하기 어려운 은자의 마음이라
　　　自榮自萎白雲深　흰구름 깊은 곳에서 홀로 피고 홀로 시드네
　　　春風歲歲生空谷　봄바람이 해마다 빈 골짜기에 일으나
　　　留得淸香入素琴　맑은 향기가 거문고 속으로 불어온다네
　　　堪 견딜감, 隱 숨을은, 萎 시들위, 琴 거문고금

- **蘭圖** | 板橋 鄭燮(淸)

  난 그림

  葉自短　잎은 짧지만

  花自長　꽃은 길어라

  蓄其力　그 힘을 모아서

  揭其芳　그 꽃 높이 피웠네

  花在室　꽃이 방에 있나니

  香滿堂　향기 온 집에 가득하네

  蓄 쌓을축, 揭 걸게, 滿 찰만

- **錢籜石畵蘭竹** | 張問陶(淸)

  전탁석의 난초, 대나무 그림

  竹笑蘭言逈自如　대는 웃고 난초는 말하는 듯 태연한 모습이니

  游心眞在物之初　진정 사물의 근본에 마음을 두었음이라네

  開圖頓有臨池興　그림을 펼치면 갑자기 필흥이 일어나니

  花葉分明是草書　꽃잎이 분명 초서의 획이네

  笑 웃을소, 頓 갑자기돈, 興 흥할흥

- **蘭菊圖** | 許繼(明)

  난초 국화그림

  九畹曾無舊日春　구원(九畹)에 일찍이 옛날의 봄 없어

  都隨蕭艾混泥塵　모두 쑥대밭 따라 먼지 쌓인 곳에 뒤섞였네

  秋風冷淡山離卜　산가의 울타리 밑에 가을바람 소슬한 뿐

  惟有黃花是故人　오직 국화꽃만이 옛 친구가 되네

  九畹(구원) : 굴원 초사의 고사에서 유래하여 난초를 심는다는 뜻.

  隨 따를수, 蕭 쑥소, 艾 쑥애, 混 섞일혼, 泥 더러워질니 籬 울타리리

  黃花(황화) : 국화

- **題趙子固蘭菊** | 可立 項炯(元)

  조자고의 난초, 국화 그림에 쓰다

  凉雲如波散銀浦　서늘한 구름 물결같이 은포에 흩어지고
  飛虹不見行天鼓　무지개도 보이지 않고 우레 소리만 들리네
  野花幽草一團春　들국화와 그윽한 풀 무더기로 봄인데
  暖天相倚愁殺人　날씨 따뜻해 서로 의지하여 사람근심 녹이네
  虹 무지개홍, 暖 더울난, 殺 감할쇄, 天鼓(천고) : 우레

- **子昂蘭竹圖** | 正傳 吳師道(元)

  조자앙의 난초 대 그림

  湘娥淸淚未曾消　상아의 맑은 눈물 아직 마르지 않았으나
  楚客芳魂不可招　굴원의 아름다운 혼을 불러올 수 없어라
  公子離愁無處寫　왕손이 시름 풀어내어 그릴 곳 없는데
  露花風葉共蕭蕭　이슬진 바람속의 잎 함께 쓸쓸하네
  子昂(자앙) : 원나라의 서화가 조맹부(趙孟頫)의 자
  楚客(초객) : 굴원을 가리킴
  公子(공자) : 조자앙이 송나라의 왕족이므로 그를 지칭한 말

- **蘭石雨竹圖** | 庸庵 宋玄僖(明)

  난초 돌 비 대나무 그림

  久別春風翠羽衣　봄바람에 이별한지 오래인데 신선의 옷 푸르고
  天涯今向雨中歸　먼 하늘 끝에서 비를 맞으며 돌아오는 듯
  飜思解佩江皐日　생각 바꿔 패옥 풀어버리니 강 언덕엔 햇빛나고
  玉氣爲雲戀落暉　패옥의 정기 구름 되어 저녁 햇살에 아련하네
  涯 물언덕애, 飜 뒤집을번, 解佩(해패) : 패옥을 풀어 주다.
  戀 사랑할련, 暉 햇빛휘, 羽衣(우의) : 신선이 입는 옷

- **題畫蘭** | 衡山 文徵明(明)

  난 그림에 쓰다

  手培蘭蕙兩三栽　난초 혜초 두세 포기 손수 심어 보았더니
  日暖風和次第開　따뜻한 날씨 온화한 바람에 차례차례 피어나네
  生久不知香在室　오래 자라고 있어 방안에 향기 있는 줄 몰랐는데
  推窓時有蹀飛來　창을 밀치니 때때로 나비가 날아드네
  培 북돋을배, 栽 기를재, 暖 따뜻할난, 推 밀추, 蝶 나비접

- **題王翰林所藏畫蘭** | 靑丘子 高啓(明)

  왕한림이 가진 난초 그림을 보고 쓰다.

  春到懷王舊渚宮　초나라 회왕의 옛 궁궐에 봄이 찾아 왔는데
  沙棠舟去水烟空　사당주 떠나가고 물가 연기 고요해
  孤叢不有幽香發　외로운 풀더미에 그윽한 향기 풍기지 않음은
  應沒江邊百草中　응당 강변의 온갖 풀을 묻어버렸기 때문이지
  懷王(회왕) : 굴원 때의 楚나라왕, 渚 물가저
  沙棠舟(사당주) : 사당나무로 만든 배

- **幽蘭花二首** | 潁濱 蘇轍(宋)

  그윽한 난 꽃

  其一

  李徑桃蹊次第開　오얏 복숭아 좁은 길에 차례로 피어
  穠香百花襲人來　온갖 꽃의 겹친 향기 옷 속으로 스미네
  春風欲擅秋風巧　봄바람이 가을바람솜씨 움직여 보려고
  催出幽蘭繼落梅　그윽한 난초 재촉하고 매화를 떨어뜨리네
  蹊 지름길혜, 穠 빽빽할농, 繼 이을계, 擅 천단할천

其二

珍重幽蘭開一枝　보배롭고 소중한 난초가 한 가지 피어나니

淸香耿耿聽猶疑　맑은 향기 빛나고 맡아보면 의심이 되네

定應欲較香高下　응당 마주하여 향기의 높낮이를 겨주어 보려고

故取羣芳競發時　많은 꽃들이 필 때 서로 다투네

耿 빛날경, 較 비교할교, 群 무리군, 競 다툴경

▪ 蕙花圖 | 庸庵 宋玄僖(明)

혜란꽃 그림

香飄百畝正氤氳　넓은 밭두둑에 향기 날리니 기운 성하고

作賦靈均豈厭聞　시 짓는 영균이 어찌 맡기를 싫어하였을까

我愛南風吹汝急　내가 아끼는 남풍 너에게 급히 불어 보내니

參差花葉總成文　꽃과 잎 들쑥날쑥하여 모두 글자를 이루네

蕙 난초혜, 飄 떨어질표, 畝 이랑묘, 氤 기운어릴인, 氳 기운성할온,

參差(참치) : 가지런히하지 아니한 모양

▪ 畵蘭 | 素卿 薛素素(明)

난을 그리며

空谷佳人絶世姿　빈 계곡의 가인 절세의 자태인데

翠羅爲帶玉爲肌　푸른 비단 허리띠를 옥살결에 두른 듯

獨憐錯雜蕭蕭草　홀로이 애처롭게 풀과 섞여 쓸쓸한데

一段幽香祇自奇　한 조각 그윽한 향기는 기이하기만하네

佳人(가인) : 미인, 여기서는 난초를 일컬음.

翠 비취색취, 羅 비단라, 帶 띠대, 蕭蕭(소소) : 쓸쓸한 모양

肌 살가죽기, 段 조각단, 祇 다만지

- **王楚玉畵蘭** | 眉公 陳繼儒(明)

  왕초옥의 난 그림을 보고

  年來空谷半霜風 해마다 서리 바람 빈 골짝에 불어오고
  留得遺香散草叢 흩어진 풀 무더기에 남긴 향기 머물러 있네
  只恐樵人溷蘭艾 다만 나무꾼들이 쑥과 난초를 구별하지 못하여
  紅顏收在束薪中 어린 아이들이 땔나무에 섞어 묶어올까 두렵네
  溷 어지러울혼, 薪 땔나무신, 遺 남을유, 散 흩어질산, 叢 무더기총

- **答琳長老寄幽蘭** | 穎濱 蘇轍(宋)

  임장로가 부친 난에 답하여

  谷深不見蘭生處 깊은 골짜기 난이 자라는 곳 보이지 않으나
  追逐微風偶得之 희미한 바람 좇으니 우연히 찾아내었네
  解脫淸香本無染 해탈한 맑은 향기는 본래 때 묻은 적이 없어
  更因一嗅識眞如 다시 한 번 맡아보니 진여임을 깨닫겠네
  逐 좇을축, 染 물들염, 嗅 냄새맡을후

- **題雪窓蘭蕙同芳圖** | 翠屛先生 張以寧(明)

  눈 쌓인 창에 난초혜초 아름다운 그림에 쓰다

  春來騷意滿江干 봄이 와서 어수선한 뜻 강물가에 가득하니
  轉蕙光風更泛蘭 봄바람은 혜란을 흔들고 다시 난초를 덮도다
  睡起老禪閒一笑 잠깬 늙은 선사가 한가로이 한 번 웃으니
  月明香雪竹窓寒 달 밝고 눈 향기로운데 죽창(竹窓)은 쓸쓸하네
  騷 시끄러울소, 泛 뜰범, 睡 졸수

· 蘭石圖 | 庸庵 宋玄僖(明)

난초 돌 그림

明珠翠帶倚秋風　푸른 잎에 밝은 구슬 가을바람 의지하고
石上雲生暮色中　바위위에 구름 일어 저녁빛 가운데 있네
漠漠度江吹作雨　넓고 끝없는 강 건너 내리는 비는
爲誰飛傍楚王宮　누구를 위하여 초왕궁에 흩날리는가

漠漠(막막) : 아주 끝없이 넓음, 帶 띠대, 吹 불취, 誰 누구수

· 趙師固蘭蕙卷 | 錢逵(淸)

조사고의 난초 혜초 그림에 쓰다

王孫書畵出天姿　趙師固의 글 그림 천연스런 자태 뽐고
痛憶承平鬢欲絲　간절히 태평시대 생각하니 머리 희고자 하네
長惜墨花寄幽興　오래도록 묵화를 아끼는 것에 취미를 붙여보니
至今葉葉向南吹　지금도 잎마다 남으로 향하여 바람부는 듯하네

王孫(왕손) : 제목의 趙師固를 이름.
姿 자태자, 痛 아플통, 承 이을승, 鬢 구레나룻빈

· 蘭谷 四章 | 明美堂 李建昌

난계곡 네 장

其一

蘭以國香　난초는 나라에서 제일가는 향기인데
芳于幽谷　깊은 골짜기에서 아름답구나
聖人所歎　그를 공자께서 찬탄하였고
蘭非自恧　난초가 스스로 부끄러워하지 않았지
華衣采佩　벼슬아치들이 캐어 허리에 차고
升于明堂　임금님 계신 곳에 올라갔네

王者攸珍　왕께서 진기하게 여기지만

蘭不增光　난초는 영광이 더해지는 건 아니라

國香(국향) : 제일가는 미인(난초의 별명)

歎 탄식할탄, 恧 부끄러울뉵, 佩 찰패, 升 오를승

其二

在谷亦蘭　골짜기에 있어도 역시 난초이며

在國亦蘭　서울 안에 있어도 역시 난초일 뿐

蘭性惟一　난의 성품 오직 한결같아

居不異觀　있는 곳에 따라 모습 다르지 않네

蘭性伊何　난초의 성품은 그 어떠한가

芬芬郁郁　무성한 향기 자욱하여라

自香其香　그 향기를 스스로 풍겨내니

無谷無國　골짜기와 서울을 가리지 않네

觀 볼관, 伊 저이, 芬 향기분, 郁郁(욱욱) : 무성한 향기나는 모양

其三

昔人種蘭　지난날 사람들이 난초를 심으면

期汝貴榮　그대 영달(榮達)할 때를 기약하였네

旣榮則悅　영달해지면 곧 기뻐하고

及我同生　나와 함께 살아가려고 하네

惟汝用心　오직 그대 난초의 마음 씀씀이는

無及以是　이런 영달에 있지 않노라

貴之者人　귀히 여기는 것은 사람들인데

蘭香而已　난초는 다만 향기를 풍길 뿐이라

而已(이이) : ~일 뿐이다. 汝 너여

其四

沃爾靈根　그대 신령한 뿌리에 물을 주니

秀爾嘉苗　그대 아름다운 싹 꽃 피어나네
蕙猶斯下　혜초(蕙草)도 오히려 그 밑으로 치는데
況艾與蕭　하물며 쑥풀이야 비유가 되리오
春風時至　때때로 봄바람 불어올 때면
國將媚汝　온 나라가 그를 사랑하리라
視汝之德　그 덕스러움을 살펴보니
如今谷處　골짜기에 자랄 때나 다름이 없네
沃 물댈옥, 秀 꽃필수, 爾 너이, 嘉 아름다울가
猶 오히려유, 艾 쑥애, 蕭 쑥소, 媚 사랑할미

- **四詠中蘭** | 陶隱 李崇仁

  네 가지를 읊는 중 란

  步繞蘭坡下　난초 언덕 아래 걸어 돌아가니
  揚揚一掬香　한 줌의 향기 흐드러지게 날리네
  栽培已得所　이미 얻은 바 손수 기르는데
  荊棘亦何傷　가시나무들이 어찌 상하게 할 수 있나
  花自春秋異　꽃은 스스로 봄 가을이 다르고
  芽從雨露長　싹은 비와 이슬에서 자란다
  薰陶知有益　덕으로 베푸니 유익함을 알아
  泰宇發天光　천하에 미리 하늘 빛을 피워내도다
  繞 둘릴요, 坡 언덕파, 荊棘(형극) : 가시나무, 芽 싹아,
  薰 훈훈할훈, 薰陶(훈도) : 덕으로써 사람을 교화 훈육시킴.
  泰宇(태우) : 天下와 같다는 말

- **傲雪蘭** | 乖崖 金守溫

  눈을 이기는 난초

  歲暮窮陰盡　세모라 겨울 다하니

靑靑獨自芳　파릇파릇 홀로 곱구나

謝庭凝露彩　사방득(謝枋得)의 뜰에 이슬빛 머금고

楚畹泛風光　굴원의 밭두둑에 풍광을 띄웠지

夢子知燕姞　아들을 꿈꾸다 연길(燕姞)을 알았지만

賡芝惜漢皇　지초(芝草) 노래한 한왕(漢王)이 애석하네

殷勤摭古事　남몰래 고사(故事) 모아

賦此有淸香　이렇게 시 지으니 맑은 향이 있구나

窮陰(궁음) : 음기 가득한 겨울

謝庭(사정) : 사방득(謝枋得)의 뜰이란 뜻

楚畹(초원) : 굴원이 심던 밭두둑

燕姞(연길) : 춘추시대 鄭나라 穆公의 어머니 이름

▪ 幽蘭 | 耳溪 洪良浩

그윽한 난

幽蘭在空谷　그윽한 난 빈 골짜기에 자라고

白雲在高山　흰 구름은 높은 산에 있네

蘭有香兮可掇　난초는 향기 있어 가히 꺾을 만하고

雲有影兮可攀　구름은 그림자 있어 가히 오를 만하네

彼美一人獨不見　저 아름다운 사람 외로움 보지 못하여

欲往從之道路艱　쫓아가려 하지만 길이 험해라

▪ 幽蘭 | 澗松堂 趙任道

그윽한 난

幽蘭生澗谷　그윽한 난초 산골 계곡에 자라니

谷深衆草沒　골이 깊어 뭇 풀이 사라졌네

雨露之所滋　비와 이슬의 자양분으로

根深葉亦苗　뿌리 깊고 잎도 뻗어 있다네

不賴鉏犁功　가꾸는 사람의 힘 없이도
天然蘊芳芯　천연스레 진한 향기를 품노라
只欠淸風吹　다만 맑은 바람 적게 분다면
香氣何由發　그 향기를 어떻게 전할 수 있나
沒 없을몰, 滋 자양분자, 蘊 쌓을온, 芯 향기로울필,
鉏 호미서, 犁 쟁기려, 欠 모자랄흠

- **蘭** | 東坡 蘇軾(宋)

　란

蕙本蘭之族　혜초 본시 난의 족속인데
依然臭味同　예전처럼 냄새 맛도 같도다
曾爲水仙佩　일찍이 굴원이 허리에 찼음을
相識楚辭中　초사 읽고서 알게 되었노라
幻色雖非實　미혹한 빛 모름지기 사실이 아니니
眞香亦竟空　참된 향기 어찌 알겠는가
云何起微馥　어찌하여 가는 향기 일어나
鼻觀已先通　코에 이미 먼저 스쳐가나
臭 냄새취, 識 알식, 微 희미할미, 馥 향기복, 觀 볼관
水仙(수선) : 굴원(屈原)을 말함
楚辭(초사) : 굴원의 이소경이 쓰여진 책이름

- **傲雪蘭** | 四佳 徐居正

　눈을 이기는 난

崇宗終歲守幽貞　대군(大君)께선 일년 내내 굳은 절개 지키시니
雪徑回輿認德香　눈길에 가마 돌려 찾아뵈니 덕향(德香)을 느끼네
要識薰陶同入室　후인들을 양성하여 함께 도에 오르시려 하시니
爲傳嘉慶早生庭　경사를 전하려는 난초 일찍 뜰에 자라네

操琴當日傷尼聖	거문고로 노래하던 날 공자께선 마음 상했으니
紉佩何年入楚經	어느 날에나 허리에 차고 초사(楚辭)에 들어갈까
酷愛色香還是僻	난의 빛과 향기를 사랑하사 습벽이 될지 모르오니
休敎外物累心靈	세상사물에 마음의 누가 되지 않게 하소서

崇宗(숭종) : 왕실(王室) 여기서는 왕실의 후예 안평대군(安平大君)을 가
　　　　　리킴

薰陶(훈도) : 향을 피우고 질그릇을 굽듯이 인재를 양성함.

尼聖(니성) : 공자(孔子)를 가리킴

楚經(초경) : 楚辭(초사)를 가리킴

休敎(휴교) : ～하여금 ～하게 하지 마라.

■ **傲雪蘭** | 太虛亭 崔恒

눈을 이기는 난초

猗猗綠艶映華軒	아름다운 푸른 자태로 고운 집을 비추니
雪深綺石紫花繁	눈 깊은 비단 돌에 자주색 꽃이 번성해라
芽茁謝庭曾拔萃	사방득(謝方得)의 뜰에 싹들은 이미 뽑혔는데
香浮楚畹便逢原	초원에 뜬 향은 다시 굴원(屈原) 만난 듯
交誰耐久江干茝	강가의 쓴 풀 참아가며 뉘라서 사귈 거며
臭自同心澤畔蓀	못 가의 창포 마음 통해 절로 냄새 풍기네
莫爲無人芳暫歇	사람이 없다 해서 잠시도 향기 멈추지 마소
英名已滿世間喧	꽃다운 이름 벌써 세상에 가득 났으니

艶 고을염, 綺 바단기, 繁 번성할번, 茁 풀싹줄, 拔 뺄발, 萃 모을췌

蓀 창포손, 歇 쉴헐

謝庭(사정) : 사방득(謝方得)의 뜰을 말함.

猗猗(의의) : 아름답고 무성한 모양

楚畹(초원) : 중국 고대 초(楚)나라의 시인 굴원(屈原)이 벼슬에서 쫓겨
　　　　　난 뒤, 난을 심던 아홉 밭두둑인 구원(九畹)을 가리킴.

逢原(봉원) : 굴원을 만남. 굴원은 「초사(楚辭)」에서 군사나 현인으로 난

을 비유하여 노래한 바가 있음.

江干(강간) : 강가

- **蘭** | 誠齋 楊萬里(宋)

  난

  雪徑偸開淺碧花　눈길은 연푸른 꽃 피는 것 투기하는데

  氷根亂吐小紅芽　작은 붉은 싹 찬 뿌리에서 토해내네

  生無桃李春風面　살면서 복숭아, 오얏꽃들과 마주하지 아니하며

  名在山林處士家　명분은 산림 속의 처사되길 즐겨한다.

  政坐國香到朝市　저잣거리에서도 국향의 자리 바로 지키고

  不容霜節老雲霞　깊은 운하 속에 서리 같은 절개 용납지 않네

  江籬蕙圃非吾耦　강리나 혜포는 나의 짝이 못될 것으로 여기니

  付與騷人定等差　글 짓는 선비들에게 맡겨 품제가 정해지네

  徑 길경, 淺 얕을천, 耦 짝우, 差 차이차

  江籬(강리) : 강가, 바닷가의 푸른 풀

  蕙圃(혜포) : 혜초가 자라는 밭

  騷人(소인) : 시인들

菊花〈국화〉

- 寒香 : 차가운 향기
- 佳色 : 아름다운 빛. 국화의 다른 이름
- 黃菊 : 누런 국화
- 秋英 : 가을날의 아름다운 꽃
- 秋香 : 가을날의 향기
- 九華 : 구월의 꽃
- 冷香 : 차가운 향기
- 傲霜 : 서리를 업신여김
- 幽人 : 은자
- 幽姿 : 그윽한 자태
- 日精 : 해의 정기
- 秋葉 : 가을 꽃
- 黃華 : 황금 꽃

- 帶露香 : 이슬에 젖어 향기 발함
- 晚節香 : 늦은 계절의 향기
- 白雪英 : 흰 눈과 같은 꽃
- 散幽馥 : 그윽한 향기를 뿌리네
- 霜下傑 : 서리 속에서 빼어난 꽃이로다
- 傲晨霜 : 새벽 서리를 업신여기네
- 一叢金 : 한 무더기 황금이로다

- 一朶寒香 : 한 떨기 차가운 향기여
- 荒籬晚艶 : 황폐한 울타리에 늦게 요염하네
- 東籬佳菊 : 동쪽 울타리의 아름다운 국화

- 秋耀金華 : 가을 빛나는 금 같은 국화
- 冷淡淸幽 : 차고 맑고 깨끗하고 그윽한 국화
- 冷香貞色 : 차가운 향기에 정숙한 빛깔
- 獨秀孤芳 : 홀로 빼어난 외로운 꽃
- 晩香寒翠 : 늦게 향기를 발하고 추위 속에서 푸르름
- 碧葉金英 : 푸른 잎에 황금빛 꽃
- 三色凌霜 : 세 가지 빛깔의 국화가 서리 이기네
- 素艷芳姿 : 희고 고운 국화의 꽃다운 모습
- 永壽墨菊 : 오랜 생명의 묵국화
- 傲霜一枝 : 서리를 업신여기는 국화 한 줄기
- 幽色在野 : 그윽한 빛깔의 국화가 들에 있네
- 幽艷冷香 : 곱고 그윽한 국화의 차가운 향기
- 幽絶香奇 : 그윽한 곳의 기이한 향기를 발하네
- 淸風香露 : 맑은 바람에 향기로운 이슬방울
- 香飄風外 : 국화 향기 바람에 날려 풍김
- 和霜伴月 : 서리와 어울리고 달과 짝이 되네
- 佳色含霜 : 아름다운 빛 서리를 머금었네
- 晩節寒英 : 늦은 계절의 차가운 국화꽃

- 籬花香欲還 : 울타리 국화 향기 보내오려 하네
- 種菊添我淸 : 국화 심으니 나의 청렴 더해지네
- 霜滿籬邊色 : 서리 내린 울타리 주위 국화 빛 가득하네
- 秋菊淸且香 : 가을국화 맑고 또 향기롭네
- 菊得霜乃英 : 국화 서리 내리면 아름다움 얻도다
- 含露菊花垂 : 이슬 머금고 국화 피었네
- 野菊淡秋心 : 들국화 가을철 마음 맑게 해 주네
- 花之隱逸者 : 꽃 중에서 은일자로다

- 秋菊有佳色 : 가을국화 아름다운 빛 있네
- 凌霜留晩節 : 서리 이기고 늦가을에 남아있네
- 露下發金英 : 이슬 내려서 금빛 발하도다
- 孤芳壓俗姿 : 외로운 향기 속세 누르는 자태로다
- 秋霜不改操 : 가을 서리에도 지조 변치 않네
- 菊散一叢金 : 국화가 한 무더기 황금을 흩어놓음
- 菊松多喜色 : 늘 즐거워하는 국화와 소나무
- 細雨菊花天 : 가랑비 내리니 국화 필 계절이구나
- 秋色靜中生 : 가을 빛깔이 고요한 가운데 핌
- 寒菊帶霜甘 : 추위 속의 국화가 서리를 맞고 향기롭다
- 寒花發黃彩 : 추위 속의 국화가 황금빛을 발함
- 黃花細雨中 : 황금빛 국화가 가랑비 속에 피어 있음
- 佳色兼淸馥 : 아름다운 빛에 맑은 향기도 겸했네

· 東籬菊艶耐新霜

　　동쪽 울타리의 국화 곱고 새 서리를 견디네

[출전]　耘谷 元天錫의 詠菊

　　　　艶 고울염, 耐 참을내

· 獨憐風際散淸香

　　홀로이 바람 끝에 맑은 향기 흩날림을 사랑한다

[출전]　耘谷 元天錫의 詠菊

　　　　憐 사랑할련, 際 끝제

· 發花箇箇黃金毬

　　핀 꽃은 송이송이 황금색의 둥근 꽃

[출전]　秋史 金正喜의 謝菊

箇 낱개, 毬 공구

▪ 玉英粲粲黃金色

옥 같은 꽃 찬란하게 황금빛 되었네

[출전] 幼子 金善의 題墨菊

粲 빛날찬

▪ 自甘籬落傲風霜

바람서리 내린 울타리 곁을 달게 여겨 피었네

[출전] 士齋 鄒塞貞의 題菊

籬 울타리리, 傲 업신여길오

▪ 金風拆盡數條黃

가을바람이 두어 가지 누런 꽃을 터뜨리네

[출전] 梅月堂 金時習의 深黃菊

拆 터뜨릴탁, 條 가지조

▪ 貞心能守歲寒盟

꿋꿋하게 추위에도 곧은 마음 변치 않네

[출전] 八吾軒 金聲久

貞 곧을정, 歲 해세

▪ 金菊吐翹以凌霜

노란국화 활짝 피어 서리 견디어 내고 있네

[출전] 蘇彦의 詩句

吐 토할토, 翹 들교

• **數點黃花冷淡花**

    몇 점 국화 찹고 맑은 가을꽃이로다

[출전] 葉子奇의 詩句

      冷 찰랭, 淡 맑을담

• **菊到霜濃色漸佳**

    국화 서리 짙을 때 색 점점 고와라

[출전] 張雅宗의 詩句

      濃 짙을농, 漸 더할점

• **貞姿佳菊秋霜裏**

    정조 있는 자태 아름다운 국화 가을서리 속에 있네

[출전] 路鐸의 詩句

      姿 자태자, 裏 속리

• **露華應到菊花團**

    이슬 화려하니 응당 국화 떨기 피었으리

      露 이슬로, 應 응할응

• **霜菊新花一半黃**

    서리 맞은 국화 새로 피어 반쯤 누렇구나

      新 새신, 黃 누를황

• **菊花馥郁放淸香**

    국화가 그윽하게 맑은 향기 피우네

      馥 향기복, 郁 성할욱

- 廋莖葉葉帶霜氣

  마른줄기 잎잎마다 서리 기운 띠었도다

  瘦 야월수, 莖 줄기경

- 繁花片片含秋情

  번화한 꽃 잎마다 가을의 정 머금었네

  繁 번성할번, 含 머금을함

- 孤芳晚節見高風

  외로운 꽃 늦은 계절에 고고한 풍치보도다

- 故園黃菊待君開

  고향의 황국이 그대 기다리며 피어 있네

- 對雨且看籬下菊

  비를 맞으며 또 울 밑의 국화를 본다

- 東籬菊蕊吐幽香

  동쪽 울의 국화꽃 그윽한 향을 토해낸다

- 西風重九菊花天

  가을바람 부는 중양절 국화 피는 계절이라

- 小園黃菊九秋香

  작은 정원의 황국이 가을날 향기롭네

- **秋色留人菊一枝**

  가을빛을 발하여 사람을 붙잡는 국화 한 가지

- **菊花渾被月** 국화가 달빛에 어리니

  淸純自無邪 맑고 청순해지니 저절로 사악함도 없네

[출전] 揖翠軒 朴誾의 次李澤之韻

　　　 渾 섞일혼, 被 입을피, 邪 사악할사

- **野菊生秋澗** 들국화 가을 산골에서 자라고

  寒香意自淸 찬 향기 스스로 뜻 맑도다

[출전] 牧隱 李穡의 野菊

　　　 澗 시골간, 香 향기향

- **微草幽貞趣** 미천한 풀이지만 곧은 뜻 품으니

  正猶君子人 이는 바로 군자와 같도다

[출전] 仲久 高微厚의 詠菊

　　　 趣 취미취, 猶 같을유

- **佳色兼淸馥** 고운 빛인데 맑은 향기도 겸해

  端宜處士培 단정하니 응당 처사가 가꾸네

[출전] 勉庵 崔益鉉의 黃菊

　　　 兼 겸할겸, 馥 향기복, 端 난성할난

- **烟開容藹密** 연기 일 때 촘촘히 피었던 송이들

  霜重放叢斜 거듭 내린 서리로 무더기로 기울어졌네

[출전] 子京 宋祁의 叢菊
　　　　蘸 꽃속술위, 叢 무더기총

- **風勁香逾遠** 바람 사나우면 향기 더욱 드러나고
  天寒色更鮮 날씨 추우면 빛은 더욱 선명해

[출전] 曼卿 石延年의 叢菊
　　　　逾 더욱유, 鮮 고울선

- **長莖削寒玉** 긴 줄기는 싸늘한 옥을 깎은듯
  嫩葉凝靑烟 연한 잎은 파란 연기 엉긴듯

[출전] 牧隱 李穡의 種菊
　　　　削 깎을삭, 凝 엉길응

- **耿耿配君子** 밝고 밝아 군자의 벗이 되니
  芳心誰復求 꽃다운 마음 누가 다시 구하나

[출전] 牧隱 李穡의 對菊
　　　　耿 밝을경, 誰 누구수

- **未敷承露葉** 잎은 피기도 전에 이슬을 받았고
  新展傲霜枝 새로 뻗은 가지는 서리 업신여기네

[출전] 栗谷 李珥의 種菊
　　　　敷 펼부, 傲 업신여길오

- **凌霜留晚節** 늦은 계절에 남아 서리 이겨내고
  殿歲奪春華 세모에도 봄과 같이 꽃이 피네

[출전] 申時行의 菊

留 머무를류, 奪 뺏을탈

· **采菊東籬下** 동쪽 울타리 아래서 국화를 꺾고
　悠然見南山 고요히 먼 남산을 바라다본다
[출전] 淵明 陶潛의 飮酒
　　　采 캘채, 悠 멀유

· **淸霜下籬落** 맑은 서리 울타리에 떨어지니
　佳色散花枝 아름다운 빛은 꽃가지에 흩어지네
　　　籬 울타리리, 散 흩어질산

· **凌霜獨秀花** 서리 업신여기고 홀로 빼어난 꽃인데
　高節一層佳 고상한 절개 한층 아름답네
　　　獨 홀로독, 層 층층

· **不羞秋容淡** 가을 얼굴 담담하여 부끄러워 않고
　寒花晩節香 찬 꽃은 늦은 계절 향기롭다
　　　羞 부끄러울수, 淡 맑을담

· **靑條若摠翠** 푸른 가지 비취 엮은 듯하고
　黃花如散金 노란국화 황금 흩어 놓은듯하네
　　　摠 뮤을총, 翠 푸를취

· **質傲淸霜色** 바탕은 맑은 서리빛 이기고
　香含秋露花 향기는 가을 이슬꽃 머금었네
　　　質 바탕질, 含 머금을함

- 偶向東籬羞滿面

  眞黃花對僞淵明

  우연히 동쪽 울타리 향하니 수줍음은 얼굴에 가득

  진짜 국화꽃이 가짜의 도연명을 대하는 듯.

  [출전] 牧隱 李穡의 對菊有感

  　　　偶 우연히우, 羞 부끄러울수, 僞 거짓위

- 蕭疎枯葉附寒英

  輕帶寒霜四五莖

  성글고 마른 잎 찬 꽃에 붙었는데

  가벼운 찬 서리 띤 것은 네 다섯 줄기일세

  [출전] 梅月堂 金時習의 白菊

  　　　蕭 쓸쓸할소, 附 붙을부, 帶 띠대

- 花中隱逸知人意

  歲晩心期詎有涯

  은일(隱逸)에 비유되는 꽃인데 사람의 뜻을 알아

  해 늦도록 먹은 마음 어찌 끝이 있으리오

  [출전] 退溪 李滉의 詩

  　　　隱 숨을은, 詎 어찌거, 涯 물가애

- 閒坊靜曲秋山下

  黃菊花兼白菊花

  한가한 뚝 고요한 계곡 가을 산 아래

  황국화와 백국화 곁들여 피었네

  [출전] 秋史 金正喜의 乞菊

坊 뚝방, 靜 고요정, 兼 겸할겸

- **秋來何草不玄黃**

  能傲嚴霜也自芳

  가을 오면 어느 꽃 검고 시들지 않으리

  혹독한 서리 이겨내고 스스로 향기롭네

  [출전] 雪溪 朴致和의 菊花

  　　　嚴 엄할엄, 傲 업신여길오

- **朱英燦爛最先開**

  却怕秋香一夜衰

  붉은 꽃 찬란하게 가장 먼저 피었는데

  가을향기 한밤만에 사라질까 두렵네

  [출전] 四佳 徐居正의 詠朱菊

  　　　最 가장최, 怕 두려울파, 衰 쇠할쇠

- **幽香正色傲繁霜**

  節操可栽君子堂

  그윽한 향기 순수한 빛 서리마저 업신여기고

  굳은 절조라 가히 군자의 집에 심을 만하네

  [출전] 梅月堂 金時習의 嘲菊

  　　　繁 번성할번, 操 절개조, 栽 심을재

- **到底金英眞傲骨**

  荒寒不改舊時妝

  금빛 꽃송이 도대체 거만한 기골인데

모진 추위도 옛날의 단장 헝클지 못하네

[출전] 李淸輝의 詠菊

荒 거칠황, 舊 옛구, 妝 단장할장

- **可隣風雨曾經久**

  太半秋來臥放花

  오랜 세월 비바람 견디어 가련도 한데

  가을 오니 태반이 누워 꽃이 되었네

[출전] 愚南 白膺絢의 詠菊

隣 가련할련, 曾 일찍증, 臥 누울와

- **耐寒唯有東籬菊**

  金粟花開曉更淸

  오직 동쪽 울타리 국화만이 추위 이기고

  노란 꽃송이들 밝은 아침 더욱 맑게 피어나네

[출전] 香山居士 白居易의 菊花

耐 참을내, 籬 울타리리, 曉 새벽효

- **滿院花菊鬱金黃**

  中有孤叢色似霜

  뜰 가득 국화꽃 금빛으로 울창한데

  그 중에 외로운 떨기 서리같이 하얗네

[출전] 香山居士 白居易의 重陽日

鬱 울창할울, 叢 무더기총, 似 같을사

- **玉英粲粲黃金色**

斜倚東籬日又曛

옥 같은 꽃 찬란하게 황금빛인데
황혼에 동쪽 울타리에 기울어져 피었네

[출전] 幼孜 金善의 題墨菊

粲 선명할찬, 倚 기댈의, 曛 황혼훈

‧ 輕肌弱骨散幽花
眞是靑裙兩髻丫

가벼운 살결 연약한 줄기 그윽한 꽃 흩어져
푸른 치마 두 가닥으로 머리 땋아 올린 듯하네

[출전] 東坡 蘇軾의 寒菊

肌 살갗기, 裙 치마군, 髻 상투계, 丫 묶은머리아

‧ 芳姿獨粲霜淸後
靜艶增妍露冷初

서리 맑은 뒤에는 아름다운 자태 홀로 빛나고
이슬 처음 차가운데 은은한 멋 더욱 고와라

[출전] 太虛亭 崔恒의 凌霜菊

姿 자태자, 艶 고울염, 妍 예쁠연

‧ 霜枝且可簪華髮
落蘂應須泛綠醅

서리 맞은 가지는 흰머리 비녀로 쓸만하고
떨어진 꽃은 술 위에 띄울 만하도다

[출전] 象村 申欽의 東陽九日送菊盆

簪 비녀잠, 髮 터럭발, 蘂 꽃술예, 醅 술괼배

- 玉肌無粟倚東墻
  耐却深秋半夜霜

  옥 같은 살결 소름도 없이 동쪽 담에 의지하여
  깊은 가을 밤 서리를 견디어 내고 있네

[출전] 梅月堂 金時習의 白菊
    粟 소름속, 耐 참을내

- 到霜甘處香初動
  承露溥時色更鮮

  단 서리 내린 곳 향기 처음 풍기고
  찬 이슬 두루 미칠 때 빛깔 더욱 곱구나

[출전] 花潭 徐敬德의 詠菊
    溥 두루미칠부, 鮮 고울선

- 黃花有意凌寒色
  紫菊無心逞艷姿

  노란 국화 뜻있어 찬 기운 견뎌내고
  자색 국화 무심히 요염한 자태 드러낸다

[출전] 褚陸致의 菊花
    逞 마음대로할령, 艷 고울염

- 黃花助興方携酒
  紅葉添愁正滿階

  누런 국화 곧 술 마시게 하니 흥취 돋우고
  붉은 낙엽 뜬 계단에 가득하니 근심 더하네

[출전] 香山居士 白居易 菊花

携 끌휴, 添 더할첨, 階 계단계

- **萬紫千紅秋風落**
  東籬佳菊傲霜新

  많은 자주색 붉은 꽃 가을바람에 떨어지나
  동쪽 울타리 아름다운 국화 서리 업신여기고 새롭네

  籬 울타리리, 傲 업신여길오

- **斜日園林方冷淡**
  西風天地特淸奇

  해 기우는 동산 숲은 바야흐로 서늘하고 맑은데
  서풍 부는 온 천지엔 특별히 맑고 기이하네

  斜 기울사, 奇 기이할기

- **黃花香淡秋色老**
  落葉聲多夜氣淸

  국화향기 맑아서 가을빛 익어가고
  낙엽 소리 많으니 밤기운 맑도다

  淡 맑을담, 聲 소리성

- **凌霜菊** | 梅竹軒 成三問

  서리를 이기는 국화

  嘗聞湌菊者　일찍이 들으니 국화로 끼니하면
  壽可五百年　오백년 세월을 살 수가 있다 하네
  所愛或異此　나의 국화 사랑 이같이 기이함은
  不競衆芳先　다른 꽃과 먼저 피려 다투지 않음이라

嘗 일찍이상, 飧 저녁밥손, 競 다툴경

- ## 次李擇之韻 | 挹翠軒 朴誾

  이택지의 시운을 빌려

  菊花渾被月　국화꽃에 달빛이 어리니
  淸純自無邪　맑고 순하여 스스로 사악함 없네
  終夜不能寐　밤새도록 잠을 이루지 못하고
  解添詩課多　번민 속에 시 지을 생각 많구나
  渾 섞을혼, 純 순할순, 邪 사악할사, 寐 잠잘매, 解 풀해
  渾被月(혼피월) : 혼연히 달빛을 머금고 있음.
  詩課多(시과다) : 시 지을 생각이 많아짐.

- ## 野菊 | 牧隱 李穡

  들국화

  野菊生秋澗　들국화가 가을 산골에 자라
  寒香意自淸　싸늘한 향기는 스스로 맑다
  幽人方獨往　유인(幽人)이 홀로 찾아가는 것은
  勝友有同盟　뛰어난 벗과 마음을 같이 하려고
  澗 산골물간, 勝 이길승, 盟 약속맹

- ## 移栽洪元九菊叢 | 尤庵 宋時烈

  홍원구의 국화를 옮겨다 심고

  故人東籬菊　옛 사람이 동쪽 뜰에 국화를
  移來倚石墻　돌담장 곁에 옮겨 심네
  竚待村醪熟　시골집 막걸리 익기를 기다려
  秋英泛滿觴　가을국화 잎 잔에 띄워 마셔보련다

栽 심을재, 籬 울타리리, 倚 곁의, 墻 담장, 竚 우두커니설저,
醪 막걸리료, 熟 익을숙, 泛 뜰범, 觴 잔상

• 黃白菊 | 霽峰 高敬命

황색 국화와 백색 국화

正色黃爲貴　노란 국화를 귀하게 여기지만
天姿白亦奇　천연스런 자태 희고 또한 기이해
世人看自別　사람들은 빛깔을 보고 차별을 짓지만
均是傲霜雪　모두 다 눈서리 이겨낸다네
均 고를균, 傲 업신여길오

• 詠菊 | 仲久 高徽厚

국화를 읊다

微草幽貞趣　미천한 풀이지만 곧은 뜻을 품으니
正猶君子人　바로 군자와 같구나
斯人不可見　사람다운 사람을 만날 수 없으니
徒與物相親　다만 꽃이라도 친할 수밖에
微 작을미, 趣 뜻취, 斯 이사, 徒 다만도

• 菊花 | 崔世衍

국화

去年籬下菊　지난해 울타리 밑 핀 국화꽃이
今歲又開花　금년에도 또 피었구나
對花還多感　꽃을 보면 갖가지 느낌 일어나는데
浮生鬢已華　뜬 세상에 이미 귀밑머리 희어졌네
還 돌아올환, 浮 뜰부, 鬢 귀밑머리빈

▪ **黃菊** | 勉庵 崔益鉉

　　누런 국화

　　　　佳色兼淸馥　빛도 고운데 맑은 향기도 겸해
　　　　端宜處士培　단정한 처사가 가꾸었던 꽃이라
　　　　羞同桃李節　도화 이화와 함께 피는 것을 부끄러워하여
　　　　遲向九秋開　가을 무렵에야 뒤늦게 피어나네
　　　　馥 향기복, 端 바를단, 宜 마땅의, 遲 더딜지

▪ **南山菊** | 雅亭 李德懋

　　남산의 국화

　　　　菊花敧石底　국화가 돌 밑으로 기울고
　　　　枝折倒溪黃　꺾인 가지 시내에 엎드려져 노랗다
　　　　臨溪掬水飮　시냇가에 임해 손으로 물을 마시면
　　　　手香口亦香　손에도 꽃향기요 입에도 향기나네
　　　　敧 기울어질기, 底 밑저, 倒 엎드러질도, 掬 움킬국

▪ **嘲盆菊** | 陶庵 李縡

　　분에 심은 국화를 조롱하여

　　　　病起曉霜白　병든 몸 일어나보니 아침 서리 하얗고
　　　　籬花香欲還　울타리의 국화꽃들 향기 보내오네
　　　　隱身矮簷下　짧은 처마 밑에 몸을 숨겼으니
　　　　未信爾凌寒　너 추위 이겨 내는 것 믿지 않으리라
　　　　嘲 조롱할조, 盆 동이분, 曉 새벽효, 隱 숨을은, 矮 짧을왜, 簷 처마첨,
　　　　爾 너이

▪ **九月十三日泛菊** | 白雲 李奎報

　　9월13일 국화를 띄우다

菊殘重九後　국화는 중양절 뒤엔 쇠잔하거늘
還有一枝開　오히려 한 가지가 피어 있구나
似欲媒吾飮　내 술 마심을 중매 서려는 듯하니
何妨更泛盃　다시 술잔에 띄움을 어찌 방해하리오
殘 쇠잔할잔, 媒 중매매, 妨 방해할방, 泛 뜰범

- **白菊** | 三淵 金昌翕

　흰 국화

　　白菊誰同色　흰 국화 누구와 같은 색인가
　　盈樓霜月輝　누각에 가득히 서리 맞은 달빛이네
　　山高石梁絶　산은 높고 돌다리 아찔하니
　　終是醉人稀　끝내 술 즐기러 오는 이 적구나
　　輝 빛날휘, 稀 드물휘

- **月下賞菊** | 柳下 洪世泰

　달 아래에서 국화를 감상하다

　　寒花同月色　추위 속의 꽃 달빛과 동색인데
　　滿地白參差　땅 가득히 하얗게 들쭉날쭉
　　寂寞空林下　텅 빈 숲 아래 고요한데
　　幽芳君不知　그윽한 꽃향기 그대는 알지 못하네
　　參差(참치) : 들쑥날쑥한 모습

- **對菊吟** | 柳下 洪世泰

　국화를 마주하여 읊다

　　中林獨臥意　숲 속에 홀로 누운 뜻은
　　知我有寒花　나를 아는 국화가 있어서네
　　萬木風霜後　온갖 나무 서릿바람 겪은 뒤에

終能作歲華　끝내 능히 한 해를 마치리로다

臥 누울와, 終 마칠종

▪ **謝菊** | 陶庵 李 縡

국화에게 말하다

風雨滿哀壑　비바람 애끓는 계곡에 가득한데

孤芳不受寒　외로운 국화꽃 추위에도 변함없네

移家辱相近　집으로 옮겨 가까이 두니

自有臭如蘭　저절로 난초 같은 향기 있구나

壑 골학, 臭 냄새취

▪ **菊答** | 陶庵 李 縡

국화가 답하다

偶値歲寒後　우연히 날씨가 추워진 뒤에 만나

幸升君子堂　다행히 군자의 집에 오르게 되었네

苦心元自在　괴로운 마음 원래 가지고 있던 터

不是避風霜　바람과 서리를 피하는 것은 아니로네

値 만날치, 升 오를승, 避 피할피

▪ **詠菊** | 靜軒 趙貞喆

국화를 읊다

霜後一枝菊　서리 맞은 뒤 국화 한 가지

慇懃向客開　은근히 나를 보고 피었네

寒香如自保　싸늘한 향기 스스로 보존한 것 같이

移欲故園栽　고향땅에서 기르고자 옮기고 싶네

慇 은근할은, 懃 은근할근, 栽 심을재

▪ **菊** | 四留齋 李廷馣

　국화

　　何恨三逕荒　三逕이 거칠다고 어이 한탄하는가
　　庭前有時菊　뜰 앞에 때맞게 국화 꽃 피었네
　　遊人携酒來　나그네 술을 들고 찾아오므로
　　不必悲孤獨　반드시 고독하다고 슬퍼할 건 아니지
　　荒 거칠황, 逕 길경, 携 지닐휴, 悲 슬플비

▪ **叢菊** | 子京 宋祁(宋)

　국화 무리

　　烟開容蒻密　연기 일 때 촘촘히 피었던 송이들
　　霜重放叢斜　거듭 내린 서리에 무더기로 기울어졌네
　　插著星星畔　두둑에 희뜩희뜩 남아 있는 꽃을 보고
　　潛郞稱晩花　도연명은 늦게 핀 꽃을 칭송하였네
　　烟 연기연, 蒻 꽃속술위, 密 촘촘할밀, 插 꽃을삽, 畔 두둑반
　　潛郞 : 도연명(陶潛)

▪ **和郭主簿** | 淵明 陶潛(晉)

　곽주부에 답함

　　芳菊開林輝　꽃다운 국화는 숲 속에 피어 빛나고
　　靑松冠巖列　푸른 소나무는 바위를 덮은 채 늘어서 있네
　　懷此貞秀姿　이 곧고 빼어난 자태를 품고서
　　卓爲霜下傑　서리 아래 영웅으로 우뚝 섰았네
　　耀 빛날요, 懷 품을회, 傑 준걸걸

- **菊** | 袁山松(晉)

  국화

  靈菊植幽園　　신령한 국화 그윽한 동산에 심었는데

  擢穎凌寒飆　　빼어나게 피어나 서릿바람도 업신여기네

  春露不染色　　봄 이슬에도 색이 물들지 않고

  秋霜不改條　　가을 서리에 가지를 바꾸지 않네

  擢 뽑을탁, 穎 빼어날영

- **白菊圖** | 程鉅夫(元)

  흰 국화 그림

  黃中雖正色　　황색이 비록 정색이나

  潔白見芳心　　맑고 흰 것에도 꽃다움이 보이네

  折得無人把　　아무도 꺾어 들지 않으니

  何如晚徑深　　늦은 길 깊어감을 어이할까

  雖 비록수, 潔 맑을결

- **黃菊皆盡　見名菊至九月向晦盛開　愛而賦之** | 白雲 李奎報

  국화가 다 졌는데 이름 있는 국화 하나가

  　　　　　　구월 그믐이 되도록 만개해 있어 사랑해서 짓다

  黃花雖似與秋期　　국화가 비록 때에 함께 하는 것 같은데

  及此霜深豈發時　　이 서리 깊은 때에 이르러 어찌 피는가

  尙把淸香開艶艶　　오히려 맑은 향기로 곱게곱게 피었으니

  一枝何忍損浮巵　　한 가지인들 어찌 차마 꺾어다 잔에 띄우랴

  雖 비록수, 把 잡을파, 巵 술잔치

- **菊花** | 白雲 李奎報

  국화

  霜卉秋來遍放花　서리 내린 풀 가을 되니 두루 꽃을 피워
  飽看野岸與山家　들 언덕 산 집에서 배불리 본다
  石盆硬滑應難穩　돌 화분 단단하여 온존하기 어렵지만
  一朶寒香尙足誇　한 떨기 차가운 향기 족히 자랑할 만하다
  遍 두루편, 飽 배부를포, 硬 굳셀경, 滑 어지러울골,
  穩 편할온, 誇 자랑과

- **菊花** | 老峯 金克己

  국화

  芬敷恨不及春風　퍼져나는 향기 봄바람에 미치지 못함을 한하니
  露冷霜凄慘玉容　찬 이슬과 매운 서리에 아리따운 얼굴 가엾어라
  歲晚芳心誰獨識　늘그막의 이 꽃다운 마음 누가 알아주랴마는
  殘叢尙有愛花蜂　남은 꽃떨기엔 아직도 벌 찾아드네
  芬 향기분, 敷 펼부, 悽慘(처참) : 서글프고 구슬픔
  識 알식, 蜂 벌봉

- **詠菊 三首** | 牧隱 李穡

  국화를 세수 읊다

  其一
  菊花避地在東籬　국화가 땅을 피해 동쪽 울타리에 있어
  白白朱朱各一時　흰 섯이나 붉은 것들 각기 한 때이구나
  天地亦憐心獨苦　하늘 땅도 역시 마음 홀로 괴로움 알아
  滿天風露降霜遲　하늘 가득한 바람 이슬에 서리 더디 내린다
  避 피할피, 降 내릴강, 遲 더딜지

其二

薄雲斜日漏疏籬　엷은 구름에 비긴 해가 성근 울타리에 비쳐
白髮衰翁獨立時　흰 머리 쇠잔한 늙은 이 홀로 서 있는 때라
情境自融誰領得　감정과 경계가 서로 융통함 누가 이해하랴
古來抗志在衰遲　예부터 고상한 의지는 늙어갈 때에 있노라

薄 엷을박, 漏 셀루, 髮 터럭발, 融 융통할융, 遲 더딜지

其三

彭澤歸來採向籬　팽택에서 돌아와 울타리를 향해 꺾으려니
南山秀色更佳時　남산의 수려한 빛이 다시금 아름다운 계절
樂天不是延年者　자연을 즐김이 나이를 연장함 아니지만
可笑評論早與遲　이르다 늦었다 논평함이 가소롭구나

採 캘채, 延 끌연, 評 평할평

▪ 菊 二首 ｜牧隱 李穡

국화 두 수

其一

中秋已見菊枝黃　중추에 이미 국화 가지 누런 것을 보니
牧老臨風一嘆長　목은 늙은이 바람 맞아 나가려고 탄식 깊네
恰似少年吾躁進　어린 시절 내 벼슬길 나가려고 조급하였음이
帶霜能得細吹香　서리 때면 조용히 향을 날릴 수 있음과 흡사해

臨 임할림, 嘆 탄식할탄, 恰 흡사할흡
躁進(조진) : 경솔하게 전진한다. 벼슬길에 나가려 열중하다.

其二

朱白紛然共讓黃　주홍 백색 어지러이 함께 황색에게 양보하여
栽培巧矣亦能長　재배하기도 공교로이 역시 잘 자랐구나
龍山九日開方盛　용산의 중양절에 바야흐로 활짝 피니

半醉歸來滿帽香 반쯤 취해 돌아오는 길에 모자에 향기 가득해

龍山(용산) : <晉書, 孟嘉傳>에 맹가가 桓溫의 참군이 되었는데 온이 매
　　　　　　우 사랑했다. 9월9일에 온이 龍山에서 잔치를 베풀었는데
　　　　　　그 때 바람이 불어 맹가의 모자가 날렸으나 맹가는 그것을
　　　　　　모르고 변소에 간 사이에 孫盛이 글을 지어 비웃으며 맹가
　　　　　　의 자리에 앉았다. 맹가가 돌아와 그것을 보고는 답으로 글
　　　　　　을 지은 문장이 유명하여, 그 후로 '龍山落帽'가 중양절의
　　　　　　故事가 되었다

讓 사양할양, 巧 공교할교, 醉 취할취, 帽 모자모

▪ 對菊 有感 三首 | 牧隱 李穡

국화를 보고 느낌 있어 세 수

其一

人情那似物無情 사람의 정이 어찌 사물의 정 없음과 같으랴

觸境年來漸不平 한계를 느끼는 근년에는 점점 불평만 늘어

偶向東籬羞滿面 우연히 동쪽 울타리 향하고 얼굴 가득 수줍은데

眞黃花對僞淵明 진짜의 국화꽃이 가짜의 도연명을 대하는 듯

那 어찌나, 觸 접촉할촉, 漸 점점점, 羞 부끄러울수, 僞 거짓위

其二

爛漫開時爛漫游 만발하게 꽃 피었을 때 난만하게 노니니

烟紅露綠滿城浮 안개 붉고 이슬 푸르러 온 성에 떠 있구나

山齋又是秋風晩 산 재실엔 또 가을바람이 늦었는데

只有黃花映白頭 다만 국화꽃 있어 흰 머리에 비추네

爛漫(난만) : 꽃이 만발하고 화려함, 游 놀유, 綠 푸를록, 齋 집재

其三

龍沙漠漠又秋風 용산 백사장 아득한데 또 가을바람 불고

衰草連雲落照紅　쇠잔한 풀 구름 이어져 낙조도 붉구나
折得黃花誰上壽　국화를 꺾어 얻어 누가 헌수잔 올리나
海西千里是行宮　바다 서쪽 천리가 바로 이 행궁인 것을
沙 모래사, 漠漠(막막) : 아득한 것, 衰 쇠약할쇠, 折 꺾을절

• **詠菊 二首** | 耘谷 元天錫

국화를 읊다

其一

東籬菊艷耐新霜　동쪽 울의 국화 곱게 새 서리를 견뎌내어
已過重陽盡吐黃　중양절 이미지나 모두 노란 꽃 토했네
金藥可憐無酒客　황금 꽃술에 가련하게도 술벗이 없으니
繞叢空自齅寒香　떨기를 돌며 부질없이 찬 향기만 맡고 있네

艶 고울염, 吐 토할토, 藥 꽃술예, 繞 돌요, 齅 냄새맡을후

其二

覆叢三夜淡飛霜　덮인 떨기에 밤새도록 맑게 서리 날려
兩色繁開間紫黃　두 빛으로 자색과 황색 사이 번성하게 피었네
採備夕餐人已遠　따서 저녁 찬으로 준비하나 사람 이미 멀어져
獨憐風際散淸香　바람 끝에 날리는 맑은 향기 홀로 사랑스러워

覆 덮을부, 繁 번성할번, 採 캘채, 餐 밥찬, 際 끝제

• **咸興十月看菊** | 松江 鄭 澈

함흥 시월에 국화를 보고

秋盡關下候雁衰　가을 지난 관하에 기러기 애달픈데
思歸日上望鄉垈　돌아갈 생각에 날마다 망향대에 오르네
慇懃十月咸山菊　은근해라 시월의 함흥의 이 국화여
不爲重陽爲客開　중양절 때 피지 않고 객을 위해 피는구나

候 절기후, 坮 누대대, 慇懃(은근) : 겉으로 드러내지 않고 속으로 생각함.
關河(관하) : 함곡관(函谷關)과 황하(黃河) 여기서는 함흥(咸興)의 국경.
重陽(중양) : 음력구월구일의 명절

• 白菊 二首 | 梅月堂 金時習

흰 국화

其一

自憐貞白歲寒芳　곧고 희어 겨울에도 꽃다움 스스로 아껴
栽培瓦盆置小床　오지 분에 심어서 작은 상 위에 두었네.
丹桂素梅兄與弟　붉은 계수 흰 매화는 형님이요 아우라
不同穠棣妬年光　당체 꽃과 다르네만 광음을 시샘하네

栽 심을재, 培 기를배, 置 둘치, 穠 번화할농
唐棣(당체) : 산매자나무, 오얏의 일종. <시경(詩經)> 당체편(唐棣篇)에
"어이저리 풍염한가, 산매자꽃이여!" [何彼穠矣 康棣之華]
라고 하였다.

其二

蕭疎枯葉附寒英　꺼칠하게 마른 잎에 찬 꽃이 붙었는데
輕帶寒霜四五莖　가벼이 찬 서리 띤 네다섯 줄기일세
終日對君無俗態　종일 그대를 대하여도 속된 태도 없으니
香魂終不讓瓊瓊　향기품은 혼 끝내 경경 에게 양보하지 않으리

瓊瓊(경경) : 옛 미인들을 이름.
蕭 쓸쓸할소, 附 부칠부, 莖 줄기경, 態 형태태, 魂 넋혼

• 韓上舍永叔江墅十景 | 退溪 李滉

한진사 영숙씨의 강서십경

霜露鮮鮮菊萬葩　서리 이슬 속에 뚜렷한 수많은 국화 송이
金風蕭瑟野人家　가을바람 쓸쓸한 시골집 뜰에 있네

花中隱逸知人意　隱逸에 비유되는 꽃이기에 사람의 뜻을 알아
歲晩心期詎有涯　해 늦은 때 마음의 기약 어찌 끝이 있을까
葩 꽃파, 金風 : 가을바람 蕭 쓸쓸할소, 瑟 쓸쓸할슬, 隱 숨을은,
逸 숨을일, 詎 어찌거, 涯 끝애

▪ 問菊 | 退溪 李滉

국화에게 묻노라

常嫌物性有遷移　옮겨지는 것 항상 싫어함이 사물의 속성인데
美者無幾惡轉滋　아름다운 것들은 우거짐을 싫어하지 않는다
豈謂滿庭霜下傑　뜰에 가득한 서리 맞은 저 호걸을 보고
半成蓬艾亦離支　누가 반은 쑥이 되어 늘어졌다고 말할까
嫌 싫어할혐, 遷 옮길천, 轉 옮길전, 滋 우거질자, 傑 준걸걸, 蓬 쑥봉,
艾 쑥애, 離 늘어놓을리

▪ 詠菊 | 栗谷 李珥

국화를 읊다

佳節掇時憐靖節　아름다운 국화 캘 때 도연명 그립고
落英餐處惜靈均　떨어진 꽃으로 먹던 곳엔 굴원이 애석해라
秋霜一著東籬畔　가을 서리 동쪽 울타리 가에 내리면
只有此花無此人　단지 이러한 국화는 있는데 그때의 사람은 없네
掇 주울철, 餐 삼킬찬, 靈均 : 굴원(屈源 : 平)의 자
著 나타날저, 靖(정) : 陶淵明의 시호

▪ 謝菊二首 | 秋史 金正喜

국화를 받고 사례함
其一
百六十三多品第　백 육십 세 가지 많은 등급 중에서

鶴翎終竟出群雄　학령이 마침내 무리에서 가장 뛰어났도다
頹垣破壁生顏色　무너진 담장 허물어진 벽에 생기가 일어남은
得意金風玉露中　가을바람 맑은 이슬속에 뜻을 얻은 국화 때문
鶴翎(학령) : 국화, 頹 무너질퇴, 垣 담원, 金風(금풍) : 가을바람

其二
暴富一朝大歡喜　하루 아침새 부자가 되니 이렇게 기쁠 수가
發花箇箇黃金毬　핀 꽃은 송이송이 항금색의 둥근 공 아닌가
最孤澹處穠華相　외롭고 쓸쓸한 곳에 무르녹아 빛난상을 돕나니
不改春心抗素秋　봄마음 바꾸지 못하게 가을 추위 대항하네
毬 공구, 穠 많을농, 澹 맑을담

· 乞 菊 二首 | 秋史 金正喜
　국화를 얻다
　其一
閒坊靜曲秋山下　한가한 둑 고요한 계곡 가을 산 아래에는
黃菊花兼白菊花　황국화와 백국화가 어울려 피어있네
縱是主人封殖久　주인이 심은 지 오래되어 늘어졌다기에
的應不惜送鄰家　응당이 이웃집에 보내기를 아끼리오
坊 뚝방, 縱 늘어질종, 殖 심을식, 鄰 이웃린

其二
年來全不商花事　요즈음 꽃을 헤아려 볼 겨를 전혀 없었는데
歸臥家園正菊時　집으로 돌이와 누우니 국화꽃 필 무렵이라
聞說西鄰香似海　듣건대 서녘 집에 향기가 바다 같다 하는데
秋光分得補東籬　가을 경치 나누어다 동쪽 울타리 꾸미리라
商 헤아릴상, 歸 돌아갈귀, 補 도울보, 籬 울타리리
秋光(추광) : 가을경치, 곧 국화를 이른말

▪ **重陽黃菊** | 秋史 金正喜

중양절 노란국화

黃菊蓓蕾初地禪　　망울 맺은 노란 국화 초지의 선인 듯이

風雨籬邊託靜緣　　비바람 울타리 가 정연을 의탁했네

供養詩人須末後　　시인을 공양하여 최후까지 기다리니

雜花百億任渠先　　백억의 잡화 속에 널 먼저 꼽을 밖에

蓓蕾(배뢰) : 꽃망울

託 맡길탁, 緣 인연연, 養 기를양, 雜 섞일잡, 渠 우두머리거

▪ **偶吟 二首** | 桐溪 鄭蘊

우연히 읊다

其一

菊圍叢竹竹連梅　　국화는 대포기 에워싸고 대는 매화를 이어

梅下稚松種幾枚　　매화 아래에 몇 그루 어린 소나무 심었네

與我共成霜雪契　　나와 함께 추위를 견디자는 약속을 하고

靜中相對好懷開　　고요히 마주 보며 마음을 열어 맹세하네

圍 에워쌀위, 稚 어릴치, 幾 몇기, 契 맺을계

四友(사우) : 국화 대 매화 솔

其二

四友風聲老逢醜　　네 벗의 명성 늙어가니 추해져

栫籬高處共幽巢　　두른 울타리 높은 곳에 둥지를 함께 틀었네

莫言標格因吾屈　　높은 품격이 나 때문에 굽어 졌다고 말하지 마소

到此方知君子交　　이렇게 되어야 바야흐로 군자의 교우 알리라

醜 누추할추, 栫 둘러막을천, 巢 보금자리소

風聲(풍성) : 소문난 명성

- **詠菊** | 紫霞 申緯

  국화를 읊다

  今年閏恰展重陽　올해는 중양절에 윤달이 들어
  已過重陽尙孄凉　이미 중양이 지났어도 서늘바람 더디 부네
  似爲黃花霜信退　아마도 국화를 위해 서리가 늦게 오는지
  淡雲籠日雨浪浪　맑은 구름 해를 가리고 비 낭랑히 내리네
  咏 읊을영, 閏 윤달윤, 恰 꼭흡, 孄 게으를란
  浪浪(낭랑) : 눈물이 흐르는 모양

- **菊花 二首** | 紫霞 申緯

  국화 두 수

  其一

  寒天愛用不離房　추운 겨울 방 안에 두어 내놓지 않고
  盆盎圖書繞在傍　화분 책은 내 방에 둘러 있네
  睡鴨爐薰除一事　화로에 불 지필 때만　빼놓고는
  臥床渾是菊花香　잠자는 상머리엔 국화 향기 퍼져있네
  盎 동이앙, 繞 얽힐요, 傍 곁방, 睡 잘수, 鴨 오리압, 爐 화로로,
  薰 향내훈

  其二

  有客同觴固可意　객 있으면 술 함께 하고픈 게 진실한 뜻인데
  無人獨酌未爲非　사람이 없으니 홀로 마심을 비방할 순 없지
  壺乾恐被黃花笑　술병이 비면 국화가 비웃을까 두려워서
  典却圖書又典衣　책을 잡히고 모자라 또 옷을 잡혔네
  觴 잔상, 酌 따를작, 壺 병호

- **菊花** | 雪溪 朴致和

  국화

  秋來何草不玄黃　가을이 오면 풀들 어찌 시들지 않으랴만
  能傲嚴霜也自芳　혹독한 서리를 이겨내고 스스로 향기롭네
  歲暮獨持君子節　섣달인데도 홀로 군자의 절개를 간직하였으니
  百花叢裡可爲王　모든 꽃 중에서 가히 왕이 되도다
  玄黃(현황) : 풀이 시들어 쇠약해짐. 傲 업신여길오, 叢 떨기총

- **淵明菊** | 荷屋 金左根

  도연명의 국화

  柴桑處士是前身　전생에는 시상산속 처사의 집에서
  生長東籬氣色眞　동쪽 울담 밑에서 자라 기상 빛 참되네
  千古若論人與菊　천고에 국화와 사람을 더불어 논한다면
  人非如菊菊如人　사람은 국화만 못하지만 국화는 그 사람과 같아
  柴桑(시상) : 중국의 경치 좋은 산이름. 도연명이 살았다고 함.
  處士 : 벼슬하지 않고 민간에 있는 선비.
  論 논할론, 與 더불여

- **詠菊** | 溫谷 高義厚

  국화를 읊다

  有花無酒可堪嗟　꽃이 핀 때는 술이 없어 탄식하고
  有酒無人亦奈何　술이 있을 때 마주 할 사람 없으니 어찌할까
  世事悠悠不須問　세상 일 유유함을 묻지 않고
  看花對酒一長歌　술 들고 꽃을 보며 노래 길게 부른다
  堪 견딜감, 嗟 탄식차. 奈何(내하) : 어쩐가
  悠悠(유유) : 흘러가는 모양, 須 기다릴수, 모름지기수

- **仲冬詠菊示孫及金周諸君** | 尤庵 宋時烈

  동짓날 국화를 읊고 손자와 김주군 등에게 보임

  戴雪爭風不作難   눈이고 모진 바람에 피긴 어렵지 않아
  今朝寥寂太無端   오늘 아침엔 무엇 때문인지 쓸쓸하도다
  雖然箇裏香猶在   그러나 그 향기는 오히려 간직하고 있으니
  顏色凋殘詎足嘆   안색이 시들었다고 한탄함이 족할까

  戴 일대, 寥 쓸쓸할료, 寂 고요할적, 箇 낱개, 裏 속리, 猶 오히려유,
  凋 시들조, 殘 쇠잔할잔, 詎 어찌거

- **詠菊** | 尤庵 宋時烈

  국화를 읊다

  春寒百卉猶蕭索   봄 추위 모든 풀들 말라서 앙상하지만
  況是蒼茫歲暮時   하물며 섣달 그믐 때에도 푸르기만 하네
  窓外一叢凌小雪   창밖에 한 무더기 꽃이 조금 내린 눈 이겨내니
  可憐誰與共心期   가련하구나 누구와 같이 마음의 기약 맺으리오

  卉 풀훼, 蒼茫(창망) : 푸르고 넓은 모양,
  蕭 쓸쓸할소, 索 쓸쓸할삭, 誰 누구수, 期 기약할기

- **詠朱菊** | 四佳 徐居正

  빨간 국화를 읊다

  朱英燦爛最先開   빨간 꽃 찬란하게 가장 먼저 피었는데
  却怕秋香一夜衰   가을 향기 하룻밤새 시들까 두렵네
  爲喚僮奴勤護惜   머슴을 불러 부지런히 아껴서 보호게 하여
  磁盆移入畫堂來   화분에 옮겨 심어 방 안으로 들이라 했지

  燦 빛날찬, 爛 빛날란, 却 도리어각, 怕 두려워할파, 喚 부를환,
  僮 종동, 磁 사기그릇자, 盆 동이분

▪ 嘲菊 | 梅月堂 金時習

국화를 비웃다

幽香正色傲繁霜　그윽한 향기 순수한 빛 심한 서리 업신여기는데

節操可栽君子堂　굳은 절조라 군자의 집에 심을 만하네

一事清標堪太惜　한결같은 일 맑은 표본 너무도 아까와라

貪生至死不曾僵　살려다가 죽어가도 쓰러진 적 아직 없네

傲 업신여길오, 繁 번성할번, 操 지조조, 標 식표, 貪 탐할탐,

僵 엎드릴강

▪ 美菊 二首 | 梅月堂 金時習

아름다운 국화

其一

衆芳姸處獨無華　많은 꽃들 고울 적엔 홀로 꽃피지 않다가

萬木摧時始吐葩　온갖 나무들 꽃 떨어질 때 비로소 꽃을 토해내네

一種情懷人不識　한 가지 정과 회포를 아무도 알지 못하는데

小梅零落蕙紛拏　작은 매화 시들어 떨어지고 혜초는 뒤얽혀 서
　　　　　　　　　로 붙잡네

姸 고울연, 摧 꺾을최, 吐 토할토, 葩 꽃술파, 懷 품을회, 零 떨어질령,

拏 잡을나

其二

花褪清香也可人　꽃은 퇴색했어도 맑은 향긴 역시 사람에 좋은데

秋風老後更精神　가을바람 늙은 후에도 다시 정신이 든다네

落英堪入三閭餐　지는 꽃은 삼려 대부의 반찬에 들지만

寂寞寒姿不借春　적막한 때 차가운 자태 봄을 빌지 않았네

褪 바랠퇴, 堪 견딜감, 餐 밥찬, 借 빌릴차, 姿 자태자,

三閭(삼려) : 楚나라의 벼슬아치였던 屈原(굴원)

▪ **詠菊** | 華棲 金學淳

국화를 읊다

月上東籬花影移　동쪽 울타리에 달 오르면 꽃 그림자도 옮기고
靑紅黃白各容姿　청홍황백 국화들이 각각의 자태라
無酒何能花韻助　술 없이 어찌 꽃의 운치를 도울 수 있겠는가
一番花發一番卮　꽃 한번 필 적마다 술도 한잔씩 들어야지
籬 울타리리, 移 옮길이, 姿 자태자, 韻 운치운, 番 횟수번, 卮 술잔치

▪ **詠菊** | 李淸輝

국화를 읊다

風風雨雨又重陽　비바람 모두 겪고 나니 또 중양절 인데
籬畔花開朶朶黃　울밑에 국화꽃은 무더기로 누렇게 피었네
到底金英眞傲骨　금빛 꽃송이는 아주 거만한 기골이어서
荒寒不改舊時妝　거센 추위에도 옛날의 단장 고치지 않네
籬畔(리반) : 울타리 곁, 朶 가지타
到底(도저) : 도대체, 끝까지, 荒 클황, 妝 단장할장

▪ **詠菊** | 玄谷 趙緯韓

국화를 읊다

種菊千叢又百叢　백 포기 또 천 포기 국화를 심고
黃黃白白間紅紅　노란 것 하얀 것 빨간 것 사이사이 섞었네
庭前庭後花如海　뜰 앞 뜰 뒤 온통 꽃 바다인데
怳若身居錦繡中　그러면 사신은 금수 속에 사는 것 같네
叢 떨기총, 怳 멍할황, 錦 비단금, 繡 수놓을수

- **詠菊** | 愚南 白膺絢

  국화를 읊다

  隱士無隣獨掩家　이웃 없이 홀로 문 닫은 은사의 집
  疏籬東畔夕陽斜　성근 울타리 동쪽 언덕엔 저녁 해 기우는데
  可憐風雨曾經久　오랜 세월 비바람 견딘 국화 가련한데
  太半秋來臥放花　태반이 가을오니 누워 꽃을 피웠네
  掩 가리울엄, 疎 성길소, 曾 일찍증, 經 지날경

- **菊花** | 香山居士 白居易(唐)

  국화

  一夜新霜著瓦輕　간밤에 첫서리 기와에 가볍게 내리자
  芭蕉新折敗荷傾　파초 잎 새삼 꺾이고 시들은 연꽃 기울었노라
  耐寒唯有東籬菊　오직 동쪽 울타리의 국화만이 추위를 이기고
  金粟花開曉更淸　노란 꽃송이들 피어나니 아침 더욱 맑아라
  著 붙을착, 瓦 기와와, 傾 기울경, 耐 참을내, 曉 새벽효,
  敗荷(패하) : 시들은 연꽃
  金粟(금속) : 황국의 뜻임

- **重陽日** | 香山居士 白居易(唐)

  중양절에

  滿院花菊鬱金黃　뜰 가득 국화꽃이 금빛으로 우거졌는데
  中有孤叢色似霜　그 중 외로운 떨기 서리같이 하얗다
  還似今朝歌酒席　돌이켜보니 오늘 아침 술자리에
  白頭翁入少年場　늙은이가 소년들과 어울린 것 같구나
  鬱 우거질울, 叢 떨기총, 似 같을사, 還 돌아볼환, 翁 늙은이옹
  重陽(중양) : 음력 9월 9일의 명절

- **題墨菊** | 幼孜 金善(明)

  묵국에 쓰다

  自是芳姿不浣塵　향기로운 자태가 티끌에 더럽혀지지 않아
  曉妝如洗露華新　이슬 내린 새 꽃은 아침 단장을 한 듯하네
  玉英粲粲黃金色　옥 같은 꽃은 찬란하게 황금빛을 띠고
  斜倚東籬日又曛　황혼녘 동쪽 울타리에 기울어져 피었네
  姿 맵시자, 浣 더럽힐와, 妝 단장할장
  粲粲(찬찬) : 선명한 모양
  倚 기댈의, 曛 황혼훈

- **題墨** | 士齋 鄒賽貞(明)

  국화를 보고 짓다

  不共春光鬪百芳　봄빛에 뭇 꽃들과 다툼을 함께하지 않고
  自甘籬落傲風霜　서리 내린 울타리 곁을 달게 여기네
  園林一片蕭疎景　정원의 한 조각 경치가 쓸쓸한 듯하지만
  幾朵依俙散晚香　몇 가지 꽃송이 향기가 어렴풋이 퍼져가네
  鬪 싸울투, 傲 업신여길오, 蕭 쓸쓸할소, 朵 가지타, 俙 비슷할희

- **寒菊** | 東坡 蘇軾(宋)

  겨울에 피는 국화

  輕肌弱骨散幽葩　가벼운 살결 연약한 줄기 그윽한 꽃 흩어지고
  眞是靑裙兩髻丫　진정 푸른 치마 입고 양 가닥 머리 땋아올렸네
  便有佳名配黃菊　또한 황국화에 맞먹는 아름다운 이름 가진 것은
  應緣霜後苦無花　응당 서리 내린 뒤에 괴로워 피는 꽃이 없음이라
  肌 살갗기, 裙 치마군, 髻 상투계, 丫 가닥머리아, 配 짝배

- **殘菊** | 半山 王安石(宋)

  시든 국화

  黃昏風雨打園林　황혼의 비바람이 동산 숲에 불어오니
  殘菊飄零滿地金　쇠잔한 국화꽃 떨어져 온 땅 가득 황금이네
  折得一枝還好在　한 가지 꺾어도 그대로 있을 텐데
  可憐公子惜花心　안타깝게 그대가 꽃을 아까워하는 마음이라
  飄 날릴표, 零 떨어질령

- **題菊東林司成** | 王佐(明)

  국화에 써서 임사성에게 부치다

  紫翠叢中獨隱奇　자줏빛 푸른빛 떨기 속에 홀로 기이하게 숨어
  風霜飽歷燦東籬　풍상을 실컷 겪고도 동쪽 울에 찬란하네
  寄語柴桑老居士　시상의 노 거사에게 말 부치오니
  好歸吟賞莫教遲　돌아와 보고 감상하길 더디게 하지 마소
  隱 숨을은, 燦 찬란할찬, 遲 더딜지

- **題徐雪州墨菊** | 清江先生 貝瓊(明)

  서설주의 국화 그림에 쓰다

  先生愛菊似柴桑　선생은 국화를 도연명처럼 사랑했는데
  三徑歸來亦未荒　고향의 뜰 돌아와보니 여전히 황폐하지 않았네
  莫道空山秋色淡　빈산에 가을빛이 맑다고 말하지 마소
  新花一朶御袍黃　새로 핀 한 떨기 꽃이 곤룡포처럼 누렇네
  荒 거칠황, 道 말할도, 朶 떨기타

- **題墨菊** | 白溫 劉基(明)

  국화그림에 쓰다

  粲粲金英美可餐　찬란한 국화꽃 아름다워 먹을 만한데

九秋風露與清寒　구월의 가을바람 이슬 더불어 맑고도 차갑다
墨君莫妬天然色　묵군이여 천연의 빛깔을 시기하지 말아라
終遣靈均怨子蘭　굴원을 내치면 자란을 원망하는 법
粲 찬란할찬, 餐 먹을찬, 妬 투기할투
靈均(영균) : 굴원(屈原)

禁中九月對菊花酒憶元九 | 香山居士 白居易(唐)

궁궐 안에서 중양절에 국화주를 두고 원구를 생각함

賜酒盈杯誰共持　내리신 술을 잔에 채워 누구와 함께 할꼬
宮花滿把獨相思　궁궐안의 꽃 가득잡고 홀로 그리워하네
相思只傍花邊立　그리워 다만 꽃 옆에 홀로서서
盡日吟君詠菊詩　종일 그대의 국화 시를 읊조리네

題瓶菊圖 | 寧宗(宋)

병에 꽂힌 국화 그림에 씀

秋風融日滿東籬　가을바람과 화창한 빛이 동쪽 울에 가득한데
萬疊輕紅簇翠枝　만 겹 연붉은 국화꽃 비취색 가지에 가득해
若使芳姿同衆色　국화의 자태가 뭇 꽃과 함께 하였다면
無人知是小春時　이때가 소춘 무렵임을 아는 이 없으리

畫菊 | 鄭思肖(宋)

국화 그림

花開不幷百花叢　꽃 피이도 다른 꽃들과 어울리지 않고
獨立疏籬趣未窮　성근 울에 홀로 피어 그 운치 끝이 없구나
寧可枝頭抱香死　차라리 가지 끝에 향기 머금고 시들어도
何曾吹落北風中　어찌 북풍에 일찍 떨어질 수 있으랴
幷 나란히할병, 窮 다할궁, 抱 안을포

• 庚子重九菊未盛開席上偶成 | 稚圭 韓琦(宋)

경자년 중양절에 국화가 덜 피어

重九開樽節未寒 중양절에 술잔치에 날씨는 춥지 않아
黃花初發葉皆單 피기 시작하는 국화꽃들 잎이 모두 단조롭네
待看旬日金鈴綻 열흘만 더 기다려 금령국이 터지면
剩得東籬一醉歡 동리에서 술 취할 일 얻을 수 있겠네
樽 술동이준, 旬 열흘순
金鈴(금령) : 국화의 한 종류, 綻 옷터질탄, 剩 남을잉

• 墨菊 | 南湖 貢性之(元)

국화를 그림

柴桑生事日蕭然 시상처사 살아감이 날마다 쓸쓸하여
解印歸來只自憐 벼슬 버리고 돌아온 일 가련도 하여라
醉眼不知秋色改 취한 눈은 가을이 바뀜을 알지 못하고
看花渾似隔輕煙 보는 꽃 어지러이 가는 연기에 가리워졌네
解 풀해, 醉 취할취, 渾 섞일혼, 隔 떨어질격
蕭然(소연) : 쓸쓸한 모양
柴桑(시상) : 도연명이 살았던 산이름, 곧 도연명을 말함
解印(해인) : 관직을 그만 두는 것

• 墨菊花 | 許繼(明)

국화를 그리다

九畹曾無舊日春 굴원의 밭두둑에 옛날 같은 봄 경치 없었고
都隨蕭艾混泥塵 모두 쑥대밭 되어 더러운 먼지 일어났네
秋風冷淡山籬下 가을바람 서늘한 산울타리 아래는
惟有黃花是故人 오직 누런 국화 있어 이것이 옛사람일세
舊 옛구, 隨 따를수, 蕭艾(소애) : 쑥대밭, 泥 진흙니, 塵 티끌진

九畹(구원) : 굴원(屈原)이 돌봤다는 밭두둑

▪ **菊花** | 白雲外史 惲格(淸)

　국화

　　我對黃菊默不言　내가 황국을 대하여 조용히 말하지 않고 있는데
　　黃花向我如有情　국화는 나를 향해 무슨 뜻이 있는 듯하네
　　廋莖葉葉帶霜氣　마른 줄기에는 잎새마다 서릿발을 띠었고
　　繁華片片含秋淸　우거진 꽃 송이송이는 가을의 맑은 기운 머금었네
　　默 침묵할묵, 廋 파리할수, 莖 줄기경, 繁 번성할번, 片 조각편

▪ **菊花** | 微之 元稹(唐)

　국화

　　秋叢繞家是陶家　국화 떨기 집 둘렀으니 도연명의 집이런가
　　遍繞籬邊日漸斜　두루 두른 울타리엔 해가 점차 기운다
　　不是花中偏愛菊　꽃 중에 국화만을 편애함은 아니나
　　此花開盡更無花　이 꽃 다 피고나면 다시는 꽃이 없으니
　　叢 떨기총, 繞 두를요, 遍 두루편, 邊 가변, 漸 점점점

　　籬根種菊因秋釀　울밑에 국화 심는 것 가을 술 때문인데
　　酒熟花開友人來　술 익자 꽃 피니 좋은 친구 찾아왔네
　　花笑人歌眞可樂　꽃은 웃고 사람은 노래하니 참으로 즐거운데
　　況他桂影倒盈杯　하물며 저 달 그림자 술잔에 가득 비치네
　　釀 술양, 熟 익을숙, 笑 웃을소, 影 그림자영, 杯 잔배

▪ 種菊三首 | 牧隱 李穡

국화를 심다

其一

種菊添我清　나의 청렴 더하려 국화를 심으니
天工却娟嫉　자연의 조화로 고운 질투 버렸네
罷雨動以風　비가 그치면 바람으로 흔들리고
收雲炙以日　구름 걷히면 햇빛으로 찌누나
搖搖不自持　흔들흔들 스스로 부지 못하니
七脉方未密　일곱 맥이 조밀할 사이가 없도다
願借終夕陰　원컨대 밤 샘 그늘을 빌려서
令渠生意溢　너로 하여 생생한 의기 넘치도록
添 더할첨, 却 잊을각, 罷 파할파, 收 거둘수
搖搖(요요)흔들리는 모양, 渠 클거

其二

種菊添我幽　나의 그윽함 더하려 국화 심으니
軒戶俄清姸　난간 문 앞 갑자기 맑고 곱다
長莖削寒玉　긴 줄기는 싸늘한 옥을 깎은 듯
嫩葉凝靑烟　연한 잎은 파란 연기가 엉긴 듯
旣晴又欲雨　이미 개었다 또 비 내리려 하나
不憂傷爾天　너의 천연을 상하리라 걱정 않네
天工豈私我　천연 조화 어찌 내게만 사사로우랴
物生各自然　만물의 생장은 각기 자연인 것을
添 더할첨, 俄 문득아, 姸 고울연, 莖 줄기경, 削 깎을삭, 嫩 어릴눈
凝 응길응

其三

種菊添我逸　나의 은일을 더하려 국화를 심으니

深期在歲暮　섣달 그믐에 깊이 기약하네
霜淸秀色明　서리 맑으면 수려한 빛 밝아
白酒相媚嫵　흰 술은 서로 고운 교태일세
落帽自風流　용산의 落帽도 절로 풍류인데
誰會悠然趣　누가 그 유연한 멋을 이해하나
淵明千載人　도연명은 천년 전 사람이니
欲訪恐迷路　찾아 가고프나 길 잃을까 두렵구나

逸 숨을일, 秀 뛰어날 수, 媚嫵(미무) 예쁜 모습, 趣 취미취, 迷 헤맬미
落帽(낙모) : <晉書, 孟嘉傳>에 맹가가 桓溫의 참군이 되었는데 온이 매
　　　　우 사랑했다. 9월9일에 온이 龍山에서 잔치를 베풀었는데
　　　　그 때 바람이 불어 맹가의 모자가 날렸으나 맹가는 그것을
　　　　모르고 변소에 간 사이에 孫盛이 글을 지어 비웃으며 맹가
　　　　의 자리에 앉았다. 맹가가 돌아와 그것을 보고는 답으로 글
　　　　을 지은 문장이 유명하여, 그 후로 '龍山落帽'가 중양절의
　　　　故事가 되었다.

▪ 對菊 | 牧隱 李穡

국화를 대하고서

靑泥盆底潤　파란 진흙이 분 밑에 윤택하고
黃菊室中幽　누런 국화는 방 안에 그윽하네
只愛開當面　다만 얼굴 마주해 피었음 사랑하니
何須揷滿頭　어찌 꼭 머리 수북이 피었어야 하나
孤松彭澤晚　외로운 소나무는 팽택에 늦었고
衰蕙楚江秋　쇠잔한 혜초는 초강의 가을이다
耿耿配君子　빛나는 모습 군자에 짝하니
芳心誰復求　꽃다운 마음을 누가 다시 구하나

泥 진흙니, 盆 화분분, 揷 꽂을삽, 衰 쇠약할쇠
耿耿(경경)빛나는 모습

- **詠菊** | 雪谷 鄭誧

  ### 국화를 읊다

  我愛黃金菊　내 누런 국화를 사랑함은
  凌寒有光輝　추위를 이겨 빛나는 빛이 있음이라
  獨立晚更好　홀로 서 있는 저녁이 더 좋으니
  孰謂孤芳微　누가 외로운 꽃맛 적다 말하랴
  風霜雖凜冽　바람서리 아무리 맵게 추워도
  亦不畏其威　역시 그 위엄 두려워 않노라
  足以制頹齡　쇠퇴하는 나이를 억제할 수 있음은
  非獨救我飢　비단 나의 주림을 구제할 수 있음이 아니로다

  凌 이길릉, 輝 빛날휘, 孰 누구숙, 謂 이를위, 威 위엄위
  頹 무너질퇴, 齡 나이령, 飢 배고플기

- **凌霜菊** | 乖厓 金守溫

  ### 서리를 업신여긴 국화

  粲粲階邊菊　찬란하다 섬돌 옆의 국화여
  重陽九月陰　구월이라 중양절(重陽節)의 세월이라
  香幽撞白麝　향기 그윽해서 사향을 두드린 듯
  寒藻嫩黃金　추위에도 그 모습은 황금으로 꾸민 듯
  把酒陶潛醉　술잔 든 도잠(陶潛)은 네게 취했고
  臨風杜甫吟　바람 쐬던 두보(杜甫)는 널 노래했지
  古人俱已矣　이제 옛 사람의 사랑은 끝났어도
  采采獨盈襟　널 캐어 나 혼자 옷깃에 담아두네

  撞 두드릴당, 嫩 어릴눈, 襟 옷깃금
  白麝(백사) : 하연 빛깔이 나는 사향(麝香)
  陶潛(도잠) : 진(晉)나라 때의 시인으로 「잡시(雜詩)」 제2수에서 '이 국화
  　　　　　　를 술에 띄워 [汎此忘憂物(범차망우물)]하고 노래한 바 있음.

杜甫(두보) : 당 나라 때의 시인으로, 그는 「歎庭前甘菊花(탄정전감국화)」
　　　　　에서 앞으로 국화가 시달릴 것을 우려하는 구절을 남겼음.

▪ 種菊月課 | 栗谷 李珥

국화를 심고서

香根移細雨　국화 뿌리를 가랑비 속에 옮겨와
課僕倚筇遲　종더러 심으라 하곤 지팡이에 기대어 보네
豈爲金華艶　어찌 누런 꽃을 아름답게 여겼기 때문이랴
要看隱逸姿　숨어 사는 선비의 자태를 보고자 함일세
未敷承露葉　잎은 피기도 전에 이슬을 받았고
新展傲霜枝　새로 뻗은 가지는 서리 업신여기네
百卉飄零後　모든 꽃들이 바람에 다 떨어진 뒤에
相諧歲暮期　우리 서로 추운 겨울 함께 지나고저
僕 종복, 筇 지팡이공, 遲 더딜지, 艶 예쁠염, 敷 펼부, 展 펼전
飄 날릴표, 零 떨어질령

▪ 泛菊 | 栗谷 李 珥

국화를 술잔에 띄우고

爲愛霜中菊　서리 속의 국화를 사랑하기에
金英摘滿觴　노란 잎을 따서 술잔에 가득 띄웠네
淸香添酒味　맑은 향내는 술맛을 더하고
秀色潤詩腸　빼어난 빛은 시인의 창자를 적셔주네
元亮尋常採　도연명이 무심히 있을 따고
靈均造次嘗　굴원이 잠시 꽃을 맛보았지
何如情話處　어찌 정다운 이야기만 나누는 곳에서
詩酒兩逢場　시와 술로 함께 즐기는 것 같으랴
摘 딸적, 觴 술잔상, 添 더할첨, 潤 윤택할윤, 嘗 맛볼상, 處 곳처

▪ 小雨對菊花示公潤 | 茶山 丁若鏞

세우에 국화를 보고 공윤 윤종하에게 보임

娟妙黃花色　곱고 예쁜 국화 빛깔은
依然似竹欄　죽란사 그 시절과 변함없으리
依冠非舊日　의관은 이미 옛모습이 아닌데
風雨各衰顔　비바람 속에서 제각기 늙었다네
修架支殘濕　시렁 고치어 습기에서 지탱시키고
添籬護薄寒　울타리 더하여 추위 견디게 하노라
何當卜鄰近　어찌 가까이 이웃해 사는 것만 같으랴
投老二皐間　두 언덕 사이에서 늙어가네

顔 얼굴안, 殘 남을잔, 護 보호할호, 薄 엷을박, 皐 언덕고
娟妙(연묘) : 예쁘고 묘한 모습
依然(의연) : 변함없는 모습

▪ 偶成 | 白沙 李恒福

우연히 이루다

薜服栖巖久　벽라옷 입고 바위에 지내온 지 오래인데
沖虛近紫霞　채우고 비우는 마음이 신선에 가깝다
無營由分定　분수가 정해진 이유로 경영하는 것 없고
有得覺天和　하늘의 조화를 깨달으니 얻음이 있네
泡露餐朝菊　이슬에 젖은 아침 국화 따 먹고
歸林見暮鴉　숲으로 돌아가 저물녘 까마귀를 보노라
悠然成一趣　한가로이 하나의 취미를 이루어
樂處卽爲歌　즐거운 곳마다 노래를 부르노라

巖 바위암, 霞 노을하, 餐 먹을찬, 趣 취미취

- 菊 | 金昌緝

  국화

  秋露凝如珠　가을 이슬이 진주처럼 엉겨 있고
  百卉無餘馥　온갖 화초가 남은 향기 없는데
  何以媚空山　무엇으로 빈산을 아름답게 할 건가
  黃花獨滿目　국화 홀로 내 눈에 가득 차네
  馨香淫寒泉　향긋한 향내가 차가운 샘에 넘치니
  飮之芳我腹　그것 마시면 나의 배를 향기롭게 하네
  凝 응길응, 馥 향기복, 馨 향기형, 腹 배복

- 臨池玩菊 | 尹鳳朝

  연못에 서서 국화와 놀다

  秋菊冒綠池　가을 국화 푸른 연못 덮고
  晩風披我襟　늦은 바람 나의 흉금을 풀어 헤치네
  淡淡自娛人　욕심 없이 스스로 즐기는 사람인데
  獨出秀穹林　깊은 숲 빼어난데 홀로 나왔네
  尋香數其藥　향기를 더듬어 꽃을 헤아리며
  啜露坐其陰　이슬을 마시며 그 그늘에 앉았네
  陶詩一朗讀　도연명의 시 낭랑하게 한 수 읊조리니
  幽鳥相和吟　숲 속 새가 화답하여 지저귀네
  披 헤칠피, 襟 옷깃금, 藥 꽃술예, 啜 먹을철

- 盆菊 | 河西 金麟厚

  화분의 국화

  十月淸霜重　시월에 서리가 거듭 내려
  芳叢不耐寒　아름다운 꽃 무더기 추위 참지 못하네

枝條將萎絶　가지는 시들어 구부러지고
花蘂半凋殘　꽃술은 반쯤 말라 떨어진다
北闕承朝露　북쪽 궁궐에서 아침 이슬 맞으며
東籬謝多飧　동쪽 울타리에선 많은 저녁밥으로 사례하네
貞根期永固　곧은 뿌리 오래 굳셈을 기약하는데
歲歲玉欄干　해마다 옥난간 위로구나
耐 참을내, 條 가지조, 萎 시들위, 蘂 꽃술예, 凋 시들조, 飧 저녁밥손

■ **菊** | 申時行

　국화

誅茅疎野徑　띠를 베어내니 들길은 성글어져
種菊擬山家　국화를 심으니 산가라 할만하다
秀擢三秋幹　가을이면 줄기 빼어나게 올라오고
奇分五色葩　오색 꽃이 기이하게 피어난다
凌霜留晩節　늦가을엔 서리를 이겨내고
殿歲奪春華　뒤늦게도 봄꽃자리 빼앗네
爲道餐英好　또한 따서 먹을 수 있어 좋으니
東籬興獨賖　동쪽 울타리에 홀로 흥취 더하네
誅 벨주, 茅 띠모, 擬 비길의, 擢 뽑을탁, 幹 줄기간, 葩 꽃파,
殿 뒤질전, 奪 빼앗을탈, 餐 먹을찬, 賖 호사할사

■ **問來使** | 淵明 陶潛(晉)

　사신에게 묻다

爾從山中來　그대는 산중에서 왔으니
早晩發天目　요사이 천목산을 떠나온지라
我屋南窓下　나의 집 남쪽 창 아래에

今生幾叢菊　지금 몇 포기 국화 났더냐
薔薇葉已抽　장미는 잎이 이미 떨어지고
秋蘭氣當馥　가을 난초는 마땅히 향기롭겠지
歸去來山中　산중으로 돌아가면
山中酒應熟　산중엔 응당 술 익었겠구나

▪ 感遇 | 靑蓮 李白(唐)

우연히 느낌이 있어

可歎東籬菊　동쪽 울의 국화 탄식하노니
莖疎葉且微　줄기 성글고 잎 또한 가늘구나
雖言異蘭蕙　비록 난초 혜초와 다르다 하지만
亦自有芳菲　또한 절로 아름다운 꽃 무성하리라
未泛盈樽酒　아직 잔 가득한 술에 띄우지 못하여
徒沾淸露輝　깨끗한 이슬로 젖어 반짝일 뿐이라
當榮君不採　꽃이 한창일 때 그대가 꺾지 않으면
飄落欲何依　날려 떨어진 뒤 무엇에 의지하려나

▪ 凌霜菊 | 太虛亭 崔恒

서리를 이긴 국화

遶庭高詠幾躊躇　뜰 돌며 크게 읊다가 몇 번이나 머뭇거려
最愛金英不負余　국화 사랑하니 내 기대 저버리지 않네
芳姿獨粲霜淸後　서리 맑은 뒤로는 꽃다운 자태 홀로 빛나고
靜艶增姸露冷初　이슬이 차가워지자 고요한 멋 더욱 고와라.
孟帽影分看不足　맹모에 그림자 흩어지니 보아도 부족하고
陶籬香透趣有餘　도잠(陶潛)의 울밑에 향내 스며 정취 넘치네
若爲甘谷變春酒　만약에 감곡(甘谷)물이 청명주(淸明酒)로 된다면

泛汝乾坤任籧廬　거기에다 널 띄우고 세상으로 내 집 삼으리라

遷 돌요, 躊躇(주저) : 머뭇거림, 粲 빛날찬, 靜 고요정, 姸 예쁠연

透 뚫을투, 趣 정취취, 變 변할변

孟帽(맹모) : 진(晉)나라 맹가(孟嘉)의 모자. 맹가는 잔치 자리에서 모자
　　　　　　가 바람에 날려 떨어져도 당황하지 않고 태연히 풍류를 즐
　　　　　　긴 일화를 남겼음.

陶籬(도리) : 진(晉)나라 도잠(陶潛)의 울타리. 도잠은 마당가 동쪽울밑에
　　　　　　국화를 심어놓고 숨어사는 은자의 풍류를 노래한 잡시를
　　　　　　남겼음

甘谷(감곡) : 중국 하남성(河南省)에 있는 계곡으로, 이곳에 흐르던 물이
　　　　　　불로장생할 수 있는 술로 변했다고 하는 전설이 있음.

春酒(춘주) : 청명절(淸明節)에 담근 술. 청명주(淸明酒)

籧廬(거려) : 나그네의 숙소 여관

▪ 對菊有感 | 金富軾

국화를 마주하니 감회가 있어 읊다

季秋之月百草死　늦은 가을 온갖 풀이 죽어도

庭前甘菊凌霜開　뜰 앞의 감국은 서리 이기고 피었네

無奈風霜漸飄薄　풍상이 어쩔 수 없이 점점 가볍게 날리지만

多情蜂蝶猶徘徊　다정한 벌과 나비가 아직도 빙빙 맴도네

杜牧登臨翠微上　두목은 취미에 올라가 보았고

陶潛悵望白衣來　도잠은 천자 오길 간절히 바랐으니

我思古人空三嘆　내 고인을 생각하며 괜스레 긴 탄식하는데

明月忽照黃金罍　밝은 달은 홀연히 황금 술잔 비추네

奈 어찌내, 漸 점점점, 飄 날릴표, 悵 슬플창, 罍 술잔뢰

白衣(백의) : 천자가 입던 옷, 곧 귀한 손님, 여기서는 국화를 지칭한 듯

• 東陽九日送菊盆 | 象村 申欽

동양이 구월구일에 국화 화분을 보내오다

東籬一朶渡江來　동쪽 울타리 한 뿌리 강을 건너 왔는데
寒艶新逢九日開　중양절에 꽃피어 아름답게 새로 만났네
花自依然故鄕面　꽃은 마냥 그대로 고향의 얼굴인데
人今老矣幾時廻　이제 이미 늙은 사람 언제나 돌아갈꼬
霜枝且可簪華髮　서리내린 가지는 가히 흰머리 비녀로 쓸 만하고
落蘂應須泛綠醅　떨어진 꽃은 응당 술 위에 띄울 만하다
怊悵佳辰空騁望　서글퍼라 좋은 철에 멀리 경관 구경코자
海天斜照獨登臺　해변에 석양 무렵 홀로 누대 오르노라

東籬一朶(동리일타) : 진(晉)나라 도연명(陶淵明)잡시(雜詩)의 "동쪽의 울
　　　　　　　　밑에서 국화를 따다 무심히 남녘 산을 바라본다네
　　　　　　　　[採菊東籬下　悠然見南山]"에서 나온 것으로, 국화
　　　　　　　　를 가리킨다.
醅 술괼배, 艶 예쁠염, 簪 비녀잠, 廻 돌회, 蘂 꽃술예, 應 응할응
怊悵(초창) : 매우 슬픈 모양, 騁 펼칠빙, 照 비칠조

• 凌霜菊 | 四佳 徐居正

서리를 이긴 국화

白露黃花又一秋　하얀 이슬, 노란 국화 또다시 가을인데
東籬雅興浩難收　도잠(陶潛)의 고운 운치 받아들이지 못하네
終朝採得不盈掬　아침내 꺾어본들 한 줌이 아니 되도
九日揷歸須滿頭　중양절(重陽節)에 머리 가득 꽂고서 돌아가노라
三徑淸風今渺渺　삼경(三徑)의 맑은 바람 지금도 아득하고
南山佳氣晚悠悠　남산의 고운 기운 저녁까지 유유하다
飡英飯水渾閑事　꽃 먹고 물 마시니 일마다 한가해서
掇取時兼太白浮　고운 국화 꺾을 적에 태백성이 떠오르네

雅 고울아, 興 흥취흥, 揷 꽂을삽, 徑 길경, 渺渺(묘묘) : 아득히 먼 모양
殮 저녁밥손, 撥 캘철

黃花(황화) : 국화의 다른 이름

東籬雅興(동리아흥) : 진(晉)나라 도잠(陶潛)은 『잡시(雜詩)제 1수에서 "採
菊東籬下 悠然見南山(채국동리하 유연견남산) : 동쪽
울밑에서 국화를 꺾어들고, 아득히 남산을 바라보
네.)" 이라는 유명한 구절을 남겼음

九日(구일) : 9월9일 중양절(重陽節)

三徑(삼경) : 한(漢)나라 장후(蔣詡)가 뜰에다 작은 길 세 갈래를 내고서
그 끝에 송죽매(松竹梅)를 심었다는 고사에서 온 말로, 흔
히 은자의 뜰을 가리킴.

太白(태백) : 별이름. 태백성(太白星)

▪ 白菊 | 梅月堂 金時習

흰 국화

玉肌無粟倚東墻　옥 같은 살갗 소름도 없이 동쪽 담에 의지하여
耐却深秋半夜霜　깊은 가을 한밤에 서리를 견디어 내고 있네
已與寒梅不共艶　이미 겨울 매화와도 고움 함께 아니했거니
肯同穠李作新粧　한창 핀 오얏꽃과 즐겨 함께 단장하랴
氷姿可見風前態　얼음 같은 자태 바람 앞의 모양을 보고
淸韻宜聞月下香　맑은 운치는 달 아래의 향기 맡기에 알맞네
却似廣寒宮裏女　도리어 광한궁 달 속 여자와도 같아서
靑鸞背上秦霓裳　푸른 난새(鸞)등에 예상우의곡(霓裳羽衣曲)을
아뢰는듯

粟 소름속, 墻 담장, 耐 참을내, 穠 번화할농, 粧 단장할장, 鸞 난새난

霓裳羽衣曲(예상우의곡) : 당나라 때의 악곡(樂曲)이름. 당서(唐書)예악지
(禮樂志)에 의하면 "하서 절도사 양경술이 지어 바쳤다[河西
節度使楊敬述獻霓裳羽衣曲十二遍]"고 하였는데, 당나라 현종

이 그 가사[詞]를 윤식(潤飾)하고 아름다운 이름으로 바꾸었
다고 한다.

- **深黃菊** | 梅月堂 金時習

짙은 황색 국화

玉露團團秋色涼　옥 같은 이슬은 동글동글 가을빛은 서늘한데
金風拆盡數條黃　가을바람이 두어 가지 누런 꽃을 터뜨렸네
落英曾入靈均餐　지는 꽃은 일찍이 영균(靈均)의 음식에 들어갔고
盈把已浮彭澤觴　한 움큼 딴 것은 이미 도연명 잔에 떠 있네
宮女試栽金寶細　궁녀들이 시험 삼아 금보의 자개를 심고
仙娥新染道衣裝　신선 아씨 새로이 도의를 치장 속에 물들였네
風流莫作春芳看　풍류를 봄꽃으로 지어 보지 말아라
到死抱枝戀舊香　죽을 때 가지 안고 옛 향기 못 잊어하네
團團(단단) : 둥근 모양
餐 밥찬, 染 물들염, 裝 장식할장, 抱 안을포, 戀 사모할련, 舊 옛구
金寶(금보) : 누런 국화를 말함

- **詠菊** | 花潭 徐敬德

국화를 읊다

園中百卉已蕭然　뜰 안의 모든 꽃 이미 시들었는데
祗有黃花氣自全　다만 국화꽃만이 기운을 보전했네
獨抱異芳能殿後　특이한 향기 홀로 품고 뒤쳐진 후에
不隨春艶並爭先　봄철의 탐스런 꽃들과 앞다투어 피지 않네
到霜甘處香初動　단 서리 내린 곳에 향내 처음 일어나고
承露溥時色更鮮　찬 이슬 맺힐 때에 빛깔 더욱 곱구나
飡得落英淸五內　떨어진 꽃 씹으면 오장이 시원하니
杖藜時復繞籬邊　청려 지팡이 짚고 울타리 주변 때때로 둘러본다

卉 풀훼, 祗 다만지, 殿 뒤질전, 溥 넓을부, 펼부, 鮮 고울선
飧 저녁밥손, 藜 명아주려

• **種菊** | 玄谷 趙緯韓

　국화를 심다

　　家家爭尙種黃花　　집집마다 다투어 국화를 심는 것 즐기지만
　　幾處黃花似我家　　뉘 집 국화밭이 우리집과 같을까
　　繞砌瓊葩堆積雪　　섬돌엔 옥 같은 꽃 눈덩이 쌓인 듯하고
　　盈籬嫩色爛蒸霞　　울 밑엔 어린 송이 노을 비친 듯하네
　　枝高數尺圍靑幔　　가지 높아 수척인데 푸른 장막 두른듯
　　蕚疊千重綴絳紗　　쌓인 꽃받침 겹겹인데 빨간 휘장 묶은 듯
　　若而黃花論富貴　　만약 국화꽃으로 부귀를 논한다면
　　季倫何獨擅豪華　　석숭만이 오로지 부자라 이르지 못할 것을
　　嫩 어릴눈, 蕚 꽃받침악, 綴 이을철, 擅 오로지할천

• **聞衙中菊花盛開送人折來** | 八吾軒 金聲久

　관아에 국화 번성히 핀 것을 듣고 사람에게 꺾어오게 하다
　　冷蘂疎枝照眼明　　찬 꽃술 성긴 가지 눈에 밝게 비쳐오니
　　折來偏動故園情　　꺾어와 보니 문득 고향생각 절로 난다
　　賦歸元亮尋荒徑　　귀거래사를 지은 도연명은 거친 길을 찾았고
　　去國靈均餐落英　　나라 떠난 굴원은 떨어진 꽃을 주워 먹었네
　　脆質不渝霜後節　　연약하나 서리가 내린 후 절개는 변함없고
　　貞心能守歲寒盟　　꿋꿋하여 늦추위에도 곧은 마음 변치 않네
　　摩挲三嗅勤相對　　만져보고 냄새를 맡아보며 서로 대하다가
　　爲掇金錢泛酒舡　　국화 움켜 뜯어 술잔에 띄어본다
　　金錢(금전) : 국화를 이름
　　藥 꽃술예, 賦 글부, 尋 깊을심, 脆 연할취, 渝 변할유

挱 만질사, 觥 술잔굉

▪ 歎庭前甘菊花 | 子美 杜甫(唐)

뜰 앞의 감국화

簷前甘菊移時晚	처마 앞의 감국화를 늦게 옮겨 심어
靑蘂重陽不堪摘	푸른 꽃술 중양절에 딸 수가 없구나
明日蕭條盡醉醒	내일 쓸쓸히 모두들 깨고 나면
殘花爛漫開何益	쇠잔한 꽃이 난만하게 핀들 무슨 이익 있나
籬邊野外多衆芳	울 밖의 들에 뭇 꽃이 아름다운데
采擷細瑣升中堂	자잘한 꽃을 따다가 당으로 오르누나
念玆空長大枝葉	감국은 부질없이 가지와 잎이 크게 자라
結根失所纏風霜	뿌리 내리지 못해 풍상에 얽히겠네

簷 추녀첨, 摘 딸적, 醒 술깰성, 擷 딸힐, 瑣 자질구레할쇄

纏 얽을전

蕭條(소조) : 쓸쓸한 모양

爛漫(난만) : 꽃이 화력하게 만발한 모양

采擷(채힐) : 따다. 꺾다. 채취하다.

細瑣(세쇄) : 가늘고 잔 것

升中堂(승중당) : 국화 대신 '중당(中堂)으로 올려가 완상(玩賞)을 받는
                  것. 중당은 우리나라 대청과 같은 곳.

▪ 菊 | 劉子翬(宋)

국화

靑叢馥郁부抽芽	푸른 포기 향긋하게 일찍 싹 틔워
金蘂爛斑晚著花	황금꽃 아롱겨 늦게 꽃피었네
秋意祇應宜淡泊	가을은 응당 담박해야 한다면서
化工可是惜鉛華	조물주 분가루를 아끼었다오

輕煙細雨重陽節　가벼운 안개에 가는 비 내리는 중양절
曲檻疏籬五柳家　굽은 난간 성근 울 도연명의 집이라
暮醉朝吟供採摘　밤엔 취하고 낮엔 노래하며 꽃잎 따다가
更憐寒蝶共生涯　찬 나비와 생애를 함께함이 더욱 가련하네
檻 난간함, 採 캘채, 摘 딸적
馥郁(복욱) : 향기가 자욱한 모양
爛斑(란반) : 빛나고 아롱진 것
五柳家(오류가) : 도연명이 집 문앞에 버드나무 다섯 가지를 심어 오류
　　　　　　　선생이라 함.

- **和崔之 紫菊** | 雉圭 韓琦(宋)

최지의 자줏빛 국화에 답하다

紫菊披風碎曉霞　자국이 바람 헤치니 아침안개 부서지는 듯
年年霜挽賞奇葩　해마다 서리 내리면 특이한 꽃 감상하네
嘉名自合開仙府　신선 마을을 연다는 아름다운 이름 합당하고
麗色何妨奪錦砂　비단 단사도 빼앗을 만한 맑은 빛 어찌막으리
雨徑蕭疏凌蘚暈　쓸쓸히 비 내리는 오솔길 이끼무리를 업신여기고
露叢芬馥敵蘭芽　이슬 내린 포기의 짙은 향기 난초싹과 대적하네
孤標只取當筵重　고고한 표격은 잔치 자리에 소중하고
不似尋常泛酒花　술잔에 띄워지니 예사로운 꽃과 같지 않네
披 헤칠피, 碎 부서질쇄, 嘉 아름다울가, 砂 주사사, 暈 무리운
曉 새벽효, 霞 노을하

竹 〈대나무〉

- 含露 : 이슬에 젖어있다
- 臨風 : 바람에 흔들리다
- 此君 : 대나무의 다른 호칭
- 虛心 : 빈 마음
- 翠影 : 푸른 그림자
- 淸節 : 맑은 절개
- 勁節 : 굳은 절개
- 高節 : 높은 절개
- 高韻 : 고고한 운치
- 冷翠 : 차가운 비취
- 綠雲 : 푸른 구름 같은 대숲
- 弄月 : 달을 희롱함
- 鳴鳳 : 봉황의 울음소리
- 拂雲 : 구름을 헤침
- 搖翠 : 흔들리는 비취빛
- 義竹 : 의로운 나무
- 靜翠 : 흔들리는 비취빛
- 竹趣 : 대의 운취
- 靑玉 : 푸른 옥
- 秋聲 : 가을 소리
- 翠雲 : 비취빛 구름

- 君子態 : 군자의 자태
- 君子魂 : 군자의 영혼
- 拂雲長 : 구름을 헤치고 자라남

- 歲寒色 : 추위에도 변하지 않는 푸른빛
- 歲寒友 : 추위에도 변하지 않는 우정
- 掃明月 : 밝은 달을 쓸어냄
- 欲凌雲 : 구름을 능가하려 함
- 助秋聲 : 가을 소리를 보탬
- 竹心空 : 대는 마음을 비움
- 醉高風 : 고고한 풍모에 취함
- 含秋綠 : 가을의 푸르름을 머금음

- 淸姿勁節 : 맑은 자태, 굳은 절개
- 竹裏淸風 : 대숲 속에 맑은 바람
- 脩筠抱節 : 기다란 대순 절개를 품고 있다
- 淸影搖風 : 맑은 그림자 바람에 흔들리네
- 淸節凌秋 : 맑은 절개 가을을 이겨내네
- 虛心友石 : 빈 마음으로 돌을 벗하네
- 高竿垂綠 : 높은 대나무 푸르름 드리우네
- 吾師我友 : 나의 스승이요 나의 벗이라
- 淸音洗心 : 맑은 소리 마음을 씻어주네
- 淸風高節 : 맑은 바람에 높은 절개
- 虛心高節 : 허령한 마음 높은 절개
- 勁節淸風 : 굳은 절개에 맑은 풍류
- 勁節貞心 : 굳센 절개 굳은 마음
- 交幹拂雲 : 서로 어울려 높이 구름을 헤침
- 綠竹靑靑 : 푸른 대나무 푸르고 푸름
- 濃葉垂煙 : 짙푸른 잎이 안개 속에 드리우네
- 拂雲帶雨 : 구름을 쓸고 비를 머금은 대나무
- 瀟洒臨風 : 맑고 깨끗한 대나무가 바람에 흔들림

- 煙枝雨葉 : 안개 속에 드리운 가지와 비에 젖은 잎
- 迎風取勢 : 바람을 맞아 형세를 취함
- 雲根玉立 : 구름이 피어나는 곳에 옥처럼 서 있음
- 月影風聲 : 달그림자와 바람 소리
- 有君子風 : 군자의 풍모가 있음
- 柔枝帶雨 : 부드러운 가지에 비를 머금음
- 竹影搖風 : 대나무 그림자 바람에 흔들림
- 秋聲滿耳 : 가을소리가 귀에 가득함

- 聖人知獨淸 : 성인이 맑은 뜻을 알아주노라
- 竹深留客處 : 대나무 숲 우거진 곳 객이 거처하는 곳이라
- 竹明風弄影 : 대에 맑은 바람불어 그림자 흔들리네
- 竹雨先秋爽 : 대숲에 비 내리면 가을 상쾌함 먼저 오네
- 淸風滿竹林 : 맑은 바람 대 숲에 가득하네
- 綠竹動淸風 : 푸른 대나무 맑은 바람 움직이네
- 竹靑風自薰 : 대나무 푸르니 훈훈한 바람 절로이네
- 風來竹自笑 : 바람 불어오니 대나무 저절로 웃노라
- 徒抱歲寒心 : 조용히 추위 견디는 마음 풀고 있구나
- 閱歲常靑靑 : 오랜 세월 지나도록 항상 푸르네
- 虛心聽霜雪 : 텅 빈 마음속으로 서리 눈 소리 듣는다
- 四時引淸風 : 사계절 항시 맑은 바람 불어오네
- 脩竹共淸寒 : 길게 자란 대나무와 더불어 맑고 차갑다
- 脩竹引薰風 : 길게 자란 대나무에 훈훈한 바람 부네
- 竹影淡於琴 : 대나무 그림자가 거문고 소리보다 맑다
- 淸秋竹露深 : 맑은 가을 대나무에 짙게 이슬 내리네
- 淸風入梧竹 : 맑은 바람이 오동나무와 대숲 사이로 불어오네
- 虛心不受塵 : 마음을 비우고 속세를 가까이 하지 않네

• 結廬竹籔養淸虛

　　대 숲에 집을 지어 맑은 마음을 기른다

[출전]　勉庵 崔益鉉의 詩에서

• 掃出森然碧玉莖

　　빽빽히도 뻗었는데 옥 같은 가지 푸르다

[출전]　白雲 李奎報의 墨竹四首中

• 歲寒一節共平生

　　세모의 추위에도 절개 한 평생 함께 하네

[출전]　白雲 李奎報의 墨竹四首中

• 瘦碧含風節更剛

　　파리하게 푸른 대 바람 받아 절개 더욱 굳다

[출전]　梅月堂 金時習의 種竹

• 風霜月夜挹淸芬

　　바람서리에 달 밝은 밤이면 맑은 향기 끌어오네

[출전]　梅月堂 金時習의 種竹

• 竹節春秋堅節義

　　대나무 빛 사시사철 절개 의리 굳구나

[출전]　冶隱 吉再의 偶吟

• 高節淸風物莫競

　　높은 절개 맑은 풍류 다투지 않는 영물이라

[출전] 雪溪 朴致和의 綠竹

- **化作脩篁舞翠烟**

  긴대로 자라서 푸른 안개 속에 춤추네

  [출전] 伯溫 劉基의 題柯敬仲墨竹

- **纖莖潤葉與時新**

  가는 줄기 윤택한 잎 때맞추어 새롭구나

  [출전] 子京 宋祁의 竹

- **森森萬玉翠含滋**

  빽빽한 많은 잎들 푸른 빛 머금었네

  [출전] 林環의 墨竹

- **此君眞箇歲寒交**

  대나무 진실로 추운 날의 벗이로다

  [출전] 太虛亭 崔恒의 竹逕淸風

- **綠竹連雲萬葉開**

  푸른 대 구름과 닿아 많은 잎 열렸네

  [출전] 韓漑의 竹

- **淸姿勁節耐霜寒**

  맑은 자태 굳은 절개 서리 추위 이겨낸다

  [출전] 李筠仙의 詠竹

▪ 風來淅瀝生微韻

바람 불어 사각사각 미묘한 음을 일으키네

[출전] 泰齋 柳方善의 竹

▪ 脩竹無心亦有情

긴 대나무 무심하면서도 또 그윽한 정 있네

▪ 月冷空庭竹影閑

달빛 차가운 빈 뜰에 대나무 그림자 한가하다

▪ 晩風庭竹已秋聲

늦게 뜰 대나무에 바람부니 이미 가을소리 나는구나

▪ 雨後虛館竹陰淸

비온 뒤 번 집에 대나무 그늘 맑아라

▪ 夜靜惟聞瀉竹聲

밤 고요한데 오직 들리는 것은 대 씻는 바람소리

▪ 四時靑靑不變心

사철 내내 푸르고 마음 변하지 않네

▪ 風枝露葉帶淸寒

가지에 바람 불고 잎에 이슬 내려 맑은 추위 띠고 있네

- 獨守孤貞待歲寒

  외로이 곧은 절개 지켜 추위를 기다리네

- 竹帶淸風掃月光

  대나무 맑은 바람 띠고 달빛을 쓸고 있네

- 谷間有此凌雲氣

  골짜기 사이에서 구름을 뚫고 오를 기상이 있네

- 空山明月來相助

  고요한 산 밝은 달이 떠올라 운치가 더하네

- 氣凉春風琅玕振

  서늘한 기운의 봄바람 부니 대숲이 흔들거리네

- 湘簾隔竹翠雲濃

  상죽(湘竹) 발 너머 대숲 비취빛 구름 짙푸르네

- 脩竹蕭蕭動曉風

  길게 자란 소슬한 대나무 새벽바람에 흔들리네

- 貞而不剛柔不屈

  곧으나 억세지 않고 부드러우나 굽히지 않는다

- **竹韻溪聲凉可親**
  대의 운치와 시냇물 소리 서늘하여 가히 친할 만하네

- **翠竹寒消雪未收**
  푸른 대나무에 한기는 가셨으나 아직 눈이 남아있네

- **虛心直節君子相**
  속은 비었으나 마디가 곧으니 군자의 자태로다

- **虛中實外** 속은 비어 있고 바깥은 차 있어
  能屈能伸 능히 굽히고 펼 수도 있네

- **奇石風淸** 기이한 돌 곁에 맑은 바람 불고
  一竿凝翠 한줄기 대나무에 푸른 기운 엉겨있네

- **虛心勁節** 텅 빈 마음 굳은 절개
  歲寒彌堅 추워지면 더욱 견고해

- **淸節雄姿** 맑은 절개 웅장한 자태
  渾然脫俗 둥근 모양 세속을 벗어나네

- **度竹風聲碧** 대나무에 스치니 바람소리 파래지고
  含風竹影淸 바람 머금자 대 그림자 맑아지네

  [출전] 梅竹軒 成三問의 竹逕淸風

▪ **古木歲寒凋** 고목은 추위에 시드는데
疎篁霜後綠 성긴 대숲 서리 내린 후 푸르네
[출전] 梅竹軒 成三問의 題畵

▪ **古樹隣苔石** 오래된 나무 이끼낀 돌에 이웃하고
蕭蕭叢竹斜 쓸쓸한 무더기 대 기울어져 있네
[출전] 惕齋 李書九의 殳敏畵枯木竹石

▪ **無人重高節** 높은 절개 중히 여기는 이 없어도
徒抱歲寒心 조용히 추위 견디는 마음 품고 있구나
[출전] 八吾軒 金聲久의 墨竹詩

▪ **風微成莞笑** 가는 바람엔 왕골이 빙그레 웃음 짓고
風緊不平鳴 바람 거세니 울부짖는 듯하네
[출전] 退溪 李滉의 風竹

▪ **晨興看修竹** 아침 대밭을 바라보면 흥 일고
凉露浩如瀉 서늘한 이슬이 쏟아지는 듯
[출전] 退溪 李滉의 露竹

▪ **枝葉半成枯** 가지와 잎 반이나 말랐어도
氣節全不死 의기와 절개 죽지 않고 보전하네
[출전] 退溪 李滉의 枯竹

▪ **凜然立不撓** 늠름하여 꺾이지 않고 곧게 서서

猶堪激頹儒　오히려 나약하다고 꺾는 것 견디어낸다

[출전]　退溪 李滉의 折竹

▪ **坐待成高節**　많아서 높은 절개 이루기를 기다리고

淸標出短牆　맑은 기품은 낮은 담장위로 솟아오르네

[출전]　正淑 鄭允端의 筍

▪ **烟外三葉五葉**　연기밖에 세 잎 다섯 잎 갈라져 있고

雨中一梢兩梢　비 오는 가운데 한 가지 두 가지 서 있네

[출전]　毛雨의 墨竹

▪ **葉帶慧風振**　잎은 은혜로운 바람 띠어 떨치고

枝承甘露長　가지는 단이슬 받아 자란다

[출전]　耘谷 元天錫의 萬世寺新竹

▪ **歲寒不改操**　추운 계절에도 절개 바꾸지 않고

葉葉藏靑春　잎새마다 청춘을 감추고 있네

[출전]　梅月堂 金時習의 看竹

▪ **惟有歲寒節**　오직 찬 세월의 절개 있어

乃知君子心　이에 군자의 마음 알겠도다

[출전]　士敏 高遜志의 題倪雲林竹石圖

▪ **風梢舞空烟**　나무 끝 바람 불어 허공에 춤추고

露葉滴晴月　잎에 이슬 내려 밝은 달 아래 맺혀있네

[출전] 伯溫 劉基의 題墨竹

- **竹風亂天語** 대나무에 바람 불어 하늘의 말처럼 요란하고
  溪響成龍吟 시냇물 소리 나니 용 우는 것처럼 들리네

- **數竿卷石間** 몇 그루 대나무 돌 틈에 자라고
  冒雪見貞姿 눈 내려도 곧은 자태 보이네

- **竹樹繞吾廬** 대나무 내 집을 둘러싸고 있으니
  淸深趣有餘 맑고 깊은 취미가 남아있네

- **虛心秉高潔** 빈 마음에 고결함까지 갖춰
  不受一塵侵 한 점 티끌도 용납지 않네

- **試墨畵新竹** 먹으로 새로운 대 그려놓고
  張琴和古松 거문고 켜니 늙은 소나무 화답하네

- **寂寂空山中** 고요한 빈 산중에서
  不改四時葉 사시에 푸른 잎 변하지 않네

- **節直心愈空** 절개 곧고 마음 더욱 비워서
  抱獨全其天 홀로이 그 하늘을 온전히 품었네

- **方持雨露姿** 비 이슬 내릴 때 고운 자태 지키고

已見風霜節　바람 불고 서리 내릴 때 굳은 절개 보도다

- 坐獲幽林賞　앉아서 그윽한 숲의 멋을 얻고
  端居無俗情　바르게 거처하니 속된 정이 없어라

- 不隨沃艶爭春色
  獨守孤貞待歲寒
  　　요염한 봄꽃들과는 다투지 않고
  　　외로이 굳은 절개 지켜 추위를 기다린다
  [출전]　元之 王禹偁의 官舍竹

- 竹影掃階塵不動
  月輪穿沼水無痕
  　　대 그림자 뜰을 쓸어도 티끌은 일지 않고
  　　달빛은 못을 뚫어도 물에는 자취 없네
  [출전]　菜根譚 後篇에서

- 立地頂天爲有節
  耐寒凌雪猶虛心
  　　땅에서 하늘까지 마디이어 오르고
  　　추위참고 눈 이겨내어도 오히려 속은 비었네
  [출전]　孫光憲의 竹

- 未出土時先有節
  到凌雲處總無心

땅에서 나오지 않은 때도 이미 절개 가졌고

하늘 구름에 닿아도 모두 무심하구나

[출전] 馬駘의 竹

· **此君眞箇是虛中**

　冬笋淚斑隨意通

대나무 참으로 가운데는 비었는데

겨울 대순 눈물방울 뜻 따라 통하네

[출전] 牧隱 李穡의 詠竹

· **愛此團欒滿一園**

　萬竿如束氣凌雲

정원 가득 사이 좋으니 이것 사랑스럽고

많은 줄기 묶을 듯하여 하늘 뚫는 기상이라

[출전] 四佳 徐居正의 詠竹

· **蟠根入地蟄龍知**

　壯志凌雲又一奇

땅에 숨어 서린 뿌리 용인 줄 알았는데

하늘 찌를 장한 뜻이 또한 기이하네

[출전] 四佳 徐居正의 詩

· **堂堂已抱干霄志**

　大節分明天下知

당당하게 하늘 뚫을 높은 뜻 이미 품고 있으니

큰 절개 온 천하가 아는 것 분명하여라

[출전] 四佳 徐居正의 折竹

- **風來淅瀝生微韻**

  髣髴簫韶政九成

  바람불면 사각사각 미묘한 음은 일어나서

  흡사 소소 음악 연주하는 듯하네

[출전] 泰齋 柳方善의 竹

- **凜凜淸威老更朧**

  翛然風露翠相扶

  늠름한 맑은 위엄 늙을수록 파리한데

  바람서리 아랑곳 않고 서로 의지하며 푸르네

[출전] 梅月堂 金時習의 種竹

- **世之愛篁竹者**

  聲宜雨影宜月

  세상 사람들 대나무를 사랑함은

  빗속의 소리 달빛의 그림자 좋아함이라

[출전] 白湖 林悌의 畵竹戱詠

- **知道雪霜終不變**

  永留寒色在庭前

  눈서리에도 도리 알아 끝내 변하지 않고

  오래도록 차가운 빛 뜰 앞에 드리우네

[출전] 唐求의 庭竹

- 盤屈龍蛇入土深

　修竿密葉儼成林

　　용과 뱀처럼 굽어서 뿌리 땅에 묻고서

　　빼어난 줄기 빽빽한 잎 숲 이뤄 근엄하다

[출전]　楓皐 金祖淳의 種竹

- 高節淸風物莫競

　世人寧識此君賢

　　높은 절개 맑은 풍류 다투지 않는 영물인데

　　세상 사람들 어찌 이 선비 어짊을 알리오

[출전]　雪溪 朴致和의 綠竹

- 最憐水陸花殘後

　獨也靑靑白雪天

　　물과 땅 꽃들 진 뒤는 가련한데

　　흰 눈 내린 속에서 홀로이 푸르구나

[출전]　雪溪 朴致和의 綠竹

- 脩竹團欒翠色分

　更憐奇石點苔文

　　긴 대 서로 의지하여 푸른 빛 선명하고

　　기이한 돌에 점무늬 더욱 사랑스러워

[출전]　惕齋 李書九의 詩句

- 淸風掠地秋先到

赤日行天午不知

맑은 바람 땅 휩쓸면 가을 먼저 온 듯하고
더운 날 하늘로 뻗으니 낮인 줄도 모르겠네

[출전] 放翁 陸游의 東湖新竹

· 凌霜盡節無人見
終日虛心待鳳來

서리 이기는 곧은 절개 알아보는 이 없어도
종일토록 마음 비우고 봉황오기 기다리네

[출전] 韓漑의 竹

· 亭外猗猗碧幾竿
淸姿勁節耐霜寒

정자 밖 아름다운 푸른 몇 대나무
맑은 자태 굳은 절개로 서리 추위 이겨낸다

[출전] 李筠仙의 詠竹

· 不是相依君子竹
淸風安得近來多

군자인 대나무는 서로 의지하지 않으니
맑은 바람은 어찌 요즘 많이 불어오는가

· 蕭蕭六月動秋思
不是風聲卽雨聲

쓸쓸한 유월에 가을생각 일으키는데

바람소리 아니고 비 오는 소리로다

- 窓前栽有蕭蕭竹
  已作瀟湘風雨聲

  창 앞에 쓸쓸한 대나무 길렀는데
  이미 소상강 비바람 소리 일어나네

- 霽雨亂山生淡碧
  帶風寒竹有餘靑

  비개인 어지러운 산에 연푸르게 솟아나고
  바람 띤 찬 대나무는 푸르름이 남아있네

- 平生高節凌三雪
  一片虛心笑百花

  평생의 높은 절개 삼동의 눈 능가하고
  한결같은 빈 마음 뭇 꽃들을 비웃네

- 揮毫縱橫竹樓竿
  偶然寫出得其眞

  종횡으로 휘둘러 대나무 몇 줄기 그렸는데
  우연히 그린 것 그 참됨을 얻었네

- 千載雪霜懷勁節
  一軒風日拂蒼雲

  오랜 세월 눈서리에 굳은 절개 품었는데

집에 바람 해는 푸른 구름(대)떨치네

▪ **多少世間皮相者**

　此君風味竟誰知

　　세상 사람들 겉으로만 볼 뿐이니

　　대나무의 風味를 뉘라서 알겠는가

▪ **移竹數竿極蕭條口占戲書** ｜象村 申欽

　　몇 그루 대나무를 옮겨 심었더니

　　　　　　　　　매우 조촐해 보여 장난삼아 써보다

　　蕭條數竿竹　조용하고 조촐한 두어 그루 대나무야

　　種爾問何爲　묻노라 너희들을 무엇 하러 심었겠나

　　只是風霜後　단지 바람이 불어오고 서리가 내리거든

　　相依我與伊　나는 너를 너는 나를 서로 의지하자꾸나

　　蕭 쓸쓸할소, 種 심을종, 爾 너이, 與 더불어

▪ **竹逕淸風** ｜梅竹軒 成三問

　　대 숲길의 맑은 바람

　　度竹風聲碧　대나무 스치니 바람소리 파래지고

　　含風竹影淸　바람을 머금자 대 그림자 맑아지네

　　幽人無一事　숨어사는 사람은 하는 일 없는데

　　獨坐寫黃庭　홀로 앉아 황정경을 쓰고 있네

　　度 건널도, 聲 소리성, 寫 베낄사, 庭 뜰정

　　黃庭(황정) : 도교의 경전인 황정경 여기서는 선인을 가리킴

▪ **海南琅玗** | 梅竹軒 成三問

해남에서 온 대나무

幾年爲地秘　땅이 행한 비밀이 그 몇 년이던가
千載俟河淸　천년 세월 황하가 맑아지길 기다렸네
先王重此物　선왕께선 이 대나무 소중히 여겨
恩賜在東平　동평왕에게 은혜 있도록 베푸셨네
秘 숨길비 千載(천재) : 천년, 賜 줄사
河淸(하청) : 황하의 물이 맑아지는 일
東平(동평) : 본래는 동평왕(東平王)으로 불리던 한(漢)나라 광무제(光武
　　　帝)의 여덟째 아들 유창(劉蒼)인데, 여기서는 안평대군을
　　　지칭함

▪ **題畵** | 梅竹軒 成三問

그림에 쓰다

古木歲寒凋　고목은 추위에 시드는데
疎篁霜後綠　성긴 대숲은 서리 내린 후 푸르다
幽人一室內　방안에 묻혀 사는 이 있어
對此淸心曲　그를 보면서 청심곡을 탄다
歲 해세, 凋 시들조, 篁 대숲황, 對 대할대

▪ **畵竹** | 蓀谷 李達

대나무 그림에다

脩竹半身折　커다란 대나무 반신이 꺾였지만
疎枝生老根　성근 가지가 늙은 뿌리에서 나왔네
從前烟雨裏　지난번 가랑비 속에서
幾箇長兒孫　몇 속의 죽순이 자랐을까
脩 길수, 折 꺾을절, 裏 속리, 箇 낱개, 孫 손자손

▪ 題墨竹後 | 鄭敾

대나무를 그린 뒤에 쓰다

閑餘弄筆硯　한가한 틈에 붓에 먹을 찍어서

寫作一竿竹　대나무 한 그루 그렸네

時於壁上看　때때로 벽 위를 바라보니

幽姿故不俗　그윽한 자태 옛스럽고 속되지 않네

餘 남을여, 硯 벼루연, 寫 베낄사, 壁 벽벽, 姿 자태자

▪ 受敏畵枯木竹石 | 惕齋 李書九

수민이 그린 고목 대 돌 그림을 보고

古樹隣苔石　오래된 나무 이끼돌 옆에 이웃하고

蕭蕭叢竹斜　쓸쓸한 무더기 대숲이 기울어져 있네

相期歲寒節　추운 날의 굳은 절개 서로 약속하니

羞傍女郞花　백목련이 옆에서 부끄러워하네

受 몽둥이수, 苔 이끼태, 叢竹(총죽) : 무더기로 난 대숲

羞 부끄러워할수, 傍 곁방

女郞花(여랑화) : 목련의 별칭

▪ 李逸士大方榘墨竹八幀詩 | 八吾軒 金聲久

이구가 그린 갓 자란 대나무 그림 여덟 폭에 씀

初篁帶粉籜　갓 자란 대나무엔 죽순가루 머금고

活葉自蕭森　시원한 잎은 잔잎 없어 조용하다

無人重古節　높은 절개를 소중히 여기는 사람이 없어도

徒抱歲寒心　조용히 추위에 견뎌 낼 뜻 품고 있구나

榘 곡척구, 篁 대숲황

粉籜(분탁) : 죽순의 껍질에 생긴 가루

蕭森(소삼) : 조용하고 쓸쓸함

- **竹** | 龜峰 宋翼弼

  대나무

  遠保千年碧 오래도록 천년의 푸르름을 보존하니
  他時鳳下來 훗날 봉황새가 내려와 앉겠지
  三春能幾日 봄 석달이 기껏 몇 날 되더냐
  桃李夢中開 복숭아 오얏꽃이 꿈속에서 피네
  遠 멀원, 鳳 봉황새봉, 桃 복숭아도, 夢 꿈몽

- **詠竹** | 洪可臣

  대나무를 읊다

  手種南墻竹 손수 남쪽 담 아래 대를 심었는데
  今成數百竿 이제야 수백 줄기로 자라났구나
  婆娑月庭影 달 오른 뜰아래 그림자 춤을 추며
  留待主人還 주인이 돌아오길 기다리고 있다네
  種 심을종, 婆娑(파사) : 춤추는 모양, 還 돌아올환

- **題李澄畵** | 澤堂 李植

  이징의 그림에 쓰다

  不必巢玄圃 현포에 깃들 필요는 없으니
  何須嚼玉津 어찌 옥진만을 마셔야 하겠느냐
  猗猗數叢綠 아름다운 몇 무더기 푸르른 대숲이면
  亦足避風塵 또한 풍진을 피하기 족하리라
  巢 새집소, 嚼 삼킬연, 綠 녹두록
  玄圃(현포) : 기화요초(奇花瑤草)가 만발했다고 전하는 곤륜산 정상의 신
  　　　　　선이 사는 곳이다.
  玉津(옥진) : 선가(仙家)에서 전하는 명약(名藥)이다.

▪ 詠畵竹 | 金 涌

대나무 그림에 읊다

其一

－斫竹餘莖 잘려진 대의 줄기－

以直見先斫　곧기 때문에 먼저 베였으나

琅玕幾寸留　대나무 몇 마디가 아직 남아 있네

貞心死不昧　곧은 마음 죽어도 변치 않아

餘韻尙敲秋　여운이 아직도 가을 하늘 두드리네

斫 쪼갤작, 敲 두드릴고

其二

－枯竹 마른 대나무－

歲暮獰風急　세모에 모진 바람 휘몰아쳐

淇園竹死多　기원의 대나무 무수히 죽었구나

可憐枝葉盡　가지와 잎 모두 시들어 가련도 한데

霜幹立槎牙　풍상 속에 줄기가 우뚝 솟아 있네

獰 모질녕, 幹 줄기간, 槎 엇찍을차

淇園(기원) : 대숲이 많은 옛 원림의 이름이다.

其三

－煙竹 안개속의 대－

直立玉雙條　곧게 선 두 줄기 대나무에

橫穿羅一帶　안개 한 가닥이 걸려 있네

誰知掩靄中　누가 알리오 짙은 안개 속에서

寒碧不曾改　추위에도 푸르름은 일찍이 바꾸지 않네

條 가지조, 穿 입을천, 靄 이내애

其四

 -苦竹　고죽-

苦節不盈尺　고죽이 마디 한 척 되지 않아도

休將長短評　길고 짧음 논하는 것 그만 두소

滿山黃落後　온 산이 시들어 떨어진 뒤에

君看獨靑靑　그대 보시오 홀로 푸른 것을

休 그만둘휴, 評 평할평

▪星山李子發號休叟索題申元亮畵一竹　八首 ┃退溪 李滉

其一

 -雪竹　눈 속의 대나무-

玉屑寒堆壓　옥구슬 눈 가루 무더기로 쌓였는데

水輪逈映徹　달빛이 부서진 듯 내려 비치네

從知苦節堅　절개 굳은 줄은 옛부터 알았지만

轉覺虛心潔　빈 마음 맑은 줄은 이제야 알겠노라

屑 가루설, 堆 흙무더기퇴, 壓 누를압

水輪(빙륜) : 달의별칭

逈 멀형, 徹 부술철, 轉 구를전, 潔 깨끗할결

其二

 -風竹　바람에 날리는 대나무-

風微成莞笑　가는 바람은 왕골 웃게 만들고

風緊不平鳴　거센 바람이 울어대니 평화롭지 않네

未遇伶倫采　伶倫(영륜)을 만나지 못했어도

空含大樂聲　하늘은 위대한 음악 머금고 있네

莞 골품완, 笑 웃을소, 緊 굳을긴, 伶 악공령

伶倫(영륜) : 황제의 신하로 해곡의 대나무로 악률을 만들었다함.

大樂聲(대악성) : 위대한 음악

其三
　-露竹　이슬 맞은 대나무-

晨興看修竹　아침 대밭을 바라보며 흥 일고

凉露浩如瀉　서늘한 이슬이 쏟아지는 듯

淸致一林虛　이 숲 빈곳에 맑을 기운 이르는데

風流衆枝亞　뭇가지 가장자리에 바람이 흐르네

晨 새벽신, 瀉 쏟을사, 虛 빌허, 亞 가장자리아

其四
　-抽筍　올라온 죽순-

風雷亂抽筍　바람 우레 소리에 정신없이 죽순 솟아

虎攫雜龍騰　호랑이를 후리친듯 용이 오르는듯

門掩看成竹　문 가리고 자란 대 바라보며

吾今學少陵　나는 지금 두보의 시 공부하네

雷 천둥뢰, 推 뻴추, 攫 움킬확, 騰 오를등

少陵(소릉) : 당나라 시인 두보(杜甫)의 호

其五
　-老竹　늙은 대나무-

老竹有孫枝　늙은 대에 어린 가지고 돋아나니

蕭蕭還闃淸　쓸쓸하다가 다시 빽빽해졌다

何妨綠苔破　푸른 이끼 벗기는 것 어이 방해하리

滿意凉吹生　시원한 바람 일어나니 품은 뜻 가득하네

蕭蕭(소소) : 쓸쓸한 모양, 闃 으슥할비, 妨 꺾일방, 苔 이끼태

其六
　-枯竹　마른 대나무-

枝葉半成枯　가지와 잎이 반이나 말랐어도

氣節全不死　의기와 절개는 죽지 않고 보전하네

寄語膏粱兒　피둥피둥 살찐 이들에게 말 전하노니
無輕憔悴士　파리한 선비를 가볍게 여기지 마오
枯 마를고, 寄 부칠기, 膏 기름고, 粱 기장량
膏粱兒(고량아) : 부호나 재산가의 자식
憔 파리할초, 悴 파리할췌

其七
　-折竹　꺾어진 대나무-
强項誤遭挫　억센 항우도 그릇되어 좌절하였지만
貞心非所破　선비의 곧은 마음은 깨뜨리지 못한다
凜然立不撓　늠름하여 꺾이지 않고 서서
猶堪激頹懦　오히려 나약하다고 꺾어버리는 것 견디어 낸다
項 클항, 여기서는 항우(項羽)를 지칭함.
誤 그릇할오, 遭 만날조, 挫 꺾을좌, 撓 꺾일뇨, 堪 견딜감
頹 쇠할퇴, 懦 나약할유

其八
　-孤竹　외로운 대나무-
聞善盍歸來　착하다는 소문을 듣고 어찌 돌아오지 않으리
易暴將安適　폭력을 폭력으로 밀어냈으니 어찌 편히 거하리
從此更成孤　이 연유로 외로움을 홀로 지키니
有粟非吾食　곡식은 있었지만 나의 밥 아니라네
盍 어찌아니할합, 適 갈적, 粟 곡식속, 從 유래종
孤竹(고죽) : 백이숙제가 성군이라 일컫는 주무왕에게 돌아가지 아니한
　　　　　　시를 인용하였다 무왕이 비록 성군이긴 하지만 신하로서
　　　　　　군주인 주를 쳤기 때문에 폭력으로써 폭력을 제거(以暴易
　　　　　　暴)한 것이어서 의리 배반되어 따를 수 없고 또 그 땅의
　　　　　　곡식도 먹을 수 없다는 뜻이다.

- **竹里館** | 摩詰 王維(唐)

  대숲속의 집

  獨坐幽篁裏　홀로 깊은 대 숲 속에 앉아서
  彈琴復長嘯　거문고 타고 길게 휘파람 부네
  深林人不知　깊은 숲이라 사람들은 모르지만
  明月來相照　밝은 달이 찾아와서 서로 비추네
  彈 연주할탄, 嘯 휘파람불소, 照 비출조
  幽篁(유황) : 깊고 조용한 대숲
  復 다시부

- **竹窓** | 東萊 呂祖謙(宋)

  대 있는 창가

  前山雨褪花　앞산에 비가 내려 꽃 빛 바래고
  餘芳棲老木　남은 꽃은 늙은 나무에서 붙어 쉬노라
  卷藏萬古春　오래도록 감추어져 있던 봄인데
  歸此一窓竹　창 앞 한 그루 대에 돌아왔구나
  褪 꽃질퇴, 棲 깃들서, 藏 감출장, 歸 돌아올귀

- **竹** | 殷堯蕃(唐)

  대나무

  窓戶盡蕭森　창 밖은 쓸쓸함 다하고
  空堦凝碧陰　빈 섬돌엔 푸른 그늘 엉겨있네
  不緣氷雪裏　찬 눈서리 속 인연 맺지 않으니
  爲識歲寒心　추위를 이기는 마음 알 만하구나
  蕭森(소삼) : 조용하고 쓸쓸함
  堦 섬돌계, 凝 엉킬응, 緣 인연연, 裏 속리, 識 알식

- **題畵竹** | 戴熙(淸)

  대나무 그림에 쓰다

  雨後龍孫長　비 온 뒤에 용의 후손이 자라고
  風前鳳尾搖　바람 앞에서 봉황의 꼬리 흔드네
  心虛根柢固　마음은 비우되 뿌리 밑은 견고해
  指日定干霄　해를 향해 마땅히 하늘을 찌르네
  龍孫(용손) : 용의 손자 여기서는 죽순
  搖 흔들요, 霄 하늘소

- **題倪雲林竹石** | 士敏 高遜志(明)

  예운림의 죽석에 쓰다

  卷石不盈尺　바윗돌은 한 척도 되지 않고
  孤竹不成林　외로운 대나무 숲을 이루지 못했네
  惟有歲寒節　오직 추위에도 변치 않는 절개가 있으니
  乃知君子心　군자의 마음임을 이내 알겠네

- **題墨竹** | 幼孜 金 善(明)

  대 그림에 쓰다

  虛心秉高潔　마음을 비우고 고결함을 갖추어
  不受一塵侵　조금의 티끌도 용납하지 않구나
  五月淸溪上　오월의 맑은 시냇가 위에
  蕭蕭風滿林　소슬한 바람이 숲 속에 가득하네
  潔 맑을결, 侵 침투할침, 蕭 쓸쓸할소

- **題雨竹圖** | 劉 崧(明)

  빗속의 대를 그린 그림에 쓰다
  怪石凝雲氣　기이한 바위에 구름이 엉겨있고

橫枝浥露香　뻗은 가지에 이슬에 젖어 향기롭네
古人渺何許　고인은 아득히 어이 받아들였을까
秋意滿瀟湘　가을 정취가 소상강 대숲에 가득한데
凝 응길응, 浥 젖을읍, 渺 아득할묘

■ **題扇上竹枝** | 靑丘子 高啓(明)

　부채 위의 대나무 그림에 쓰다
　　寒梢雖數葉　차가운 가지 끝에 비록 몇 잎이
　　高節傲霜風　높은 절개는 서릿바람을 이겨낸다
　　寧肯隨團扇　어찌 부채 속으로 들어가고 싶으랴
　　秋來怨篋中　가을 되어 궤짝 속에 들어감을 원망하지
　　梢 나무끝초, 隨 따를수, 篋 상자협

■ **題竹** | 桃花道人 吳 鎭(元)

　　대나무 그림에 씀
　　抱節元無心　절개를 품는 건 원래 무심히 되고
　　凌雲如有意　구름을 헤치고 오름은 뜻 품은 것 있는듯
　　寂寂空山中　고요한 빈 산 가운데에서
　　凜此君子志　늠름한 이 군자의 뜻이로다
　　抱 안을포, 凌 넘을릉, 凜 늠름할름

■ **岳生畵竹** | 鄭元祐(元)

　　악생의 대나무 그림
　　脩篁含雨餘　울창한 대숲에 비가 내린 뒤에
　　枝拂淸風起　맑은 바람 일어나 가지를 흔드네
　　掃破碧玲瓏　영롱한 벽옥을 쓸어내리니

高堂淨如洗　고당은 씻은 듯 깨끗하여라
脩 길수, 拂 떨칠불, 淨 맑을정

▪ 墨竹 | 雲林 倪瓚(元)
묵죽

明月臨虛幌　밝은 달빛이 텅 빈 장막을 비추고
疎篁舞翠鸞　성근 대숲은 비취빛 난새처럼 춤을 춘다
獨吟苔石上　홀로 이낀 돌 위에서 읊조리노라니
霜葉媚天寒　서리 맞은 잎새는 찬 하늘에서 아양떠네
幌 휘장황, 鸞 난새란, 媚 교태미

▪ 畵竹 | 楊 載(元)
대 그림

翡翠含春霧　비취색 잎은 봄안개를 머금었고
琅玕振曉風　대나무 가지는 새벽바람이 흔드네
淸聲來枕上　맑은 소리는 베개 맡에 이르고
秀色入簾中　빼어난 빛은 주렴 속에 들어오네
霧 안개무, 振 떨칠진, 簾 발렴

▪ 題枯木竹花 | 希遽 李 祁(唐)
고목과 대나무를 그린 그림에 쓰다

脩筠儀鳳羽　긴 대나무 거동은 춤추는 봉황의 날개 같고
枯木老龍鱗　메마른 나무는 늙은 용의 비늘과 같도다
半夜聞風雨　한 밤에 비바람 소리를 듣고서야
方知筆有神　바야흐로 붓 끝에 신묘함 있음을 알았네
儀 거동의, 鱗 비늘린

- **竹菊** | 彦德 屠 性(元)

  대와 국화

  曾向山中住　일찍부터 산중에 살고 싶어 하여

  黃花爛漫栽　국화를 흐드러지게 심었네

  主人緣愛竹　주인은 대를 사랑하는 연고로

  三徑不敎開　세 갈래 오솔길을 열지 못하게 했네

  黃花(황화) : 국화

  爛漫(난만) : 꽃이 만발하여 한창 무르녹는 모양

  栽 심을재

  三徑(삼경) : 한나라 때 장후(蔣詡)라는 은사가 집 앞 대나무 숲 사이에
  　　　　　　세 가닥 내어놓고 구중(求仲)과 양중(羊中)이란 두 친구만
  　　　　　　오게 하여 놀았다는 고사에서 유래됨.

- **筍** | 正淑 鄭允瑞(元)

  순

  竹林春雨過　대 숲에 봄비 지나가면

  瘦筍迸笞長　야윈 죽순이 이끼에 흩어져 자란다

  坐待成高節　앉아서 높은 절조 이루어지길 기다리면서

  淸標出短牆　맑은 기품은 낮은 담장 위로 솟아오르네

  筍 죽순순, 瘦 빼빼마를수

  迸 흩어져 달아날 병, 牆 담장

- **畵竹 四首** | 山谷 黃庭堅(宋)

  대나무 그리다

  人有歲寒心　사람들은 歲寒의 마음 있고

  乃有歲寒節　이에 歲寒의 절개도 있네

  何能貌不枯　너는 어찌 모양이 마르지 아니하며

虛心聽霜雪　텅빈 마음속으로도 서리 눈을 맞는고
貌 모양모, 枯 마를고, 虛 빌허, 聽 들을청

虛心秉高潔　빈 마음에 고결함까지 갖춰
不受一塵侵　조금의 티끌도 침범을 용납지 않네
五月淸溪上　오월 푸른 시내위에
蕭蕭風滿林　쓸쓸하게 바람은 숲에 가득하네

抱節元無心　절개 가지고도 본래 무심하면서
凌雲如有意　구름 뚫은 뜻있는 듯 하네
寂寂空山中　고요한 빈산 가운데 있어
凜然君子志　군자의 뜻 늠름하여라

微雨栽秋竹　가는비 내려 가을 대나무 심고
孤燈夜讀書　등불 외로운데 밤에 글 읽네
試墨畵新竹　먹으로 새로운 대 그려놓고
張琴和古松　거문고 켜니 늙은 소나무 화답하네

- **詠竹** | 牧隱 李穡

　대를 읊다

此君眞箇是虛中　대나무는 참으로 이것이 가운데 비었으니
冬笋淚斑隨意通　겨울 죽순의 눈물방울 뜻 따라 통했었나
却彼年年圖一醉　문득 해마다 한 번 취하기를 도모하여
靑盆山裏嘯生風　푸른 동이 산 속에서 휘파람 바람 일으키네
箇 낱개, 虛 빌허, 淚 눈물루, 隨 따를수, 嘯 불소
此君(차군) : 대나무. 晉의 王徽之가 집에 항시 대를 심어놓고서 읊기를
　　　"何可一無此君耶"라 했대서 유래함.
冬笋淚斑(동순루반) : 孟宗이 어머니가 겨울에 댓순을 자시고자 하매, 대

밭에 가 울었더니 죽순이 돋아났다는 고사의 활용인 듯함.
圖一醉(도일취) : 5월13일은 대를 옮겨 심기가 가장 좋은 날이라 하여
그날을 "竹醉日"이라 했다

- **竹** | 白雲 李奎報

  ### 대나무

  欲試君賢豈一端　그대 현명함 시험하려면 어찌 한 가지뿐이랴
  悍根又奈石盆寒　거센 뿌리 또 돌 화분 추위 어찌 견디나
  箇中尙有湘江意　그런 중에 오히려 소상강 생각 있어서
  直作攙天玉槊看　곧게 하늘 찌르는 백옥창 되어 보이네
  　試 시험할시, 端 끝단, 湘 상강상, 攙 찌를참

- **次韻丁秘監寫墨竹四幹兼和前詩來贈幷序** | 白雲 李奎報

  ### 정비감의 묵죽화 네 줄기에 차운하고
  앞의 시로 준 데 화답하다, 서와 함께

  其一
  淡黃金紙薄雲輕　엷은 황금 종이에 엷은 구름이 가벼우니
  掃出森然碧玉莖　빽빽이도 뻗었는데 옥가지 푸르다
  何必鮫人絹似雪　어찌 꼭 인어가 짠 비단이라야만 눈과 같은가
  從今亦貴楮先生　이제부터는 저선생도 귀하겠구나
  　紙 종이지, 薄 얇을박, 輕 가벼울경, 莖 줄기경
  　鮫人絹(교인견) : 주중에 사는 괴상한 인어. 鮫綃는 인어가 짠 비단으로
  　　　　　이 옷을 물에 젖지 않는다고 함.
  　楮先生(저선생) : 종이의 원료인 닥나무를 의인화 한 용어임.

  其二
  千金墨畫已非輕　천금의 묵죽화도 이미 가벼운 것이 아닌데
  更眖淸詩響六莖　더욱이 육경의 음악 같은 맑은 시를 주었네

願以明公心竹出　원컨대 밝은 님의 마음 속 대가 나서
移之賢祖腹松生　현량하신 조상의 배 속 솔로 옮기소서
六莖(육경) : 중국 상고시대 임금인 顓욱이 지었다는 음악
詩 글시, 響 소리향, 願 원할원, 腹 배복

其三
一莖露重一風輕　한 줄기 이슬은 무겁고 바람은 가벼워
老硬尤憐飽雪莖　늙어서는 눈 가득한 줄기 더욱 가련해
還有新筠已離立　다시 새로운 대가 따로 떨어져 서 있음은
似嫌人謷是旁生　사람들이 떨어져 난 것이라고 싫어하는 듯
莖 줄기경, 尤 더욱우, 憐 가련할련, 筠 대균, 嫌 싫을혐

其四
此君爭肯入毫輕　이 친구는 즐거이 붓 끝에 들면 경쾌해
必待通身作竹莖　반드시 온 몸이 뚫린 댓줄기가 되다
竹是君身君是竹　대는 그대의 몸 그대는 대이니
歲寒一節共平生　세모의 추위에 절개 한 평생 함께하네
爭 다툴쟁, 毫 붓호, 輕 가벼울경, 通 통할통
此君(차군) : 대나무를 이름. 왕휘지가 대를 가리켜 "하루라도 此君이
　　　　없을 수 없다"함에서 유래됨.

▪ 詠竹 | 四佳 徐居正
　대를 읊다
愛此團欒滿一園　정원 가득 사이좋으니 이것 사랑스럽고
萬竿如束氣凌雲　많은 줄기 묶은 듯 하늘 뚫는 기상이라
人間枉尺知多少　한 자 굽혀 여덟 자 펼 줄 아는 이 몇이나 알까
眞直如今見此君　지금 참되게 곧음을 이 대에서 보노라
團 모일단, 欒 둥글란, 竿 장대간, 枉 굽힐왕

人間枉尺(인간왕척) : 孟子 등문공 하권의 '한 자를 굽혀서 여덟 자를
편다(枉尺而直尋)'를 줄여서 쓴 시어이다.

▪ 永川鄕春勝事集二十首中 一首 | 四佳 徐居正

영천 시골의 봄 경치 이십 수에서

蟠根入地蟄龍知　땅 속에 뿌리내려 숨은 용인 줄 알았는데
壯志凌雲又一奇　구름 찌를 장한 뜻 또한 기이하구나
大節分明無曲性　큰 절개 뚜렷하고 굽은 성품 없으니
此心曾與此君期　이 마음 일찍이 대와 기약 같이 하노라

蟠 서릴반, 蟄 숨을칩, 凌 범할릉, 與 줄여

▪ 金大僕湜所畵十疊屛風十首中 其二首 | 四佳 徐居正

무송부원군 윤공이 소장한 김식이 그린 십폭 병풍에 씀

其一

-雪竹　눈 속의 대-

生來直氣已凌雲　나면서부터 곧은 기상 구름 위로 솟아
所性何曾曲處存　타고난 성품 어느 때 굽은 곳 있었던가
知有歲寒同調在　추위를 함께 하는 친구 있음 아는데
茂松高處又逢君　무성한 소나무 높은 곳에 대와 만나네

氣 기운기, 曾 일찍증, 處 곳처, 逢 만날봉

其二

-折竹　꺾어진 대나무-

莫怨狂風吹折枝　광풍 불어 가지 꺾였다 원망치 마소
夜來添箇籜龍兒　밤새 용무늬 죽순하나 더 솟았네
堂堂已抱干霄志　당당하게 하늘 뚫는 높은 뜻 이미 품고 있으니
大節分明天下知　큰 절개 온 천하가 아는 것 분명하여라

怨 원망할원, 籜 대껍질탁, 霄 하늘소

- **詠家筍 五首** | 茶山 丁若鏞

집의 죽순을 읊다

其一

莫將饞口啜新茶　탐하는 입을 가지고 새 차를 마시지 말고

好喫庭筠碧玉芽　정원 대의 벽옥 같은 싹을 즐겨마시자

留與騷人充一飽　죽순으로 글 쓰는 이 배를 채우는 것이

勝爲華簀大夫家　대부 집의 화려한 책들 보다 낫도다

饞 탐할참, 啜 먹을철, 喫 먹을끽, 筠 대균, 芽 싹아, 騷 시끄러울소

飽 배부를포, 簀 쌓아모을책, 騷人(소인) : 시인

其二

誰令野老試新茶　누가 촌노인에게 새 차를 달이게 하였는데

雨後蒼筠幾寸芽　비 뒤의 푸른 대엔 몇 치의 싹 났더라

一個點來淸味足　하나를 가져다 먹으매 상큼한 맛 흡족한데

渭川千畝是誰家　위천의 천 이랑 누구집의 대인가

令 하여금령, 筠 대균, 芽 싹아, 畝 밭이랑묘, 誰 누구수

渭川(위천) : 강태공이 고기를 낚다가 재상이 된 곳

其三

入夏因何太瘦生　여름 들어 어찌하여 그리도 파리해졌나

此君不似肉多情　대나무는 혈육처럼 다정하지 않구나

山泉一注靑雲濕　산 샘물 한번 뜨니 푸른 구름 젖어있어

爛煮淸風看月明　청풍 아래 죽순 삶고 밝은 달을 구경하네

瘦 야윌수, 濕 젖을습, 爛 익을란, 煮 삶을자

此君(차군) : 대의 별칭. 진(晉)나라 왕휘지(王徽之)가 대를 일러 "어찌
　　　　　하루인들 차군(此君)이 없이 지낼 수 있겠는가." 한 데서
　　　　　온 말이다

其四

老子未嘗識啜茶　늙은이 일찍이 차 마시는 건 알지 못하고
只憑生意玩新芽　생동하는 뜻 빙자하여 새싹만 감상했지
江南聞說無多筍　듣건대 강남에 죽순이 많지 않다 하니
斬伐都歸富貴家　부귀한 집에서 모두 베어 가기 때문이라오
嘗 맛볼상, 啜 먹을철, 憑 빙자할빙, 玩 놀완, 筍 죽순, 斬 벨참

其五

此君須要上番生　대나무는 응당 첫물에 난 것이 좋거니와
炮鳳烹龍太沒情　봉황과 용 삶는 건 너무도 무정하여라
可道陸先惟一罪　육선생 오직 한 가지 죄 말하자면
盡將風月弄光明　풍월을 온통 가져다 광명을 희롱함일세
番 횟수번, 炮 구울포, 烹 삶을팽
此君(차군) : 대나무를 지칭함
陸先(육선) : 육유(陸游)를 지칭한 말
鳳龍(봉룡) : 봉황과 용, 여기서는 대와 죽순을 이름

▪ 筍 | 秋史 金正喜

죽순

南烹細點食單回　남팽의 식단을 세세히 점검하니
晶鮓氷蓴次第開　맑은 젓갈 찬 순채 차례로 나오누나
香積廚中無此味　절간 부엌 안에는 이 맛이 없을 테니
飽參玉版幾人來　옥판에 배부른 이 몇이나 되겠는고
鮓 젓갈자, 蓴 순채순, 廚 부엌주, 飽 배부를포
香積廚(향적주) : 절의 부엌

▪ **竹** | 泰齋 柳方善

　대나무

　　勁節寧隨百草零　굳센 마디가 어찌 온갖 풀 따라 떨어지랴

　　雪中方可見眞情　눈 속이라야 참다운 정 볼 수 있지

　　風來淅瀝生微韻　바람 불어 사각사각 미묘한 음운이 일어나니

　　髣髴簫韶政九成　흡사 순임금의 소소 음악 연주하는 듯하네

　　勁 굳셀경, 隨 따를수, 零 떨어질령

　　淅瀝(석력) : 바람에 흔들리는 소리, 髣髴(방불) : 비슷비슷함

　　簫韶九成(소소구성) : 구성운락. 아홉 곡으로 끝나는 순임금의 음악, 구
　　　　　　　　　　　　성은 아홉 곡으로 이루어 졌다는 뜻이고 韶樂은
　　　　　　　　　　　　순임금의 음악이다. <書經>에 簫韶九成 鳳凰來儀
　　　　　　　　　　　　라 함이 있다.

▪ **題隱溪上人霜竹軒詩卷** | 三峰 鄭道傳

　은계상인의 상죽헌 시권에 쓰다

　　一曲溪流繞屋鳴　한 구비 시냇물 집 둘러 소리내며 흐르고

　　數枝疎竹對霜橫　두어 가지 성근 대는 서리 앞에 비껴있네

　　須知生意終難遏　모름지기 생생한 뜻 끝내 막기 어려우니

　　又有源源活水淸　끊임없는 맑은 활수 또 있는 걸 알겠네

　　繞 두를요, 須 모름지기수, 遏 막을알

　　源源(원원) : 근원이 길어서 끊어지지 않는 모습.

▪ **雪竹** | 梅月堂 金時習

　설죽

　　雪竹參差壓萬竿　대나무에 어지러이 눈 내려 많은 가지 눌렀고

　　夜來和雨敗琅玕　밤 사이에 비가 와서 낭간이 망가졌네

　　明朝霽後應還起　내일 아침 개인 뒤엔 응당 일어날 것이나

拗折相扶可忍看　부러져서 서로 부축함을 차마 볼 수 있겠나

壓 누를압, 竿 대간, 霽 비개일제

參差(참치) : 서로 어긋나 있는 모양

琅玕(랑간) : 대나무

拗折(요절) : 꺾어지고 부러짐.

▪ **護筍** │ 梅月堂 金時習

　　죽순을 보호하며

　　　春風喚起簿龍兒　봄바람이 어린 죽순을 불러 일으켜서

　　　抽錦穿苔个个癡　비단 뽑고 이끼 뚫어 낱낱이 어리는구나

　　　插棘編籬防獸觸　가시 꽂고 울을 엮어 짐승의 침범을 막으니

　　　明朝應見碧參差　내일에는 들쑥날쑥 푸르름을 응당 보겠네

　　　喚 부를환, 簿 대껍질탁, 抽 뽑을추, 癡 어릴치, 獸 짐승수, 觸 닿을촉

　　　簿龍(탁룡) : 죽순의 별명. 대 뿌리가 울퉁불퉁하고 꾸불꾸불하므로 탁룡
　　　　　　　 이라 한다.

▪ **種竹　八首** │ 梅月堂 金時習

　　대를 심고

　　　其一

　　　和泥種得碧琅玕　푸른 대를 진흙 섞어 심었다가

　　　移培瓷盆靠假山　사기 그릇에 옮겨 석가산(石假山)에 기대 두었네

　　　不是與君同節操　그대와 절조를 함께 하지 않는다면

　　　此君風味等閑看　이 대나무의 풍치를 등한하게 볼 걸세

　　　泥 진흙니, 培 기를배, 瓷 오지그릇자, 靠 의지할고

　　　琅玕(낭간) : 대나무

　　　石假山(석가산) : 정원에 돌을 모아 세운 산모양,

　　　此君(차군) : 대나무

其二

小春天氣稍寒溫　소춘(小春) 날씨 좀 추웠다 따뜻하여
移竹南隣養小軒　남쪽 이웃에 대를 옮겨 작은 마루에 기르네
問爾俗人能受爾　그대에게 묻노니 세상 사람들 널 받아주겠느냐
澹然相對已忘言　담담하게 마주보다 이미 말을 잊었노라
稍 점점초, 移 옮길이, 隣 이웃린, 爾 너이
澹然(담연) : 담박한 모습
小春(소춘) : 음력 시월(十月)의 이칭. 날씨가 따뜻하여 봄과 같다는 뜻
　　　　　 에서 나온 말.

其三

瘦碧含風節更剛　파리하게 푸른 것이 바람 받아 절조 더욱 굳센데
可憐委棄壞垣傍　가엾어라 무너진 담 옆에 버려져 아무도 돌보잖네
森森一徑無人掃　빽빽한 속 외갈래 길 쓰는 사람 없는데
黃葉堆根蔓草荒　누런 잎은 뿌리에 묵고 넝쿨풀도 거칠었네
瘦 파리할수, 剛 굳셀강, 棄 덮을기, 壞 무너질괴, 蔓 덩쿨만

其四

碧根曲曲帶枯荄　푸른 뿌리 굽이굽이 마른 풀 뿌리에 감겼는데
稚篁尖尖已孕胎　어린 죽순 뾰족뾰족 벌써 아기 뱄네
穿我莓笞渾不厭　이내 이낄 뚫어도 싫지 않고 섞이니
蒨葱引得鳳凰來　숲 무성해지면 봉황새를 끌어올 수 있으리라
枯 마를고, 荄 풀뿌리해, 篁 죽순황, 孕 아이밸잉, 胎 탯줄태
莓笞(매태) : 이끼
蒨葱(천총) : 풀 무디기가 무싱한 깃
尖尖(첨첨) : 뾰족한 모습

其五

凜凜淸威老更臞　늠름한 맑은 위엄 늙을수록 파리한데

偹然風露翠相扶　바람서리도 아랑곳 않고 서로 의지하며 푸르네
杜陵饒舌君知不　두릉(杜陵)의 말 많은 것 그대 아는가 모르는가
曾道環圍十萬夫　일찍이 십만 장부가 둘러쌌다 말했었지
凜凜(늠름) : 위풍이 당당한 모습
朧 파리할구, 偹 깃소리소, 饒 넉넉할요, 環 두를환
偹然(소연) : 사물에 얽매이지 않는 모양 빠른 모양
杜陵(두릉) : 두보(杜甫)를 말한다. 그는 대(竹)를 소재를 읊은 시구가 많
　　　　　　은데, 이 시(詩)의 "環圍十萬夫"는 아마도 <어양시(漁陽詩)>
　　　　　　의 "今日何須十萬兵"을 말한 것

其六
桃李芳華能幾時　복사 오얏 향기론 꽃이 몇 시간이나 견디던가
無情風雨謝繁枝　무정한 비바람에 번화한 가지 꺾이었지
要看留得長春意　기나긴 봄 마음 그대로 지닌 걸 보려거든
須待氷霜凜冽時　찬 서리 맵고 찰 때 꼭 기다려 보시게
繁 번성할번, 須 모름지기수, 凜 찰름, 冽 찰렬

其七
失葉瘦枝最可憐　잎 떨어지고 파리한 가지 아주 가련한데
結根石上已多年　돌 위에 뿌리 뭉쳐 벌써 여러 해 되었네
從今移向閑田地　이제부턴 한가한 땅에 고이 옮겨 심어 놓고
階下蒼苔任汝穿　계단 아래 푸른 이끼 뚫는 대로 버려두리라
瘦 파리할수, 階 계단계, 苔 이끼태, 穿 뚫을천

其八
不厭成林鳥雀喧　숲 가득 온갖 새들 시끄러워도 싫어 않는데
只愁雪壓折新枝　오직 눈에 눌려 새가지 꺾일까 근심하네
殷勤扶援防搖裊　은근히 서로 붙들어 흔들거리는 것 막아주리니
榮瘁還應汝自知　잘 자라고 못 자라는 건 너 스스로 응당 알리

厭 싫을염, 雀 참새작, 喧 시끄러울훤, 壓 누를압, 搖 흔들요

痒 병들췌

- **偶吟** | 冶隱 吉再

  우연히 읊다

  竹色春秋堅節義　대나무 빛 사시사철 절개 의리 굳은데

  溪流日夜洗貪婪　시냇물 쉬지 않고 탐욕을 씻어주네

  心源瑩靜無塵態　마음에 티끌 없어 맑고도 고요하니

  從此方知道味甘　이제부터 도의 진미 즐거운 줄 알리라

  堅 굳을견, 洗 씻을세, 婪 탐할람, 塵 티끌진, 態 형태태

- **韓上舍永叔江墅十景(竹林淸風)** | 退溪 李滉

  한진사 별장의 십경

  森森齊挺翠琅玕　빽빽하고 가지런한 빼어난 푸른 대나무

  六月窓扉灑雪寒　유월인데 창 앞은 눈 내린 듯 싸늘하다

  不是調刁生衆竅　잎 흔들리는 소리는 구멍들이 내는 소리 아닌데

  滿林淸吹自團欒　숲 가득 맑은 소리 오순도순 즐겁구나

  森森(삼삼) : 수목이 빽빽한 모습

  翠 푸를취, 琅玕(낭간) : 대나무

  扉 문짝비, 灑 뿌릴쇄, 調刁(조조) : 가지와 잎이 흔들리는 모습,

  竅 구멍규, 團欒(단란) : 친밀하게 한데 즐겁게 지네는 것

- **謝伯瞻梧竹圖** | 楊村 權近

  백첨의 오죽도에 사례하다

  高梧一樹挺朝陽　키 큰 오동 한 그루 아침 햇살에 뛰어난데

  碧玉雙竿貫雪霜　푸른 대나무 두 줄기 눈과 서리에 익숙하네

  幸際文明天下泰　다행히 문명 시대를 만나 천하가 태평하여

鳳凰覽德下高岡　봉황도 덕이 있음을 보고 산 높은 곳에서 내
　　　　　　　　 려오네

挺 빼어날정, 覽 볼람

伯瞻(백첨) : 명나라 사신 육옹(陸顒)의 字

- **竹** | 林惟正

　대나무

　　桃紅李白薔薇紫　복사 붉고 오얏 하얗고 장미는 자색인데
　　零落山煙山雨中　산안개 내려앉고 산에 비 내리네
　　唯有壇邊數枝竹　토방 곁에 대나무 몇 가지 오직 있을 뿐
　　宜煙宜雨又宜風　적당한 안개와 비에 적당한 바람이 부네
　　壇 제터단

- **題靈川子申潛墨竹** | 退溪 李 滉

　영천자 신잠의 대 그림에 쓰다

　　舊竹飄蕭新竹長　묵은 대나무 소슬하게 흔들리며 새 줄기 자라고
　　林間奇石狀奇章　수풀 속 기암괴석 기장(奇章)의 것 닮았구나
　　不知妙墨傳湘韻　묘한 그림 상강(湘江)의 여운 전하는지 몰랐는데
　　唯覺風霜滿一堂　서릿바람이 집안 가득한 것 느끼노라
　　飄 날릴표, 妙 묘할묘, 覺 깨달을각

　　奇章(기장) : 기장군공(奇章郡公) 우승유를 이름.
　　　　　　　우승유는 낙양(洛陽)의 집에 아름다운 돌을 많이 모았다고 한다.

- **竹** | 退溪 李 滉

　대나무

　　竹君高節歲寒靑　대나무의 높은 절개 추운 겨울에도 푸르건만
　　此地寒多屢挫生　이곳은 너무 추워 자주 자라는 것 꺾였지

儘把護寒深作計　온전히 추위에서 보호할 계책을 잘 세워서
年年看取籜龍爭　해마다 다투어 솟아나는 죽순을 보리라
儘 자주루, 護 보호할호, 籜龍(탁룡) : 죽순의 다른 뜻

• 隣友有竹二盆 移其最長者 詩以謝之 | 秋史 金正喜
이웃 친구에게 두 개의 죽분이 있기에
　　　　　　　그 중 긴 것을 옮겨오고 시로써 사례하다

秋暑銷殘已幾時　가을 더위 꺾인 지 이미 얼마나 지났나
綠雲深處雨絲絲　푸른 대 숲 깊은 곳에 비는 보슬보슬
林塘宛帶瀟湘色　숲 속 연못은 소상강의 빛이 완연히 띠고 있어
移取君家第一枝　자네 집의 좋은 가지를 옮겨다 놓아서인가

• 笋 | 私淑齋 姜希孟
죽순

萬卉歸藏天氣嚴　온갖 꽃이 모습을 감추고 날씨도 사나운데
微陽地底更恬纖　땅속의 희미한 양기가 더욱 가녀리고 편안하네
蟄龍却被春雷動　칩거한 용이 껍질을 벗고 봄에 꿈틀거리고 일어나
半露崢嶸紫角尖　뾰족한 자주색 뿔을 가파르게 반쯤 드러내놓네
恬 편안할념, 纖 가늘섬, 蟄 칩거할칩

• 畵竹 | 南溟 曺 植
대나무 그림

生香莫作死香看　살아있는 향기를 죽었다 하지마소
生死路頭知者難　생과 사 길머리는 알기 어려운 법
先哲雖亡模樣在　현인은 비록 죽어도 그 모양이 있으니
要須模樣裡深看　모름지기 겉모양 속 깊이 보아야만 하리라

▪ 畵竹戲詠 | 白湖 林悌

대를 그리고 장난 삼아 읊다

世之愛篁竹者　대나무라는 것 세상이 사랑함은

聲宜雨影宜月　빗속의 소리 달빛의 그림자를 좋아 함이라

王孫畫異於斯　왕손의 그림은 그와는 유별난데

寂然春恒不滅　조용한 봄에 뻗어나 죽지 않고 의연해

戲 희롱할희, 篁 대이름황, 宜 마땅할의, 斯 이사, 寂 고요적,

恒 항상항, 滅 멸할멸

▪ 坡翁有朱竹蓋戲墨也今倣之 | 楓皐 金祖淳

소동파의 붉은 대를 장난삼아 그린 것을 모방하다

研朱點易還無賴　붉은 먹을 찍은 점이 도리어 나쁘게 만들었고

却倣蘇仙寫竹竿　소동파 모방하여 대나무 그렸네

勁節淸風依本分　곧은 절개 맑은 풍류 본래 가진 성품인데

更憐呈露片丹心　丹心을 드러내니 더욱 가련하도다

點 점찍을점, 易 다스릴이, 無賴(무뢰) : 사랑하여 짐짓 욕하는 말

倣 본뜰방, 勁 굳셀경, 呈露(정로) : 드러남

▪ 綠竹 | 雪溪 朴致和

푸른 대나무

高節淸風物莫競　높은 절개 맑은 풍류 다투지 않는 영물인데

世人寧識此君賢　세상 사람들 어찌 이 선비 어짊을 알리오

最憐水陸花殘後　물과 땅에 꽃 시들어 가련한데

獨也靑靑白雪天　온 세상 흰 눈 속인데 홀로이 푸르구나

競 다툴경, 寧 어찌녕, 殘 쇠잔할잔

- **十竹** | 僧 淸順

  대 열그루

  城中寸土如寸金　성안의 한 치 땅은 한 치 금이나 같아
  幽軒種竹只十箇　그윽한 집에 대나무를 열 그루만 심었다
  春風愼勿長兒孫　봄바람아 죽순 자라게 조심하여라
  穿我階前綠苔破　내 섬돌 앞 푸른 이끼를 뚫어 망가뜨리지 않도록
  愼 삼갈신, 穿 뚫을천, 階 섬돌계, 苔 이끼태, 破 깰파
  幽軒(유헌) : 그윽하게 깊숙한 곳에 숨어사는 은사의 집을 가리킨다
  兒孫(아손) : 자손. 죽순(竹筍)을 자손으로 비유한 것이다.

- **晩春歸山居題窓前竹** | 文房 劉長卿(唐)

  늦은 봄 산골집 창 앞의 대나무를 보고

  谿上殘春黃鳥稀　시냇가 늦봄이라 꾀꼬리 소리 드물고
  辛夷花盡杏花飛　목련 꽃 다 지고 살구꽃도 날려갔네
  始憐幽竹山牕下　산골집 창 아래 올곧은 대나무들 가련한데
  不改淸陰待我歸　맑은 그늘로 변치 않고 내 돌아오길 기다리네
  谿 시내계, 殘 남을잔, 稀 드물희, 牕 창창, 辛夷花(신이화) : 목련화

- **題畵竹** | 伯溫 劉基(明)

  대나무그림에 쓰다

  葉間重露猶滴　잎 사이에 이슬 쌓여 물방울 되고
  林表寒烟未開　숲은 차가운데 연기 아직 일지 않네
  想見沅湘江上　원수 상수 강가에서 만나보려고
  月明環佩歸來　밝은 달 따라서 돌아오는 듯
  滴 물방울적, 沅 물이름원, 湘 물이름상, 環 옥환, 佩 찰패

- **題柯敬仲墨竹** | 伯溫 劉基(明)

  가경중의 대 그림에 쓰다

  蒼龍倒掛不入地　푸른 용이 거꾸로 걸려 땅에 들어가지 못하고
  回首却攀雲上天　머리를 돌려 도리어 구름 덮인 하늘로 올라가네
  夜深雲散明月出　밤이 깊어 구름 흩어져 밝은 달 솟아오르니
  化作脩篁舞翠烟　긴 대로 자라서 푸른 안개 속에 춤추네
  柯 가지가, 攀 더위잡고 오를 반, 篁 대숲황, 脩 길수

- **竹** | 子京 宋祁(宋)

  대나무

  除地牆陰植翠筠　담장 밖 빈 땅에 푸른 대를 심었더니
  纖莖潤葉與時新　가는 줄기 윤갈한 잎 때 맞추어 새롭네
  賴逢醉日終無損　취일에는 마침내 손이 없다 하였으니
  正似得全于酒人　그것은 바로 술 취하여 온전함 얻는 것 같네
  除地 : 빈 땅, 牆 담장, 筠 대균, 纖 가늘섬, 賴 의뢰할뢰
  醉日 : 음력 5월 13일(竹醉日), 損 덜손

- **竹** | 無本 賈島(唐)

  籬外淸陰接藥欄　울 밖의 맑은 그늘은 약초 울타리 닿았고
  曉風交戛碧琅玕　새벽바람은 푸른 대를 두드리네
  子猷沒後知音少　자유가 죽은 뒤론 마음 아는 이 적건만
  粉節霜筠漫歲寒　마디마디 서리 받아 추위 속에 가득 찼네
  欄 울타리란, 戛 부딪칠알, 漫 질펀할만
  子猷(자유) : 왕휘지(王徽之)의 자다. 그는 대나무를 매우 사랑했다고
  　　　　　한다.

- **翫友人庭竹** | 希聖 施肩吾(唐)

  완우인의 정원의 대

  曾去玄洲看種玉　일찍이 현주에 가서 자라는 옥을 보았는데
  那似君家滿庭竹　어찌 그대 집 뜰 가득한 대나무만 하겠나
  客來不用呼淸風　손님이 오면 맑은 바람 불어오게 하지 않아도
  此處挂冠凉自足　여기서 관 벗고 있으면 서늘하여 절로 족하네
  種 심을종, 處 곳처, 挂 걸괘
  玄洲(현주) : 신선이 산다고 전하는 바닷속 전설의 섬이다.
  挂冠(괘관) : 흔히 벼슬을 버리고 물러나 있음을 이르는 말이다. 한(漢)
  　　　　　나라 때 매복(梅福)이라는 사람이 세상이 어지러워지자 벼
  　　　　　슬을 버리고 성문에 관을 걸어두고 가버린 고사가 있다.

- **題李次雲窓竹** | 香山居士 白居易(唐)

  이차운의 창 밖 대나무를 읊다

  不用裁爲鳴鳳管　봉황소리 내는 피리 만들려고 자를 필요없고
  不須截作釣魚竿　물고기 낚는 낚싯대를 만들려고 끊지 마소
  千花百草凋零後　온갖 꽃과 풀들이 시들고 떨어진 후에
  留向紛紛雪裡看　날리는 눈 속에서 꼿꼿함 보리니
  裁 자를재, 截 자를절, 凋 시들조, 零 떨어질령

- **三絶句** | 子美 杜甫(唐)

  삼절구

  無數春筍滿林生　무수한 봄 죽순이 숲 가득히 돋았는데
  柴門密掩斷人行　사립문 걸어 잠그니 사람의 왕래를 끊어졌네
  會須上番看成竹　마침 처음 자라난 대나무 된 것 보는데
  客至從嗔不出迎　객이 와도 성내며 나가 맞이하지도 않네
  掩 가릴엄, 斷 끊을 단, 嗔 성낼진

▪ 題周都尉墨竹 | 丘濬(明)

주도위의 대나무 그림에 쓰다

森森出地傳龍種　빽빽이 땅 위로 솟아 용의 모습을 전하고

挺挺參天結鳳巢　뛰어나게 하늘 솟아 봉황의 둥지를 만드네

人道此君敦世契　사람들은 대나무가 사귐이 돈독하다 말하는데

風雲氣槩歲寒交　풍운의 기개로 추운 세월 속에서 우의도 있네

森 빽빽할삼, 挺 빼어날정, 敦 돈독할돈, 槩 기개개

▪ 畵竹 | 冬心 金農(淸)

대나무 그림

雨後修篁分外靑　비 온 뒤 자란 대가 한층 더 푸르고

蕭蕭如在過溪亭　과계정에 있는 듯 시원하구나

世間都是無情物　세상 모든 것 사물에 정 없는데

只有秋聲最好聽　단지 가을 소리만은 가장 듣기 좋아라

蕭 쓸쓸할소, 最 가장최, 聽 들을청

過溪亭(과계정) : 소식이 항주에 있을 때 풍황령(風篁嶺)에 지은 정자의

　　　　　　이름이다.

▪ 扇上竹 | 楊載(元)

부채위의 대나무

種竹何須種萬竿　대를 심음에 어찌 만 그루를 심을 건가

一枝分影亦團欒　한가지의 그림자 나뉘어도 아름답도다

秋霄更受風披拂　가을하늘에 다시 바람 흔드는 것 참아내니

聽取淸聲入夢寒　시원한 소리 듣고서 꿈길 속에 서늘하네

團欒(단란) : 사이좋게 지내는 모습

霄 하늘소, 拂 떨칠불

▪ **墨竹** | 白玉蟾(宋)

　묵죽

　　虛舟惠我一墨竹　허주가 내게 묵죽 한 폭을 선물하니
　　紙上森森一枝玉　종이 위에 빽빽한 한 줄기 대나무여
　　展向庭前與鶴看　뜰 앞에 펼쳐놓고 학과 함께 바라보다가
　　今宵不許枝頭宿　이 밤에 대나무 위엔 잠들 수 없다고 하네
　　虛 빌허, 鶴 학학, 宵 밤소

▪ **庭竹** | 唐求(唐)

　뜰의 대나무

　　月籠翠葉秋承露　푸른 잎에 달 가리우니 가을 이슬 내리고
　　風亞繁梢暝掃煙　번성한 가지에 바람 날려 저녁연기 쓸어내네
　　知道雪霜終不變　눈서리에도 도리 알아 끝내 변하지 않고
　　永留寒色在庭前　오래도록 차가운 빛 뜰 앞에 남아있네
　　籠 가리울롱, 亞 이어서아, 梢 가지끝초, 暝 어두울명, 變 변할변

▪ **畵舍竹** | 持正 蔡確(宋)

　관사의 대를 그리다

　　窓前翠竹兩三竿　창밖에 두세 가지 푸른 대 있어
　　瀟灑風吹滿院寒　맑은 바람 불어오니 온 뜨락이 시원하네
　　常在眼前君莫厭　항상 눈앞에 있어 그대 싫증내지 마소
　　化成龍去見應難　용이 되어 가버리면 응당 보기 어렵도다
　　翠 푸를취, 竿 내산, 厭 싫을염, 應 응당응, 難 어려울난
　　瀟灑(소쇄) : 맑고 시원스러움

- **萬竿烟雨圖** | 歐陽玄(宋)

  빗속의 많은 대그림

  森森萬木種淸和　빽빽이 많은 나무 맑고 온화하게 심었는데
  奈此霏微烟雨何　어찌하여 이처럼 이슬비만 내리는고
  千古首陽宗二墨　千古에 수양산의 백이 숙제가 제일이니
  淸風又似不須多　맑은 바람 많이 부는 것 필요치 않으리
  種 심을종, 霏 날릴비, 微 가늘미, 森森(삼삼) : 빽빽한 모양

- **管夫人畵竹** | 雲林 倪瓚(元)

  관부인의 대그림을 보고

  夫人香骨爲黃土　夫人의 예쁜 맵시 황토가 되었어도
  紙上蕭蕭墨色新　종이위에 쓸쓸한 墨竹의 빛 새롭구나
  情斷鷗波亭子上　정은 끊어져 갈매기 물결 정자위에 어리고
  鏡臺鸞影暗凝塵　거울 속의 난새 그림자 살며시 먼지 서려있네
  新 새신, 斷 끊을단, 鷗 갈매기구, 鸞 난새란, 凝 서릴의,
  塵 티끌진, 蕭蕭(소소) : 쓸쓸한 모양

- **畵竹** | 雲林 倪瓚(元)

  대를 그리다

  雨後池塘竹色新　비 온 뒤 연못가 대빛은 새롭고
  釣簾翠霧濕衣巾　발 걷으니 푸른 안개 옷과 건에 젖어드네
  爲君寫出團欒影　그대 위해 단란한 그림자 (대) 그려 주나니
  喜比他鄕見似人　타향에서 나를 보는 듯이 기뻐하겠지
  塘 못당, 簾 발렴, 霧 안개무, 濕 젖을습,
  團欒(단란) : 사이좋게 친하게 지내는 것

- **墨竹** | 林環

  대그림

  森森萬玉翠含滋　빽빽한 많은 잎은 푸른 빛 머금었고

  渾似瀟瀟雨後時　맑고 시원하니 흡사 비 온 뒤 같네

  吹斷玉籟寒月白　옥퉁소 부는 것 멈추니 가을 달 밝아

  一度淸影鳳來遲　맑은 그림자 헤아려보니 봉황새 더디 오도다

  翠 푸를취, 含 머금을함, 斷 끊을단, 鳳 봉황새봉,

  森森(삼삼) : 빽빽한 모습, 瀟瀟(소소) : 맑고 시원한 모습

- **趙松雪畵竹 三首** | 林廷模

  조송설의 대그림

  夫君去日竹初栽　그대가 옛날에 대 처음 심었는데

  竹己成林君未來　대는 이미 자랐는데 그대는 오지 않네

  玉貌一衰難再得　예쁜 용모 한번 늙으면 다시 얻기 어려우니

  不如花落又花開　꽃 지고 또 꽃 피는 것만 같지 못하구나

  栽 심을재, 貌 모양모, 難 어려울난

  玉立蕭蕭竹數竿　정결하고 쓸쓸한 대나무 몇 가지

  風枝露葉帶淸寒　바람 맞은 가지 이슬 맞은 잎 맑고 찬 기운이라

  去年湖曲人家見　작년 호수 계곡 몇 집에서 보았는데

  底事移來紙上看　무슨 일로 옮겨 와 그림 위에 보이는가

  玉立(옥립) : 정결한 모양, 아름답게 선 모양

  底事(저사) : 무슨 일로

  拂雲標格歲寒心　구름에 닿는 높은 품격 찬 세월이기는 마음이여

  黑色分陰重又輕　먹빛은 무겁고 또 가볍게 나뉘어 낸다

  不似渭川千畝綠　위천의 넓은 대밭 같이 푸르지 않으나

  只和風雨作秋聲　다만 비바람 맞으며 가을 소리 일으키네

▪ 丁學士而安 掃與墨竹四幹 各作贊云 | 白雲 李奎報

학사 정이안이 묵죽 네 그루를 그려주기에 각각 짓다

其一

－露竹　이슬 맞은 대나무－

介然孤竹　生亦難澁　우뚝 선 외로운 대 자람이 순조롭지 못해

天其憐之　露以濡濕　하늘이 어여삐 여겨 이슬 흠뻑 적시네

宜體天意　逢雪勿怯　응당 하늘의 뜻을 받들어 눈 두려워말라

難澁(난삽) : 어렵고도 빡빡하여 순조롭지 못함. 濡 적실유

其二

－風竹　하늘에 흔들리는 대나무－

所貴於汝　節直而已　너에게 소중한 것은 절개 곧은 것뿐이니

低昂不持　迺風所使　아래위로 가누지 못하니 이는 바람의 짓이라

斯亦本空　孰披拂是　바람도 본래 빈 것이니 누가 내나무 흔드는가

昂 우러를앙, 孰 누구숙, 拂 떨칠불

其三

－老竹　늙은 대나무－

寧老而摧　節則安改　차라리 늙어서 꺾일망정 절개는 어찌 바꾸나

如玉之折　其貞尙在　옥이 부러져도 여전히 곧은 것과 같으니

葉大不隕　猶召淸籟　큰 잎은 붙어서 오히려 맑은 소리 울리네

寧 차라리녕, 摧 꺾을최, 隕 떨어질운

其四

－新竹　새로 자란 대나무－

擘地而生　芳筍錦皮　흙을 뚫고 자라나 비단 껍질에 싸였더니

誰擢其頸　挺然其猗　누가 그 목 당겼나 그 아름다움 뛰어나

干天亦可　高則易危　하늘을 찔러도 좋지만 높으면 위태롭기 쉬
　　　　　　　　　　운 법

- 竹 | 四留齋 李廷馣

대나무

淵明乘化後	도연명이 돌아간 뒤에
誰契此君襟	누가 대나무와 마음 맺었나
疏枝靑玉挺	성근 가지는 푸른 옥처럼 뛰어나고
密葉翠雲深	무성한 잎은 비취 구름처럼 우거졌네
雪見孤臣節	눈 속에서 외로운 신하의 절개를 보고
風驚遠客心	바람 불어 먼 객의 마음 놀라게 하네
不須尋嶰谷	해곡을 찾아갈 필요 없는데
龍向此中吟	용이 이 속에서 읊조리고 있으니

乘 탈승, 挺 빼어날정, 驚 놀랄경

嶰谷(해곡) : 곤륜산의 대나무 산지다. 고대의 황제가 이곳의 대나무를
취해 율관(律管)을 만들어 12율(律)을 정했다.

- **四詠中竹** | 陶隱 李崇仁

네 가지 읊은 것 중 대나무

平生酷愛竹	평생에 지독히도 대를 좋아하여
相對座之隅	자리의 모퉁이에 두고 서로 마주했네
固節無多子	굳은 절개로 자식이 많지 않고
眞心有是夫	곧은 마음이니 옳은 사내 되네
風來微淅瀝	바람이 불면 살며시 사각사각 거리고
月照稍扶蘇	달이 비치면 점점 작은 나무 같아지네
蒲柳政安用	부들이나 버들이야 어디에 쓰겠는가
望秋難自扶	가을이 되면 스스로 부지하지 못하지

酷 혹독할혹, 座 자리좌, 隅 모퉁이우, 難 어려울난

淅瀝(석력) : 사각사각 소리내는 것.

扶蘇(부소) : 작은 나무를 말함. <詩經 鄭風 山有扶蘇>에 "山有扶蘇 隰

有荷華"라 함.

▪ 詠竹 | 金克己

대를 읊다

琅玕三數畝   대나무 밭 서너 이랑에
早晚始移根   머잖아 뿌리 옮기기 시작하리라
杜舍初穿壁   두보의 집에 처음으로 벽을 뚫었고
韓亭漸出垣   한의 정자 담장 밖에 점점 뻗어 나갔지
物生元自得   사물이 자람은 원래 절로 얻어 가는 것
天意竟何言   하늘의 뜻을 어찌 말로 다 하리오
怳似遊淇水   흡사 기수에서 놀 때처럼 황홀한데
猗猗綠滿園   지극히 아름답게 동산가득 푸르네

畝 밭이랑묘, 穿 뚫을천, 壁 벽벽, 漸 점점점, 怳 황홀할황
猗 아름다울의
琅玕(낭간) : 아름다운 대나무
杜舍(두사) : 당나라 두보(杜甫)의 완화초당(浣花草堂)을 가리키는 듯하
　　　　　　다. 완화초당은 두보의 고거(古居)로써 사천성(四川省) 성도
　　　　　　(成都) 서쪽 교외의 완화계(浣花溪)에 있었는데, 주위에 대
　　　　　　나무가 많았다
淇水(기수) : 중국 하남성(河南省)에 있는 물이름, 물가에 푸른 대나무가
　　　　　　많다고 한다.

▪ 萬世寺新竹 | 耘谷 元天錫

만세사의 새 대나무

舊叢依北砌   묵은 떨기는 북쪽 계단에 기대있고
新篠暎東墻   새로운 가는 대 동쪽 담을 비추네
葉帶慧風振   잎은 은혜 바람 띠어 떨치고

枝承甘露長　가지는 단 이슬 받아서 자란다

疎疎篩月影　성글성글 왕대엔 달 그림자 비치고

鬱鬱鎖煙光　조밀조밀 안개 빛을 품었구나

最愛閑看處　한가로이 바라봄이 가장 사랑스러운데

淸陰散晚凉　맑은 그늘이 늦게 시원스레 흩어지네

砌 계단체, 篠 가는대소, 嘒 은혜혜, 振 떨칠진, 篩 왕대사

鬱 울창할울, 散 흩어질산

- **看竹 二首** | 梅月堂 金時習

　대나무를 보고

　　其一

　　古寺北垣竹　옛 절 북쪽 담에 대나무

　　種來知幾春　아는가 심은 지 몇 해나 되는지

　　僧居不記箇　스님 있어도 몇인지 기억하지 못하고

　　客來無看人　손이 와도 보는 사람 없다네

　　老根斜起紉　늙은 뿌리 옆으로 나가 꼬였고

　　風葉細生皺　바람맞는 잎새 가늘게 주름 잡혔네

　　愛爾程時坐　널 아껴 한동안 앉아 있으니

　　慇懃與汝隣　은근히 너와 함께 이웃 되어 버렸네

　　垣 담원, 僧 중승, 斜 기울사, 皺 주름잡힐준, 紉 걸을규, 隣 이웃린

　　其二

　　歲寒不改操　추운 계절에도 절개 바뀌지 않고

　　葉葉藏靑春　잎새마다 청춘을 그대로 간직했네

　　我是新知伴　나는 새로 사귄 친구이지만

　　君爲舊住人　그대는 옛부터 살던 분이라

　　自誇蒼節勁　스스로 푸르고 굳센 절조 자랑하며

應笑白眉皴　흰 눈썹 쭈그러진 걸 응당 웃으리라
對卿殊有意　대나무를 대할 때는 유독 뜻있어
得錢買山鄰　돈 있으면 산을 사서 이웃하리라
操 절조조, 藏 감출장, 誇 자랑할과, 皴 주름잡힐준, 殊 다를수
卿(경) : 벼슬아치. 여기서는 대를 높여 자칭함

▪ **盆竹** | 梅月堂 金時習

　분에 심은 대나무
　　爲憐貞節操　곧은 절개 지조를 마음에 아껴
　　種得小瓦盆　작은 오지 화분에다 심어 놓았지
　　玲瓏如有態　영롱하고 또 자태도 있고
　　瀟洒又無煩　산뜻한 멋 또한 번거롭질 않네
　　嫋嫋風吹動　한들한들 바람 불어 하늘거리고
　　溥溥露滴翻　방울방울 이슬 적셔 번득거리네
　　誰知一攝土　누가 알리오 한 줌의 저 흙 속에서
　　迸却化龍根　용으로 바뀔 뿌리가 뻗쳐 나올 줄을
　　滴 적실적, 翻 번득일번, 攝 끌어잡을섭, 迸 흩어져달아날병
　　玲瓏(영롱) : 눈부시게 맑고 찬란함
　　瀟洒(소쇄) : 산뜻하고 시원함
　　嫋嫋(뇨뇨) : 한들한들거리는 모습
　　溥溥(단단) : 이슬이 맺혀 있는 모습

▪ **嚴鄭公宅同詠竹** | 子美 杜甫(唐)

　엄정공 댁에서 함께 대를 노래함
　　綠竹半含籜　푸른 대는 반쯤 껍질에 싸여 있고
　　新梢纔出牆　새 가지가 겨우 담 위로 올라온다
　　色侵書帙晚　빛깔은 저물녘에 책갈피로 스며들고

陰過酒樽涼　그늘은 서늘하게 술잔을 지나간다
雨洗娟娟淨　빗물에 씻기어 곱고 맑으며
風吹細細香　바람불어 희미하게 향기가 이네
但令無剪伐　다만 이를 베지 말게 하여
會見拂雲長　구름 위로 자라남을 보고할 할 뿐

籜 대껍질탁, 梢 나무끝초, 樽 술잔준, 剪 자를전, 伐 칠벌

嚴鄭公(엄정공) : 한(漢)나라 곡구(谷口)에 살던 정자진(鄭子眞)과 촉나라
　　　　　땅에 살던 엄군평(嚴君平) 두 사람을 가리키는 말이다.
　　　　　이들은 명리를 바라지 않고 수신하며 길렀기 때문에
　　　　　후에 은사(隱士)를 비유하는 말로 쓰였다.

- **栽竹** | 樊川 杜牧(唐)

  대나무를 심다

　　本因遮日種　본래는 해를 가리려고 심은 것인데
　　卻似爲溪移　도리어 시내를 위해 옮겨놓은 것 같네
　　歷歷羽林影　뚜렷하게 대그림자 비치고
　　疎疎烟露姿　성글게 연기 덮인 자태라
　　蕭騷寒雨夜　쓸쓸하게 찬비 내리는 밤인데
　　敲戛晚風時　저녁 바람 불 때면 바스락거리는데
　　故國何年到　고향땅엔 어느 해 돌아가나
　　塵冠挂一枝　먼지 묻은 관모는 가지 위에 걸어두자

　　遮 가릴차, 蕭 쓸쓸할소, 敲 두드릴고, 挂 걸괘

- **新竹** | 晦庵 朱熹(宋)

  새로 자란 대나무

　　春雷殷巖際　봄 우레 골짜기에서 크게 울리니
　　幽草齊發生　숲 속의 풀들이 가지런히 싹을 틔우네

我種南窓竹　남쪽 창 아래에 대나무 손수 심으니
戢戢已抽萌　총총히 이미 싹이 돋아나왔네
坐獲幽林賞　앉아서 깊은 숲의 정취를 감상하며
端居無俗情　단정히 거하여 세속의 정에 물들지 않네

巖 바위암, 萌 싹맹, 戢戢(즙즙) : 나란히 모여 있는 모양

▪ **畵竹扇** | 聖兪 梅堯臣(宋)

대를 그린 부채

石上老瘦竹　바위 위의 늙고 야윈 대나무가
忽在紈扇中　홀연히 비단 부채 속에 있도다
執之意已凉　잡으면 벌써 마음이 시원해지니
不待搖淸風　맑은 바람 불기를 기다릴 필요없네
小節未見粉　작은 마디에 분가루 보이지 않으니
淚痕應合紅　흘린 눈물 자국은 응당 붉으리라
日將炎暑退　세월 장차 찌는 더위가 물러가면
畏蠹生秋蟲　가을벌레 날고 좀이 슬까 두려워라

瘦 파리할수, 紈 흰비단환
執 잡을집, 搖 흔들요, 痕 흔적흔, 蠹 좀두

▪ **竹逕淸風** | 太虛亭 崔 恒

대 길의 맑은 바람

幽逕深深入林皐　으슥한 길 깊숙이 수풀 속으로 들어오니
此君眞箇歲寒交　대나무는 진실로 추운 날의 벗이로다
占斷淸凉物外靜　맑고도 서늘하여 속세 밖은 고요한데
遮莫熱惱人間騷　뜨겁고 머리 아픈 세상 소란 막아낸다
兒孫長處角還嶄　죽순이 솟는 곳에 끄트머리 뾰족하고

情性吟來調更高　성정(性情)을 노래함에 곡조 더욱 높도다

有時影動羲黃枕　때때로 그림자가 은자의 베개맡을 흔드니

戛玉森然六逸號　사각사각 옥소리 울림은 우뚝했던 여섯 사람 같네

皐 언덕고, 斷 끊을단, 遮 막을차, 騷 시끄러울소, 嶄 산삐족할참

羲 복희황제희, 逸 뛰어날일, 號 부를호

此君(차군) : 대나무의 다른 이름. 중국의 왕휘지(王徽之)가 제일 처음
　　　　　그렇게 불렀다고 함

眞箇(진개) : 진짜로 정말로 '箇(개)'는 어조를 고르기 위해 뜻 없이 쓴
　　　　　글자임

羲黃(희황) : 중국 고대의 천자 복희씨(伏羲氏)와 황제(皇帝). 여기서는
　　　　　은자를 뜻하고 있음.

兒孫(아손) : 여기서는 대나무의 여린 순, 곧 죽순을 가리킴.

六逸(육일) : 오늘날 중국의 산동성(山東省) 태안현(泰安縣)의 동남쪽에
　　　　　있는 명승지 죽계(竹溪)를 자주 찾던 당(唐)나라의 여섯 술
　　　　　친구 이백(李白) 공소보(孔巢夫) 한준(韓準) 배정(裴政) 장
　　　　　숙명(張叔明) 도면(陶沔)을 통틀어 부르던 이름.

▪ **海南琅玕** | 四佳 徐居正

　해남에서 온 대나무

　　一軒蒼玉萬竿脩　집안 가득 푸른 옥은 만 줄기 긴 대나무

　　甲刃摋摋勢自稠　창칼이 뒤얽히는 소리에 형세 절로 빽빽하네

　　紫籜半均霏細霧　붉은 죽순 한쪽에는 가는 안개 부슬거리고

　　粉梢危拂動高秋　흰 우듬지 위태로워 높은 하늘 흔드네

　　閑聞鳳律宮商合　한가히 봉황 울음 들어보니 宮과 商소리 어울리고

　　試聽龍吟洞壑幽　용 울음은 들어보니 골짜기 계곡은 깊구나

　　勁節貞心宜配德　굳센 절개 곧은 마음 덕성을 갖춘 데다

　　同遊況復有羊裘　하물며 함께 노는 은자까지 있음에라

　　脩 길수, 稠 빽빽할조, 籜 죽순탁, 霏 안개무, 拂 떨칠불

聽 들을청, 壑 골학, 配 짝배
甲刃(갑인) : 갑옷과 무기
摐摐(창창) : 소리가 크고 명랑한 모양, 뒤얽혀서 어지러운 모양.
紫籜(자탁) : 자주 빛이 도는 죽순
宮商(궁상) : 오음계(五音階) 가운데 궁성(宮聲)과 상성(上聲)
羊裘(양구) : 양가죽으로 만든 옷을 입고 낚시를 드리운다는 뜻을 지닌
　　　　　　'羊裘垂釣(양구수조)'의 준말로, 은자를 가리킴.

- **種竹** | 楓皐 金祖淳

　대를 심고서

　　盤屈龍蛇入土深　　용사(龍蛇)같이 얽히고설켜 땅 속 깊이 묻고서
　　修竿密葉儼成林　　빼어난 줄기 빽빽한 잎 대숲 이뤄 근엄하다
　　迎風夜聽玲瓏玉　　밤들어 바람을 맞으면 영롱한 옥소리
　　布地朝看瑣碎金　　아침엔 땅에 그림자 생겨 쇠붙이 부수는듯
　　繁族分形均苦節　　번성한 잎 괴로운 절개 고르게 퍼지고
　　高姿近道自虛心　　높은 자태 마음 비워 도에 가깝네
　　渭川千畝何須羨　　위천의 넓은 대밭 어찌 부러워하랴
　　淇奧詩人誦德音　　기욱편의 덕음을 외워 보노라

　　盤 서릴반, 儼 근엄할엄, 瑣 잘쇄, 碎 부술쇄, 羨 부러워할선
　　畝 이랑묘
　　渭川(위천) : 강태공이 고기를 낚다가 재상이 된 곳
　　淇奧(기욱) : 詩經의 衛風의 편명

- **竹** | 寒山(唐)

　대나무

　　貪愛有人求快活　　쾌락을 찾고 오직 애욕을 탐하는 사람 있어
　　不知禍在百年身　　백 년 제 몸 가운데 화(禍) 있는 줄 모르구나

但看陽燄浮漚水　다만 저 아지랑이나 물거품 떠있는 것 보면
便覺無常敗壞人　덧없는 사람의 몸 무너질 것 깨달으리
丈夫志氣直如鐵　장부의 뜻과 기운 쇠처럼 단단하네
無曲心中道自眞　굽지 않는 마음속에 도(道)는 스스로 참되나니
行密節高霜下竹　빽빽이 모여 절개 높은 서리의 대나무
方知不枉用心神　몸과 마음 다스리며 굽히지 않음 알겠네

貪 탐할탐, 禍 재앙화, 壞 무너질괴, 鐵 쇠철, 密 빽빽할밀
陽燄(양염) : 아지랑이
漚水(구수) : 물거품

- **詠竹** | 李筠仙(淸)

　대를 읊다

　　亭外猗猗碧幾竿　정자 밖에 아름다운 몇 대나무 푸른데
　　淸姿勁節耐霜寒　맑은 자태 굳은 절개로 추위를 이겨낸다
　　舞風影作飛鸞勢　바람 날려 그림자는 난새 나는 모습되고
　　嘯月音疑老鳳翰　달밤에 읊으니 늙은 봉황 날개 소리인 듯
　　自是主人甘澹泊　이는 주인이 담박함을 즐기는 것이니
　　不勞童子報平安　동자들에겐 문안을 드리지 말라하네
　　階前那有孫枝秀　섬돌 앞에 뻗어나는 손자 가지 수려하니
　　寫出淇園獨坐看　기수 가에 대그림을 홀로 앉아 보노라

　　竿 장대간, 疑 의심할의, 翰 깃한, 耐 참을내, 澹 담박할담, 鸞 난새란,
　　泊 얇을박, 勢 형세세, 階 섬돌계, 嘯 부르짖을소
　　淇園(기원) : 기수 가까이 있는 대나무의 명산지임

- **東湖新竹** | 放翁 陸游(宋)

　동호에 새로 난 대나무
　　插棘編籬謹護持　가시 꽂힌 울타리 둘러 보호하면서

養成寒碧映淪漪　찬 푸른 대 키워내니 잔물결에 비치네
清風掠地秋先到　맑은 바람 땅을 휩쓸면 가을 먼저 온 듯
赤日行天午不知　더운 날 하늘로 뻗으니 낮인 줄 모르네
解籜時聞聲簌簌　껍질 벗고 나올 때 무성한 소리 들리고
放梢初見葉離離　나무 끝 자랄 때 잎 벌어지는 것 보네
官閒我欲頻來此　관청일 한가하면 자주 그대 보러 오고 싶어
枕簟仍教到處隨　대베개와 대자리는 가는 곳 마다 따르네

插 꽂을삽, 棘 가시극, 偏 두루편, 淪 잔물결륜, 漪 잔물결의
掠 노략질할략, 籜 죽순껍질탁, 簌簌(속속) : 무성하여 빽빽한 모양
梢 나무끝초, 離離(리리) : 잎이 쭉쭉 뻗는 모양

▪ 竹 | 韓溉(唐)

대나무

綠竹連雲萬葉開　푸른 대 구름과 닿아 많은 잎 열리고
王孫不厭滿庭栽　왕손이 좋아하여 정원 가득 심었네
凌霜盡節無人見　서리 이기는 곧은 절개 알아보는 이 없고
終日虛心待鳳來　종일토록 마음 비워 봉황 오기 기다리네
誰許風流添興詠　그 누가 풍류 즐기면 흥 더하여 읊을까
自憐瀟灑出塵埃　세상 먼저 벗어내니 맑은 정신 사랑스럽네
朱門處處多閑地　벼슬아치 집안 곳곳 빈 땅 많으니
正好移陰覆翠苔　그늘에 옮겨 파란 이끼로 덮으면 진정 좋겠네

栽 심을재, 凌 업신여길릉, 添 더할첨
瀟灑(소쇄) : 인품이 맑아 속기가 없음
埃 티끌애, 覆 덮을부
朱門(주문) : 붉은 칠한 문, 즉 지위 높은 벼슬아치의 집

槿花 〈무궁화〉

- **瑞氣國色三千里**

  상서로운 기운의 나라꽃 온누리에 가득해

  瑞 상서서, 氣 기운기

- **槿花一日自爲榮**

  무궁화는 하루에도 스스로 영화 누린다

  [출전] 香山居士 白居易

  槿 무궁화근, 榮 영화영

- **紅槿花開秋更催**

  빨간 무궁화 꽃이 피어 가을 더욱 재촉하네

  [출전] 四佳 徐居正의 紅槿花

  更 더욱경, 催 채촉할최

- **槿花香露三千里**

  檀樹清風半萬年

  무궁화 향기이슬 삼천리에 퍼지고

  박달나무 맑은 바람 오천년 불어오네

  [출전] 海公 申翼熙의 詩句

  露 이슬로, 檀 박달나무단

- **槿花無數笑墻隈**

  淡抹臙脂襯兩腮

  무궁화 무수히 담 모퉁이에 웃고 있는데

양쪽 볼 엷게 연지분으로 단장했네

[출전]　四佳 徐居正의 槿花

　　　　墻 담장, 櫢 엷을친, 腮 볼시

▪ 朝榮暮落成何事

可笑紛華不久長

아침에 피고 저녁에 지며 무엇을 이루려고

화려해도 오래가지 못한 꽃들 비웃는구나

[출전]　白雲居士 張兪의 朱槿花二首中

　　　　笑 웃을소, 粉 어지러울분, 久 오랠구

▪ 無窮花 ｜靑蓮 李白(唐)

무궁화

園花笑芳草　뜰 안의 꽃들 아름다운 풀과 다투니

池草艶春色　연못가의 풀 봄빛에 농염해라

猶不如槿花　오히려 무궁화는 따르지 않고

嬋娟玉階側　곱게 옥계단 곁에 기울어 있네

艶 아름다울염, 猶 오히려유, 嬋娟(선연) : 예쁜 모양

▪ 槿花 ｜四佳 徐居正

무궁화

槿花無數笑墻隈　무궁화 무수히 담 모퉁이에 웃으며

淡抹臙脂櫢兩顋　연지 맑게 지운 듯 양 볼은 엷어졌네

剝地秋風吹不盡　땅에 구르고 가을바람 쉬지 않고 부는데

爲誰零落爲誰開　누굴 위해 떨어지며 누굴 위해 피는가

槿 무궁화근, 墻 담장, 隈 모퉁이외, 抹 지울말, 脂 연지지

臙 연지연, 顋 뺨시, 剝 떨어뜨릴박, 零 떨어질령

- **紅槿花** | 四佳 徐居正

  붉은 무궁화

  紅槿花開秋更催　빨간 무궁화 꽃이 피어 가을 더욱 재촉하고
  朝開暮落復朝開　아침에 피고 저녁에 졌다 아침에 다시 피네
  可憐續續開無盡　사랑스럽게 계속 끝없이 피어나니
  猶勝情人去不來　오히려 가고 오지 않는 님보다 낫구나
  催 재촉할최, 復 다시부, 續 이을속, 勝 나을승

- **朱槿花 二首** | 白雲居士 張兪(宋)

  붉은 무궁화 두수

  其一

  風雨無人弄晚芳　비바람에 사람 없는데 늦게 아름다움 뽐내고
  野橋千樹鬪紅房　들판 다리에 수많은 나무 붉은 꽃송이 다투네
  朝榮暮落成何事　아침에 피고 저녁에 지며 무엇을 이루어 내려나
  可笑紛華不久長　번화하게 피고도 오래가지 못하는 꽃들을 비
  　　　　　　　　웃는구나
  弄 희롱할롱, 鬪 싸울투, 華 화려할화

  其二

  朝菌一生迷晦朔　조균은 한 평생 초하루 그믐에 오르고
  靈蓂千歲換春秋　신령한 명협은 천년동안 세월을 지키네
  如何槿艶無終日　어찌하여 무궁화는 끝날 날이 없는가
  獨倚欄干爲爾羞　홀로 난간 의지하여 그대 보니 부끄럽네
  菌 버섯균, 晦 그믐회
  蓂 명협명, 요임금 때에 뜰에서 하루에 한 잎에 났다는 풀

▪ 朱槿花 | 公垂 李紳(唐)

붉은 무궁화

瘴煙長暖無霜雪　더운 기운으로 오래 따뜻해 눈서리 없으니

槿艶繁花滿樹紅　무궁화 곱고 꽃 번성해 나무가득 붉어라

每歎芳菲四時厭　매 시절 향기롭다는 찬탄을 싫어하여

不知開落有春風　봄바람 있어 피었다 지는 것 알지 못하네

瘴 장기장, 더운기운장, 艶 고울염

芳菲(방비) : 향기롭고 아름다움

▪ 榮木 | 淵明 陶潛(唐)

무궁화나무

采采榮木　무성하게 자라난 무궁화

結根于玆　이 땅에 뿌리를 내리고

晨耀其華　아침에는 화려한 꽃 피우나

夕已喪之　밤에는 이미 시들어 슬프리

人生如寄　기우(寄寓)하는 인생도

憔悴有時　때가 되면 늙고 시들고 마니

靜言孔念　조용히 깊이 생각해보면

中心悵而　가슴속이 처량해지도다

▪ 詠槿 | 靑蓮 李白(唐)

무궁화를 읊다

園花笑芳年　정원의 꽃은 아름다운 나이 뽐내고

池草豔春色　못의 풀은 봄빛에 아름답네

猶不如槿花　오히려 무궁화는 그렇지 않으니

嬋娟玉階側　예쁘게 옥계단 곁에 있네

芬榮何夭促　영화로움 어찌 일찍 재촉하였다가
零落在瞬息　순식간에 떨어져 버리는가
豈若瓊樹枝　어찌 구슬 같은 나뭇가지에
終歲長翕栜　오래 이 붉디붉은 무궁화 같으리

豔 탐스러울염, 嬋娟(선연) : 품위있고 아름다운 모양, 芬 향기분
翕 성할흡, 栜 시뻘걸혁

▪ 槿花 | 希聖 錢惟演(宋)

무궁화

綺霞初結處　바단 노을 처음 맺힌 곳
珠露未晞時　구슬 이슬 아직 마르지 않은 때라
寶樹寧三尺　보배로운 나무 석자이고
華燈更九枝　화려한 꽃봉오리 아홉 가지라
亭亭方自喜　우뚝 솟아 바야흐로 스스로 기쁘고
黯黯却成悲　아득하여 도리어 슬픔 이루네
欲作飛烟散　연기 날리어 흩어지려 하는데
猶憐反照遲　오히려 지는 해 더디니 애처롭네

綺 비단기, 霞 놀하, 晞 마를희, 燈 등불등
亭亭(정정) : 우뚝 솟은 모양
黯黯(암암) : 아득한 모양, 散 흩어질산, 遲 더딜지

▪ 槿花 | 劉鷙(宋)

무궁화

虢國妝初罷　괵국부인 단장 끝내고
高堂夢始廻　고당에서 잠 청하려 하네
霓裳猶未解　무지개 같은 고운 치마 아직 풀지 않은 듯
繡被已成堆　비단 이불 겹으로 이미 덮은 듯

赤帝宮簾卷　적제궁에 발 걷히고

華陽洞戶開　화양동에 문 열리니

神僊有良會　신선들 좋은 잔치 벌려

淸唱在瑤臺　맑은 노래 요대에 넘쳐나네

虢國夫人(괵국부인) : 양귀비의 언니

妝 단장장, 繡 비단수, 被 이불피, 堆 쌓일퇴

赤帝宮(적제궁) : 여름을 맡은 신의 궁궐

華陽洞 : 지명이름, 僊 신선선

瑤臺(요대) : 옥으로 만들어 신선이 사는 누대

霓裳(예상) : 신선이 입었다는 아름다운 치마

蓮 〈연〉

- 香遠益淸 : 향기 멀어질수록 더욱 맑아라
- 永世佛心 : 영원한 불심이라
- 出水芳姿 : 물에서 솟아난 아름다운 자태

- 游魚動綠荷 : 고기 뛰노니 푸른 연꽃 움직이네
- 菡萏發荷花 : 아리따운 봉오리 연꽃 방긋 피었네
- 荷風送香氣 : 연에 바람부니 향기를 보내온다
- 君子愛蓮花 : 군자는 연꽃을 사랑하노라
- 露濃荷有聲 : 연잎 이슬이 무거워 소리내면서 떨어진다
- 湖水蓮花發 : 호수에 연꽃이 피었네
- 風定荷更香 : 바람 그치면 연꽃 더욱 향기롭네
- 荷生覺渚香 : 연꽃이 피니 물가의 향기 깨닫네

- **風便飄過數陣香**

   바람결에 밀려오는 한 바탕의 향기여

   [출전] 惕齋 李書九의 池塘雨後

   　　　飄 날릴표, 數 셈수

- **水仙傾蓋正相看**

   일산을 받쳐 든 신선이 서로 바라보는 듯

   [출전] 貢夫 劉攽의 芙蓉池

   　　　蓋 덮을개, 傾 기울경

- **花開香散入簾風**

   꽃 필제 흩어진 향기 발 속으로 불어온다

[출전] 香山居士 白居易의 階下蓮
        散 흩어질산, 簾 발렴

▪ 西風吹滿白蓮花

서풍이 백련에 가득 부네

[출전] 板橋 鄭燮의 詩句
        滿 찰만, 蓮 연연

▪ 荷沼無風亦自香

연꽃 핀 못가에는 바람 없어도 저절로 향기롭네

[출전] 放翁 陸游의 詩句
        沼 못소, 香 향기향

▪ 風定池蓮自在香

바람은 잔잔하고 못의 연꽃 향기 가득하네

[출전] 少游 秦觀의 詩句

▪ 藕花香裏醉輕舟

연꽃 향기 가득한 곳 작은 배 띄운다

[출전] 伯溫 劉基의 詩句
        藕 뿌리우, 裏 속리, 醉 취할취

▪ 一朶荷花滿院香

한 연꽃봉오리 집 가득 향기 풍기네

[출전] 吳寬의 詩句
        朶 떨기타, 滿 찰만

- **荷葉淸香却勝花**

  연잎의 맑은 향기 도리어 꽃보다 낫도다

  [출전] 朱方藹의 詩句

  却 도리어각, 勝 나을승

- **滿池雲錦媚新粧**

  못에 가득 구름비단 새로 단장하여 아름답네

  [출전] 惕齋 李書九의 詩句

  錦 비단금, 媚 아름다울미

- **香遠益淸** 향기 멀어질수록 더욱 맑아지고

  臨風溢露 바람 맞으면 이슬방울 떨어지네

  [출전] 茂叔 周敦頤의 愛蓮說

  遠 멀원, 溢 넘칠일, 露 이슬로

- **蒲塘秋影** 창포의 연못에 가을 그림자 지고

  白陽遺意 태양은 뜻을 남기고 있네

  蒲 창포포, 塘 못당, 遺 남길유

- **蓮出綠波** 연이 푸른 물결에서 솟아나니

  有君子德 군자의 덕을 품고 있구나

  波 물결파, 德 덕덕

- **山雨滴荷葉** 산에 내린 비가 연잎에 방울져

  葉上明珠生 잎 위에 밝은 구슬 생겼네

[출전] 近齋 朴胤源의 荷珠
滴 물방울적, 荷 연꽃하, 珠 구슬주

- **中通兼外直** 속은 비어 있고 밖은 올 곧으니
  持此想其人 이는 그 분을 생각하게 하노라

[출전] 厚齋 金幹의 蓮

- **庭前綠荷葉** 앞뜰의 푸른 연잎
  香氣濃於酒 향기 술보다 짙어라

[출전] 伯溫 劉基의 題小畵
濃 짙을농

- **浮香繞曲岸** 뜬 향기 골짜기 언덕에 둘러 있고
  圓影覆華池 둥근 그림자 온통 화려한 연못 덮고 있네

[출전] 昇之 盧照隣의 曲池荷
繞 두를요, 覆 덮을부

- **本無塵土氣** 본래 진토의 기질 없고
  自在水雲鄕 속기 떠나 맑은 물에서 사네

[출전] 正淑 鄭允瑞의 蓮
塵 티끌진, 鄕 고향향

- **野外新秋色** 들밖에 새로운 가을빛이
  蕭然上敗荷 쓸쓸히 시든 연꽃 위에 있네

[출전] 茶山 丁若鏞의 敗荷
敗 시들패, 荷 연하, 蕭然(소연) : 쓸쓸함.

▪ **碧動疑搖鏡** 푸르른 움직임은 거울을 흔드는 것인가

  紅敷訝綻紗 붉은빛 펼쳐짐은 비단을 터뜨린 것인가

[출전] 乖厓 金守溫의 盆池菡萏

  疑 의심의, 敷 펼부

▪ **淺渚蓮子滿** 얕은 물가에는 연 밥이 가득하고

  深潭荷葉稀 깊은 못가에는 연잎이 드문드문

[출전] 李玉峰의 採蓮曲

  淺 얕을천, 潭 못담, 稀 드물희

▪ **魚戲新荷動** 고기 노니 새 연잎이 움직이고

  鳥散餘花落 새들이 흩어지니 남은 꽃이 떨어진다.

[출전] 近齋 朴胤源의 詩句

  戲 희롱희, 動 움직일동, 餘 남을여

▪ **大葉平不轉** 큰 잎은 평평하여 구르지 않고

  小葉敧猶擎 작은 잎은 기울어져 받쳐 들고 있네

[출전] 近齋 朴胤源의 荷珠

  轉 돌전, 敧 기울기, 擎 받들경

▪ **霜深翠被彫零盡**

  只有芳心死守紅.

  서리 깊어 푸른 잎 시들어 다 떨어지나

  다만 꽃 같은 마음 죽음으로 붉은 빛 지키네

[출전] 保閑堂 申叔舟의 盆池菡萏

  翠 푸를취, 零 떨어질령

- 秋來喜見露蜂房

玉子瓊珠箇箇香

　　가을 오면 벌집 드러나 기쁘게 보고

　　구슬 같은 씨 낱낱이 향기로워라

[출전]　四佳 徐居正의 荷房

　　　　喜 기쁠희, 蜂 벌봉, 瓊 구슬경, 箇 낱개

- 初見新荷疊山錢

漸看千朶翠如烟

　　처음에는 새로운 연 작은 엽전같이 쌓이고

　　점점 보니 천 가지 연기같이 푸르네

[출전]　四佳 徐居正의 荷葉

　　　　疊 쌓일첩, 漸 점점점, 朶 봉오리타, 翠 푸를취

- 紅顔尙帶三生醉

楚澤何人敢獨醒

　　붉은 얼굴 아직 띠어 언제나 취해 있어

　　초나라의 그 누가 홀로 감히 술 깨었나 하였던고

[출전]　白湖 林悌의 詠甁蓮

　　　　顔 얼굴안, 帶 띠대, 澤 못택, 獨 홀로독, 醒 술깰성

- 挺出淤泥不染塵

艶香淸氣自無倫

　　진흙 속에서 빼어나 티끌에 물들지 않고

　　탐스런 향기 맑은 기운 스스로 견줄 게 없도다

[출전]　雪溪 朴致和의 蓮花

挺 빼어날정, 艶 물들일염, 塵 티끌진, 淤泥(어니) : 진흙

- **出水芳姿冉冉輕**

  圓珠灑落見光明

  물위에 솟아난 아름다운 자태 늘어져

  속기 없이 둥근 모습 밝은 빛을 보도다

  [출전] 荷屋 金左根의 秋塘荷風

   姿 자태자, 輕 가벼울경, 冉冉(염염) : 아름다운 모습

   灑落(쇄락) : 속기 없이 맑고 깨끗함.

- **眼底參差新藕出**

  恰憐叢籜解雄雌

  눈 밑에 연잎 어긋나고 새 잎 길게 치솟고

  자라는 죽순들과 경쟁이나 하는 것 같네

  [출전] 楓皐 金祖淳의 詩句

   參差(참치) : 들쑥날쑥 어긋남.

   藕 연우, 恰 마치흡, 籜 죽순껍질탁, 雄雌(웅자) : 수컷, 암컷

- **濃綠晚風搖淨植**

  膩紅晴日蘸澄光

  저녁 바람 맑은 줄기 흔드니 농염해지는 푸른 빛

  개인 햇살 깨끗한 빛 담금에 윤택한 붉은 빛

  [출전] 四佳 徐居正의 盆池菡萏

   濃 짙을농, 搖 흔들요, 淨 맑을정, 澄 맑을징

- 綠水紅蓮一朵開

  千花百草無顔色

  　　푸른 물에 붉은 연 한 봉오리 열려

  　　온갖 꽃과 풀 안색이 없구나

  [출전]　香山居士 白居易의 詩句

  　　　　綠 푸를록, 朵 떨기타, 顔 얼굴안

- 南北東西盡蓮葉

  不知魚戲在何方

  　　동서남북 끝없이 연잎들인데

  　　연못 어디에 고기 노는지 알 수 없어라

  [출전]　沈用濟의 詩句

  　　　　盡 다할진, 戲 희롱할희

- 冷以雪霜甘比蜜

  一片入口沈痼痊

  　　차기는 눈서리 같고 달기는 꿀과 같아서

  　　한 조각 입에 넣어도 오랜 병 다 낫겠네

  [출전]　退之 韓愈의 古意

  　　　　蜜 꿀밀, 痼 병아, 痊 병나을전

- 水淺猶知空性具

  倒來雲影更涵星

  　　물이 얕아도 본성 갖춤을 알고

  　　구름 그림자 드리울 때 별도 따라 잠기네

  [출전]　楓皐 金祖淳의 詩句

淺 얕을천, 倒 넘어질도, 涵 머금을함

- **中通外直君知否**

 夢斷濂溪酒半醒

   속은 비고 줄기 곧은 뜻 그대는 모르는가

   염계선생 반쯤 취했어도 알아내도다

[출전]　灌園 朴啓賢의 和白湖詠甁蓮

　　　　夢 꿈몽, 斷 끊을단, 濂溪(염계) : 애련설을 쓴 周敦頤를 말함.

- **水檻風來夏亦凉**

 滿池荷月正蒼蒼

   물가 난간에 바람불어 여름은 시원하네

   연과 달이 못 가득해 푸르고 푸르네

[출전]　鄭希僑의 海州芙蓉堂

　　　　檻 난간함, 蒼蒼(창창) : 푸르고 푸름

- **翠蓋佳人臨水立**

 檀粉不勻香汗濕

   아름다운 이 우산 받치고 물가에 서 있는 듯

   단향목 가루 안 뿌려도 향기 땀에 젖네

[출전]　世昌 杜衍의 雨中荷花

　　　　蓋 덮을개, 檀 박달나무단, 紛 가루분, 汗 땀한, 濕 젖을습

- **芙蓉照水弄嬌斜**

 白白紅紅各一家

   아름답게 기울어 물에 부용 비치고

흰빛 붉은 빛들이 제각각 피어있네
[출전] 世昌 杜衍의 荷花
      嬌 아름다울교, 斜 기울사

- **誰知君子貞心在**

  當日濂溪最獨親

    누가 군자의 곧은 마음 있음을 알리오
    지난날 염계용 이 꽃 가장 사랑했지
      誰 누구수, 貞 곧을정
      濂溪(염계) : 애련설을 쓴 주돈이를 말함.

- **插折蓮花白玉瓶**

  紅衣濕盡露華零

    연꽃 꺾어다 백옥병에 꽂으려니
    짙은 이슬 떨어져 홍의가 다 젖었네
      插 꽂을삽, 瓶 병병, 濕 젖을습

- **葉前影翻當砌月**

  花開香散入簾風

    잎 그림자 번득일 때 섬돌에 달 비치고
    꽃필 때 향기 흩어져 발 속으로 들어오네
  [출전] 香山居士 白居易의 詩句
      翻 번득일번, 砌 섬돌체, 簾 발렴

- **自是根株連華嶽**

  曾無枝蔓染淤泥

뿌리가 깊어 화악으로 뻗어갈 듯
줄기는 흙탕 속에서 물들지 않네

[출전] 陽村 權近의 風月樓賞蓮
　　　　枝蔓(지만) : 줄기
　　　　淤泥(어니) : 진흙

▪ **盆池菡萏** | 梅竹軒 成三問

　둥근못의 연꽃 봉오리

　　清清又淺淺　물은 맑고 맑고 또 얕고 얕아
　　白白兼紅紅　꽃은 희고 희고 또 붉고 붉어라
　　爾來數百載　이후 수백년이 흘러와서
　　復遇濂溪翁　다시 우연히 염계옹을 만났네
　　淺 얕을천, 兼 겸함겸, 遇 만날우
　　濂溪翁(염계옹) : 애련설(愛蓮說)을 지은 염계(濂溪) 주돈이(周敦頤)를 가
　　　　　　　　리킴.

▪ **風荷** | 拙翁 崔塗

　바람속의 연

　　清晨纔罷浴　맑은 새벽 겨우 목욕을 마치고
　　臨鏡力不持　거울 앞에서 힘을 가누지 못하네
　　天然無限美　천연(天然)의 무한한 아름다움이
　　摠在未粧時　전혀 단장하기 전에 있고녀
　　纔 겨우재, 鏡 거울경, 粧 단장할장

▪ **采蓮曲** | 玄默 洪萬宗

　연 따는 노래

　　彼美采蓮女　저 아름다운 연밥 따는 처녀

繫舟橫塘渚 횡당 물가에 배를 매었네

羞見馬上郎 말 위의 사나이를 부끄러이 보다

笑入荷花去 웃으면서 연꽃 속으로 들어가버렸네

彼 저피, 繫 맬계, 渚 물가저, 郎 사내랑

- **荷珠** | 近齋 朴胤源

  연꽃의 구슬

  山雨滴荷葉 산비에 연 잎 방울지니

  葉上明珠生 잎 위에 맑은 구슬 태어났네

  大葉平不轉 큰 잎은 평평하여 구르지 않고

  小葉敧猶擎 작은 잎은 기울어져 오히려 받쳐 들었네

  敧 기울기, 轉 돌전, 擎 받들경

- **蓮** | 厚齋 金幹

  연

  著根雖在土 비록 땅에 뿌리 붙어 있지만

  爲物不汙塵 티끌에 더럽혀지지 않는 사물 되었네

  中通兼外直 속은 비어 있고 밖은 곧으니

  持此想其人 이 연 가지면 그 분이 생각나네

  著 붙일착, 汙 더럽힐오

  其人(기인) : 그럴만한 사람, 그렇게 하는 사람, 여기서는 조정암을 이름.

- **題小畵** | 伯溫 劉基(明)

  작은 그림에 쓰다

  庭前綠荷葉 정원 앞 연잎은 푸르고

  香氣濃於酒 향기는 술보다 짙어라

疏雨忽飛來　성근 비에 문득 날아오니

的皪明珠走　희고 고운 밝은 구슬 흐르네

的 밝을적, 皪 고울력, 走 달릴주

明珠(명주) : 빛나는 구슬, 곧 뛰어난 사람을 비유

▪ **詠芙蓉** | 大年 楊億(宋)

　연꽃을 읊다

昨夜三更裏　어젯밤 삼경쯤에

姮娥墮玉簪　항아가 옥비녀를 떨어뜨렸는데

馮夷不敢受　풍이가 감히 받지 못하여

捧出碧波心　파란 물결 위에 떠받쳐 올라왔네

扶 부용부, 蓉 부용용, 芙蓉은 연꽃의 이칭

裏 속리, 墮 떨어질타, 簪 비녀잠, 夷 클이, 捧 받들봉

馮夷(풍이) : 하백의 이칭, 물귀신 姮娥(항아) : 달의 이칭

▪ **曲池荷** | 昇之 盧照隣(唐)

　굽은 못의 연꽃

浮香繞曲岸　뜬 향기 계곡과 언덕을 둘러싸고

圓影覆華池　둥근 그림자 예쁜 연못을 덮었네

常恐秋風早　가을바람 일찍 불까 항상 걱정했는데

飄零君不知　나부껴 떨어질 일 그대는 알지 못하느뇨

繞 얽힐요, 岸 언덕안, 覆 덮을부, 飄 회오리바람표, 零 떨어질령

▪ **蓮** | 正淑 鄭允瑞(元)

　연

本無塵土氣　본래 세속의 기질 없어서

自在水雲鄕　속기를 떠나 맑은 물에서만 피네
楚楚淨如拭　말끔히 닦은 듯 선명하고
亭亭生妙香　우뚝 솟아 묘한 향기 풍기네
水雲鄕(수운향) : 물이 흐르고 구름이 떠도는 곳이라는 뜻
楚楚(초초) : 선명한 모양
淨 깨끗할정, 拭 닦을식
亭亭(정정) : 우뚝 솟은 모양

▪ 盆池菡萏 | 保閑堂 申叔舟

둥근못의 연꽃봉오리

一段淸香萬古風　맑은 연꽃향 빌려 만고의 바람불고
世人誰是愛蓮翁　세상 사람 어느 누가 연꽃 사랑한 늙은인가
霜深翠被彫零盡　서리 깊어 푸른 잎새 시들어 다 떨어졌는데
只有芳心死守紅　다만 아름다운 마음 있어 죽음으로 붉은 빛
　　　　　　　　지키네
叚 빌릴가, 翠 푸를취, 被 입을피, 零 떨어질령
愛蓮翁(애련옹) : 애련설(愛蓮說)을 지은 염계(濂溪) 주돈이(周敦頤)를 가
　　　리킴.

▪ 賞蓮 | 先甲 郭 預

연꽃구경

賞蓮三度到官池　연꽃 보러 세 번이나 이 연못에 왔나니
翠盖紅粧似舊時　푸른 일산 붉은 단장은 옛날과 같아라
惟有看花玉堂客　이 꽃을 구경하는 옥당의 손님네여
風情不減鬢如絲　그 풍정은 줄지 않았으나 머리털만 희어졌네
翠 푸를취, 粧 단장할장, 舊 옛구, 鬢 구레나룻빈
賞蓮(상련) : 연꽃을 즐김.

官池(관지) : 관가의 연못

翠盖紅粧(취개홍장) : 푸른 일산은 푸른 잎의 형용이요. 붉은 단장은 붉
은 꽃의 형용

玉堂(옥당) : 홍문관(紅文館)의 부제학(副提學) 이하 실무(實務)를 보는
관원의 총칭(總稱)

風情(풍정) : 멋있는 흥취, 정겨움

- **約義軒賞蓮** | 及菴 閔思平

  약의헌에서 연꽃구경

  頭上霜蓬驚歲歲　머리 위의 서리 쑥대 해마다 놀라고

  眼中雲錦負年年　시선 속 구름 비단도 해마다 지고 있네

  世間無事眞難得　세상에 일 없기는 진정으로 어려운데

  今日龍池訪水仙　오늘에야 용못에서 물 신선 찾았네

  蓬 쑥봉, 錦 비단금, 難 어려울난, 訪 찾을방

- **蓮** | 樗軒 李石亨

  연꽃

  卷葉初披水上乾　말린 잎이 처음으로 헤치고 물 위에서 마르니

  稜然有刺惡人攀　나쁜 사람들 만질까봐 모질게도 가시 있지

  明珠玉斗應難比　밝은 구슬 옥 구슬 응당 견주기 어려우니

  只作濂溪意思看　다만 주렴계의 생각으로 바라보노라

  卷 말권, 乾 마를건, 刺 가시자, 攀 어루만질반, 應 응할응

  濂溪(염계) : 호남성 도현의 내 이름인데, 송의 주돈이(周敦頤)가 여기에
  실아 호로 삼았다. 周濂溪가 쓴 <愛蓮說>이 유명하다.

▪ 荷房 | 四佳 徐居正

연밥

秋來喜見露蜂房　가을이 오면 벌집 드러나 기쁘게 보고
玉子瓊珠箇箇香　옥 같은 구슬 낱낱이 향기롭네
嚼罷渾驚兼至味　씹어보면 놀랍고 또 지극한 맛인데
淸心可補十全湯　마음 맑게 보전해 주는 십전탕이라

露 드러낼로 蜂房(봉방) : 벌집
瓊珠(경주) : 옥과 구슬, 嚼 씹을작, 渾 흐릴혼, 驚 놀랄경
補 보탤보, 十全湯(십전탕) : 병을 완전히 고치는 약

▪ 荷葉 | 四佳 徐居正

연잎

初見新荷疊小錢　처음에는 새로 난 연 엽전 쌓인 듯 보였는데
漸看千朶翠如烟　점점 보니 천 가지가 연기같이 푸르네
可憐葉大眞如許　사랑스레 잎이 넓어 아름다움이 저와 같으니
會作神仙太乙船　신선은 태을선을 지을 수도 있겠네

疊 겹쳐질첩, 漸 차차점, 朶 가지타, 翠 비취색취
會 반드시회, 太乙船(태을선) : 아주 큰 배

▪ 惜蓮 | 四佳 徐居正

연이 애처로워

今年池水盡成枯　금년엔 못물이 모두 말라서
翠盖紅粧掃地無　푸른 잎 빨간 꽃 쓸어버리고 없네
只有小荷雙葉在　다만 자그마한 잎 둘만이 남아있어
西風吹折倩誰扶　서풍 불어 꺾으려하니 예쁜 꽃 누가 붙들꼬

惜 애처롭게여길석, 枯 마르고, 盖 일산개
粧 단장할장, 倩 예쁠천

- **賞蓮** | 四佳 徐居正

  연을 감상하다

  荷花無數灠方池　연꽃이 무수하게 못 가득히 피었는데
  綠影紅香雨更奇　푸른 그림자 붉은 향 비 오니 더욱 기이해
  盡日看看吟不足　종일토록 보고 또 읊어도 부족한데
  晚涼扶杖立多時　늦게야 지팡이 짚고 일어서길 자주 하네
  灠 물결출렁일염, 扶 잡을부

- **荷花** | 四佳 徐居正

  연꽃

  千丈花開萬斛香　천길 꽃이 피니 만작의 향기 풍기고
  牧丹曾愧作花王　모란도 화왕(花王)됨을 일찍이 부끄러워 했네
  風流醞藉知無敵　그 멋 온화하여 대적할 자 없음을 아는데
  錯料何人比六郎　어떤 사람이 잘못 생각해 육랑(六郎)에다 비
  　　　　　　　　교했지
  斛 휘곡(열말의 용량), 愧 부끄러워할괴, 醞 온자할온, 藉 깔릴자
  敵 겨룰적, 錯 어긋날착, 料 헤아릴료
  六郎(육랑) : 여섯째아들 곳, 측천무후 때의 장창종으로 연꽃이 육랑을
  　　　　　　닮았다는 내용이 있어 이를 인용함.

- **郭翰林冒雨賞三池蓮花** | 柳巷 韓脩

  곽한림이 빗속에 삼지의 연꽃을 감상함

  詩人嗜好與人殊　시인이 즐기는 것은 사람들과 딜라서
  興發陰晴豈有拘　홍이 일면 흐리고 게임에 어찌 구속함 있느냐
  賞遍三池煩往復　세 연못 두루 감상하러 자주 오고 간 것은
  要看綠葉瀉明珠　푸른 잎에 밝은 구슬 쏟아짐 보려 함이지

拘 구속할구, 遍 두루편, 煩 빈번할번, 瀉 쏟을사

郭翰林(곽한림) : 곽예를 말함.

▪ 詠瓶蓮 | 白湖 林 悌

병에 있는 연을 읊음

不怨池塘不怨瓶　못에 있어 원망치 않고 병에도 원망치 않아

只愁濃艶易飄零　단지 짙고 고운 꽃 쉬이 떨어짐을 근심하네

紅顔尙帶三生醉　붉은 얼굴 항상 띠어 언제나 취해 있어

楚澤何人敢獨醒　초나라의 어느 사람 홀로 감히 술 깨었나

瓶 병병, 怨 원망할원, 濃 짙을농, 艶 고울염, 易 쉬울이

飄 날릴표, 零 떨어질령, 三生(삼생) : 전생, 금생, 후생

醒 깰성, 楚澤何人(초택하인) : 굴원을 지칭함.

▪ 荷塘夜雨 | 石洲 權 韠

연꽃 핀 못에 밤에 비 내려

綠荷回首背西風　푸른 연 머리 돌리고 등엔 서풍불어

人倚樓頭水檻空　사람은 누대머리에 기댔는데 난간엔 비어있네

半夜酒醒聞小雨　밤중에 술 깨자 가는 빗소리 들리는데

寒聲偏覺在池中　찬 소리 연못 속에서 나는 것 문득 깨닫는데

檻 난간함, 醒 술깰성, 偏 문득편

▪ 雨中賞蓮 | 退溪 李 滉

비 내릴 때 연꽃을 바라보며

畵樓東畔俯蓮池　그림있는 누대 동쪽 언덕은 연 고개숙인 못인데

罷酒來看急雨時　급한 비 내릴 때 술잔 놓고 바라보네

溜滿卽傾欹器似　물 떨어져 차면 기울어짐이 기기(欹器)같구나

聲喧不厭淨襟宜　소리 시끄러워도 싫지 않으니 가슴속이 시원

하네

俯 숙일부, 罷 놓을파, 溜 물방울류

攲器(기기) : 물이 알맞게 담겨져야 반듯이 서는 그릇, 주나라 때 임금을 경계하기 위하여 만들었다 함.

▪ 黃仲擧求題畵十幅 | 退溪 李滉

황중거가 열 폭의 그림에 화제 쓰길 요구하여

牧丹傾世菊鳴賢　모란은 절세미인이요 국화는 현인을 울렸는데
千載無人解賞蓮　오랜 세월 연꽃을 알아주는 이 없었네
感發特深無極老　특별히 깊이 감동 일으킨 무극노인이
花中君子出天然　평범한 꽃에서 군자로 뽑아 올렸네

傾 기울경, 賢 어질현, 感 느낄감, 濂 시내이름렴, 解 풀이할해

濂溪(염계) : 송나라의 대학자 주돈이(周敦頤)의 호이자 고향임
(湖南省道縣)

愛蓮(애련) : 주렴계가 애련설(愛蓮說)을 지어 연꽃을 극찬하고 진흙물 속에서도 더러움에 물들지 않아 군자의 기상이 있다고 하였음.

無極老(무극노) : 염계 주돈이를 가리킴.

▪ 蓮花 | 雪溪 朴致和

연꽃

挺出淤泥不染塵　진흙에서 빼어나 티끌에 물들지 않으니
艶香淸氣自無倫　고운 향기와 맑은 기운은 스스로 견줄게 없네
誰知君子貞心在　누가 군자에게 곧은 마음이 있음을 알리오
當日濂溪最獨親　지난날 염계(濂溪)가 가장 홀로 이 꽃을 사랑했지

挺 빼어날정, 淤 진흙어, 艶 탐스러울염, 倫 무리륜

濂溪(염계) : 북송의 학자 주돈이(周敦頤)의 호

▪ 秋塘荷風 | 荷屋 金在根

가을 못 연꽃바람

出水芳姿冉冉輕　예쁜 자태 물에서 솟아 부드럽고 가벼운데
圓珠灑落見光明　둥근 구슬 깨끗한 모습으로 밝은 빛 보네
淡香不作芳菲面　맑은 향기는 향기나는 얼굴엔 일으키지 않다가
露冷風凄倍覺情　이슬 차고 바람 서늘하면 갑절이나 정을 전해주네
冉 부두러울염, 輕 가벼울경, 覺 느낄각
冉冉(염염) : 부드러워 아래로 늘어진 모양
灑落(쇄락) : 인품이 깨끗하고 속기가 없는 모양
芳菲(방비) : 향기나는 꽃, 覺 깨달을각

▪ 瓦沼栽荷次韓文公盆池韻二首 | 楓皐 金祖淳

사기 동이에 연꽃을 심고 한문공 분지 시를 차운함

其一

何如玉女洗頭池　무엇 때문에 옥녀가 머리를 감은 못에
十丈靑花人不知　푸른 꽃이 길게 자라도 아무도 모를까
眼底參差新藕出　바라보니 길고 짧게 연이 다시 올라와
恰憐叢簿解雄雌　흡사 자라는 죽순들과 경쟁하는 듯하네
玉女(옥녀) : 미녀, 선녀
藕 연우, 恰 흡사흡, 叢 무더기총, 雄雌(웅자) : 수컷과 암컷

其二

浮餘卷紫始舒靑　떠다니면서 자줏빛을 받고 푸른잎을 처음 펴니
有土培根勝揷甁　흙에 뿌리박힌 것이 병에 꽂은 것보다 나은데
水淺猶知空性具　물이 얕아도 오히려 본성 갖춤을 알아서
倒來雲影更涵星　구름 그림자 드리울 때 별도 따라 잠긴다
浮 뜰부, 紫 자줏빛자, 舒 펼서, 揷 꽂을삽, 涵 담글함

- **和白湖詠甁蓮** | 灌園 朴啓賢

  임백호의 시 '연꽃을 병에 꽂고'에 화답함

    插折蓮花白玉甁　연꽃 꺾어다 흰 병에 꽂으니

    紅衣濕盡露華零　짙은 이슬 떨어져 붉은 옷이 다 젖었네

    中通外直君知否　속은 비어 있고 줄기는 곧은 뜻 그대는 모르는가

    夢斷濂溪酒半醒　염계선생은 술 반쯤 취하여서도 알아냈네

    插 꽂을삽, 折 꺾을절, 濕 축축할습, 夢 흐리멍텅할몽

    夢斷(몽단) : 흐리멍텅해서 알지 못했던 것을 알아냈다는 뜻

    濂溪(염계) : 시내 이름. 주돈이(周敦頤)의 고향이며 호임.

- **前池荷** | 尤庵 宋時烈

  앞 못의 연꽃

    玉井根株望已灰　옥정의 오동나무 시들려 하는데

    前塘剩喜兩三開　뜰앞 못엔 두세 송이 피어 더욱 기쁘네

    徘徊正引濂翁興　들러보매 염옹의 흥취 절로 일어나는데

    莫遣西風蕩漾來　서풍이 불어 물결쳐 보내지 말았으면

    株 줄기주, 灰 재회, 剩 남을잉

    徘徊(배회) : 이리저리 왔다갔다 함.

    濂翁(염옹) : 주돈이(周敦頤). 애련설(愛蓮說)을 지어 연꽃을 군자에 비유
    　　　　　　하였다.

    遣 보낼견, 蕩 넓고큰물탕

    漾 물결출렁거릴양

- **海州芙蓉堂** | 鄭希僑

  해주부용당

    水檻風來夏亦凉　물가에 바람 오니 여름날도 시원해

    滿池荷月正蒼蒼　못 가득 연과 달이 정말 푸르구나

只恐白露凋紅粉   다만 이슬내려 빨간 꽃가루 떨어질까 두려운데
減却鴛鴦夢裡香   갑자기 원앙새가 꿈속의 향기를 덜어가네
檻 난간함, 凉 서늘량, 蒼蒼(창창) : 빛이 새파란 모양
恐 두려울공, 凋 시들조, 夢 꿈몽

- **採蓮曲** | 硏齋 趙壽楠

    연꽃 캐는 노래

    南浦荷香水欲秋   남포의 연꽃 향기나니 가을이 깊어오려네
    畵船歌曲響中流   배의 노래 소리 물 가운데 퍼져가네
    多情採滿停橈戱   다정히 가득 캐고 노 멈추고 노는데
    綠子紅房笑插頭   붉은 연방에 푸른 열매 머리박고 웃고 있네
    採 캘채, 響 울림향, 橈 노뇨, 戱 놀희, 子 열매자
    房 송이방, 插 꽂을삽

- **采蓮曲** | 蘭雪軒 許楚姬

    연 캐는 노래

    秋淨長湖碧玉流   가을날 맑아 호수에 푸른 물 흐르는데
    荷花深處繫蘭舟   연꽃 깊은 곳에 목란주 매여있네
    逢郎隔水投蓮子   총각이 물 건너에서 연밥을 던졌는데
    恐被人知半日羞   사람들이 알까 두려워 반나절 부끄러워라
    淨 깨끗할정, 繫 맬계, 蘭舟(란주) : 목란으로 만든 배
    郎 사내랑, 隔 막을격, 恐 두려울공, 被 입을피, 羞 부끄러울수

- **池塘雨後** | 惕齋 李書九

    연못에 비온 뒤

    蒲葦蕭蕭送晩凉   냇버들 갈대 쓸쓸한데 시원한 저물녘 보내니

滿池雲錦媚新粧　못 가득 구름비단 새로 단장해 아름답네
酒醒夢斷疎簾下　주렴 밑 술 깨고 잠깨어 났는데
風便飄過數陣香　바람결에 날려와 한바탕 향기 펼치네

蒲 냇버들포, 葦 갈대위, 蕭蕭(소소) : 바람부는 소리
媚 아름다울미, 粧 단장할장, 醒 깰성, 簾 발렴, 飄 나부낄표

▪ 芙蕖 | 少伯 王昌齡(唐)

연꽃

荷葉羅裙一色裁　연잎 비단치마같이 한 색으로 자라고
芙蓉向臉兩邊開　연꽃 볼 향해 양쪽으로 피었네
亂入池中看不見　못 속에 들어가도 볼 수 없으니
聞歌始覺有人來　노래 소리 듣고서야 사람 온 줄 알겠네

裙 치마군, 臉 빰검

▪ 雨中荷花 | 世昌 杜 衍(宋)

비 맞은 연꽃

翠蓋佳人臨水立　가인이 우산을 받치고 물가에 서있고
檀粉不勻香汗濕　단향가루 안 퍼져도 향기와 땀이 젖어있네
一陣風來碧浪飜　한바탕 바람 불어 푸른 물결 출렁거려
珍珠零落難收拾　진주들 떨어지니 주워 거두기 어려워라

蓋 일산개, 檀 단향목단, 粉 가루분, 勻 두루퍼질윤
濕 축축할습, 零 떨어질령
收拾(수습) : 흩어진 물건을 주워 거둠

▪ 荷花 | 世昌 杜 衍(宋)

연꽃

芙蓉照水弄嬌斜　부용이 물에 비쳐 아름답게 기울었고

白白紅紅各一家　흰 빛 붉은 빛이 제각각 피어있네
近日新花出新巧　요즈음 새 꽃이 예쁘게 막 피어나
一枝能著兩般花　한 줄기에 두 송이 능히 붙었네

弄 희롱할롱, 嬌 예쁠교, 著 붙을착, 般 가지반

▪ 池荷 | 星甫 黃 庚(元)
　　연못의 연꽃

紅藕花多暎碧闌　빨간 연꽃 만발하여 푸른 난간에 비치고
秋風纔起易凋殘　가을바람 잠깐 일면 마르기를 쉬이 한다
池塘一段榮枯事　못 안에 한가닥 영고성쇠를
都被沙鷗冷眼看　저 갈매기 관심 없이 보게 하네

藕 연뿌리우, 闌 난간란, 纔 조금재, 凋 시들조
枯 마를고, 被 입을피, 鷗 갈매기구

▪ 芙蕖 | 世昌 杜 衍(宋)
　　연꽃

鑿破蒼苔漲作池　푸른 이끼 깨고 뚫어 못에 물 가득한데
芰荷分得綠參差　마음과 연꽃 푸르름 다른 것 분명하네
曉開一朶煙波上　새벽에 한 떨기 안개낀 물결위에 올라오니
似畵眞妃出浴時　양귀비 목욕하고 나온 때를 그린 듯 하도다

鑿 뚫을착, 芰 마름지, 朶 떨기타, 眞妃(진비) : 양귀비

▪ 芙蕖 | 誠齋先生 楊萬里(宋)
　　연꽃

紅白蓮花開共塘　붉고 흰 연꽃 한 연못에 피었는데
兩般顔色一般香　얼굴빛은 둘이나 향기는 같도다

恰如漢殿三千女　흡사 한나라궁전의 삼천궁녀같이

半是濃妝半淡妝　반쯤 짙게 반쯤 엷게 단장한 것 같더라

濃 짙을농, 妝 단장할장

- **芙蓉池** | 貢夫 劉 攽(宋)

　부용지

　　風搖羽扇露盈盤　바람은 연꽃 흔들고 이슬은 연잎 가득찬데

　　卷卷䬃䬃欲難定　말리고 뒤집혀 일정하기가 쉽지 않네

　　醉眼波心歡有遇　뜻밖에 취한 눈을 즐겁게 해주는 게 물 속에 있어

　　水仙傾蓋正相看　흰 연꽃 기운 연잎 서로 바라보고 있네

　　羽扇(우선) : 연꽃을 이름

　　盤(반) : 연 잎을 이름

　　搖 흔들릴요, 盈 찰영, 盤 쟁반반, 卷 말권

　　䬃 뒤집힐번, 歡 기뻐할환, 遇 뜻밖에우

　　水仙(수선) : 연꽃

　　傾蓋(경개) : 기운 일산, 곧 연잎을 이름

- **愛戀** | 晦庵 朱 熹(宋)

　연꽃을 사랑하여

　　聞道移從玉井旁　듣건대 옥정 곁에서 옮겨다 심었다하는데

　　花開十丈是尋常　꽃은 열자나 피어 범상하네

　　月明露冷無人見　달 밝고 이슬 찬데 보는 이 없는데

　　獨爲先生引興長　홀로이 선생위해 흥취 일으켜주네

　　玉井(옥정) : 궁궐안의 연못

　　尋常(심상) : 평범함. 보통

　　興 흥흥, 先生(선생) : 애련설을 지은 염계(濂溪)선생을 지칭함.

▪ **階下蓮** | 香山居士 白居易(唐)

　　섬돌 밑의 연꽃

　　　葉展影翻當砌月　잎 퍼지고 그림자 비쳐 섬돌에 달 비치니
　　　花開香散入簾風　꽃 피고 향기 날려 발속으로 바람 들어온다
　　　不如種在天池上　궁궐 연못에 심어짐만 못하지만
　　　猶勝生於野水中　오히려 돌이나 물속에서 자라는 것이 낫겠네
　　　階 섬돌계, 翻 뒤집힐번, 砌 섬돌체
　　　簾 발렴, 猶 오히려유, 勝 나을승

▪ **吳興** | 醒老 林 希(宋)

　　오흥 땅에서

　　　遠郭芙蕖拍岸平　성 두른 연잎이 언덕을 치고
　　　花深蕩槳不聞聲　꽃숲 깊어 노질을 해도 소리 들을 수 없네
　　　萬家笑語荷花裏　연꽃 속에 모든 집 웃고 말하니
　　　知是人間極樂城　이곳이 인간 극락성임을 알겠네
　　　吳興(오흥) : 절강성 태호(太湖)의 서남쪽에 있는 현
　　　遠 두를요, 郭 외성곽, 芙蕖(부거) : 부용, 연의 이칭
　　　拍 칠박, 蕩 옮길탕, 槳 노장, 裏 속리

▪ **秋塘敗荷** | 子京 宋 祁(宋)

　　가을 못의 시든 연잎

　　　去時荷出小如錢　떠날 때 연꽃 나와 돈 같이 작았는데
　　　歸見荷枯意惘然　돌아와 보니 연꽃 시들어 망연하구나
　　　秋後漸稀霜後少　가을 뒤라 점점 시들고 서리 뒤 적어져
　　　白頭黃葉兩相憐　흰 머리에 누런 잎 서로서로 가련해라
　　　敗 시들패, 枯 마르고
　　　惘然(망연) : 기대에 어그러져 맥이 풀린 모양

漸 차차점, 稀 드물희, 憐 슬플련

• **墨荷** | 清江老人 釋道濟(淸)

연꽃 그림

不見峯頭十丈紅 봉우리 한길 되게 붉은 것 보이지 않지만
別將芳思寫江風 특별히 좋은 생각 있어 강가의 풍경 그렸노라
翠翹金鈿明鸞鏡 파란 잎 노란 줄기 난새 그린 거울 분명한데
疑是湘妃出水中 의심컨대 이것은 상비(湘妃)가 물에서 나온
                것 아닌가

峯 봉우리봉, 紅 붉은홍, 翠 푸를취
鸞 난새란, 疑 의심의
湘妃(상비) : 순의 비인 아황과 영. 임금을 사모하여 상수에 몸을 던져
            수신이 됨.
翹 우뚝할교

• **子夜吳歌** | 靑蓮 李 白(唐)

자야오가

鏡湖三百里 경호 삼백리에
菡萏發荷花 아리따운 연꽃이 벙긋 피었네
五月西施採 오월에 서시가 연꽃을 따자 하니
人看隘若耶 사람들 구경하러 약야계를 메웠네
回舟不待月 배를 돌렸는데 달은 기다리지도 않고
歸去越王家 월왕의 궁궐로 돌아가 버리네

採 캘채, 歸 돌아갈귀, 隘 막힐액
鏡湖(경호) : 회계(會稽; 浙江省 紹興縣)에 있는 호수, 한나라 때부터 있
            었다고 함.
菡萏(함담) : 아리따운 모습

西施(서시) : 춘추시대 월(越)의 구천(句踐)은 저라산(苧羅山)에서 죽 끓
이고 나무하며 약야계(若耶溪)에서 빨래하던 서시(西施)를
데려다가 온갖 치장을 하게 하고 행동거지를 가르쳐 원수
인 오왕 부차(吳王 夫差)에게 바쳤다. 부차는 서시에게 미
혹되어 국정(國政)을 소홀히 하게 되었고, 결과적으로 나라
를 망치게 되었다.
若耶(약야) : 절강성 소흥현 약야산(浙江省 紹興縣 若耶山)에서 내려와
경호(鏡湖)로 흘러드는 시냇물. 일명 완사계(浣紗溪). 월의
서시가 이 곳에서 깁을 빨아 말리는 일을 하였다.

▪ 敗荷 | 茶山 丁若鏞

시든 연잎

野外新秋色	들 밖에 가을 빛 새로운데
蕭然上敗荷	쓸쓸하게 시들은 연잎 위에 있네
已收芳艶了	예쁜 꽃이야 이미 졌지만
奈此苦心何	굳은 그 마음을 어이하리
尙有擎天柄	하늘을 처받든 꽃대는 아직 있고
猶餘蘸月波	달 잠긴 물결도 오히려 그대로 있네
誰將小絃管	그 뉘라서 장차 작은 악기로
爲我度悲歌	날 위해 가을노래 보내주려나

擎 들경, 柄 자루병, 蘸 물에담길잠

▪ 盆池菡萏 | 乖厓 金守溫

둥근못의 연꽃봉오리

香泥藏斗水	향긋한 진흙이 얼마간의 물을 품어
自可貯淸波	저절로 푸른 물결 간직할 수 있었네
碧動疑搖鏡	푸른 것 움직이니 거울 흔드는가 의심되고

紅敷訝綻紗　붉은 빛 펼쳐지니 비단을 터뜨렸나

多情欲嬌語　다정하게 아름다운 말 하려고 하니

無力半酣酡　술에 반쯤취해 힘이 빠졌네

別院黃昏雨　별원(別院)에 황혼의 비가 오니

如聞越女歌　월(越)나라 계집의 노래를 듣는 것 같네

藏 감출장, 貯 쌓을저, 疑 의심의, 越 넘을월

斗水(두수) : 두승지수(斗升之水)의 준말로 약간의 물을 가리킴

越女(월녀) : 미인이 많기로 유명한 월(越)나라 출신의 계집.
　　　　　　여기서는 곧 연꽃을 가리킴.

▪ 採蓮曲 | 李玉峰

연을 따는 노래

南湖採蓮女　저 남호에서 연밥 따는 여자

日日南湖歸　날마다 남호 물가로 돌아온다

淺渚蓮子滿　얕은 물가에는 연밥이 가득하고

深潭荷葉稀　깊은 못에는 연잎이 드물어라

蕩槳嬌無力　노를 젓기에는 여자의 힘에 겨워

水濺越羅衣　얇은 비단옷 물이 튀어 적신다

無心却同棹　무심히 함께 젖는 것 잊어버리고

貪看鴛鴦飛　나는 원앙새를 바라본다

採 캘채, 淺 얕을천, 濺 물튈천, 稀 드물희

蓮子(연자) : 연밥

蕩槳(탕장) : 배를 저음.

▪ 新荷 | 武平 胡宿(宋)

새 연꽃

一夜抽輕蓋　하룻밤 사이에 가벼운 우산이 솟아나

平月映曲池　이른 새벽 곡지에 비친다

水凉魚未覺　물이 차가워 고기들은 잠을 덜 깼는데

烟淨鳥先窺　맑은 연기에 새가 먼저 기웃거리네

露重心猶卷　이슬이 무거워 속심은 오히려 말려있고

風多柄尙危　바람 잦으니 자루는 오히려 위태롭구나

東林應結社　동쪽 숲에는 응당 사람들이 모여

祗待素華披　다만 흰 꽃이 피기를 기다리겠지

抽 뺄추, 盖 일산개, 窺 엿볼규, 卷 말릴권, 柄 자루병

祗 다만지, 披 펼피

- **採蓮曲** | 象村 申 欽

　연꽃 따는 노래

東鄰女兒脚不襪　동쪽 마을 소녀가 버선도 신지 않고

兩足如霜踏溪渚　서리같이 하얀 발로 시냇가를 걸어가네

鷄頭蕩槳誰家郎　시냇머리서 노 흔드는 이 어느 집 사내인가

手折荷花笑相語　연꽃을 꺾어주며 웃고 서로 얘기하네

移舡同去不知處　어디론가 배를 타고 함께 가더니

別浦驚起鴛鴦侶　포구를 떠나가니 원앙 한 쌍 놀라 날아가네

鄰 이웃린, 脚 다리각, 襪 버선말, 踏 밟을답

蕩槳(탕장) : 노을 저음. 舡 배강

- **盆池菡萏** | 四佳 徐居正

　둥근 못의 꽃봉오리

盆池淸淺貯寒塘　둥근못 맑고 얕은데 차가운 뚝에 쌓여

柄柄荷花到死香　코 찌르는 연꽃은 죽을 만큼 향기피네

濃綠晩風搖淨植　늦은 바람에 짙푸른데 맑은 줄기 흔들고

膩紅晴日蘸澄光　개인 햇빛에 빛나게 붉어 맑은 빛 담겼네

魂歸洛浦凌波襪　혼 돌아온 낙포(洛浦)에 사뿐 걷는 버선발

浴罷楊妃照水粧　목욕 마친 양귀비(楊貴妃)가 물에 비춘 단장일세

待得他年開十丈　먼 후일에 열 길로 피어나길 기다린 뒤

冷甛分與客同嘗　차갑고도 단 그 정취를 객과 나눠 맛보리라

柄柄(병병) : 아주 진한 향기 따위가 코를 찌르는 듯함.

洛浦(낙포) : 낙수(洛水)의 물가란 뜻인데, 낙수에 빠져죽어 낙신(洛神)이
　　　　　되었다고 하는 복비(宓妃)를 가리킴.

凌波(능파) : 가볍고도 우아한 미인의 걸음걸이

楊妃(양비) : 절세의 미인으로 불리는 당(唐)나라의 양귀비(楊貴妃)를 가리킴.

▪ **風月樓賞蓮** | 陽村 權 近

풍월루의 연꽃 구경

萬朶芙蕖冒綠池　무수한 연꽃이 푸른 못을 덮어

一樓風月柳邊迷　풍월루는 버들가에 보일 듯 말 듯

翠雲蕩漾天無暑　푸른 구름 물결쳐 더운 기운 가시고

香霧空濛夜正遲　짙은 향기 비 뿌린 듯 밤은 더디어가네

自是根株連華嶽　뿌리가 길어 화악으로 뻗어 갈 듯

曾無枝蔓染淤泥　줄기는 넝쿨 진흙 속에서도 물들지 않네

悠然吟弄歸來興　유연히 시로 읊으며 흥나게 돌아오니

須信濂溪不我欺　진실로 주렴계가 나를 속이지 않았네

蕩 넓고클탕, 漾 물결출렁거릴양, 濛 부슬비몽,

遲 더딜지, 蔓 넝쿨만, 染 물들일염, 泥 진흙니

濂溪(렴계) : 호남성 도현에 있는 시내로서, 학자인 주돈이(周敦頤)가 살
　　　　　던 곳. 주돈이의 호이기도 함. 欺 속일기

• 芙蓉畵障 次是堂兄韻 | 茶山 丁若鏞

부용꽃 그림 병풍에 시당형의 운을 차하다

如見伊人心自降　그리운 님을 만난 듯 마음 절로 가라앉고

天然去飾態無雙　꾸밈없이 천연스런 그 자태 둘도 없구나

傳神更喜辭泥土　그림을 보니 진흙을 떠나온 게 다시 기쁘고

賞艶何勞涉遠江　꽃구경엔 어찌 먼 강 건너는 수고를 하리오

堪恨梅花開水墨　수묵화 꽃에서 핀 매화가 한스러움 견디고

可同蕉葉展寒窓　차가운 창 앞에 섯는 파초잎과 같이했네

老夫近復蓮觀得　늙은이가 요즘에 다시 연을 관찰해 보니

清水元來繞墨幢　맑은 물이 원래부터 묵당에 둘러 있구려

飾 꾸밀식, 態 형태태, 辭 사양할사, 涉 물건널척

繞 두를요, 幢 휘장당

• 採蓮曲 | 青蓮 李 白(唐)

연꽃 따는 노래

若耶溪傍採蓮女　약야계 가의 연꽃 따는 아가씨

笑隔荷花共人語　웃으며 연꽃을 사이에 두고 사람과 얘기한다

日照新粧水底明　해가 새로 화장한 얼굴에 비치어 물바닥 밝은데

風飄香袖空中擧　바람은 향기를 소매에 날려 공중으로 들리네

岸上誰家遊冶郎　언덕 위엔 어느 댁 멋쟁이인가

三三五五映睡楊　삼삼오오 수양버들 아래 비치네

紫騮嘶入落花去　자색 명마가 울부짖으니 꽃 떨어져 버리고

見此躊躇空斷腸　이것을 보고 머뭇거리며 공연히 애끓는다

採蓮曲(채련곡) : <악부시집(樂府詩集)> 권50 청상곡사(清商曲辭) 강남롱
(江南弄) 7곡의 하나에 양(梁)나라 간문제(簡文帝)의
<채련곡(採蓮曲)> 2수를 비롯한 27수가 실려 있다.

若耶溪(약야계) : 절강성(浙江省) 회계현(會稽縣) 동남에 있으며 '야계(耶

溪)'로 약칭하기도 한다. 북으로 흘러 경호(鏡湖)로 들
어가는데 춘추시대 오왕(吳王) 부차(夫差)의 총희(寵姬)
서시(西施)가 이곳에서 연꽃을 땄다고 전해진다.

遊冶郞(유야랑) : 놀며 돌아다니는 풍류꾼. 멋쟁이
紫騮(자류) : 자색을 띤 검은 털에 검은 말갈기를 지닌 좋은 말
嘶(시) : 말이 우는 것
躊躇(주저) : 머뭇거리는 것

- **愛蓮說中** | 茂叔 周敦頤(北宋)

애련설에서

出淤泥而不染　진흙탕 물속에서 나와도 오염되지 않고
濯淸漣而不妖　맑은 물결 씻겨도 요사하지 아니하네
中通外直　속은 텅 비어도 외형은 곧고
不蔓不枝　덩굴도 뻗지 아니하고 가지도 없어
香遠益淸　향기 멀어져도 더욱 맑고
亭亭淨植　우뚝 솟아 아름답게 서 있네
可遠觀而不可褻翫焉

　　　멀리서 보면 좋으나 가까이서 보면 희롱할 수도 없도다

淤泥(어니) : 진흙
染 더러울염, 漣 물놀이련, 妖 요염할요, 蔓 덩굴만
褻 더러울설, 翫 놀완

芭蕉 <파초>

- **仙掌**

  신선의 손바닥(파초잎)

  [출전] 乖厓 金守溫의 窓外芭蕉

- **綠羅**

  푸른 비단

  [출전] 梅月堂 金時習의 芭蕉

- **翠羽扇**

  푸른 부채 같네

  [출전] 太虛亭 崔恒의 窓外芭蕉

- **綠雲淸陰**

  파란 구름 맑은 그림자

  [출전] 艮庭 江聲의 芭蕉

- **低昂舞翠綃**

  파란 비단 춤추듯 펄럭이네

  [출전] 河西 金麟厚의 滴雨芭蕉

- **特立天然似許淸**

  천연스레 우뚝 서서 청초함이 멋지네

  [출전] 存齋 朴允默의 賦芭蕉

     特 특별할특, 許 허락할허

- **一葉芭蕉勝文錦**

  파초 한 잎 비단보다 낫구나

  [출전] 葵窓 李健의 芭蕉

  　　　勝 나을승, 錦 비단금

- **隔窓知夜雨**　창 너머로 밤비 오는 것 알겠는데

  芭蕉先有聲　파초잎에서 먼저 소리가 나네

  [출전] 香山居士 白居易의 芭蕉

  　　　隔 떨어질격, 聲 소리성

- **葉展鸞生尾**　잎이 펴지면 난새 꼬리를 편 듯

  心抽帛券書　가지 뽑혀 올라오면 비단으로 책을 만듯

  [출전] 私淑齋 姜希孟의 芭蕉

  　　　展 펼전, 鸞 난새란, 卷 말권

- **葉仍層作幹**　잎은 층층이 줄기를 이루고

  心却嫩抽芳　가지 끝엔 고운 꽃을 뽑아낸다

  [출전] 桴溪 尹定鉉의 芭蕉

  　　　幹 줄기간, 嫩 어릴눈, 抽 뽑을추

- **始卷終能展**　처음엔 말렸다 끝내는 펼쳐져

  誰爭大十分　누구도 크기 넓음을 다툴 수 없네

  [출전] 晦軒 趙觀彬의 芭蕉次伯氏韻

  　　　卷 말권, 展 펼전, 爭 다툴쟁

- **不枝惟葉茂**　가지도 아닌데 오직 무성한 잎이

無幹信空中 줄기도 없이 공중에 펄럭이네

[출전] 子京 宋祁의 芭蕉詩句

　　　　茂 무성할무, 幹 줄기간

▪ **綠雲當窓翻** 파란 구름 창 앞에 번득이고

淸陰滿廊廡 맑은 그늘은 사랑행랑채에 가득하네

[출전] 艮庭 江聲의 芭蕉

　　　　翻 번득일번, 陰 그늘음, 廊廡(랑무) : 행랑

▪ **雖微九秋幹** 가을 줄기가 비록 힘없기는 하지만

丹心中自保 단심은 마음속에 간직하고 있네

[출전] 晦庵 朱熹의 紅蕉

　　　　雖 비록수, 幹 줄기간

▪ **露浥驪珠重** 이슬 젖으니 귀중한 여의주

風驚仙掌長 갑작스런 바람에 길어진 파초선

[출전] 乖厓 金守溫의 窓外芭蕉

　　　　浥 젖을읍, 驪 가라말려, 掌 손바닥장

▪ **日日動澆水** 날마다 움직여 물을 뿌리고

蒼然欲過墻 파랗게 담위로 자라고자 하네

　　　　澆 물뿌릴요, 蒼 푸를창, 墻 담장

▪ **前葉纔舒後葉抽**

旋抽旋揚不曾休

앞서 나온 잎 겨우 펴져 뒤에 잎 뽑혀 나와

뽑히면 펴지고 펴지면 쉬지 않네

[출전]　浦渚 趙翼의 詠芭蕉

　　　　纔 겨우재, 抽 뺄추, 旋 돌선

▪ 一葉芭蕉勝文錦

自憐嫩潔可題詩

파초 한 장 비단보다 나아

시를 쓸 만큼 사랑스럽네

[출전]　葵窓 李建의 芭蕉

　　　　勝 나을승, 錦 비단금, 嫩 어릴눈

▪ 厚於爪甲大於箕

葉葉新抽濯錦磯

손톱같이 두껍고 키보다 더 큰 잎

잎마다 새로 나올 때 빨래터 비단 같네

[출전]　梅泉 黃玹의 芭蕉

　　　　厚 두터울후, 箕 키기, 濯 빨탁, 磯 낚시터기

▪ 綠綺新裁織女機

擺風搖日影離披

직녀의 베틀에서 푸른 비단 말라낸 듯

바람 헤쳐시 훨쩍 퍼진 그림사

[출전]　昭夢 徐賁의 芭蕉

　　　　裁 재단할재, 機 베틀기, 擺 헤칠파, 離 떠날리

▪ 十月綠陰猶滿逕
　也勝蒲柳望秋衰

　　시월에도 녹음을 길에 가득 드리워서
　　초가을에 시드는 갯버들보다 낫구나

[출전]　子駿 韋驤의 蕉逕
　　　　逕 길경, 蒲 창포포, 衰 쇠할쇠

▪ 養得靈苗扇影長
　風吹微綠細生香

　　신령한 싹 길러내자 길어진 파초의 그림자
　　연두색 잎에 바람 불어 여린 향이 풍겨온다

[출전]　四佳 徐居正의 窓外芭蕉,
　　　　養 기를양, 靈 신령령, 扇 부채선

▪ 倩他窓前翠羽扇
　掃盡陌上紅塵濛

　　고와라 저 창밖의 푸른 부채가
　　세상 자욱 붉은 먼지를 몽땅 쓸어버리네

[출전]　太虛亭 崔恒의 窓外芭蕉
　　　　倩 예쁠천, 扇 부채선, 掃 쓸소, 濛 가랑비몽

▪ 綠羅倒卷橫頭軸
　靑鳳低垂勿脚旗

　　푸른 비단 거꾸로 말아 두루마리 머리 같고
　　파란 봉황 내려앉으니 다리를 접지 않은 듯

[출전]　楓皐 金祖淳의 芭蕉拈陸韻

軸 두루마리축, 垂 드리울수, 羅 비단라

- **大葉翻來光爛爛**

  翠苞層出氣生生

    큰 잎 나부낄 땐 빛 두드러지고

    푸른 덤불 층층이 솟아 기운이 생생하네

[출전]　存齋 朴允默의 賦芭蕉

    翻 번득일번, 爛 빛날란, 苞 꾸러미포

- **萬般妖艶盡嬋娟**

  爭妍竟妬偏承恩

    만 가지로 요염한 게 다 곱고 아름다워

    고움을 다투고 시샘하여 저만 은총 받으려네

[출전]　梅月堂 金時習의 芭蕉

    妖 예쁠요, 嬋 고울선, 妬 투기할투

- **碧芭蕉下綠苔班**

  淸夜金風玉露寒

    푸른 파초 아래 푸른 이끼 번지고

    맑은 밤 가을바람에 옥이슬 차갑네

[출전]　紫霞 申緯의 芭蕉

    苔 이끼태, 露 이슬로

- **窓外芭蕉** ｜梅竹軒 成三問

    창 밖의 파초

    漸覺吟哦慣　시 읊는 일에 익숙해짐을 깨닫는데

無煩頃刻成　잠간 사이 지어서 고민한 적 없었네
滴滴窓外雨　뚝뚝 떨어지는 창 밖의 비
催詩不停聲　시를 재촉하는 멈추지 않는 저 소리
吟哦(음아) : 읊는 것, 慣 익숙할 관
刻 새길각, 催 재촉할최

- **芭蕉** │私淑齋 姜希孟

  파초

  葉展鸞生尾　잎이 펼쳐질 땐 난새가 꼬리를 편 듯
  心抽帛卷書　가지 끝 올라오니 비단으로 책을 만 듯
  爲因聽夜雨　밤에 빗소리를 들으려고 하여
  移得近窓西　서쪽 창 가까이에 옮겨 심어 놓았네
  鸞 난새란

- **滴雨 芭蕉** │河西 金麟厚

  비 맞은 파초

  錯落投銀箭　쏜 은화살이 뒤섞여 떨어지면
  低昻舞翠綃　파란 비단 춤추듯 위아래 펄럭이네
  不比思鄕聽　사향곡을 들으려 비교하는 것은 아니라
  還憐破寂廖　고요함을 깨치는 게 더욱 사랑스러워서이지
  滴 물방울적, 錯 섞일착, 箭 화살전, 昻 들앙
  綃 생초초, 還 더욱환

- **芭蕉** │桴溪 尹定鉉

  파초

  日日動澆水　날마다 물 뿌리며 움직이니
  蒼然欲過墻　파랗게 담보다 높이 자라고자 하네

葉仍層作幹　잎은 층층이 줄기를 이루어 내고
心却嫩抽芳　가지 끝 어린봉오리 고운 꽃을 뽑아낸다
澆 물댈요, 墻 울담장, 嫩 연약할눈, 抽 뽑을추

芭蕉次伯氏韻 | 晦軒 趙觀彬

형의 운을 따라 파초를 읊다

始卷終能展　처음엔 말렸다 끝내는 펴지니
誰爭大十分　누가 그 넓음을 다투려하나
離騷梅亦失　이소경에 매화도 빠졌듯이
莫怨爾無聞　그대 널리 알려지지 않음을 원망 말아라

離騷(이소) : 전국시대 초나라 굴원(屈原)이 참소를 입어 쫓겨났으나 원
　　　　망하지 않고 왕을 바른 길로 가도록 하기 위하여 지은 글.
　　　　주로 난초를 소재로 읊었다. 사부(辭賦)의 원조라 함.

漱玉齋前雜卉中芭蕉 | 子京 宋祁(宋)

수옥재의 뜰 앞 여러 꽃 중에 파초

不枝惟葉茂　가지는 없는데 오직 잎만 무성해
無幹信空中　줄기 없이 공중에 펴있네
所以免摧折　꺾이지 아니하는 이유는
爲依君子風　군자의 풍모를 가졌기 때문이라
漱 씻을수, 卉 초목훼, 茂 우거질무, 幹 줄기간, 免 면할면
摧 꺾일최, 君子風(군자풍) : 군자의 풍도, 信 : 펼신(伸)의 뜻임.

芭蕉 | 艮庭 江聲(淸)

파초

綠雲當窓翻　파란 구름이 창 앞에 번득이고
淸陰滿廊廡　맑은 그림자는 사랑 행랑채에 가득하네

風雨送秋寒　비바람이 가을 추위를 보내오는데

中心不言苦　마음 속 괴로움을 말하지 않네

翻 번득일번

廊廡(랑무) : 사랑, 행랑, 送 보낼송

▪ **紅蕉** | 晦庵 朱 熹(宋)

　　붉은 파초

　　弱枝不自持　약한 가지를　스스로 지탱하지 못하고

　　芳根爲誰好　향기로운 뿌리는 누가 좋아하려고 할까

　　雖微九秋幹　비록 가을 줄기가 힘 없으나

　　丹心中自保　단심은 마음속에 간직하고 있도다

　　弱 약할약, 誰 누구수, 雖 비록수

　　丹心(단심) : 붉은 마음, 정성된 충성심

▪ **窓外芭蕉** | 保閑堂 申叔舟

　　창밖의 파초

　　宿雲初卷午風淸　자던 구름 처음 걷히자 한낮의 바람 맑은데

　　窓外芭蕉雨勢輕　창 밖의 파초에 가볍게 비 내리네

　　公子祇憐能却暑　귀인들은 다만 더위 물리친다고 아끼나

　　寧知更解作愁聲　어찌 알고 이해하리 근심 일으키는 사람들

　　勢 세력세, 祇 다만지, 解 풀해

　　宿雲(숙운) : 어제부터 끼어있는 구름

▪ **芭蕉** | 梅月堂 金時習

　　파초

　　一種春心寫綠羅　한 가닥 봄 마음이 녹색 비단을 그렸는데

　　春心續續倒抽多　봄가지 끝이 늘어지면 다시 뽑혀남을 계속하네

展了無語斜窓外　펴고 나선 말없이 창밖에 비스듬히 있어

踈雨時時替說多　가랑비에 때때로 대신 말도 많아라

春心(춘심) : 봄에 느끼는 정성

倒 거꾸러질도, 了 마칠료, 替 바꿀체

- **芭蕉** | 四佳 徐居正

  파초

  如何枝葉捲還舒　어찌하여 가지와 잎이 말렸다 펴지나

  舒捲由來得自如　펴지고 말리는 이유는 스스로 그러는 게지

  欲學新心長新德　새로운 마음 배우고 싶고 새로운 덕 키워서

  此言吾欲問橫渠　이말 내 장횡거에게 물어 보리라

  捲 걷을권, 舒 펴서, 橫渠(횡거) : 북송의 학자, 장재(張載)의 호

- **詠芭蕉** | 浦渚 趙翼

  파초를 읊다

  前葉纔舒後葉抽　앞의 잎 겨우 펴지면 뒤의 잎 솟아나오고

  旋抽旋揚不曾休　뽑히면 펴지고 펴지면 뽑힘을 쉬지 않노라

  吾人進學須看此　우리들 학문의 정진도 모름지기 이와 같아

  勉勉新功日日求　새로운 공력 힘쓰고 날마다 구하리

  纔 겨우재, 旋 구를선, 舒 펴서

- **題小癡墨芭蕉** | 秋史 金正喜

  소치가 그린 파초 그림에 쓰나

  小癡雪裏作蕉圖　소치가 눈 속의 파초를 그렸으나

  直溯輞川神韻無　왕유의 신비한 운치는 없는 듯하네

  硯北水仙三百朶　그림 뒤쪽 수선화 삼백포기가

與蕉不二叩文殊　파초와 더불어 수많은 문수보살 조아리고 있
　　　　　　　　　구나

小癡(소치) : 허유의 호. 조선말 남화의 종장, 추사의 제자

溯 거슬러 올라갈 소

輞川(망천) : 당나라 시인 왕유(王維)의 별장의 있던 섬서성 남전현에 있
　　　　　　　는 지명

神韻(신운) : 신비하고 고사한 운치

硯北(연북) : 硯은 그림 북은 뒤쪽

叩 조아릴고, 文殊(문수) : 여래의 왼쪽에 있는 지혜를 맡은 보살

▪ **詠芭蕉** | 紫霞 申 緯

　파초

碧芭蕉下綠苔班　푸른 파초 아래 푸른 이끼 얼룩져

清夜金風玉露寒　시원한 밤 가을바람에 옥이슬 차갑네

展盡斜封如見札　다 펴지면 다시 말려 서찰을 보는 듯

移時慰藉凭欄干　옮겨 난간에 의지하니 위로하고 도와주네

班 얼룩질반, 金風(금풍) : 가을바람

札 편지찰, 慰 위로할위

慰藉(위자) : 위로하여 도와 줌, 凭 기댈빙

▪ **芭蕉** | 葵窓 李 健

　파초

一葉芭蕉勝文錦　파초 한 잎이 비단보다 낫고

自憐嫩潔可題詩　시를 쓸 만큼 곱고 조촐하여 사랑스럽네

慇懃移向窓前種　은근히 옮겨 창 앞에 심어

佇待秋風夜雨時　가을바람 기다리니 밤에 비 오노라

嫩 고울눈, 潔 조촐할결, 題 쓸제

慇懃(은근) 태도가 정중하고 겸손함. 정성스럽고 다정함.
佇 기다릴저

- **芭蕉** | 梅泉 黃 玹

  파초

  厚於爪甲大於箕　손톱보다 두껍고 키(箕)보다 더 큰데
  葉葉新抽濯錦磯　잎마다 새로 퍼져 올라 빨래터의 비단 같네
  堪笑靈均無巧思　굴원의 생각이 교묘하지 못했음이 자못 우스운데
  千秋枉製芰荷衣　천추에 원통하게 마름풀과 연잎으로 옷을 지어
  　　　　　　　　입었네
  厚 두터울후, 爪甲(조갑) : 손톱, 箕 키기, 抽 뺄추
  濯 빨탁, 磯 물가기, 靈均(영균) : 굴원(屈原)의 자
  巧 공교할교, 製 지을제, 芰 마름기, 枉 원통할왕

- **芭蕉** | 悲庵 趙之謙(淸)

  파초

  高會山儒氣麗文　고상한 시골 선비들 모여 좋은 글짓기 시작하니
  當年湖海氣凌雲　당시의 호수바다 기상은 하늘을 닿았네
  而今寂寞西窓夜　그러나 지금은 적막하여 서창은 밤인데
  雨打蕉聲不忍聞　빗줄기 파초 때리는 소리 차마 듣지 못하겠네
  儒 선비유, 凌 업신여길릉, 忍 참을인

- **草葉** | 昭夢 徐夤(唐)

  파초 잎

  綠綺新裁織女機　푸른 비단 직녀의 베틀에서 새로 만들어낸 듯
  擺風搖日影離披　바람 헤치고 해 흔드니 그림자 옮겨 퍼지네
  只應靑帝行春罷　다만 청제가 봄을 순행(巡行) 끝날 때 맞아

閑倚東牆卓翠旗　동쪽 담에 한가히 기대어 푸른 깃발 우뚝 솟네
綺 비단기, 裁 마름질할재, 機 틀기(베틀), 擺 헤칠파
披 헤칠피, 牆 담장, 靑帝(청제) : 봄을 관장한 神

■ **蕉逕** | 子駿 韋 驤(宋)

　파초핀 길

兩行對植接低坁　흙다리 가에 가지런히 두 줄 심어
弱質毋嫌費壅治　나약한 줄기에 항상 북돋우어 주었더니
十月綠陰猶滿逕　시월에도 녹음을 길에 가득 드리워서
也勝蒲柳望秋衰　초가을에 잎지는 갯버들보다 낫구나
逕 좁은길경, 가까울경, 자취경, 低 낮을저, 숙일저
坁 흙다리이, 嫌 싫어할혐, 費 쓸비
勝 나을승, 蒲 부들포, 衰 쇠할쇠

■ **窓外芭蕉** | 乖厓 金守溫

　창 밖의 파초

故向窓前種　창 앞에 심은 연고는
端居意未忘　평상시에 뜻 잊지 않으려 함이라
非由花雨發　꽃은 너절하게 피지 않고
只爲葉靑張　잎만 푸르게 펼쳐졌네
露浥驪珠重　이슬 젖어 여의주같이 소중하고
風驚仙掌長　바람에 놀라서 파초는 길어라
文房足淸興　글 짓는 방에 맑은 흥취 가득하니
揮洒對渠忙　널 대하고 붓놀림 바쁘구나
種 심을종, 興 흥할흥, 渠 클거
端居(단거) : 평상시의 거처.
驪珠(여주) : 바다 속에 사는 여룡(驪龍)의 턱 아래에 있다는 보배로운 구슬

仙掌(선장) : 신선의 손바닥, 흔히 파초 잎을 가리킴
揮洒(휘쇄) : 붓을 휘두르고 먹을 뿌림. 곧 글씨를 쓰고 그림을 그림

■ **窓外芭蕉** | 四佳 徐居正

　창 밖의 파초

養得靈苗扇影長　신령한 싹 길러지자 파초 그림자 길어지고
風吹微綠細生香　연두 잎에 바람 불어 여린 생명 향기롭다
葉能舒卷何曾礙　폈다 오므렸다 능한데 어찌 일찍 방해하랴
心自通靈況有常　스스로 영통하고 한결같음 하물며 있노라
已喜丁東留夜雨　지난 밤 비가 와서 잎새 빗소리 즐겁더니
不堪零落顫秋霜　가을 서리 추워라 잎이 질까 두렵구나
十年無限江南興　십 년 동안 한량없던 강남 땅의 흥취를
寄與西窓一味凉　서쪽 창에 부쳐두자 한결같이 서늘한 맛

扇 부채선, 微 희미할미, 舒 펼서, 礙 막을애
零落(영락) : 시들어 떨어짐. 顫 떨릴전
丁東(정동) : 패옥 따위가 부딪쳐서 나는 소리

■ **窓外芭蕉** | 太虛亭 崔 恒

　창 밖의 파초

欲舒未舒心萬重　펼래야 펴지지 않는 마음은 겹겹이라
舒來還見到頭空　한번 펼쳐서 다시 보니 하늘에 머리 닿았네
敲風香入吟脾裏　두드리는 바람결 시인 마음에 향기롭고
戰雨聲高醉耳中　싸우는 빗소리 취객의 귀에 소리 높네
王維應手眞相識　왕유(王維)가 응수한 일 참으로 알아줌이오
子厚新心亦可宗　유종원(柳宗元)의 새 마음 또 가히 으뜸이라
倩他窓前翠羽扇　고와라 저 창 밖의 푸른 파초
掃盡陌上紅塵濛　세상 자욱 붉은 먼지 몽땅 쓸어가네

舒 펼서, 敲 두드릴고, 睥 비위비, 濛 흐릴몽

王維(왕유) : 당(唐)나라 때의 시인이자 문인화가로, 파초의 풍격을 그린
시와 그림을 남겼음.

子厚(자후) : 당(唐)나라 때의 문인 유종원(柳宗元)

陌上紅塵(맥상홍진) : 저자 거리의 붉은 먼지. 흔히 '맥상진(陌上塵)'이라
고 하여, 인생무상(人生無常)을 이야기할 때 씀.

▪ **芭蕉拈陸韻** | 楓皐 金祖淳

파초를 보고 육유의 운자에 맞춰서

一種靈苗似木非　한 그루 신령한 싹 나무 같지만 않는데

高荷修竹襯心期　높은 연이 대줄기와 마음의 기약 나누노라

綠羅倒卷橫頭軸　푸른 비단 거꾸로 말려 두루마리 머리 같고

靑鳳低垂勿脚旗　파란 봉새 내려 앉아 다리를 접지 않은 듯

檻外晚風徐可愛　난간밖에 저녁바람 천천히 오니 가히 사랑스럽고

枕邊秋雨急還奇　베갯머리에 가을비 급하니 다시금 기이하네

栽來好助山家韻　심어두고 잘 가꾸니 산촌집에 운치 있으니

長遣幽人日覓詩　유인에게 보내어져 날마다 시 짓게 하네

拈 집을점, 襯 가까이할친, 軸 두루마리축, 脚 다리각

遣 보낼견, 覓 구할멱

▪ **賦芭蕉** | 存齋 朴允默

파초를 글로 짓다

特立天然似許淸　자연스레 우뚝 서니 청초해 보이는데

慙隨凡卉共稱名　보통 풀과 같은 이름 불러 부끄럽게 여기네

斜陽愛看婆娑影　석양에 너울거리는 그림자 사랑스레 보고

急雨留聽颯沓聲　급한 비엔 시원한 소리 들을 만하다

大葉翻來光爛爛　큰 잎이 나부낄 땐 빛은 찬란하고

翠苞層出氣生生　푸른 꾸러미 층층이 솟아 기운이 생생하네
挹靑每欲揮新墨　푸른 물감 가져다 매양 그려보고자 하는데
誰識詩人別有情　시인의 유별한 정을 그 누가 알리오

慙 부끄러울참, 婆 할미파

婆娑(파사) : 너울너울 춤추는 모양

颯 바람소리삽, 沓 겹칠답, 翻 나부낄번, 爛 빛날란

苞 덤불포, 挹 당길읍, 揮 휘두를휘

牧丹 <모란>

· 花王

꽃 중의 왕이로다 (모란의 별명)

[출전] 太虛亭 崔恒의 春後 牧丹

· 國色

첫째가는 미인, 모란의 별칭

[출전] 四佳 徐居正의 詠牧丹

· 存眞富貴

천진함과 부귀를 간직한 꽃

[출전] 明美堂 李建昌의 牧丹

· 古人稱富貴

옛사람들은 부귀한 꽃이라 불렀네

[출전] 梅竹軒 成三問의 春後牧丹

· 冠絶百花中

모든 꽃 중에서 으뜸이로다

[출전] 乖厓 金守溫의 春後牧丹

· 濃濃依依帶露新

이슬 둘러 새삼스레 요염하고 의젓하네

[출전] 保閑堂 申叔舟의 春後牧丹

　　　濃 짙을농, 帶 띠대, 露 이슬로

- **風流富貴百花尊**

  부귀스런 멋은 꽃 중의 으뜸이라

  [출전]　四佳 徐居正의 詠牧丹

  　　　　富 부유한부, 尊 높을존

- **總領群芳是牧丹**

  꽃 중에 왕이 되는 모란꽃이라

  [출전]　馮琢菴의 牧丹

  　　　　總 모두총, 群 무리군

- **獨占人間第一香**

  인간 세상에서 제일의 향기 차지하도다

  [출전]　醉吟先生 皮日休의 牧丹

  　　　　獨 홀로독, 第 차례제

- **葉底風吹紫錦囊**

  잎 사이 자줏빛 주머니에 바람 이네

  [출전]　聖兪 梅堯臣의 紫牧丹

  　　　　錦 비단금, 囊 주머니낭

- **風流甲觀領仙班**

  풍류의 으뜸으로 신선 같은 너의 자태

  [출전]　四佳 徐居正의 春後牧丹

  　　　　觀 볼관, 班 나눌반

- **綠葉紅朶錦繡成**

  푸른 잎에 붉은 꽃 떨기 비단을 이뤘네

朶 떨기타, 繡 비단수

- **一朶妖紅翠欲流**
  한 가닥 생긋 웃는 꽃에 푸른 빛 넘쳐 흐르네
  朶 떨기타, 妖 요염할요, 翠 푸를취

- **古人稱當貴**　옛 사람은 부귀한 꽃이라 불렀고
  擧世號風流　세상 사람들은 풍류 넘치는 꽃이라 하네
  [출전]　梅竹軒 成三問의 春後牧丹
  稱 칭할칭, 擧 들거, 號 부를호

- **獨開三月後**　춘삼월 지난 후 홀로 피어나서
  冠絶百花中　모든 꽃 중에서 으뜸이라 꼽히도다
  [출전]　乖涯 金守溫의 春後牧丹
  開 열개, 絶 절묘할절

- **春風三月暮**　봄바람 부는 삼월 느지막에
  國色出新妝　아름다운 모란 새 화장하고 나온 듯
  暮 저물모, 新 새신, 妝 단장할장

- **十分嬌艶噴淸香**
  可堪換作花中王
  충분히 고우면서 맑은 향기 뿜어내니
  꽃 중에 왕이라 부르기에 제격일세
  [출전]　梅月堂 金時習의 牧丹
  嬌 고울적, 艶 고울염, 噴 뿜을분, 喚 부를환

- 誇紅姿白牧丹花
  當貴一春生有涯

  진분홍빛 하얀 자태 자랑하는 모란꽃
  봄 한철 부귀하지만 생애는 끝이 있네

  [출전] 毅齋 許百鍊의 牧丹
  　　誇 뽐낼과, 姿 자태자, 涯 끝애

- 不與衆芳爭早晚
  終然當貴保餘春

  먼저 필까 뒤에 필까 다른 꽃과 다투지 않고
  마침내 부귀한 자태로 남은 봄 보존하네

  [출전] 保閑堂 申叔舟의 春後牧丹
  　　與 더불어, 終 마칠종, 餘 남을여

- 風流當貴百花尊
  國色天香到十分

  풍류와 부귀로는 꽃 중의 으뜸이요
  빛깔과 향기는 더 보탤 게 없네

  [출전] 四佳 徐居正의 詠牧丹
  　　尊 높을존, 貴 귀할귀

- 花王競發兩三叢
  上出群花逈不同

  꽃중의 왕 두서너 떨기 다투어 피니
  뭇 꽃들 피어나지만 같지는 않네

  [출전] 慧勤 懶翁의 牧丹

競 다툴경, 叢 떨기총, 逈 멀형

- 競誇天下無雙艶

  獨占人間第一香

    탐스러움은 천하에 다시 없음을 자랑하니

    인간 세상 독점하는 제일의 향기로다

  [출전] 醉吟先生 皮日休의 牡丹

- 白雲堆裏紫霞心

  不與姚黃色鬪深

    흰구름 같은 무더기 속 자줏빛 꽃술이

    요황과 더불어 예쁜 모습 다투지 아니한다

  [출전] 聖兪 梅堯臣의 白牡丹

      堆 무더기퇴, 紫 자주자

      姚黃(요황) : 모란의 한 종류

- 宿露枝頭藏玉塊

  暖風庭面倒銀杯

    이슬내린 가지 위 구슬덩이 감춰있고

    앞뜰에 따뜻한 바람 일 때 은 술잔 기울어지네

  [출전] 醉翁 歐陽脩의 白牡丹

      藏 감출장, 塊 흙덩이괴, 暖 따뜻할난

- 醉中眼纈自斕斑

  天雨曼陀照玉盤

    취한 눈에 여러 가지 무늬 반들반들 아롱져서

하늘에서 온갖 빛이 구슬쟁반에 비치는 듯

[출전] 東坡 蘇軾의 牧丹

　　　縋 맺을힐, 爛斑(란반) : 반짝거리는 것, 曼 끝없을만

- **牧丹一朶直千金**

將謂從來色最深

모란 한 떨기 가치가 천금이 되고

옛날부터 꽃 중에는 제일이라 하였네

[출전] 張又新의 牧丹

　　　直 값치, 將 장차장, 謂 이를위

- **風輕艶冶倚浩態**

露重嬌羞低酡顔

바람 지나자 요염하게 호쾌한 모습 펼치고

이슬 젖은 교태로 취한 얼굴 수그린다

[출전] 太虛亭 崔恒의 春後牧丹

　　　態 모양태, 羞 부끄러울수

- **熟睡第醒傾國色**

風流甲觀領仙班

깊은 잠 겨우 깨니 경국지색 뽐내고

풍류의 으뜸으로 신선 같은 너의 자태

[출전] 四佳 徐居正의 春後牧丹

　　　熟 익을숙, 傾 기울경, 觀 볼관

- 葉底風吹紫錦囊
  宮爐應近更添香

  잎 아래 자줏빛 금낭에 바람불면
  궁로(宮爐)에 향기 더하여 가까이 하는 듯

  [출전] 聖兪 梅堯臣의 紫牧丹
      底 낮을저, 囊 주머니낭, 爐 화로로, 添 더할첨

- 玉環去後千年恨
  留與東風作夢看

  양귀비 떠난뒤에 천년 한을 품고
  동풍에 함께 남아 꿈꾸며 바라보네

  [출전] 道原 金涓의 徐熙牧丹圖
      與 더불여, 夢 꿈몽, 玉環(옥환) : 양귀비를 이름.

- 落盡殘紅始吐芳
  佳名喚作百花王

  꽃 떨어져 붉은빛 다하자 아름다움 토해내고
  아름다운 이름 지어 부르니 꽃 중의 왕이로다

  [출전] 醉吟先生 皮日休의 牧丹
      凝 모일응, 最 가장최

- 小院香凝花正好
  平安富貴最宜人

  작은 집 향기모여 꽃이 진정 좋은데
  평안과 부귀의 모란이 가장 제격이로다
      錦 비단금, 冠 갓관

· 三月洛陽花如錦

春風得意冠群芳

삼월의 낙양엔 꽃들 비단 같은데

봄바람에 활짝 피면 모든 꽃 중에 제일이라

華 화려할화, 開 열개, 頭 머리두

· 華堂日暖花開早

富貴平安到白頭

화려한 집 따뜻해지며 꽃은 일찍 피었고

부유하고 평안한 모란 하얗게 다가왔네

華 화려할화, 開 열개, 頭 머리두

· 俗粉庸脂非所願

自從淡雅見丰神

저속스런 분장은 소원하지 않고

절로 맑고 고아하게 예쁜 정신 보이네

願 원할원, 雅 고울아

· 受露結胎藏昨夜

向風含笑發淸晨

이슬 받아 태를 맺어 어젯밤 감추었다가

바람 향해 미소 짓고 맑은 새벽에 피었네

藏 감출장, 含 머금을함, 發 필발

- **春後牧丹** | 梅竹軒 成三問

  봄 뒤의 모란

  古人稱富貴　옛 사람들은 부귀한 꽃이라 불렀고

  擧世號風流　세상에선 풍류 있는 꽃이라 불렀네

  脫身桃李地　복숭아 오얏의 땅에 몸매 드러내는데

  物議花應羞　세간의 평가에 저 꽃 응당 부끄러워하리라

  物議(물의) : 세간의 평판, 평범한 이들이 내리는 평가

  擧世(거세) : 온세상, 脫 벗을탈, 議 의논할의, 羞 부끄러울수

- **牧丹** | 明美堂 李建昌

  모란

  姚魏累忠孝　여러 모란들이 충효(忠孝) 가득하나

  紛紛亦可憐　어지러이 떨어져 버리니 또 가련하구나

  但存眞富貴　다만 참된 부귀 간직한다면

  寧博萬金錢　차라리 돈 꿰미같이 넓적한 게 낫도다

  姚 어여쁠요, 빠를요, 魏 위나라위, 성씨위

  姚魏(요위) : 모란의 한 종류인 姚黃과 魏紫의 준말

  紛紛(분분) : 흩어져 어지러운 모양, 憐 불쌍할련

  寧 차라리령, 博 넓을박

- **牧丹** | 希文 范仲淹(宋)

  모란

  陽和不擇地　따뜻한 햇볕은 땅 가리지 않는데

  海角亦逢春　바다모퉁이 또 봄을 만났네

  憶得上林色　궁궐 안 꽃빛이 생각이 나서

  相看如故人　바라보니 옛 친구를 만난 듯

  上林(상림) : 진나라 때의 어원, 궁궐안의 정원

故人(고인) : 옛 친구

• 雨中看牧丹 | 陶隱 李崇仁

빗속의 목란을 보며

嬌嬈無力任支撑　예쁜 꽃이 힘없어 받침목에 의지하여

笑臉初開尙宿酲　웃는 얼굴 처음 피어 오히려 술에 취한 듯

雨濕紅粧終不管　붉은 화장 비에 젖어도 관계치 않고

憐渠元自大憨生　애처롭다 원래 어리석게 태어났음이여

嬌 아리따울교, 嬈 아리따울요, 撑 버팀목탱, 臉 뺨검

酲 숙취정, 濕 젖을습, 粧 단장할장, 憨 어리석을감

• 春後牧丹 | 保閑堂 申叔舟

비 온 뒤의 모란

春風桃李逐飛塵　봄바람에 도리화는 먼지 쫓아 날렸는데

濃艶依依帶露新　요염하고 의젓하게 이슬 띠어 새롭네

不與衆芳爭早晩　뭇 꽃들 일찍 늦게 필까 관여치 않고

終然富貴保餘春　마침내 부귀한 자태로 남은 봄을 보전하네

濃濃(농농) : 짙은 모양

依依(의의) : 의연, 의젓한 모양

逐 따를축, 塵 티끌진, 餘 남을여

• 詠牧丹 | 四佳 徐居正

모란을 읊다

風流富貴百花尊　풍류와 부귀로는 꽃 중의 으뜸인네

國色天香到十分　빛깔과 향기는 충분하게 이르렀네

如何箇樣花開大　어째서 꽃 모양은 그렇게 크면서

不及區區芥子孫　작은 열매 하나라도 맺지 않는가

國色(국색) : 나라 안에서 첫째가는 미인, 모란의 별칭

十分(십분) : 충분함

箇 낱개, 區區(구구) : 작은 모양, 芥 티끌개

▪ 牧丹 | 慧勤 懶翁

모란

花王競發兩三叢　꽃 중의 왕 두서너 떨기가 다투어 피어

上出群花逈不同　뭇 꽃의 으뜸 뛰어나 전혀 같지 않네

豈似南泉如夢見　어찌 남천이 꿈속에 본 것과 같아서

未開眼處透簾紅　눈이 열리지 않은 곳에 발을 뚫고 붉었나

競 다툴경, 叢 떨기총, 透 뚫을투, 簾 발렴

南泉(남천) : 唐나라 池州 南泉山의 普願禪師, 陸亘大夫가 남천(불교계
　　　　　 에서는 南泉의 천자를 '전'으로 발음한다)과 대화 중에 육
　　　　　 긍이 옛선자는 '천지는 나와 같은 뿌리이고 만물은 나와
　　　　　 일체(天地與我同根 萬物與我一體)'라 했으니, 심히 기특하
　　　　　 오 했다. 남전이 뜰 앞의 모란을 가리키며 당시 사람은 이
　　　　　 한 그루의 꽃을 보고 꿈과 같다했다.

▪ 靑城丈人觀 有牧丹 長十丈號大將軍 長五丈號小將軍樹

| 秋史 金正喜

청서장인의 누각에 모란이 있어 열 길 자라면 대장군, 다섯 길 자
라면 소장군이라 이름 붙였는데 지금 중흥정에 모란이 많아 청성
관과 비슷하므로 인하여 시를 지음

三月江南媚景天　강남 삼월은 꽃피는 아름다운 계절인데

姚黃魏紫共爭妍　요황 위자 모란꽃이 탐스러움을 다툰다.

那知十丈將軍樹　어찌 알았으랴 꽃나무가 열 길이나 자라

却在靑城古洞前　청성 옛 골짜기 것보다 앞설 줄을

恰 꼭흡, 仍 이에잉, 媚 아름다울미, 姚黃(요황) : 모란의 일종

妍 아름다울흔

• 北榆寺看牧丹 | 梅月堂 金時習

북명사에서 모란을 보며

山人端合臥靑山　산 사람은 청산에 눕는 것이 제격인데
風雨蕭蕭獨掩關　비바람 쓸쓸하여 홀로 문을 닫고 있네
爲有機心猶尙在　기심(機心)이 아직 있으므로 그것을 위하여서
看花終日倚欄干　꽃을 보며 온 종일 난간에 기대어 있네

기심(機心) : 기회를 보고 마음을 움직이는 것

• 牧丹 | 醉吟先生 皮日休(唐)

모란

落盡殘紅始吐芳　다 시들고 분홍빛 쇠잔할 때 비로소 활짝 피어나
佳名喚作百花王　아름다운 이름 꽃 중의 왕이라고 지어 부르네
競誇天下無雙艶　탐스러움은 천하에 다시 없음을 자랑하니
獨占人間第一香　인간세상에서 제일의 향기 홀로 차지했구나

殘 남을잔, 競 다툴경, 誇 자랑과, 艶 탐스러울염

• 牧丹 | 張又新(唐)

모란

牧丹一朶直千金　모란 한 송이 값이 천금인데
將謂從來色最深　종래 빛이 가장 진하다고 말하리라
今日滿闌開似雪　오늘 난간가득 눈같이 피었으니
一生辜負看花心　평생에 꽃을 보는 마음이 생각대로 되지 않네

直 값치, 辜負(고부) : 어김, 배반함

▪ 徐熙牧丹圖 | 道原 金涓(明)

서희의 모란도

翠幄籠霞護曉寒　푸른 장막에 안개 얽혀 아침 추위 둘러싸고

無人凝笑倚闌干　사람 없어 웃음 짓고 난간에 의지하네

玉環去後千年恨　양귀비 떠나간 뒤 천년의 한을 품고

留與東風作夢看　동풍과 더불어서 옛 생각 잠겼는 듯

籠 얽을롱, 護 호위할호, 凝 엉킬응, 玉環(옥환) : 양귀비의 자(字)

徐熙(서희) : 남당의 문인화가

　　　　양귀비와 당현종이 침향정(沈香亭)에서 모란을 구경하면서
이백(李白)을 불러 청평조사(淸平調詞)를 지었는데 훗날 안
록산의 난 때에 양귀비가 자진한 한(恨)을 모란에 결부시킨
시이다.

▪ 白牧丹 | 聖兪 梅堯臣(宋)

백모란

白雲堆裏紫霞心　흰구름 쌓인 꽃속 자줏빛 꽃술이

不與姚黃色鬪深　요황과 더불어서 볼만함을 다투지 아니한다

閒伴春風有時歇　한가히 봄바람과 더불어 쉬기도 하는데

豈能長在玉階陰　어찌 대궐 섬돌 그늘에 오래 머무를 수 있으리오

堆 쌓일퇴, 紫霞(자하) : 자줏빛 운기(雲氣)

姚黃(요황) : 모란의 별종, 鬪 다툴투

歇 쉴헐, 玉階(옥계) : 궁궐안의 섬돌

▪ 白牧丹 | 醉翁 歐陽脩(宋)

흰 모란꽃

蟾精雪魄孕雲荄　달의 정기와 눈의 넋이 구름 뿌리를 잉태하여

春入香腴一夜開　봄 되어 향기 넘치어 한 밤에 피어났네

宿露枝頭藏玉塊　이슬 잠든 가지 위엔 구슬덩이가 감춰 있고

暖風庭面倒銀杯　뜰 앞엔 따뜻한 바람불어 은술잔 기울이네

蟾 : 달(月) 섬, 精 정기정, 魄 넋백, 孕 애밸잉, 荄 풀뿌리해

腴 살찔유, 藏 감출장, 塊 덩이괴, 暖 따뜻할난, 倒 넘어질도

▪ 牧丹 二首 | 東坡 蘇軾(宋)

모란 두수

其一

小檻徘徊日自斜　작은 난간 배회하니 해는 절로 기울고

只愁春盡委泥沙　다만 봄 다하면 진흙 모래위로 떨어짐 걱정해

丹青欲寫傾城色　단청색으로 가장 뛰어난 꽃 그리고 싶은데

世上今無楊子華　세상엔 지금 양자화(楊子華)가 없도다

檻 난간함, 徘 노닐배, 徊 노닐회, 委 시들위, 泥 진흙니

沙 모래사, 傾城色(경성색) : 일국에서 제일가는 미인

其二

醉中眼纈自爛斑　취한 중에 눈에 얼룩거리는 무늬 들어와

天雨曼陀照玉盤　하늘에서 비 내려 온갖 빛들 옥쟁반에 비치네

一朵淡黃微拂凉　한 떨기 담황색 꽃이 유별나게 돋보이니

鞓紅魏紫不須看　정홍이나 위자는 뒤에 처져 보이지 않는 듯

纈 무늬힐, 爛 얼룩얼룩할란, 斑 얼룩반

爛斑(난반) : 얼룩얼룩하여 아음다움

曼陀(만타) : 온갖 빛이나 잡색을 뜻함.

斑 쟁반반, 朵 가지타, 鞓 가죽띠정

鞓紅(정홍)과 魏紫(위자)는 모두 모란의 종류

紫 자줏빛자

- **和述古冬日牧丹 二首** | 東坡 蘇軾(宋)

  술고가 지은 겨울 모란에 답하여

  其一

  一朶妖紅翠欲流　한 떨기 붉게 요염한데 푸르름은 넘쳐 흐르고

  春光回照雪霜羞　봄 빛 다시 비쳐 눈서리 녹는구나

  化工只欲呈新巧　천공(天工)은 훌륭한 솜씨를 내보이려고

  不放閑花得少休　한가로운 꽃 잠시 쉬게 놓아 두질 않는구나

  妖 요염할요, 羞 부끄러울수, 巧 교묘할교

  其二

  花開時節雨連風　꽃 피는 시절이지만 비바람 이어져

  却向霜餘染爛紅　도리어 추위가 아직 남아 붉게 물들이네

  此心未信出天工　이것은 조물주가 만들어 내려는 진심이 아니고

  漏洩春光私一物　흘러 넘친 봄빛이 제맘대로 한 것이지

  連 이을연, 艶 물들일염, 爛 빛날란, 漏 셀루, 洩 셀설

- **紫牧丹** | 聖兪 梅堯臣(宋)

  자주색 모란

  葉底風吹紫錦囊　잎 밑으로 자줏빛 주머니에 바람불면

  宮爐應近更添香　궁로 가까이하니 향기 더하네

  試看沈色濃如潑　짙은 색 보려 하니 색감이 솟아나는 것 같고

  不愧逢君翰墨場　그림 속에서 그대를 보아도 부끄럽지 않네

  底 밑저, 囊 주머니낭, 爐 화로로, 添 더할첨,

  潑 솟아날발, 愧 부끄러울괴,

  翰墨場(한묵장) : 서화를 그리거나 시문을 짓는 곳. 여기서는 그림을 그림

- **詠牧丹** | 齊物 王溥(宋)

　모란을 읊다

　　棗花至小能成實　대추꽃은 지극히 작아도 능히 열매 맺고
　　桑葉雖柔解吐絲　뽕잎은 비록 부드럽지만 실을 토해낸다
　　堪笑牧丹如斗大　우습게도 모란은 한 말같이 큰 데도
　　不成一事又空枝　하나도 이루지 못하고 빈 가지만 있구나
　　棗 대추조, 解 풀릴해, 堪 자못감

- **題冀郎中墨牧丹** | 程敏政(明)

　기랑중이 그린 牧丹에 쓰다

　　嫣然只是洛陽春　예쁘게 웃는 모습이 바로 낙양의 봄이요
　　水墨丹靑總幻身　그림이나 단청 모두 그의 변한 몸이로다
　　花若有情應解笑　꽃이 만약 정이 있다면 응당 웃음 이해하리오만
　　品題空自出詩人　꽃의 이름은 공연히 시인에게서 나온 것이라
　　嫣然(언연) : 예쁘게 웃는 모양, 總 모두총, 解 이해할해

- **牧丹** | 馮琢菴(明)

　모란

　　百寶闌干護曉寒　난간의 백가지 보석이 새벽 추위 호위하니
　　沈香亭畔若爲看　침향정(沈香亭)가에서 보는 것 같구나
　　春來誰作韶華主　봄이 와서 누가 화려한 경치의 주인 되리오
　　總領群芳是牧丹　여러 아름다움 이끄는 것은 바로 모란이로다
　　護 호위할호, 韶 예쁠소, 領 이끌녕

▪ 雨中牧丹 | 管學洛(靑)

빗속의 모란

小窓燈影照無眠　작은 창 등불 그림자 잠 못 자게 비춰고
簷漏聲聲欲曙天　처마 빗방울소리에 새벽 밝아 오려하네
更此落紅還可惜　꽃 붉어 떨어지는 꽃보다 더욱 가련하니
倚闌人不似當年　난간에 기댄 사람 옛날 같지 않구나

簷 추녀첨, 曙 새벽서

▪ 春後牧丹 | 垂厓 金守溫

봄 뒤의 모란

甲第多名卉　세도가의 집에는 이름난 꽃도 많아
朱欄列異叢　붉은 난간엔 기이한 꽃들 늘어섰네
獨開三月後　춘삼월 지난 후에 홀로 피어나서
冠絶百花中　수 많은 꽃 중에서 으뜸으로 꼽는구나
膩疊仙衣重　보드라운 잎사귀는 신선옷으로 둘러싸고
嬌妖國色濃　곱디고운 꽃잎은 미인 얼굴로 농염해
天工別有意　하늘이 지으심은 별다른 뜻있으니
留後殿春風　봄바람 펼친 뒤에 너를 남겨 두었네

甲第(갑제) : '주문갑제(朱門甲第)'의 준말로, 세도가의 집을 가리킴
異叢(이총) : 기이한 화훼들의 떨기
膩疊(이첩) : 아주 매끄럽고 보드라움
嬌妖(교요) : 곱고 예쁨
國色(국색) : 온 나라를 통틀어 가장 뛰어난 미인. '경국지색(傾國之色)'
　　　　　　 의 줄임말
天工(천공) : 하늘의 솜씨
欄 난간란, 膩 부드러울니, 殿 펼전

▪ **春後牧丹** | 太虛亭 崔恒

　봄 뒤의 모란

　　姚魏從來自一般　요황(姚黃)과 위자(魏紫)는 본래 한 품종인데
　　天生麗質絶人間　하늘이 낳은 고운 자질 인간세상의 으뜸이네
　　風輕艶冶倚浩態　바람 가볍고 농염하게 큰 자태 펼치고
　　露重嬌羞低酡顔　이슬 쌓여 아름다운 교태 붉은 얼굴 숨기네
　　天香可許蜂間匝　하늘나라 향기이니 벌들이 둘러싸고
　　國色須防鹿易干　온 나라의 미모이니 사슴을 막아야지
　　何乃花王殿春後　어찌하여 화왕(花王)께선 봄이 간 뒤 피어나
　　群英不敢與之班　세상의 꽃들 감히 어울릴 수 없게 하느뇨
　　麗 고울려, 倚 기댈의, 酡 얼굴붉을타, 蜂 벌봉, 敢 감히감
　　姚魏(요위) : 모란의 품종 가운데 자색이 고운 것으로 꼽히는 요황(姚黃)
　　　　　　　과 위자(魏紫)를 가리킴.
　　麗質(여질) : 아름다운 바탕, 미모
　　艶冶(염야) : 곱도록 꾸밈
　　國色(국색) : 나라에서 가장 뛰어난 미인, 절세의 미인
　　間匝(간잡) : 간여하고 둘러쌈
　　易干(이간) : 쉽게 간여함. 여기서는 사슴이 쉽게 뜯어먹는다는 뜻임.
　　花王(화왕) : 모란의 별명

▪ **春後牧丹** | 四佳 徐居正

　봄 뒤의 모란

　　東風花信欲闌珊　봄바람 따라온 꽃들이 시들어 가려는데
　　次第尋探到牧丹　차례로 깊은 벗 찾아와 모란이 이르렀네
　　熟睡第醒傾國色　깊은 잠 겨우 깨어 경국지색(傾國之色) 뽐내니
　　風流甲觀領仙班　풍류의 으뜸으로 신선 같은 자태로다
　　芳名姚魏傳家有　꽃다운 이름 요황위자 집집마다 전해지고

妙筆黃徐換骨難　　신묘한 솜씨의 황서도 그려내기 어렵도다
尤物坐令人愛惜　　뛰어난 미인 으뜸이 되어 사람들 아끼니
鸞膠直欲續春殘　　난새가 어지러이 지는 봄을 잇고자 하네

尋 깊을심, 探 찾을탐, 熟 깊을숙, 膠 흔들교, 妙 묘할묘, 續 이을속

闌珊(난산) : 절정을 지나 시들어 가는 모양

次第(차제) : 차례대로

姚魏(요위) : 모란의 품종 가운데 자색이 고운 것으로 꼽히는 요황(姚黃)
　　　　　　과 위자(魏紫)를 가리킴.

黃徐(황서) : 오대(五代)때에 북종화풍(北宗畵風)을 연 황전(黃筌)과 남종
　　　　　　화풍(南宗畵風)을 계승한 서희(徐熙)를 가리킴.

尤物(우물) : 가장 뛰어난 물건. 미인

坐令(좌령) : '坐令天下(좌령천하)'의 준말로, 태평성대에 처자 노릇을 한
　　　　　　다는 뜻임.

木蓮 <목련>

• 山中發紅萼

산속에 빨간 꽃받침 펼쳤네

[출전] 王維의 辛夷塢

發 필발, 萼 꽃술악

• 天姿勝水蓮

천연스런 맵시 수련보다 낫구나

[출전] 澹翁 朴昌元의 木蓮帶雨

姿 맵시자, 勝 나을승

• 素艷端粧似玉娘

희고 어여쁘게 단장하니 옥랑 같구나

[출전] 崔正秀의 白木蓮

粧 단장할장, 娘 아가씨낭

• 好風時送木蘭香

때때로 좋은 바람이 목란향기 보내주네

[출전] 士善 黃希舜의 內閣卽事

送 보낼송, 香 향기향

• 木蘭曾作女郎來

목란은 일찍이 여자맵시 남사의 재주 갖추어왔네

[출전] 香山居士 白居易의 戲題木蘭花

曾 일찍증, 郎 사내랑

▪ 霜翎玉羽紛紛落

　어지러이 떨어지는 서리 맞은 날개의 옷깃

[출전]　文山 李群玉의 二辛夷

　　　　翎 날개령, 粉 어지러운분

▪ 紫房日照臙脂坼

　자줏빛 꽃방에 해 비춰 연지 같은 꽃술 터지네

[출전]　香山居士 白居易의 戲題木蘭花

　　　　紫 자주자, 照 비칠조, 坼 터질탁

▪ 彫飾固當去　예로부터 단청 꾸미는 꽃 아니니

　淤泥豈必渾　어찌 진흙 속에 섞여 피겠는가

[출전]　明美堂 李建昌의 木蓮

　　　　彫 새길조, 飾 꾸밀식, 淤泥(어니) : 진흙

▪ 木蓮春帶雨　봄비에 젖은 목련꽃이

　濯濯在山邊　산 아래 밝게 피었네

[출전]　澹翁 朴昌元의 木蓮帶雨

　　　　帶 띠대, 濯 빨탁, 邊 가변

▪ 迎春發蒼柯　봄 맞아 푸른 가지 뻗어나오고

　映日在瓊萼　햇빛은 구슬 같은 꽃받침에 비추네

[출전]　仲禮 楊敬悳의 辛夷塢

　　　　迎 맞을영, 柯 가지가, 瓊 구슬경, 萼 꽃받침악

▪ 花紫葉淸滿院開

妍妍如錦入眸來

　　붉은 꽃 푸른 잎 집 가득 피어나니

　　어여쁜 것은 비단같이 눈동자에 들어오도다

[출전]　崔正秀의 紫白蓮

　　　　妍 예쁠연, 錦 비단금, 眸 눈동자모

- **一樣木蓮色不同**

滿枝紫白艶濃中

　　한 모양 목련이 색은 같지 아니하고

　　가지 가득 자색 백색 어여쁘게 피었노라

[출전]　崔正秀의 紫木蓮

　　　　樣 모양양, 紫 자주자, 艶 고울염

- **白蓮花發滿庭香**

素艶端粧似玉娘

　　흰 목련 꽃이 피니 뜰 가득 향기롭고

　　희고 어여쁜 단장하니 마치 옥랑 같구나

[출전]　崔正秀의 白木蓮

　　　　發 필발, 粧 화장할장, 娘 계집낭

- **辛夷花發仲春初**

箇樣形模木筆如

　　중춘 초에 신이화 꽃 피니

　　낱개의 모양이 나무붓 같아라

[출전]　四佳 徐居正의 詠木筆花

- 一丈高花浥露濃

  紅臙脂染玉芙蓉

     한길이나 높은 꽃 짙은 이슬에 젖어

     빨간 연지를 연꽃에 물들인 듯

  [출전]　翼宗 李昊의 辛夷花

- 花房膩似紅蓮朶

  艶色鮮如紫牧丹

     꽃방이 살찐 것은 붉은 연꽃송이 같고

     탐스런 빛이 고운 것은 자모란 같네

  [출전]　香山居士 白居易의 詩句

       膩 살찔니, 朶 떨기타, 鮮 고울선

- 紫房日照臙脂坼

  素艶風吹膩粉開

     자주색 꽃방 해 비쳐 연지꽃술 터지고

     흰 꽃송이 바람불어 미끄러운 가루 날리네

  [출전]　香山居士 白居易의 戱題木蓮花

       照 비칠조, 膩 살찔니, 粉 가루분

- 紫紛筆含尖火燄

  紅胭脂染小蓮花

     불꽃같은 채색을 찍은 뾰족한 붓끝

     작은 연꽃에 붉게 연지 물들인 듯

  [출전]　香山居士 白居易의 辛夷

       粉 가루분, 燄 불당길염, 尖 뾰족할첨

- **綽約新妝玉有輝**

   素娥千隊雪成圍

   정숙하게 새 단장한 옥에서 나는 광채

   달나라 신선을 하얗게 에워 싼 듯 해

   [출전] 衡山 文徵明의 玉蘭

   綽約(작약) : 예쁘고 고운 모양

   妝 단장할장, 輝 빛날휘

- **木筆花** | 白雲居士 李奎報

   목필화

   天工狀何物 천공은 어떤 물건을 그려 내려고

   先遣筆花開 먼저 붓꽃을 피어 보내어 주었나

   好與書帶草 서대초와 잘 어울리니

   詩家庭畔栽 시인의 집 뜰에 심었구나

   遣 보낼견, 筆花(필화) : 목필화, 목련화의 별칭

   書帶草(서대초) : 沒階草. 잎이 가는 맥문동

   栽 심을재

- **木蓮帶雨** | 澹翁 朴昌元

   비에 젖은 목련

   木蓮春帶雨 봄비에 젖은 목련꽃이

   濯濯在山邊 산 아래에 즐거이 피었네

   此物名雖木 이름은 비록 나무이지만

   天姿勝水蓮 천연스런 맵시는 수련보다 낫구나

   濯濯(탁탁) : 빛이 밝게 비치는 모양, 즐겁게 노는 모양

   勝 나을승, 姿 맵시자

▪ 辛夷塢 | 仲禮 楊敬憲(元)

신이오

迎春發蒼柯　봄을 맞아 푸른 가지 뻗어나고
映日在瓊萼　햇빛 받은 꽃받침은 구슬 같네
欣欣各自私　제각기 기뻐함이 있나니
先開還早落　먼저 핀 꽃은 다시 일찍 떨어지도다
柯 가지가, 映 비칠영, 瓊 붉은옥경
欣欣(흔흔) : 기뻐하는 모양

▪ 辛夷塢 | 摩詰 王 維(唐)

목련 둑

木末芙蓉花　나무 끝에 목련이 달려
山中發紅萼　산 속에 붉은 봉우리 터뜨린다
澗戶寂無人　산골 오두막에 사람 없어 고요한데
紛紛開且落　어지러이 피었다 또 지누나
辛夷塢(신이오) : 목련이 우거진 둑. 辛夷는 목련
萼 꽃받침악, 澗 산골물간,
紛紛(분분) : 어지러이 날리는 모양

▪ 詠木筆花二首 | 四佳 徐居正

목필화

其一

辛夷花發仲春初　이른 중춘에 목련화 활짝 피네
箇樣形模木筆如　낱개의 모양새가 나무붓 같네
我欲濡毫終不得　내 붓에 적시고 싶어도 끝내 이룰 수 없어
中書君亦不中書　붓이지만 역시 쓸 수 없는 붓이로다

其二
落盡梅花不見花　매화 다 떨어진 뒤 볼만한 꽃 없다가
辛夷第一吐芳華　목련화가 제일 먼저 꽃망울을 터뜨렸네
幽人不奈看花興　유인이 꽃 보는 흥취 이기지 못해
手折花枝插帽紗　꽃가지를 손수 꺾어 관모에 꽂았네
木蓮花(목련화) : 목련화. 꽃술이 붓과 같다 해서 생겨난 이름
濡 스며들유, 箇 낱개, 毫 털끝호, 中書君(중서군) : 붓의 딴 이름
帽紗(모사) : 관리들이 쓰던 관모. 사모라 함.

- **辛夷花** | 翼宗 李 昊

  신이화
  一丈高花浥露濃　한 길이나 높이 핀 꽃이 이슬짙게 젖어
  紅臙脂染玉芙蓉　빨간 연지를 연꽃에 물들였네
  誰道韶光模不得　화창한 봄빛 본뜰 수 없다 누가 말했나
  枝頭木葉吐奇鋒　가지 끝 나뭇잎에 기이한 붓봉을 토했네
  浥 젖을읍
  臙脂(연지) : 단장할 때 뺨에 찍는 붉은 물감
  韶光(소광) : 봄의 화창한 경치, 模 본뜰모

- **畵木蓮花圖寄元郎中** | 香山居士 白居易(唐)

  목련화를 그려 원랑중에게 부침
  花房膩似紅蓮朶　꽃방이 살찐 것은 붉은 연꽃송이와 같고
  艷色鮮如紫牧丹　탐스런 빛이 고운것은 자모란 같네
  唯有詩人能解愛　오직 시인이 능히 그를 사랑할 줄 알아
  丹靑寫出與君看　단청색으로 그려내어 그대와 같이 보노라
  寄 부칠기, 房 방방, 膩 살찔이, 鮮 맑은선, 解 알해

▪ **戱題木蓮花** | 香山居士 白居易(唐)

　목련꽃을 희롱함

　　紫房日照臙脂坼　자주색 꽃방에 해 비치면 연지같은 꽃술이 터지고
　　素艶風吹膩粉開　흰 꽃송이 바람불면 미끄러운 가루가 날린다
　　怪得獨饒脂粉態　괴이하게도 연지와 분을 홀로 넉넉히 가져
　　木蘭曾作女郎來　여자의 맵시와 남자의 재주를 갖추어 가진 꽃일세
　　房 꽃방방, 臙 연지연, 坼 터질탁, 膩 살찔이, 艶 고울염, 怪 괴이할괴
　　饒 남을요, 粉 분바를분
　　女郎(여랑) : 여자로서 남자와 같은 재질과 기질이 있는 사람. 목련화의 별칭

▪ **二辛夷** | 文山 李群玉(唐)

　두 그루 신이화

　　狂吟亂舞雙白鶴　미친 듯 울고 어지러이 춤추는 백학 두 마리 같고
　　霜翎玉羽紛紛落　서리 같은 날개 구슬깃 어지러이 떨어지네
　　空庭向晚春雨微　저녁 조용한 뜰에 봄비 가늘게 내리는데
　　欲歛寒香抱瑤蕚　찬 향기 구걸하고자 아름다운 꽃 껴안고 있네
　　翎 날개령, 玉羽(옥우) : 옥같이 하얀 것
　　歛 탐할감, 瑤 아름다운옥요, 蕚 꽃받침악

▪ **辛夷** | 香山居士 白居易(唐)

　신이화

　　紫粉筆含尖火燄　자색가루 머금은 붓끝엔 불꽃 같고
　　紅胭脂染小蓮花　붉은 연지 작은 연꽃에 물들었네
　　芳情香思知多少　꽃다운 정 향기로운 생각 조금은 알 듯하여
　　惱得山僧悔出家　산승은 출가한 일 후회되어 괴롭네
　　含 머금을함, 燄 불당길염, 胭 연지연, 惱 고달플뇌
　　芳情(방정) : 꽃다운 심정

- **白蓮** | 簡易 崔岦

    紅蓮爭似白蓮葩　홍련이 백련꽃떨기 같이 다투는데
    晧色鮮明映淺沙　하얀 빛 선명하게 모래에 비치누나
    福女水中移玉佩　복녀(福女)가 물속에서 옥패를 옮겨 놓은 듯
    姮娥天上墜瑤釵　항아(姮娥)가 천상에서 옥비녀를 떨어뜨린 듯
    初秋月露仍添潔　초가을 달그림자 더욱 맑아지는데
    一點塵泥未敢加　한점의 진흙도 감히 묻지 않았네
    千古殷勤周茂淑　천고에 은근한 주무숙도
    也將何意愛玆花　장차 어떤 뜻으로 이 꽃을 사랑할꺼나
    葩 떨기파, 晧 밝을호 佩 패옥패, 墜 떨어질추, 釵 비녀차
    潔 맑을결, 塵 티끌진, 周茂淑(주무숙) : 周敦頤(주돈이)를 말함

- **玉蘭花** | 元美 王世貞(明)

  옥란화

    南國風流曲未闌　남쪽 지방 풍류가 가려지지 아니하여
    開簾一笑萬花攢　발을 걸어 올리면 온갖 꽃 옹기종기 웃노라
    霓裳夜色團瑤殿　무지개 치마 같은 밤빛이 요전에 둘려지면
    露掌晴輝散玉盤　손바닥에 이슬 밝게 빛나 옥쟁반에 흩어지네
    自是藍田貽別種　이 때에 남전에다 유별난 종자 주었는데
    不同湘浦怨春寒　소상강 같지 않아 봄 추위 원망하네
    唐昌觀裡誇如雪　당창관에 흰 눈같이 필 때엔
    爭似儂家幾樹看　다투어 내 집에 가 몇 그루를 보겠네
    闌 차면란, 攢 중기중기 모일 찬
    霓裳(예상) : 신선이 입는 화려한 옷
    瑤殿(요전) : 아름다운 궁전
    貽 줄이

薔薇 <장미>

· 開遍薔薇滿架花

　　장미꽃 제철만나 시렁 가득 피었네

　　　遍 두루편, 架 시렁가

· 嫩紅深綠孕春芒

　　곱게 붉고 짙은 녹색 봄빛을 잉태하네

[출전]　梅月堂 金時習의 種薔薇

　　　嫩 어린눈, 孕 아이밸잉

· 春深始綻黃金姿

　　봄깊자 꽃봉오리 터져 황금빛 자태 드러나네

[출전]　保閑堂 申叔舟의 滿架薔薇

　　　綻 터질탄, 姿 자태자

· 馥郁淸香遠近聞

　　먼곳 가까운 곳에 짙고 맑은 향기 퍼지네

[출전]　老稼齋 金昌業의 野薔薇

　　　馥 향기복, 郁 성할욱

· 紫苞紅刺玉纖纖

　　자색 꽃송이 붉은 가시에 옥같이 가냘프다

[출전]　楊基의 薔薇圖

　　　苞 꾸러미포, 刺 가시자, 纖 가늘섬

- 百花零落盡　온갖 꽃 다 떨어진 후

　一樹始芳菲　한그루 장미 향기롭기 시작하네

[출전]　遜窩 任守幹의 薔薇

　　　　零 떨어질령, 菲 꽃다울비

- 亂英黃爛漫　어지러운 꽃부리에 노란색 난만하고

　密葉翠葱靑　빽빽한 잎에 푸른빛이 무르녹아라

[출전]　乖厓 金守溫의 滿架薔薇

　　　　亂 어지러울란, 爛 찬란할란, 葱 푸를총

- 嫩葉承朝露　어린잎 아침이슬 받아 먹고

　明霞護晚粧　밝은 노을은 저녁 화장 돕도다

[출전]　忍齋 洪暹의 詠薔薇

　　　　嫩 어릴눈, 護 지킬호

- 幾陣淸香煩蝶使

　十分濃艶妬鵝兒

　　　몇 겁인가 맑은 향기에 나비들 분주하고

　　　무르익은 농염미에 거위새끼 질투하네

[출전]　四佳 徐居正의 滿架薔薇

　　　　陣 진칠진, 蝶 나비접, 妬 투기할투, 鵝 거위아

- 淺深粧罷白相依

　高架支持映朱扉

　　　옅고 짙은 화장 마쳐 모두 절로 의젓하여

　　　높은 시렁 떠받치니 사립 붉게 비추네

[출전] 太虛亭 崔恒의 滿架薔薇
        粧 화장할장, 罷 마칠파, 扉 사립비

· 繡難相似畵難眞
  明媚鮮姸絶比倫

    수를 놓아도 비슷하지 않고 그려도 닮기 어려워
    아름답고 선명함이 다른 꽃들과는 다르네
[출전] 雄飛 方干의 朱秀才庭際薔薇
        繡 수놓을수, 難 어려울난, 姸 고울연

· 斷霞轉影侵西壁
  濃麝分香入四鄰

    노을 지고 서쪽 벽에 그림자 옮겨갈 때
    사향 짙은 향기 이웃으로 흩어져 날린다
[출전] 雄飛 方干의 朱秀才庭際薔薇
        斷 끊어질단, 壁 벽벽, 麝 사향사, 鄰 이웃린

· 葉靑棘紫華紅白
  蝶舞蜂歌作伴來

    잎은 푸르고 가시는 붉어 꽃은 붉고 흰데
    나비 춤추고 벌이 노래하며 짝지어 오도다
        棘 가시극, 蝶 나비접, 蜂 벌봉

· 盡道春光已歸去
  淸香猶有野薔薇

    모두들 봄빛이 이미 갔다고 말하지만

맑은 향은 오히려 들장미에 남아있네

[출전] 金梁之의 薔薇

　　　歸 돌아갈귀, 野 들야

▪ **每年塍塹雪紛紛**

　馥郁淸香遠近聞

해마다 들판 구덩이에 흰 눈 흩날리면서

먼 곳과 가까운 곳에 맑은 향기 퍼뜨리네

[출전] 老稼齋 金昌業의 野薔薇

　　　塍 큰들증, 塹 구덩이참, 馥 향기복, 郁 번성할욱

▪ **可憐細麗難勝日**

　照得深紅作淺紅

가늘고 고운 것이 햇빛을 이기지 못하니 가련하고

진홍꽃이 연분홍꽃을 비춰주고 있네

[출전] 醉吟先生 皮日休의 重題薔薇

　　　憐 가련할련, 麗 고울려, 淺 얕을천

▪ **紫苞紅刺玉纖纖**

　甘露收香入翠奩

자색꽃송이 홍색가시에 옥같이 가는네

단 이슬에 향이 나와 푸른 경대로 들어오네

[출전] 楊基의 薔薇圖

　　　苞 꾸러미포, 纖 가늘섬, 奩 경대렴

▪ 紅房深淺翠條低
滿架淸香敵麝臍

짙고 엷붉은 망울 푸른 가지 드리워져
주위에 가득한 향기 사향과 맞먹겠네

[출전]　子喬 夏竦의　薔薇
　　　架 시렁가, 臍 배꼽제

▪ 紫棘在身未謂芳
其花猶有美淸香

가시가 몸에 있어 꽃답다 이르지 못하나
그 꽃 오히려 아름답고 맑은 향기 있도다

[출전]　崔正秀의　薔薇
　　　棘 가시극, 芳 꽃다울방, 猶 오히려유

▪ 爽氣滿簾新睡覺
一庭微雨濕薔薇

발 가득히 상쾌한 기운에 잠을 깨니
뜰에 가는 비 오는데 장미는 젖어있네

[출전]　虛白堂 成俔의　題淸州東軒
　　　爽 상쾌할상, 簾 발렴, 睡 잠잘수, 濕 젖을습

▪ 滿架薔薇 | 梅竹軒 成三問

시렁 가득한 장미

　墻頭耀初日　담 머리에 해 처음 빛나니
　杯底蘸新粧　술잔 아래 잠기어 새로이 단장했네
　因思騎竹馬　죽마 타던 어린 시절 생각났기에

偸折過東墻　장미꽃 몰래 꺾어 동쪽담으로 넘어가네

竹馬(죽마) : 어린아이들이 말을 삼아 타던 대나무 가지

墻 담장, 耀 빛날요, 蘸 잠길잠, 騎 말탈기

- **薔薇** | 遜窩 任守幹

  장미

  身老傷春老　몸은 늙어 청춘 늙어감이 서러워

  種花愛種薇　꽃을 심어도 장미꽃 심기를 좋아했지

  百花零落盡　온갖 꽃 모두 다 떨어진 뒤에야

  一樹始芳菲　한 그루 향기롭게 피어나기 때문

  零 떨어질령, 始 비로소시, 菲 향기로울비

- **種薔薇** | 梅月堂 金時習

  장미를 심으며

  帶土和根二尺强　흙을 묻혀 뿌리 합쳐 두자 남짓 한 것이

  嫩紅深綠孕春芒　살짝 붉고 짙은 녹색 봄빛을 잉태했네

  他年相對茅簷下　뒷날에 초가집 처마 아래에서 볼 때는

  爲有籠烟一架香　연기 서린 한 시렁에 향기로움이 있으리

  帶 띨대, 嫩 어릴눈, 孕 아이밸잉, 簷 추녀첨

- **薔薇** | 白玉 李 墭

  장미

  香浮一院影沈沈　한 원에 향기 떠다니고 그림자 깊어져

  蝶舞蜂顚不自禁　나비는 춤추고 벌은 미쳐 어쩔 줄을 모르네

  我亦未堪幽興惱　나도 또한 그윽한 흥을 견디지 못해

  苦吟終日坐花淫　온종일 애써 읊으면서 꽃 곁에 앉아 미혹한다

  蝶 나비접, 顚 돌전, 惱 번뇌뇌

- **題淸州東軒** | 虛白堂 成俔

  청주동헌에서 짓다

  畵屛高枕掩羅帷　병풍 치고 베개 베고 비단 휘장 가리어
  別院無人瑟已稀　별원에 사람 없는데 비파소리도 희미하네
  爽氣滿簾新睡覺　상쾌한 기운 발 가득해 잠을 깨니
  一庭微雨濕薔薇　뜰에 가는 비 내려 장미는 젖어있네
  屛 병풍병, 掩 가릴엄, 帷 휘장유, 爽 상쾌할상, 簾 발렴
  羅帷(나유) : 비단으로 만든 휘장
  別院(별원) : 별채로 있는 집

- **滿架薔薇** | 保閑堂 申叔舟

  시렁 가득한 장미

  春深始綻黃金姿　봄 깊어 꽃 터지자 황금빛 자태
  繞架長條浥露垂　둘러친 시렁 긴 가지에 이슬 젖어 드리웠네
  無賴狂風來取次　못 믿을 미친바람 한 때 불어와
  羅帷繡幕謾離披　비단 장막 수놓은 휘장을 마음껏 펼치누나
  綻 터질탄, 姿 자태자, 繞 두를요, 垂 드리울수
  無賴(무뢰) : 믿을 수 없음
  取次(취차) : 한때. 한동안. 차츰. 차차
  羅帷繡幕(나유수막) : 한창 만발한 꽃 더미를 가리킴
  離披(이피) : 벌어져 열림. 꽃이 핌.

- **野薔薇** | 老稼齋 金昌業

  들장미

  每年胜塹雪紛紛　해마다 들판 구덩이에 흰 눈을 흩날리며
  馥郁淸香遠近聞　맑은 향기 무성하여 가깝고 먼 곳에 냄새 퍼지네
  自落自開誰復賞　홀로 피고 지는 꽃을 누가 다시 감상할까

田家只用候耕耘　농가에서 다만 갈고 김맬 때로 쓰일 뿐이라

塍 들판승, 塹 구덩이참

馥郁(복욱) : 향기가 짙은 모양

耕耘(경운) : 밭 갈고 김매는 것

- **重題薔薇** | 醉吟先生 皮日休(唐)

  장미를 다시 읊다

  濃似猩猩初染素　짙기는 붉은 담요 같아 흰 바탕에 물들인듯

  輕於燕燕欲凌空　가볍기는 제비 같아 하늘을 치솟을 듯

  可憐細麗難勝日　가늘고 아름다워 햇빛을 이기지 못하니 가련한데

  照得深紅作淺紅　진분홍 꽃이 연분홍 꽃을 비춰주고 있구나

  薔 장미장, 濃 짙을농, 染 물들일염, 輕 가벼울경, 麗 고울려, 淺 얕을천

- **薔薇圖** | 楊 基(明)

  장미그림

  紫苞紅刺玉纖纖　자색 꽃송이 홍색가시에 옥같이 가는데

  甘露收香入翠奩　단 이슬에 향이 나와 푸른 경대로 들어오네

  何處南風開滿架　어느 곳에 남풍이 불어 시렁에 가득 피면

  綠陰庭院水晶簾　녹음 짙은 정원에 수정 발 내린다

  苞 꾸러미포, 刺 가시자, 纖 가늘섬, 奩 경대렴, 簾 발렴

- **薔薇** | 子喬 夏竦(宋)

  장미

  紅房深淺翠條低　붉은 방 짙고 옅어 푸른 가지 드리웠고

  滿架淸香敵麝臍　시렁 가득 맑은 향기 사향과 맞먹었네

  攀折若無花底刺　당겨 꺾을 때 꽃 밑에 가시만 없었다면

豈敎桃李獨成蹊　어찌 복숭아 도화 홀로 길나게 하였을까

低 숙일저, 架 시렁가, 敵 필적할적, 麝 사향노루사, 臍 배꼽제

攀 당길반, 折 꺾을절, 刺 가시자, 敎 하여금교, 蹊 좁을길혜

· **滿架薔薇** | 乖厓 金守溫

시렁 가득한 장미

我愛薔薇朶　나는 장미꽃 떨기를 사랑하는데

葳蕤滿一庭　뜰 안 가득 무성히도 피어났네

亂英黃爛漫　어지러운 꽃부리에 노란색 흐드러지고

密葉翠葱靑　빽빽한 잎에 푸른빛이 무르녹네

不但花延賞　꽃은 구경꾼 맞이할 뿐 아니라

兼將樹易成　겸하여 나무 자라기 쉬워라

今年長新蔓　금년에 새 넝쿨이 자라면

高架接西楹　높다란 시렁 서쪽 기둥에 닿겠네

朶 떨기타, 亂 어지러울란, 葱 푸를총, 延 끌연, 蔓 넝쿨만, 楹 기둥영

葳蕤(위유) : 꽃이 아름다운 모양. 아주 성한 모양

葱靑(총청) : 초목의 푸른 새싹이 보드랍고 여린 모양. 짙푸르게 무성한 모양

· **詠薔薇** | 忍齋 洪暹

장미를 읊다

絶域春歸盡　머나먼 곳에 봄 다가고

邊城雨送凉　쓸쓸한 성에 비 내리네

落殘千樹艶　못다 진 나무마다 아름답고

留得數枝黃　늦게야 피는 가지 누렇네

嫩葉承朝露　피는 어린잎 아침 이슬을 먹고

明霞護晚粧　밝은 노을 서리어 늦게 단장하고 있네

移床故相近　한 송이 꺾어다 상 위에 옮기니

拂袖有餘香　옷소매 떨치니 향기가 남아있네

殘 남을잔, 嫩 어릴눈, 承 이을승, 霞 노을하, 護 두를호, 袖 소매수

▪ 滿架薔薇 | 四佳 徐居正

시렁에 찬 장미

一年春事到薔薇　일년의 봄날 일이 장미꽃에 이르니

滿架離披不自持　시렁 가득 피어나 스스로 지탱하지 못하누나

幾陣淸香煩蝶使　몇 겹인가 맑은 향에 나비들은 바쁘고

十分濃艶妬鵝兒　넘치는 농염미에 거위 새끼 질투한다

水邊照影心先惱　물가에 그림자 비쳐 마음 먼저 흔들리고

雨裏繁開賞漸宜　빗속에 한껏 피어 구경 점차 할 만하네

爛漫東風吹不盡　흐드러진 봄바람이 끝도 없이 불어오니

半庭無語要催詩　뜨락 반쯤 말없는 꽃들 시 지으라고 재촉하네

架 시렁가, 煩 바쁠번, 蝶 나비접, 妬 투기할투, 鵝 거위아

惱 번뇌뇌, 繁 번성할번, 漸 점점점, 催 재촉할최

離披(이피) : 벌어져 열림. 꽃이 핌

幾陣(기진) : 몇 겹인지

蝶使(접사) : 사신으로 온 나비, 흔히 나비를 이렇게 부름

鵝兒(아아) : 거위 새끼. 거위 새끼는 노란 털빛이 매우 아름답다고 함

要催(요최) : 강요하고 재촉함.

▪ 滿架薔薇 | 太虛亭 崔 恒

시렁에 찬 장미

淺深粧罷自相依　짙고 옅은 화장 마쳐 모두 질로 의젓하여

高架支持映朱扉　높은 시렁 떠받치고 사립 붉게 비추네

麗日初輝大家仗　고운 해 갓 솟으면 어르신의 지팡이요

輕風閑拂道人衣　가벼운 바람 드날리면 도인의 옷자락 모양

烟籠嫩蕊黃還淡　연기 둘린 고운 꽃술 누런빛 맑아지고
雨濯長條綠更肥　비에 씻긴 긴 가지는 푸른빛이 진해져
淸馥可人須醉賞　맑은 향은 구경꾼을 정녕 취하게 만드는데
肯謙多刺訴芳卮　가시 자꾸 찔러 싫으면 꽃봉오리 하소연하소
罷 마칠파, 扉 사립비, 輝 빛날휘, 嫩 어릴눈
蕊 꽃술예, 馥 향기복, 訴 고소소
芳卮(방치) : 여기서는 술잔 모양으로 맺힌 꽃봉오리를 가리킴

- **朱秀才庭際薔薇** | 雄飛 方干(唐)

　주수재 정원가에 장미

繡難相似畵難眞　수 놓아도 비슷하지 않고 그려도 닮기는 어려워
明媚鮮姸絶比倫　아름답고 선명함이 다른 꽃들과 견줄 수 없네
露壓盤條方倒地　이슬이 내리면 굽은 가지 땅으로 엎드리고
風吹艶色欲燒春　바람이 불면 요염한 빛깔 봄을 불태우고 싶은듯
斷霞轉影侵西壁　노을이 지고 그림자 옮겨 서쪽으로 넘어가면
濃麝分香入四鄰　짙은 사향 이웃으로 향기 번져 간다
看取後時歸故里　옛 집으로 돌아갈 때 이 꽃을 옮겨 볼 때에
庭花應讓錦衣新　정원의 꽃들 응당 장미에게 양보하겠네
媚 아름다울미, 壓 누를압, 盤 굽을반, 燒 불사를소
霞 노을하, 轉 구를전, 麝 사향노루사

梨花 〈배꽃〉

▪ 氷雪暎斜陽

하얀 배꽃이 석양에 비치네

[출전] 梅竹軒 成三問의 屋角梨花

▪ 神淸体綽約

정신은 맑고 몸은 아름답구나

[출전] 程鉅夫의 梨花

▪ 簷前梨樹花飄雪

처마 앞 배나무에 꽃이 눈처럼 날리네

[출전] 保閑堂 申叔舟의 屋角梨花
　　　簷 추녀첨, 飄 날릴표

▪ 梨花開遍正冥冥

배꽃이 두루 피니 참으로 고요하네

[출전] 白玉 李塎의 梨花
　　　遍 두루편, 冥 고요명

▪ 薄薄鉛華淺碧衣

연약한 배꽃이 비취색을 띠고 있네

[출전] 竹瀨 李日華의 梨花
　　　薄 얇은박, 淺 얕을천

▪ 邀看月色混瓊華

달빛에 보면 옥꽃처럼 화사하네

[출전] 太虛亭 崔恒의 屋角梨花
　　　　邀 맞을요, 瓊 구슬경

· **梨花着雨映簷端**

　終日無人獨憑欄

　　　배꽃이 비에 젖어 처마끝을 비추고
　　　종일토록 사람 없으니 홀로 난간 기대네
[출전] 春亭 卞季良의 雨中看梨花
　　　　簷 추녀첨, 端 끝단, 憑 의지할빙

· **梨花淡淡襯瑤華**

　晴雪爭暉强等差

　　　맑고 맑은 배꽃이 구슬 꽃을 입고서
　　　개인 날 눈빛으로 층층이 비추네
[출전] 四佳 徐居正의 屋角梨花
　　　　襯 속옷친, 瑤 구슬요, 輝 빛날휘

· **羽儀毿娑覲玉帝**

　縞裙合還來仙娥

　　　긴 날개 펄럭거리니 옥황상제 배알하는 듯 하고
　　　붉은 치마 가뜬하게 항아선녀 찾아온 듯
[출전] 太虛亭 崔恒의 屋角梨花
　　　　毿 털길삼, 縞 흰비단호

· **一樹梨花照眼明**

　數聲啼鳥弄新晴

한 그루 이화는 눈부시게 밝은데

지저귀는 산새는 개인 햇빛 희롱하네

[출전] 三峯 鄭道傳의 山居春日卽事

　　　　樹 나무수, 啼 울제, 弄 희롱할롱

- **屋角梨花** | 梅竹軒 成三問

  집 모퉁이 배꽃

  春雨三杯後　봄비에 세잔 술 마신 뒤

  微酡倚睡鄕　살며시 취해 꿈나라에 찾아갔네

  覺來開兩眼　잠깨어 두 눈을 떠보니

  氷雪暎斜陽　하얀 배꽃이 석양에 비치네

  　酡 얼굴붉을타, 睡 졸수, 斜 기울사

  　覺來(각래) : 잠에서 깨고부터

  　氷雪(빙설) : 여기서는 어름과 눈처럼 맑고 깨끗한 배꽃을 가리키고 있음

- **左掖梨花** | 丘爲(唐)

  궁궐 담 옆의 배꽃

  冷艶全欺雪　농염한 색에 완전히 눈으로 속았는데

  餘香乍入衣　별안간 옷 속으로 향기 번져나네

  春風且莫定　봄바람 이리 저리 마구 부는데

  吹向玉階飛　방향 따라 옥계단에 날아가네

  　掖 대궐곁담액, 乍 잠간사, 玉階(옥계) : 대궐 정전의 계단

- **左掖梨花** | 摩詰 干維(唐)

  궁궐 담 옆의 배꽃

  閑灑階邊草　배꽃이 하늘하늘 계단 옆 풀가에 떨어져

  輕隨箔外風　문발 밖 바람 따라 가볍게 날아든다

黃鶯弄不足　꾀꼬리는 날리는 배꽃 희롱타 못해

嘲入未央宮　입에 물고 미앙궁으로 날아든다

隨 따를수, 箔 발박, 鶯 꾀꼬리앵, 嘲 입에물함

閒灑(한쇄) : 배꽃이 한가로이 뿌려지는 것, 즉 하늘하늘 떨어지는 것

未央宮(미앙궁) : 漢나라 때의 궁전이름

■ **梨花** | 程鉅夫(宋)

　배꽃

神淸体綽約　정신은 맑고 몸은 늘씬한데

雲淡月朦朧　구름 맑고 달은 몽롱하구나

道是玉環似　옥환과 비슷하다고 말들 하는데

輸渠林下風　숲속의 바람이 불어 보내주는구나

輸 보낼수, 渠 그거

綽約(작약) : 예쁜 모양

朦朧(몽롱) : 밝지 않고 희미한 모양

玉環(옥환) : 양귀비의 字

■ **屋角梨花** | 保閑堂 申叔舟

　집 모퉁이 배꽃

簷前梨樹花飄雪　처마 앞 배나무에 꽃이 눈처럼 날려

寒食東風月滿梢　한식이라 봄바람불고 달빛은 나무 끝에 넘치네

玉色金波同素潔　옥색 꽃에 금빛 물결 다함께 정결한데

終天永保淡如交　담박한 이 사귐을 영원토록 보전하세

簷 추녀첨, 飄 날릴표, 梢 나무끝초, 潔 맑을결

終天(종천) : 이 세상에 계속되는 한. 영원토록

淡如(담여) : 산뜻한 모양. 담박한 모양

- **詠梨花** | 李玉峰

    배꽃을 읊다

    樂天敢比楊妃色　백락천은 감히 양귀비의 색에 견주었고
    太白詩稱白雪香　이태백은 그의 시에 백설향이라 칭했다
    別有風流微妙處　풍류가 미묘한 곳에 뛰어남 남았으니
    淡煙疎月夜中央　맑은 연기 성근 달 한 밤중이로다
    稱 칭할칭, 微 희미할미, 處 곳처, 疎 성길소
    樂天(낙천) : 중국 당(唐)나라의 시인. 이름은 거이(居易).
    　　　　　　자는 낙천(樂天). 호는 香山居士(향산거사)
    楊妃(양비) : 양귀비(楊貴妃). 이름은 태진(太眞). 당(唐)나라 현종(玄宗)
    　　　　　　의 비
    太白(태백) : 성당(盛唐)때의 대시인. 자는 태백(太白). 호는 청련(靑蓮)

- **梨花** | 白玉 李塏

    배꽃

    院落深深春晝淸　울 두른 집 깊숙하고 봄낮은 맑은데
    梨花開遍正冥冥　배꽃이 두루 피니 참으로 고요하다
    鶯兒儘是無情思　꾀꼬리는 참으로 무정도 하여
    掠過繁枝雪一庭　우거진 가지 스쳐가니 온 뜰에 눈이로다
    遍 두루편, 冥 고요명, 鶯 꾀꼬리앵, 掠 빼앗을략
    院落(원락) : 울을 두른 집
    冥冥(명명) : 조용한 모양. 또는 어두운 모양
    儘 조금진

- **落梨花** | 次山 金坵

    떨어지는 배꽃

    飛舞翩翩去却回　펄펄 날아갔다가 다시금 돌아와서

倒吹還欲上枝開　거꾸로 불려 다시 윗가지에 피고 싶어하는구나

無端一片粘絲網　뜻밖에 한 조각이 거미줄에 걸리는데

時見蜘蛛捕蝶來　마침 거미가 나비를 잡아 오는 것을 보네

粘 끈끈할점, 飛 날비, 舞 춤무, 粘 끈끈할점, 蝶 나비접

翩翩(편편) : 빨리 날아가는 모양

無端(무단) : 뜻밖에, 이외로

蜘蛛(지주) : 거미

- **雨中看梨花** | 春亭 卞季良

　빗속에서 배꽃을 보며

梨花着雨映簷端　배꽃이 비에 젖어 처마 끝에 비추어

終日無人獨憑欄　종일 사람도 없으니 홀로 난간 기댔네

恰似明妃在胡虜　흡사 왕소군이 오랑캐 포로로 있어서

玉顏雙淚不曾乾　고운 얼굴 두 줄기 눈물 마르지 않는 것 같네

簷 추녀첨, 端 끝단, 憑 빙자할빙, 虜 오랑캐로, 淚 흐를루

明妃(명비) : 漢 元帝의 궁녀 王嬙, 字가 昭君으로 '王昭君'으로 통칭.
　　　　　晉人이 司馬昭의 이름을 피하여 明君이라 했고, 후인이 明
　　　　　妃로 부름

- **梨花** | 竹瀨 李日華(明)

　배꽃

雨香雲淡月霏微　비 향기롭고 구름 맑은데 달빛은 희미해

薄薄鉛華淺碧衣　얇고 연약한 배꽃이 비취색을 띠고 있네

却似道山春宴罷　곧 신선이 봄잔치 마친 뒤 같아서

水晶簾下拜安妃　수정 같은 발 아래에 昭君이 늘어졌네

霏 날릴비, 薄 얇을박, 宴 찬지연, 簾 발렴

妃(비) : 明妃인 玉昭君을 말함.

- **東欄梨花** | 東坡 蘇軾(宋)

  동쪽 난간의 배꽃

  梨花淡白柳深靑　배꽃은 희고 버들은 짙푸르네

  柳絮飛時花滿城　버들개지 날릴 때면 배꽃은 성에 만발해

  惆悵東欄一株雪　슬프구나 동쪽난간 한 그루에 눈 내린듯

  人生看得幾淸明　인생 몇 번인가 맑고 깨끗함 볼 것인가

  東欄(동란) : 동쪽 난간

  淡白 : 맑고 깨끗한 것

  柳絮(유서) : 버들개지

  惆悵(추창) : 슬픈 모습

  一株雪(일주설) : 한 그루의 눈처럼 흰 배꽃

  看得(간득) : 보아서 즐김

- **屋角梨花** | 乖厓 金守溫

  집 모퉁이 배꽃

  華堂梨一樹　그림 같은 집에 배나무 한 그루

  高晏酒千觴　높이 고상하여 천 잔의 술 같네

  世界玲瓏白　세상은 영롱한 흰빛이고

  樽罍瀲灩香　단지에는 가득 넘치는 술 향기

  天涵歌扇冷　하늘 가라앉아 부채질 서늘하고

  月暎舞衣光　달빛 비추이자 춤사위 빛나네

  唱罷霓裳曲　예상우의곡(霓裳羽衣曲) 노래가 끝났으니

  明朝謁玉皇　내일 아침 되면 옥황상제 찾아뵐까

  華 화려할하, 罷 미칠파, 謁 아뢸알

  玲瓏(영롱) : 눈부시게 찬란함.

  樽罍(준뢰) : 술독, 술 단지

  瀲灩(염염) : 햇빛에 반짝이는 잔잔한 물결이 널리 이어진 모양, 물이 넘

치는 모양

歌扇(가선) : 노래나 창을 부를 적에 박자를 맞추거나 흥을 돋우기 위해
　　　　　 사용하는 부채

霓裳曲(예상곡) :「예상우의곡(霓裳羽衣曲)」 당나라 악곡(樂曲)의 이름으
　　　　　 로, 선인(仙人)을 노래한 무곡(舞曲)임.

▪ 屋角梨花 | 四佳 徐居正

집 모퉁이 배꽃

梨花淡淡襯瑤華	배꽃이 맑고 맑아 구슬 꽃을 두르고
晴雪爭暉强等差	눈 개어 밝은 빛 층층이 비추네
渾月摠成銀色界	달빛 묻혀 모두다 은세계 이뤄지자
乘雲直到玉皇家	구름 타고 곧바로 옥황을 찾았네
靑春有恨瓊魂瘦	푸른 봄에 한이 있어 예쁜 배꽃은 시들고
深院無人槁袂斜	깊은 뜰에 사람 없어 시든 가지 기우는 걸
更擣水沈薰一炷	수침향 한 가닥을 새로 빻아 피웠는지
天香遠襲素娥車	하늘나라 향내가 멀리 달을 덮는구나

瑤 구슬요, 差 차이차, 摠 모두총, 乘 탈승

瘦 야윌수, 薰 향기훈, 襲 엄습할습

驚魂(경혼) : 옥 같은 혼. 여기서는 흰 배꽃을 가리킴

槁袂(고메) : 말라붙은 소매 자락. 여기서는 시든 배꽃 가지를 가리킴

水沈(수침) : 수침향(水沈香). 열대지방에서 나는 향목(香木) 또는 그 나
　　　　　 무로 만든 향

素娥(소아) : 월궁(月宮)에 산다는 선녀 항아(姮娥). 상아(常娥). 달의 딴
　　　　　 이름. '素娥車'는 달님을 가리킴.

▪ 屋角梨花 | 太虛亭 崔恒

집 모퉁이의 배꽃

朱門淑景轉淸和　세도가 집의 맑은 경치 음력 사월 돌아왔고

亂眼漸新開梨花　새로 피는 배꽃들로 어지러운 눈은 점점 새롭네
羽儀毿娑覲玉帝　긴 날개를 펄럭이며 옥황상제 배알하고
縞裙合還來仙娥　붉은 치마 가뜬하게 항아(姮娥)가 찾아온 듯
誰憐一枝對雨舞　한 가지가 비를 둘러 늘어진 것 누가 사랑하나
今見數株迎風斜　몇 그루 바람맞아 기운 것 이제야 보이네
何事子規啼不歇　무슨 일로 자규새는 울기를 그치지 않나
邀看月色混瓊華　달빛에 만나보니 예쁜 배꽃 뒤섞였네
轉 돌전, 亂 어지러울란, 縞 흰비단호, 舞 휘어늘어질타, 歇 쉴헐
朱門(주문) : '주문갑제(朱門甲第)'의 준말로, 세도가의 집을 가리킴
淸和(청화) : 맑고 부드러움. 음력 사월 초하루, 또는 음력 사월의 다른
　　　　　이름
羽儀(우의) : 큰 기러기가 당당하고 위용 있게 나는 모습. 위용을 갖추고
　　　　　당당하게 벼슬에 나섬
毿娑(삼사) : 긴 옷자락을 날리며 너울너울 춤을 추는 모습
玉帝(옥제) : 옥황상제(玉皇上帝)
子規(자규) : 두견새, 소쩍새

芍藥 <작약>

· 擅却姸華絶世標

곱고도 예쁜 꽃들 물리치고 절세의 자태로 우뚝하네

[출전] 太虛亭 崔恒의 翻階芍藥

擅却(천각) : 마음대로 물리침. 標 표식표

· 淺白輕紅朵朵均

살짝 희고 살짝 붉어 송이송이 고르네

[출전] 象村 申欽의 粉紅芍藥口占

淺 얕을천, 朵 떨기타

· 狂香浩態媚春空

미친 듯한 향기 넓은 모양 봄 하늘에 교태짓네

[출전] 保閑堂 申叔舟의 翻階芍藥

狂 미칠광, 態 모양태, 媚 교태질할미

· 天上人間第一花

천상이나 인간세계나 제일가는 꽃이라네

[출전] 四佳 徐居正의 芍藥

間 사이간, 第 차례제

· 帶露凝膄態 이슬 맺혀 고운 자태 엉겨있고
和風散異香 바람 타니 기이한 향기 흩어지네

[출전] 乖厓 金守溫의 翻階芍藥

凝 응길응, 態 모양태, 散 흩어질산

- 玲瓏正體誰能比

紅白花光映滿窓

　　구슬같이 영롱한 몸 누구와 견주리오
　　붉고 흰 꽃빛이 창에 가득 비추네

[출전]　慧勤 懶翁의 芍藥
　　　　玲瓏(영롱) : 눈부시게 찬란함.
　　　　映 비칠영, 滿 가득찰만

- 風前雨後無雙艶

天上人間第一花

　　비바람 내린 전후 더없이 아름답고
　　천상이나 인간세계 제일가는 꽃이라네

[출전]　四佳 徐居正의 芍藥
　　　　雙 둘쌍, 艶 고울염

- 玉盤亭亭裏露媚

金燈爍爍迎風妖

　　옥쟁반 같은 꽃잎 당당히 이슬 젖어 교태롭고
　　금 등잔처럼 꽃술 환하게 바람 타고 요염하네

[출전]　太虛亭 崔恒의 翻階芍藥
　　　　裏 젖을읍, 媚 교태미, 爍 밝을삭, 妖 요염요

- 落盡翻階芍藥花

隨風片片撲窓紗

　　다 떨어진 뜰 계단에 뒹구는 작약꽃
　　바람 따라 조각조각 비단 창을 때리네

[출전]   梅月堂 金時習의 芍藥
         翻 날번, 隨 따를수, 撲 칠박

· **狂香浩態媚春空**

   日午渾階瑞霧濃

   미칠 듯한 향기에다 큼지막한 모양으로 봄철 교태 짓고
   정오 계단에서 상서로운 안개 짙네

[출전]   保閑堂 申叔舟의 翻階芍藥
         態 모양태, 媚 교태미, 階 계단계, 霧 안개무

· **翻階芍藥** | 梅竹軒 成三問

   섬돌에 나풀대는 작약

      我似維揚俗   나는 양주(揚州)의 풍속을 닮을 듯한데
      看花異洛陽   꽃을 보니 낙양과 다르네
      牡丹品雖貴   모란의 품격 비록 귀하다지만
      應是未爲王   꽃 중의 왕이라고 여기지 않네

      維揚(유양) : 구주(九州)의 하나로, 오늘날의 중국 절강성(浙江省), 강서
                성(江西省), 복건성(福建省) 일대를 통칭하던 양주(揚州)를
                가리킴
                양주 사람들은 유독 함박꽃을 좋아해서 모란 대신 함박꽃을
                '화왕(花王)'으로 여긴다고 함.
      洛陽(낙양) : 동주(東周), 후한(後漢), 위(魏), 당(唐)나라 등의 서울이었
                던 곳으로 지금의 하남성(河南省), 낙양현(洛陽縣). 그런데
                낙양사람들은 모란을 '낙양화(洛陽花)' 또는 '낙화(洛花)'라
                부를 만큼 사랑하였다고 함.
      牧丹(모란) : '화왕(花王)'이란 별칭을 지니고 있음.

- **詠芍藥次崔林韻** | 及菴 閔思平

    최림의 운에 따라 작약을 읊다

      常恨酒盃淺   항시 술잔 얕음 한스러우니
      幾嫌簾幕重   짙은 발 휘장 몇 번이나 원망했나
      醉夫眞可笑   술취한 사내 참으로 우습구나
      老眼尙貪紅   늙은 눈에도 진홍색만 탐내나

- **白芍藥** | 雙明齋 李仁老

    백작약

      無賴千花夢已空   하잘것없는 그 숱한 꽃들 꿈이 이미 비었는데
      一叢香雪獨春風   한 떨기 향기로운 눈(雪)은 홀로 봄바람이네
      太眞纔罷溫泉浴   태진(太眞)이 온천의 목욕을 막 마치는데
      白玉肌膚未點紅   백옥 같은 살결에는 아직 연지 찍지 못하였네
      太眞(태진) : 唐의 楊貴妃(양귀비)

- **夏日田園雜興** | 茶山 丁若鏞

    여름날 전원의 흥취

      絶憐紅藥舊時容   몹시도 어여쁘던 작약꽃 옛 모습은
      破碎殘腮落蟻封   붉은 뺨 산산이 부서져 개미둑에 떨어졌네
      豈有栗花香可採   어찌 밤나무 꽃에 향기를 얻을 수 있으랴만
      梢頭無數著飢蜂   나무 끝에 주린 벌들이 수없이 엉겼네

- **芍藥** | 梅月堂 金時習

    작약

      落盡翻階芍藥花   다 떨어져 계단에 뒹구는 작약꽃
      隨風片片撲窓紗   바람 따라 조각조각 비단 창을 때리네

邀蜂引蝶暫時事　벌을 맞고 나비를 끌던 건 잠깐의 일이라
泣把殘紅空自嗟　울면서 남은 꽃 잡고 공연히 탄식하네

- ## 翻階芍藥 | 保閑堂 申叔舟

  섬돌에 나풀대는 작약

  狂香浩態媚春空　미칠 듯한 향기 큰 자태 봄하늘 교태 짓고
  日午渾階瑞霧濃　정오의 계단 가득 상서로운 안개로 짙었네
  開謝徒然不自管　피는 것도 지는 것도 부질없어 관계치 않아
  芳心準擬托春風　아름다운 마음 봄바람에 맡겼네
  態 모양태, 渾 섞일혼, 霧 안개무, 濃 짙을농,
  管 관계할관, 托 맡길탁
  開謝(개사) : 꽃이 피고 짐
  徒然(도연) : 까닭없이, 부질없이
  芳心(방심) : 꽃을 피우려는 마음

- ## 粉紅芍藥口占 | 象村 申 欽

  분홍작약을 읊다

  風前露下見精神　바람 앞에 이슬 내리면 정신이 돋보이고
  淺白輕紅朶朶均　엷게 희고 살짝 붉어 송이송이 고르네
  恰似華淸高宴罷　마치 화청궁의 큰 잔치가 끝나도록
  娥眉淡掃號夫人　분단장을 하지 않은 괵부인과 비슷하네
  華淸宮(화청궁) : 당(唐)의 궁전이름. 여산(驪山)의 온천(溫泉) 지대에 있
  　　　　　　　는 궁전으로 처음에는 탕천궁(湯泉宮)이라 하였다가 현
  　　　　　　　종(玄宗)때에 와서 화청궁(華淸宮)으로 이름을 고치고
  　　　　　　　해마다 그 곳에 행행하여 잔치를 베풀고 즐겼음.
  號夫人(괵부인) : 양귀비(楊貴妃)의 언니 괵국부인(號國夫人). 그는 얼굴
  　　　　　　　피부가 너무 고와 언제나 분단장을 하지 않고 맨 낯으
  　　　　　　　로 현종(玄宗)을 대하였다.

- **芍藥** | 慧勤 懶翁

  작약

  玲瓏正體誰能比　영롱한 정체 누구와 능히 비교하리
  紅白花光映滿窓　붉고 흰 꽃 빛이 창에 가득히 비친다
  半合半開開口笑　반은 닫히고 반은 열려 입을 열자 웃으니
  普天匝地更無雙　하늘 둘레 땅 둘레에 다시 견줄 것 없구나

  玲瓏(영롱) : 눈부시게 밝음
  匝 두를잡, 雙 짝쌍

- **傷雨中芍藥花臥地** | 陶庵 李縡

  비에 다친 작약화 땅에 떨어져

  松心不待後凋知　솔의 푸름 시든 후 알아주길 기대하지도 않고
  獨立亭亭貫四時　홀로 우뚝 서서 사시사철 푸르네
  嗟爾草花顚倒甚　슬프구나 저 풀과 꽃은 쉽사리 거꾸러지니
  一番風雨力難持　봄날의 비바람에 지탱하기 어려운가

  亭亭(정정) : 우뚝 솟은 모양
  嗟 탄식할차, 爾 너이, 顚 넘어질전, 倒 넘어질도
  甚 심할심, 持 버틸지

- **翻階芍藥** | 乖厓 金守溫

  계단에 날리는 작약

  華閣三春暮　화각(畫閣)엔 저무는 봄인데
  芳庭麗日長　꽃 뜰에 고운 해 길어라
  雜花分戶暎　많은 꽃 집집에 비취고
  濃艶向人光　농염하게 사람 향해 빛나네
  帶露凝腴態　이슬 맺힌 고운 자태 엉기어
  和風散異香　바람 타고 기이한 향 흩어지네

還如漢宮裏　한나라 궁궐 안처럼

飛燕倚新粧　조비연이 새로 단장하고 기대네

暮 저물모, 麗 고울려, 暎 비칠영, 散 흩어질산, 裏 속리, 粧 단장할장

凝腴(응유) : 살지고 매끄러운 모양

飛燕(비연) : 전한(前漢)때 성제(成帝)의 비(妃) 조황후(趙皇后)의 호(號).
　　　　　　 날렵하고 가벼운 몸으로 노래에 춤에 뛰어나 '나는 제비(飛
　　　　　　 燕)'라고 불렀음

- **翻階芍藥** | 四佳 徐居正

　작약

揚州奇品廣陵芽　양주(揚州) 기이한 품종 광릉(廣陵)에 싹이나

遍種庭除鬪麗華　뜰마다 널리 심어져 화려함을 다투도다

至味丁寧通蝶使　지극한 풍미 정녕 나비랑 상통하고

狂香珎重接蜂衙　미친 향은 귀해서 벌을 접대하네

風前雨後無雙艶　바람맞고 비 온 뒤에 더 없이 아름다워

天上人間第一花　천상계나 인간계에 제일가는 꽃이라네

今古詞臣餘韻在　고금의 시인들이 시를 지어 남겼으니

不妨留醉費吟哦　머물러 술 취하여 읊조려도 무방하리

芽 싹아, 鬪 싸움투, 醉 취할취, 費 값비

揚州(양주) : 오늘날의 중국 절강성(浙江省). 강서성(江西省). 복건성(福
　　　　　　 建省) 일대를 통칭하던 구주(九州)의 한 곳인데, 번화하기
　　　　　　 로 유명함.

廣陵(광릉) : 오늘날의 중국 강서성(江西省). 강도현(江都縣) 동북쪽으로
　　　　　　 후한(後漢)때에 광릉군(廣陵郡)을 설치했던 곳임.

庭除(정제) : 뜰. 정원

蝶使(접사) : 사신으로 온 나비

蜂衙(봉아) : 관리로 온 벌

詞臣(사신) : 시인

餘韻(여운) : 여기서는 남아있는 시를 가리킴

吟哦(음아) : 읊조리는 것

▪ 翻階芍藥 | 太虛亭 崔 恒

계단에 날리는 작약

雲階月地獨夭夭	계단에 구름 땅엔 달빛인데 홀로 활짝 피어
擅却妍華絶世標	예쁜 꽃들 물리치니 절세의 자태로다
玉盤亭亭裏露媚	옥쟁반처럼 당당하게 이슬 젖어 교태롭고
金燈爍爍迎風妖	금 등잔같이 환해서 바람맞아 요염하네
異香政爾同商鼎	기이한 향 참으로 상(商)나라 솥과 같고
艶態依然過藍橋	예쁜 모습 의연해 남교(藍橋) 여인보다 낫구나
想得草綸吟對處	조칙(詔勅)쓰다 너를 대해 시 짓던 곳 생각하니
羣芳無賴妒春嬌	의지할 곳 없던 온갖 꽃들 봄날의 교태를 시기하네

階 계단계, 絶 뛰어날절, 裏 젖을읍, 爍 빛날삭, 妖 요염할요

橋 다리교, 處 곳처, 賴 의지할뢰

夭夭(요요) : 꽃이 활짝 피어 흐드러진 모양

擅却(천각) : 마음대로 물리침

玉盤(옥반) : 여기서는 아름답게 활짝 펼쳐진 꽃잎을 가리킴

金燈(금등) : 여기서는 노랗게 솟아난 꽃술을 가리킴

商鼎(상정) : 하(夏)나라의 임금 우(禹)가 천하의 쇠를 모아 만든 9개의 솥으로, 여기에 향을 피웠음.

藍橋(남교) : 옛날 중국에서 미생(尾生)이란 사람이 어떤 여인과 남교 아래에서 만나기로 약속을 했는데, 마침 쏟아진 폭우로 인해 물이 불어나 먼저 도착한 미생은 다리의 기둥을 껴안고 여인을 기다리다가 죽었다고 함.

草綸(초륜) : 임금의 명령을 문서로 꾸밈. 조칙을 만듦. 사륜(絲綸)과 같은 말임.

躑躅 <철쭉>

▪ 仙葩別樣艶

신선 같은 꽃송이 남달리 아름답네

[출전] 乖厓 金守溫의 日本躑躅

葩 떨기파, 艶 농염할염

▪ 蕚分猩血露霑紅

꽃잎은 붉게 피를 나눈 듯 이슬에 붉게 젖었네

[출전] 太虛亭 崔恒의 日本躑躅

蕚 꽃부리악, 猩 성성이성, 霑 젖을점

▪ 一朶自能昭德致

한 떨기 스스로 밝은 덕 불러오노라

[출전] 太虛亭 崔恒의 日本躑躅

昭 밝을소, 致 이를치

▪ 躑躅紅酣血淚痕

철쭉의 흐드러진 붉은빛 두견새 피울음 흔적 같네

[출전] 四佳 徐居正의 日本躑躅

酣 얼큰할감, 淚 흘릴루, 痕 흔적흔

▪ 仙葩別樣艶   신선 같은 꽃송이 남달리 아름다워

三島卽蓬瀛   전설속의 봉래 영주 여기로다

[출전] 乖厓 金守溫의 日本躑躅

葩 떨기파, 樣 모양양, 蓬 봉래봉, 瀛 영주영

- **層巖躑躅歲盤根** 층층바위 철쭉 꽃 해마다 뿌리 굽고

  紫氣渾然似燎原 붉은 빛 뒤섞이니 들판에 불 붙은듯

[출전] 荷屋 金左根의 躑躅花

　　　巖 바위암, 盤 굽을반, 燎 불탈요

- **葉剪鮫綃風裊碧**

  蕚分猩血露濡紅

  잎사귀는 교인의 비단폭 벤 듯 바람에 푸르름 날리고

  꽃잎은 아주 붉게 피나눈 듯 이슬에 붉게 젖네

[출전] 太虛亭 崔恒의 日本躑躅

　　　剪 벨전, 綃 생사초, 裊 간드러질뇨, 蕚 꽃봉오리악

- **香信未銷連翠壁**

  韶光無數隔紅雲

  푸른 벽 두른 곳에 향긋한 소식 끊임없고

  붉은 무지개 너머로 밝은 빛이 한없네

[출전] 四佳 徐居正의 日本躑躅

　　　銷 사라질소, 壁 벽벽, 韶 아름다울소, 隔 떨어질격

- **日本躑躅** | 梅竹軒 成三問

  일본에서 온 철쭉

　　　紫白種非貴　자주색과 흰색은 종자가 귀하진 않는데

　　　丹者來天東　붉은 철쭉이 동쪽 땅에서 왔네

　　　先王聖德遠　선왕의 덕스러움 멀리도 뻗치니

　　　海晏天無風　바다는 잔잔하고 하늘에 바람 없었네

　　　種 종자종, 遠 멀원, 晏 편안할안

- **躑躅花** | 荷屋 金左根

  철쭉꽃

      層巖躑躅歲盤根　층층바위 철쭉꽃이 해마다 뿌리 굽어
      紫氣渾然似燎原　자줏빛 뒤섞이어 불탄 벌판 같네
      移得一叢綺窓裡　한 무더기 비단 창가에 옮겨다 심으니
      較看遊女曉粧痕　노는 계집 새벽에 단장하고 견주어 보는 듯
      紫 자줏빛자, 燎 불놓을료, 綺 비단기, 較 견줄교
      遊女(유녀) : 노는 계집
      曉粧(효장) : 새벽 단장 痕 자취흔

- **躑躅花前與應台期叟飮酒偶成一絶** | 蓮軒 李宜茂

  철쭉꽃 곁에서 친구와 술을 들며 우연히 한 수 짓다

      躑躅花殘屬暮春　철쭉 꽃 지니 저무는 봄 되어
      小軒風致更愁人　작은 난간 바람불어와 사람 더욱 시름케 해
      勸君今日休辭醉　그대에게 오늘 권하노니 취하는 것 그만 두소
      落盡千紅綠葉新　저 많은 붉은 꽃 떨어지면 푸른 잎 새로 나니
      屬 속할속, 勸 권할권, 辭 사양할사

- **躑躅** | 東坡 蘇軾(宋)

  철쭉꽃

      楓林翠壁楚江邊　단풍 숲 푸른 벽 초나라 강가에
      躑躅千層不忍看　철쭉 천층인데 차마 볼 수 없어라
      開卷便知歸路近　피었다가 지고 돌아갈 길 가까움 아는데
      劍南樵客爲施丹　검남땅 나무꾼이 붉게 만들어 놓았네
      翠 푸를취, 壁 벽벽, 楚 초나라초, 樵 나무땔초

- **日本躑躅** | 乖厓 金守溫

  일본에서 온 철쭉

  竊考圖經意　도경(圖經)에 담긴 내용 살펴보니
  因羊得此名　양 때문에 철쭉이란 이름 얻었다 하네
  彷徨如就齘　방황하던 양 만약 철쭉 먹게 되면
  躑躅却難行　다리를 절룩거려 걷기가 어렵게 된다네
  自是物相忌　이로 보면 물건에도 꺼릴 것이 있나니
  非由花可輕　꽃이라고 가벼이 여겨서는 안 되는 법이라
  仙葩別樣艶　신선 같은 꽃송이 남달리 아름다우니
  三島卽蓬瀛　삼신산이 곧 봉래(蓬萊). 영주(瀛洲)로다

  竊 훔칠절, 難 어려울난, 輕 가벼울경
  圖經(도경) :「신농본초경(神農本草經)」을 가리킴. 이 책에 따르면, 철쭉
  　　　　　 의 본래 이름은 '양척촉(羊躑躅)'이라고 하였는데, 여기에
  　　　　　 도홍경(陶弘景)은 "양이 이것을 잘못해서 먹게 되면 다리를
  　　　　　 절룩거리다 죽게 되므로, 이런 이름이 붙었다"고 설명을 붙
  　　　　　 인 바가 있음.
  躑躅(척촉) : 왔다 갔다 배회함. 다리를 절룩거림. 철쭉꽃의 이름
  別樣(별양) : 남다른 모양
  三島(삼도) : 삼신산(三神山)을 가리킴.
  蓬瀛(봉영) : 삼신산 가운데의 봉래(蓬萊)와 영주(瀛洲)

- **日本躑躅** | 太虛亭 崔恒

  일본에서 온 철쭉

  物性得意無西東　생물의 습성이 뜻 얻는 것 동과 서 없으니
  東風此地還葱籠　이곳에 봄바람 부는데 햇살이 흐려있네
  海榴迢遞孰爲貴　석류가 먼 곳으로 갔다지만 누가 귀히 여기나
  鶴林奇絶將無同　학림(鶴林)의 기적 똑같이 일어나지 않으리니

葉剪鮫綃風裊碧　잎은 비단 폭 베어온 듯 바람에 푸르게 날리고
萼分猩血露霑紅　꽃잎은 성성이 피를 나눈듯 이슬에 붉게 젖었네
一朶自能昭德致　한 떨기로도 절로 밝은 덕 불러 올 수 있어
須信乾坤繞漢宮　온 세상을 빨갛게 하니 한나라 궁전에도 둘렀네

䎃 누구숙, 裊 간드러질뇨, 猩 성성이성, 霑 젖을점
昭 밝을소, 繞 두를요

葱籠(총롱) : 햇살이 흐려지는 모양

迢遞(초체) : 아득히 멂

海榴(해류) : 바다를 건너 신라(新羅)에서 중국으로 들어간 석류의 품종
을 해류라고 불렀음.

鶴林(학림) : 사라쌍수림(紗羅雙樹林)의 다른 이름으로, 석가가 열반할
때에 사라쌍수의 붉은 꽃잎이 학처럼 하얀빛으로 말라버린
고사에서 얻은 이름임. 절을 가리키기도 함.

鮫綃(교초) : 중국의 전설에 따르면 사람의 얼굴에 물고기 몸을 한 교인
(鮫人)이 바다 속에 사는데 그가 짠 비단은 아름답기 그지
없었다고 함

猩血(성혈) : 아주 붉은 것으로 알려진 성성이의 피

漢宮(한궁) : 한나라는 붉은 색을 숭상하여 도성을 온통 붉은 색으로 칠
했음.

▪ **日本躑躅** | 四佳 徐居正

일본에서 온 철쭉

躑躅紅酣血淚痕　철쭉의 붉은 빛은 두견새 피울음 흔적인데
鶴林應復舊時魂　학림(鶴林)은 옛적의 혼에 젖어있네
山南山北暎相似　산의 남쪽, 북쪽에 꽃들 서로 비추고
春雨春風開正繁　봄비 봄바람에 꽃들은 번성하네
香信未銷連翠壁　향기로운 소식 끊이지 않아 푸른 벽 둘렀고
韶光無數隔紅雲　밝은 빛 수없이 붉은 무지개 너머 있네

年年花發堪惆悵　해마다 철쭉 피면 슬픈 생각을 참아내는데
蜀魄千聲政訴冤　두견새혼 울음소리 정녕 원한 하소연 하네
淚 눈물흘릴루, 痕 흔적흔 魂 넋혼
繁 번성할번, 銷 사라질소, 冤 원통할원
鶴林(학림) : 사라쌍수림(紗羅雙樹林)의 다른 이름으로, 석가가 열반할
　　　　　 때에 사라쌍수의 붉은 꽃잎이 학처럼 하얀빛으로 말라버린
　　　　　 고사에서 얻은 이름임. 절을 가리키기도 함.
翠壁(취벽) : 여기서는 푸른 벽처럼 둘린 잎사귀를 가리킴
紅雲(홍운) : 여기서는 무지개처럼 붉게 피어난 꽃잎을 가리킴
蜀魄(촉백) : 두견새, 소쩍새, 옛날 고향을 그리던 촉(蜀)나라의 망제(望
　　　　　 帝) 두우(杜宇)의 혼백이 두견새가 되어 피울음을 울며 촉
　　　　　 땅으로 날아갔는데, 그때 새의 피눈물이 떨어진 곳에 철쭉
　　　　　 이 피었다고 함. 귀촉도(歸蜀道), 두우 등으로도 불림.

杜鵑花 <진달래꽃>

- **杜鵑** | 華岳(明)

  진달래꽃

殘月照愁人病酒	지는 달 근심어린 사람 비춰 술 취하게 하고
好風吹夢客思家	좋은 바람은 꿈속에 불어 객이 집 생각나게 해
欲知亡國恨多少	망국의 한 얼마 되는지 알고자 하나
紅盡亂山無限花	빨갛게 산에 끝없이 펼쳐진 꽃 같도다

  殘 시들잔, 愁 근심수, 亂 어지러울란

- **杜鵑花** | 孤雲 崔致遠

  진달래꽃

石罅根危葉易乾	돌 틈으로 뿌리 박혀 잎 마르기 쉽고
風霜偏覺見摧殘	비바람에 시달려 병들은 듯 보이네
已饒野菊誇秋艶	들국화는 너그럽게 가을 단장을 자랑하고
應羨岩松保歲寒	바위 위의 소나무는 추위를 이겨내지만
可惜含芳臨碧海	가여워라 꽃내 머금고 푸른 바다에 임해서
誰能移植到朱欄	그 누가 부잣집 난간에다 옮겨 심을는지
與凡草木還殊品	다른 풀 나무들과는 품격이 다르지만
只恐樵夫一倒看	단지 나무꾼이 아무렇게 볼까 두렵네

  罅 틈하, 饒 너그러울요, 羨 부러울선
  朱欄(주란) : 붉은 칠을 한 난간, 부자. 권세가의 집
  與 더불여, 樵夫(초부) : 나무꾼

桃花 〈복숭아꽃〉

▪ 桃花紅雨鳥喃喃

복사꽃 붉은 잎인데 새들은 지저귀네

[출전] 南湖 鄭知常의 醉後

桃 복숭아도, 喃 재잘거릴남

▪ 穠桃一樹媚靑春
露洗紅粧照日新

번화한 복숭아 한그루 푸른 봄에 아름다워

이슬에 씻긴 붉은 단장 해 비쳐 새롭네

[출전] 耘谷 元天錫의 桃花

穠 번화할농, 媚 아름다울미, 粧 화장장

▪ 桃滿四園淑景催
幾多紅艶淺深開

모든 정원에 복숭아꽃 가득하여 봄 경치 좋은데

수많은 붉은 꽃들 짙고 옅게 피었네

[출전] 樊川 杜牧의 詩句

滿 찰만, 淑 맑을숙, 艶 고울염

▪ 詠花 | 西華 李行遠

꽃을 읊나

爲問桃花泣 복숭아 우는 이유를 묻노니

如何細雨中 어찌 가랑비 속에서 흐느끼느냐

主人多病久 주인이 병에 누운 지 오래라

無意笑春風　뜻 없이 봄바람에 활짝 웃고 있지

泣 울읍, 笑 웃을소, 細 가늘세

▪ 桃花 | 耘谷 元天錫

복숭아꽃

穠葉一樹媚靑春　진한 복숭아 한 그루 푸른 봄에 교태짓고

露洗紅粧照日新　이슬에 씻긴 붉은 화장 해에 비쳐 새롭다

但問題詩當日客　다만 묻노니 시를 쓴 당일의 나그네는

莫思花下去年人　꽃 아래에서 지난 해 사람 생각지 마소

穠 번화할농, 媚 교태미, 洗 씻을세

▪ 桃花 | 海鶴 李沂

복숭아꽃

開時有雨落時風　꽃 필 때 비 오고 질 때 바람부니

看得桃花幾日紅　복숭아꽃 보매 며칠이나 붉은가

自是桃花身上事　이것은 복숭아꽃 자신의 일이니

風會何罪雨何功　바람이 무슨 죄 있으며 비가 무슨 공 있으랴

落 떨어질락, 幾 몇기, 罪 죄악죄

▪ 紅桃花 | 鏡峰大師

붉은 복숭아꽃

山水春光貫古今　山水는 봄빛으로 예나지금 그대로인데

紅桃枝上鳥情深　붉은 복사가지위에 새들은 정 깊네

蜂郎蝶客呑香醉　벌 나비는 향기에 취해있는데

看破花容午睡侵　꽃 뚫어지게 보다 낮잠에 빠졌네

蜂 벌봉, 蝶 나비접, 睡 잘수

▪ 桃源圖 │ 金翔漢

무릉도원 그림을 보고

石瓦朱欄玉洞天　돌기와 붉은 난간 옥 같은 동천(洞天)

桃花亂落一溪烟　복사꽃 어지러이 지니 희뿌연 시내

至今世上荒唐說　지금 이 세상의 황당한 그 말이여

都在漁人好事傳　그 모두 일 좋아하는 어부의 얘기인 것을

桃源(도원) : 무릉도원(武陵桃源).

이 세상과 따라 떨어진 별천지(別天地). 선경(仙境).

朱欄(주란) : 붉은 칠을 한 난간

洞天(동천) : 신선이 산다는 명산(名山)

荒唐(황당) : 이제 닿지 않음. 언행이 주착이 없음.

都(도) : 모두. 다

好事(호사) : 일일 벌려 놓기를 좋아함.

▪ 桃花 │ 白敏中

복숭아꽃

千朵穠芳倚樹斜　많은 떨기 번화한 꽃 나무를 의지하여 기울고

一枝枝綴亂雲霞　한 가지 한 가지 맺어져 노을같이 어지럽네

憑君莫厭臨風看　바람이 불 때 보고서 싫어하지 말라 얘기함은

占斷春光是此花　이 꽃 지면 봄 경치도 끊어지기 때문이라

朵 떨기타, 穠 많을농, 綴 맺을철, 霞 노을하, 憑 부탁할빙, 斷 끊을단

▪ 酬王秀才桃花園見寄 │ 樊川 杜牧(唐)

황수재가 보낸 도화원시를 보고 부침

桃滿四園淑景催　복숭아 정원 가득해 봄경치 펼쳐지는데

幾多紅艶淺深開　수많은 붉은 꽃들 농염하게 짙고 옅게 피어있다

此花不逐谿流出　이 꽃이 시내를 따라 흘러나오지 않았다면

晋客無因入洞來   진나라의 나그네는 골짜기로 들어가지 않았으리

酬 갚을수, 淑 맑을 숙, 艶 고울염, 淺 얕을천, 逐 쫓을축

谿 시내계 晋客(진객) : 도연명의 桃花源記에 나오는 魚郞을 뜻함.

杏花 <살구꽃>

- **滿地濕胭脂**

    땅위가 가득 연지볼처럼 젖어있네

[출전] 醉翁 歐陽修의 杏花

- **數枝紅杏倚墻敲**

    몇 가지 붉은 살구 담장에 기대었네

[출전] 保閑堂 申叔舟의 墻頭紅杏
    數 몇수, 墻 담장, 敲 기울어질기

- **暖景騈枝鬧**　포근한 봄이 되면 가지들 나란히 간들대고

    昭光列樹烘　밝은 햇살 내리쬐면 나무들 줄지어 불타네

[출전] 乖厓 金守溫의 墻頭紅杏
    騈 나란히병, 鬧 시끄러울뇨, 烘 불탈홍

- **老向紅塵苦回首**　늙어 홍진세상 향해 괴로워 머리 돌리다가

    幾看墻角數枝明　담장 너머 몇 가지 밝은 것 보도다

[출전] 牧隱 李穡의 杏花
    塵 티끌진, 幾 몇기, 墻 담장

- **杏花消息一番新**

    蓓蕾黏枝暖始繁

    　살구꽃 소식 한번 새로운데
    　끈적이는 꽃망울 따뜻하니 번성하려 하네

[출전] 四佳 徐居正의 墻頭紅杏
    蓓蕾(배뢰) : 꽃봉오리, 繁 번성할번

- **赭臉初酣晴日屋**
- **丹心先向暖風枝**

　밝은 이슬 젖는 집에 술기운 도는 붉은 뺨

　따뜻이 가지에 부는바람 선조위한 붉은 충정

[출전]　太虛亭 崔恒의 墻頭紅杏

　　　赭 붉을자, 臉 뺨검, 屋 집옥

- **墻頭紅杏** | 梅竹軒 成三問

　담 머리의 붉은 살구꽃

　　年年倚墻杏　해마다 담에 기댄 살구꽃은

　　先發向人枝　사람 향해 가지 먼저 피네

　　偏宜經宿雨　지난 밤비에 몸을 적신 것은

　　正好得朝暉　아침 햇살 받는것 진정 좋아하기 때문이지

　　倚 의지할의, 發 필발, 暉 빛날휘

　　宿雨(숙우) : 어젯밤에 내린 비

- **杏花** | 醉翁 歐陽修(宋)

　살구꽃

　　細雨長安道　이슬비 오는 장안길에

　　鶯花正及時　꾀꼬리와 꽃은 제 시절이 되었네

　　莫教風便起　바람아 불지 말아다오

　　滿地濕胭脂　땅위에 가득 연지볼처럼 붉게 젖노라

　　鶯 꾀꼬리앵, 起 일어날기, 濕 젖을습

- **杏花** | 牧隱 李 穡

　살구꽃

杏花村裏雨新晴　살구 꽃 마을 속에 비가 새로 개이니
會見香風洒耦耕　향기로운 바람이 밭갈이에 뿌리는 것을 본다
老向紅塵苦回首　늙어 홍진 세상 향해 괴로워 머리 돌리다가도
機看墻角數枝明　담장 머리에 몇 가지 밝음을 보았구나
裏 속리, 晴 개일청, 洒 물뿌릴세
耦耕(우경) : 나란히 서서 밭가는 일
塵 티끌진

• **杏花** | 直哉 崔惟淸

　살구꽃

平生最是戀風光　한평생 가장 즐김이 풍광을 사모함인데
今日花前興欲狂　오늘 따라 꽃 앞에서 미칠 듯 흥 일어나네
願借漆園胡蝶夢　차라리 장자(莊子)의 胡蝶夢을 빌어
繞枝攀藥恣飛揚　꽃가지랑 꽃술에 임으로 날고 지고
戀 사모할련, 興 흥할흥, 繞 두를요, 攀 어루만질반, 揚 드날릴양
漆園(칠원) : 莊子가 漆園의 官員이 된 사실을 빌어 여기선 곧 莊子의
　　　　　別稱으로 쓰임

• **墻頭紅杏** | 保閑堂 申叔舟

　담머리의 붉은 살구꽃

數枝紅杏倚墻敁　몇가지 붉은 살구 담장에 기댔는데
雨霽風微日正遲　비 개어 바람 적어 하루 정녕 더디네
短築高栽應有意　낮은 담 높이 심은 것은 응당 뜻이 있음이니
春光已許四隣知　봄빛이 허락하여 이웃모두 알게 됐네
倚 기댈의 霽 비개일제, 遲 더딜지, 築 쌓을축, 應 응할응, 隣 이웃린
已許(이허) : 이미 허락함.

▪ 墻頭紅杏 | 乖厓 金守溫

담머리의 붉은 살구꽃

晉公名碎錦	진공(晉公)께서 쇄금(碎錦)이라고 이름 지은 것은
爲有杏花紅	살구꽃이 너무도 붉기 때문이었네
暖景騈枝鬧	포근한 봄이 되면 나란히 가지들 간들대고
昭光列樹烘	밝은 햇살 내리 쬐이면 줄지어서 나무는 불타네
香傳南陌店	꽃향기는 남맥점(南陌店)에서 전해왔고
影接上陽宮	그림자는 상양궁(上陽宮)에 이어졌네
胡蝶流鶯處	호랑나비 날고 뻐꾸기 노니는 곳은
春風最好中	봄 바람불어 가장 좋은 경치가 되었네

騈 나란히병, 鬧 시끄러울뇨, 烘 불탈홍, 接 이을접, 處 곳처

晉公(진공) : 당(唐)나라 배도(裵度)를 가리키는데 그는 난을 평정한 공
　　　　　로로 진국공(晉國公)에 봉해진 바가 있음.

碎錦(쇄금) : 배도의 별장 이름. 그는 자신의 별장 앞에 서 있는 문행(文
　　　　　杏) 100그루에 착안하여 별장의 이름을 '쇄금방(碎錦坊)'이
　　　　　라고 지었음.

南陌店(남맥점) : 당(唐)나라의 서울 장안(長安) 시내에서 홍등가가 있는
　　　　　번화한 거리의 이름임.

上陽宮(상양궁) : 당나라 때 낙수(洛水)의 물가에 세웠던 궁궐의 이름임.

流鶯(유앵) : 이 나무에서 저 나무로 옮겨다니며 우는 꾀꼬리

▪ 墻頭紅杏 | 四佳 徐居正

담머리의 붉은 살구꽃

杏花消息一番新	살구꽃 소식이 한번 새롭고
蓓蕾黏枝暖始繁	꽃봉오리 끈적이는 가지에 따뜻하자 번성하네
漠漠紅雲連白日	끝없는 붉은 구름 밝은 해에 연이었고
鮮鮮香雪起靑春	선명한 향기로운 눈 푸른 봄 일으키네

餘寒砭骨膚生粟　뼈에 스민 꽃샘추위로 껍질에 소름 돋고
細雨霑腮淚帶痕　두 뺨 적신 가랑비에 눈물이 맺혀 있네
更待月明疎影滿　달 밝길 기다리니 성근 그림자 가득해져
勝筵扶醉倩傍人　잔치에 흥 돋으려고 옆 사람을 단장하네

繁 번성할번, 漠漠(막막) : 끝없는 모양
砭 돌침폄, 膚 살갗부, 痕 흔적흔, 倩 예쁠천, 筵 잔치연
蓓蕾(배뢰) : 꽃봉오리, 꽃망울
黏枝(점지) : 끈적거리는 꽃눈이나 잎눈이 난 가지
生粟(생속) : 소름이 돋음
扶醉(부취) : 취기를 도움

▪ 墻頭紅杏 | 太虛亭 崔 恒

담머리의 붉은 살구꽃

半出雕墻有杏枝　무늬 새긴 담 너머로 반쯤 나온 살구가지
一堆團雪上梢時　둥근 눈 덩이 한 무더기 나무 끝에 오르네
赭臉初酣晴日屋　밝은 햇살 젖는 집에 취기 도는 붉은 뺨
丹心先向暖風枝　따뜻한 바람 부는 꽃가지에 어른 향한 충정
閑憑恰似窺園侶　한가히 기대니 흡사 뜰을 넘보는 연인 같고
懶倚還如倦繡兒　느긋하게 기대니 마치 수예에 질린 아이 같네
攀折瓊林記疇昔　옥 같은 숲에 오르자니 옛날생각 일어나는데
霞向散落入金卮　노을 향해 흩어지다 금 술잔에 떨어지네

雕 새길조, 堆 무더기퇴, 梢 나무끝초, 赭 붉을자
臉 뺨검, 窺 엿볼규, 攀 더위잡을반, 卮 술잔치
閑憑(한빙) : 한가로움을 빙자해서, 한가롭게
懶倚(나의) : 게으름에 기댐. 게으르게
疇昔(주석) : 접 때, 지난번

海棠花 <해당화, 太眞花>

▪ 朱脣得酒

붉은 입술 술 머금은 듯

[출전] 太虛亭 崔恒의 熟睡海棠

▪ 月轉長廊香霧霏

긴 행랑에 도는 달빛 퍼져나는 꽃 향기여

[출전] 保閑堂 申叔舟의 熟睡海棠

廊 행랑랑, 霧 안개무, 霏 날릴비

▪ 萬蕊千葩染似紅

만개 꽃수염 천개 꽃잎 붉게 물든 것 같네

[출전] 後村居士 劉克莊의 海棠

蕊 꽃술예, 葩 떨기파, 染 물들일염

▪ 紅點霏霏似撒沙

빨간 점은 싸락눈 모래위에 뿌린 것 같네

[출전] 後村居士 劉克莊의 海棠

霏 날릴비, 撒 뿌릴살

▪ 自餘妖艶浪紛拏

요염함 절로 넘쳐 흐드러지게 피었네

[출전] 太虛亭 崔恒의 熟睡海棠

妖 요염할요, 浪 물결랑, 拏 잡을나

· **春來已足佳人睡**

　　봄날에 와서 가인 잠재우기 충분하네

[출전]　二憂堂 趙泰采의 詠海棠

　　　　佳 아름다울가, 睡 잠잘수

· **綠玉條條紫玉華**

　　가지마다 푸른 구슬 자줏빛 아름다운 꽃이여

[출전]　荷屋 金左根의 海棠花

　　　　條 가지조, 紫 푸를자

· **終然帝王物**　　영원토록 제왕의 사랑이니

　妃子睡猶和　　잠에 취한 양귀비인 듯

[출전]　乖厓 金守溫의 熟睡海棠

　　　　終 마칠종, 睡 잠잘수, 猶 같을유

· **朱脣得酒猶難狀**

　金橘多酸亦倍嘉

　　술 머금은 붉은 입술 그려내기 어렵고

　　신맛 도는 노란 열매 또 더욱 가상해

[출전]　太虛亭 崔恒의 熟睡海棠

　　　　脣 입술순, 難 어려울난, 橘 귤귤, 酸 신맛산

· **朱脣得酒暈生臉**

　翠袖卷紗紅映肉

　　붉은 입술 술 머금은 듯 볼이 달아오르고

　　푸른 소매 깃 말리어 살에 붉게 비추네

[출전]　東坡 蘇軾의 定惠院 海棠

　　　　量 해와달무리운, 臉 뺨검, 袖 소매수

- **曉天煙露飾凝粧**
  剩許臙脂著海棠

　　새벽하늘 연기 속 이슬 짙은 화장하고
　　얼마만큼 연지로 해당화에 발랐더냐

[출전]　梅月堂 金時習의 海棠花

　　　　飾 꾸밀식, 凝 응길응, 剩 남을잉, 著 붙을착

- **薔薇欲落海棠開**
  花信知時次第廻

　　장미꽃 지려할 때 해당화 피어
　　꽃 소식은 때를 알아 차례로 돌아온다

[출전]　西坡 吳道一의 海棠

　　　　落 떨어질락, 第 차례제, 廻 돌회

- **淸秋湛露挹瓊芳**
  素影風搖玉砌旁

　　맑은 가을 이슬 내려 구슬 같은 꽃 뒤덮고
　　옥 섬돌 곁에 바람불어 흔들리는 맑은 그림자

[출전]　念祖 朱受新의 白秋海棠

　　　　湛 가득할담, 挹 퍼낼읍, 搖 흔들요, 砌 섬돌체

- **輕陰爭共薔薇院**
  艶態堪移少婦家

가볍고 짙음 장미와도 다투고

고운 자태라 젊은 부인 방에 옮겨 놓도다

[출전] 荷屋 金左根의 海棠花

　　　　輕 가벼울경, 艶 고울염, 堪 견딜감

- **綠葉點紅惱殺人**

  縱有千金可能買

  푸른 잎에 붉은 꽃 사람의 애를 태우는 듯

  천금이 있다한들 가히 살 수 있으리오

[출전] 梅月堂 金時習의 瀑布書院賞海棠

　　　　惱 번뇌뇌, 殺 죽일살, 縱 자유로울종

- **熟睡海棠** | 梅竹軒 成三問

  깊이 잠든 해당화

  　　子固不能詩　자고(子固)는 시를 잘 짓지 못했으니

  　　不能亦何傷　시 못 짓는다고 어찌 상처 받으리오

  　　我愛柳仲郢　내 유중영(柳仲郢)을 사랑하노니

  　　衣不喜薰香　옷이 향기 배는 것 좋아하지 않은 뿐이라

  　　能 능할능, 傷 상처상, 薰 훈훈할훈

  　子固(자고) : 당송팔대가(唐宋八大家)의 한 사람이었던 증공(曾鞏)의 자
  　　　　　　　(字)임. 송(宋)나라의 문인 팽연재(彭淵材)은 『냉량야화(冷凉
  　　　　　　　夜話)』에서 다섯 가지의 한을 얘기했는데, 그 가운데 넷째
  　　　　　　　로 해당화에 향기가 없는 것과 다섯째로 증공이 산문을 잘
  　　　　　　　지었지만 시에는 능하지 못했던 사실을 꼽은 바가 있음.

  　柳仲郢(유중영) : 당(唐)나라 때의 화원(華原)사람으로 근검·절약하는 자
  　　　　　　　세와 효행으로 이름이 높았음. 특히 향이 밴 좋은 옷
  　　　　　　　입기를 꺼렸다고 함.

衣不喜薰香(의불회훈향) : 이는 해당화가 향기가 없다는 사실을 위로한
대목임.

▪ 熟睡海棠 | 保閑堂 申叔舟

깊이 잠든 해당화

高人睡起掩朱扉　선비가 잠깨어 붉은 사립문 닫으니

月轉長廊香霧霏　긴 행랑에 달빛 돌아 향기 흩날리도다

獨繞芳叢燒短燭　홀로 예쁜 떨기들 둘러싸여 짧은 촛불 피우며

沈吟夜久更忘歸　밤 깊도록 읊으며 돌아갈 길 잊노라

掩 가릴엄, 扉 사립비, 霧 안개무, 霏 날릴비, 繞 두를요, 燭 촛불촉

高人(고인) : 고상한 선비

沈吟(침음) : 시를 지어내기 위해 머리 속에 떠오르는 시구들을 이러저
리 읊조려 봄.

▪ 海棠 二首 | 海湖 陳 澟

해당화 두수

其一

酒暈微微點玉腮　술기운이 살짝 옥 뺨에 오르고

暗香搖蕩隔林人　그윽한 향기 숲 건너 사람을 흔드네

紅杏紫桃無遠韻　붉은 살구 자주색 복숭아는 은근한 운치도 없는데

一枝都占上園春　오직 가지 하나로 상원의 봄을 모두 차지하네

暈 달무리운, 微 희미할미, 搖 흔들요, 隔 떨어질격, 韻 운치운, 腮 뺨시

其二

風輕不用臙脂雪　바람 가벼우니 연지의 눈처럼 떨어지지 않고

月冷潛驚玉露香　달 싸늘하니 옥 이슬의 향기에 놀랜다

別殿曉寒煙淡淡　별전엔 새벽이 차갑고 안개도 희맑으니

數枝和睡靚新粧　졸음에 어린 두어 가지 단장을 곱게 했네

輕 가벼울경, 睡 잠길잠, 曉 새벽효, 靚 단장할정

▪ 海棠 | 存齋 朴允默

해당화

無數猩紅點綠叢　무수히 붉은 빛과 파란 무더기들

艶輝四照夕陽中　온 사방 곱게 비쳐 저녁 햇살지네

忽看粉蝶翻身去　문득 흰나비가 몸을 뒤집고 날아드는 것 보고

掠得新英弄晚風　새로 핀 꽃 꺾어들고 저녁 바람에 희롱하네

猩紅(성홍) : 성성이 피같이 선명한 붉은 빛

叢 무더기총, 艶 고울염, 輝 빛날휘, 粉 가루분, 蝶 나비접

翻 뒤집힐번, 掠 노략질할략, 弄 희롱할롱

▪ 雲夜見寄海棠詩求和遂次其韻 | 楓皐 金祖淳

운야가 해당화 시를 보내고 화답을 청했으므로

그 운자를 빌어서 씀

國色紅酣艶態生　뛰어난 미모 한창 붉어 아름다운 자태 이뤘는데

綠房含雨細無聲　푸른 꽃받침 비 머금고 가늘어 소리도 없네

嬌姿不解憑欄語　고운 자태로 난간에 기대 속삭이는 말 들리지 않고

倩却東風百囀鶯　고요한데 문득 봄바람에 꾀꼬리 시끄럽네

遂 드디어수, 國色(국색) : 나라 안의 첫째가는 미인. 모란의 이칭

酣 한창감, 房 송이방, 嬌 교태교, 憑 기댈빙,

欄 난간란, 倩 고요할청, 囀 지저귈전

▪ 海棠 | 西坡 吳道一

해당화

薔薇欲落海棠開　장미꽃 지려할 때 해당화 피어나니

花信知時次第廻 꽃 소식은 때를 알아 차례로 돌아온다
不盡閒中哦詠料 한가로운 가운데 읊조릴 생각 끝이 없어
化翁於我定無猜 조물주는 나에게 시기함이 없는 듯

信 소식신, 哦 읊조릴아, 料 생각할료,
化翁(화옹) : 조물주, 猜 시기할시

- ### 海棠 | 文同(淸)

  해당화

  爲愛香苞照地紅 향기로운 꽃송이 땅위 붉게 비춰는 것 좋아서
  倚欄終日對芳叢 난간에 기대어 하루 종일 꽃 포기만 보노라
  夜深忽憶南枝好 밤 깊어 문득 남쪽가지 좋았던 것 기억하니
  把酒更來月明中 술 가지고서 또다시 달밤에 찾아 왔노라

  苞 꽃송이포, 照 비칠조, 欄 난간란, 把 잡을파

- ### 海棠 二首 | 後村居士 劉克莊(宋)

  해당화 두수

  其一

  萬蕊千葩染似紅 만개의 꽃수염 천개 꽃잎 붉게 물든 것 같아
  停杯無語恨東風 술잔 멈추고 말없이 동풍을 한탄하노라
  薄寒且爲花愁惱 조금 추워도 또 꽃 때문에 근심 쌓이는데
  何況開時値雨中 어찌하여 꽃이 필 때면 비까지 내리는고

  蕊 꽃술에, 染 물들일염, 薄 얇을박, 惱 번뇌할뇌

  其二

  紅點霏霏似撒沙 빨간 점은 날리어 모래 위에 뿌린 것 같고
  荒園幻作五侯家 황폐한 뜰이 환상으로 오후가 된 듯하네
  自憐改盡靑靑鬢 저절로 검은 머리카락 하나는 없는 것이 애석하여

無力栽花且看花　힘없이 꽃 심어 또 꽃만 바라보노라

霏 날릴비, 撒 뿌릴살, 鬢 귀밑머리빈, 栽 기를재

▪ 同兒輩賦未開海棠 | 遺山 元好問(元)

아이와 함께 피지 않은 해당화를 노래하다

翠葉輕籠豆顆勻　방울진 해당화 봉오리 잎사귀 사이에 달려 있고

胭脂濃抹蠟痕新　연지 바른 듯 붉고 납으로 봉한 듯 굳게 닫혀 있다

慇懃留著花梢露　은근히 나뭇가지의 이슬 붙들어 두는데

滴下生紅可惜春　방울 떨어져 붉은 꽃 나면 봄날은 애석하리라

著 붙을착, 梢 가지끝초, 惜 애석할석

豆顆(두과) : 콩알. 해당화 봉오리를 가리킴

胭脂(연지) : 화장품. "연지(臙脂)"라고도 쓴다.

濃抹(농말) : 짙게 칠함.

蠟痕(납흔) : 납으로 봉함.

留著(유착) : 붙들어 둔다.

▪ 白秋海棠 | 念祖 朱受新(淸)

가을날 해당화

淸秋湛露挹瓊芳　맑은 가을 이슬 쌓여 구슬 같은 꽃 누르고

素影風搖玉砌旁　밝은 그림자 옥계단 곁 바람이 흔드네

夜靜看花人獨立　고요한 밤 홀로 서서 꽃을 바라보는데

水晶簾外月如霜　수정렴 밖 달빛이 서리 같네

湛 잠길담, 挹 누를읍, 瓊 옥경, 搖 흔들요, 砌 섬돌체 簾 발렴

▪ 熟睡海棠 | 乖厓 金守溫

깊이 잠든 해당화

三月春將暮　삼월이라 봄은 장차 저무는데

開於第一花　제일 먼저 핀 꽃이라
精神頗媚好　정신은 자못 간드러지는데
態意欲嬌邪　자태는 더욱 교태부리네
帶雨頹繁錦　비 띄어 비단 가득 쓰러지고
迎風疊晚霞　바람맞자 저녁노을 쌓여가네
終然帝王物　영원토록 제왕의 사랑이니
妃子睡猶和　양귀비(楊貴妃)가 잠든 듯하네

媚 교태부릴미, 邪 사악할사, 頹 무너질퇴, 疊 쌓일첩
終然(종연) : 끝끝내. 영원토록
帝王(제왕) : 당(唐)나라의 현종(玄宗)을 가리킴
妃子(비자) : '子'는 뜻이 없이 쓰인 허자(虛字)이고, '妃'는 흔히 동백에
　　　　　　비유되던 양귀비(楊貴妃)를 가리킴

▪ 熟睡海棠 | 四佳 徐居正

깊이 잠든 해당화

一夜光風嫋海棠　하루 밤새 바람 불자 해당화 간들거리고
花開脉脉倚宮墻　꽃피어 끊임없이 궁궐 담에 기댔다
月烘氣力饒春睡　달빛은 기력 돋우려 봄잠에 빠졌다가
雨借精神起晚粧　비 맞고 정신 들어 늦은 단장 마쳤네
濃艷關心都是眛　농염하게 관심 끄니 모두가 멋스럽고
風流適意不須香　풍류가 뜻에 맞아 향기조차 필요 없다
杜陵可是無情思　두보(杜甫)의 생각 무정하다 하련만
留與蘇仙爲發揚　소식(蘇軾)와 더불어서 명성을 날렸구나

嫋 간드러질뇨, 墻 담장, 烘 불태울홍, 睡 졸수, 粧 단장할장
適 적합할적, 揚 드날릴양
光風(광풍) : 비가 갠 뒤에 부는 바람. 혹은 그 때의 아름답고 깨끗한
　　　　　　경치
脉脉(맥맥) : 끊임없이 이어지는 모양

都是(도시) : 모두가 ~이다

杜陵(두릉) : 당나라의 대시인 두보(杜甫)를 가리킴. 두보는 자신의 어머니 이름이 해당(海棠)이었던 때문에, 평생 동안 해당을 소재로 한 시 짓기를 피했다고 함.

蘇仙(소선) : 당(唐)나라의 문호(文豪) 소식(蘇軾)의 애칭. 소식은 「정혜원해당(定惠院海棠)」이란 작품에서 해당화를 찬미한 바가 있음.

▪ 熟睡海棠 | 太虛亭 崔 恒

깊이 잠든 해당화

端合神仙號此花	이 꽃 부르기에 신선의 꽃이 합당하니
自餘妖艶浪紛挐	요염함 절로 넘쳐 흐드러지게 피었네
何侍金盤薦華屋	언제나 금 쟁반에 올라 좋은 집에 알려질까
最宜銀燭照豪家	부잣집에 하얀 촛불 비출 때가 가장 마땅하도다
朱脣得酒猶難狀	술 머금은 붉은 입술 그려내기 어렵고
金橘多酸亦倍嘉	신맛 도는 금귤도 또한 더욱 가상하네
只怕狂風驚睡倒	다만 광풍에 졸다 놀라 거꾸러질까 두려우니
應須肉陣護周遮	수많은 미녀들로 병풍을 삼으시네

號 부를호, 挐 들라, 薦 추천할천, 豪 호사호, 酸 신맛산, 嘉 아름다울가

神仙(신선) : 당(唐)나라 때 해당화에 비견되는 양귀비(楊貴妃)가 태진(太眞)이란 도호(道號)를 지녔었기 때문에, 해당화는 '태진화(太眞花)'라는 별명과 함께 신선의 꽃으로 간주된 바가 있음.

端合(단합) : 꼭 들어맞음

自餘(자여) : 넉넉해서 저절로 남음

紛挐(분라) : 어시럽게 나뉨

應須(응수) : 반드시 꼭

肉陣(육진) : 당나라 현종(玄宗) 때의 권력자 양국충(楊國忠)은 사치가 극에 이르자, 객석(客席)에서 술을 마실 때 수없이 많은 미녀들을 주변에 세워 병풍으로 삼았다고 함.

▪ 海棠花 | 梅月堂 金時習

해당화

曉天煙露飾凝粧	새벽 하늘에 연기 이슬 짙은 화장 꾸미는데
剩許臙脂著海棠	얼마만큼 연기 남아 해당화에 발랐더냐
耽睡不知春酒醒	잠에 빠져 봄 술이 깬 줄도 모르는데
無香爭解蜜蜂狂	향기 없다 다투는 꿀벌 미친 걸 풀어 주네
正宜細雨勻含淚	가랑비에 골고루 눈물 머금은 게 정말 좋거니
莫被斜風暗斷腸	비껴 스쳐가는 바람에 몰래 애끊게 되지 마라
到得半開多意緒	반쯤이나 피었을 땐 생각하는 게 많으니
太眞嬌笑侍明皇	태진이 애교 있게 웃으며 명황(明皇)을 뫼시네

曉 새벽효, 飾 꾸밀식, 粧 단장할장, 剩 남을잉

蜜 꿀밀, 被 입을피, 緖 실마리서

太眞(태진) : 양귀비의 도호(道號)

明皇(명황) : 당나라 황제를 지칭함.

▪ 詠海棠 | 二憂堂 趙泰采

해당화를 읊다

數叢嘉樹得誰家	수많은 떨기 아름다운 나무 누구집에서 얻었는지
不意荒村有此花	거친 촌락에 이런 꽃이 없었지
宜與魏姚爭富貴	응당 모란과 부귀를 다투고
肯隨桃李鬪繁華	감히 도리화와 번성함을 따르네
春來已足佳人睡	봄날 와서 가히 가인을 잠재울 만한데
老去還增逐客嗟	늙어가니 쫓겨난 나그네 슬픔 더하네
時向竹籬揩病目	때때로 대 울타리 바라보다 병든 눈 닦아내고
自憐流落共天涯	함께 하늘가로 떠밀려가니 불쌍하구나

魏姚(위요) : 부귀를 뜻하는 모란꽃인 위자와 요황을 뜻함.

桃李(도리) : 복숭아와 오얏

嘉 아름다울가, 肯 감히긍 睡 잘수

▪ **海棠花** | 荷屋 金左根

해당화

綠玉條條紫玉華	푸른 구슬 가지마다 자주 구슬 꽃피어
幽禽啼去不勝斜	그윽한 새가 울고 가니 일어나지 못하네
輕陰爭共薔薇院	가볍고 짙어 장미 뜰에 함께 다투고
艶態堪移少婦家	고운 자태라 젊은 아낙 방에 옮겨 놓았네
睡月偏當歌酒席	달 밝아 한쪽 곁에 술자리 펴 놓으면
飜風猶帶海山沙	나부끼는 바람에 바닷모래 날아드네
有情花是無情地	유정한 꽃은 땅에 무정히도 떨어지는데
相看香蘭半面遮	바라보니 난초가 반은 가리고 있네

睡 잠잘수, 偏 곁편, 飜 나부낄번, 遮 가리울차

水仙花 <수선화>

· 瑤環嫋嫋斜

옥 같은 돌 곁에 부드럽고 아름답게 기울어졌네

[출전] 庸庵 宋玄僖의 題水仙圖三首

瑤 옥요, 嫋嫋(요뇨) : 부드럽고 아름다움

· 淸水眞看解脫仙

맑은 물에서 해탈한 신선을 진정 보겠네

[출전] 秋史 金正喜의 水仙花

解脫(해탈) : 굴레에서 벗어남. 깨달음

· 窓前葆得春風滿

창 앞에 더부룩 자라 봄바람 가득채웠네

[출전] 荷屋 金左根의 詠水仙花 三首

葆 풀무성할보, 滿 찰만

· 擎出金罍玉手開

부드러운 손을 펴서 금 술잔을 받쳐든 듯

[출전] 荷屋 金左根의 詠水仙花 三首

擎 들경, 罍 술동이뢰

· 爲洗新泉曝日華

샘물에 씻기우듯 볕에 바래서 하얗다

[출전] 學山 柳最鎭의 水仙花

洗 씻을세, 曝 쪼일폭

- **凌波仙骨玉妃肌**

  능파선의 신선기골이요 옥비 같은 살갖이라

  [출전] 荷亭 金永壽의 水仙花

  　　凌波仙(릉파선) : 물위를 걷는 물의 여신, 肌 살갖기

- **水晶宮裏宴江妃**

  수정궁 안에서 강비가 잔치 베푸는 듯

  [출전] 永庚 丁鶴年의 水仙花

  　　裏 속리

- **方丈仙葩秀出羣**

  열자길이 신선 같은 꽃 무리에서 빼어났네

  [출전] 風皐 金祖淳의 水仙花

  　　方丈(방장) : 사방 1장(10척)

  　　葩 떨기파, 羣 무리군

- **翠帶飄飄轉** 푸른 잎 바람에 가볍게 흩날리고

  瑤環嫋嫋斜 옥 같은 돌결에 부드럽고 아름답게 기울어졌네

  [출전] 庸庵 宋玄僖의 水仙花

  　　飄 날릴표, 瑤 옥구슬요, 嫋 아름다울뇨

- **一點冬心朶朶圓** 한 점의 싸늘한 꽃술 송이마다 둥글고

  品於幽澹冷雋邊 그윽하고 담박한 품격 냉철하고 빼어났네

  [출전] 秋史 金正喜의 詩句

  　　倚 기댈의, 叢 떨기총

- 水仙舊種自抽芽

  爲洗新泉曝日華

  수선화 옛날 종자 싹이 절로 솟아나

  새 샘물에 씻기우고 볕 쬐어 하얗다

  [출전] 學山 柳最鎭의 水仙

  　　　 舊 옛구, 抽 뽑을추, 曝 쬘폭

- 湘雲冉冉月依依

  翠袖霓裳作隊歸

  상수에 구름 깔려 달빛은 희미한데

  푸른 소매 신선이 춤추고 떼 지어 돌아오네

  [출전] 永庚 丁鶴年의 水仙花

  　　　 冉冉(염염) : 부드럽고 약한 모양

  　　　 袖 소매수

- 裙長帶裊寒偏耐

  玉質金相密更奇

  긴치마 간들거리며 추위를 이겨내는데

  옥 같은 성품에 금가루가 빽빽히 더욱 기이하네

  [출전] 師道 張伯淳의 題趙子固水仙圖

  　　　 裊 간드러질뇨, 耐 참을내

- 嵌巖咫尺生青靄

  嫩葉尋常拂絳幬

  아로새긴 바위 가까이 파란 이내 오르고

  여린 잎은 깊은 곳 붉은 휘장가에 나풀거리네

[출전] 凝窩 李源祚의 詩句
　　　　嵌 아로새길감, 靄 이내애, 嫩 어릴눈, 絳 붉을강, 幬 휘장주

▪ **凌波仙子生塵襪**

水上盈盈步微月

　　물 위 걷는 여신 물방울 먼지 일으키며
　　물 위를 가볍게 희미한 달빛 아래 걷는 듯
[출전] 山谷 黃庭堅의 水仙花
　　　　凌 넘을릉, 襪 버선말, 微 희미할미

▪ **繞砌露濃空見影**

隔簾風細但聞香

　　섬돌 둘러 이슬 짙어 공연히 그림자 보이고
　　발 넘어 바람 가늘게 단지 향기 보내오네
[출전] 白龍 梁辰魚의 水仙花
　　　　繞 두를요, 砌 섬돌체, 簾 발렴

▪ **題水仙圖 三首** | 庸庵 宋玄僖(明)

　　수선화 그림에 세수
　　　其一
　　　翠帶飄飄轉 푸른 잎 바람에 흩날리며 나부끼고
　　　瑤環嫋嫋斜 옥 같은 돌결에 부드럽고 아름답게 기울어져
　　　凌波淸夜無 능파선이우 맑은 밤 가리지 않고서
　　　月落未還家 달이 져도 집으로 돌아가지 않네
　　　飄 날릴표, 瑤 옥요, 嫋嫋(요뇨) : 부드럽고 아름다운 모양

其二

珠宮雲影薄　궁궐 구름 그림자 얇아지고

玉佩夜香寒　옥패에 밤 향기는 차갑네

明月能相照　밝은 달이 잘 비쳐 주어

愁來只自看　근심스레 와서 다만 스스로 보네

其三

天風吹汝急　하늘 바람 그대에게 급히 불어

羽化已能飛　날개가 생겨 이미 날아갈 수 있네

只恐凌雲去　다만 구름위로 사라짐이 두려운데

誰牽翡翠衣　누구 비취옷을 잡아 당길까

汝 너여, 飛 날비, 牽 끌견

▪ **水仙** │ 豹庵 姜世晃

수선화

清香忽訝雪中傳　맑은 향기는 문득 눈속에 전하여 맞이하고

曾向霜縑識面先　일찍이 찬 비단 향해 낯익은 듯 하네

好與梅兄在京洛　서울에서 매화와 더불어 좋아하였건만

緇塵不染素衣邊　하얀 옷 가에 검은 먼지 물들지 않았네

訝 의심할아, 縑 합사비단겸, 緇 검을치

京洛(경락) : 서울

▪ **水仙花** │ 秋史 金正喜

수선화

一點冬心朶朶圓　한 점의 싸늘한 꽃술 송이마다 둥근데

品於幽澹冷雋邊　그윽하고 담박한 품격 냉철하고 빼어났네

梅高猶未離庭砌　매화가 높다지만 뜨락을 못 면했는데

淸水眞看解脫仙　맑은 물에서 해탈한 신선을 진정 보겠구려

點 점점, 澹 담박할담, 儁 영특할준, 砌 섬돌체

解脫(해탈) : 질곡 또는 속박에서 벗어나게 함

▪ 詠水仙花 三首 | 荷屋 金左根

수선화를 읊다

其一

氣味高爭富貴家　기질과 풍미는 모란꽃과 다투지만

自持寒素去繁華　스스로 차고 소박함 가져 번화하게 사라지네

窓前葆得春風滿　창 앞에 무성히 자라 봄바람이 가득한데

想見仙山一種花　생각해 보니 신선이 한 송이 꽃 심어 놨겠지

富貴家(부귀가) : 부유한 집, 곧 부귀를 뜻하는 꽃, 牧丹을 이름

繁 번성할번, 葆 무성할보

其二

玉潔氷淸出衆芳　옥과 얼음같이 맑아 뭇꽃에서 뛰어난데

梅花蘭蕙强和光　매화와 난초가 그 빛과 어울리라 강요하네

出門一笑知何處　문 밖에 나가 한번 웃으며 있는 곳을 알아 보면

伊人宛在水中央　수선화 그대의 집은 물 가운데 있네

强 강요할강

和光(화광) : 빛살을 어울리게 하며 보잘 것 없는 것도 같게 한다.
　　　　(和其光同其塵)는 노자의 글귀를 줄여서 쓴 말

伊人(이인) : 수선화를 의인화

其三

盈盈脉脉落妃來　아름답게 고요히 보니 낙비가 오는데

擎出金罍玉手開　부드러운 손을 펴서 금술잔을 받쳐든 듯

好是月明相見處　달 밝은 때 서로 보니 진정 좋은 것인데

一團風味個中催　한 가닥 멋스러운 맛 그 중에 있도다

盈盈(영영) : 여자의 용태가 아름다운 모양

脉脉(맥맥) : 서로 정을 품고 바라보는 모양

擎 들경, 金罍(금뢰) : 금으로 만든 정중한 술잔

▪ 水仙花 | 老稼齋 金昌業

수선화

銀臺金盞絶纖瑕　은대금잔 절묘하게 섬세한데

東土何曾見此花　우리나라에선 일찍이 이런 꽃 본 적이 없네

燕市購來不論値　연경에서 사와서 값을 논할 수 없는데

稼翁好事亦堪誇　내가 호사스럽고 또 허황스럽네

銀臺金盞(은대금잔) : 꽃받침에 여섯 화방이 홑으로 펼쳐지고 노란 꽃술
　　　　　　　　　이 잔 모양으로 생긴 수선화의 일종

纖 가늘섬, 瑕 옥티하, 燕市(연시) : 청나라 서울 연경의 저잣거리

堪 자못감, 誇 자랑과, 購 살구

▪ 水仙花 | 紫霞 申緯

수선화

退房蓮菊莫咨嗟　연꽃 국화꽃 다 떨어졌다 원망을 마소

爭及非泥不土芽　진흙탕 아니라도 다투어 싹이 나니

伴我車中東渡鴨　나의 수레에 실어 압록강 건너오니

東人初識水仙花　우리나라 사람들 수선화를 처음 알게 됐네

咨 탄식할자, 泥 수렁니, 鴨 오리압

▪ 次吳生泰稷水仙花十絶 | 凝窩 李源祚

오태직의 수선화 시 열수에 차운하여

其一

愁絶寒花倚短叢　근심스런 찬 꽃이 짧은 떨기로 기대있고

水仙何日海之東　수선화는 어느 날에 바다 동쪽으로 왔는가
蘇黃題品多文勝　소식과 황정견은 문채 뛰어나다고 평가했는데
不見唐人舊譜中　당인의 옛 화보(花譜)에는 볼 수 없어라
愁絶(수절) : 근심
蘇黃(소황) : 송대의 문장 소식(蘇軾)과 황정견(黃庭堅)
題品 : 우열을 매김함. 文勝 (문승) : 지나치게 꾸며졌다는 뜻
譜 족보보, 唐人(당인) : 중국을 일컬음

其二

無物含生不土根　뿌리에 흙없이 사는 생물 없는데
孤寒何似性春溫　외롭고 차가운데 성품은 어이 봄같이 따스한가
詩人梅癖猶多事　시인들은 매화를 몹시 좋아하지만
郊島吟邊欲斷魂　맹교(孟郊)와 가도(賈島) 읊은 뒤 더욱 애절하여라
含 머금을함, 癖 버릇벽, 斷魂(단혼) : 몹시 슬퍼서 창자가 끊어짐

- **水仙花　二首** ｜ 荷亭 金永壽

　수선화를 두고 두 수 읊음

　　其一

　　金盞玉臺最絶奇　금잔옥대의 수선화 가장 뛰어나고 기이하여
　　枕流漱石浴氷肌　물베개와 돌양치질로 얼음 살갗을 씻은 듯
　　先春縱與梅爲友　봄을 앞질러 매화와 벗하여 같이 지내는데
　　枯樹猶嫌土着地　마른 가지가 땅에 박혀있는 것을 싫어하네
　　漱 양치수, 猶 오히려유, 嫌 싫어할혐

　　其二

　　汲灌淸泉撑石奇　맑은 샘물 물대니 돌 기대어 기이하고
　　凌波仙骨玉妃肌　기골은 능파선인 살갗은 옥비와 같네
　　蒜根薤葉雖相似　마늘뿌리 부추잎은 서로 비슷하지만

獨立娉婷不借枝　가지를 빌리지 않고도 예쁘게 홀로 서있네

汲 물길을급, 灌 물댈관, 撐 버틸탱, 蒜 마늘산

薤 부추해, 娉婷(빙정) : 예쁜 모습

▪ 水仙花 | 圭齋 南秉哲

수선화

分明薤葉與蔥根　분명 잎은 부추 같고 뿌리는 파 같은데

黯澹形骸惆悵痕　가냘픈 형체와 기골로 흔적이 슬프도다

何故令人看懊惱　무엇 때문에 사람들로 하여금 고뇌하게 하나

前身原是斷腸魂　전생은 원래 남의 혼을 끊는 몸이었나

薤 부추해, 蔥 파총, 黯澹(암담) : 어두컴컴함. 骸 뼈해

惆悵(추창) : 원망하는 모양, 惱 번뇌할 뇌

▪ 水仙詩又答小癡 | 威堂 申 櫶

수선화시로 또 소치에게 답함

仙花無葉獨閒香　수선화는 잎이 없으나 홀로 한가로이 향기 뿜고

宛在瀛洲水一方　완연히 제주도에 풀 한 곁에서 사네

三尺草師堂下草　초의선사의 집 아래의 키 작은 풀인데

海風吹到破天荒　해풍은 천지를 처음 여는 듯 불어와 이르렀네

宛 여전할완, 瀛洲(영주) : 제주의 별칭

草師(초사) : 초의선사의 준말

破天荒(파천황) : 전례가 없는 일을 처음으로 함. 천지가 미개한 때 혼돈
　　　　한 상태를 여는 것

▪ 趙子固 水仙 | 竹懶 李日華(明)

조자고의 水仙

幾番疑汝是氷魂　몇 번이나 그대를 氷魂으로 의식하고

淺渚微霜月映門　얇은 물가에 가는 서리 달은 문에 비치네
一暈輕黃破檀口　한번 달무리 누렇게 흩어져 향나무 뚫으니
半銖薄粉掩啼痕　半銖(반수)의 얇은 가루로 눈물 자국을 덮노라
渚 물가저, 暈 무리운, 薄 엷은박, 銖 무게단위수

• 水仙花 | 永庚 丁鶴年(明)

湘雲冉冉月依依　상수의 구름이 깔려 달빛은 희미한데
翠袖霓裳作隊歸　푸른 소매의 신선이 춤추고 떼 지어 돌아오네
怪底香風吹不斷　괴이하게도 향기로운 바람 멈추지 아니하니
水晶宮裏宴江妃　수정궁 속에서 강비가 잔치를 베풂이라
湘 물이름상, 冉冉(염염) : 늘어진 모양
依依(의의) : 늘어진 모양 霓 암무지개 예, 霓裳(예상) : 신선의 옷
水晶宮(수정궁) : 수정으로 만든 아름다운 궁전
江妃(강비) : 상수의 신, 순임금이 죽자 상수에서 자살함.
娥黃과 女英

• 題風中水仙花圖 | 伯溫 劉基(明)

바람속의 수선화 그림에 씀

癡妬封家十八姨　봉가네 질투하는 바람의 신이
不爭好惡故相欺　좋고 나쁨을 다투지 않으면서도 서로 속이네
沅湘日暮派濤起　원수 상수 해 저물어 파도 일어나는데
翠蕩瑤翻欲渡遲　푸른 큰 물결 일렁이니 건너려 해도 더디네
癡 어리석을치, 妬 투기할투, 姨 이모이
十八姨(십팔이) : 풍신(風神), 欺 속일기, 蕩 넓을탕, 遲 더딜지

▪ 題趙子固水仙圖 | 師道 張伯淳(元)

조자고가 그린 수선화에 씀

裙長帶裊寒偏耐　긴 치마 간들거리며 추위를 이겨내는데
玉質金相密更奇　옥같은 성품에 금가루가 빽빽해 더욱 기이하네
見畵如花花似畵　그림은 꽃과 같고 꽃은 그림과 같은데
西興渡口晩晴時　서흥의 나루터에 늦게 날씨 개이네

子固(자고) : 서화의 대가. 趙孟頫(조맹부) : 자앙(子昻)의 종형
裙 치마군, 裊 간들거릴뇨, 偏 치우칠편, 耐 참을내
西興(서흥) : 오흥(吳興)의 서쪽, 渡口(도구) : 나룻터

▪ 水仙花 | 貢夫 劉 攽(宋)

수선화

早於桃李晩於梅　도화보다 빠르고 매화보다 늦은데
冰雪肌膚姑射來　얼음같은 살결 눈같은 피부의 고야선인 찾아왔네
明月寒霜中夜靜　밝은 달 찬 서리 내려 밤 깊어 고요한데
素娥靑女共徘徊　달선녀와 눈신선이 함께 노니는 듯

肌 살가죽기, 膚 살갗부, 姑 시어미고
姑射(고야) : 살갗이 흰 신선
素娥(소아) : 백의의 항아(嫦娥)
靑女(청녀) : 서리와 눈을 맡은 신

▪ 安怪石於磁椀種水仙花 | 凝窩 李源祚

사기 주발에 괴석이 있는데 수선화를 심다

黃玉之花碧玉流　황옥 같은 꽃 푸른 옥 구르는데
眠中排置一仙區　보아하니 신선마을 꾸며 놓았네
嵌巖咫尺生靑靄　골짜기 바위 가까이 파란 이내 오르고
嫩葉尋常拂絳幬　여린 잎은 깊은 곳 붉은 휘장가에서 나풀거린다

泥土不近眞異種　더러운 땅을 멀리하니 진정 기이한 종자인데
疊空雖貌郎瀛洲　공간 비록 작다지만 이것이 바로 영주일세
南來近日多奇事　남쪽으로 온 뒤 많은 기이한 일 많은데
草樹雲烟入臥遊　풀 나무 구름연기는 누워서도 즐겨보네

置 둘치, 嵌 아로새길감, 靄 이내애, 嫩 어릴눈, 絳 붉을강
幬 휘장주, 疊 작은구멍뢰, 貌 작을묘
瀛洲(영주) : 三神山(삼신산)의 하나. 동해에 있으며 신선이 산다고 함.

- **水仙花** | 楓皐 金祖淳

  수선화

  方丈仙葩秀出羣　열 자 길이 아름다운 꽃 무리에서 빼어난데
  玄冬抽葉綠紛紛　깊은 겨울 잎이 솟아 푸르게 뒤섞였네
  羞從衆艶爭春雨　뭇꽃들과 부끄러워하며 봄 비에 다투어 피고
  任是高情托水雲　높은 정취는 수운향(水雲鄕)에 맡겨 두었네
  羅襪凌波驚子建　비단 버선 물위 걸어 자건(子建)이 놀라고
  白頭如雪怨文君　흰머리 눈과 같아 문군(文君)이 원망하는 듯
  夜來却伴梅兄宿　밤들어 도리어 매화와 짝지어 함께 잠들면
  香色都無兩可分　도무지 향기와 빛 분별하기 어려워라

  方丈(방장) : 열자길이, 葩 떨기파, 羣 무리군
  羞 부끄러울수, 襪 버선말, 驚 놀랄경
  子建(자건) : 曹植의 字. 魏文帝의 아우로 문장이 뛰어남.
  卓文君(탁문군) : 漢代의 여류문학가. 司馬相如의 아내로 글을 잘 쓰고
  　　　　　　　　지혜로왔다. 白頭吟을 지었다.

- **水仙花** | 山谷 黃庭堅(宋)

  수선화

  凌波仙子生塵襪　물 위를 걷는 여신이 버선에 물방울 튕기며

水上盈盈步微月　물 위를 살랑살랑 희미한 달빛 아래 걷는 듯
是誰招此斷腸魂　이건 누가 이처럼 애끓는 혼을 불러온 건가
種作寒花寄愁絶　심어서 겨울의 꽃을 만들어 애절한 시름을 부쳤네
含香體素欲傾城　향기 머금은 흰 몸은 城을 무너뜨릴 만하고
山礬是弟梅是兄　산반꽃은 아우요 매화는 형뻘이 되네
坐對眞成被花惱　앉아 보고 있으니 정말로 꽃은 나를 고민하게 하고
出門一笑大江橫　문을 나가 크게 웃으니 큰 강이 비껴 흐르네

凌波仙子(능파선자) : 조식(曹植)의 <낙신부(洛神賦)>에 '물결을 타고 가
　　　　　　　벼이 걸으면 비단 버선에선 먼지가 나는 듯'하다고 낙수(落
　　　　　　　水)의 여신을 형용하고 있다. 따라서 능파선자는 물결을 타
　　　　　　　고 걷는 물의 여신

生塵襪(생진말) : 버선에서 나는 먼지처럼 수연(水煙)이 일어나는 것
盈盈(영영) : 가벼이 천천히 걷는 모양
寒花(한화) : 겨울 추울 때 피는 꽃. 곧 수선화(水仙花)
愁絶(수절) : 애절한 시름
體素(체소) : 체질이 흰 것
山礬(산반) : 꽃 이름. 칠리향화(七里香花)·芸香(운향)·정화(掟花)·柘花
　　　　　(자화) 등의 이름이 있다. 주로 중국 남부 지방 산야에 있는
　　　　　목본(木本) 식물임.

▪ 水仙花 ｜白龍　梁辰魚(明)

　수선화

幽花開處月微茫　그윽한 꽃 피는 곳 달빛은 희미해
秋水凝神黠淡粧　가을 물 정기가 엉겨 맑게 단장했네
繞砌露濃空見影　섬돌 둘러 이슬 짙어 공연히 그림자 보이고
隔簾風細但聞香　발 넘어 바람 가늘게 단지 향기 보내오네
瑤壇夜靜黃冠濕　요단엔 밤 깊어 도사의 관이 젖어 있고
小洞秋深玉佩凉　골짜기엔 가을 깊어 옥패물 서늘하네

一段凌波堪畫處　한 가닥 물결을 뛰어넘은 그림을 보고
至今詞賦憶陳王　지금 글 지으며 진왕(陳王)을 기억하네

黯 아득할암
瑤壇(요단) : 신선이 머무는 단. 도사가 도를 닦는 단
黃冠(황관) : 노란 빛의 관. 옛날에는 야인이 썼으며 후세에는 도사가 썼다.
濕 젖을습, 陳王(진왕) : 위나라 조식(曹植)

冬栢 <동백>

- **雪中花葉翠交紅**

  눈 속에서 꽃 잎 푸르고 붉게 어울리네

  [출전] 保閑堂 申叔舟의 雪中冬栢

  葉 잎엽, 翠 푸를취

- **葩鮮肯借醉潮紅**

  맑고 고운 꽃잎은 붉은 취기 벌렸네

  [출전] 太虛亭 崔恒의 雪中冬栢

  葩 꽃떨기파, 潮 조수조

- **雪裏多靑樹** 눈 속에 겨울날 푸른 나무

  寒花爛熳開 찬 꽃 흐드러지게 피었네

  [출전] 二憂堂 趙泰采의 詠冬栢

  裏 속리, 爛熳(난만) : 흐드러지게 핀 모양

- **嚴風已積紅猶綻**

  毒雪交麾翠且重

  엄한 바람 몰아쳐도 붉은 꽃 오히려 터뜨리고

  독한 눈 휘날려도 푸른 잎 또 겹치네

  [출전] 寓菴 南九明의 冬栢雪中半開

  嚴 엄할엄, 綻 터질탄, 麾 대장기휘

- **雪中冬栢** | 梅竹軒 成三問

　눈 속의 동백

　　高潔梅兄行　고상하고 순결함은 매화의 위치이고
　　嬋娟或過哉　곱고 예쁜 것은 혹시 뛰어나도다
　　此花多我國　이 꽃 우리나라에 많은데
　　宜是號蓬萊　응당 봉래(蓬萊)라고 불러야 하리라
　　潔 맑을결, 號 부를호
　　梅兄行(매형항) : 매화에 해당하는 항렬임. '梅兄'은 매화를 의인화한 표
　　　　　　　　　현인데, 황정견(黃庭堅)이 수선화를 읊으면서 처음으로
　　　　　　　　　이런 표현을 썼음.
　　嬋娟(선연) : 곱고도 아름다움
　　過(과) : 지나침. 뛰어남
　　蓬萊(봉래) : 신선들이 산다고 하는 봉래섬.

- **詠冬栢** | 二憂堂 趙泰采

　동백을 읊다

　　雪裏冬靑樹　눈 속에 겨울날 푸르른 나무에
　　寒花爛熳開　싸늘하게 찬란한 꽃 피었네
　　畜生如早識　만약 축생의 도를 일찍 알았다면
　　紅錦未應栽　붉은 꽃 응당 심지 않았으리
　　裏 속리, 畜生(축생) : 생전의 죄를 사후를 벌 받는 것

- **雪中冬栢** | 保閑堂 申叔舟

　눈속의 동백

　　臘底凝陰數已窮　세모 아래 음기모여 운세 이미 궁하고
　　一端春意暗然通　한 조각 봄의 뜻 비밀스레 통했네
　　竹友梅兄應互讓　대와 매화 벗이 되어 서로 양보하고

雪中花葉翠交紅　눈 속에서 꽃 잎 푸르고 붉게 어울리네

臘 섣달랍, 端 끝단, 讓 양보할양, 翠 푸를취

凝陰(응음) : 음기가 엉겼음. 한 겨울에는 음기가 가득하다고 동지(冬至)
　　　　　가 되면 비로소 양기가 하나씩 생겨난다고 함.

數(수) : 운수. 운세

- **冬栢** | 涬溟 尹順之

　동백

　　碧玉粰成一樹新　푸른 옥으로 만든 약과처럼 한그루 새롭고
　　纔看紅萼委芳塵　잠깐 보니 빨간 꽃받침엔 향기로운 가루 있네
　　枝間已結繁英細　가지 사이에 이미 작은 꽃부리들 번성히 맺어
　　擬待明年放早春　아마도 내년 이른 봄에 다시 피려나 보다

　　粰 중배끼여, 萼 꽃받침악, 擬 추측할의

- **雪中冬栢** | 乖厓 金守溫

　눈 속의 동백

　　共識春前艶　봄 전에 피는 꽃은 누구나 안다지만
　　那知雪後花　눈 내린 뒤 피는 꽃을 어찌 알리오
　　寒巖猶自茂　바윗돌 차가와도 오히려 절로 무성해서
　　勢晏欲誰誇　그 형세 편안하니 어느 뉘에 자랑할까
　　耿節西山餓　굳센 절개는 백이(伯夷)와 숙제(叔齊)인 듯
　　豊腴北里酡　풍성한 윤기는 유곽(遊廓)에서 술 취한 듯
　　春生與秋殺　봄에 나서 가을에 죽는 꽃들이여
　　此意定如何　이 뜻 진정 어떠하더냐

　　識 알식, 艶 고울염, 那 어찌나, 巖 바위암, 勢 형세세, 誇 자랑할과
　　餓 배주릴아, 酡 얼굴붉을타, 殺 죽을살
　　西山(서산) : 쥬(周)나라의 충신이었던 백이(伯夷)와 숙제(叔齊)가 절개를

지키다가 굶주려 죽은 산의 이름임.

豊腴(풍유) : 풍성하고 기름지게 살찜

北里(북리) : 창부가 있는 곳. 홍등가

▪ 雪中冬栢 | 太虛亭 崔恒

눈속의 동백

轉眼千芳掃一風　돌아보니 온갖 꽃들 한 줄기 바람에 쓸려가고

怜渠獨占臘天中　가련하게 홀로 겨울 날씨 속에 있네

也應北帝思傾國　동장군도 당연히 예쁜 꽃을 생각해서

自是東皇讓顓功　봄의 신이 공 세우라고 양보했구나

葉嫩不生寒粟碧　어린잎은 나지 않고 찬 소름 푸른데

葩鮮肯借醉潮紅　고운 꽃잎은 붉은 취기 얼른 빌렸네

六出圍時奇始見　여섯 장 나와 꽃잎 두르니 기이한 자태 보여

直須遮斷照晴瞳　다만 맑은 날의 먼동이 비치는 걸 막으려는 듯

臘天(납천) : 세모의 하늘. 한겨울의 날씨

轉 돌전, 讓 사양양, 嫩 어릴눈, 肯 즐길긍

也應(야응) : 응당. 당연히

北帝(북제) : 겨울의 신

傾國(경국) : '경국지색(傾國之色)'의 준말로 매우 예쁜 여인. 여기서는
　　　　　　아름다운 꽃을 가리킴

瞳 눈동자동

東皇(동황) : 봄의 신

顓功(전공) : 공을 독차지함.

寒粟(한속) : 추을 때 돋는 소름

醉潮(취조) : 취기. 술기운

六出(육출) : 여섯 장의 꽃잎을 가진 꽃

直須(직수) : 다만 꼭

- **雪中冬栢** | 四佳 徐居正

  눈속의 동백

花神多事竊洪鈞	꽃의 신은 일도 많아 조물주도 모르게
別遣花開歲暮新	별도로 꽃피어 보내주니 세모가 새로워라
妙蕚全憑寒氣好	예쁜 송이 오로지 찬 기운에도 좋고
高標不許衆芳隣	높이 솟아 다른 예쁜 꽃들 가까이 허락치 않네
翠禽拂盡枝邊雪	물총새는 가지 곁의 눈 다 털어내고
羯鼓催殘臘底春	장구는 섣달 아래 봄이 가길 재촉하네
天地中間少風韻	하늘과 땅 사이에 풍류와 운치 적어서
移來畵上欲精神	그림으로 옮겨와 정신 맑게 하고자

  竊 훔칠절, 遣 보낼견, 蕚 꽃부리악, 憑 기댈빙, 隣 이웃린

  洪鈞(홍균) : 만물을 창조하는 조물주

  翠禽(취금) : 물총새. 여기서는 바람에 날리는 푸른 잎을 가리킴.

  羯鼓(갈고) : 북채로 양면을 치도록 만든 북. 곧 장구. 여기서는 동백의
  꽃봉오리가 장구채의 두드리는 끝 부분처럼 생긴 것에 착
  안한 표현임.

  風韻(풍운) : 풍도(風度)와 운치(韻致). 멋스런 풍채(風采)

- **冬栢雪中半開** | 寓菴 南九明

  동백이 눈 속에 반쯤피어

莫道天時屬季冬	계절이 늦겨울이라 말하지 마소
堂前栢樹有春容	집 앞 동백나무는 봄 자태 품고 있네
嚴風已積紅猶綻	엄한 바람 계속돼도 오히려 붉은 꽃 터뜨리고
毒雪交麾翠且重	지독한 눈 휘날려도 또 푸른 빛 겹치네
淡罷花奴輕洗顔	담담한 무궁화가 가벼이 얼굴 씻은 듯
醉餘妃子半開胸	술 취한 듯 비자가 반쯤 가슴을 헤친 듯
願憑健步移靈種	원컨대 빨리 달려가 저 꽃을 옮겨다가

霑得瓊林玉露濃　궁궐 뜰 짙은 이슬에 젖게 하리라

綻 터질탄, 麾 대장기휘, 花奴 : 무궁화

胸 가슴흉, 憑 부탁할빙, 霑 젖을점, 瓊林(경림) : 궁궐안의 정원

紫微花 <자미화, 배롱나무>

·影隨紅日上東廊

붉은 해 드리운 그림자 동쪽 사랑에 오르네

[출전] 太虛亭 崔恒의 爛漫紫薇

隨 따를수, 廊 행랑랑

·錦蕚初繁影漸交

고운 꽃송이 처음 무성해져 그림자 점점 번지네

[출전] 四佳 徐居正의 爛漫紫薇

蕚 꽃부리악, 繁 번성할번

·一樹名花獨占幽

情芬千古正悠悠

한 그루 이름 높은 꽃이 그윽한 곳에 점했는데

긴 세월 정답게 참으로 유유하다

[출전] 保閑堂 申叔舟의 爛漫紫薇

獨 홀로독, 芬 향기분

·檀心未吐香先聞

錦蕚初繁影漸交

붉은 꽃술 토하기 전 향기 먼저 맡아지고

고운 꽃송이 처음 무성해 그림자 점점 번져가네

[출전] 四佳 徐居正의 爛漫紫薇

檀 붉은단, 蕚 꽃부리악, 漸 더욱점, 錦 비단금

- **爛漫紫薇** | 梅竹軒 成三問

　　흐드러진 자미화

　　　歲歲絲綸閣　해마다 중서성(中書省)에서
　　　抽毫對紫薇　붓 들고서 자미화를 마주했네
　　　今來花下飮　오늘 꽃 아래서 술 마시니
　　　到處似相隨　도처에서 서로 따르는 듯 하네
　　　毫 붓호, 飮 마실음, 處 곳처, 隨 따를수
　　　絲綸閣(사륜각) : 임금의 명령서를 다루는 관각(館閣). 주로 중서성(中書
　　　　　　　　　省)에서 이 일을 담당하였는데, 중서성 마당에는 흔히
　　　　　　　　　자미화를 심었음. 絲綸(사륜)은 천자나 임금의 조칙(詔
　　　　　　　　　勅)을 가리킴.
　　　抽毫(추호) : 붓을 뽑아 듦.

- **爛漫紫薇** | 保閑堂 申叔舟

　　흐드러진 자미화

　　　一樹名花獨占幽　한 그루 이름 높은 곳이 그윽한 곳에 정했는데
　　　情芬千古正悠悠　긴 세월 정답게 참으로 유유하다
　　　終須對咏慰孤寂　끝내 마주하고 외로움을 위안 삼으려 읊는데
　　　爛漫墙頭紫霧浮　흐드러지게 계단머리에 자주 빛 안개 떠 있네
　　　芬 향기로울분, 慰 위로할위, 霧 안개무
　　　悠悠(유유) : 매우 한가한 모양
　　　紫霧(자무) : 자줏빛 안개, 여기서는 흐드러지게 핀 자미화 꽃 더미

- **爛漫紫薇** | 乖厓 金守溫

　　흐드러진 자미화

　　　高樹堪合袍　높다란 나무 둘레가 한 아름되고
　　　花好可開襟　꽃이 좋아 가히 흉금 털어 놓도다

天氣夏將晩　날씨는 여름이 저물어가고
人傑樂在今　인걸들은 지금에야 즐겁네
幽香隨枕簟　그윽한 향은 잠자리에 들어오고
繁影蔭樽琴　빽빽한 그림자는 술자리에 쌓이네
更擧王孫酒　다시금 왕손(王孫)과 술 들고서
時因醉後吟　때때로 취한 뒤에 읊조리누나
堪 견딜감, 隨 따를수, 傑 준걸걸, 蔭 덮을음
合袍(합포) : 도포 자락을 좌우로 여민다는 뜻인데, 거수(巨樹) 또는 한
　　　　　아름이라는 뜻을 지님.
開襟(개금) : 마음을 엶. 흉금을 터 놓음
枕簟(침점) : 베개와 자리, 곧 잠자리를 가리킴.
樽琴(준금) : 술통과 거문고. 곧 술자리를 가리킴.
王孫(왕손) : 흔히 상대를 가리키는 말로 쓰이는데 여기서는 안평대군을
　　　　　가리킴.

- **爛漫紫薇** | 太虛亭 崔 恒

　흐드러진 자미화

葳蕤一樹映華堂　무성한 한 그루 고운 집에 비치면
撩盡高人錦繡腸　고상한 저 선비님 시심을 돋구네
紫袍璀璨多情麗　자주색 도포 찬란하여 다정하며 아름답고
金縷丰茸炫眼芳　금빛 실낱 무성하여 현란하고 고와라
香遍淸風來北牖　맑은 바람에 퍼진 향기 북창 너머 찾아오고
影隨紅日上東廊　붉은 해에 드리운 그림자 동쪽 사랑에 오르네
演綸有客怜尤絶　중서성(中書省)의 나그네가 절경이 안타까워
坐到黃昏覓句忙　해 늦도록 앉아서 시구 찾기 바쁘다
袍 도포포, 麗 고울려, 炫 밝을현, 牖 창유, 廊 행랑랑, 尤 더욱우
覓 찾을멱, 忙 바쁠망
葳蕤(위유) : 초목이 아름다운 모양, 성한 모양
錦繡腸(금수장) : 비단 수를 놓은 내장이란 뜻으로 시인의 마음, 곧 시

심(詩心)을 가리킴

璀璨(최찬) : 옥이 뿜는 광채. 아름다운 빛깔.

丰容(봉용) : 많고 무성한 모양

演綸(연륜) : 임금의 명령을 다룸. 주로 중서성(中書省)에서 이 일을 담
당하였는데, 중서성 마당에 흔히 자미화를 심었음. 자미화
는 목백일홍을 가리킴

爛熳紫薇 | 四佳 徐居正

흐드러진 자미화

詞臣吟賞倚詩豪　너를 보면 시인들은 호방한 시 짓게 되고
公子風流價倍高　공자들의 풍류는 그 값이 배가 된다
種出星垣增偃騫　씨 나온 성원(星垣)에서 눕고 굽음 더했고
花開宮樣詫嬌嬈　꽃이 핀 궁궐에서 미모를 자랑하네
檀心未吐香先聞　붉은 꽃술 토하기 전 향기 먼저 맡아지고
錦蕚初繁影漸交　고운 꽃송이 처음 무성해져 그림자 점점 번져가네
別有一枝西掖暮　특별한 한 가지 서녘빛을 끼고서
年年寂寞對吾曹　해마다 고요하게 우리들을 마주하네

賞 감상할상, 豪 호방할호, 偃 누울언, 騫 굽을건

嬌嬈(고요) : 교태부리는 예쁜 모양

蕚 꽃부리악, 漸 점점점, 掖 낄액

星垣(성원) : 중국의 고대 천문학에서 말하는 세 개의 중요한 별인 태미
원(太微垣), 자미원(紫微垣), 천제원(天帝垣)을 총칭하는 말
로, 흔히 삼원(三垣)이라고 불렀음. 그러나 여기서는 임금의
명령서를 작성하는 중서성(中書省)을 가리키는데, 중서성
앞마당에는 자미화를 주로 심던 관례가 있었음.

宮樣(궁양) : 궁궐을 높이 부르는 말임

檀心(단심) : 붉은 빛이 나는 꽃술

錦蕚(금악) : 비단 꽃받침. 역기서는 곱게 핀 꽃송이를 가리킴

百日紅 <백일홍>

▪ **畵堂高處獨嫣然**

　　화당 높은 곳에 홀로 예쁘게 피었네

[출전]　太虛亭 崔恒의 百日紅

　　　　處 곳처, 嫣 예쁠언

▪ **猩紅百日垂垂盡**

　　핏빛으로 백일 피어 치렁치렁 드리웠네

[출전]　四佳 徐居正의 百日紅

　　　　猩 성성할성, 垂 드리울수

▪ **相看一百日**　서로 백일 동안 바라보니

　對爾好含杯　그대 보면 술 마시기 좋아라

[출전]　梅竹軒 成三問의 百日紅

　　　　爾 너이, 含 머금을함

▪ **芳英相續十旬間**

　淸興悠然可解顔

　　어여쁘고 뛰어나 백일을 이어가고

　　맑은 흥 피어올라 얼굴 피어나도다

[출전]　保閑堂 申叔舟의 百日紅

　　　　續 이을속, 解 풀해, 顔 얼굴안

▪ **經霜與雪心逾苦**

　自夏徂秋態自濃

서리지나 눈 겪으니 마음 더욱 괴롭고

여름부터 가을오니 자태 절로 짙구나

[출전] 牧隱 李穡의 詠百日紅

　　　　逾 더욱유, 態 모양태, 濃 짙을농

- **誰遣香魂十旬返**

  更留醉臉千日娟

　　누가 향긋한 혼 보내 백일후에 돌아가게 했나

　　아직도 붉은 뺨 남겨 천일동안 어여뻐라

[출전] 太虛亭 崔恒의 百日紅

　　　　旬 열흘순, 醉 푸를취, 臉 뺨검

- **猩紅百日垂垂盡**

  羯鼓三枝故故催

　　핏빛으로 백일 피어 치렁치렁 드리웠고

　　피지 않은 꽃송이 세 가지 이따금 두드려 재촉하네

[출전] 四佳 徐居正의 百日紅

　　　　盡 다할진, 羯鼓(갈고) : 장고, 催 재촉할최

- **百日紅** | 梅竹軒 成三問

  백일홍

　　　　昨夕一花衰　어제 저녁 한 송이 지더니

　　　　今朝一花開　오늘 아침엔 한 송이 피었네

　　　　相看一百日　서로 백일동안 바라보았으니

　　　　對爾好含杯　그대 바라보며 술 마시기 좋아라

　　　　衰 쇠할쇠, 爾 너이, 杯 잔배

　　　　含杯(함배) : 술잔을 머금다. 술을 마시다

- **百日紅** | 保閑堂 申叔舟

  백일홍

  芳英相續十旬間　어여쁘고 뛰어나 백일을 이어가고
  淸興悠然可解顏　맑은 흥 피어올라 얼굴 피어나도다
  世上榮華無十日　세상의 영화는 열흘도 못가니
  也須相就酌中山　반드시 너를 보며 산중에서 술 마시리
  續 이을속, 解 풀해, 顏 얼굴안
  十旬(십순) : 백일
  悠然(유연) : 구름이나 생각 따위가 뭉게뭉게 피어나는 모양
  也須(야수) : 반드시. 꼭

- **百日紅** | 乖厓 金守溫

  백일홍

  佳林鬱成簇　아름다운 수풀에 울창하게 모여
  花氣亂渾渾　꽃 내음 어지러이 물씬하게 풍겨난다
  挽得東君住　봄바람 머물도록 만류하여
  長留上苑痕　상원(上苑)에 오래도록 잡아두었네
  三春歡不足　삼춘(三春)의 즐거움이 부족한데
  百日賞堪論　백일 동안 완상은 얘기할 만 하구나
  安得身長健　어떡하면 이 몸뚱이 오래도록 건장하여
  相尋對酒樽　너를 찾아가 술동이 마주할까
  鬱 빽빽할울, 簇 모일족, 痕 흔적흔, 健 건강할건
  渾渾(혼혼) : 물이나 냄새가 흐르거나 솟아나는 모양. 어지러움. 심오해
  　　　　　　서 알기 어려운 모양
  上苑(상원) : 천자의 동산, 대궐 안의 동산

- **庭前百日紅** | 八吾軒 金聲久

  뜰 앞의 백일홍을 보고

  憔悴三年客　삼년 떠도는 나그네 초췌하고
  嬋娟百日紅　백일홍은 곱고 아름다워
  吾顔隨日改　나의 얼굴은 날마다 늙어가는데
  花色逐年同　너는 해마다 꼭같이 피어나네
  晩蝶尋寒蘂　때늦은 나비는 찬 꽃술을 찾고
  殘蟬咽暮空　철 늦은 매미는 저물녘에 목놓아 우네
  悠悠歲將晏　유유히 해가 저물어 늦은 때
  歸思轉忽忽　돌아갈 생각에 바쁘기만 하네

  憔 파리할초, 悴 파리할췌, 嬋 아름다울선, 娟 예쁠연, 逐 쫓을축
  蝶 나비접, 咽 목메일열, 晏 저물안, 忽 바쁠총

- **詠百日紅** | 牧隱 李 穡

  백일홍을 읊다

  靑靑松葉四時同　푸르른 솔잎은 사시에 한가지인데
  又見仙葩百日紅　또 신선 같은 꽃 보니 백일홍이라
  新故相承成一色　새 것 묵은 것 서로 이어 일색이 되니
  天公巧思儘難窮　조물주의 공교한 생각은 알기가 어렵네
  經霜與雪心逾苦　서리지나 눈을 겪으니 마음 더욱 괴롭고
  自夏徂秋態自濃　여름부터 가을오니 자태는 절로 짙구나
  物自不齊齊者少　만물 절로 균일됨 없고 균일된 자는 적은데
  對花三歎白頭翁　꽃을 보며 세 번 감탄하는 흰머리의 늙은이

  葩 떨기파, 徂 갈조, 承 이을승, 難 어려울난, 態 모양태, 對 대할대

- **百日紅** | 太虛亭 崔 恒

  백일홍

  畵堂高處獨嫣然　화당(畵堂) 높은 곳에 홀로 고운 붉은 꽃
  先後紅芳一樣鮮　앞뒤로 붉은 꽃들 하나같이 깨끗하네
  誰遣香魂十旬返　누가 향긋한 혼 보내 백일후에 돌아가게 했나
  更留醉臉千日娟　이직도 붉은 뺨 남겨 천일동안 어여뻐라
  堪隨錦障輝金谷　비단 장니(障泥) 따라서 금곡에 광채 뿜고
  要伴霓裳照綺筵　신선의 춤과 함께 비단잔치에 비추네
  三萬六千渾一餉　백년이라 인생이 짧은 순간 같으니
  休將金縷換芳年　금빛 나는 실낱으로 젊은 날을 바꾸지 마소
  嫣 예쁠언, 樣 모양양, 魂 넋혼, 返 돌아올반
  醉 취할취, 隨 따를수, 綺 비단기, 縷 실루
  錦障(금장) : 비단으로 만든 말다래
  金谷(금곡) : 오늘날의 하남성(河南省) 낙양시(洛陽市)의 서쪽으로 흐르
  　　　　　는 금곡수(金谷水)를 가리키는데, 서진(西晉) 시대의 대부호
  　　　　　석숭(石崇)이 그곳에 '금곡원(金谷園)'이란 정원을 조성한
  　　　　　바가 있음. 여기서는 그렇게 아름다운 안평대군의 정원을
  　　　　　가리킴.
  霓裳(예상) : 본래는 신선의 세계에서 춘다는 예상우의무(霓裳羽衣舞)
  一餉(일향) : 한 식경. 밥 한 그릇 먹을 정도의 짧은 시간
  休將(휴장) : ~을 가지고, ~하지 마라.

- **百日紅** | 四佳 徐居正

  백일홍

  後園珎重爲栽培　후원에다 소중하게 심어 길렀더니
  無數繁榮自在開　무수히 번성한 꽃 제멋대로 피어있네
  粉蝶有時香唼去　분 단장한 나비 때로 향을 빨다 돌아가니
  靑鸞何夕子銜來　푸른 난새 어느 저녁에 자식 물고 찾아올까

猩紅百日垂垂盡　핏빛으로 백일 피어 치렁치렁 드리웠고
羯鼓三枝故故催　피지 않은 꽃 세 가지 두드려 재촉하네
說與狂風勤護惜　설령 미친 바람 불어도 부지런히 감싸고 아껴
休敎顚倒落莓苔　이끼 위에 거꾸로 떨어지게 하지 마소

栽 심을재, 繁 번성할번, 蝶 나비접, 啑 빨잡
銜 물함, 護 보호할호, 顚 돌전, 海苔(해태) : 이끼
猩紅(성홍) : 아주 붉은 것으로 알려진 성성이의 피로, 여기서는 활짝 핀
　　　　꽃송이를 가리키고 있음.
垂垂(수수) : 늘어진 모양
羯鼓(갈고) : 북채로 양면을 치도록 만든 북 곧 장구로, 여기서는 피지
　　　　않은 꽃송이를 가리킴.
故故(고고) : 이따금. 일부러
休敎(휴교) : ~로 하여금 ~하게 하지 마라

萱花 <망우초, 원추리꽃>

- **一雙鵠觜向人呀**

  한 쌍의 고니 부리인 양 사람 향해 벌려있네

  [출전] 梅月堂 金時習의 萱花

  　　　鵠 고니혹, 觜 부리취

- **我正無憂賴爾忘**

  내 진정 그대 덕에 근심을 잊는구나

  [출전] 保閑堂 申叔舟의 忘憂萱花

  　　　憂 근심우, 爾 너이, 賴 힘입을뢰

- **呀然黃鵠觜**　아 황고니 부리 같은데

  婀娜端可愛　아름다워서 참 말로 사랑스럽네

  [출전] 梅月堂 金時習의 萱花

  　　　呀 벌릴아, 婀娜(아나) : 아리따운 모양

- **水澆靈脈花開早**

  欄護幽叢葉出稠

  물처럼 둘러싼 뿌리에 꽃은 일찍 피어나고

  난간처럼 감싼 떨기에 잎은 빽빽이 솟아나네

  [출전] 四佳 徐居正의 忘憂萱花

  　　　澆 물뿌릴요, 欄 난간란, 稠 빽빽할조

- **日映金冠生雅興**

  風搖翠尾摘詩思

　　금빛관에 햇살 뿌리면 고상한 흥 일어나고

　　푸른 꼬리에 바람 날리면 시상을 골라낸다

[출전] 太虛亭 崔恒의 忘憂萱花

　　　雅 고울아, 搖 흔들요, 摘 고를적

▪ 忘憂萱花 │ 梅竹軒 成三問

근심 잊게 하는 원추리

　　爲善最可樂　선을 행함이 가장 즐거운데

　　樂哉何所憂　즐겁도다 무엇을 근심하는가

　　言樹北堂外　내가 어머니 방 밖에 심은 것은

　　悠悠空度秋　오랜 세월 무사히 보내란 것이라오

　　憂 근심우, 樹 심을수, 度 보낼도

　　爲善最可樂(위선최가락) : 한(漢)나라 광무제(光武帝)의 여덟내 아들 유창
　　　　　　　　(劉蒼)은 동평왕(東平王)이라고 불렸는데, 선행(善行)이 가장
　　　　　　　　즐거운 일이라는 답을 남겨 유명해졌음.

　　言(언) : 흔히 시에서 나, 자기를 뜻함.

　　北堂(북당) : 어머니의 처소, '훤당(萱堂)'이라고도 부르는데, 그 까닭은
　　　　　　　　당 앞에 원추리를 심어 온갖 근심을 잊기 위함이었음

　　秋(추) : 여기서는 년, 해를 뜻하고 있음.

▪ 萱花 │ 梅月堂 金時習

원추리꽃

　　庭院日長無事家　정원(庭院)엔 해 길고 일 없는 이집에

　　一雙鸒觜向人呀　한 쌍의 고니 부리인 양 사람 향해 벌려 있네

　　知渠定是忘憂物　분명 시름을 잊는 망우물(忘憂物)임을 알겠거니

　　不競東風桃李花　동풍 불 때 복사 오얏과 경쟁하지 않는다네

　　鸒 고니혹, 觜 부리취, 競 다툴경

- **忘憂萱花** | 保閑堂 申叔舟

  근심 잊게 하는 원추리

  雨餘階畔綠芽長 비온 뒤 계단가에 파란 싹 자라고
  日午風輕翠影凉 한낮의 바람 가벼워 푸른 그림자 서늘해
  繁枝亂葉眞多事 번성한 줄기 어지러운 잎 정말로 일이 많아
  我正無憂賴爾忘 나는 진정 그대 덕분에 근심을 잊는구나
  階 계단계, 畔 가반, 芽 싹아, 翠 푸를취, 亂 어려울란

- **萱花** | 梅月堂 金時習

  원추리

  萱草可忘憂 원추리가 근심을 잊을 수 있다기에
  言樹堂之背 내가 마루청 뒤에서 심었네
  呀然黃鵠觜 아 황 고니 부리 같은데
  婀娜端可愛 아름다워 참 말로 사랑스럽네
  誰道兒女花 누가 아녀자(兒女子)의 꽃이라 말했나
  綠莖多氣槪 푸른 줄기에 기개(氣槪)가 듬뿍 들었네
  勁直不隨俗 굳고 곧은 뜻 세속을 따르지 않아
  色正坤裳吉 색은 바로 곤(坤)빛 치마 같이 좋네
  却恨不與年華競 이제 한이 되는 건 세월과 전혀 경쟁 않고
  朝映書窓暮萎薾 아침에 글방 창 비치다 저물어 이어지는 걸세
  鵠 고니혹, 觜 부리취, 婀娜(아나) : 아리따운 모양, 莖 줄기경, 隨 따를수
  坤裳(곤상) : 노란 치마, 곤(坤)은 땅이고, 땅은 황색(黃色)이며 황색은
          좋은 빛깔이므로 <역경(易經)>에도 "황상원길(黃裳元吉)"이
          라 하였다.

- **忘憂萱草** | 乖厓 金守溫

  근심 잊게 하는 원추리

古人庭下種　옛 사람이 뜰 아래 심어

欲以慰愁腸　가슴에 근심 씻으려 했네

暫屬雙眸轉　잠시 두 눈을 돌려보나니

都令百慮忘　온갖 근심을 잊게 해주네

寬心比醇酎　순하고 진한 술보다 마음이 넓고

寓樂過笙篁　생황보다 뛰어난 악기라네

何事淇園畔　어쩐 일로 기수(淇水)의 정원가에서

靑靑雜衆芳　푸릇푸릇 무리의 꽃 속에 섞였는가

種 심을종, 慰 위로할위, 腸 창자장, 暫 잠시잠

屬 속할속, 眸 눈동자모, 慮 근심려, 雜 섞일잡

雙眸(쌍모) : 두 눈

醇酒(순주) : 다른 것이 섞이지 않은 순수하고 진한 술

淇園(기원) : 중국의 하남성(河南省) 기현(淇縣)의 서북쪽에 있던 동산의
　　　　　이름. 여기서는 비해당의 뜰을 가리킴.

▪ 忘憂萱草 | 四佳 徐居正

근심 잊게 하는 원추리

生從堂北幾春秋　뒤뜰에서 자라나 몇 년 세월 흘렀는가

雨露霑濡得自由　우로(雨露) 흠뻑 젖어 스스로 피었구나

藥譜舊聞能養性　옛날 들으니 약방에선 착한 성품 기른다는데

草名今喜是忘憂　지금에 기쁜데 풀이름은 근심 잊는 망우초

水遶靈脉花開早　물처럼 둘러싼 뿌리에 꽃은 일찍 피어나고

欄護幽叢葉出稠　난간처럼 감싼 떨기에 잎은 빽빽이 솟아나네

纔得合歡功已妙　서로 만나자마자 기쁘니 공(功) 벌써 기묘하고

羅裙書帶摠含羞　비단 치마에 서대초는 모두 부끄러움 머금었네

幾 몇기, 霑濡(점유) : 흠뻑 적시는 것

憂 근심우, 靈 신령령, 欄 난간란

稠 시들조, 纔 겨우재, 羅 비단라

　　春秋(춘추) : 세월

　　雨露(우로) : 비와 이슬. 여기서는 안평대군(安平大君)의 사랑을 가리킴

　　藥譜(약보) : 약초들의 약효를 정리, 설명한 책

　　養性(양성) : 천성(天性)을 기름. 착한 성품을 도야함

　　書帶(서대) : 풀이름임. 상록의 다년생 풀로 일찍이 한(漢)나라 정현(鄭
　　　　　　　　玄)이 독서하던 곳에 났다고 해서 정강성서대초(鄭康成書帶
　　　　　　　　草)라고 불렀음.

▪ **忘憂萱草** | 太虛亭 崔 恒

　근심잊게 하는 원추리

　　恩承雨露獨無時　　우로의 은혜에 홀로이 끝없이 입었기에

　　玉股抽靑自不遲　　옥 같은 잎줄기에 푸름 얼른 솟아올랐네

　　日映金冠生雅興　　금빛 관에 햇살 뿌리면 고상한 흥 일어나고

　　風搖翠尾摘詩思　　푸른 꼬리에 바람 날리면 시상을 골라낸다

　　可但解他思伯怨　　형님을 그리는 원망 늦출만하고

　　也能消得憶親悲　　부모를 생각하는 슬픔 녹일만하네

　　顧我難堪雲樹恨　　내 돌아보면 높이 솟은 한 견디기 어려운데

　　若爲長與故人持　　너는 긴 세월 옛 사람 가져 오래 더불었네

　　股 다리고, 遲 더딜지, 雅 고울아

　　解 풀해, 消 사라질소, 顧 돌아볼고

　　玉股(옥고) : 푸른 옥빛으로 뻗어 넓적다리처럼 굽은 잎줄기

　　抽靑(추청) : 푸른 꽃대를 뽑아 올림

　　金冠(금관) : 금빛 관을 쓴 모양을 한 원추리 꽃

　　翠尾(취미) : 비취 색 꼬리 모양의 잎사귀를 가리킴

　　解他(해타) : 긴장이 풀려 마음가짐이나 규율이 느즈러진다는 뜻

　　雲樹(운수) : 구름에 닿을 듯 아주 높이 자란 나무

　　若爲(약위) : '若'은 너란 뜻으로, 원추리를 가리킴. '爲'는 되었다는 뜻임.

四季花 〈사계화〉

- **櫻脣尙有臙脂暈**

  앵두 같은 입술에 연지 단장하고 있네

  [출전] 太虛亭 崔恒의 四季花

  　　櫻 앵두앵, 脣 입술순, 暈 해달무리운

- **葉帶年前翠** 잎은 작년 푸르름 띠었고

  葩含節後紅 꽃송이 철 지난 뒤 붉은 빛 머금었네

  [출전] 乖厓 金守溫의 四季花

  　　帶 띠대, 葩 꽃송이파

- **滿枝紅蕚輝朝日**

  香氣紛紛襲戶庭

  가지에 가득한 붉은 꽃에 아침 햇빛 빛나고

  향기는 어지러이 날려 온 뜰안에 번져나네

  [출전] 桐溪 鄭蘊의 四季花

  　　輝 빛날휘, 紛 날릴분, 襲 엄습할습

- **丹蕚盈盈貫四時**

  淸標端合貴人知

  붉은 꽃 화사하여 사철 한결같고

  맑고 우뚝하니 귀인이 알아주네

  [출전] 保閑堂 申叔舟의 四季花

  　　蕚 꽃부리악, 盈 찰영, 端 바를단

- **四季花** | 梅竹軒 成三問

  사계화

  春開看亦好　봄에 핀 것 보니 또 좋고
  夏開看亦好　여름에 핀 걸 보니 역시 좋아라
  秋冬亦如此　가을 겨울에도 역시 그와 같으니
  與爾終偕老　너랑 함께 끝내 늙어가리라
  與 줄여, 爾 너이, 偕 함께해

- **四季花** | 保閑堂 申叔舟

  사계화

  丹萼盈盈貫四時　붉은 꽃 화사하여 사철 한결같고
  淸標端合貴人知　맑고 우뚝하여 귀인이 알아주네
  不隨霜雪爲摧謝　눈과 서리 따르지 않아 꺾이는 것 물리치니
  肯向春風倚盛衰　봄바람 향하여 성쇠 의지하는구나
  隨 따를수, 倚 기댈의, 衰 쇠할쇠
  盈盈(영영) : 물이 가득한 모양. 화사하고 아름다운 모양
  端合(단합) : 꼭 맞아 떨어짐
  摧謝(최사) : 꺾어져 꽃이 짐

- **四季花** | 桐溪 鄭 蘊

  사계화

  舊葉凋零新葉生　오랜 잎 시들어 떨어지면 새 잎이 돋아나고
  暫時憔悴忽敷榮　잠시 말랐다가 다시 피어나 번성하네
  滿枝紅萼輝朝日　가지에 가득한 붉은 꽃엔 아침 햇빛 빛나고
  香氣紛紛襲戶庭　향기는 어지러이 온 뜰안에 스며드네
  暫 잠깐잠, 憔悴(초췌) : 여위어서 쇠약함
  敷 흩을부, 萼 꽃 받침악, 襲 엄습할습

- **四季花** | 乖厓 金守溫

  사계화

  春到花爭發　봄이오니 꽃들 다투어 피지만
  春歸樹自空　봄이 가면 나무들 저절로 공허하네
  他皆一番好　다른 꽃들 모두가 단 한번 호시절이나
  爾獨四時容　너만 홀로 사계절 용모 뽐내네
  葉帶年前翠　잎은 여전히 작년 녹색 둘렀고
  葩含節後紅　꽃송이는 철 지나 붉은 빛 머금었네
  誰家謹藏蓋　어느 누가 삼가 가리고 덮어
  寸寸惜微功　마디마디 작은 공력 감추고 아끼는가

  爭 다툴쟁, 歸 돌아갈귀, 獨 홀로독, 葩 떨기파
  謹 삼가근, 微 희미할미
  誰家(수가) : 아무개. 누가
  藏蓋(장개) : 숨기고 덮어둠
  微功(미공) : 작은 공로. 자신의 공적(功績)을 겸손하게 이르는 말임.

- **四季花** | 太虛亭 崔 恒

  사계화

  簇簇鮮英錦作團　우뚝 선 고운 꽃이 비단으로 두른듯하니
  也宜相賞動長安　응당 구경에 장안(長安)이 소란하네
  櫻脣尙有臙脂暈　앵두 같은 입술에 연지단장 항상 하고
  檀檢初無獺髓瘢　야무진 두 뺨에는 상처 본래 없었는데
  儘敎二十四番吹　어찌되었던 스물네 번 바람 불고나면
  敷排三百六旬看　꽃들이 펼쳐져서 삼백육십일 보도다
  可怜紫陌爭榮者　가련토다 도성에서 아름다움 다투는 꽃들이여
  驀地紛華驀地殘　쏜살같이 피었다가 순식간에 저버리네

  錦 비단금, 動 움직일동, 櫻 앵두앵, 脣 입술순

暈 해달무리운, 臉 뺨검, 敷 펼부, 殘 시들잔

簇簇(족족) : 우뚝우뚝 줄지어 서 있는 모습

也宜(야의) : 마땅히. 응당

獺髓瘢(달수반) : 수달의 골수를 약으로 바른 자국이란 뜻으로, 여기서는
　　　　　　　화상 자국을 가리킴. 수달의 골수는 화상에 특효약이라
　　　　　　　고 함.

儘敎(진교) : 어찌 되었든지 간에

紫陌(자맥) : 도성 안에 뻗은 길

驀地(맥지) : 쏜살같이. 또는 한눈을 팔지 않고 곧장 힘차게 나아가는 모양

山茶花 <산다화>

- **雪霜長冷格** 눈서리에 차가운 품격 오래고

  天地自高標 천지간에 스스로 우뚝 솟았네

[출전] 乖厓 金守溫의 山茶花

- **調格自高霜始見**

  風流無伴雪同來

    스스로 높은 격조 서리오자 보여주고

    탁월한 풍류는 눈과 함께 찾아드네

[출전] 四佳 徐居正의 山茶花

      調 격조조, 伴 짝반

- **惱人政在開初半**

  絶勝霞舒爛萬層

    사람들 애태우려 반쯤 갓 피었고

    뛰어난 경치 노을 퍼져 만층 위에 빛나네

[출전] 太虛亭 崔恒의 山茶花

      惱 번뇌할뇌, 勝 경치승, 霞 노을하, 爛 빛날삭

- **山茶花** | 梅竹軒 成三問

    산다화

      我愛歲寒姿 내 추운 겨울의 자태를 사랑하고

      半開是好時 반쯤 피었을 때 가장 좋아라

      未開如有畏 아직 피지 않아 아니 필까 두렵고

      已開還欲萎 피고 나면 도리어 시들까 두렵네

歲 해세, 姿 자태자, 還 다시환, 萎 시들위

還欲(환욕) : 도리어 ~하려고 하다

- **山茶** | 東坡 蘇軾(宋)

  산다화

  誰憐兒女花　누가 어린 꽃 가련히 여기나

  散入氷雪中　산 눈 속에 흩어져 들어가네

  堂中調丹砂　堂中엔 丹砂를 짓고 있으니

  染此鶴頂紅　학머리에 붉게 물들여 놓았네

  憐 가련할련, 砂 주사사, 染 물들염

- **山茶花** | 保閑堂 申叔舟

  산다화

  山茶半吐守孤芳　산다화 반쯤 피어 외로운 꽃모양 갖추는데

  歲暮春光所未嘗　한 해 저무는 즈음 어디 쯤 있을까

  正是自然天性晚　이 꽃 진정으로 천성이 게으르니

  非矜淑質傲風霜　고운 자태 자랑하려 풍상 이겨냄 아니라네

  吐 토할토, 嘗 맛볼상, 淑 맑을숙, 傲 거만할오

  淑質(숙질) : 맑은 자태

  非矜(비긍) : 즐겨 ~하려 하지 않는다.

- **雪裏山茶** | 谿谷 張 維

  눈속의 산다화

  雪壓松筠也欲摧　소나무 대나무눈에 눌려 꺾이려 하는데

  繁紅數朶漸新開　새빨간 몇 떨기가 점점 새로 피어나네

  山扉寂寂無人到　산가의 사립문 고요하여 찾아오는 사람 없고

時有幽禽暗啄來　때때로 그윽한 새들만이 쪼으려 몰래 오네
壓 누를압, 筠 대균, 摧 꺾일최, 啄 쪼을탁

- **題白扇山茶** | 王世懋(明)
  흰 부채에 山茶를 그리고
  紅顔的自蕊珠來　붉은 얼굴은 꽃술에서 왔으니
  丹粒還宜勾漏栽　빨간 꽃송이 오랜 시간에 기른 것이라
  今日一枝紈扇裏　오늘 한 가지 비단부채 속에 있으니
  分明春早雪中開　분명히 이른 봄날 눈 속에서 피었도다
  顔 얼굴안, 蕊 꽃술예, 粒 알립, 紈 흰비단환

- **山茶** | 東坡 蘇軾(宋)
  산다화
  山茶相對本誰栽　山茶 서로 마주하게 누가 본시 심었을까
  細雨無人我獨來　가랑비속 사람 없이 나 홀로 왔도다
  說似與君君不解　그대와 같이 말하여도 그대 알지 못하리니
  爛紅如火雪中開　불과 같이 붉은 꽃 눈 속에 피었네
  栽 심을재, 解 이해할해

- **山茶** | 王十朋(宋)
  산다화
  鶯聲老矣移雖晩　꾀꼬리소리 익숙하여 비록 늦게 옮겨도
  鶴頂丹時看始佳　학의 머리 붉을 때 보기 아름다울 때로다
  雨葉鱗鱗成小蓋　잎에 비 내려 선명한데 작은 우산 되어서
  春枝艶艶着群花　봄 가지 아름답게 예쁜 꽃들 붙어있네
  鱗鱗(린린) : 선명한 모습, 艶艶(염염) : 예쁜 모습

- 山茶 | 張新(明)

  산다화

  臙脂染就絳裙襴　연지로 물들이고 치마 띠 붉게 하며
  琥珀裝成赤玉盤　호박(琥珀)으로 치장하니 붉은 옥반 되었네
  似共東風解相識　동풍과 함께 하니 서로 알고 있는 듯한데
  一枝先已透春寒　한 가지가 먼저 봄추위 뚫고 피었네

  絳 붉을강, 琥珀(호박) : 화석으로 장식품으로 쓰임, 透 뚫을투

- 山茶花 | 乖厓 金守溫

  산다화

  花有山茶者　산다화라는 꽃이 있는데
  冬深始發苗　깊은 겨울 비로소 싹을 틔우네
  雪霜長冷格　눈서리에 오래오래 차가운 품격으로
  天地自高標　천지간에 스스로 우뚝 서 있네
  苦乏人留賞　괴로워라 사람들 구경 않고
  仍稀蝶信飄　드물어라 나비도 바람에 날아 가버려
  徘徊念歲晏　배회하며 좋은 때를 그리지만
  百草爾爲高　온갖 꽃 중에 그대를 최고로 삼는도다

  發 필발, 苗 싹묘, 稀 드물희, 飄 날릴표, 晏 좋은안
  信飄(신표) : 바람결에 몸을 맡기고 나름.

- 山茶花 | 四佳 徐居正

  산다화

  歲寒和氣獨胚胎　추운 겨울 화창한 기운에 홀로이 배태해서
  却殿群芳恰半開　도리어 무리의 꽃송이 거의 반쯤 피어난 듯
  調格自高霜始見　스스로 높은 격조가 서리 오자 드러나고

風流無伴雪同來　탁월한 풍류는 눈과 함께 찾아든다
苦牽花惱巡千匝　괴롭게도 꽃망울이 천 번 칭칭 감겼으니
生怕香殘夢幾廻　찾아드는 꽃향기에 몇 번 꿈꿀지 두렵구나
苦憶畵堂屛上看　그림 방 병풍에서 본 기억 겨우 나는데
數枝斜影竝紅梅　석양에 몇 가지가 홍매와 나란히 섰네

胚胎(배태) : 아이나 새끼를 밴 것. 사물의 시초
恰 흡사흡, 牽 끌견, 惱 번뇌뇌, 巡 돌순, 殘 남을잔, 斜 기울사
花惱(화뇌) : 사람의 뇌처럼 몇 장의 꽃잎이 꼭꼭 여미고 있는 봉오리를
　　　　　 가리킴
斜影(사영) : 비스듬히 기운 그림자. 석양. 황혼 무렵

▪ 山茶花 │ 太虛亭 崔 恒

　산다화
　　早無朋援足名稱　일찍이 벗들 도움 없어도 이름 지을 수 있었으니
　　獨立還能去箇矜　홀로 우뚝 서서 긍지 가지고 살아간다
　　透臘梅蘭班若是　섣달 지난 매란(梅蘭)과 이처럼 구분되니
　　挾春桃李比何曾　봄철의 도리화(桃李花)와 어떻게 비교할까
　　絳帳乍褰嫌霧襲　붉은 휘장 잠깐 날리면 안개 올까 싫은데
　　紅燈纔放訝寒凝　붉은 등 겨우 내걸자 추위가 엉기는가
　　惱人政在開初半　사람들 애태우는 건 반쯤 갓 피었을 때로
　　絶勝霞舒爍萬層　뛰어난 구경거리가 만 층 노을로 빛나듯

　　援 도울원, 稱 칭할칭, 矜 긍지긍, 透 뚫을투
　　臘 섣달랍, 纔 겨우재, 嫌 싫을혐, 襲 젖을습, 爍 빛날삭
　　朋援(붕원) : 벗이 되어 도움
　　去箇(거개) : ~로 간다. '箇(개)'는 음조를 맞추기 위해 별다른 뜻 없이
　　　　　　　　붙인 글자임.

金錢花 <금전화>

- **風磨雨鍊色玲瓏**

    바람이 갈고 비가 단련해 빛이 영롱하여라

[출전] 梅月堂 金時習의 金錢花

    磨 갈마, 鍊 단련할련

    玲瓏(영롱) : 눈부시게 찬란함.

- **鑄從造物通神巧**

    조물주가 돈 모양으로 신묘하게 빚어냈네

[출전] 太虛亭 崔恒의 金錢花

    鑄 쇠빚을주, 通 통할통, 巧 교묘할교

- **我愛金錢花** 나 금전화를 사랑하는데

    對之淸心目 그를 대하면 마음과 눈 맑아지네

[출전] 梅月堂 金時習의 金錢花

    錢 돈전, 對 대할대

- **天工造物巧應多**

    鑄出金錢底樣花

    조물주 만든 물건 교묘한 것 많지만

    쇠를 녹여 만든 돈 같은 저 꽃 모양

[출전] 四佳 徐居正의 金錢花

    應 응할응, 鑄 쇠빚을주, 樣 모양양

- **還將千點色** 천점의 빛깔 바꾸어다가

示以一般圓　한결같이 둥글게 보여주네

[출전]　乖厓 金守溫의 金錢花

　　　還 바꿀환, 圓 둥글원

• 粲粲名超三品貴

團團體比五銖輕

　빛나는 이름은 돈보다 귀하고

　둥그런 모습은 가볍기가 한량없다

[출전]　太虛亭 崔恒의 金錢花

　　　粲 빛날찬, 超 넘을초, 銖 무게단위수

• 金錢花 ｜梅月堂 金時習

　금전화

　　我愛金錢花　나 금전화를 사랑하나니

　　對之淸心目　그를 대하면 마음과 눈이 맑아짐이라

　　如何孔方兄　어찌하여 엽전의 모양인 금전화는

　　一見令人慾　한번 보면 욕심 일어나게 하느뇨

　　愛 사랑애, 慾 욕심욕

　　孔方兄(공방형) : 엽전을 의인화한 표현임. 엽전은 가운데에 네모난 구멍

　　　　　　　이 뚫려 있어, 흔히 '공방(孔方)'이라고 불림.

• 金錢花 ｜四佳 徐居正

　금전화

　　天工造物巧應多　조물주 만든 물건 교묘한 것이 많지만

　　鑄出金錢底樣花　쇠를 녹여 만든 돈인 듯한 저 꽃 모양

　　入閻排門元有質　여염(閭閻)에서 문을 열면 항상 있어

看來却怕在貧家　볼 때마다 가난한 집에 있음이 문득 두렵네

金錢花(금전화) : 벽오동과에 딸린 일년생 화초

鑄 쇠불릴주, 樣 모양양, 閻 마을염, 怕 두려울파, 排 떠밀배

▪ 金錢花 | 保閑堂 申叔舟

금전화

金錢箇箇弄秋風　금전 동전 마다 가을 바람 희롱하니

鎔鑄都因造化功　주조해 낸 것은 모두가 조물주의 공로이라

安得栽培遍天下　어찌 심고 길러 온 천하에 펼쳐서

憑渠一一濟貧窮　힘 빌려서 모든 가난한 자 구제할 수 있을까

箇 낱개 鎔鑄(용주) : 쇠로 주조해 내는 것

栽 기를재, 憑 의지할빙, 濟 구제할제

都因(도인) : 모두가 ~에서 기인하다

▪ 金錢花 二首 | 梅月堂 金時習

금전화

其一

舉世滔滔競戰爭　온 세상 물결치듯 경쟁하며 다투는데

紛紛悋惜孔方兄　분분하게 공방형(孔方兄)을 인색하게 아끼네

若敎此物堪藏貯　만약에 이 물건을 저장하게 한다면

應被權豪盡奪幷　권력 있는 호걸들에 응당 다 빼앗기리

滔 넘칠도, 悋 인색할린

藏貯(장저) : 감춰 저장함. 奪 빼앗을 탈

孔方兄(공방형) : 옛날 돈. 엽전(葉錢)의 구멍이 네모져 있으므로 공방
　　　　　　　　(孔方)이라 하였다.

其二

巧製由來造化功　공교하게 만들어짐 본래 보화의 공로인데

風磨雨鍊色玲瓏　바람이 갈고 비가 닦아 빛이 영롱하여라
爲君煩著錢神論　그대 위해 번거로이 전신론(錢神論)을 지으려 하니
恐說花神製作工　꽃 만드는 신(神)의 지은 공로 말할까 두렵네
製 지을제, 磨 갈마, 鍊 단련할련
錢神論(전신론) : 진(晉)의 노포(魯褒)가 지은 책. <진서(晉書)> 노포전(魯
　　　　　褒傳)에 "著錢神論曰 親之如兄 字曰孔方"이라 하였다.

- **金錢花** | 間氣布衣 皮日休(唐)

　금전화

　　陰陽爲炭地爲爐　음양을 숯으로 삼고 땅은 화로 삼아
　　鑄出金錢不用模　녹여 돈을 만들었으나 쓸모가 없구나
　　莫向人間逞顔色　그 얼굴 인간 세상 향해 형통하려 하지마소
　　不知還解濟貧無　가난을 구제할 수 없으니 알아주지 않느니
　　陰陽(음양) : 해와 달, 炭 숯탄, 爐 화로로
　　鑄 녹여부을주, 逞 형통할령

- **金錢花** | 乖厓 金守溫

　금전화

　　爲向東君問　봄의 신께 향하여 묻노니
　　春風直幾錢　봄 바람의 값은 그 얼마인가요
　　還將千點色　천점의 빛깔을 바꾸어다가
　　示以一般圓　한결같이 둥글게 보여 주었네
　　鼓出乾坤範　천지의 규범을 두드려 내어
　　鎔成造化鉛　조물주의 납으로 녹여 만들어냈네
　　無人收得去　거두어 가는 이 아무도 없어
　　襯著樹頭肩　나무 머리 어깨에 갖다 붙였네
　　鼓 북고, 範 법범, 襯 가까울친, 肩 어깨견

東君(동군) : 봄의 신

襯著(친착) : 가져다 대거나 붙임.

- **金錢花** | 太虛亭 崔 恒

금전화

看餘采采握還盈	바라보다 땄는데 한 움큼 가득하여
爲愛金英綴玉莖	금빛 꽃부리가 옥 줄기에 달려 사랑스럽네
粲粲名超三品貴	빛나는 이름은 돈보다 귀하고
團團體比五銖輕	둥그런 모습은 가볍기가 한량없다
鑄從造物通神巧	조물주가 빚어내니 신통하게 교묘하고
推向司花互市呈	정원사가 도맡아서 돈 모양으로 만들었네
要使朱門濟白屋	권세가를 시켜서 서민들을 구제케 하니
須知玄宰善持衡	알리라 똑똑한 재상은 공평함을 유지했네

握 잡을악, 盈 찰영, 綴 묶을철, 莖 줄기경

粲 빛날찬, 銖 무게단위수, 推 독점할각, 衡 저울형

三品(삼품) : 한(漢)나라 시대의 화폐인 용폐(龍幣). 마폐(馬幣). 구폐(龜
幣)를 가리키는데 여기서는 막연히 돈을 뜻함

五銖(오수) : 아주 적은 양을 가리키는 말로 쓰였는데 '수(銖)'는 1냥의
1/24에 해당하는 근소한 단위임.

通神(통신) : 돈이 많은 것을 비유하는 말로, 돈이 많으면 신과도 통하여
되지 않는 일이 없다는 의미에서 나왔음.

互市(호시) : 국가 간의 상품 거래. 악인과 결탁하는 일. 여기서는 결국
돈이란 의미로 쓰였음.

玄宰(현재) : 당(唐)나라 때의 인물 최조(崔造)의 호(號) 그는 당시의 불
공정하고 혼탁한 세금제도를 바로잡고자 노력했음

持衡(지형) : 저울을 잡아서 공평성을 유지코자 함.

- **金錢花** | 四佳 徐居正

金전화

天地洪爐鑄出新	천지의 큰 화로에 새롭게 빚어내어
擲來花步衒奇珎	세상에 던져진 꽃이 진기함을 자랑하네
賭將客笑何論直	객들의 웃음 삼에 어찌 값을 논할 건가
買取春光不計緡	봄빛을 사들임에 돈 꾸러미 세지 않네
窮巷開時思濟乏	가난한 거리에서 필 적에는 가난 구제할 생각이고
金門排處是通神	궁궐에서 물리치는 건 돈이 많아 넘쳐서라
物如有用還無用	사물의 유용함이 다시 쓸모없게 된다면
世上滔滔混贗眞	세상에 가짜와 진짜가 섞여 넘쳐 나리라

爐 화로로, 鑄 쇠빛을주, 擲 던질척, 賭 내기할도

緡 돈꾸러미민, 滔 넘칠도, 混 섞일혼

金門(금문) : 궁궐의 문. 금마문(金馬門)

通神(통신) : 돈이 많은 것을 비유하는 말로 돈이 많으면 신과도 통하여
되지 않는 일이 없다는 의미에서 나왔음.

贗眞(안진) : 가짜와 진짜

葵花 <해바라기>

▪ 葵藋欹傾白日臨

　　해바라기 꽃송이 밝은 태양 바라보네

[출전]　保閑堂 申叔舟의　向日葵花

　　　　藋 뿌리악,　傾 기울경

▪ 衛足非無智　뿌리를 둘러 보호함은 지혜 없음이 아니요

　傾心似有忠　마음을 기울이는 것은 충성심이 있는 듯

[출전]　梅竹軒 成三問의　向日葵花

　　　　衛 보호할위,　傾 기울경

▪ 一日復一日　하루 지나고 또 하루 지나

　看看衆花上　볼 때마다 다른 꽃보다 높이 솟았네

[출전]　莉溪 吳子良의　葵花

　　　　復 다시부,　衆 무리중

▪ 孤忠自有傾陽意

　一枝寧論衛足功

　　홀로 지닌 충정은 해님 향할 뜻인데

　　외로운 줄기 다리 보호하는 공로 어찌 논할까

[출전]　四佳 徐居正의　向日葵花

　　　　寧 어찌녕,　論 논할론

▪ 傾心更向天顔笑

　回首長邀月色親

마음 기울여 하늘 향해 천연스레 미소짓고

머리 돌려 오래도록 달빛 친근히 맞노라

[출전] 太虛亭 崔恒의 向日葵花

　　　顔 얼굴안, 邀 맞을요, 親 친할친

- **向日葵花** | 梅竹軒 成三問

　　해보는 해바라기

　　　　衛足非無智　뿌리를 둘러 보호함 지혜 없음이 아니요

　　　　傾心似有忠　마음을 기울이는 것은 충성심이 있는 듯

　　　　見爾能不勵　너를 보고도 힘쓰지 않으리오

　　　　而余抱降衷　그리하여 나도 착한 것 품었다네

　　　　傾 기울경, 勵 힘쓸려, 抱 안을포

　　　　衛足(위족) : 해바라기의 잎과 꽃은 해를 바라보면서도 뿌리에는 햇빛이
　　　　　　　　　　 닿지 않도록 하는데 이는 대개 자신을 숨기거나 낮추며 행
　　　　　　　　　　 동하는 것을 가리킴

　　　　降衷(강충) : 사람이 하늘에게서 내려 받은 착한 성품

- **葵花** | 荊溪 吳子良(宋)

　　해바라기

　　　　花生初咫尺　꽃이 필 땐 처음엔 작았으나

　　　　意思已尋丈　뜻은 이미 여덟 자나 길어

　　　　一日復一日　하루 지나고 또 하루 지나

　　　　看看衆花上　볼 때마다 다른 꽃보다 높이 솟았네

　　　　葵 해바라기규, 咫尺(지척) : 매우 가까운 거리, 尋 여덟자심

- **向日葵花** | 保閑堂 申叔舟

  해 향한 해바라기

  葵藟欹傾白日臨　해바라기 꽃송이 밝은 태양 바라보고

  凭欄相對更沈吟　난간 기대 마주하고 다시 깊이 읊조리네

  人間豈乏傾城色　인간 세상에 어찌하여 미인 없으리요만

  所貴平生一叚心　귀한 이유는 한 평생 한결같은 마음 때문이지

  藟 꽃부리악, 凭 기댈빙, 欄 난간란, 城 재성, 乏 궁핍할핍

  傾城色(경성색) : '경성지색(傾城之色)'의 준말로, 뛰어나게
  　　　　　　　　아름다운 미인

  一叚心(일가심) : 한결같은 마음. 한마음

- **欸庭前向日花** | 栗山 文昌圭

  뜰 앞에서 탄식하는 해바라기

  可賞庭前向日花　뜰 앞에서 감상할만한 해만 보는 해바라기

  偏隨朝暮影相斜　오직 아침저녁 그림자 따라 기우네

  東君去後無人弔　봄바람이 떠나간 뒤 서러워하는 이 없는데

  一片丹衷爾自嗟　한 조각 붉은 마음으로 너 홀로이 한숨짓네

  賞 감상할상, 偏 치우칠편, 隨 따를 수

  東君(동군) : 봄을 맡은 동쪽의 신

  弔 조상할조, 嗟 탄식할차

- **向日葵花** | 乖厓 金守溫

  해를 향한 해바라기

  葵藿名雖異　해바라기와 콩은 이름 비록 다르나

  傾陽性則同　해를 향한 성질은 똑 같도다

  物無諧俗韻　물성(物性)은 속세 와 영합하는 것 없고

  義有事君忠　의리는 임금님 섬기는 충성 있구나

蠢蠢遺眞性　세상 어지러워져 참된 성품 잃어가고

昏昏昧降衷　어두컴컴해져 착한 심성 흐려지네

天工賦奧意　조물주가 뜻 남겨 준 것이

的端此花中　이 꽃 속에 뚜렷하게 나타났구나

傾 기울경, 諧 화할해, 與 줄여

葵藿(규곽) : 해바라기와 콩

蠢蠢(준준) : 벌레가 꿈틀거리는 모양.

昏昏(혼혼) : 정신이 가물가물하고 희미함. 어두컴컴함.

降衷(강충) : 사람이 하늘에게서 받은 착한 성품

天工(천공) : 하늘이 하는 일. 천연적으로 이루어진 솜씨

的端(적단) : 확실하고 바름

- **向日葵花** | 四佳 徐居正

해를 향한 해바라기

淸和佳節小墻東　음력사월 좋은 시절 작은 담 동쪽에서

白白朱朱間紫紅　울긋불긋 꽃들 속에 붉게 솟았네

孤注餘春入盞在　외로운 심지에 남은 봄이 등잔에 들어가니

留連戲蝶錦房空　머뭇대며 놀던 나비는 비단방에는 없구나

孤忠自有傾陽意　홀로 지닌 충정은 해님 향할 뜻인데

一枝寧論衛足功　외로운 줄기 다리를 보호하던 공 어찌논할까

恒性不曾隨物變　항시 똑같은 그 성정 사물 따라 변치 않는데

區區桃李謾嬌容　각기 다른 도리화는 교태짓는 얼굴일세

墻 담장, 紫 붉을자, 盞 잔잔, 變 변할변, 嬌 교태교

淸和(청화) : 음력 사월초파일 또는 음력 사월의 다른 이름

留連(유련) : 차마 떠나지 못하고 머뭇거리는 모양

錦房(금방) : 비단으로 만든 방. 여기서는 꽃씨방을 가리킴

衛足(위족) : 해바라기가 뿌리에 햇빛이 닿지 않도록 하는 것. 자기를 숨
　　　　　　기는 은자를 비유

區區(구구) : 각기 다른 모습

- **向日葵花** | 太虛亭 崔 恒

해를 향한 해바라기

風標媚嫵自靑春	바람이 아름다움 들춰내자 저절로 푸른 봄날
一片丹誠照九垠	한 조각 충정이 온 세상 비추네
傾心更向天顔笑	마음 기울여 하늘 향해 천연스레 미소짓고
回首長邀月色親	머리 돌려 오래도록 달빛 친근히 맞노라
俗客何知空注目	속객(俗客) 어찌 부질없이 주목할 줄 알 것이며
蜂媒底恨每膏脣	벌들 어찌 번번이 살찐 꽃술 한탄 하리오
休嫌不入當時眼	당시의 안목에 못 들었다 싫어 마라
遠勝陰山枉死人	산의 북쪽에서 횡사한 백이숙제보다 나은 것을

誠 정성성, 照 비칠조, 顔 얼굴안, 邀 맞을요

膏 살찔고, 脣 입술순, 嫌 싫을혐

媚嫵(미무) : 예쁘게 단장하고 알랑거림.

九垠(구은) : 천지의 끝. 온 세상

蜂媒(봉매) : 벌을 의인화한 표현임

底恨(저한) : 어찌 한탄하나?

當時眼(당시안) : 당시 사람들이나 혹은 권력자의 눈

陰山(음산) : 삭풍이 몰아치는 산의 북쪽

枉死(왕사) : 재앙이나 벌을 받아 억울하게 죽음. 비명횡사. 여기서는 수
양산(首陽山)에서 고비나물로 연명하다가 억울하게 죽은 백
이(伯夷)와 숙제(叔齊)를 가리키는 것으로 보임.

暎山紅 〈영산홍〉

• 花紅强字暎山紅
  品格元來自不同

  꽃 붉으니 억지로 영산홍이라 이름 지으니
  품격은 본래부터 한 가지가 아니네

[출전] 秋史 金正喜의 暎山紅
  强 강제강, 暎 붉을영

• 窈窕閑窺碧澗立
  伶俜乍向蒼崖憑

  얌전하고 한가하게 파란 시내에 서서 엿보고
  외로워 언뜻 푸른 언덕 향해 기대네

[출전] 太虛亭 崔恒의 暎山紅
  窺 엿볼규, 伶俜(령빙) : 외로운 모양
  憑 의지할빙

• 暎山紅 | 梅竹軒 成三問

  영산홍

  昔與二三子   그 옛날 두서너 명이 더불어
  讀書天寶山   천보산에서 글을 읽었네
  爛熳照醉眼   난만하게 취한 눈 비추었는데
  依稀當日看   어렴풋이 그때 보았노라

  天寶山(천보산) : 경기도 포천에 있는 명산. 그곳에 조선 초기의 문사들
           과 왕자들이 글을 읽던 회암사(檜岩寺)가 있음.
  依稀(의희) : 어렴풋함. 분명치 않음.

- **暎山紅** | 保閑堂 申叔舟

  영산홍

  雪消烟暖可攀蹄　눈 녹고 연기 따뜻해 가히 산 오를 만하고
  滿眼紅雲草未齊　눈에 가득한 붉은 구름 풀은 제멋대로이네
  獨凭孤齋幽興足　홀로 외로운 집에 기대니 그윽한 정 족하고
  夜深山月杜鵑嗁　방 깊고 산에 달 걸려 두견새는 울어대네
  消 녹을소, 暖 따뜻할난, 蹄 오를제, 凭 기댈빙, 嗁 울제
  攀蹄(반제) : 산을 타고 오름

- **暎山紅** | 秋史 金正喜

  영산홍

  花紅强字暎山紅　꽃 붉으니 억지로 영산홍이라 이름 지으니
  品格元來自不同　품격은 본래부터 한 가지가 아니라네
  火樹圖中須一補　불타는 듯한 그림 속에 또 하나를 보충하니
  別有春風點施工　봄바람의 꾸미는 공력이 따로 있네
  强 강제로강, 補 보충할보, 點 점점
  火樹(화수) : 영산홍의 꽃이 불같이 붉은 것을 비유한 것임.

- **暎山紅** | 威堂 申　櫶

  영산홍

  東風雨後換西風　봄바람이 비 내린 뒤 서풍으로 바뀌고
  卷盡繁雲碧漾空　말렸다 펴진 구름 하늘에 푸르네
  雨雨風風如是好　내리는 비 부는 바람 모두 다 좋은 것 같으니
  似隨人意補天功　마치 사람의 뜻대로 조물주 도우셨네
  隨 따를수, 補 도울보
  漾 물결출렁거릴양, 似 같을사
  天功(천공) : 자연의 조화, 천제의 공덕

- **暎山紅** | 乖厓 金守溫

영산홍

山中凡幾樹　산중에 무릇 몇 그루의 나무
一一嚲春風　그루마다 봄바람에 휘늘어지네
高下岩邊朶　높고 낮은 바위 가에 꽃송이요
參差澗底叢　들쭉날쭉 개울 아래엔 꽃 떨기라
鳥聲紅裏聽　새 소리는 붉은 꽃 속에 들려오고
猿影亂邊通　원숭이 그림자 어지러운 가지에 지나간다
試向東君問　시험 삼아 봄의 신께 묻노니
千林費幾功　큰 숲에 얼마나 공 들였는지

幾 몇기, 嚲 늘어질타, 聽 들을청, 猿 원숭이원
參差(참치) : 가지런하지 않고 들쑥날쑥한 모양
東君(동군) : 봄의 신

- **暎山紅** | 太虛亭 崔 恒

영산홍

高低矗矗霞千層　높고 낮게 곧게 솟아 노을은 천층인데
粧點山顔姸更增　산 얼굴에 화장해서 고운 빛이 더해지네
窈窕閑窺碧澗立　얌전하고 한가하게 파란시내에 서서 엿보고
伶俜乍向蒼崖憑　외로이 언뜻 푸른 언덕을 향해 기대네
金谷遙遮石崇障　금곡을 멀리 막으니 석숭(石崇)의 울타리요
火牛競脫田單繒　소 불붙여 흩어버린 전단(田單)의 비단이라
直恐顚風來作孽　바람 뒤집어져 사나울까 두려운데
驀然紅雨亂飄凌　별안간 붉은 비가 어지러이 날리네

矗 곧을촉, 層 층층, 姸 고울연, 窺 엿볼규, 憑 의지할빙
遮 가릴차, 障 막을장, 繒 비단증, 飄 날릴표
伶俜(영빙) : 외로운 모양. 헤매는 모양

金谷(금곡) : 오늘날의 하남성(河南省) 낙양시(洛陽市)의 서쪽으로 흐르는 금곡수(金谷水)를 가리킴

石崇(석숭) : 서진(西晉) 시대의 대부호 이름으로 그는 호화와 사치로 이름이 높았음

田單(전단) : 제(齊)나라의 왕족. 연(燕)나라 혜왕(慧王)이 즉묵(卽墨)을 포위하자, 소 1,000마리에 용무늬를 그린 붉은 비단 옷을 만들어 입히고는 쇠뿔에 칼날을 매달고 꼬리에는 갈대를 매달아 기름을 부은 뒤 여기에 불을 붙인 다음, 소를 풀어 포위망을 뚫은 일 있었음.

驀然(맥연) : 갑자기. 별안간

梔子 <치자>

- **梔子花開滿院香**

    치자 꽃 활짝 피어 뜰 가득 향기나네

[출전] 豊坊의 梔子花題畵

- **子合療人病** 열매는 사람의 병을 치료하기에 알맞고

  花供滿室香 꽃은 방 가득 향기를 더해주네

[출전] 汾厓 申晸의 梔子花
       療 치료할료, 滿 찰만

- **未結黃金子** 황금 열매 맺지 못했는데

  先開白玉花 먼저 하얀 꽃을 피었네

[출전] 希魯 蔣堂의 梔子花

- **一根曾寄小峰巒**

  薝蔔香清水影寒

    한 그루의 뿌리를 작은 봉우리 곁에 심었더니

    치자의 향기 맑아 물에 그림자 싸늘하네

[출전] 幽棲居士 朱淑眞의 梔子
       巒 멧부리만, 薝蔔(담복) : 치자 꽃

- **六出英開微雨裏**

  十分香散暖風餘

    가랑비 속에 여섯 장의 꽃잎 예쁘게 열리고

    따뜻한 바람불자 짙은 향 가득 흩어져

[출전] 太虛亭 崔恒의 梔子花
裏 속리, 散 흩어질산, 暖 따뜻할난

▪ 梔子花 | 梅竹軒 成三問

치자꽃

子愛黃金嫩　황금빛 새싹을 사랑하나니
花憐白玉香　꽃이 백옥의 향기라 사랑스럽네
又有歲寒葉　또 추위 이기는 잎도 있어
靑靑耐雪霜　푸르게 눈과 서리 이겨내구나
嫩 어릴눈, 耐 참을내

▪ 梔子花 | 汾厓 申叐

치자화

子合療人病　열매는 사람들의 병을 치료하기에 알맞고
花供滿室香　꽃은 방 가득 향기를 더해주네
貞心尤可服　곧은 마음은 가히 본받을 만한데
綠葉傲嚴霜　푸른 잎은 엄한 서리를 이겨낸다
療 치료할료, 尤 더욱우, 傲 업신여길오

▪ 梔子花 | 希魯 蔣堂(宋)

치자꽃

庭前梔子樹　뜰 앞 치자나무
四畔有椏枝　온 언덕에 가지 뻗었네
未結黃金子　황금 열매 아직 맺지 못했는데
先開白玉花　먼저 하얀 꽃을 피웠네
梔 치자나무치, 椏 가장귀아
黃金子(황금자) : 치자의 금빛 열매

- **栀子花** | 保閑堂 申叔舟

  치자 꽃

  玉蘂氷葩爛不收　옥 꽃술 찬 봉우리 흐드러져 거둘 수 없고
  一庭春意占淸幽　뜰에 봄기운 맑고 그윽이 차지했네
  子成淬出絹黃色　그대여 물에 담가 누런색 비단 나오니
  莫作浮花浪艶看　물에 뜬 거품들 예쁘다고 부질없이 보지마소
  蘂 꽃술예, 葩 꽃술파, 艶 예쁠염
  浮花(부화) : 물위에 뜬 거품

- **栀子花題畵** | 豊坊(明)

  치자 그림을 보고서 짓다

  金鴨香消夏日長　향로 향 사라져 여름날은 긴데
  抛書高臥北窓凉　책 던지고 높이 누우니 북녘 창은 서늘하네
  晩來驟雨山頭過　저물녘에 소낙비가 산머리를 지나는데
  栀子花開滿院香　치자 꽃 활짝 피어 뜰 가득 향기나네
  栀 치자나무치, 金鴨(금압) : 쇠붙이로 만든 항로
  消 사라질소, 抛 던질포, 晩 저물만, 驟雨(취우) : 소나기

- **栀子** | 幽棲居士 朱淑眞(宋)

  치자꽃

  一根曾寄小峯巒　한 그루의 뿌리를 작은 봉우리 곁에 심었더니
  薝蔔香淸水影寒　치자의 향기 맑아 물에 그림자 싸늘하다
  玉質自然無暑意　옥 같은 기질 천연스레 다른 뜻 없어 보여
  更宜移就月中看　다시 한 번 옮겨다 달 아래서 보노라
  栀 치자치, 寄 부칠기, 巒 메만, 薝蔔(담복) : 치자나무 꽃

▪ 梔子花 | 乖厓 金守溫

치자꽃

梔子來何處	치자는 어디서 왔는고
盈盈自結花	예쁜 얼굴 스스로 꽃 맺었네
孤叢來水國	외로운 떨기 물가에서 건너와
粉艶惹江波	분단장 요염한 자태 물결에 숨기네
引綠柔條嫩	녹색 끌어내 어린 가지 부드럽고
裁靑密葉婆	푸름을 마름질하니 빽빽한 잎 곱네
秋風打垂實	가을바람 불어 드리운 열매 건드리니
猶得染形紗	오히려 붉게 물들인 비단 같구나

處 곳처, 嫩 어릴눈, 婆 할미파

染 물들염, 紗 비단사

盈盈(영영) : 물이 가득 찬 모양. 예쁜 모습

▪ 梔子花 | 太虛亭 崔 恒

치자꽃

鮮枝生幸近庭除	고운 가지 다행히 뜰 가까이 자라나
嬴得高人自灌鋤	고상한 선비 몸소 물주고 김을 매네
六出英開微雨裏	가랑비 속에 여섯 장의 꽃잎 어여쁘게 열리고
十分香散暖風餘	따뜻한 바람 불자 짙은 향 가득 흩어져
獨抱氷霜心澹若	서릿발 같은 담담한 마음 홀로 안았으니
豈因膏沐色天如	어찌 단장한 고운 빛깔 때문이랴
世上蠟言多反覆	세상의 아첨하는 말 뒤집는 일 많으니
邇來吾亦愛吾廬	이후로 나 또한 내 집만을 사랑하리

嬴 가득할영, 鋤 호미서, 澹 맑을담, 廬 오두막집려

庭除(정제) : 뜰, 정원

膏沐(고목) : 머리를 감고 곱게 화장을 함

澹若(담약) : 조용하고 평안한 모양

夭如(요여) : 젊고 용모가 아름다움

邇來(이래) : 이래(以來)로 이후로

蠟言(납언) : 유종원(柳宗元)이 지은 『편고문(鞭賈文)』에서 나오는 말로, 아첨을 하기 위해 겉만 번지르르하게 꾸미는 말을 가리킴.

玉簪花 <옥잠화>

▪ 嫣然傾國色

　　예쁘게 미소 짓는 경국지색이라

[출전]　梅竹軒 成三問의 玉簪花

　　　　嫣然(언연) : 예쁜 모습, 傾 기울경

▪ 簪花如白玉

　　옥잠화 하얀 옥과 같네

[출전]　正祖大王의 玉簪花

▪ 雪魄氷魂白露滋

　　눈 얼음 같은 맑은 혼 흰 이슬에 젖도다

[출전]　保閑堂 申叔舟의 玉簪花

　　　　魂 넋혼, 露 이슬로

▪ 雪魄乘秋瑩　눈 같은 넋 가을되어 빛나고

　　氷心帶露嘉　깨끗한 마음 서리 띠어 아름답네

[출전]　乖厓 金守溫의 玉簪花

　　　　乘 탈승, 瑩 빛날영, 嘉 아름다울가

▪ 天香荏苒透羅帷

　　雪魄氷魂白露滋

　　하늘향기 퍼져나가 비단 휘장에 스미고

　　눈 얼음 같은 맑은 혼 흰 이슬에 젖도다

[출전]　保閑堂 申叔舟의 玉簪花

　　　　荏苒(임염) : 퍼져나가는 모양, 透 뚫을투, 帷 휘장유

▪ **輕抽玉露光堪滴**

　斜抻烏雲色轉嘉

　　가볍게 옥이슬 뽑아내면 햇빛은 방울지고

　　비스듬히 검은 구름 늘어뜨리면 색깔 다시 아름답네

[출전]　太虛亭 崔恒의 玉簪花

　　　　抽 뺄추, 滴 방울적, 抻 펼신, 轉 돌전

▪ **姑射仙人雪骨柔**

　雲鬟斜插玉搔頭

　　고야 선인처럼 하얀 기골에 부드러운데

　　구름 같은 머릿결에 옥소두 벗겨 꼽았네

[출전]　四佳 徐居正의 玉簪花

　　　　姑射仙人(고야선인) : 藐姑射山(묘고야산)에 산다는 선신

　　　　鬟 머리환, 插 꽃을삽

▪ **玉簪花** | 梅竹軒 成三問

　　옥잠화

　　　　嫣然傾國色　예쁘게 미소 짓는 경국지색

　　　　膏沐爲誰容　단장한 모습은 누가 용납하였느뇨

　　　　我亦剛腸者　나도 역시 강한 심장이나

　　　　看來意已融　너를 본 이후 뜻이 이미 녹았네

　　　　嫣然(언연) : 예쁘게 미소 짓는 모습

　　　　膏沐(고목) : 머리를 감고 단장을 함,

　　　　傾 기울경, 剛 강할강, 融 융할융

- **玉簪花** │ 正祖大王 李 祘

  옥잠화

  簪花如白玉　옥잠화는 하얀 옥과 같이

  照人生輝光　사람을 비추니 광채가 일어난다

  我欲贈美人　나는 미인에게 드리고 싶지만

  迢迢望西方　서쪽을 바라보니 아득하기만 하네

  簪 비녀잠, 輝 빛날휘, 贈 드릴증, 迢 멀초

- **玉簪花** │ 白玉 李 塏

  옥잠화

  麻姑群玉山頭見　마고(麻姑) 사는 군옥산 머리에서 보니

  天女瑤臺月下遊　천녀(天女)가 요대(瑤臺) 달 아래서 노네

  舞罷霓裳雲錦亂　예상(霓裳) 춤 끝나니 구름비단 어지러운데

  歸來醉墮不曾收　돌아오다 취해 떨어져서 담아오지 못했네

  麻姑(마고) : 손톱이 긴 仙女의 이름

  瑤臺(요대) : ① 신선이 사는 누대 ② 달의 딴 이름

  遊 놀유, 罷 마칠파, 亂 어지러울란, 歸 돌아올귀, 墮 떨어질타

  霓裳(예상) : 당명황(唐明皇)이 꿈에 천상에 가서 배워 온 춤으로 예상우
  　　　　　의곡(霓裳羽衣曲)을 지었다.

- **玉簪花** │ 保閑堂 申叔舟

  옥잠화

  天香荏苒透羅帷　하늘나라 향이 펴져나가 비단휘장에 스미고

  雪魄氷魂白露滋　눈 얼음 같은 맑은 혼 흰 이슬에 젖는구나

  欲識玉簪眞面目　옥잠화 참된 면목을 알고 싶으면

  請君看取未開時　그대여 아직 피지 않을때 보시오

  透 뚫을투, 羅帷(라유) : 비단으로 만든 휘장

魂 넋혼, 滋 젖을자, 識 알식
荏苒(임염) : 세월이 느즈러지는 모양. 냄새 같은 것이 퍼지는 모양

- **玉簪花** | 乖厓 金守溫

  옥잠화

  仙女搖簪隨　선녀가 비녀 흔들어 따르는데
  東南第一花　동남방 제일의 꽃이라
  疑從天上落　하늘에서 떨어졌나 의심스러운데
  爲不世間多　세상에 흔한 일이 아니네
  雪魄乘秋塋　눈 같은 넋 가을되어 빛나고
  氷心帶露嘉　깨끗한 마음 서리 띠어 아름답네
  金風一夜雨　가을바람 불고 한 밤에 비 내리니
  開遍釂淸波　맑은 물에 시집가서 두루 피었네

  搖 흔들요, 疑 의심의, 乘 탈승, 嘉 아름다울가, 釂 초례초
  氷心(빙심) : 얼음처럼 맑고 깨끗한 마음
  金風(금풍) : 가을바람. 서풍, 오행에 따르면 서쪽은 금(金)에 해당하기
  　　　　　때문에, 가을에 부는 서풍을 ‘금풍’이라고 함.

- **玉簪花** | 太虛亭 崔 恒

  옥잠화

  飛瓊弄玉未同科　옥빛을 날리며 희롱하는 꽃들 같은 종류가 아닌데
  豈獨東南冠是花　어찌 홀로 동남쪽에 이 꽃이 으뜸 되었나
  墮來若非自素女　소녀(素女)에게서 떨어진 게 만약 아니라면
  拾得定應從霜娥　상아(霜娥)에게서 주어온 게 응당 확실하리라
  輕抽玉露光堪滴　가볍게 옥 이슬 뽑아내면 햇빛은 방울 지고
  斜抻烏雲色轉嘉　검은 구름 비껴 늘리면 색깔은 다시 아름답네
  莫敎容易中央折　쉽게 한가운데 꺾이게 하지 마소

零落珊瑚亦謾誇　흩어진 산호빛이 또 거드름 피며 자랑하리니

墮 떨어질타, 應 응당응, 抽 뽑을추, 抻 펼신

莫敎(막교) : ~하게 하지 말라

零落(영락) : 떨어짐. 誇 자랑과

素女(소녀) : 신녀(神女)의 이름. 노래를 잘하는 여인

霜娥(상아) : 서리의 의인화한 표현임.

▪ 玉簪花 | 四佳 徐居正

옥잠화

姑射仙人雪骨柔　고야선인처럼 하얀 기골에 부드러운데

雲鬢斜插玉搔頭　구름 같은 머릿결에 옥소두 빗겨 꼽았다

金風剪剪秋光好　가을바람 사각사각 가을 풍광 좋은데

璧月輝輝夜氣浮　옥같은 달이 밝고밝아 밤 기운 떠다니네

百和返魂香入夢　백화(百和)의 반혼향(返魂香)이 꿈속에 들어오는데

三行滿坐物皆尤　뜰 안 세 갈레길 가득 만물 모두가 어여쁘다

夢隨胡蝶穿花去　꿈속에 호랑나비 꽃 파묻혀 다니니

無限風流未罷休　무한한 풍류를 그만둘 수 없어라

鬢 머리환, 魂 넋혼, 尤 더욱우, 隨 따를수, 蝶 나비접, 罷 마칠파

姑射仙人(고야선인) : 묘고야산(藐姑射山)에 산다고 하는 신선으로『장자
　　　　　　　　　　(莊子)』의 소요유(逍遙遊)편에 나옴

玉搔頭(옥소두) : 머리를 장식하는 옥으로 만든 머리긁개

金風(금풍) : 가을에 부는 서풍. 음양오행설에 따르면 금(金)은 가을과
　　　　　　　서쪽을 가리킴

百和(백화) : 온갖 향을 섞어 만든 향

返魂香(반혼향) : 죽은 혼을 되살려 살아오도록 한다는 향의 이름

三行(삼행) : 한(漢)나라 장후(蔣詡)가 뜰에다 작은 길 세 갈래를 내고서
　　　　　　　그 끝에 송(宋)·죽(竹)·매(梅)를 심었다는 고사에서 온 말
　　　　　　　로, 흔히 은자의 뜻을 가리킴

木芙蓉 <목부용, 拒霜花>

- **雪霜非所畏** 눈과 서리 두려운 바 없으니

  還似在泥中 진흙 속에서 피어난 듯 하네

[출전] 梅竹軒 成三問의 拒霜花

　　　畏 두려울외, 似 같을사

- **綽約霞冠臨月榭**

  飄搖雲袂倚風亭

　　아름다운 노를 갓을 삼아 달빛은 누대에 임했고

　　날리는 구름 소매삼아 바람 부는 정자에 의지했네

[출전] 太虛亭 崔恒의 拒霜花

　　　霞 노을하, 榭 누대사, 袂 소매메

- **影分淸冷三秋桂**

  香到嬌嬈九日花

　　맑고도 서늘한 그림자는 가을 계수나무 나누고

　　요염하고 고운 향은 중양절의 국화꽃에 이르네

[출전] 四佳 徐居正의 拒霜花

　　　嬌嬈(교요) : 요염하고 고운 모양

　　　桂 계수나무계

- **拒霜花** | 梅竹軒 成三問

  거상화

  最愛木芙蓉　목부용을 가장 사랑하나니

  儼然君子容　엄숙하여 군자의 얼굴이로다

  雪霜非所畏　눈과 서리 두려운바 없으니

  還似在泥中　진흙 속에서 피어난 듯하도다

  儼然(엄연) : 엄숙한 모양

  畏 두려울외, 泥 진흙니

- **拒霜花** | 保閑堂 申叔舟

  거상화

  嬌嬈晩艶忍寒低　요염하고 교태로워 추위 견뎌낼 즈음

  秋思悽悽霜露迷　가을생각 처량하여 서리 이슬에 헤매네

  著說何須愛不染　어찌 물들지 않는 걸 사랑한다 말할 수 있으리

  托根元自遠淤泥　뿌리 내려 우뚝 서고 진흙을 멀리하네

  艶 물들염, 托 맡길탁, 迷 헤맬미

  嬌嬈(교요) : 요염하게 아름다운 모양

  悽悽(처처) : 마음이 처량함

  著說(저설) : 말을 함

  淤泥(어니) : 진흙

- **木芙蓉** | 子京 宋祁(宋)

  목부용

  寒圃蕭蕭雨氣收　찬 밭 쓸쓸하여 비 기운 가시고

  斂房障葉似凝愁　움츠린 꽃송이 앞에 가려 근심 싸인듯하네

  情知邊地風霜惡　변방의 바람서리 모진 것 알았다면

  不肯將花剩占秋　남아서 가을날을 차지하려 않았으리

圃 남새밭포, 蕭蕭(소소) : 쓸쓸한 모양

斂 거둘렴, 房 송이방, 障 막힐장, 凝 엉킬응

惡 거칠악, 肯 감히긍, 剩 나머지잉, 占 점칠점

▪ 拒霜花 | 太虛亭 崔 恒

거상화

秋半春酣眼轉靑	가을 절반이나 술 취하나 눈은 외려 짊어지니
錦城佳興愜曾廳	금관성의 아름다운 홍취 일찍이 관청에 흡족해
綽約霞冠臨月榭	아름다운 노을로 갓을 삼아 달빛은 누대에 임했고
飄搖雲袂倚風亭	나는 구름 소매 삼아 바람 부는 정자에 의지해
炎御假顏姿態度	여름날 왕이 얼굴 바꿔 태도 제 멋대로인데
寒娥低首斂威靈	추위에 아씨 머리 숙여 그 위세를 거두었지
還憶曲江榮宴罷	곡강(曲江)의 좋은 잔치 파했을 때 다시 기억하니
藍袍戴花醉竛竮	푸른 도포에 꽃을 꼽고 비틀댈 만큼 취했다지

榭 정자사, 愜 흡족할협, 霞 노을하, 袂 소매몌, 斂 거둘렴

靈 신령령, 罷 마칠파, 戴 머리대일대, 꼽을대

春酣(춘감) : 술에 취함

錦城(금성) : 당(唐)나라의 시인 두보(杜甫)가 살던 '금관성(錦官城)'으로,
　　　　　　 오늘날의 사천성(四川省) 성도현(成都縣)을 가리킴.

綽約(작약) : 아리따운 모양

曲江(곡강) : 두보가 살던 강가의 마을 이름

竛竮(령병) : 비틀거리며 걷는 모양

▪ 拒霜花 | 乖厓 金守溫

거상화

天地生成意	천지가 뜻 모아서 만들어내고
秋來百卉摧	가을이 오면 온갖 풀들 꺾어지는데

夫何異物性　어찌하여 남들과 품성이 달라
至此乃花開　이 가을에 이르러 꽃을 피우는가
秀色邀人住　빼어난 빛깔은 사람 머물도록 청하는데
餘香待鴈來　남은 향은 기러기 오길 기다리누나
將無占霜露　장차 서리와 이슬 혼자 차지 않을 터이니
世亂識賢材　세상 어지러우면 어진 재목 알아주리

卉 풀훼, 摧 꺾을최, 邀 맞이할요, 鴈 기러기안
亂 어지러울란, 識 알식
至此(지차) : 이 시기, 곧 가을에 이르러

▪ 拒霜花 | 四佳 徐居正

거상화

西風吹鴈曉來過　서풍 기러기에게 불자 새벽으로 나는데
滴露硏朱點一窠　이슬 젖어 붉게 갈아 한 점 열매 찍었네
西子捧心矜醉艷　가슴 두드린 서시가 취한 미모 자랑하고
靑娥換骨傲霜華　목숨 내놓은 아황(娥皇) 서릿발 이겨낸 듯
影分淸冷三秋桂　맑고도 서늘한 그림자 가을 계수나무에 이르고
香到嬌嬈九日花　어여쁜 향은 중양절의 국화꽃에 이르는 듯
莫把芙蓉强分別　연꽃을 손에 잡아 억지로 분별 말게
斬新紅藥自成家　참신한 붉은 꽃술 스스로 일가를 이루네

曉 새벽효, 露 이슬로, 窠 둥우리과, 捧 두드릴방, 艷 고울염
藥 꽃술예
西子(서자) : 춘추시대 월(越)나라의 미인 서시(西施)를 가리킴
捧心(봉심) : 가슴을 두드림. 서시는 가슴앓이 때문에 이따금 가슴을 두
　　　　　드렸는데, 이때 찌푸린 얼굴조차 매우 고혹적이라서 다른
　　　　　여인들도 무조건 이를 본따 얼굴을 찌푸렸다고 함.
靑娥(청아) : 젊은 미인. 여기서는 순임금의 두 妃였던 娥皇을 일컫는
　　　　　말인 듯

三秋(삼추) : 가을 세 달

嬌嬈(교요) : 곱고도 요염함. 또는 그런 여자를 가리키기도 함.

九日(구일) : 음력으로 구월 구일에 해당하는 중양절(重陽節)을 가리킴.

石竹花 <석죽화, 패랭이꽃>

▪ 石竹花 | 醇庵 吳載純

패랭이꽃

葉細凝烟碧	가는 잎에는 연기가 푸르게 응기고
花斑雜繡紅	아롱진 꽃에는 수놓은 듯 붉게 섞였네
莫辭春後發	봄이 지난 뒤 피어남을 사양치 않고
尙得傲秋風	오히려 가을 바람을 얻어 즐기네

石竹花(석죽화) : 패랭이꽃, 凝 엉킬응, 斑 아롱질반

繡 수놓을수, 辭 사양할사, 傲 즐길오

▪ 石竹花 | 鄭襲明

석죽화

世愛牧丹紅	세상 사람이 목단의 붉음을 사랑하여
栽培滿院中	정원에 많이들 가꾸고 있네
誰知荒草野	누가 알리오 거친 들판에도
亦有好花叢	역시 좋은 꽃들이 있음을
色透村塘月	빛은 못에 떠 있는 달 속에 어리고
香傳隴樹風	향기는 언덕의 바람 따라 움직인다
地偏公子少	이 궁벽한 곳에 찾는 이 없으니
嬌態屬田翁	아름다운 모습은 밭가는 늙은이에게 속했네

叢 떨기총, 透 뚫을투, 隴 언덕롱, 屬 속할속

紅蓼花 <홍료화, 여뀌>

▪ 紅蓼花 | 藕船 李尙迪

홍료화

碧蘆蕭瑟白蘋涼　푸른 갈대 쓸쓸하고 마름은 서늘해
獨占鉛華媚夕陽　흰 분가루 홀로 가져 석양에 아양떤다
一曲闌干秋思遠　난간 한 굽이에 가을 생각 멀어지고
雨絲風片似江鄕　비 바람조각은 마치 강가에 있는 듯
紅蓼花(홍료화) : 단풍이 들어 빨갛게 된 여뀌
蓼 여뀌료, 蘆 갈대로, 蘋 마름빈, 鉛 백분연, 媚 아첨할미

▪ 紅蓼 | 梅月堂 金時習

붉은 여뀌

庭前叢蓼兩三株　뜰 앞에 한 무더기 여뀌 두세 포기인데
雨葉風花摠可圖　비 맞은 잎 바람 맞는 꽃 모두 그릴 만하네
寒蘂倒垂紅欲滴　찬 꽃술 거꾸로 늘어져 꽃 붉어 곧 떨어질듯
繁枝偃亞緣相扶　번성한 가지 누울 듯 버티어 서로 붙들었네
曾開渺渺三湘水　일찍이 아득한 세 상강(湘江) 물가에 피어
閑映蕭蕭兩岸蘆　한가로이 쓸쓸한 양 언덕 갈대에 비췄네
盡日臥看淸興在　진종일 누워서 보니 맑은 흥취 담겨 있어
還如煙渚伴眠鳧　연기 끼인 물가에서 조는 오리와 짝한 것 같네
叢 떨기총, 摠 모두총, 蘂 꽃술예, 滴 물방울적, 偃 누울언
蘆 갈대로, 鳧 물오리부

鷄冠花 <계관화, 맨드라미>

- **鷄冠花 二首** | 秋史 金正喜

  계관화 두수

  其一

  似柳鷄聲農丈家　농장인(農丈人) 집 닭의 소리 버들처럼 길쭉한데

  出籬朱勝便無差　울타리에 솟아나니 주승과 차이 없네

  元來卉品多奇想　본래로 꽃 품종으로 기이한 생각 많으니

  又一娉婷蝴蝶花　또 하나 아름다운 범나비 꽃이로세

  鷄 닭계, 籬 울타리리

  娉婷(빙정) : 예쁘고 아름다운 모습

  朱勝(주승) : 맨드라미를 뜻한 말

  其二

  鷄頭尖角也非花　닭의 머리 뾰족한 뿔 응당 꽃이 아닐진대

  忒訝幽芳絳幘加　그윽한 꽃에 붉은 수건 씌어났나 의심되네

  醬甕東西增一格　장항아리 동쪽 서쪽 한 격을 더했으니

  鳳仙紅白共繁華　봉선화꽃 붉고 희어 번화하게 함께하네

  忒 의심할특, 醬 간장장, 甕 항아리옹, 繁 번화할 번

  絳幘(강책) : 맨드라미를 비유한 것

  왕유(王維)의 시에 絳幘鷄人報曉籌라고 하였음.

蜀葵花 <촉규화 : 접시꽃>

▪ **蜀葵花** | 岑參(唐)

촉규화

昨日一花開　어제도 한 송이 꽃이 피고
今日一花開　오늘도 한 송이 꽃이 피네
今日花正好　오늘 핀 꽃은 매우 곱지만
昨日花已老　어제 핀 꽃은 이미 시드네

正好(정호) : 정히 좋아함.
已老(이로) : 이미 시들어 버림

▪ **蜀葵花** | 孤雲 崔致雲

촉규화

寂寞荒田側　거친 밭두둑 고즈넉한 곳에
繁花壓柔枝　번성한 꽃송이가 약한 가질 누르네
香輕梅雨歇　매화비 그쳐 향기도 가벼운데
影帶麥風歌　보리 누름 바람결에 그림자 띠었네
車馬誰見賞　수레 탄 어느 누가 서로 볼꺼나
蜂蝶徒相窺　벌 나비만 부질없이 와서 엿보네
自慚生地賤　천한 땅에 태어난 것 스스로 부끄러워
堪恨人棄遺　사람들에게 버림받고도 참고 견디네

側 곁측, 壓 누를압, 歇 쉴헐, 窺 엿볼규, 慚 뉘우칠참, 棄 버릴기

茱萸 <수유>

- **把茱萸** | 梅月堂 金時習

  수유를 잡고서

  更把茱萸仔細看   다시 수유(茱萸) 가지를 잡고 자세히 보니
  今年何似去年歡   금년이 지난해의 즐거움과 어찌 같으리
  秋風不解人間鬢   가을 바람은 인간의 귀밑머리 헤아리지 못해
  纔著霜花抹不乾   서리꽃이 겨우 달려 지워도 마르지 않네

  歡 기쁠환, 鬢 귀밑머리빈, 纔 겨우재

凌霄花 〈능소화〉

- **綠疏微露刺**　푸른 잎 성글고 미세한 이슬에 가시 보이는데
  紅密欲藏枝　붉은 꽃 조밀하여 가지를 감추려 하는구나

- **弱蔓似狂和影亂**　약한 넝쿨 마치 미친 듯 그림자와 어지럽고
  軟紅如肆索人扶　연한 붉은 꽃 취한 듯 붙들 사람 찾는구나

- **凌霄花題册** ｜ 王世貞(明)

  능소화 그림책에

  　枝牽蔓轉葉紛紛　가지가 당기고 넝쿨 두르고 잎은 흩어졌는데
  　數朶嫣紅學出群　몇 떨기 예쁜 붉은 꽃 무리에서 뛰어나도다
  　磐石托根君莫笑　돌바닥에 뿌리박은 것 그대는 비웃지 마소
  　只言身自致靑雲　오직 몸 스스로 푸른 하늘에 닿고자 함이로다
  　牽 끌견, 嫣 예쁠언

  　不道花依他樹發　다른 나무에 의지하여 핀다고 말하지 마소
  　强攀紅日鬪鮮明　붉은 해 끌어잡고 고운 빛 다투네
  　簇藥色依紅日近　떼 지은 꽃들 빛은 붉은 해와 가깝고
  　放梢影共碧雲長　늘어선 가지 그림자는 푸른 구름같이 길어라
  　攀 어루만질반, 鬪 싸울투, 簇 무리지을족, 梢 가지끝초

- **詠凌霄花** ｜ 子明 賈昌朝(宋)

  능소화를 읊다

  　披雲似有凌霄志　구름을 헤치고 창공을 범할 듯한 기상 있는 듯
  　向日寧無捧日心　해를 향했으나 해를 떠받칠 마음은 없어라

珍重靑松好依托 귀하고 중한 푸른 솔에 의탁함이 좋아서

直從平地起千尋 평지에서 곧게 높이 솟아오르네

凌 범할릉, 霄 하늘소, 披 헤칠피, 捧 받들봉, 托 맡길탁, 尋 여덟자심

鳳仙花 <봉선화>

- **鳳仙花** | 陸希聲(唐)

  봉선화

  香紅嫩綠正開時　붉은 향기 푸른 어린잎에서 막 피어 날 때에
  冷蝶飢蜂兩不知　주린 벌 나비들은 서로 알지 못하네
  此際最宜何處看　어느 때 어느 곳에서 가장 볼 만한가
  朝陽初上碧梧枝　아침해 벽오동에 처음 솟아오를 때이라
  嫩 어릴눈, 飢 주릴기, 蝶 나비접, 處 곳처

丹楓 <단풍>

▪ 霜來紅葉樓

　　서리 내린 뒤에 누대엔 단풍 붉어라

[출전]　韓偓의 郊催國輔體

▪ 紫錦紅羅滿眼前

　　자줏빛 붉은 비단 눈앞에 널렸네

[출전]　茶山 丁若鏞의 詠紅葉
　　　　紫 자주자, 羅 비단라

▪ 墻下丹楓一樹明

　　담 아래 붉은 단풍 한 그루 눈부시다

[출전]　保閑堂 申叔舟의 詠日丹楓
　　　　墻 담장, 丹 붉을단

▪ 日射楓樹明丹膚

　　햇살이 단풍을 쏘아 붉은 살결 눈부시네

[출전]　太虛亭 崔恒의 詠日丹楓
　　　　射 쏠사, 膚 살갖부

▪ 楓林霜重亦燒空

　　단풍 숲에 서리 무거워 빨갛게 허공 불사르네

[출전]　樗軒 李石亨의 詠楓葉
　　　　霜 서리상, 燒 불탈소

· 誰將颯沓臙脂筆

細點西施翠黛邊

　　어느 누가 빨간 연지 듬뿍 묻은 붓으로

　　서시의 눈썹가에 아름답게 적어났나

[출전]　茶山 丁若鏞의 詠紅葉

　　　　颯 날릴삽, 沓 합할답, 黛 눈썹그릴대

· 坐愛一張紅傘子

夕陽輝映滿人衣

　　한 장의 붉은 일산 밑에 앉아 즐기니

　　석양에 빛난 빛이 옷에 가득하네

[출전]　茶山 丁若鏞의 詠紅葉

　　　　傘 일산산, 輝 빛날휘

· 宿將含露疑垂泣

醉態迎風欲待扶

　　묵은 화장기 이슬 머금어 눈물 드리웠나 의심하고

　　바람 맞아 취한 모습 부축하길 기다리네

[출전]　孤雲 崔致雲의 紅葉樹

　　　　粧 단장할장, 疑 의심의, 泣 울읍, 態 모양태

· 淨兼朝日紅於錦

愁對殘霞爛欲燒

　　깨끗해서 해 떠오르면 비단보다 붉어지고

　　근심 속에 저녁노을 대하고 불길처럼 타오른다

[출전]　四佳 徐居正의 暎日丹楓

淨 맑을정, 殘 남을잔, 燒 불탈소

- **詠日丹楓** | 梅竹軒 成三問

  햇살 비치는 단풍

  無知空老大　하늘이 오래되고 큰 것 모르는데
  歲月奈駸駸　세월은 어찌하여 빨리 흘러가나
  寄語丹楓樹　단풍나무에 말 부쳐보니
  寧無宋玉心　어찌하여 宋玉의 마음이 없는가

  寄 부칠기, 寧 어찌녕
  駸駸(침침) : 말이 빨리 달리는 모양. 시간이 빨리 흐르는 모양
  宋玉(송옥) : 전국시대(戰國時代) 초(楚)나라의 시인으로, 자(字)는 자연
  　　　　　　(子淵). 굴원(屈原)의 제자인데, 자신의 변함없는 절조와 꿋
  　　　　　　꿋한 기개를 주로 노래하였음.

- **訪金居士野居** | 三峯 鄭道傳

  김거사의 야거를 찾아서

  秋雲漠漠四山空　가을 구름은 떠가고 온 산은 고요한데
  落葉無聲滿地紅　낙엽은 소리 없고 온땅 가득 붉구나
  立馬溪邊問歸路　말을 시냇가에 세우고 길을 묻는데
  不知身在畵圖中　이 몸이 그림 속에 있음을 알지 못했네

  漠漠(막막) : 아득함
  邊 가변, 歸 돌아갈귀

- **暎日丹楓** | 保閑堂 申叔舟

  햇살 비치는 단풍

  西風日夕起秋聲　서풍 부는 저녁나절 가을소리 일어나
  墻下丹楓一樹明　담 아래 단풍 한 그루 눈부시네

萬彙紛然須雨露　만물이란 비와 이슬로 모름지기 찬란해져

憐渠獨自待霜榮　가련하구나 너 홀로 서리를 기다리네

起 일어날기, 墻 담장, 露 이슬로, 榮 영화로울영

萬彙(만휘) : 萬彙群像(만휘군상)의 준말로, 온갖 사물이란 뜻임.

紛然(분연) : 어지러운 모양

■ **詠楓葉** | 樗軒 李石亨

　단풍을 읊다

楓林霜重赤燒空　단풍 숲에 서리 더하니 붉게 허공 불사르고

誰遣良工點注紅　누가 좋은 조물주 보내서 점점 붉게 물 더하나

白帝應嫌秋太素　가을의 신이 응당 가을이 너무 소박함을 싫어하여

擬他桃李爛春風　복숭아 오얏에 견주어서 봄바람을 불태웠나

燒 태울소, 遣 보낼견, 嫌 싫어할혐, 擬 비길의

白帝(백제) : 五天帝의 하나. 가을의 神. 서방의 神

■ **詠紅葉 四首** | 茶山 丁若鏞

　단풍을 읊다

其一

側壁攲崟到半天　기울어진 암벽이 중천에 높이 솟아

蒼鼯欲度絶攀緣　날다람쥐 건너려도 의지할 게 전혀 없네

誰將颯沓臙脂筆　어느 누가 빨간 연지 듬뿍 묻은 붓으로

細點西施翠黛邊　서시의 눈썹 가에 아름답게 찍어놨나

壁 벽벽, 崟 바위암, 蒼鼯(창오) : 푸른 박쥐

攀 너위잡을반, 黛 눈썹그릴대

西施(서시) : 춘추시대의 월의 미인. 吳王 부차(夫差)의 애비(愛妃)

其二

盤陀老石飽陰霏　넓고 험한 바윗돌 구름 기운 날리는데

風蔓幽幽土蘚肥　뻗은 덩굴 그윽하고 이끼 자라 살쪘네
坐愛一張紅傘子　한 장의 붉은 일산 밑에 앉아 즐기노니
夕陽輝映滿人衣　석양에 빛난 빛이 사람 옷에 가득하네
盤 넓고클반, 陀 험할타, 霏 날릴비, 蔓 넝쿨만
蘚 이끼선, 傘 일산산, 輝 빛날휘

其三
上枝紅艶下枝黃　윗가지는 붉어 곱고 아랫가지 누르스름해
黃暈蕭條病裏妝　병중의 단장인가 누런 모습 쓸쓸하다
不是天心慳雨露　하늘이 단비 이슬 아낀 것이 아니라
無緣弱質冒風霜　약한 가지 모진 풍상 견디지를 못해서지
艶 고울염, 暈 해달무리운, 妝 단장할장, 慳 아낄간, 冒 무릅쓸모

其四
秋草離離古澗邊　해묵은 도랑가에 시들어진 가을풀
一枝孤艷更堪憐　외로운 한 떨기 가련하기 그지없네
且休折向雲臺去　여보게들 이걸 꺾어 운대 향해 가지 마소
紫錦紅羅滿眼前　자줏빛에 붉은 비단 눈앞에 가득하니
離離(리리) : 시들어 늘어진 모습. 澗 산골간. 艷 고울염
堪 견딜감, 休(휴) : ~하지 말라

▪ 紅葉樹 ｜孤雲 崔致雲

단풍나무

白雲巖畔立仙姝　흰 구름 바윗가에 선녀 예쁘게 서 있는데
一簇煙蘿倚畵圖　한 무리 아련한 댕댕이 그림에 의지한 듯
麗色也知禦世有　고운 빛은 세상의 사물들과 맞서려 함 알겠으나
閒情長得似君無　한가로운 정은 그대만한 이 오랫동안 없으리라
宿粧含露疑垂泣　묵은 화장기 이슬 머금어 눈물 드리웠나 의심되고

醉態迎風欲待扶　바람 맞아 취한 모습 부축하길 기다리는 듯
吟對寒林却怊悵　싸늘한 숲을 대하여 읊조리니 더욱 쓸쓸한데
山中猶自辨榮枯　산중에서도 오히려 영고성쇠 분변하겠네
姝 빛깔고울주, 粧 단장할장

▪ 映日丹楓 | 乖厓 金守溫

햇살 비치는 단풍

蓐收初按節　이부자리 개고서 관절을 어루만지는데
頳葉暎山顔　울긋불긋 단풍이 산의 얼굴 비춘다
霜氣晨昏重　서리 기운은 아침 저녁 사나운데
秋林錦繡斑　가을 숲은 비단수를 놓았네
斜陽明歷歷　기우는 햇볕 받아 밝은 빛 또렷한데
高處望團團　높은 곳이라 바라보니 드리워졌네
始信樊川子　이제야 옛날의 번천자(樊川子)를 믿겠노니
停車坐愛看　수레 세우고 앉아 아끼며 보았다지

蓐 자리욕, 按 만질안, 頳 붉을정, 繡 비단수, 斑 아롱질반
團團(단단) : 둥글둥글한 모양. 늘어지거나 드리워진 모양
樊川子(번천자) : 동한(東漢)때의 인물 번중(樊重)을 가리킴. 그는 남들의
　　　　　　비웃음에도 아랑곳하지 않고 칠나무를 사랑하며 길렀
　　　　　　는데, 뒷날 성과가 매우 컸다고 함.

▪ 映日丹楓 | 四佳 徐居正

햇살 비치는 단풍

一夜西園玉露彫　밤 세워 서쪽 정원에 옥 이슬이 아롱지고
紅扶秋色上林梢　붉게 더한 가을빛 숲속 나무 끝에 올랐네
淨兼朝日紅於錦　깨끗해서 아침 해 비단보다 붉어지고
愁對殘霞爛欲燒　근심속에 저녁노을 대하니 불길처럼 타오르네

石逕停車詩正就　돌길에 수레 세우자 시 곧바로 얻어지고
玉山扶杖畵難消　고운 산에 지팡이 짚자 그림 생각 지우기 어렵네
憶曾送客江頭路　지난 날 강 머리에서 님 보낸 것 기억하니
剗地霜風鴈正高　땅을 깎는 서리바람에도 기러기 정녕 높아라
彫 새길조, 梢 나무끝초, 燒 불탈소, 消 사라질소
剗 깎을잔, 鴈 기러기안

▪ 映日丹楓 | 太虛亭 崔 恒

햇살 비치는 단풍

怪底紅光照座隅　괴이한 붉은 빛이 자리 한쪽 비추는데
日射風樹明丹膚　햇살이 단풍 쏘아 붉은 피부 눈부시네
霞液酡顏變新葉　유하주(流霞酒)에 얼굴 붉어 새 잎으로 변하였고
丹砂換骨粧故株　단사(丹砂)로 환골탈태해 옛 줄기로 단장했네
赤幟立時疑漢將　붉은 기 세우니 한(漢)의 장수인가 의심하고
錦囊翻處認奚奴　비단 주머니 날리는 곳 어느 오랑캐 땅인가
祇許幽人靑眼看　오로지 은자에게만 고운 눈길 허락하고
渠心元不戀紆朱　그 마음 원래부터 굽고 붉음을 연모하진 않았지
隅 모퉁이우, 膚 살갗부, 酡 얼굴붉을타, 粧 단장할장
幟 깃발치, 囊 주머니낭, 翻 번득일번, 紆 굽을우
霞液(하액) : 신선들이 마신다는 술인 유하주(流霞酒)를 가리킴.
丹砂(단사) : 수은(水銀)과 유황(硫黃)을 화합시켜 만든 붉은 모래로, 신
　　　　　 선이 되기 위해 복용한다고 함.
幽人(유인) : 숨어사는 은자
靑眼(청안) : 친밀한 감정으로 대하는 눈매. 진(晉)나라의 은자 완적(阮
　　　　　 籍)은 친한 사람에게 청안으로, 거만한 사람에게 백안(白眼)
　　　　　 으로 대했다는 고사에서 온 말임.

梧桐葉 <오동잎>

- **井梧凉葉動** 우물가 오동잎 싸늘히 나부끼고

  隣杵秋聲發 이웃집 다듬이 소리 가을날 울리네

[출전] 香山居士 白居易의 早秋獨夜

　　　隣 이웃린, 杵 다듬이저

- **待得高千尺** 천척 높이 자라길 기다리는 건

  行看端鳳儀 상서로운 봉황모습 장차 보려고

[출전] 乖厓 金守溫의 梧桐葉

　　　端 모양단, 儀 거동의

- **莫遣琅玕搖落盡**

  會須留與集鸞鳳

　　오동잎 흔들어 모두 다 지게 마소

　　남겨두면 반드시 봉황이 모일 것이라

[출전] 四佳 徐居正의 梧桐葉

　　　琅玕(랑간) : 여기서는 오동잎을 뜻함

　　　集 모일집, 鸞 난새란

- **梧桐葉** | 梅竹軒 成三問

　　오동잎

　　　手植梧桐樹　손 수 심은 오동나무

　　　春來綠葉齊　봄이 오자 푸른 잎 가지런해

　　　何時成老大　어느 때나 다 자라

　　　枝上鳳來棲　가지 위에 봉황 와서 쉴까

植 심을식, 鳳 봉황봉, 棲 쉴서
老大(로대) : 나이 먹어서 커지는 것

- **早秋獨夜** | 香山居士 白居易(唐)

  이른 가을 밤에 홀로 있어

  井梧凉葉動　우물가 오동잎 싸늘히 나부끼고
  鄰杵秋聲發　이웃집 다듬이소리 가을날 울리네
  獨向簷下眠　홀로이 처마 아래 잠들었다가
  覺來半牀月　깨어보니 침상 위에 달빛 환해라
  動 움직일동, 鄰 이웃린, 簷 추녀첨

- **梧桐葉** | 保閑堂 申叔舟

  오동잎

  高齋睡起雨聲低　높은 집 잠을 깨는 빗소리 나지막한데
  密葉重重翠色齊　빽빽한 잎 첩첩 자라 푸른 빛 가지런해
  鶗鴂西風休見擾　가을 바람에 까치들 소란을 멈추는데
  高人留待鳳凰棲　고인들은 봉황새 쉬기를 기다리네
  齋 집재, 聲 소리성, 擾 소란스러울요, 棲 쉴서
  鶗鴂(제결) : 새 이름. 보통은 두견새를 가리키지만, 때로는 까치나 뻐꾸
  　　　　　기를 가리키기도 함.
  高人(고인) : 고상한 선비

- **梧桐葉** | 乖厓 金守溫

  오동잎

  魁梧茂一樹　우뚝 선 오동 무성하게 한그루 자라
  春葉正猗猗　봄날의 잎은 진정 아름답구나
  淸影連金井　맑은 그림자 금 우물에 닿았고

繁陰暗玉池　번성한 그늘에 옥 연못이 어둡네

雨聲徧有響　빗소리 두루 음악을 들려주는데

秋色最先知　가을 빛 가장 먼저 알리누나

待得高千尺　천 척 높이 자라길 기다리는 건

行看瑞鳳儀　상서로운 봉황 모습 장차 보려고

魁 우뚝설괴, 繁 번성할번, 響 소리향, 儀 거동의

猗猗(의의) : 깨끗하고 아름다운 모습

▪ 梧桐葉 | 四佳 徐居正

오동잎

何年移自嶧山陽　어느 때 역산(嶧山)의 남쪽에서 옮겨왔나

生長孫枝百尺長　손자 가지도 자라서 백 척으로 자랐네

落葉隨風敲玉砌　낙엽들은 바람 따라 옥 섬돌에 구르고

濃陰得月度銀床　짙은 녹음 달 기다리며 은상(銀床)을 지나네

新霜院落秋光老　새 서리 내린 뜨락에 가을 빛 깊어가고

永夜軒窓雨氣凉　긴긴 밤 창가에는 비 기운 서늘하오

莫遣琅玕搖落盡　오동 잎 흔들어 모두 다 지게 마소

會須留與集鸞鳳　남겨두면 반드시 난새봉황 모일테니

隨 따를수, 敲 두드릴고, 砌 섬돌체, 濃 짙을농, 搖 흔들요

嶧山陽(역산양) : 역산(嶧山)의 남쪽. 역산은 중국의 강소성(江蘇省)에
　　　　　　　　있는 산의 이름

孫枝(손지) : 곁가지에서 다시 나온 곁가지

院落(원락) : 주택의 안뜰. 또는 담을 두른 저택

琅玕(낭간) : 여기서는 오동나무의 푸른 잎을 기리킴

會須(회수) : 모름지기. 반드시

留與(유여) : 남겨 줌

柳 <버들>

∙楊柳散和風

버드나무는 부드러운 바람 흩어지게 하네

[출전] 韋應物의 東郊

∙門前楊柳綠千絲

문 앞의 버드나무 푸르름이 천갈래라

[출전] 保閑堂 申叔舟의 門前楊柳

　　　楊柳(양류) : 버들, 絲 실사

∙柳陰濃綠全遮暑

무르익은 버들그늘 온전히 더위를 가려주네

　　　濃 짙을농, 遮 가릴차

∙柳綠花紅眞面目

버들 푸르고 꽃은 붉어 그림 같은 풍경이라

∙楊柳陰濃江岸多

버들 짙은 그늘 강 언덕에 드리웠네

　　　陰 그늘음, 岸 언덕안

∙倡條何裊裊　성한가지 어이 그리 간드러지고

　治葉何夭夭　요염한 잎새는 그리 이쁜고

[출전] 象村 申欽의 折楊柳歌

　　　裊裊(뇨뇨) : 간들거리는 모양

- **舞榭家家暗** 버들 춤추는 정자 집집마다 그늘지고

  裝臺處處低 한들거리며 단장하는 곳곳마다 나지막하네

[출전] 乖厓 金守溫의 門前楊柳

　　榭 정자사, 裝 단장할장

- **東風不解傷離別**

  吹却低頭掃路塵

　　봄바람은 이별의 설움 알지 못하고

　　낮은 가지 흔들어 길의 먼지를 쓰네

[출전] 蘭雪軒 許楚姬 楊柳枝詞

　　解 풀해, 掃 쓸소, 塵 티끌진

- **條妬纖腰葉妬眉**

  怕風愁雨盡低垂

　　가지는 가는 허리를 시기하고 잎은 가는 눈썹 시기하는데

　　바람과 비를 두려워해 모두 낮게 드리웠네

[출전] 蘭雪軒 許楚姬 楊柳枝詞

　　妬 시기할투, 腰 허리요, 怕 두려울파

- **山窮水盡疑無路**

  柳暗花明又一村

　　산 다하고 물 끊어진 곳 길 없는가 했더니

　　버드나무 이두운 곳 꽃 밝은데 또 한 마을 있네

[출전] 陸游의 遊山西村

　　窮 다할궁, 疑 의심의

- 絮學雪飛斯醉眼

絲和烟裊攬離腔

버들 솜이 눈 날리듯 취한 눈에 아른대고

실버들이 연기와 같이 이별의 곡조 싸고 도네

[출전] 太虛亭 崔恒의 門前楊柳

絮 솜서, 醉 취할취, 腔 노래곡조강

- **攀楊枝** | 象村 申欽

버들가지를 만지며

別君知幾時 그대와 이별한 지 얼마이던가

裙帶自無力 치마 띠가 절로 헐렁해졌네

縱有同心結 비록 동심결이 있기는 하나

春來不復拭 봄이 와도 다시 닦지를 않는다오

裙 치마군, 帶 띠대, 拭 닦을식

同心結(동심결) : 실 같은 것으로 두 고를 내고 맞맺어서 풀리지 않도록
굳게 맺는 매듭을 말하는데, 이는 곧 남녀가 서로 사
랑하는 뜻을 부친 것이다.

- **折楊柳歌** 二首 | 象村 申欽

버들을 꺾으며 부르다

其一

種樹莫種柳 나무를 심되 버들은 심지 마소

教人悲離別 사람에게 이별을 슬프게 만드느니라

折柳莫傷根 버들을 꺾되 뿌리는 상하게 하지 말라

根傷無好枝 뿌리가 상하면 좋은 가지 없느니라

種 심을종, 教(교) : ~하게 하다. 離 떠날리

折楊柳(절양류) : 악부의 이름으로 원 내용은 고향을 떠날 때에 버들가

지를 꺾어주며 이별의 정을 노래한 것이다.

其二

倡條何裊裊　성한 가지는 어이 그리 간드러지며

冶葉何夭夭　요염한 잎새는 어이 그리 예쁜고

落日渭城畔　해 저문 위성 가에서

離腸消復消　이별의 간장 녹이고 또 녹이네

倡 앞장설창, 冶 예쁠야

夭夭(요요) : 예쁜 모습. 離 떠날리

渭城(위성) : 당(唐)나라 왕유(王維)의 이별시(離別詩)에 위성의 아침 비
　　　　가 가벼운 티끌 적시니, 객사의 푸르른 버들빛이 새로워라
　　　　[渭城朝雨浥輕塵 客舍靑靑柳色新]한 데서 온 말로, 즉 이별
　　　　을 뜻한 것이다.

▪ 詠柳 四首 | 三峯 鄭道傳

버들을 읊다

其一

含煙偏裊裊　연기 엉기며 유달리 간들거리고

帶雨更依依　비를 띠면 더욱 늘어나네

無限江南樹　끝없는 강남 나무에

東風特地吹　봄 바람은 특별히 불어오누나

裊裊(요뇨) : 바람에 나뭇가지가 나부끼는 모양

依依(의의) : 무성한 모양

特地(특지) : 특별히. 일부러

其二

傍村初暗淡　마을 곁에서 처음엔 흐릿하였는데

臨水轉分明　물가에 다다르니 분명 해졌네

向曉雨初霽　새벽이 가까워 비 처음 개이니
鶯兒忽一聲　꾀꼬리 문득 한번 울어대네
傍 곁방, 暗 어두울암, 曉 새벽효, 霽 비개일제, 鶯 꾀꼬리앵

其三
久客未歸去　돌아가지 못하네 오랜 나그네
斜陽獨倚樓　석양에 홀로 누에 멈추었네
一聲何處篴　한 가락 젓대 소리 어느 곳이냐
吹折碧江頭　푸른 강 머리 버들을 불어 꺾누나
斜 기울사, 聲 소리성, 篴 피리적

其四
皆言舞腰細　춤추는 허리마냥 가늘다 말하더니
復道翠眉長　푸른 눈썹이 길다 또 일러주네
若敎能一笑　만약 한번 씽긋 웃어 준다면
應解斷人腸　남의 애를 끊어도 이해하겠네

■ **門前楊柳** | 梅竹軒 成三問

　문 앞의 버들

白日北窓下　밝은 대낮 북창아래는
逸興羲皇前　세속 떠난 풍류 복희 황제 앞이라
門垂五柳樹　문 앞에 드리운 다섯 그루 버드나무
覆地政含煙　땅 덮고 푸른 연기 머금었네
垂 드리울수, 覆 덮을복, 煙 연기연
逸興(일흥) : 세속을 떠난 풍류
羲皇(희황) : 중국 신화 시대의 황제 복희씨(伏羲氏). 흔히 은자를 가리킴

- **柳浪** | 摩詰 王維(唐)

  버들가지 물결

  分行接綺樹　줄지어 아름다운 나무들 이어있고
  倒影入淸漪　맑은 잔물결 속에 거꾸로 비추누나
  不學御溝上　궁궐 도랑에서 배우지 마소
  春風傷別離　봄바람에 이별의 마음 상하게 하니라
  分行(분행) : 줄을 지어 있다.
  綺樹(기수) : 곱고 아름다운 나무, 버드나무를 가리킨다.
  漪(의) : 잔 물결
  御溝(어구) : 경성의 황궁을 보호하기 위해 파놓은 도랑

- **題海門蘭若柳** | 孤雲 崔致雲

  해문 절간의 버들을 보고 쓰다

  廣陵城畔別娥眉　광릉성 기슭에서 미인과 이별하고
  豈料相逢在海涯　바닷가 먼 곳에서 서로 만날 줄 어찌 알았으리
  只恐觀音菩薩惜　다만 관음보살이 아끼시던 일 두려운데
  臨行不敢折纖枝　길 떠나면서 가는 가지 감히 꺾지 못하겠네
  畔 가반
  蛾眉(아미) : ① 누에나방처럼 가늘고 아름다운 눈썹
  　　　　　　② 美人을 말함
  逢 만날봉, 纖 가늘섬

- **門前楊柳** | 保閑堂 申叔舟

  문 앞의 버들

  上苑芳菲摠未知　대궐 안의 고운 꽃들 거의 알지 못하지만
  門前楊柳綠千絲　문 앞의 버드나무 푸르름이 천 갈래라
  狂風且莫來相擾　미친 바람아 와서 흔들지 마라

日暖烟籠不自持　따뜻한 날 둘린 연무를 스스로 견디기가 어렵나니
狂 미칠광, 擾 흔들요, 籠 대광주리롱, 持 가질지
上苑(상원) : 천자의 동산, 대궐안의 동산
芳菲(방비) : 향기로운 풀이나 풀꽃. 풀이 새파랗게 자라고 꽃이 곱게 피
　　　　　어 향기로움

▪ 楊柳枝詞 | 蘭雪軒 許楚姬

버들가지 노래

其一

楊柳含煙灞岸春　버들은 안개 머금어 패강 언덕은 봄인데
年年攀折贈行人　해마다 가지 꺾어 떠나는 님에게 주었네
東風不解傷離別　봄바람은 이별의 설움 알지 못하고
吹却低頭掃路塵　낮은 가지 흔들어 길의 먼지를 쓰네
贈 줄증, 離 떠날리, 塵 티끌진
攀折(반절) : 버드나무에 올라가 가지를 꺾음.
東風(동풍) : 봄바람

其二

靑樓西畔絮飛楊　청루 서쪽 기슭에 버들개지 흩날리고
烟鎖柔條拂檻長　안개는 부드러운 가지 품고서 긴 난간을 스치네
何處少年鞭白馬　그 어디 소년인가 흰 말을 채찍질해
綠陰來繫紫遊韁　녹음 속에 자색 고삐를 와서 묶었네
靑樓(청루) : 기생집, 韁(강) : 고삐
絮 솜서, 拂 떨칠불, 檻 난간함, 鞭 채찍편, 繫 맬계

其三

條妬纖腰葉妬眉　가지와 잎은 가는허리, 가는 눈썹 시기하고
怕風愁雨盡低垂　바람과 비를 두려워해 모두 낮게 드리웠네

黃金穗短人爭挽　금빛 이삭이 짧아 사람들 다투어 당기다가

更被東風折一枝　다시 동쪽 바람에 한 가지 꺾이우네

穗(수) : 이삭. 여기서는 이삭과 모양이 같은 가지의 한 묶음

被 입을피

• 柳 | 昌父 趙蕃(宋)

　버들

松菊猶存歲晚期　소나무와 국화가 추위 오기를 기다리는데

五株柳樹復奚爲　다섯 그루 버드나무는 어찌하여 심었나

風流不在春風日　봄바람 부는 날엔 멋스러움은 있지도 않으니

要看秋風搖落時　가을 바람에 흔들려 떨어지는 것을 보아야지

期 기약할기, 奚 어찌해, 搖 흔들요, 要 구할요

五株柳(오주류) : 陶潛(淵明)이 국화를 사랑하여 동쪽 울타리에 심고 문
　　　　　　　 앞에 버드나무 다섯 그루를 심어 五柳先生이라 스스로
　　　　　　　 불렀다는 고사

• 門前楊柳 | 乖厓 金守溫

　문 앞의 버들

禁城春色晚　궁궐에 봄빛 저물자

此木掩萋萋　버드나무 무성히 드리웠네

舞榭家家暗　버들 춤추는 정자 집집마다 그늘지고

裝臺處處低　한들거리며 단장하는 곳곳마다 나즈막하네

嫩條垂野市　어린 가지는 야시장에 드리웠고

飛絮藹長堤　날리는 버들 솜은 긴 둑에 뿌옇네

誰信王孫宅　누가 믿을까 왕손(王孫)댁에서

悠悠五柳齊　도잠(陶潛)의 우유함 즐기고 계신 것을

掩 가릴엄, 嫩 어릴눈, 絮 솜서, 藹 뿌연애

禁城(금성) : 궁성(宮城)

萋萋(처처) : 초목이 무성하게 자란 모양

舞榭(무사) : 춤을 추는 정자. 오늘날의 무대. 여기서는 실버들이 춤을
추는 아래쪽 공간을 가리킴

裝臺(장대) : 화장대. 여기서는 실버들이 한들거리며 푸른 치마를 입고
단장하는 공간을 가리킴

五柳(오류) : 동진(東晉) 말기의 문호(文豪) 도잠(陶潛)의 호(號). 그는
자신의 집앞에 서 있는 다섯 그루의 버드나무에서 '오류'라
는 호를 짓고 자연을 벗삼아 유유자적하게 살았음.

▪ 南堤柳 | 樹德 崔滋

남쪽 둑의 버들

南堤一株柳　　저 남쪽 둑의 한 그루의 버들

濯濯秀風標　　빼어난 그 풍모가 번쩍번쩍 빛난다

毒虺藏空腹　　독한 살무사는 빈 배를 감추고

嬌鶯弄細腰　　아리따운 꾀꼬리는 가는 허리 희롱한다

歲寒無勁節　　찬 겨울에는 굳센 절개가 없고

春暖有長條　　따뜻한 봄에는 그 가지가 길다

但問材何用　　다만 어디에 쓸 재목인가 물을 뿐

休論百尺喬　　백척의 높이는 논하지 말아라

堤 뚝제, 虺 독사훼, 藏 감출장, 勁 굳셀경

濯濯(탁탁) : 번쩍번쩍 빛나는 모양

風標(풍표) : 풍치가 있는 표지(標識)

▪ 折楊柳 | 靑蓮 李白(唐)

버들을 꺾으며

垂楊拂淥水　　늘어진 버들가지 맑은 물에 흔들리고

搖豔東風年　봄바람이 불어올 제 요염하게 흔드네
花明玉關雪　꽃은 밝게 피었는데 옥관엔 눈 내리고
葉暖金窓烟　잎은 햇살 받아 금창엔 연기 일어
美人結長想　미인은 긴 시름에 잠긴 채
對此心悽然　이를 대하고 마음이 애절코나
攀條折春色　가지 더위잡고 봄빛을 꺾어다가
遠寄龍庭前　멀리 용정 앞으로 부쳐볼까나
拂 떨칠불, 搖 흔들요, 豔 고울염, 暖 따뜻할난, 攀 더위잡을반
折楊柳(절양류) : 병사들의 생활을 노래한 작품들이 많았다. 황취곡사(橫
　　　　吹曲辭)중의 하나
龍庭(용정) : 용성(龍城)에 있었다는 흉노의 왕정(王庭)

▪ 門前楊柳 ㅣ四佳 徐居正

문 앞의 버들

玉謝宮梅雪漸漸　궁궐에 매화 지자 눈 점점 녹아가고
東風吹柳撚金垂　버들에 동풍 불어 금빛 수양 스치는데
綠陰不礙流鶯語　녹음 속에 퍼지는 뻐꾸기 노래
碧縷頻催駿馬嘶　실버들에 잦아진 준마의 울음소리
池館日長飛絮盡　긴긴날 연못가에 버들 솜 다 날리고
園林雨歇起眠遲　비 개인 동산에 잠 깨기 더디네
年年管領風流地　해마다 풍류의 땅 혼자서 차지하고
未信人間贈別離　인간을 믿지 못해 이별 때 드리노라
漸 녹을사, 礙 막을애, 頻 자주빈, 催 꺾을최, 遲 더딜지, 贈 줄증
玉謝(옥사) : 옥빛 매화 꽃잎이 나뭇가지에서 떨어져나감
流鶯(유앵) : 이 나무에서 저 나무로 옮겨 다니며 우는 꾀꼬리
管領(관령) : 도맡아 다스림. 받아서 자기 것으로 삼음.

▪ 門前楊柳 | 太虛亭 崔恒

문 앞의 버들

翠掩朱扉嫩欲撋　　붉은 사립 푸르게 덮고 어린 싹 무성해지려는데
仙居還似鹿門龐　　신선이 거처하는 녹문산(鹿門山)의 방공(龐公)같네
眉舒豈是逢陶令　　눈썹 펴니 도잠(陶潛)을 만나려는지
腰細元非餓楚邦　　허리 가는 건 원래 굶어서가 아니라네
絮學雪飛欺醉眼　　버들 솜이 눈 날리듯 취한 눈에 아른대고
絲和烟裊攬離腔　　실버들이 연기와 같이 이별의 곡조 싸고돈다
料應淸意人知少　　헤아려보니 맑은 뜻 아는 사람 드문데
吹面風來倚綺窓　　얼굴에 바람 불어오니 비단창에 의지하네

嫩 어릴눈, 撋 무성할창, 龐 어수선할방, 腰 허리요
餓 굶주릴아, 裊 간드러질뇨, 料 헤아릴료, 綺 비단기

鹿門龐(녹문방) : 후한(後漢) 말기의 녹문단(鹿門山)에 은거했던 방덕공
　　　　　　　(龐德公)을 가리킴. 그는 당시의 왕 유표(劉表)가 여러 차
　　　　　　　례 조정으로 불렀으나, 끝내 응하지 않은 채 처자식을 이끌
　　　　　　　고 녹문산에 들어가 일생을 마쳤음.

陶令(도령) : 동진(東晉) 말기에 팽택현(彭澤縣)의 현령(縣令)을 지낸 문
　　　　　　호(文豪) 도잠(陶潛)을 가리킴. 그는 팽택 현령으로 부임한
　　　　　　지 80일만에 벼슬을 내던지고 고향으로 돌아가 자연을 벗
　　　　　　삼으며 일생을 마쳤음.

餓楚邦(아초방) : 초(楚)나라의 영왕(靈王)이 허리가 가는 여인들을 총애
　　　　　　　하자 당시의 궁녀들이 모두 끼니를 거르며 여위다가 굶주
　　　　　　　려 죽은 일이 있음.

離腔(이강) : 이별의 곡조

蘆 <갈대>

- **月映蘆花**

  달이 갈대 꽃 위를 비추네

- **蘆花幾朵明如雪**

  갈대꽃 몇 송이 밝기가 눈과 같구나

  [출전] 袁枚의 蘆花

  　　　幾 몇기, 朵 송이타

- **秋著蘆花兩岸霜**

  가을날 갈대꽃 양 언덕 서리 내리네

  [출전] 蘇庠의 蘆

- **蘆花如雲復如煙**

  갈대꽃 눈 같고 또 연기같이 희구나

- **蘆葉風凉**　갈대풀 바람 서늘하고

  江波月寒　강물결 치는데 달은 차갑네

菖蒲 <창포>

▪ 綠蒲春漲靜無波

　　　푸른 창포 봄에 넘치는데 파도 없이 고요하구나

　　　　　漲 넘칠창, 靜 고요정

▪ 靑靑水中蒲　　푸르고 푸른 물속의 창포

　長在水中居　　오래도록 물 속에서 사는구나

　寄語浮萍草　　부평초에게 말 전하노니

　相隨我不如　　서로 의지하는데 나는 그러하지 못하네

　　　　　寄 부칠기, 浮 뜰부, 隨 따를수

松 〈소나무〉

• 松樹千年

소나무는 천년을 간다

• 不老長春

늙지 않는 오랜 청춘

• 落落長松鶴夢長

낙락한 큰 소나무에 학의 꿈은 길어라

• 松韻彈成太古琴

소나무 소리는 태고의 거문고를 타네

[출전] 梅月堂 金時習의 獨木橋

彈 퉁길탄, 琴 거문고금

• 憐渠晩翠遲遲節

언제나 푸른 빛 지녀 기다리는 절개여

[출전] 四佳 徐居正의 矮松

憐 사랑스러울련, 節 절개절

• 勁節依然傲歲寒

굳은 절개 의연하여 추위를 이겨낸다

[출전] 後村 徐錦의 盆松

勁 군을경, 傲 업신여길오

▪ **憐渠不改歲寒容**

　　사랑스레 추운 계절에도 얼굴 바꾸지 않네

[출전]　澗松堂 趙任道의 岩角矮松

　　　　改 고칠개, 歲 해세

▪ **蒼鬚若戟拂靑雲**

　　푸른 잎 가래 창같이 푸른 하늘에 나부끼네

[출전]　雪溪 朴致和의 碧松

　　　　鬚 수염염, 戟 창극

▪ **蒼松百尺干雲直**

　　푸른 솔 백척인데 구름을 꿰뚫었네

[출전]　陶庵 李縡의 松下酌松醪口號

　　　　蒼 푸를창, 干 범할간

▪ **遶屋靑松箇箇長**

　　집 두른 푸른 솔 모두가 길었네

[출전]　虛白子 于立의 題松石圖

　　　　遶 두를요, 箇 낱개

▪ **長松標** ｜ 象村 申欽

　　장송표

　　　　春來不加色　봄이 와도 더 푸르지 않고
　　　　寒至不渝色　겨울이 와도 빛을 바꾸지 않네
　　　　從他長風饕　긴 바람 사납게 불면 부는 대로
　　　　任他飛雪白　흰 눈이 날려도 그대로 맡겨두네
　　　　渝 바뀔투, 饕 탐할도

- **驛洞寒松** | 象村 申欽

  역동의 찬 소나무

  蒼蒼萬株松　푸르고 푸른 일만 그루 소나무는
  獨也殊凡卉　범상한 초목과는 유별나게 다르다네
  松乎爾可敬　소나무야 너야말로 존경도 할 만하다
  天地有正氣　천지간의 정기를 네 가지고 있느니라
  蒼 푸를창, 爾 너이, 卉 풀훼

- **鶴淚庭松** | 梅竹軒 成三問

  학루정 소나무

  月明松影疎　달 밝은데 소나무 성글고
  露冷庭隅淨　이슬 찬데 뜰 모퉁이 말끔해
  一聲淸夜淚　외마디 소리와 맑은 밤의 눈물은
  令人發心病　사람으로 하여금 마음의 병 일으키네
  隅 모퉁이우, 淨 맑은정, 淚 흐를루

- **萬年松** | 梅竹軒 成三問

  언제나 푸른 솔

  今年長一寸　올해 한마디 자라고
  明年長一寸　내년에도 한마디 자라겠지
  維其不速成　오직 빨리 자라지 않으니
  是以年至萬　이런고로 만년을 이르겠지
  長 자랄장, 速 빠를속
  是以(시이) : 이런 연유로

- **崇井巖松** | 牧隱 李穡

  숭정바위의 소나무

  峯頭蒼石聳　봉우리 머리 파란 바위 솟고
  松頂白雲連　솔 꼭대기엔 흰 구름이 이었다
  羅漢堂寥闃　나한의 당은 고요하고 고요한데
  居僧雜敎禪　거처한 스님은 선종이 섞였구나
  聳 솟을용, 寥闃(료격) : 고요한 모습

- **孤松** | 海溪 李漢震

  외로운 솔

  雪裏秀孤松　눈 속에 외로운 솔 빼어난데
  凜然君子容　늠름한 군자의 얼굴이로다
  回看衆芳質　뭇꽃들을 둘러보니
  笑爾不知冬　겨울을 모르니 우습구나
  裏 속리, 凜 늠름할름, 容 모습용,
  衆 무리중, 爾 너이

- **松下** | 恥翁 宋奎輝

  소나무 아래서

  酌酒坐松下　술 마시며 소나무아래 앉아 있는데
  松花落酒缸　소나무 꽃이 술병에 떨어지네
  缸乾人亦起　술동이 비우고 일어서려는데
  風雨又前矼　비바람은 또 징검다리에 내리네
  酌 잔작, 缸 항아리항, 乾 마를건, 矼 징검거리강

- **盆松** | 潛谷 金堉

  화분에 심은 솔

  汝性本貞直　너의 성품은 원래 곧고 바른데
  而令何屈曲　어찌하여 구부려졌느냐
  盛之白玉盆　백옥의 화분에 번성하게 하여도
  不若在深谷　깊은 골짜기에 있는 것만 못하겠구나
  汝 너여, 盛 화려할성, 不若(불약) : ~만 못하다

- **贈沖菴金元沖淨松杖** | 江叟 朴薰

  충암 김정에게 소나무 지팡이를 주며

  萬玉層崖裏　항상 아껴보는 층층의 낭떠러지 속에
  九秋霜雪枝　늦가을 서리 눈 덮인 가지
  持來贈君子　꺾어다 그대에게 드리노니
  歲寒是心知　추워지면 이 마음 알리라
  沖菴(충압) : 기묘명현인 김정의 호. 元沖은 충암의 자
  崖 낭떠러지애, 裏 속리, 玉 : 아낄옥(愛)
  歲寒(세한) : 추운 계절

- **松下雪** | 仲文 錢 起(唐)

  소나무 아래 눈

  誰因朔風至　비록 폭풍이 몰아쳐와도
  不向瑤臺側　요대 곁으로 가지 않노라
  唯助苦寒松　오직 괴로운 추위 속의 솔을 도와
  偏明後彫色　늦게 시드는 빛깔을 밝혀주네
  朔 북방삭, 後彫(후조) : 다른 초목보다 뒤늦게 시듦
  瑤臺(요대) : 옥으로 만든 대. 신선이 사는 대

▪ 贈東坡 | 山谷 黃庭堅(宋)

소동파에게 드림

青松出澗壑   푸른 소나무 산골짜기에서 자라니
十里聞風聲   십리에 바람소리 들리네
上有百尺絲   위에는 백자길이 새 삼이 감겨있고
下有千歲苓   아래엔 천년 묵은 풍랭이 자라네

澗 산골문간, 壑 골학, 苓 풍랭이령

▪ 天壽寺庭松 | 柳巷 韓脩

천수사의 뜰 소나무

天姿落落不容攀   타고난 자태 높고 높아 오르기 용납하지 않고
寒氣遙連百里山   싸늘한 기개는 멀리 백리의 산으로 이었구나
露濕疎巾對終夜   서리에 젖는 성근 두건으로 밤새 대하고 있으니
月明鸞鳳下雲間   달이 밝아 난새 봉새가 구름 사이로 내려오네

攀 더위잡을반, 濕 젖을습, 鸞 난새란

▪ 絶句 | 浩然 催沖

절구

滿庭月色無煙燭   뜰 가득 달빛은 연기 없는 촛불이고
入坐山光不速賓   자리에 든 산빛은 느긋한 손님일세
更有松絃彈譜外   솔바람 속 거문고 자유로이 연구하니
只堪珍重未傳人   단지 소중히 가질 뿐 전할 사람 없나니

賓 손님빈, 絃 줄현, 彈 튕길탄

■ **題路傍松** | 冲庵 金淨

　길가의 소나무

　　海風吹去悲聲壯　바닷바람이 불어 슬픈 소리 웅장하고

　　山月高來瘦影疎　산달이 높이 올라 여윈 그림자 성그네

　　賴有眞根泉下到　다행히 참 뿌리가 샘 밑까지 뻗치어

　　雪霜標格未全除　눈서리도 그 품격을 어쩌지 못하였네

　　壯 웅장할장, 賴 의지할뢰

■ **矮松** | 牧隱 李穡

　작은 소나무

　　松在高岡雪壓低　솔이 높은　언덕에 있어 눈이 눌려 나직하니

　　根盤頑石倚雲梯　뿌리 거친 돌에 서리어 구름 사다리에 의지하다

　　可憐亦解隨兒女　가련하구나 역시 아녀자를 따를 줄은 알아서

　　用舍行藏似滑稽　쓰이고 버려지며 행하고 숨는 것이 익살궂은

　　　　　　　　　　듯하다

　　梯 사다리제, 滑 미끄러질활, 稽 헤아릴계

■ **松聲** | 梅月堂 金時習

　소나무 소리

　　庭院松濤吹耳寒　정원 소나무 물결소리 귀에 차게 들리고

　　松釵飛入小欄干　솔잎이 날아서 작은 난간에 드네

　　從今始覺陶弘景　이제서야 도홍경(陶弘景) 신선을 알아

　　自樂此聲泉石間　스스로 이 소리를 천석(泉石) 사이에 즐겨했네

　　松濤(송도) : 솔바람 소리는 물결 소리와 같다고 하여 송도라 한다.

　　松釵(송채) : 소나무 잎새가 모두 둘씩 붙어 있는 까닭에 송채라 함.

　　陶弘景(도홍경) : 梁나라 사람. 어릴 때부터 신선의 책을 읽고서 養生의

　　　　　　　　　　뜻을 품음. 책을 많이 읽고 琴棋에 능하였음.

▪ **松濤** | 梅月堂 金時習

　소나무 물결소리

　　　松聲飜作海濤喧　소나무 소리 바뀌어 파도소리 시끄러운데
　　　入耳淸音政不煩　귀에 드는 맑은 소리 그대로 어수선하지 않네
　　　澎湃有時搖我夢　솔 물결치는 소리 나의 꿈을 흔드네만
　　　一團和氣判胚渾　한 덩어리 화평한 기운 혼후(渾厚)함이 분명하네.
　　　飜 뒤집을번, 澎湃(팽배) : 물결치는 소리. 胚 애밸배

▪ **萬年松** | 保閑堂 申叔舟

　만년송

　　　苔痕剝落起霜皮　이끼 흔적 벗겨져 서리에 껍질 일어나니
　　　生意時承雨露滋　이따금씩 비 이슬 은혜 생각하네
　　　莫怪枝條柔且軟　부드럽고 어린가지 이상타 말라
　　　剛强不是萬年姿　억세고 강하여 만년의 자태 아니로다
　　　苔 이끼태, 剝 벗길박, 軟 연할연, 剛 강할강, 姿 자태자
　　　剝落(박락) : 벗겨 냄. 벗겨짐
　　　雨露(우로) : 비와 이슬. 때로는 임금의 은혜를 가리킴.

▪ **矮松** | 四佳 徐居正

　작은 소나무

　　　手種矮松三十秋　작은 소나무를 손수 심어 삼십년이 지났으나
　　　如今長不出墻頭　지금까지 자랐어도 담장머리 넘지 못해
　　　憐渠晚翠遲遲節　언제나 푸른 빛을 지녀 기다리는 절개여
　　　許我同終老一丘　나와 같이 언덕에서 늙기를 바라노라
　　　矮 작을왜, 墻 담장, 渠 그거, 遲 기다릴지, 丘 언덕구

- **松風** | 四佳 徐居正

  솔바람

  滿壑松風灑石矼　골에 가득한 솔바람이 징검다리에 뿌리고
  寒聲斷續響秋江　시원한 소리 끊임없이 가을강에 울려퍼지네
  上方一夜淸宜耳　산사의 한밤에 귀가 말끔해 지는 것은
  半在長空半在窓　하늘에 매달린 듯 창 앞의 소나무 때문
  壑 구렁학, 灑 뿌릴쇄, 矼 징검다리강, 續 이어질속, 響 울림향
  上方(상방) : 산사

- **種松** | 花潭 徐敬德

  소나무를 심다

  檻邊除棘種稚松　난간가의 가시 없애고 어린 소나무를 심은 것은
  長閱千年想作龍　천년 뒤 용트림된 재목을 생각하기 때문이지
  莫謂寸根成得晩　짧은 뿌리가 늦게 자라는 것 말하지 마소
  明堂支日勤豐功　세월 가면 명당에 큰 공을 세울 것이니
  檻 난간함, 棘 가시극, 稚 어릴치, 閱 지낼열

- **盆松** | 後村 徐錦

  분에 심은 소나무

  檻外窓前聊自安　난간 밖 창 앞에 한가히 스스로 편안하네
  於今誰作棟樑看　지금 같은 재목될 줄 누가 알았으랴
  任他挫折凌霄志　꺾여도 하늘에 치솟을 뜻 맡겨두니
  勁節依然傲歲寒　굳은 질개 의인하여 추위를 이겨내나
  檻 난간함, 棟 용마루동, 樑 들보량, 挫 꺾일좌, 折 꺾일절
  凌 업신여길릉, 霄 하늘소, 勁 군셀경, 傲 거만할오

- **千枝松** | 楓皐 金祖淳

  ### 천 가지 소나무

  百尺孤松紫閣陰　백 척되는 외로운 솔 자줏빛 집 덮음은
  成公不死歲寒心　성삼문 변치 않는 마음이 죽지 않았음이라
  籟鳴白日靈如下　대낮인데도 흐느끼는 소리 영혼이 내려오는 듯
  根到黃泉恨亦深　황천으로 뻗은 뿌리 한도 또한 깊었겠네
  紫 자줏빛자, 籟 소리뢰, 鳴 울릴명
  黃泉(황천) : 저승길

- **岩角矮松** | 澗松堂 趙任道

  ### 바위 모퉁이의 작은 솔

  懸崖危角老矮松　높은 낭떠러지 뾰족한 모퉁이의 늙은 작은 솔
  雨雪風霜閱幾冬　눈 비 바람서리를 몇 년이나 겪었는지
  大厦棟梁知已矣　큰 집의 대들보 됨을 이미 알고 있겠지만
  憐渠不改歲寒容　사랑스레 추운 계절에도 모습 바꾸지 않노라
  懸 달현, 崖 낭떠러지애, 厦 큰집하, 渠 저것거

- **碧松** | 雪溪 朴致和

  ### 푸른 소나무

  風雨山頭閱幾歲　산등성이에 비바람을 몇 년이나 겪었는가
  蒼鬐若戟拂靑雲　푸른 잎이 창같이 푸른 하늘에 나부긴다
  棟樑他日扶傾厦　훗날 동량이 되어 큰 집을 지탱하겠기에
  分付樵夫遠斧斤　나무꾼에게 분부하여 자르지 말라고 하여야지
  閱 겪을열, 鬐 구레나룻수염염, 戟 갈래진창극, 拂 떨칠불
  棟樑(동량) : 마룻대와 대들보
  厦 큰집하, 樵 나무할초

▪ 絶壑倒松 | 栗山 文昌圭

구렁에 매달린 솔

倒懸絶壑俯溪寒	높은 절벽에 매달려 싸늘한 시내에 엎드려
寄怪疎枝畵裏看	괴상하게 붙여진 성긴 가지 그림 속에서 보는 듯
屈曲老根還在上	굽어진 늙은 뿌리 오히려 위에 있으니
戢翎孤鶴止棲難	날개 접은 외로운 학 머물기가 어렵겠네

壑 골학, 倒 엎드러질도, 棲 쉴서, 戢翎(즙령) : 날개를 움츠림

▪ 大松 | 荷屋 金左根

큰 소나무

强幹由來老益高	강건한 줄기는 늙을수록 높은 내력이 있고
歲寒無恙雪中豪	추위에도 탈이 없어 눈 속의 호걸이라
昔年移種知誰力	옛날 누구의 힘으로 옮겨다 심었길래
上與雲霄不苟勞	구름하늘에 더불으니 수고롭다 하지 않네

幹 줄기간, 豪 호걸호, 霄 하늘소, 苟 구차할구

▪ 松下酌松醪口號 | 陶庵 李縡

소나무 아래서 솔막걸리를 들며 읊다

午日作陰風作濤	한낮에는 그림자 지고 바람은 파도를 일으켜
坐來微露滴淸醪	앉으니 가을이슬 내려 맑은 막걸리에 적시네
蒼松百尺干雲直	백 척의 푸른 소나무 구름을 꿰뚫으니
那得人中似爾高	어찌 사람들 중에 누가 너와 같이 높을까

松醪(송료) : 늘 싹을 섞어 빚은 막걸리

濤 물결도, 滴 물방울떨어질적, 干 범할간, 那 어찌나

- **詠松** | 萊庵 鄭仁弘

  소나무를 읊다

    一尺孤松在塔西　한 자 외로운 소나무 탑 서쪽에 있는데
    塔高松短不相齊　탑 높고 솔 낮아 서로 같지도 않네
    莫言此日松低短　이 날 소나무 낮다고 짧다 말하지 마소
    松長他時塔反低　솔 자란 그 날에는 탑 도리어 낮을 테니
    塔 탑탑, 齊 가지런할제, 低 낮을저

- **晩笑亭八詠** | 月沙 李廷龜

  만소정의 여덟 곳 경치

    小軒寥落倚江皐　자그마한 집 쓸쓸히 강 언덕에 의지하고
    曠野前臨翠壁高　앞에는 넓은 들판 푸른 절벽은 높아라
    枕上南風入畫夢　침상에 남풍은 낮 꿈속에 스미는데
    臥聽晴籟散松濤　누워서 듣는 솔바람 소리 파도치는 소리인 듯
    寥 쓸쓸할료, 皐 언덕고, 壁 벽벽, 枕 베개침, 夢 꿈몽, 籟 소리뢰
    濤 물결도

- **詠孤松** | 靜軒 趙貞喆

  외로운 솔을 읊다

    一樹孤松不記齡　한 그루 외로운 솔 나이 알 수 없는데
    天寒柯葉半凋零　추운 날씨에 가지 잎 반은 말라 떨어졌네
    如何雨露三春遍　어찌하여 비와 이슬 봄에만 두루 내려
    依舊長風晩節馨　변함없이 긴 바람 불어와 늦은 계절 향기롭네
    齡 나이령, 柯 가지가, 凋 시들조, 零 떨어질령
    遍 두루미칠편, 馨 향내날형

- **題松石圖** | 盧白子 于立(元)

  솔과 돌을 그린 그림

  匡廬道士山陰住　광려산 도사가 산그늘에 사는데
  遶屋靑松箇箇長　집 두른 푸른 솔은 모두 높게 자랐네
  溪上一番風雨過　시냇가에 한 줄기 봄바람 비 지나간 뒤에
  白雲滿地茯苓香　흰 구름 온 땅 가득한데 복령(茯苓)향기롭네
  遶 두를요, 箇 낱개
  茯苓(복령) : 담자균류에 속하는 버섯의 한 가지

- **懸厓松圖** | 梅花道人 吳鎭(元)

  언덕에 매달린 소나무 그림

  偃蹇支離不耐秋　교만하고 지루하여 세월 참기 어렵고
  搖風灑雨幾時休　흔들리는 바람 뿌리는 비 어느 때에 그칠까
  轉身便是靑山頂　몸을 둘러보면 곧 푸른 산봉우리들 뿐
  又有懸厓在上頭　머리 위에는 또 깎아지른 언덕 있네
  偃蹇(언건) : 교만함
  支離(지리) : 부질없이 오래 걸려 괴롭고 싫증이 남
  懸 달릴현, 厓 언덕애, 秋 세월추

- **咏松** | 誠之 李師中(宋)

  솔을 읊음

  半依巖岫倚雲端　반쯤 바위굴에 의지하고 구름 끝에 기대어
  獨上亭亭耐歲寒　홀로 우뚝하게 추위를 참아낸다
  一事頗爲淸節累　한결같은 일삼는 맑은 절개에 흠된 것은
  秦時曾作大夫官　일찍이 진나라 때 대부관이 되었던 일
  岫 산봉우리수, 亭亭(정정) : 우뚝 솟은 모양
  耐 견딜내, 頗 자못파, 秦 진나라진

大夫官(대부관) : 대부의 벼슬
秦始皇의 五大夫로 봉해 준 고사를 인용함.

- **雪夜松籟** | 栗谷 李 珥

  눈오는 밤 소나무 소리

  寒濤撼山齋　찬 바람 산집을 흔드는데
  響在雲霄外　소리는 하늘 밖에 있도다
  開門星月明　문을 여니 별과 달 밝고
  雪上松如盖　눈 쌓여 소나무 일산 같구나
  太虛本無聲　태허(太虛)는 본래 소리 없었는데
  何處生靈籟　어느 곳에 신령스런 소리 일어나는가
  撼 흔들감, 響 소리향, 霄 하늘소, 盖 우산개, 籟 소리뢰

- **萬年松** | 乖厓 金守溫

  만년송

  蒼蒼冷瘦態　푸른 빛에다 차갑고 파리한 모습
  長在碧山中　푸른 산중에 오랜 세월 있었네
  一自離根遠　가지들 하나같이 멀리 뿌리 떠나서
  千年托地空　천년의 세월 동안 땅과 허공에 의지하네
  細聲風際響　가는 소리는 바람 끝에 들리고
  疎影日邊重　성근 그림자는 햇살 아래 겹겹이라
  賴有林泉想　자연에 묻혀 살려는 생각 품고 있어서
  晨昏興頗濃　아침과 저녁으로 흥이 자못 깊어라
  瘦 파리할수, 態 모양태, 離 떠날리, 響 소리향, 頗 자못파, 濃 짙을농
  林泉(임천) : 숲과 샘이란 뜻으로 은자가 숨어사는 곳을 가리킴

▪ **古松** | 勉庵 崔益鉉

　늙은 소나무

　　旅榻無窮趣　　나그네 책상엔 무궁한 정취 있고
　　疏松隔水端　　성근 소나무 물 끝에 떨어져 있네
　　浸淫山海氣　　산해의 기운이 젖어들면
　　沐浴雪霜寒　　눈서리로 차갑게 목욕을 하네
　　一節難移志　　한결같은 절개 변하지 않고
　　百年不改顏　　오랜 세월 푸른 빛 바꾸지 않네
　　愛看三兩鶴　　사랑스런 두세 마리 학들을 보니
　　時帶下風還　　때때로 바람타고 내려앉누나
　　榻 걸상탑, 趣 풍취취, 隔 막을격, 端 끝단
　　淫 적실음, 帶 띠대

▪ **萬年松** | 太虛亭 崔恒

　만년송

　　葱籠偃盖欲屯雲　　푸르게 굽고 덮어 구름이 진을 친 듯
　　下應琥珀韜英芬　　뿌리 아래 호박 응당 향기가 그윽하네
　　回枝輪困奴虯狀　　굽은 가지들 규룡을 부리는 양
　　瘦皮剝落雕虫文　　헐벗은 마른 껍질은 벌레 먹은 무늬인 양
　　月中每認公孫舞　　달빛에 매번 보니 공손대낭(公孫大娘) 춤이오
　　風際遙聞伯氏壎　　바람결에 멀리 들으니 백씨(伯氏)의 훈(壎)소리
　　宜近玉堂全晚節　　옥당(玉堂)을 가까이 하니 노년이 온전한데
　　時時喚醒醉餘醺　　때때로 잠을 깨워 취기가 여전토다
　　屯 모일둔, 韜 감출도, 狀 모양상, 瘦 파리할수, 剝 벗길박
　　葱籠(총롱) : 푸른빛이 밝고 성한 모양
　　琥珀(호박) : 소나무 뿌리 아래 송진이 뭉쳐 이루어진 노란빛 화석으로
　　　　　　　장식품이나 향료 등으로 쓰임

公孫舞(공손무) : 당(唐)나라 때의 기녀(妓女) 公孫大娘(공선대낭)의 춤을
　　　　　　　가리키는데, 그녀는 특히 『검기(劍器)』라는 이름의 검
　　　　　　　무에 능했다고 함.
伯氏壎(백씨훈) : 『시경(詩經)』의 "백씨취훈 중씨취지(伯氏吹壎　仲氏吹
　　　　　　　篪)" : 큰 형이 훈을 불고 작은형이 지를 분다)"에서 나
　　　　　　　온 말로 여기서는 화음이 아름다움을 가리킴
玉堂(옥당) : 홍문관(弘文館)의 다른 이름임

▪ **萬年松** | 四佳 徐居正

　만년송
　　一軒蒼翠倚崚嶒　집은 푸르름이 겹겹에다 가파른 곳 의지하고
　　霜雪心顔閱幾齡　눈과 서리 같은 용모로 몇 년을 지냈는가
　　幹露龍身扶六尺　줄기 세워 용의 모습 육척을 지탱하고
　　枝掀鳳尾蟲千層　봉황 꼬리 가지로는 천 층의 높이를 흔드네
　　自多壯志凌高漢　장한 뜻 저절로 많아 저 은하수 넘는데
　　誰屈奇姿在半庭　누가 기이한 자태굽혀 뜰의 반을 차지케 했나
　　得地深根承雨露　깊은 뿌리가 땅을 얻어 우로의 은혜 입고
　　高孤不改四時靑　고고한 기상 바꾸지 않고 사시에 푸르네
　　倚 기댈의, 閱 엿볼열, 齡 나이령, 掀 흔들흔, 屈 굽을굴
　　雨露(우로) : 비, 이슬 임금님께 받은 은혜
　　崚嶒(능증) : 산이 높고 가파르게 첩첩으로 겹친 모양
　　高漢(고한) : 높은 하늘의 은하수

藤〈등나무〉

- **藤作藩籬樹作門**

  등나무 엉켜 울 이루고 나무 절로 사립문 되었네

    藩籬(번리) : 울타리

- **正坐纏身藤蔓在**

  정좌한 몸을 두른 등나무 넝쿨 있네

  [출전] 保閑堂 申叔舟의 藤蔓老松

    纏 얽을전, 蔓 넝쿨만

- **藤蘿幽樹覆端巖**

  巖下清泉九夏寒

  등나무 덩굴이 바위에 무성하고

  바위 아래 맑은 샘물 여름 동안 시원해라

  [출전] 胡居仁의 藤

    覆 덮을복, 巖 바위암

- **裁霞綴綺光相亂**

  剪雨縈烟態轉深

  노을 같은 비단 깊 빛이 서로 어지럽고

  비치고 연기 얽혀 자태 더욱 변해간다

- **年植藤花大可團**

  暮春小圃亦芳菲

해마다 등나무 심어 큰 무리 이루니
늦은 봄은 작은 채마밭 또 아름답네

- 花含明珠滴香露
  葉張翠盖搖春風

  꽃은 밝은 구슬 머금어 향기로운 이슬 적시고
  잎은 펼치니 푸른 우산 봄바람에 흔들리네

- 藤蔓老松 │ 梅竹軒 成三問

  등나무 넝쿨과 늙은 솔

  有松立不倚   소나무 있어 의지하지 않고 홀로 서
  有藤來附之   등나무 와서 달라 붙었네
  藤蔓無多綠   등나무 겨울 푸르름 없지만
  松枝靑四時   솔가지는 사시에 푸르기만 하네
  倚 기댈의, 附 붙을부
  藤蔓(등만) : 등나무 넝쿨

- 藤蔓老松 │ 保閑堂 申叔舟

  등나무 넝쿨과 늙은 솔

  貞心不爲雪霜渝   곧은 마음 눈서리와도 바뀌지 않고
  老幹崢嶸歲月脩   늙은 가지 솟아올라 세월을 보내네
  正坐纏身藤蔓在   정좌한 몸에 둘러 등나무 넝쿨 있는데
  枯榮不免有春秋   봄 가을 있어 피고 지는 신세로다
  渝 바뀔투, 脩 길수, 纏 두를전
  崢嶸(쟁영) : 산이나 나무가 높다랗게 솟은 모양

- **藤蔓老松** | 太虛亭 崔 恒

  등나무 넝쿨과 늙은 솔

  蒼官偃蹇虯髯斜　소나무 높이 솟아 규룡 수염 드리운 듯
  帶束紫藤騎龜蛇　자줏빛 등 두르고 묶어 거북과 뱀을 올라탄 듯
  影掀遙壑氣衝斗　깊은 골에 그림자 날려 기운이 북두성 찌르고
  聲撼半空風捲波　허공 반쯤 소리 닿자 바람이 물결을 마네
  飛盖拂雲垂翠絡　나는 일산 구름 흔들어 자취 솜 드리워
  細花飄月撒金砂　가는 송화가 달빛에 날려 금빛 모래 흩어져
  雪鬢大夫還自笑　눈같이 하얀 대부 스스로 미소를 짓는 것은
  塵冠未改靑玕珂　먼지 덮인 갓 푸른 잎으로 바꾸지 않았기에

  騎 말탈기, 掀 나부낄흔, 衝 찌를충, 飄 날릴표, 撒 흩어질살

  蒼官(창관) : 소나무의 다른 이름. 간혹은 잣나무나 측백나무 등의 상록
  　　　　　수를 가리키기도 함.

  偃蹇(언건) : 높이 솟은 모양. 성한 모양

  斗(두) : 북두칠성

  靑玕珂(청간가) : 본래는 푸른 옥이란 뜻이지만, 여기서는 푸른 소나무
  　　　　　　잎을 가리킴.

檜 <전나무>

- **籠烟翠檜** | 梅竹軒 成三問

  푸른 연무 두른 전나무

  直幹排雲上　꼿꼿한 줄기 구름위로 뻗어나

  蒼蒼問幾秋　창창하게 몇 년을 물었나

  攀援久不去　올라 잡으나 오래 갈 수 없으니

  莫是洙泗遊　이것은 수사(洙泗)의 놀이가 아니구나

  幾秋(기추) : 몇 년

  攀援(반원) : 더위잡아 오름

  洙泗遊(수사유) : 중국 산동성(山東省)에 있는 두 강 수사(洙泗)와 사수
  　　　　　　　(泗水)의 사이인 수사(洙泗)에서 공자(孔子)가 제자들을
  　　　　　　　가르침.

- **籠烟翠檜** | 保閑堂 申叔舟

  연무 속의 푸른 전나무

  凌雲直幹已森森　구름을 업신여긴 곧은 줄기 이미 빽빽한데

  翠葉當軒暮靄深　푸른 잎 집에 닿아 저녁 이내 깊어라

  不有雪霜交臘底　눈서리는 섣달에 있지 않았다면

  何緣知爾歲寒心　추운 겨울 이기는 마음 너는 어찌하여 알았나

  幹 줄기간, 靄 이내애, 臘 섣달랍

  何緣(하연) : 어떤 방법으로

  歲寒心(세한심) : 한겨울에도 푸른 잎을 잃지 않고 추운 겨울을 이겨내
  　　　　　　　는 지조와 절개

▪ 籠烟翠檜 | 乖厓 金守溫

연못속의 푸른 전나무

檜在杉松裏	회나무가 삼나무와 소나무 속에 있는데
猶人伯仲間	누가 더 나은지 서로가 엇비슷해
氣通巫峽逈	기세는 무협(巫峽)에도 통할 듯 아득하고
陰與雪山寒	그늘은 설산(雪山)의 추위와도 같네
虯甲參天直	울퉁불퉁 갑옷은 하늘에 솟아 꼿꼿하고
脩鱗入地盤	길쭉길쭉 겉껍질은 땅속에 들어 반반하네
無人上崇頂	높은 꼭대기에 오르는 이 없기에
威鳳唳綿蠻	위풍당당 봉황새가 자리잡고 울음 운다

裏 속리, 猶 나을유, 逈 멀형, 虯 규룡규, 威 위엄위

伯仲間(백중간) : 큰 차이가 없이 서로 어금지금함.

巫峽(무협) : 사천성(四川省) 무산현(巫山縣)의 동쪽에 있는 협곡의 이름
으로, 아주 험준해서 중국 삼협(삼협)의 하나로 꼽힘.

雪山(설산) : 히말라야산

虯甲(규갑) : 규룡의 비늘. 여기서는 그렇게 생긴 회나무의 껍질을 가리킴.

綿蠻(면만) : 새의 울음소리

▪ 籠烟翠檜 | 四佳 徐居正

연무속의 푸른 전나무

細煙蒼霧玉玲瓏	옅고 푸른 연무(烟霧)가 옥같이 영롱한데
志節堂堂氣自雄	당당한 뜻과 절개에 기상은 절로 웅혼하네
根作龍蛇盤厚地	뿌리는 용과 뱀 모양으로 두터운 땅에 서렸고
魂隨霹靂上靑空	그 혼은 벽력 따라 푸른 하늘에 올랐도다
圓幢自偃空庭月	빈 뜰에 달 떠오르자 둥근 줄기 절로 눕고
虛籟時聞半夜風	한밤에 바람 불자 빈 구멍에 때때로 소리 들려
自信高林多世用	큰 숲에서 세상의 쓰임 많을거라 스스로 믿으면서

高孤獨立歲寒中　추운 겨울 속에서도 고고하게 홀로 섰네

霧 안개무, 雄 웅장할웅

玲瓏(영롱) : 찬란하게 눈부신 모양

霹靂(벽력) : 벼락

圓幢(원당) : 둥근 당간처럼 생긴 회나무 줄기

虛籟(회뢰) : 옹이로 인해 생긴 구멍

槐 ＜느티나무＞

- **綠槐樹下臥乘涼**

  느티나무 그늘 아래 누웠으니 시원하구나

  槐 느티나무괴, 乘 탈승

- **槐陰日色薄**　느티나무 그림자 같고 햇빛 얇아

  桐葉雨聲長　오동잎에 빗소리는 길구나

  薄 얇을박, 聲 소리성

- **槐**｜槐陰堂 尹 湜

  회나무

  蒼槐落落倚庭阿　드높은 홰나무가 뜰 언덕에 기대어

  一半淸陰覆屋多　맑은 그늘이 반이나 집을 많이 덮었네

  睡起捲簾山雨細　자다 일어나 발을 걷으매 산비가 보슬보슬

  坐看行螘上南柯　개미 한 마리가 남쪽 가지에 오르는 것 바라보네

  一半(일반) : 절반

  螘(의) : 개미 의(蟻)와 동자(同字)

栢 <잣나무>

- **古栢** | 泰齋 柳方善

  늙은 잣나무

獨立空原老幹長	빈 언덕에 홀로 서서 늙은 줄기만 길어
天生異物豈尋常	하늘이 이상한 물건 냈음이 어찌 보통이랴
寧將艶態爭桃李	어찌 요염한 자태로 도리(桃李)와 다툴 일이냐
但保貞心傲雪霜	다만 곧은 마음 가지고 서리 눈 이겨낸다
寒色肯移千載翠	싸늘한 빛깔은 옮겨놓아도 천년이나 푸르고
疎陰不變四時凉	성긴 그늘은 변함없이 사시에 서늘하구나
莫信材大終難用	재목이 커서 끝내 쓰이지 못 한다 믿지 말라
曾入明堂作棟樑	일찍이 명당에 들어 기둥 된 적도 있으니

  幹 줄기간, 寧 어찌녕, 艶 고울염, 傲 업신여길오

  千載(천재) : 천년의 세월

杉 〈삼나무 : 으루나무〉

- **夏日田園雜興** | 茶山 丁若鏞

  여름날 전원의 여러 흥취

  杉頂新抽最上臺　삼나무 꼭대기 새로 싹튼 가장 윗부분은

  嫩梢柔弱欲微頹　어린 끝이 유약하여 약간 무너지려하네

  貞標畢竟如金矢　곧은 표치가 필경은 쇠화살같이 자라서

  去作江邊百尺桅　강가의 백 척의 돛대가 되어 가리라

  梢 나무끝초, 頹 무너질퇴, 畢竟(필경) : 끝내, 반드시, 桅 돛대외

- **蒼杉** | 梅月堂 金時習

  푸른 삼나무

  壯哉高峯上　장하도다 높은 봉우리 위엔

  蒼松萬丈長　푸른 전나무 만길이나 자랐네

  聲含千古韻　소리는 천고(千古)의 운(韻)을 머금고

  色盎三春光　빛은 삼춘(三春)의 광휘(光輝) 넘치네

  直幹排風雨　곧은 줄기는 바람과 비 막아내었고

  繁枝傲雪霜　번성한 가지는 눈과 서리를 업신여기네

  根蟠九地際　뿌리는 아홉 길 땅까지 서려서

  應伴蟄龍藏　움츠린 용과 응당 짝되어 있으리

  盎 넘칠앙, 幹 줄기간, 繁 번성할번, 蟠 서릴반, 蟄 칩거할칩

桂樹 <계수나무>

- 井梧葉脫無多影

  巖桂花稠不斷香

  우물가 오동잎 낙엽 되어 그림자 없고

  바위에 무수한 계수나무 꽃 향기 끝이 없네

[출전] 石屛山人 戴復古의 桂樹

과일 채소류

桃 <복숭아>

▪ 三色桃 | 梅竹軒 成三問

세 빛깔의 복숭아

花因先後發　앞뒤로 피어나는 꽃이라서
色有淺深分　열매 빛깔 얕고 짙게 나뉘어 있네
元非三樣別　본래 세 가지 모양으로 다르지 않았는데
世俗徒云云　세상 사람들 쓸데없이 말이 많네
發 필발, 淺 얕을천, 樣 모양양
徒云云(도운운) : 부질없이 이리저리 말을 함.

▪ 桃 | 牧隱 李穡

복숭아

一自桃源得避秦　한 번 도원에서 진나라에 피한 뒤로
至今誰不羨其人　지금껏 누구나 그 사람 부러워 않나
採花食實眞細事　꽃 꺾고 열매 먹는 것은 자잘한 일이고
只喜山川隔戰塵　다만 산과 내에서 전쟁 먼지 막는 것 기쁘다
羨 부러울선, 採 캘채, 隔 떨어질격, 塵 티끌진

▪ 小桃 | 牧隱 李穡

작은 복숭아

小桃初熟碧團團　작은 복숭아가 처음 익어 둥글둥글 벽옥 같고
細嚼氷肌齒頰寒　잘게 씹으니 찬 살갗에 이와 뺨이 시리다
方朔小兒偸幾度　東方朔은 어릴 때 몇 번이나 훔쳐 먹었기에
蓬萊縹渺紫雲端　봉래산 아득히 자색 구름 끝에 노니는 것인가
熟 익을숙, 頰 뺨협, 偸 훔칠투, 端 끝단

　　　方朔(방삭) : 東方朔. 전하는 말에 동방삭에 3천갑자를 살았다 하니, 신
　　　　　　　　선 복숭아인 仙桃를 훔쳐 먹어서 그럴 것이라는 뜻으로 쓰
　　　　　　　　인 듯
　　　縹渺(표묘) : 아득히 먼 모양

■ **小桃** | 蛟山 許筠

　　작은 복숭아

　　　二月長安未覺春　이월 장안에서 봄 느끼지 못하네
　　　墻頭忽有小桃靨　울타리 너머로 문득 작은 복숭아 찡그리네
　　　嫣然却向詩翁笑　예쁜 얼굴로 시 쓰는 늙은이 보고 웃으니
　　　如在天涯見故人　마치 하늘 끝에서 옛 친구 보는 듯
　　　覺 깨달을각, 靨 찡그릴빈, 嫣然(언연) : 예쁜 얼굴, 涯 물가애

■ **三色桃** | 保閑堂 申叔舟

　　삼색 복숭아

　　　一枝三漾逞嬋娟　한 가지에 세 가지 빛 예쁜 모습 제각각인데
　　　白白紅紅帶紫烟　희고 붉어 자색연기도 둘러있네
　　　春色淺深旣如此　봄빛 깊고 옅어 이미 이와 같으니
　　　人心冷暖固宜然　세상 인심 좋았다 나쁜 것도 진실로 그러하네
　　　逞 마음대로할령, 臺 때대, 暖 따뜻할난
　　　嬋娟(선연) : 곱고 예쁜 모양

■ **三色桃** | 白玉 李塏

　　삼색 복숭아

　　　淺深紅白爛相交　옅고 깊으며 붉고 흰 빛 난만히 서로 섞여
　　　誰假天機織得勞　누가 베틀을 빌려와 수고로이 짜냈는가
　　　未是春風無世態　그것은 봄바람도 세태(世態)가 없지 않아서

貴家池館錦粧桃 　귀한 집의 지관(池館)에다 복숭아를 비단처럼
　　　　　　　　　꾸몄네

淺 얕을천, 機 베틀기, 態 세태태, 粧 단장할장

▪ 三色桃 ｜乖厓 金守溫

삼색 복숭아

桃花有千葉 　복사꽃에 천 개의 잎 있는데

一朶共三芳 　한 떨기에 세 빛 열매 함께 하네

淺色霞初暈 　얇은 색은 노을처럼 일 때의 빛깔이요

深紅錦欲張 　짙붉은 건 비단 펼친 것 같네

尋香蜂竟度 　향을 찾아 벌이 필경 건너오고

唼露蝶爭揚 　꿀을 따러 나비 다투어 나르네

不是人間種 　인간 세상 품종 아니라

還疑出晉郞 　무릉도원에서 가져왔나 의심하네

朶 떨기타, 霞 노을하, 暈 해달무리운, 蜂 벌봉, 蝶 나비접

晉郞(진랑) : 도연명(陶淵明)이 지은 「도화원기(桃花源記)」에 나오는 진
　　　　　(晉)나라의 어부를 가리키는데, 그는 계곡을 타고 오르다가
　　　　　복숭아꽃이 만발한 무릉도원을 찾게 되었다고 함.

▪ 三色桃 ｜四佳 徐居正

삼색 복숭아

物理參差竟莫齊 　사물의 이치 들쑥날쑥 필경 가지런하지 않는데

一枝三色孰端倪 　한 가지에 세 빛깔 어찌 본말을 따지겠나

開因前後有深淺 　꽃이 전후로 피었기에 얕고 짙음도 있고

花自白紅爭仰低 　꽃이 희고 붉어 올려보고 내려보며 다투네

錦萼擺殘龍碎甲 　고운 꽃잎 흩날림에 용 비늘을 부수는 듯

天香吹盡麝然臍 　하늘의 향 불어오자 사향노루 배꼽 태우는 듯

年年依舊春風面　해마다 변함없는 봄바람의 면모가

喚起幽人訪故蹊　은자(隱者)를 환기시켜 옛길을 찾게 하네

齊 가지런할제, 孰 어찌숙, 倪 끝예, 擺 헤칠파, 麝 사향사

臍 배꼽제, 蹊 길혜

參差(참치) : 사물의 모양이 가지런하지 않고 들쭉날쭉한 모양

端倪(단예) : 일의 본말과 시종을 미루어 추측함

然臍(연제) : 배꼽을 태움. 사향노루의 배꼽은 흔히 향료나 최음제로 쓰
　　　　　 이는데 이를 태워 씀.

- **三色桃** | 太虛亭 崔恒

三색 복숭아

化工戲劇夭夭梢　조물주 재미있게 만들어 나무 끝에 가득 달려

一梢三色紅相交　한 나무 새 빛깔 서로 붉게 달렸네

淡自是先濃自後　먼저 열려 엷은 색 뒤에는 짙어진 빛

深誰爲昵淺誰抛　짙은 걸 누가 가까이하고 옅은 걸 누가 버릴까

人意等閑分貴賤　인심은 무심하게 귀천(貴賤)을 나누거늘

天心詎異異淳澆　천심이 어찌하여 후박(厚薄)을 달리하리

徐老當年看未得　서 노인은 그 해에 복숭아를 보지 못해

一生長寄海棠巢　일생에 오랫동안 해당소(海棠巢)에 거쳐했지

梢 나무끝초, 昵 친근할닐, 抛 버릴포, 巢 새집소

化工(화공) : 자연의 솜씨

夭夭(요요) : 꽃이나 열매 따위가 잔뜩 피거나 매달린 모양

淳澆(순요) : 순후함과 경박함

徐老(서로) : 옛날 중국의 은자 서음(徐陰)을 가리킴

海棠巢(해당소) : 서음(徐陰)은 약을 파는 시장 가운데에 숨어 살았는데,
　　　　　　　 마당의 해당화 몇 가지에 '해당소'를 엮어놓고 때때로
　　　　　　　 손님들과 그 속에서 술을 마셨다고 함.

杏 <살구>

▪ 詠杏 三首 | 牧隱 李穡

살구를 읊다

其一

牛郎家送杏團團　牽生의 농가에서 보내온 살구 동글동글

細嚼衰翁齒自酸　잘게 씹는 늙은이는 이빨이 절로 시리구나

劈核得仁調石蜜　씨를 쪼개 알맹이 얻어 석청 꿀에다 섞으니

暑天羊酪滿金盤　더운 날씨에 양의 젖이 황금 소반에 가득하다

劈 쪼갤벽, 核 씨핵, 調 고를조, 酪 젖락

其二

色奪黃金露作團　빛깔은 황금을 빼앗고 겉모습은 동글동글

天敎異味雜甘酸　하늘은 특이한 맛을 내어 달고 시게 섞였네

華筵日日葡萄酒　화려한 잔치 자리 날이면 날마다 포도주이나

陋室年年苜蓿盤　누추한 집에는 해년마다 목숙의 잡초 소반이네

奪 빼앗을탈, 雜 섞을잡, 酸 신맛산, 陋 누추할누

苜蓿(목숙) : 식물명. 콩과에 속하는 두해살이 풀

其三

紈扇風生碧月團　비단 부채에 바람 일고 푸른 달처럼 둥글구나

精神交暢洗辛酸　정신도 서로 화창하니 시고 쓴 괴로운 씻는다

不愁消渴爲人患　소갈증 병세가 사람의 병 되는 것 걱정할 것 없네

絶勝漢庭承露盤　절경이 뛰어난 은하의 뜰에 이슬 받은 소반일세

紈 흰비단환, 扇 부채선, 暢 창성할창, 酸 신맛산

渴 목마를갈, 漢 은하수한

紅柿 <홍시>

- **紅柿** | 梅竹軒 成三問

  홍시

  草樹霜初重　초목에 서리 처음 무거운데
  乾坤秋欲深　천지에 가을 깊어 가려 하네
  離離萬顆子　축 늘어진 수많은 홍시가
  喚起故園心　고향을 그리는 맘 불러 일으키네
  離離(이리) : 과일들이 익어 아래로 축 처진 모양
  故園心(고원심) : 고향을 그리는 마음. 향수

- **紅柿子** | 夢得 劉禹錫(唐)

  홍시 열매

  曉連星影出　아침엔 그림자에 드러나고
  晚帶日光懸　저물녘엔 햇빛을 맞아 걸려있네
  本因遺採掇　본래 따고 줍는 것 빠트려서
  翻自保天年　도리어 자연스레 천년(天年)을 보전하네
  曉 새벽효, 帶 띨대, 懸 달릴현, 遺 버릴유, 採 캘채
  掇 주울철, 翻 도리어번

- **野人送紅柿** | 白雲 李奎報

  시골 사람이 홍시를 보내와서

  植物憐渠兼七絶　식물이지만 일곱가지로 절묘해 그대 사랑스러운데
  野翁餉我僅千枚　시골 늙은이 나에게 거의 천개나 보내었다
  味如飴蜜還如乳　맛은 엿과 꿀 같으면서도 더욱이 젖과 같아서
  解止兒啼作笑媒　아이 울음 그치게 하고 웃음 일어나게 하네
  餉 보낼향, 僅 겨우근, 枚 낱개매, 飴 엿이, 媒 중매매

▪ 紅柿 | 保閑堂 申叔舟

홍시

霜深紅柿似肯秋	서리 깊은데 붉은 홍시 가을날 자랑하는듯
葉盡空園實未收	잎 다한 빈 뜰에 열매 거두지 않네
裂缺催鞭搜水府	닳은 채찍 재촉하며 강촌을 찾으니
䫴虯迸卵落寒湫	붉은 규룡 줄지은 알들 찬 물결에 떨어지네

肯 자랑긍, 裂 찢을렬, 缺 모자랄결, 鞭 채찍편

䫴 붉을정, 湫 웅덩이추

水府(수부) : 물가의 마을

▪ 紅柿 | 乖厓 金守溫

홍시

他時此樹好	다른 때도 이 나무가 좋더니
秋至更玲瓏	가을 오자 더욱 영롱해지네
圓顆擎枝重	둥근 열매 가지에 달려 무겁고
䫴袍曜日濃	붉은 도포 햇빛 비쳐 농염하다
炎雲燒粉壁	더운 구름 회벽에 불타오르면
靈液變韶容	신령한 즙이 환한 얼굴로 바꾼다
知是園林貴	뜰 안의 귀한 나무임을 알겠는데
相望十里紅	십리에 붉게 서로 바라보고 있네

玲瓏(영롱) : 눈부시게 찬란함

擎 들경, 䫴 붉을정, 袍 도포포, 燒 불탈소

粉壁(분벽) : 하얗게 회를 칠한 벽

▪ 紅柿 | 四佳 徐居正

홍시

秋來霜柿半傳紅	가을 오자 서리 맞은 홍시 반쯤 붉은데

却訝勻圓萬顆同　수만개 열매 모두 고르게 둥근 게 도리어 이상해
朱鳥啄餘禎卵熟　주작이 쪼아대면 붉은 알은 익어가고
燭龍嗜照火珠烘　촉룡이 머금으면 불구슬이 빛 발한다
曙星垂耀明初動　새벽 별이 빛 드리운 듯 밝음이 처음 일어나고
崖蜜分話味正融　언덕의 꿀이 맛을 나눈 듯 달콤함이 입에 녹네
百果盤中少顔色　쟁반 위 온갖 과일 얼굴빛 잃어도
能兼七絶擅神功　일곱 가지 장점 신비한 공력 드날린다
訝 의심할아, 烘 화롯불홍, 耀 비칠요, 話 달첨, 擅 날릴천
朱鳥(주조) : 주작(주작)
崖蜜(애밀) : 험한 절벽에 벌이 친 꿀
七絶(칠절) : 감이 지닌 일곱 가지 탁월한 장점
燭龍(촉룡) : 중국의 종산(鍾山)에 산다는 용신(龍神)의 이름으로, 사람의
　　　　　얼굴에 뱀의 몸뚱이를 하고 있는데, 한번 눈을 뜨면 세상은
　　　　　낮이 되고 한번 눈 감으면 세상은 밤이 된다고 함.

▪ **紅柿** | 太虛亭 崔恒

　홍시

自倚秋光衒紅酣　가을빛에 저절로 기대어 붉은 단맛 자랑하니
却訝朱暉更赫炎　빨간빛이 도리어 불길인가 의심하네
錯落火齊迷暖氣　불 고르게 깔려 따뜻한 날씨인가 착각하고
瑩煌星點間靑嵐　빛나는 별이 되어 점점이 푸른 이내에 박혔다
禎虯遺卵日閃閃　붉은 규룡이 남긴 알인가 날마다 번득거리고
丹鳳鍛翮風毿毿　적색 봉황의 부러진 날개인가 바람 타고 늘어졌네
造物分人如戲問　조물주가 사람에게 나눠주려 희롱삼아 묻는다면
仙漿誰肯願朝三　신선의 과일 어느 누가 아침에 세 개 받길 원하리
衒 자랑할현, 訝 의심할아, 瑩 빛날영, 嵐 아지랑이람
禎 붉을정, 戲 희롱희
錯落(착락) : 온통 깔린 뒤섞음

閃閃(섬섬) : 빛나는 모양. 번득이는 모양

鍛翮(살핵) : 날개를 부러뜨림. 뜻을 잃음

毿毿(삼삼) : 털이 긴 모양. 버들가지 같은 것이 가늘고 길게 늘어진 모양

仙漿(선장) : 신선의 장. 여기서는 잘 익은 감에서 나오는 과즙을 가리킴

朝三(조삼) : 고사성어인 조삼모사(朝三暮四)를 이용한 표현으로, 아침에
　　　　　세 개와 저녁에 네 개를 받아보기는, 우선 아침에 네 개를
　　　　　먼저 받고 저녁에 세 개를 받겠다는 뜻음.

櫻桃 <앵두>

- **櫻桃** | 陶隱 李崇仁

  앵두를 읊다

  燦爛朱櫻熟　찬란히 붉은 앵두가 익어
  團圓堪露濡　동글동글 맑은 이슬에 젖네
  摘來盤上看　따와서 소반 위에 놓고 보니
  箇箇是明珠　알알이 모두 밝은 구슬이네
  燦爛(찬란) : 눈부시게 밝음. 熟 익을숙, 摘 딸적

- **詠櫻桃 二首** | 牧隱 李穡

  앵두

  其一

  櫻桃花發弄輕盈　앵두꽃이 피어 사뿐한 여인 자태로 희롱하고
  睡起晴軒照眼明　졸음 깬 맑은 난간에 눈에 비쳐 밝구나
  蚪卵異時供夏薦　다른 날 올챙이알 되어 여름 함께 드리면
  閟宮深處暑風淸　궁궐 깊은 곳엔 더운 바람도 맑아지리
  弄 희롱할롱, 睡 졸수, 蚪 올챙이두
  輕盈(경영) : 여자의 자태가 부드러움. 행동이 경쾌함.

  其二

  的的圓珠滿漆盤　밝고 밝은 둥근 구슬이 검은 소반에 가득하니
  赤光相射走難安　붉은 빛을 서로 쏘며 달아나니 평안하지 않구나
  天公賦物眞奇巧　조물주가 사물을 부여함이 진실로 기묘하여
  卽帶微甘又帶酸　이미 약간의 단맛을 띠고 또 신맛도 띠었구나
  漆 옻칠할칠, 賦 부여할부, 酸 신맛산

橘 <귤>

▪ **撲鼻淸香銷客愁**

코를 찌르는 맑은 향이 나그네 시름 없애주네

[출전] 梅月堂 金時習의 丹橘

撲 두드릴박, 銷 삭일소

▪ **孰知凌寒堅固節**

自有慘烈寒酸質

누가 알리오 추위 이겨낸 굳고 굳은 절조에

제대로 톡 쏘며 차고 신 바탕 있는 줄을

[출전] 梅月堂 金時習의 丹橘

孰 누구숙, 堅 굳을견, 慘 참혹할참

▪ **泡露黃橙** | 梅竹軒 成三問

이슬 젖은 노란 등자

后皇南國孫　후황(后皇)의 남쪽나라 자손인데

於世爲淸門　세상에 청빈한 가문이 되었네

離鄕休道賤　고향 떠나 천하다고 말하지 마소

秉德有餘芬　덕을 가져 남은 향기 가지고 있으니

后皇(후황) : 후토(后土)와 황천(皇天)

南國孫(남국손) : 귤을 남국의 자손이라고 하였음.

淸門(청문) : 청빈한 가문

▪ 橘柚品題八首 | 瀛軒 趙貞喆

굴 종류 품제 여덟 수

其一

－乳柑 유감－

十五金陵種　열 다섯 금릉(金陵)의 종자에서

淸香最上頭　맑은 향기로는 최고로 치는데

風流吾自大　풍류로는 내가 제일이다 하여

聊被滿車投　애오라지 수레에 가득 던짐을 당하였지

金陵(금릉) : 강소성 남경(南京)

聊 애오라지료

其二

－別橘 별귤－

嘉樹生南國　아름다운 나무 남국에서 자라서

芳心死不移　향기로운 마음 죽어도 바뀌지 않네

有誰知此意　누가 이 뜻을 알아 주리오

包貢上丹墀　공물로 싸서 궁궐에 바쳐 짐을

嘉 아름다울가, 包 쌀포, 貢 공물공, 墀 지대뜰지

其三

－大橘 대귤－

燕都曾識面　연경에서 일찍 보았는데

海國又知名　제주에서 또 그 이름을 보네

每被多情至　매양 다정함을 입는데

詩腸倍覺淸　시 짓는 뱃속을 더욱 맑게 해 주네

識 알식, 被 입을피, 腸 창자장

燕都(연도) : 청나라의 서울 연경

海國(해국) : 제주도

其四
　-唐金橘　당금귤-

素英元窈窕　흰 꽃은 원래 얌전하고 정숙한데
貞質更幽閑　속살은 더욱 그윽하게 한가롭네
一見心如醉　맛 한번 보면 마음이 취하는 것 같은데
孤懷無自覺　외로운 생각 스스로 느끼지 못하네

質 바탕질, 懷 품을회
窈窕(요조) : 아리따운 모습

其五
　-洞庭橘　동정귤-

離離三寸實　길게 늘어진 세치의 열매들
猶帶洞庭名　오히려 동정이란 이름이 붙었네
何事瑤臺女　무슨 일로 요대의 신선은
慇懃月下迎　은근히 달 아래서 맞이하는가

離離(리리) : 과일이 익어서 늘어진 모양
瑤臺(요대) : 신선이 사는 곳
慇懃(은근) : 태도가 겸손하고 정중함.
洞庭(동정) : 호남성 북부에 있는 중국에서 제일 큰 호수. 악양루(岳陽
　　　　　 樓)와 사상팔경이 부근에 있음.

其六
　-小橘　소귤-

珍香名一體　귀한 향기는 이름 그대로인데
大小味參差　대귤과 소귤의 맛이 같지 않네
最愛風霜後　겨울이 지난 뒤라야 가장 사랑스러운데
丹心死以期　단심(丹心)은 죽을 때까지 간직하네

體 몸체, 參差(참치) : 가지런하지 않은 모습. 期 기약할기

其七

  -金橘 금귤-

素識風霜重　바람서리 거듭 내려 흰빛 알겠는데

黃能橘柚先　귤유는 가장 먼저 누렇게 익네

千秋屈子賦　옛날 굴원의 글을 읽으니

淚落逐臣筵　쫓겨온 신하 자리에는 눈물이 떨어지네

屈子(굴자) : 전국시대의 문장가. 정치가. 자는 평(平). 임금에게 충간하
　　　　　　 였다가 받아들여지지 않아 쫓겨났으나 이소(離騷)를 지어
　　　　　　 임금을 원망하지 않고 더욱 충정하는 뜻을 나타내었음.

淚 눈물루, 逐 쫓길축

其八

  -山橘 산귤-

樹樹玲瓏實　나무마다 영롱한 열매

家家爛漫秋　집집마다 가을이라 가득하네

相看仍不厭　서로 보아도 싫증나지 않으니

樽酒暗香浮　술잔엔 짙은 향기 떠다니네

玲瓏(영롱) : 눈부시게 찬란함

仍 잉할잉, 樽 술동이준

爛漫(난만) : 흩어진 모양

▪ 詠橘 | 白雲 李奎報

　　귤을 읊다

掌中持弄愛團團　손바닥으로 희롱하며 동글동글함 사랑하나

何必江南雪裏看　어찌 꼭 강남땅의 눈 속에서만 보이나

一箇忍堪輕擘破　한 개라도 차마 가벼이 깨어질까 조심함은

邈從千里到長安　멀리 천리 밖에서 장안까지 왔기에

擘 엄지손가락벽

- **題姜景愚畵屛** | 四佳 徐居正

  강경우의 그림 병풍에 쓰다

  黃金磊落壓枝垂　황금덩이 주렁주렁 가지에 드리워 눌렀으니

  霜落江南九月時　강남에 서리 내리니 때는 구월이라

  味自大酸君莫怪　맛이 아주 시다고 그대 이상히 여기지 마소

  文章子固不能詩　문장인 자고도 시를 잘 짓지 못했으니

  磊落(뢰락) : 과실이 주렁주렁 매달린 모양

  壓 누를압, 酸 실산, 怪 기이할괴, 子固 : 金紐(김뉴)의 자

  景愚(경우) : 강희안(姜希顔)의 자(字)

- **浥露黃橙** | 保閑堂 申叔舟

  이슬 젖은 노란 등자

  園裏黃棖浥露明　정원 속 노란등자 이슬 젖어 환한데

  朝暉斜暎閃流星　아침햇빛 기울어 비치면 유성이 반짝이네

  從渠變化江南北　회수의 남과 북 네 모습이 달라진다 하지만

  自有香風一樣淸　향기로운 바람 가지고 있어 한 모양으로 맑아라

  棖 무설두정, 浥 젖을읍, 閃 번득일섬

  江南北(강남북) : 회수(淮水)의 남과 북. 회수의 남쪽에서 귤나무를 가져
  　　　　　다가 북쪽에 심으면, 기후가 달라지는 탓에 탱자가 된
  　　　　　다고 함. 회수는 중국의 하남성(河南省) 동백산(桐柏山)
  　　　　　에서 발원하여 안휘성(安徽省)과 강소성(江蘇省)을 거
  　　　　　쳐 황하(黃河)로 흘러드는 강의 이름임.

- **浥露黃橙** | 乖厓 金守溫

  이슬 젖은 노란등자

  山室秋風晩　산 집에 늦을 가을 바람 부는데

  金丸燦爛黃　둥근빛 찬란하게 누렇게 변하네

破瓢牙濺雪　껍질 터뜨리자 치아에 눈 날리고

攀刺手傷瘡　가시 찌르니 손에 상처 입는다

夜後含烟嚲　밤이 들면 연기 머금어 늘어지고

朝來瀉露瀼　아침 오면 이슬 젖어 축축해지네

繁星千萬點　번성한 별들이 천만점인데

一一向人光　하나하나 사람 향해 빛나네

瓢 양, 攀 잡을반, 刺 찌를자, 瘡 상처창, 嚲 늘어질타

瀉 쏟을사, 瀼 젖을양

繁星(번성) : 잔뜩 달린 등자 열매

▪ 浥露黃橙 | 四佳 徐居正

이슬 젖은 노란 등자

刺樹中庭手可攀　뜰 안의 가시나무 손닿을 만한데

靑黃一半子初圓　반쯤은 푸르고 누른데 열매처음 열렸네

金丸香壓烟初重　금 구슬에 향기 넘쳐 연기 처음 깔리더니

玉殼寒生露未乾　찬 기운 생겨 이슬 아직 마르지 않네

謾言物性荊淮別　품성이 형지방, 회지방 다르다 말하지 마소

應有芳名橘柚間　고운 이름 응당 귤과 유자 사이에 있으니

人間自古無兼味　인간들은 예로부터 한 번에 두 맛을 모르면서

笑汝生來只一酸　그대들 날 때부터 단지 신맛 하나라고 비웃지

刺 가시자, 攀 잡을반, 壓 누를압, 謾 속일만, 酸 신맛산

荊(형) : 춘추전국시대에 초(楚)나라가 섰던 곳으로, 지금의 호북(湖北)과
　　　　호남성(湖南省) 일대를 가리킴.

淮(회) : 회수(淮水)를 가리킴. 회수는 중국의 하남성(河南省) 동백산(桐
　　　　柏山)에서 발원하여 안휘성(安徽省)과 강소성(江蘇省)을 거쳐 황
　　　　하(黃河)로 흘러드는 강임. 그런데 회수의 남쪽에서 귤나무를 가
　　　　져다가 북쪽에 심으면, 기후가 달라지는 탓에 탱자가 된다고 함.

兼味(겸미) : 두 가지 맛을 함께 느낌

- **浥露黃橙** | 太虛亭 崔恒

이슬 젖은 노란 등자

佳實團團似瀼湒	고운 열매 둥글둥글 마치 맑은 물 쏟아내듯
淸霜散與香勻分	맑은 서리 흩어지자 향기도 고루 퍼지네
摘取乍恐金彈失	따자니 금빛 열매 잃을까 두렵고
擣來合和銀絲紛	까자니 은빛 실이 어지러운 모양이라
懷歸正可遺慈母	고이품고 돌아가 어머님께 드릴만하고
朝罷還堪贈細君	조회 마친 뒤에 세군(細君)에게 바칠 만하네
雪瓢已是仙家味	하얀 열매 일찍이 신선 세계 맛인데
更愛錦袍和露痕	비단 같은 껍질에 이슬 자취 더욱 사랑스럽네

摘 딸적, 擣 찧을도, 懷 품을회, 贈 드릴증, 瓢 뫼속양

袍 도포포, 痕 흔적흔

瀼湒(양분) : 양계는 강서성(江西省) 서창현(瑞昌縣)에 있는 계곡으로 물
이 아주 맑기로 유명함.

細君(세군) : 제후의 부인이나 남의 아내를 이르는 말인데, 여기서는 안
평대군(安平大君)의 아내를 가리키는 듯함.

栗 <밤>

栗本不蜂自坼顆
一房三子定三相

밤은 본래 벌이 아니라도 저절로 열매 벌어지고
한 방에 세알이 세 가지 얼굴로 자리했네

蜂 벌봉, 坼 터질탁, 顆 열매과

栗 | 牧隱 李穡
밤

栗在楚丘曾詠詩　밤이 초구 땅에 있어 시로 읊은 적이 있었는데
用充賓祭世皆知　손님이나 제사에 충당해 쓰임 세상이 다 알아
獨憐老牧貧無物　유독 늙은 목은은 가난하여 물건 없음 가련해
未得肥時已啖兒　아직 살찌기도 전에 이미 아이들 씹어먹는다
賓 손님빈, 肥 살찔비, 啖 씹을담
楚丘(초구) : 옛 지명. 春秋時代 위 땅이었다 함
曾詠詩(증영시) : <詩經, 生民>에 "다 익어서 거두어 놓으니 드리워진
　　　　　　　곡식이 알알이 찼다 곧 태 땅에 강원을 제사하도다"
　　　　　　　함이 있다.

詠栗 三首 | 牧隱 李穡
밤을 읊다
其一

折開下墜紫金丸　터져 열리면 자색 황금 알 떨어지고
剝各中藏白雪團　깎아내면 가운데에 흰 눈 덩이가 숨었다
樹下有人脾胃損　나무 아래 어느 누가 비위가 손상되어
慾憑精力卻酸寒　정력에 보태려하여 쓰고 찬맛 잊어버리네

墜 떨어질추, 剝 벗어질박, 藏 감출장, 酸 실산, 憑 기댈빙
慾 욕심욕, 卻 물리칠각

其二
頭上已驚垂的的　머리 위에서 이미 밝게 드리운 것에 놀랐고
掌中還訝走團團　손 안에 오히려 둥글둥글 구르는 것 의아하다
爛烹肯避朱門熱　푹 삶아도 부잣집의 열기를 피할 수 있을까
細嚼偏宜白屋寒　잘게 씹으면 마땅히 가난한 집의 추위에 걸맞다
驚 놀랄경, 訝 의심할아, 嚼 씹을작

其三
金烏飛影似跳丸　삼족오 나는 그림자는 튀는 탄환 같고
又見黃花白露團　누런 국화에 흰 이슬이 모여 있는 것 또 보네
記得去年燒栗處　지난 해 밤을 구워 먹던 곳 기억하는데
東山月色夜深寒　동산의 달빛이 밤 깊어 싸늘하구나
跳 뛸도, 燒 태울소, 處 곳처
金烏(금오) : 태양에 있는 세발 달린 까마귀, 삼족오

- **栗木** | 四佳 徐居正
  밤나무
  栗子如拳秋正熟　주먹 같은 밤알 가을되어 익어가고
  狙兒得意疾於飛　엿보던 아이들이 의기양양 날듯이 달려간다
  朝三暮四渠休管　저 애들은 조삼모사에 관계하지 말고
  飽食無言自在肥　말없이 배불리 먹고 살찌기나 하여라
  狙 엿볼저, 疾 빠를실, 管 주관할관
  朝三暮四(조삼모사) : 춘추시대 송나라 저공(狙公)이 기르는 원숭이에게
  　　　　　아침에 세알 저녁에 네알의 상수리를 준다고 하였더니
  　　　　　크게 성을 내므로 아침에 넷 저녁에 세알을 준다고 하니
  　　　　　원숭이들은 속은 줄 모르고 기뻐하였다는 고사

- **嘗新栗** | 牧隱 李穡

  햇밤을 맛보다

  柳村深處雨霏微　버들 마을 깊은 곳에 비는 가늘게 뿌려
  秋未深時栗已肥　가을 깊지 않은 때에 밤은 벌써 살쪘구나
  風打一枝俄下墜　바람 맞은 한 가지 갑자기 떨어지니
  剝來何患齒牙稀　벗길 때야 이빨이 드물다 누가 걱정하리오
  霏 날릴비, 俄 갑자기아, 墜 떨어질추, 剝 벗길박

- **栗**

  밤

  時則仲秋八月天　때는 중추 팔월의 하늘인데
  後園黃顆落泉邊　뒤뜰의 누른 밤송이 샘가에 떨어졌네
  隣家兒子群衆到　이웃집 아이들 무리로 이르러
  多少拾來散煮烟　얼마간 주워 와서 삶는 연기 흩어지네

梨 <배>

- 花如白雪實黃玉

  其味淸甘適口中

  꽃은 흰눈 같고 열매는 누런 옥 같은데

  그 열매 맛 맑고 달아 입에도 맞구나

[출전] 崔正秀의 梨

　　　味 맛미, 適 적합할적

- **梨** | 牧隱 李穡

  배

  梨園醉裏賞花吟　이원에서 취한 가운데 꽃 구경하고 읊으니

  見說諸公正始音　여러 신하들 정시음(正始音) 하기도 하나

  老牧閑居惟食實　늙은 목은은 한가하게 지내며 오직 열매나 먹어

  酸甘相雜道光陰　시고 단 맛이 서로 섞여 세월만 말하네

  醉 취할취, 裏 속리, 酸 신맛산, 雜 섞일잡

  梨園(이원) : 唐의 현종이 궁정의 가무예인을 교육하던 곳. 연회장소의 통칭

  正始音(정시음) : 魏晉時代의 玄談, 風氣 또는 純正的 음악을 말함.

  光陰(광음) : 빛과 어둠. 곧 세월

木瓜 <모과>

- **木瓜** | 舫山 許 薰

  모과

  生老山阿不記春　산언덕에서 나고 늙어 세월기억 못하고
  枝枝朧腫若依神　가지마다 돋은 혹은 귀신이 붙은 듯
  削成一杖雙肩過　한 가지 잘라내어 두 어깨에 걸치면
  扶我郊吟野醉身　취하여 읊어대는 나는 부축해 주네
  阿 언덕아, 朧 부스럼옹, 腫 부스럼종, 削 베어낼착, 郊 들교

棗 <대추>

- 花形雖小能成實
  奉祭接賓登玉盤

  꽃 모양 비록 작으나 능히 열매를 맺고
  제사에 쓰이고 손님 접대하며 옥반에 오르네

[출전] 崔正秀의 詩句
        雖 비록수, 接 이을접, 賓 손님빈

枇杷 <비파>

- **枇杷** | 子京 宋祁(宋)

  비파

  有果產西蜀　서쪽 촉 땅에서 나는 과일 있어
  作花凌早寒　첫추위 무릅쓰고 꽃 피우네
  樹繁碧玉葉　벽옥같이 파란 잎 나무 무성한데
  柯疊黃金丸　가지엔 황금색 열매 쌓여있네
  凌 업신여길릉, 繁 무성할번, 柯 가지가, 疊 겹칠첩

- **楊洲食枇杷** | 圃隱 鄭夢周

  양주에서 비파를 먹으며

  稟性生南服　품성은 남쪽지방에서 자라
  貞姿度歲寒　곧은 자질로 추운 해를 견딘다
  葉繁交翠羽　잎이 번성하니 푸른 깃털로 교차되고
  子熟蔟金丸　열매 익으니 황금알이 빽빽하구나
  藥裹收爲用　약으로 싸두어 쓸려고 거두며
  氷盤獻可飡　얼음 쟁반에 음식으로 가히 바칠 만하네
  嘗新楚江上　일찍이 초강 위에서 맛을 보았으니
  懷核種東韓　씨를 품어다 우리나라에 심어야지
  稟 바탕품, 服 지방복, 熟 익을숙, 蔟 매족, 盤 소반반, 嘗 맛볼상

- **山枇杷花** | 香山居士 白居易(唐)

  산 비파꽃

  深山老去惜年華　산 속에서 늙어가니 세월 안타까운데
  況對東谿野枇杷　하물며 동쪽 계곡 비파를 바라보네

大樹風來翻絳艶　큰 나무에 바람 불어오면 붉은 꽃 번득이고
瓊枝日出曬紅紗　고운 가지에 해 비치면 빨간 비단 바래는 듯
廻看桃李都無色　돌아보니 오얏꽃 살구꽃은 아예 무색한데
映得芙蓉不是花　부용꽃을 비춰 봐도 꽃이라 할 수 없지
爭奈結根深谷底　어이하여 깊은 계곡 아래 다투어 뿌리내려
無因移得到人家　사람 사는 집으로는 옮겨 심을 수 없는고

谿 시내계, 翻 나부낄번, 絳 진홍강, 艶 고울염, 瓊 옥경
曬 쬘쇄, 廻 돌회, 映 비칠영, 奈 어찌내

瓠 <박>

- **瓠** | 老家齋 金昌業

  박

  引蔓補疏籬　덩클 당겨 성근 울타리 보호하고
  采葉付中廚　잎은 따서 부엌으로 보냈네
  何愁五石大　다섯 섬이나 커진 것 어째 근심하리오
  但當食農夫　다만 농부들 먹기에 적당하여라
  蔓 덩굴만, 廚 부엌주, 石 섬석

- **瓠** | 白雲 李奎報

  박

  剖成瓢汲氷漿冷　표주박 따서 자르면 찬 얼음 간장이요
  完作壺成玉醑淸　다 자란 것은 병이 되어 옥 같은 술 담는다
  不用蓬心憂瓠落　소심한 마음에 박 떨어지는 근심 필요 없으니
  先於差大亦宜烹　더 크기 이전에 삶아먹기가 또한 좋으니라
  瓠 박호, 剖 쪼갤부, 瓢 박표, 漿 단국장, 壺 병호
  醑 좋은술서, 蓬 엉킬봉, 烹 삶을팽

- **詠瓠瓜** | 四留齋 李廷馣

  박을 읊다

  朴實爲形結子遲　박 열매 모양 이뤄도 씨는 더딘데
  秋風破屋繫垂垂　가을바람 집 흔드는데 주렁주렁 매달렸네
  何人識取千金用　어느 누가 천금같은 물건 딸 줄을 알까
  歲晚纔堪汲水資　세밑에 물 긷는 용도로 도맡아 하니라
  破屋(파옥) : 허물어지는 집, 繫 얽을계, 纔 비롯할재, 堪 맡을감
  汲 물길을급, 垂垂(수수) : 열매들이 늘어져 달린 모양

瓜 <오이>

- **靑瓜** | 存齋 朴允默

  오이

  結子紛無數　달린 열매 수 없이 뒤섞였는데
  蔽地靑可掬　땅을 가리어 푸른 것이 딸 만하네
  廚人摘取來　부엌 사람 따가지고 왔는데
  可及飯未熟　짓는 밥은 뜸이 들여지지 않았네

  蔽 가리울폐, 掬 움킬국, 廚 부엌주
  摘 딸적, 들추어낼적, 熟 무르익을숙, 익힐숙

- **京城食瓜** | 牧隱 李穡

  경성에서 오이를 먹으며

  憶在靑門灌漑多　생각건대 청문에 있을 때는 물대기도 자주해
  暮春方見長新芽　늦봄에야 바야흐로 새 싹 자람을 보았네
  江南地暖生成早　강남에는 지방이 따뜻하고 자라남도 이른데
  四月中旬已食瓜　사월달 중순인데 이미 오이를 먹네

  灌漑(관개) : 필요한 물을 끌어냄
  芽 싹아, 暖 따뜻할난

南瓜 <호박>

▪ 南瓜 | 老稼齋 金昌業

호박

南瓜色黃綠　남과는 색은 황록인데
琥珀俗名是　호박은 속명이라네
經霜留至春　서리 지나 봄까지 남아 있어
農書曾見記　농서(農書)에 기록된 것을 일찍이 보았지
琥珀(호박) : 땅에서 파내는 노란 광물로 장식품을 만들어 귀하게 씀.
經 지날경

▪ 南瓜 | 俛宇 郭鍾錫

호박

長夏疏籬霜下秋　긴 여름에 성근 울타리 가을엔 서리 내려
靑團黃熟衆如流　푸른 덩이 누렇게 익어 물결같이 모였네
盈盈野屋誇名字　들 집에 가득히 그 이름 자랑하는데
不數波斯琥珀舟　파사국의 호박 배들 수없이 많구나
南瓜(남과) : 호박, 熟 익을숙
盈盈(영영) : 물이 가득찬 모양
野屋(야옥) : 시골 집
波斯(파사) : 지금의 이란왕국
琥珀(호박) : 황색투명의 빛이 나는 광물질. 장식용으로 씀

茄 <가지>

- **茄** | 白雲 李奎報

  가지

浪紫浮紅奈老何	자색 물결에 진홍 띄웠으나 늙은이 어이하랴
看花食實莫如茄	꽃도 보고 열매 먹기는 가지만함 없도다
滿畦靑卵兼賾卵	두둑에 가득한 푸른 알과 붉은 알 겸하니
生喫烹嘗種種嘉	날것 먹고 구워 맛보니 나름대로 좋구나

  紫 자주자, 奈 어찌내, 茄 가지가, 畦 밭두둑휴, 賾 붉을정

  喫 맛볼끽, 種種(종종) : 가끔가끔

- **紫茄詩三首** | 思白 董其昌

  자주가지 삼수

  其一

何物崑崙種	어떤 물건이 곤륜(崑崙)의 종자신가
曾經御苑題	일찍이 어원(御苑)에 쓰인 것 읽었네
似葵能衛足	해바라기 같아 능히 발을 보호하고
非李亦成蹊	오얏과는 달라 또한 지름길 만드네
落實尋常味	떨어진 과실은 예사스런 맛인데
攀條徑寸低	휘어잡은 가지 한 치도 못되네
玉盤如可薦	옥의 소반에 가히 천거하노니
寧復悵雲泥	어찌 다시 운니(雲泥)를 서러워하리오

  崑崙(곤륜) : 중국의 西方에 있는 최대의 영산, 西方의 낙토로 서왕모가
  　　　　　　산다고 하며 미옥(美玉)이 난다고 함.

  曾經(증경) : 이전에, 이전에 지남

  玉盤(옥반) : 옥으로 만든 소반

  尋常(심상) : 대수롭지 않고 범상함. 예사스러움

  徑寸(경촌) : 한치의 지름, 직경

雲泥(운니) : ① 구름과 진흙 ② 서로가 차이가 심한 것 ③ 天地

其二

願辨嘉蔬種	좋은 채소종자 분별코자 하여
應同藿食人	응당 콩잎 먹는 이와 함께 하네
累垂貪結子	아래로 매달려 열매를 탐하지만
低亞巧藏身	가장자리 낮은 곳은 몸 숨김도 교묘하네
被千苞坼連	옷은 수많은 꾸러미 터질까 이어지고
畦萬顆匀清	밭두둑엔 온갖 알갱이들 두루 정결하구나
瓜瓜頻擷取	가지 자주 따서 가져가도
老圃未生嗔	늙은 채마밭 주인은 성내지도 않네

藿食人(곽식인) : ① 콩잎을 먹는 사람.
　　　　　　　② 험한 음식을 먹는 이
　　　　　　　③ 벼슬에 있지 않는 이

其三

纂纂稱天苗	오목조목 하늘에 뾰족스레 드러내다
離離見土毛	쑥쑥 뻗어 땅의 채소로 드러나네
知非豊歲寶	풍년 때는 귀중한 것 아님을 알지만
聊足野夫饕	애오라지 농부 탐내는 것으로 족하네
落處疑爲瓠	떨어질 땐 표주박 하려는가 의심하네
投來或似桃	던져 놓으니 마치 복숭아 같기도 하네
米家圖矮樹	미가(米家)는 키 작은 나무로 그렸는데
怪爾切雲高	괴이하다 너는 구름가까이 높기만 하네

纂纂(찬찬) : ① 무성히 모인 모양 ② 계속 이어진 모양
離離(리리) : ① 이삭이 길게 뻗어 숙어진 모양
　　　　　　② 사이가 벌어져 친하지 않는 모양
切運(절운) : 구름 가까이 접근함.
구름위에 솟아 높은 모양

西瓜 <수박>

- **西瓜** | 四佳 徐居正

  수박

  精神秋水雪成團　가을 물 같은 속과 눈덩이같이 둥근데
  長夏尤宜薦玉盤　긴 여름날엔 옥반에 담아 올리는 것 마땅해
  多病相如空抱渴　병 많은 사마상여가 소갈증 가지고 있다는데
  披圖不覺舌翻瀾　둥근 것 쪼개면 혓바닥 내두를지 모르겠네
  西瓜(서과) : 수박, 精神 : 마음이나 생각 여기서는 수박 속
  相如(상여) : 司馬相如. 한나라 때 문장가
  抱渴(포갈) : 소갈병　瀾 눈물흘릴란

- **西瓜** | 四佳 徐居正

  수박

  瓊漿玉液舌瀾翻　귀한 마음 옥 같은 액체 혀끝에 넘치는데
  種出西方品可論　서역지방에서 난 종자이지만 가히 뛰어난 품종이라
  莫說張郎多好事　장랑이 좋은 일 많았다고 말하지 마소
  世間不乏渴文園　세간에서 사마상여의 갈증 없애줬으니
  瓊 옥경, 漿 미음장, 瀾 질펀할란
  張郎(장랑) : 한나라 때 장건(張騫)을 가리킴
  文園(문원) : 사마상여를 말함

- **西瓜** | 牧隱 李穡

  수박

  西瓜如雪齒牙寒　수박이 눈 같아서 이빨이 차가워
  熱氣無從入我肝　열기가 나의 간장으로 들어올 수 없네

萬壑淸氷照銀海   온갖 골짜기 맑은 얼음 은빛 바다 비추고
一杯湛露在金盤   한 잔의 맑은 이슬이 황금 소반에 있구나
欲圖水穴吟携筆   수맥 혈을 도모하려 읊으며 글을 쓰고
謾想楓巖坐不冠   단풍 바위를 연상하며 관 쓰지 않고 앉았다
老矣猶難啖松栢   늙었기에 오히려 솔과 잣나무 먹기는 어려우나
靑冥誰擬控飛鸞   푸른 하늘에 나는 난새에게 누가 비길 것인가
肝 간간, 壑 골학, 湛 맑을담, 携 가질휴, 巖 바위암, 啖 먹일담
擬 비길의, 鸞 난새란

甛瓜 <참외>

▪ **種瓜東原** 외를 동원에 심으니
  五色俱備 오색이 갖춰졌네

[출전] 金永聖의 甛瓜

▪ **雨晴瓜蔓綠** 비 개인 뒤 참외 넝쿨 푸르고
  風暖菜花香 바람 따듯하니 나물 꽃 향기롭네

[출전] 王英의 詩句

▪ **甛瓜** | 四佳 徐居正

　참외

　　　山下吾家一兩區　산 밑 우리 집의 한두 둔덕밭에
　　　秋風瓜蔓走龍鬚　가을바람에 오이넝쿨 용의 수염같이 뻗었네
　　　呼兒欲摘筥籃去　아이를 불러 대광주리에 따오게 하려는데
　　　仔細相看是畵圖　자세히 살펴보니 이것이 그림이었구나
　　　甛 달첨, 鬚 수염수, 摘 딸적, 筥 속빈대균, 籃 바구니람

▪ **苽** | 白雲 李奎報

　참외

　　　園苽不灌亦繁生　밭의 외는 물주지 않아도 무성히 자라
　　　黃淡花間葉間靑　노란 꽃 사이에 잎 사이 푸르다
　　　最愛蔓莖無脛走　뻗는 줄기 종아리 없이도 달림이 사랑스러우니
　　　勿論高下掛瑤瓶　높낮이 따지지 않고 구슬 병이 걸렸네
　　　苽 교미고, 灌 물댈관, 脛 정강이경, 瓶 병병

花開花落子聯珠　꽃이 피고 꽃 지니 열매는 구슬로 맺어
葉綠實黃徧滿疇　잎 푸르고 누런 열매 온 밭두둑에 가득해
無事老翁尋瓜幕　일없는 늙은이 참외막에 찾아와
啖甘忘暑詠詩遊　맛있게 먹고 더위 잊으며 시 읊고 즐기네
聯 이을련, 疇 밭두둑주, 幕 장막막, 啖 씹을담

白菜 <배추>

- ## 菜花 | 梅月堂 金時習

  ### 배추꽃

  菜花嬌映晝　배추꽃 애교 있게 낮에 피었는데

  繁朶透踈籬　숱한 송이 성근 울타리에 환히 보이네

  一夜風和雨　하룻밤 바라 불고 비도 섞여 오니

  榮華亦暫時　영화도 그 역시 잠깐이었네

  　嬌 교태교, 透 뚫을투, 暫 잠시잠

- ## 菘 | 老稼齋 金昌業

  ### 채소

  一本大如股　한 포기 넓적다리만큼 큰데

  其種燕市來　종자는 연나라 저자에서 온 것이라

  濯濯靑玉莖　살찐 모습이 푸른 옥 같은 줄기로

  經齒忽無滓　씹어도 문득 찌꺼기가 없네

  　菘 남방채소숭, 股 넓적다리고, 濯濯(탁탁) : 살찐 모양

  　忽 문득홀, 滓 찌끼제

- ## 白菜 | 俛宇 郭鐘錫

  ### 배추

  丹黃句發早春園　이른 봄 정원에는 붉은 비름 구부정하게 피었는데

  軟藕疑從玉井源　옥정의 물에는 연뿌리가 부드러워지는데

  苦盡甘生銀寸寸　은빛 마디마디 쓴 맛 다하고 단맛 생겨나니

  螺湯荏液侈寒門　소라국에 들기름 친 것은 가난한 집에는 사치라

  　白菜(백채) : 배추, 黃 흰비름이, 句 굽을구, 軟 부드러울연

  　藕 연뿌리우, 疑 혐의할의, 螺 소라라, 荏 들깨임, 侈 사치할치

芝 <버섯>

- **松精茯氣密交稀**
  白白僧頭鑽地衣

  소나무액과 복령의 기운 맑게 서로 엉키니

  새하얀 중머리모양 땅을 뚫고 나왔네

  [출전] 俛宇 郭鍾錫의 松耳

  　　茯 복령복, 鑽 뚫을찬

- **紫芝** | 梅月堂 金時習

  자줏빛 버섯

  誰向山中覓紫芝　누가 산중에서 자주버섯을 찾을 수 있나

  蒼苔白石路逶迤　파란 이끼 하얀 돌길은 꾸불꾸불한데

  留侯一喚無人探　장량이 한번 불러도 캐어오는 사람 없었는데

  風雨年年秀幾枝　비바람 오랜 세월에 몇 가지가 빼어났네

  芝 버섯지, 逶迤(위이) : 비틀거리며 가는 모양

  喚 부를환, 留侯(류후) : 한나라 공신 장량의 봉호

- **石耳** | 俛宇 郭鍾錫

  돌버섯

  危梯萬丈彼何人　만 길이나 위태로운 사닥다리에 저사람 무엇하나

  捫手懸崖汗透巾　낭떠러지 벼랑에서 손으로 어루만져 땀이 수
  　　　　　　　　건에 배이네

  滿橐辛勤收鼠耳　애써 전대 가득 버섯을 훔치듯 거두니

  四時椀楪碧生春　사시사철 주발과 평상엔 푸르게 봄 살아나네

  梯 사닥다리제, 捫 어루만질문, 懸 매달현, 橐 전대탁

  鼠 좀도둑서, 椀 주발완, 楪 널평상접

葡萄 <포도, 馬乳>

▪ 龍珠

용구슬

[출전] 保閑堂 申叔舟의 蜀葡萄

▪ 黑水晶

흑수정, 검은 포도알

[출전] 梅竹軒 成三問의 蜀葡萄

▪ 黑水精

흑수정, 구슬

[출전] 牧隱 李穡의 水精葡萄

▪ 草龍爭珠

풀 용이 구슬을 다투네

▪ 磊落龍珠萬顆垂

주렁주렁 용구슬 수만개 드리웠네

[출전] 保閑堂 申叔舟의 蜀葡萄

磊 돌무더기뢰, 顆 갱이과

▪ 林下葡萄墨水精

수풀잎 포도는 검은 빛 수정 구슬

[출전] 牧隱 李穡의 水精葡萄

黑 검을흑, 水精(수정) : 水晶 보석의 다른 이름

▪ **驪珠顆顆露凝光**

여의주 같은 낱알이 이슬에 엉켜 반들반들

[출전] 歐陽元의 葡萄

　　　顆 낱알과, 凝 엉길응

▪ **明珠元是鮫人淚**

빛나는 구슬은 본래 교인의 눈물에서 나온 것

[출전] 庸庵 宋玄僖의 題葡萄畵

　　　鮫 상어교, 淚 눈물흘릴루

▪ **露顆含香近客衣**

드러난 열매향기 나그네 옷으로 스며드네

[출전] 與礪 傅若金의 墨葡萄

▪ **黑水晶還帶露濃**

흑수정 포도알이 이슬 띠고 농염해라

[출전] 太虛亭 崔恒의 蜀葡萄

　　　帶 띠대, 濃 짙을농

▪ **一架葡萄送晚馨**

읽어놓은 시렁의 포도 진한 향기 보낸다

[출전] 牛村 金弘基의 葡萄架

　　　送 보낼송, 馨 향기형

▪ **葡萄靑一架**　한 시렁에 포도 푸르러

　蕪沒並蒿萊　번성하고 또 풀이 무성해졌네

[출전] 北軒 金春澤의 葡萄
　　　　架 시렁가, 蕪 무성할무, 蒿 쑥호

- **小屋規模窄** 작은 집이라 규모가 비좁은데

  葡萄蔓替簷 포도 넝쿨이 처마를 대신하네

[출전] 海峰 洪命元의 葡萄作架
　　　　規 크기규, 窄 좁을착, 蔓 넝쿨만

- **滿架靑絲重** 시렁에 가득 푸른 실 무거운데

  堆盤綠玉痕 쟁에 쌓여있는 푸른 옥의 자취여

[출전] 乖厓 金守溫의 蜀葡萄
　　　　堆 쌓일퇴, 痕 흔적흔

- **扶撑顚倒足安危**

  磊落龍珠萬顆垂

  　　넘어지는 걸 받쳤으니 편안하겠는데
  　　주렁주렁 용구슬이 수만개 드리웠네

[출전] 保閑堂 申叔舟의 蜀葡萄
　　　　撑 받칠탱, 磊 돌무더기뢰

- **是水精耶非水精**

  團圓箇箇更通明

  　　이것이 맑은 구슬인가 구슬이 아니로세
  　　둥글게 알알이 모여 모두 다 투명하네

[출전] 牧隱 李穡의 水精葡萄
　　　　團 둥글단, 通 통할통

· 樓朶離離綴水精

　肌膚瑩徹子分明

　　누대 난간에 주렁주렁 수정구슬이 엮어 있어

　　살갖 피부 영록하게 통해 씨가 분명히 보이네

[출전]　牧隱 李穡의 水精葡萄

　　　　朶 떨기타, 綴 묶을철, 徹 통할철

· 一段清氷與水精

　結成微質似空明

　　한 줄기 맑은 얼음과 수정 구슬이

　　조그만 각질 형성하니 허공의 밝음 같네

[출전]　牧隱 李穡의 水精葡萄

　　　　段 줄기단, 微 가늘미

· 一百四十箇水精

　掌中圓轉眼中明

　　일백사십개의 수정 구슬이

　　손 안에서 구르고 눈에는 밝도다

[출전]　牧隱 李穡의 水精葡萄

　　　　掌 손바닥장, 轉 구슬전

· 山中秋氣十分清

　風動纍纍黑水精

　　산중에 가을기운 매우 맑은데

　　바람이 살랑살랑 흑수정을 흔드네

[출전]　牧隱 李穡의 水精葡萄

動 움직일동, 纍纍(류류) : 겹쳐 쌓여 있는 모습

- 滿筐圓實驪珠滑

 人口甘香氷玉寒

 둥글고 검은 열매 광주리에 가득 굴러

 입에 넣으면 달콤한 향 얼음같이 싸늘해

[출전] 善之 鄧文原의 溫日觀葡萄

- 萬里西風過雁時

 綠雲玄玉影參差

 만리에 서풍 불 때 기러기 나르고

 초록 넝쿨 숲속에 까만 구슬 들쭉날쭉

[출전] 空同 李夢陽의 葡萄

      雁 기러기안, 參差(참치) : 들쭉날쭉한 모습

- 葉底纍纍垂馬乳

 盤中一一走驪珠

 잎 밑면에 알알이 포도알이 드리웠고

 쟁반 속에 하나하나 여의주 달리는 듯

[출전] 四佳 徐居正의 蜀葡萄

      纍纍(류류) : 모여 있는 모습. 盤 쟁반반

- 千莖萬葉黑珠垂

 一摘唊之香滿口

 천 줄기 만 잎에 검은 구름 드리웠고

 한번 따서 먹으니 입에 향기 가득해

[출전] 崔正秀의 葡萄
　　　　 莖 줄기경, 啖 먹을담

- 葉裏開花蝶不見
  隱身守節綠珠香

　　잎에 가려 꽃피니 나비는 보지 못하고
　　몸을 숨겨 절개 지키는 푸른 구슬 향기롭네

[출전] 崔正秀의 葡萄
　　　　 蝶 나비접, 隱 숨을은

- 廣葉曲莖朶朶長
  綠靑滿熟使人香

　　넓은 잎 굽은 줄기 봉오리마다 길고
　　푸르고 푸른 잘 익은 포도가 사람 향기롭게 만드네

[출전] 洪性濤의 葡萄
　　　　 莖 줄기경, 熟 익을숙

- 靑莖黃葉如龍體
  大朶小珠聚甘香

　　푸른 줄기 푸른 잎 용의 몸 같고
　　큰 봉오리 작은 구슬은 단 향기를 모았네

[출전] 洪性濤의 葡萄
　　　　 體 몸체, 聚 모일취

- 新莖未徧半猶枯
  高架支離倦復扶

새줄기 뻗기 전에 반은 이미 시드는데
높은 시렁 느릿느릿 고달프게 붙었네

[출전] 退之 韓愈의 葡萄
　　　偏 두루변, 枯 시들고

- **長風引蔓龍鬚細**

  團露垂枝馬乳香

  넝쿨에 딸린 가는 수염 긴 바람에 휘날리고
  열매에 달린 가지 이슬이 맺혔네

[출전] 牛村 金引基의 葡萄架
　　　蔓 넝쿨만, 鬚 수염수, 乳 젖유

- **蜀葡萄** | 梅竹軒 成三問

  촉나라 포도

  　　吾聞黑水晶　나는 흑수정 같은 포도알 얘기 들었지
  　　作酒消千憂　술을 만들면 모든 근심 녹인다 하네
  　　誓無將一滴　맹세하기를 한 방울을 가지고서도
  　　換取百涼州　백개의 양주땅과도 바꾸지 않으리
  　　消 삭일소, 憂 근심우, 誓 맹세서, 滴 물방울적
  　　黑水晶(흑수정) : 여기서는 검은 포도알을 가리킴
  　　百涼州(백량주) : '백 개의 양주(涼州)'라는 뜻으로 해석이 되는데, 양주
  　　　　　는 중국의 감숙성(甘肅省)에 있는 주(州)의 이름임.

- **葡萄** | 北軒 金春澤

  포도

  　　葡萄靑一架　포도가 한 시렁이 푸르러
  　　蕪沒並蒿萊　번성하여 가려짐이 풀이 무성한 듯

莫怪勤將護　부지런히 보호함을 괴이하다 마소
寧無漢使來　어찌 한나라 사신이 오지 않을까

架 장강틀가, 蕪 번성할무, 蒿 다북쑥호, 萊 풀래, 怪 괴이할괴
寧 어찌녕

■ **葡萄作架** | 海峰 洪命元

포도 시렁을 짓고서

小屋規模窄　작은 집이라 규모는 비좁은데
葡萄蔓替簷　포도 넝쿨이 처마를 대신하네
還同有巢室　오히려 새 보금자리도 있으니
不要夏候簾　여름에도 대발을 칠 필요가 없네

窄 비좁을착, 替 대신할체, 簷 처마첨, 候 절후후

■ **蜀葡萄** | 保閑堂 申叔舟

촉의 포도

扶撑顚倒足安危　넘어지는 걸 받쳤으니 족히 편안하리니
磊落龍珠萬顆垂　주렁주렁 용 구슬이 수만 개를 드리웠다
添竹引須誠好事　대나무를 덧대어 끌어온 건 좋은 일이나
傍人已覺厭支離　구경꾼은 이미 흩어짐이 싫어라

撑 지탱할탱, 磊 무더기뢰, 添 더할첨
磊落(뇌락) : 과일이 다닥다닥 열린 모양
傍人(방인) : 곁에서 구경하는 사람
支離(지리) : 뿔뿔이 흩어짐. 엉망진창이 됨.

■ **水精葡萄 五首** | 牧隱 李穡

수정포도
其一

是水精耶非水精　이것은 맑은 구슬인가 수정 구슬이 아니로세
團圓箇箇更通明　둥글게 알알이 모여 모두 다 투명하네
最憐獨得中和味　가장 사랑스럽기는 홀로 조화된 맛을 얻음이니
氷蘗徒誇苦與淸　찬 횡경나무는 단지 쓰고 맑음만을 자랑하네

耶 의문사야, 蘗 황경피나무벽, 誇 자랑과
水精(수정) : 水晶의 이칭

其二

樓朶離離綴水精　누대에 주렁주렁 수정구슬이 맺어 있어
肌膚瑩徹子分明　살갖 피부 영록하게 통해 씨가 분명히 보인다
誰藏萬斛酸甛味　누가 일만 되의 신맛 단맛을 감추어 두어서
齒中舌間瓊液淸　이빨과 혀 사이에 좋은 액체 맑게 했나

斛 열말곡, 酸 신맛산, 甛 달첨, 瓊 아름다운옥경

其三

林下葡萄黑水精　수풀 밑 포도는 검은 수정구슬
及庵老筆壁間明　급암의 노련한 붓글씨 벽 사이 뚜렷하네
依然山寺行香處　의연히 산사의 절로 향불 불공 간 곳에서
咀嚼詩聯徹骨淸　시의 연구(聯句) 잘 감상하니 뼈에 맑게 스미네

壁 벽벽, 處 곳처
及庵(급암) : 閔思平(1295~1350)의 호
咀嚼(저작) : 글의 뜻을 잘 연구하여 감상하는 것

其四

一段淸氷與水精　한 줄기 맑은 얼음이 수정 구슬과 더불어
結成微質似空明　조그마한 각질을 형성하니 하늘과 같이 밝구나
高歌白雪初嘗處　흰 눈을 높이 노래하며 처음 맛보는 곳에
月下金樽更至淸　달 아래의 황금 술잔이 더욱 지극히 맑다

微 미세할미, 嘗 맛볼상, 樽 술잔준

其五

一百四十箇水精　일백 사십개의 수정 구슬이

掌中圓轉眼中明　손안에서 구르고 눈에는 밝아

牧翁心地今茅塞　목은 노인의 마음 바탕 지금 흐려있는데

對此俄生一點淸　이를 대하자 갑자기 한 점의 청정함 생긴다

掌 손바닥장, 俄 갑자기아

茅塞(모색) : 띠가 길에 깔려 있는 것처럼 욕심 때문에 마음이 흐려지는 것

• **山中葡萄熟樵者摘以來** | 牧隱 李穡

　산속에 포도가 익었다 하여 나무꾼이 따오다

　　山中秋氣十分淸　산중에 가을 기운 매우 청명해

　　風動纍纍黑水精　바람이 살랑살랑 흑수정을 흔드네

　　葉裏驪珠來照屋　잎 속의 여의주가 내 집을 비추니

　　白雲深處動吾情　흰 구름 깊은 곳으로 내 정도 움직이네

　　纍 얼크러질류, 驪珠(여주) : 까만 구슬

　　纍纍(류류) : 겹쳐 쌓여 있는 모습

　　裏 속리, 處 곳처

• **題姜景愚畵屛** | 四佳 徐居正

　강경우의 병풍에 씀

　　誰敎引蔓走龍蛟　누가 긴 가지를 교룡같이 끌어들이게 하여

　　的的明珠滿架高　뚜렷이 밝은 구슬 시렁높이 가득채웠나

　　只喜恬寒能解渴　다만 마른 목을 달고 싸늘하게 축여주니 기쁜데

　　何須一斗換三刀　어찌 포도 한 알과 좋은 꿈을 바꾸리오

　　景愚(경우) : 姜希顔의 자

　　蛟 하여금교, 蛟 교룡교, 恬 달첨, 渴 목마를갈

　　三刀(삼도) : 좋은 꿈(吉夢). 진(晉)나라 왕준(王濬)의 칼 네 자루가 걸려

있는 꿈을 보고 불쾌해 하는데 이의(李毅)가 州에 刀자 하
나가 더해졌으니 더한다(益)가 되므로 익주자사(益州刺史)
가 될 것이라 해몽했는데 과연 다음날 그렇게 됐다는 고사
에서 나온 말.

- **葡萄架** | 竹南 吳 竣

  포도시렁

  弱莖承架裊然長　약한 줄기가 시렁을 따라 간드러지게 자라는데
  得雨前宵葉葉蒼　지난 밤 비가 내려 잎마다 푸르다
  直待高秋堪釀酎　한 가을 기다리니 술을 담그기 좋은데
  休誇並舍滿樽芳　이웃집에 향기로운 술 있다 자랑 마시오
  裊 간드러질뇨, 宵 밤소, 酎 세 번 빚은 술주
  並舍(병사) : 나란히 있는 집

- **葡萄** | 歐陽元(宋)

  포도

  宛馬西來貢帝鄕　원나라 말에 서로부터 와서 임금님께 바쳤는데
  驪珠顆顆露凝光　여주 같은 낱알이 이슬에 엉켜 빛나네
  只今移植江南地　다만 지금 강남 쪽으로 옮겨다 심었더니
  蔓引龍鬚百尺長　넝쿨과 용수염이 길게도 자랐네
  宛 나라이름원, 貢 바칠공, 驪 검을려, 顆 낱알과, 凝 엉킬응
  蔓 덩굴만, 鬚 수염수

- **葡萄** | 退之 韓 愈(唐)

  포도

  新莖未徧半猶枯　새로 난 줄기 뻗기 전에 절반은 오히려 시들어
  高架支離倦復扶　높은 시렁 여기 저기 고달프게 붙들었다

若欲滿盤堆馬乳　만약 쟁반 가득 포도를 가득 쌓아놓고 싶거든
莫辭添竹引龍鬚　대나무받침 더하여 용수염을 붙게 하여라
莖 줄기경, 徧 두루미칠편, 支離(지리) : 이리 저리 흩어짐
倦 고달플권, 盤 쟁반반, 堆 쌓일퇴, 馬乳(마유) : 포도의 별칭
辭 사양할사, 鬚 수염수

▪ **葡萄** | 空同 李夢陽(明)

　포도

萬里西風過雁時　만리에 서풍 불 때 기러기 지나는 때
綠雲玄玉影參差　초록 넝쿨에 까만 구슬 들쭉날쭉 그림자 져
酒酣試取氷丸嚼　취한 입에 따 넣으면 얼음 구슬을 씹는 듯
不說天南有荔枝　남쪽 지방에 여지가 있다고 말하지 마소
參差(참치) : 가지런하지 아니한 모양
酣 취할감, 嚼 씹을작, 荔 려지려

▪ **題葡萄畵** | 庸庵 宋玄僖(明)

　포도그림에 씀

明珠元是鮫人淚　밝은 구슬은 본래 교인의 눈물인데
秋水秋風日夜愁　가을 비 가을바람에 매일 밤 수심에 끼었네
空許玉顏含笑看　임금께선 공연히 웃음을 머금고 바라보다가
酒醒泣別下高樓　술 깬 뒤 눈물 머금고 다락에서 내려온다
含 머금을함, 醒 술깰성, 泣 울읍
鮫人(교인) : 人魚. 남해의 교인의 집이 있어서 고기와 같이 물 속에 살
　　　　　면서 베를 짰는데 그 눈에서 눈물이 나오면 구슬이 되었다.
玉顏(옥안) : 임금의 얼굴

- **蜀葡萄** | 乖厓 金守溫

촉포도

柔蔓巡簷引	부드러운 넝쿨은 처마 따라 늘어지고
長支索竹分	긴 가지는 대를 찾아 나뉘었다
葳蕤成翠幄	무성한 모양은 푸른 장막 이루고
暗淡布春雲	짙고 옅게 봄날의 구름으로 펼쳐져
滿架靑絲重	시렁에 가득히 푸른 실 무거운데
堆盤綠玉痕	쟁반에 쌓여있는 푸른 옥의 자취
瓊漿一入口	옥 같은 즙 한번 입에 한번 들어가면
香氣自氤氳	향긋한 내음 저절로 하나된다

蔓 넝쿨만, 簷 추녀첨, 幄 장막막, 痕 흔적흔
葳蕤(위유) : 초목이 성한 모양
瓊漿(경장) : 포도의 즙을 가리킴
氤氳(인온) : 하늘과 땅의 기가 하나로 합쳐진 모양

- **蜀葡萄** | 四佳 徐居正

촉포도

枝蔓離披倒復扶	줄기 넝쿨 제멋대로인데 엎어지면 다시 받쳐주고
黑雲垂地暗龍鬚	검은 구름 땅에 깔리면 용의 수염 까맣네
淸風滿架秋將晩	맑은 바람 시렁에 가득 불고 가을은 장차 깊은데
白日低簷蔭已敷	밝은 해 처마아래 떨어지니 그늘은 이미 펼쳐지네
葉底纍纍垂馬乳	잎 밑에 알알이 포도알이 드리웠고
盤中一一走驪珠	쟁반 속에 하나하나 여의주 달리는 듯
何時乞遍江湖種	어느 때 천하의 종자 빌어와서
釀酒千鍾倒酪奴	천종의 술을 빚어 차와 같이 마셔볼꼬

倒 엎어질도, 鬚 수염수, 簷 추녀첨, 蔭 그늘음
離披(이피) : 벌어져 열림. 또는 꽃이 활짝 핌

纍纍(류류) : 이리저리 겹쳐진 모양. 또는 잇닿은 모양

馬乳(마유) : 포도의 별칭임

千鍾(천종) : 아주 많은 양. '종(鍾)'은 용량의 단위임.

酪奴(낙노) : 차의 딴 이름

▪ 蜀葡萄 | 太虛亭 崔 恒

촉포도

曾隨漢使植離宮	일찍이 한(漢) 사신 따라와 별궁(別宮)에 심어
翠影滿架雲冥濛	시렁 가득 푸른 그림자가 구름 낀 듯 어둑하네
碧油幢欲乘風卷	기름칠한 푸른 깃발은 바람타고 말리는데
黑水晶還帶露濃	흑수정 포도알이 이슬 띄고 짙어가네
金盤初擎紫乳重	금쟁반에 처음 오르면 붉은 즙이 무거워지고
玉齒乍嚼緋珠融	흰 이빨로 깨물자 짙붉은 구슬 녹구나
如何不顧蜀三顧	촉(蜀)의 삼고초려(三顧草廬) 무시해
臥龍猶在草廬中	와룡(臥龍) 선생께선 오히려 초가에서 머무르나

隨 따를수, 濛 흐릴몽, 幢 깃발당, 卷 말권, 濃 짙을농, 擎 들경

緋 짙게붉을비, 融 녹을융, 顧 돌아볼고

離宮(이궁) : 왕의 임시 처소. 별궁(別宮)

冥濛(명몽) : 깜깜한 모양

三顧(삼고) : 제갈공명(諸葛孔明)을 맞기 위해 유비(劉備)가 세 번씩이나
공명의 집을 찾아갔던 '삼고초려(三顧草廬)'의 준말

臥龍(와룡) : 포도나무를 흔히 '초령(草龍)'이라고 하는데, 여기서는 제갈공
명의 호(號)인 '와룡'과 함께 중의적(重義的)으로 쓴 표현임.

▪ 葡萄架 | 牛村 金弘基

포도시렁

一架葡萄送晚馨　시렁에 포도는 늦은 때 향기 보내는데

連簷覆屋色蒼蒼　처마 잇고 지붕 덮어 온통 푸른 빛이네
長風引蔓龍鬚細　넝쿨에 긴 바람 불어 수염은 가는데
團露垂枝馬乳香　드리운 가지에 둥근 이슬 포도는 향기롭네
繁影縈廻生碧水　번성한 그림자 둘러싸는데 파란 물빛 생겨나고
翠雲重疊漏斜陽　비취색 구름 쌓였어도 지는 햇빛 넘치네
客來深院堪消渴　깊은 집에 객이 와 목 축일 수 있는데
酒椀時添琥珀光　술대접에 때때로 호박빛 더해지네

馨 향기형, 覆 덮을부, 鬚 수염수, 縈 얽힐영, 翠 비취색취, 椀 바리완
琥珀(호박) : 땅속에 파묻힌 소나무, 잣나무 따위의 진이 변하여 생긴
　　　　화석. 장식용으로 쓰임

石榴 <석류>

- **赤甲藏身又抱玉**

  빨간 껍질로 몸을 싸고 구슬을 품었네

  [출전] 雪溪 朴致和의 石榴

  藏 감출장, 抱 안을포

- **石榴開遍透簾明**

  석류 두루 열려 주렴 뚫고 밝구나

  [출전] 子美 蘇舜欽의 夏意

  遍 두루편, 透 뚫을투

- **玉粒排殘火點砂**

  옥 같은 열매 늘어서서 불길에 모래로 점 찍은듯

  [출전] 四佳 徐居正의 石榴

  粒 알립, 殘 남을잔

- **金房重隔貯瓊漿**

  누런 껍질 속 안으로 옥 같은 즙 담겨있네

  [출전] 太虛亭 崔恒의 石榴

  隔 떨어질격, 漿 즙장

- **照眼令無俗**　눈에 비쳐 속됨을 없게 하고

  流牙覺欲仙　이빨에 흘러 신선되고 싶게 하네

  [출전] 梅竹軒 成三問의 石榴

  照 비칠조, 覺 깨달을각

▪ 星懸枝上顆　별이 매달렸나 가지위의 열매들

　星染殼邊頹　옥이 물들었나 껍질의 붉은 빛

[출전]　乖厓 金守溫의 石榴

　　　　懸 걸현, 殼 껍질각, 頹 붉을정

▪ 猩血誰敎染絳囊

　綠雲堆裏潤生香

　　누가 성성이 붉은 피 주머니 진홍으로 물들였나

　　푸른 구름 무더기 속에 향기 번져 흐르네

[출전]　仲疇 張弘範의 榴花

　　　　染 물들염, 絳囊(강낭) : 붉은 주머니

　　　　堆 무더기퇴

▪ 石榴 | 梅竹軒 成三問

　　석류

　　　　看花還食實　꽃구경 했는데 또 열매를 먹게 되니

　　　　色味喜雙全　꽃빛깔과 맛은 둘 다 온전히 좋아라

　　　　照眼令無俗　눈에 비쳐서 속됨을 없게 해주니

　　　　流牙覺欲仙　이빨에 흘러 신선되고 싶게 하도다

　　　　雙 둘쌍, 照 비칠조

▪ 澹紅石榴 | 子京 宋祁(中)

　　남홍색석류

　　　　移植自西南　서남쪽 지방에서 옮겨 심어

　　　　色淺無媚質　빛은 엷고 곱지도 않네

　　　　不競灼灼花　화려한 꽃들과 다투지 않으나

而效離離實   주렁주렁 열매로 보람을 느끼네
澹 담박할담, 淺 얕을천, 媚 아름다울미, 競 다툴경
灼灼(작작) : 꽃이 찬란하게 핀 모양
離離(리리) : 곡식. 과일이 익어서 늘어진 모양

- **西垣榴花** | 同叔 晏 殊(宋)

  서쪽담의 석류꽃

    山本有甘實   산에는 본래 단 열매로 있었는데
    托根淸禁中   청결한 궁중에 뿌리를 내렸네
    歲芳搖落盡   봄꽃 시들어 다 떨어질 때
    獨自向炎風   홀로 무더운 바람 향해 서 있네
    垣 담원, 禁中(금중) : 대궐 안
    搖 흔들릴요, 炎風(염풍) : 여름의 더운 바람

- **石榴** | 保閑堂 申叔舟

  석류

    雨歇空庭日未斜   비 개인 빈 뜰에 해는 아직 기울지 않아
    柔條綠暗襯丹霞   어린가지 푸르른데 붉은 노을 몸에 둘렀네
    秋來不敢湌瓊液   가을와도 차마 감히 석류를 먹지 못하는 것은
    爲愧薰風一樹花   한 그루 나무에 훈풍 부니 부끄러워함이라
    歇 쉴헐, 斜 기울사, 襯 두를친, 薰 훈훈할훈
    瓊液(경액) : 여기서는 석류 알을 가리킴.

- **石榴花** | 白雲 李奎報

  석류화

    例憑土肉得繁枝   관례로 좋은 흙에 의지하면 번성한 가지 얻어
    猒見群紅婀娜姿   뭇 붉은 아리따운 자태 실컷 보노라

賴爾花中獨安石　꽃 중에는 유독 석류꽃인 너로 인해
鐵腸如我尙眉開　무쇠 간장 같은 나도 오히려 눈썹 펴다
憑 의지할빙, 厭 배부를염
婀娜(아나) : 아름답고 요염함.
賴 힘입을뢰, 鐵 쇠철, 腸 창자장

- **石榴** | 雪溪 朴致和

  석류

  赤甲藏身又抱玉　붉은 껍질로 몸을 감싸고 또 품었는데
  秋來結子滿千孫　가을 되어 아들 얻고 손자들도 가득해
  丹心益固風霜後　바람서리 맞은 뒤에 단심이 더욱 견고하니
  不負皇天雨露恩　황천에서 내려준 은혜 저버리지 않는구나
  藏 감출장, 抱 안을포, 雨露(우로) : 비와 이슬. 여기서는 큰 은혜

- **詠石榴** | 二憂堂 趙泰采

  석류를 읊다

  不隨桃李媚春風　봄바람에 아첨하려 복숭아 오얏 따르지 않고
  獨自開花五月中　오월이면 제 홀로 꽃을 피웠네
  恐被美人裙色妬　미인의 치마폭이 시새움할까 두려워
  數枝偏傍佛家紅　몇 가지가 절집 옆에 붉게 피었네
  隨 따를 수, 媚 아양떨미, 恐 두려울공, 被 입을피, 妬 시샘울투
  裙 치마군, 偏 치우칠편, 傍 곁방

- **夏日田園雜興** | 茶山 丁若鏞

  여름날 전원의 흥취

  石榴紅綻近端陽　단오절 가까운 때에 석류 붉게 터뜨리고
  事事幽閑事事忙　일마다 한적하고도 일마다 바쁘구려

天賜暫晴容曬繭　하늘은 잠시 맑아 누에고치 말리도록 하고
地留春水賴移秧　땅은 봄물을 괴여 모내기를 하도록 하네
綻 터질탄, 賜 줄사, 曬 볕쬘쇄, 繭 고치견, 賴 힘입을뢰

• **榴花** | 仲疇 張弘範(元)

　　석류꽃

　　猩血誰敎染絳囊　누가 붉은 피로 주머니를 붉게 물들였나
　　綠雲堆裏潤生香　푸른 구름 무더기에 향기가 맑게 일어나네
　　遊蜂錯認枝頭火　노는 벌들 가지 위의 불꽃인 줄 잘못 알고
　　忙駕薰風過短墻　바쁘게 훈풍 타고 담장을 넘어가네
　　猩 성성이성, 染 물들일염, 絳 진홍강, 囊 주머니낭
　　堆 흙무더기퇴, 裏 속리, 蜂 벌봉, 錯 어긋날착
　　薰風(훈풍) : 남풍. 첫여름에 부는 바람

• **夏意** | 子美 蘇舜欽(宋)

　　여름날의 생각

　　別院深深夏簟淸　별당은 깊숙한데 여름대자리 시원하고
　　石榴開遍透簾明　석류 두루 열려 주렴 뚫고 와 환하다
　　樹陰滿地日當午　해가 대낮인데 마당 가득 나무 그늘지고
　　夢覺流鶯時一聲　노는 꾀꼬리 소리에 문득 꿈을 깨네
　　簟 대자리점, 遍 두루편, 透 뚫을투, 簾 발렴, 夢 꿈몽
　　覺 깨달을각, 鶯 꾀꼬리앵

• **榴花** | 梅月堂 金時習

　　석류꽃

　　安石何年別　안석에서 어느 해에 이별했는데
　　來從萬里天　만리 하늘 밖에서 예 와서 상종하나

丹葩疑噴火　붉은 꽃은 불 뿜는가 의심하게 하고
綠葉暗生煙　푸른 잎은 몰래 연기를 내네
不與艶陽妒　염양(艶陽)과는 더불어 시샘하지 않고도
似共殘照妍　남은 햇빛 그 고움과 함께 하는 것 같네
絳囊誰半蹙　붉은 주머니 누가 반쯤 찌부러뜨렸나
點綴一叢顚　점철(點綴)하여 한 포기가 엎어졌구나
葩 떨기파, 艶 고울염, 囊 주머니낭, 蹙 지푸릴축, 綴 묶을철, 顚 돌전

石榴 | 乖厓 金守溫

석류

芳叢久得地　아리따운 석류 떨기 터 얻은 지 오래인데
秀色透簾明　빼어난 빛깔이 주렴을 뚫고 환하네
玉液臨霜潤　옥 같은 과즙은 서리 오자 물오르고
金房帶露成　노란 껍질은 이슬 둘러 이뤄지네
星懸枝上顆　별이 매달렸나 가지 위의 열매들
玟染殼邊頰　옥이 물들었나 껍질 곁의 붉은 빛
割得金盤薦　칼로 잘라 금 쟁반에 올리니
紅珠粒粒輕　새빨간 구슬 알알이 가볍구나
叢 떨기총, 透 뚫을투, 懸 걸현, 殼 껍질각, 頰 붉을정
薦 천거할천, 粒 낱알립
紅珠(홍주) : 여기서는 석류의 속 알갱이를 가리킴.

石榴 | 四佳 徐居正

석류

喜見磁盆五月花　반갑게도 화분에서 오월의 꽃 보는데
秋來佳實擅繁華　가을 오자 아름다운 열매 번성한 꽃 날리네
金房皺盡明如燒　금빛 껍질 주름 벗기면 밝기가 불타는 듯

玉粒排殘火點砂　옥 같은 열매 늘어서서 불길은 모래로 점찍은 듯
劈破忽驚霜滿爪　쪼개보면 문득 손톱 가득 서리인가 놀라고
嚼來猶認雪翻牙　씹어보면 오히려 치아에 눈 날리나 여겨지네
憑君頓解文園渴　그대 덕분에 사마상여 소갈병 풀리고
記憶當年逐漢査　당시에 한나라 사신 따라온 일 기억나네

磁 자석자, 擅 천단할천, 皺 주름살추, 劈 쪼갤벽, 嚼 씹을작
文園渴(문원갈) : 한(漢)나라 때 문원(文園) 벼슬을 지낸 바 있는 사마상
　　　　　여(司馬相如)가 앓던 소갈병을 가리킴
漢査(한사) : 우리나라에 포도 종자를 전한 한(漢)나라의 사신을 가리킴

胡桃 <호도>

- **皮薄肌多可充籩**

  外剛內柔如古賢

  가죽 얇고 살 많아 변(籩)에도 채울 수 있고

  밖은 굳세고 안은 부드러워 옛 현인(賢人)을 닮았네

[출전]　梅月堂 金時習의 胡桃

　　　薄 얇을박, 籩 제기이름변, 剛 강할강

鳥類〈새종류〉

鶴 〈학〉

- **鶴立碧松**

  학이 푸른 솔에 앉았네

- **琴淸鶴自舞**

  거문고소리 맑으니 학이 절로 춤추네

- **松高白鶴眠**

  소나무 높아 흰 학은 졸고 있네

  [출전] 李白의 尋雍尊師隱居

- **晴空一鶴排雲上**

  맑은 하늘에 한 마리 학 구름 헤치고 오르네

  [출전] 夢得 劉禹錫의 秋思

- **中天笙鶴下秋宵**

  하늘에 신선 놀던 학 가을 밤에 내려오네

  [출전] 蓀谷 李達의 伽倻山

- **黃鶴一去不復返**

  白雲千載空悠悠

  누런 학 한번가고 다시 돌아오지 않고

  흰 구름만 천년 두고 헛되이 흘러가네

  [출전] 崔顥의 登黃鶴樓

  千載(천재) : 천년의 세월

▪ 擧止昂藏形貌古

精神秀發羽毛微

가고 머묾 우러를 만하니 그 형상 예스럽고

정신은 빼어나 피었으니 터럭도 섬세하라

[출전] 牧隱 李穡의 詠鶴

昂 우러를앙, 貌 모양모

▪ 鶴唳庭松 | 梅竹軒 成三問

뜰 안 소나무에서 우는 학

月明松影疎 달 밝은데 소나무 그림자 성글고

露冷庭隅淨 이슬 차가운데 뜰 모퉁이 맑아라

一聲淸夜唳 맑은 밤 우는 한소리 있어

令人發深省 사람들 깊은 생각 일어나게 하노라

疎 성길소, 隅 모퉁이우, 唳 학울려

▪ 鶴 | 香山居士 白居易(唐)

학

人各有所好 사람들 제각기 좋아하는 바 있는데

物固無常宜 만물은 본래부터 마땅함이 무상한 것

誰謂爾能舞 누가 학을 보고 춤 잘 춘다 말 하였나

不如閑立時 한가히 서 있을 때만은 못 하도다

爾 너이, 舞 춤출무

▪ 田鶴 | 文初 司空曙(唐)

밭의 학

散下渚田中 물가의 밭 가운데로 흩어져 내려와

隱見菰蒲裏　갈대 숲 속으로 숨기도 드러내기도 해

哀鳴自相應　슬픈 울음 서로가 주고받으며

欲作凌風起　바람 차고 드높이 날아 오르려하네

渚 물가저, 菰 고미고, 蒲 부들포

- **松鶴** | 幼公 戴叔倫(唐)

　소나무의 학

雨濕松陰凉　비에 젖은 소나무 그늘 시원하고

風落松花細　바람에 가는 솔 꽃 떨어지네

獨鶴愛淸幽　홀로 학만이 청유함을 사랑하여

飛來不飛去　날아와 앉고는 날아가지 않는구나

濕 젖을습, 獨 홀로독, 飛 날비

- **畵鶴** | 蓀谷 李達

　학을 그리다

獨鶴望遙空　외로운 학 먼 하늘 바라보며

夜寒擧一足　밤이 차가운데 한 발을 들고 있네

西風苦竹叢　서녘바람 괴롭게 대 숲에 불어와

滿身秋露滴　온 몸 가득 가을 이슬 젖었구나

遙 멀요, 擧 들거, 滴 방울적

- **鶴唳庭松** | 保閑堂 申叔舟

　뜰의 소나무에서 우는 학

人靜中庭寒月明　사람 드문 뜰 가운데 밝은 달이 차갑고

孤松盤翠不禁淸　외로운 솔 굽어 푸르른데 맑음을 함께 하네

呼僮使莫驚棲鶴　하인 부르려고 쉬는 학 놀라게 말라

要聽秋窓半夜聲 가을 창에서 밤중에 소리 듣고자 하나니

靜 고요정, 驚 놀랄경, 棲 쉴서, 聽 들을청

▪ 伽倻山 | 蓀谷 李達

가야산

中天笙鶴下秋宵 하늘에 신선 놀던 학 가을밤에 내려오니

千載孤雲已寂廖 천년 동안 외로운 구름 이미 고요하도다

明月洞門流水去 밝은 달 마을 문에는 물 흘러가는데

不知何處武陵橋 어느 곳이 무릉교인지 알 수가 없어라

寂廖(적료) : 고요함. 橋 다리교

笙鶴(생학) : 신선이 타고서 피리를 불며 놀던 학

千載(천재) : 천 년, 武陵(무릉) : 무릉도원을 말함

▪ 閑鶴 | 梅月堂 金時習

한가한 학

萬里無雲山月明 만리에 구름 없어 산달만이 밝았는데

一聲嘹喨動人情 한 마디 멀리 통하니 사람의 정 움직이네

沙明水碧三淸洞 모래 밝고 물이 푸른 삼청(三淸) 사는 골짝에서

幾度乘風上玉京 몇 번이나 바람 타고 옥경(玉京)에 올라갔나

聲 소리성, 乘 탈승

嘹喨(요량) : 맑게 통하는 소리. 또는 멀리까지 들리는 소리를 말한다.

三淸(삼청) : 도교(道敎)의 3신. 옥청원시천존(玉淸元始天尊). 상청영보도
          군(上淸靈寶道君). 태청태상노군(太淸太上老君), 또는 선인
          의 세 거처를 말한다.

▪ 馬遠放鶴圖 | 梅花道人 吳鎭(元)

마원의 놀고 있는 학 그림

載鶴輕舟湖上歸　학을 실은 가벼운 배 호수위에서 돌아가고
重重類閣銷煙霏　몇 누각 무겁게 연기 사라져 날리네
仙家正在幽深處　신선의 집은 그윽이 깊은 바로 이곳인데
竹裏鷄聲半掩扉　대숲 속 닭 우는데 사립문 반쯤 닫네
霏 날릴비, 銷 사라질소, 掩 가리울엄
馬遠(마원) : 南宋의 화가. 唐이후의 山水畫의 代表的 화가

▪ 鶴 | 楮載(唐)

학

欲洗霜翎下澗邊　서리 맞은 날개 씻으려 냇가에 내려왔는데
却嫌菱刺汚香仟　마름가지 향기 무성히 더럽히니 싫어하네
沙鷗浦雁應驚訝　갈매기 기러기로 잘못 알까 두렵기도 해서
一舉扶搖直上天　날개 펴고 힘차게 곧바로 하늘로 올라가네
嫌 싫어할혐, 凌 마름릉, 刺 가시자, 仟 무성한모양천
訝 의심할아, 搖 흔들요, 扶搖(부요) : 힘차게 움직여 일어남

▪ 鶴唳庭松 | 乖厓 金守溫

정원의 소나무에 학이 우네

仙禽異凡鳥　신선의 새라는 학은 여느 새와 달라서
足見羽毛靈　깃털에서 신령함을 족히 볼 수 있노라
頭上丹砂頂　머리 위엔 단사(丹砂)의 꼭대기요
身邊白雪翎　몸통 옆엔 백설(白雪)의 깃이라
靑田何日別　청전(靑田)에서 언제 헤어졌나
碧落去年情　푸른 하늘은 지난날의 정이라

嘹唳庭前樹　뜰 앞의 나무에서 울음을 우니

中宵夢已驚　한밤에 꾸던 꿈 하마 놀랐네

靈 신령령, 翎 날개령, 驚 놀랄경

靑田(청전) : 신선이 된 왕자교(王子喬)가 학을 타고 날아갔다고 하는 곳

　　　　　의 이름

碧落(벽락) : 푸른 하늘

嘹唳(요려) : 울음을 욺

▪ 巢鶴 | 梅月堂 金時習

학이 깃들다

蒼崖栖鶴處　푸른 벼랑에 학이 깃들어 있는 곳

松老一枝欹　솔이 늙어 한 가지가 기울었구나

蕙帳空時怨　혜장(蕙帳)이 없을 때 원망을 하고

芝田秀處嬉　지초 밭이 빼어난 곳엔 기뻐하누나

千年華表態　천년 가도 화표(華表)의 태도 지니고

萬里碧空思　만리의 푸른 하늘을 생각하네

月露聲尤警　달밤에 내린 이슬 소리 더욱 경계하나니

沖天骨格奇　하늘 높이 나는 모습 기이하구나

崖 낭떠러지애, 欹 기울의, 態 자태태, 尤 더욱우, 警 경계경

蕙帳(혜장) : 향초의 잎새를 말한다.

華表(화표) : 아름다운 모습을 말한다

▪ 詠鶴 | 牧隱 李穡

학을 읊다

裳玄衣縞見來稀　검은 치마 흰 옷 입고 오는 것 보기 드무니

不有神仙誰與歸　신선이 없는데 누구와 돌아오나

擧止昂藏形貌古　가고 머묾 우러를 만하니 그 형상 옛스럽고

精神秀發羽毛微　정신은 빼어나게 피었으니 터럭도 섬세하구나
千年華表柱頭語　천 년의 화려한 기둥 머리에서 이야기하고
萬里白雲天外飛　만리의 흰 구름 하늘 밖으로 날아가네
我欲駕渠游八極　나도 저것을 타고 온 세상을 노닐고 싶은데
人間無術駐斜暉　인간 세상엔 지는 햇살 머무르게 할 방법이
　　　　　　　　없구나

稀 드물희, 昻 우러를앙, 藏 감출장, 微 드물미, 術 꾀술
華表(화표) : 화표는 교량이나 궁전 성문 등에 장식이나 표식으로 세운
　　　　　큰 기둥

▪ 鶴唳庭松 │ 四佳 徐居正

학이 뜰 솔에서 울다

浮丘相鶴眼增明　물가에서 학을 보자 눈 더욱 밝아지기에
許寄庭松穩不驚　뜰 안 소나무에서 떠들지 말고 평온히 살라했네
月在高枝飜冷影　달은 높다란 가지위에 걸려 추운 그림자를 날리고
露團疎葉警寒聲　이슬은 성근 잎에 구르며 차가운 소리 경계하네
歸來華表千年語　화표(華表)에서 돌아와 천년의 역사를 얘기를 하고
去上緱山半夜鳴　구산(緱山)에 오른 학은 한밤중에 우노라
霄漢高心終不盡　은하수 높은 곳에 끝내 오르지 못하기에
滿庭鷄鶩浪猜情　뜰에 가득 닭과 오리 부질없이 시샘하네

穩 평온할온, 飜 번득일번, 警 경계할경, 猜 시기할시
浮丘(부구) : 연못 한가운데에 인공으로 조성한 자그만 섬
華表(화표) : 요동(遼東) 지방에 있는 돌로, 학이 된 정령위(丁令威)가
　　　　　천년만에 닐아서 돌아왔다고 함.
緱山(구산) : 하남성(河南省) 偃師縣(언사현)에 있는 산의 이름. 옛날 신
　　　　　선 왕자교(王子喬)가 이 산의 꼭대기에서 7월 7일에 학을
　　　　　타고 하늘로 날아갔다고 함.
霄漢(소한) : 은하수

■ **聞歸鶴** | 梅月堂 金時習

돌아가는 학의 소리를 듣다

海上春雲陰復晴　바다 위 봄 구름은 흐렸다 다시 개는데

天邊歸鶴兩三聲　하늘가에 돌아가는 학의 소리 두 세 마디

千呼萬喚碧空逈　천만 번을 불러도 푸른 하늘은 멀기만 하고

一箇二箇山月明　한 마리 두 마리 산달에 환하게 보이네

五嶺雪寒迷去路　오령(五嶺)에 눈이 차니 갈 길이 희미하고

三山風暖認歸程　삼산(三山)에 바람 따뜻하니 돌아갈 길 알겠네

他鄕我亦思歸者　타향에 있는 나 또한 돌아갈 생각하는 몸

枕上遙聞空復情　베개 위서 먼 곳 듣고서 공연히 다시 정 생기네

邊 가변, 逈 멀형, 程 길정, 遙 멀요

五嶺(오령) : 중국 남방의 다섯 개의 큰 고개. 남령(南嶺) 산맥 중의 대
　　　　　　유(大庾)・시안(始安)・임하(臨賀)・계양(桂陽)・게양(揭陽)
　　　　　　을 말한다.

三山(삼산) : 삼신산(三神山)・봉래(蓬萊)・방장(方丈)・영주(瀛洲)의 세
　　　　　　산은 상상의 산이다. 우리나라에서는 금강산을 봉래, 지리
　　　　　　산을 방장, 한라산을 영주라 한다.

雁 〈기러기〉

▪ **寄書雲間雁** 구름사이 기러기에 편지 부치니

　爲我西北飛 나를 위해 서북으로 날아가거라

[출전]　梁范雲의 雁

▪ **凉風新過雁** 서늘한 바람에 새로이 기러기 지나가니

　秋雨欲生魚 가을비 내려 물고기 생기 나려하네

[출전]　子美 杜甫의 雁

▪ **天晴一雁遠** 맑은 하늘에 외기러기 멀리 날고

　海闊孤帆遲 넓은 바다에 외로운 돛단배 더디네

[출전]　靑蓮 李白의 送張舍人之江東

▪ **雁扇** | 呂本中(宋)

　부채의 기러기

　　雁下秋已晚　기러기 앉으니 가을은 이미 늦었고

　　江天風雨微　강 하늘 비바람은 적어지네

　　寧爲聚沙立　편안히 모래에 모여 앉아서

　　不作傍雲飛　구름 곁으로 날아오르지 않네

　　寧 편안할녕, 聚 모일취

▪ **秋雁圖** | 鐵崖 楊維楨(明)

　가을 기러기 그림

　　野水江湖遠　들판의 물결 강 호수에 아득한데

　　秋風蘆葉黃　가을바람에 갈대잎 누렇네

南飛舊兄弟　오래된 형제들 남으로 날아가는데
一一自成行　하나하나 저절로 줄을 이루네
遠 멀원, 蘆 갈대로, 舊 옛구

- **平沙蘆雁** | 象村 申欽

  평사의 갈대와 기러기

  平沙如雪水如羅　모래벌판 눈과 같고 물은 비단 같아
  秋盡南湖雁陣斜　가을 다한 남호에 기러기 떼 비꼈어라
  曲渚向來繒弋少　원래부터 모래섬에 주살질이 적었기에
  蘆花深處好爲家　갈대꽃 깊은 곳 집 삼기에 좋아라
  蘆 갈대로, 繒弋(증익) : 주살

- **聞鴈五首** | 牧隱 李穡

  기러기소리를 듣고
  其一
  春鴈嗈嗈又北飛　봄 기러기 끼룩끼룩 또 북쪽으로 날아가고
  雲底沙塞雪霏微　구름 아래 모랫가에 눈 희미하게 날리네
  誰知當日鑾坡客　누가 알랴 당일 한림원의 나그네가
  欲與汝歸猶未歸　너와 돌아가려 하여 아직도 돌아오지 않음을
  嗈 화한소리옹, 塞 변방새
  鑾坡(란파) : 翰林院의 별칭. 唐 德宗 때에 學士院을 金鑾殿의 옆 金鑾
  　　　　坡로 옮겨, 그 후로 한림원을 "鑾坡"라 했다.

  其二
  江南處處落梅飛　강남 곳곳에 매화꽃 떨어져 날리고
  多少北人歌式微　몇몇 북쪽 사람들은 式微의 노래 부른다
  又向春風聞斷鴈　또 봄바람을 향해 끊기는 기러기 듣게 되니

不知何日得同歸　어느 날에 함께 돌아갈는지 알 수 없어라
飛 날비, 斷 끊을단
式微(식미) : 쇠약하나는 뜻. 式은 發語辭이고, 微는 衰弱의 뜻이다. 詩
　　　　　　經에 "式微式微 胡不歸(쇠약했구나 쇠약했구나, 어찌 돌아
　　　　　　가지 않으랴)" 함이 있다.

其三
枕上一聲春鴈飛　베개 머리에 봄 기러기 날아가는 한 소리
晨光欲動正稀微　새벽 빛 움직이려 하니 곧 희미하구나
江南塞北何迢遞　강 남쪽 변방 북쪽이 어찌 이리 먼가
天命人心自有歸　천명(天命)과 사람 마음은 절로 돌아감 있다
微 희미할미, 遞 멀체

其四
萬里成行不亂飛　만리를 행렬을 이루어 어지럽게 날지 않으니
天機袞袞羽毛微　하늘 기틀은 끝없는데 새들은 미물이네
一聲似警牕間客　한 소리 창 사이에 나그네를 일깨우는 듯하나
白盡髭鬚尙未歸　수염 새하얗게 되어도 아직 돌아가지 못하네
髭 윗수염자, 鬚 윗수염수, 袞袞(곤곤) : 큰 줄기가 물이 흐르는 모양

其五
記得燕山紅葉飛　연산에 붉은 단풍이 날린 것을 기억하나니
客牕聞鴈宦情微　나그네 창에서 기러기 들으니 벼슬 생각 희미하네
幾回惹起還家計　몇 차례 집으로 갈 계획 불러 일으키어
爲謝當年催我歸　당년에 나를 재촉해 보내던 일 감사하네
牕 창창, 宦 벼슬환, 惹起(야기) : 일이나 사건을 끌어 일으킴.
燕山(연산) : 산동성에 있는 산의 이름

- **驚雁** | 茶山 丁若鏞

  놀란 기러기

  銅雀津西月似鉤　동작나루 서편에 달은 갈고리 같고
  一雙驚雁度沙洲　놀란 기러기 한 쌍이 모래섬을 지나가네
  今宵共宿蘆中雪　오늘밤 함께 자니 갈대숲에 눈 내리는데
  明日分飛各轉頭　내일이면 각기 머리 돌려 제각각 날아가리
  銅雀(동작) : 臺 이름. 삼국시대 魏의 曹操가 세운 전망대
  津 나루진, 蘆 갈대로

- **馹程聞鴈** | 負喧堂 吳祥

  일정에서 기러기 소리를 듣고

  數行歸雁兩三聲　멀리 돌아가는 기러기의 두세 소리에
  倦客悠然萬里程　아득해라. 나그네의 만리의 갈 길이여
  空館夜深秋氣早　빈 여관에 밤은 깊고 가을 기운 이른데
  一天明月別人情　온 하늘의 밝은 달에 이별한 심정이여

- **蘆雁** | 叔潤 王澤(明)

  갈대속의 기러기

  拍天烟水接瀟湘　하늘을 치는 안개긴 물 소상강에 이어졌고
  蘆葦秋風葉葉凉　갈대에 가을바람 일어 잎마다 서늘하네
  何處漁郞夜吹笛　어느 곳에 어부가 밤에 피리를 불어
  雁群飛驚不成行　기러기 떼 줄 잇지도 못하고 놀라 날아가네
  拍 칠박, 蘆 갈대로, 葦 갈대위, 驚 놀랄경

- **見雁有懷** | 星甫 黃庚(元)

  기러기보며 느끼다

  滿眼西風憶故廬　가을바람 눈에 가득하니 옛 고향집 생각나는데
  親朋音問久相疏　부모 친구들 안부 물은 지 오래 서로 끊어져
  年年江上無情雁　해마다 강 위에 뜬 무정한 기러기는
  只帶秋來不帶書　다만 가을날 와도 편지 가져오지 않네
  廬 풀집려, 帶 가질대, 書 편지서

- **新雁** | 星甫 黃庚(元)

  새로운 기러기

  暮天新雁起汀洲　저무는 하늘 정주에서 새로 온 기러기
  紅蓼花疎水國秋　붉은 여뀌 꽃은 성글고 물가엔 가을이라
  想得故園今夜月　고향의 뜰 오늘밤의 달을 생각해 보니
  幾人相憶在江樓　몇몇의 벗 강루에 있을 때 서로 기억하리
  起 일어날기, 蓼 여뀌료

- **平沙落雁** | 梅湖 陳澕

  백사장에 내려앉은 기러기

  秋容漠漠湖波綠　가을 모습 아득히 호수 물결 푸르고
  雨後平沙展靑玉　비 온 뒤의 백사장엔 푸른 옥이 펼쳐졌네
  數行翩翩何處雁　두어 줄 펄펄 어느 곳의 기러기인가
  隔江啞軋鳴相逐　강 건너에서 끼룩끼룩 울음으로 서로 쫓다
  靑山影冷釣磯空　청산의 그림자노 싸늘하고 낚시터도 비어
  淅瀝斜風響疏木　사각사각 쓸쓸한 바람 성근 나무에 울린다
  驚寒不作憂天飛　추위에 놀라 하늘 날 생각이 없이
  意在蘆花深處宿　마음은 갈대꽃에 있어 깊은 곳에서 자노라

漠漠(막막) : 아득한 것

翩翩(번번) : 펄펄 나는 모습

軋 충돌할알, 逐 쫓을축, 磯 낚시터기

淅瀝(석력) : 바람이 불며 울리는 소리, 憂 부딪칠알, 處 곳처

鷗 <갈매기>

- ## 綠波澹澹無深淺
  ## 白鳥雙雙自去來

  푸른 물결 맑고 맑아 깊지도 얕지도 않고
  흰 갈매기 쌍쌍으로 오락가락 하구나

  [출전] 栗谷 李珥 題詠詩

- ## 江鷗 | 東甌散人 崔道融(唐)

  강 갈매기

  白鳥波上棲　흰 색 물결위에서 쉬고
  見人懶飛起　사람을 보아도 바삐 날지 않네
  爲有求魚心　고기를 얻으려는 마음 가졌는데
  不是戀江水　강물을 사랑해서가 아니란다
  棲 쉴서, 懶 게으르나, 戀 사모할련

- ## 海鷗 | 子虛 宋無(元)

  바다 갈매기

  群飛獨宿水中央　물 가운데서 무리지어 나르고 홀로 자는데
  逐浪隨波羽半傷　파도 쫓아 물결 따라 날개 절반 상처 났네
  莫去西湖花裡睡　서호의 꽃 속으로 잠자러 가지 마소
  荂荷翻雨打鴛鴦　마름 연꽃 비가 되어 원앙새에게 뿌리니라
  鷗 갈매기구, 逐 쫓을축, 睡 잠잘수, 荂 새발마름기, 睡 졸수

- **清澗亭** | 頤齋 車軾

  청간정

  疎雨白鷗飛兩兩　성근 비 오는데 갈매기 쌍쌍으로 날아

  夕陽漁艇泛雙雙　석양에 고깃배도 쌍으로 떴네

  擬看暘谷金烏出　양곡에서 태양 오름을 보려고 했는데

  畵閣東頭不設窓　화각 동쪽 머리에는 창을 내지 않았네

  暘谷(양곡) : 동쪽의 해 돋는 곳

  金烏(금오) : 태양의 별칭(別稱). 해 속에 세 발 달린 까마귀가 있다는
  　　　　　　전설에서 나온 말

  淸澗亭(청간정) : 강원도 고성(高城)에 있는 정자. 관동팔경(關東八景)의
  　　　　　　　　하나

- **白鷗** | 滄洲 車雲輅

  갈매기

  滄溟渺空闊　넓은 바다 아득하고 빈 하늘인데

  寥落絶塵紛　쓸쓸히 먼지 없는 가루처럼 떨어진다

  風靜鳴相逐　바람 고요해 서로 울며 따르고

  沙暄睡作群　모래는 따뜻해 무리지으며 존다

  海棠紅濕雨　해당화는 붉어 비에 젖어 있고

  江草綠和雲　강가 풀은 푸르러 구름과 어울리네

  垂老扁舟客　변방 늙은이 조각배 타는 나그네 되어

  忘機獨對君　홀로 그대를 바라보며 세상을 잊노라

  逐 쫓을축, 暄 따뜻할훤, 睡 잠잘수, 垂 변방수, 機 고동기

- **海鷗** | 孤雲 崔致遠

  바다 갈매기

  慢隨花浪飄飄然　꽃물결 따라 이리저리 날아다니고

輕擺毛衣眞水仙　털옷 가볍게 헤치니 참으로 물 위의 신선이라
出沒自由塵外境　티끌 세상 밖으로 자유로이 나고 들어
往來何妨洞中天　신선세계 다른 하늘도 거침없이 가고 오네
稻粱滋味好不識　벼이삭 기장 맛도 좋아할 줄 모르고
風月性靈深可憐　풍월의 성령만을 깊이 사랑하네
想得漆園蝴蝶夢　아마도 장자의 나비 꿈 생각해 보면
只應如我對君眠　내가 그대를 꿈꾸는 것 같으리라

飄 날릴표, 擺 헤칠파, 稻 벼도, 憐 사랑할련

蝴蝶夢(호접몽) : 장자가 꿈속에서 나비로 변하여 놀았었는데, 꿈을 깨고
　　　　　　　난 뒤에 '내가 나비로 변한 꿈을 꾸었는지, 나비가 나
　　　　　　　(장자)로 변한 꿈을 꾸고 있는지' 구별을 잊었다고 한다.
　　　　　　　장자가 칠원에서 관리 노릇을 하였기 때문에, 장자를 칠
　　　　　　　원이라고도 불렀다. 「장자」<제물론(齊物論)>에 있음.

白鷺 <백로> <해오라기, 왜가리, 春鋤(용서)>

- **鷺** | 石川 林億齡

  백로

  人方憑水檻　사람은 이제 물가 정자를 의지하고
  鷺亦立沙灘　해오라기도 모래톱에 섰구나
  白髮雖相似　하얀 털은 비록 서로 같으나
  吾閒鷺未閒　나는 한가한데 너는 항상 바쁘구나

- **賦得白鷺鷥送宋少府入三峽** | 靑蓮 李 白(唐)

  백로시를 지어 삼협으로 가는 송소부를 보내다

  白鷺舉一足　흰 왜가리가 한 발을 들었는데
  月明秋水寒　달 밝고 가을 물은 차갑구나
  人驚遠去直　사람을 보고 놀라 멀리 떠나
  向向思君灘　님 그리는 여울로 향하여 날아갔네
  鷥 왜가리사, 向 나아갈향

- **題畫白鷺** | 九皋 妙 聲(明)

  백로 그림에 쓰다

  白鷺白於雪　흰 백로는 눈보다 희고
  于飛在洲渚　물가에서만 살고 날아다닌다
  誰言我最閒　내 가장 한가롭다고 누가 말하나
  正爾心獨苦　저들은 마음 진정 괴로운 것을

- **鷺鷥** | 子美 杜甫(唐)

  백로

  雪衣雪髮靑玉觜　눈빛의 옷과 털에 청옥의 부리로
  群捕魚兒谿影中　무리지어 고기 잡으니 시냇가 그림자 지네
  驚飛遠映碧山去　먼 햇빛에 놀라 날아 푸른 산에 가는데
  一樹梨花落晩風　한 그루 배꽃이 저녁바람에 떨어지네
  鷺 왜가리사, 觜 부리취, 捕 잡을포, 驚 놀랄경

- **鷺** | 壺山 朴文鎬

  백로

  一生心性盤渦浴　한평생 심성은 소용돌이 속에서 살고
  睡罷江雲擧一足　강 구름에 잠이 깨면 한 쪽 발만을 들고 서서
  世人呼作風標翁　세상 사람들은 풍표옹이라 이름지어 부르지만
  不識春鋤是屬玉　백로가 거위의 무리임을 알지 못해서이지
  盤渦(반와) : 소용돌이
  風標翁(풍표옹) : 겉모양이 멋진 늙은이
  春鋤(용서) : 백로의 별명
  屬玉(촉옥) : 거위

- **白鷺** | 香山居士 白居易(唐)

  백로

  人生四十未全衰　인생살이 사십이라 아직 늙지 않았는데
  我爲愁多白髮垂　근심이 많은 나는 백발이 드리웠네
  何故水邊雙白鷺　무슨 연고로 물가의 한 쌍 백로는
  無愁頭上亦垂絲　근심없는 흰머리에 또 흰 실이 드리웠네

▪ **觀蘭寺樓** | 金富軾

관란사 누대에서

六月人間暑氣融 유월의 세상은 더욱 기운 한창인데

江樓終日足淸風 강 누대에 종일토록 맑은 바람 족해라

山容水色無今古 산 모습 물 빛깔 고금에 없었는데

俗態人情有異同 속세의 모양 사람의 정은 다르고 같음이 있도다

舴艋獨行明鏡裡 거룻배 홀로 가니 밝은 거울 속이요

鷺鷥雙去畵圖中 해오라기 쌍으로 가니 그림 속이라

堪嗟世事如銜勒 세상일 재갈 같아 참으로 슬픈데

不放衰遲一禿翁 쇠퇴하고 더딘 한 늙은이 놓아주질 않는구나

融 융성할융, 裡 속리, 堪 감내할감, 遲 더딜지

舴艋(책맹) : 거룻배

銜勒(함륵) : 재갈

禿翁(독옹) : 대머리진 늙은이

鵲 <까치>

▪ 鵲瑞

까치 울면 상서롭다

▪ 喜鵲喳喳繞屋茆

기쁜 까치 째작째작 띠집을 맴도네

[출전] 秋史 金正喜의 鵲巢

　　　喳 대답소리사, 茆 띠묘

▪ 鵲巢 | 秋史 金正喜

까치집

喜鵲喳喳繞屋茆　기쁜 까치 째작째작 띠집을 맴돌고
窓南直對一丸巢　창 남쪽의 한 덩이 새집을 마주했네
新來不唾靑城地　청성 땅을 새로 오면 침도 감히 못 뱉는데
透頂恩光敢自抛　정상 뚫는 은광을 언감히 포기하리

喳喳(사사) : 쩩쩩우는 소리
茆 띠묘, 巢 새집소, 唾 침타, 抛 버릴포

▪ 喜山鵲初歸 | 耐辱居士 可空圖(唐)

산까치 처음 와서 기쁘네

翠衿紅觜便知機　푸른 날개 빨간 부리로 기미를 곧 알아차려
久避重羅穩處飛　펼친 그불을 피하여 편안한 곳에 나는데
只爲從來偏護惜　다만 전부터 아껴주던 일 잊지 못하여
窓前今賀主人歸　창 앞에서 주인에게 돌아왔다고 인사하네

衿 옷깃금, 鵲 까치작, 觜 부리취, 羅 펼칠라, 穩 안온할온

雀 <참새>

▪ 題禮曹壁上畵雀 | 四佳 徐居正

예조관청 벽 위 참새그림

愛爾由來羽翮齊　날갯짓 가지런하여 그대를 사랑하는데
區區不用一枝栖　조그마하여 한 가지에 쉬진 않네
長天去路無窮盡　넓은 하늘에 날아 갈 길 끝이 없는데
怪殺年年向此啼　해마다 이 곳을 향하여 우니 괴이하구나

禮曹(예조) : 육조의 하나. 의례 조회학교. 과거를 관장하는 중아의 관청
翮 깃촉핵, 區區(구구) : 조그마한 모양
栖 깃들일서, 殺 어수선할살

▪ 群雀 | 牧隱 李穡

참새무리

夜宿庭中樹　밤에는 뜰 안 나무에서 자고
朝啄城外禾　아침이면 성 밖 곡식을 쪼아 먹네
群飛政得意　무리로 날아 정히 뜻을 얻으니
各謂安樂窩　제각기 안락한 집이라 말하네
那知豪俠兒　어찌 알겠나 호협한 아이들이
挾彈張罻羅　탄환을 끼고 그물을 벌려 놓은 것을
黃鵠游四海　누런 고니들은 사해에 놀아
望絶將奈何　시선 끊기면 장차 어찌하나

啄 쪼을탁, 窩 굴와, 挾 낄협
罻羅(위라) : 새그물, 鵠 고니혹

▪ 雀聲 | 牧隱 李穡

참새소리

雀聲報喜小窓明	참새소리 기쁨을 알려 작은 창이 밝으니
獨坐衰翁興況淸	홀로 앉은 늙은 노인 흥은 맑은 모양이로다
十月初寒非大早	시월의 첫 추위는 크게 이른 것은 아니지만
半山微雨未全晴	반산의 가랑비가 완전히 개이진 않았네
剩敎査滓胸中盡	넉넉히 묵은 찌끼 가슴에서 없애게 하니
忽有新詩眼底生	홀연히 새로운 시가 눈 아래서 돋아나네
樓下峰巒如畵處	누대 아래 산봉우리 그림 같은 곳인데
更消長笙兩三聲	긴 피리 두서너 소리 다시금 사라지네

衰 쇠잔할쇠, 胸 가슴흉

巒 산봉우리만, 笙 생황생, 消 사라질소

杜鵑 <두견새, 소쩍새, 子規, 杜宇, 蜀魂>

- ## 月夜聞子規 二首 | 梅月堂 金時習

  달밤에 두견새 소리를 듣고

  ### 其一

  東山月上杜鵑啼　동산에 달뜨자 두견이가 우는데

  徙倚南軒意轉悽　남쪽 마루에 옮기니 마음 도로 처량하네

  爾道不如歸去好　그대는 돌아가는 즐거움만 못하다 말하지만

  蜀天何處水雲迷　촉(蜀)나라 하늘 어느곳 물과 구름 아득하네

  徙 옮길사, 悽 처량할처, 迷 희미할미

  ### 其二

  歸去春山幾度聞　봄산으로 돌아가자 몇 번이나 들었더니

  春山處處結愁雲　봄산 곳곳마다 근심 구름 뭉쳐 있네

  不知何許蠶叢路　잠총(蠶叢) 가는 그 길이 어딘지는 모르는데

  還有思君不見君　아직도 그대 생각하지만 그대를 보지 못하네

  蠶叢(잠총) : 사람이름. 촉(蜀)의 선조(先祖). 후세에는 촉(蜀)나라의 별칭
  　　　　　으로 많이 쓰였다. 양웅(揚雄)의 <촉왕본기(蜀王本記)>에 "촉
  　　　　　왕의 선조들의 이름은 잠총·백획·어부이다."라 하였다.

- ## 子規 | 梅月堂 金時習

  두견새

  千疊峯頭月欲低　첩첩이 싸인 산꼭대기에 달이 나직이 넘으려는데

  聲聲偏向耳邊啼　소리소리 한편에서 귓가를 향해 울어 오네

  不如歸去將何去　돌아감만 못하다지만 장차 어디로 갈 것이냐

  故國天遙只在西　고국 하늘 아득한데 마음만은 서(西)에 있네

  疊 쌓을첩, 啼 울제, 遙 멀요

• 聞子規示衆 | 無衣子 慧諶

두견새 소리 듣고 보이다

應嗟虛度好光陰　응당 헛되이 좋은 계절 보냄이 서글퍼
常勸諸人急急參　항상 사람들에게 조급히 참여하라 권한다
啼得血流無採聽　피 흐르도록 울어도 듣는 사람 없으니
不妨終日口如鉗　종일 입을 재갈 물리듯 해도 무방하겠다
勸 권할권, 鉗 칼씌울겸

• 聞杜鵑聲 | 桐溪 鄭 蘊

두견새 소리 들으며

年年啼罷不如歸　해마다 돌아가야 하겠네 라고 울어대면서
何不翩然一去歸　어찌하여 훌쩍 한번 가지 못하나
莫何山中頻勸我　산중의 나를 보고 자주 돌아가라 권하지 마소
我於塵世不須歸　나도 티끌진 세상 모름지기 돌아가지 않으리라
杜鵑(두견) : 소쩍새(子規, 杜宇, 蜀魂)
不如歸(불여귀) : 두견새의 울음소리가 不如歸去(돌아가는 것만 못하다)
의 음과 같다하여 그 소리를 형용하는 말

• 鵑啼梨月 | 四佳 徐居正

배꽃에서 우는 두견새

梨花如雪最繁枝　눈 같은 배 꽃 가지에 무척 번성한데
月色溶溶又一奇　달빛이 넘쳐 흘러 또 더욱 기이해
蜀魂通宵聲欲裂　두견새 밤새도록 소리 찢어지는데
不知啼血爲誰悲　피 토하여 우는 것 누구 슬픔인지 알 수 없어라
鵑 두견새견, 溶溶(용용) : 물이 넓어 조용히 흐르는 모양
蜀魂(촉혼) : 두견, 宵 밤소, 裂 찢어질렬

鴛鴦 <원앙새>

- **鴛鴦失呂浴淸江**

  원앙은 짝 잃어 맑은 물에 노니네

  [출전] 梅月堂 金時習의 獨夜

- **鴛鴦曲** | 象村 申欽

  원앙곡

  飛來飛去兩鴛鴦　날아오고 날아가고 한 쌍의 원앙새가
  共向荷花深處藏　연꽃이 많은 곳을 함께 찾아 들어가네
  何事橫塘浦口望　무슨 일로 횡당의 포구를 바라보며
  年年長是怨檀郞　해마다 그린 님을 원망만 한다던가
  荷花(하화) : 연꽃
  檀 향기나무단, 郞 사내랑

- **鴛鴦** | 擇之 祖無擇(宋)

  원앙

  水宿雲飛無定期　물에서 살고 구름에 날아 정한 기약 없는데
  雄雌兩兩鎭相隨　암수 쌍쌍이 편안히 서로 따른다
  到頭不會天何意　하늘은 무슨 뜻으로 끝내 만나지들 못하고
  却使人生有別離　사람들 이별하게 하여 잊게 하는가
  期 기약할기, 돌아올기, 雄 수컷웅, 雌 암컷자
  鎭 편안할진, 到頭(도두) : 끝내. 마침내. 필경

鶯 <꾀꼬리>

- **黃鳥話春深**

  꾀꼬리 우니 봄은 깊어가네

- **黃鳥銜落花**

  꾀꼬리가 떨어지는 꽃 물고 있네

  [출전] 朱景素의 詩句

- **樹陰滿地日當午**

  夢覺流鶯時一聲

  한 낮에 온 땅 가득 나무 그늘지고

  때 맞춰 꾀꼬리 한 소리에 꿈 깨네

  [출전] 蘇舜欽의 詩句

- **映階碧草自春色**

  隔葉黃鸝空好音

  푸른 풀 섬돌에 비쳐 스스로 봄빛이요

  꾀꼬리 잎 사이에서 부질없는 고운소리

  [출전] 杜甫의 蜀相

- **聞鶯** | 春亭 卞季良

  꾀꼬리 소리를 듣다

  忽聽新鶯細柳邊　문득 새 꾀꼬리 가는 버들가에서 들리고

  恐他豪俠暗彎弦　저 호걸 유협들이 몰래 활을 당길까 두렵구나

莫令閨女頻傾耳　규방의 여인들아 자주 귀를 기울이지 말라
應是傷心誤少年　응당 마음 상하는 그릇된 소년 있을까 봐

■ **滁州西澗** | 韋應物(唐)

　저주 서간

　　獨憐幽草澗邊生　시냇가의 그윽한 풀 홀로 사랑하는데
　　上有黃鸝深樹鳴　머리 위 꾀꼬리 무성한 나무에서 울고 있네
　　春潮帶雨晚來急　봄의 물살은 비 내려 저녁 무렵 거세지는데
　　野渡無人舟自橫　나루에는 사람 없고 배만 매어져 있네
　　滁州(저주) : 안휘성 저주
　　春潮(춘조) : 봄이 되어 물이 불어난 시냇물

■ **秋鶯** | 梅月堂 金時習

　가을 꾀꼬리

　　一陣新涼吹柳絲　한바탕 첫 서늘한 기운이 버들 실에 불어오는데
　　溪桃落子碧梧衰　시냇가 복숭아 열매 지고 벽오동은 늙었구나
　　老鶯不覺時將換　늙은 꾀꼬리 시절 바뀌는 줄 알지를 못하고
　　弄得年華似舊時　가는 세월 희롱하며 옛날처럼 노는구나
　　陣 진칠진, 衰 쇠할쇠, 換 바꿀환

■ **途中** | 芝峰 李晬光

　길을 가던 중에

　　岸柳迎人舞　언덕의 버들 사람 맞아 춤추고
　　林鶯和客吟　숲 속 꾀꼬리 객을 맞아 읊조리네
　　雨晴山活態　비 개어 산을 활기차고
　　風暖草生心　바람 따뜻하니 풀은 돋아나네

景入詩中畵　아름다운 시 그림에 들어오고
泉鳴譜外琴　냇물은 거문고 타며 울고 있네
路長行不盡　길은 멀어 가도 끝없는데
西日破遙岑　서산 해는 먼 산마루에 지고 있네
迎 맞을영, 舞 춤출무, 態 모양태, 暖 따뜻할난, 遙 멀요

燕 <제비>

- **新燕向窓飛**

  새로운 제비 창가 향해 날고 있네

- **輕燕受風斜**

  가벼운 제비 비스듬히 바람맞고 있네

[출전] 子美 杜甫의 燕

- **自去自來堂上燕**

  절로 가고 절로 오는 집 위의 제비라

[출전] 子美 杜甫의 詩句

- **燕子銜泥檻外過**

  제비 진흙 물고 난간 밖을 지나네

- **燕尋玉京** | 益齋 李齊賢

  제비가 옥경을 찾다

  翩翩隻鷰訪空閨　편편히 나는 한 마리의 제비 빈 규방 찾아드니
  應感佳人惜別詞　미인과 헤어지던 말을 생각해서겠지
  相對知心不知語　마주하니 마음은 알아도 말은 통하지 않는데
  一庭風雨落花時　뜰 가득히 비바람에 꽃은 떨어지네

- **燕 二首** | 牧隱 李穡

  제비 두 수

  其一

  燕子歸來似舊時　제비 돌아오니 옛날과 같은데
  簷間致語有誰知　처마 사이 하는 말 누구 아는 이 있나
  前年引得吾雛去　지난해에 우리 새끼를 이끌고 가더니
  爲謝主恩深莫涯　주인 은혜 사례하려 그 깊이 끝 없구나
  簷 추녀첨, 雛 새끼추

  其二

  主人臥病似當時　병으로 누운 주인은 옛날이나 같으니
  窓下呻吟我悉知　창 아래의 신음 소리를 내 모두 알겠다
  今日歸來能上馬　오늘 돌아와 일을 시작할 수 있으니
  喃喃欲說喜無涯　지지배배 말하려 하니 기쁨 끝이 없구나
  悉 다실, 上馬(상마) : 일의 시작 또는 출발점
  喃喃(남남) : 지지배배 우는 모양

- **詠新燕** | 澤堂 李植

  새로온 제비를 읊다

  萬事悠悠一笑揮　만사 유유히 한 번 웃어 떨치고
  草堂春雨掩松扉　초당은 봄비에 솔 사립문 닫았네
  生憎簾外新歸燕　뜻밖에 발 밖에 새로운 제비는
  似向閒人說是非　한가한 이 향하여 시비 따지듯 하네
  悠悠(유유) : 한가한 모양
  揮 해칠휘, 悠 멀유, 掩 닫을엄, 憎 미울증
  生憎(생증) : 뜻밖에, 의외로

- **留燕** | 藏春 劉秉忠

  머무는 제비

  衘泥舊燕壘新巢　옛 제비가 진흙을 물어다 새집을 쌓는데
  來往如辭曲折勞　사양하듯 갔다 왔다 애쓰는 것 이유 있네
  蝸舍雖微足容爾　작고 누추하여 보잘것없어도 족한데
  畵梁爭得幾多高　그려진 대들보 그 높은 곳에서 다투네
  衘 머금을함, 壘 진루, 辭 사양할사
  曲折(곡절) : 까닭
  蝸舍(와사) : 작고 누추한 집
  畵梁(화량) : 화려한 대들보

- **新燕** | 雉圭 韓琦(宋)

  새로운 제비

  出入高堂性似馴　높은 집 드나드니 성품이 길들여진 듯
  泥巢深穩足容身　진흙집 깊고 아늑하여 몸 도사리기 족하네
  雕梁並宿嫌頻看　머물러 사는 대들보가 보기 좋지는 않은데
  巧語多應是罵人　교묘한 말로 사람 꾸짖으며 자주 대답하네
  馴 길들일순, 梁 대들보량, 罵 꾸짖을매, 雕 다듬을조

- **越燕巢** | 茶山 丁若鏞

  제비

  越燕有智慮　제비란 놈 지혜가 있어
  營巢必辟蛇　집을 지을 때 반드시 뱀을 피하지
  縱無嬌艶質　비록 예쁘장한 바탕은 아니로되
  奈此至誠何　그 지극한 정성에야 어찌하리
  恩薄猶依戀　매정하게 대해도 그래도 따라붙고

憂深望護訶　걱정 깊이하며 감싸주기 바라는 듯

生成見物理　세상 사는 이치가 다 그런 것

漂泊愧無家　집 없는 떠돌이신세 부끄럽네

慮 근심려, 辟 피할피, 蛇 뱀사

訶 꾸짖을가, 漂泊(표박) : 떠돌아다님

- **燕** | 稼亭 李 穀

  제비

  簷前相對語　처마 끝에서 서로 얘기하니

  客裏故相依　나그네의 몸이라 짐짓 서로 의지하네

  身世炎凉近　몸과 세상에는 염량이 가까운데

  乾坤羽翼微　이 천지에서 날갯짓 미미하네

  巢成還棄去　둥지 이뤄 도리어 버리고 가고

  雛長各分飛　새끼 자라자 제각기 날아가네

  見爾增悲慨　너를 바라보면 슬픔이 더하나니

  今年又未歸　금년에도 나는 또 돌아가지 못하네

  簷 추녀첨, 裏 속리, 雛 새끼추, 棄 버릴기

  羽翼(우익) : 새의 날개

- **燕燕** | 梅月堂 金時習

  제비들

  燕燕飛飛過短墻　제비들 훨훨 날아 낮은 담을 지나가니

  也無閑事爲誰忙　한가한 일이야 없겠지만 누굴 위해 바쁜가

  靑山影裏獨穩步　청산의 그림자 속을 고요히 홀로 거닐고

  翠竹陰中閑鎖房　푸른 대나무 그늘 속에 한가로이 방문 잠갔네

  古樹夕陽扶拄杖　고목나무 해질 무렵 지팡이 짚고 서 있고

  小亭秋日據胡床　작은 정자 가을 해에 높은 걸상에 기대었네

放歌大笑復自謔　목놓아 노래하다 크게 웃고 다시 떠드니
意氣老來猶激昻　의기는 늙어가도 아직은 격앙(激昻)하여라
據 기댈거,　謔 익살학,　激 격할격

鴿 <비둘기, 飛努>

- **籠中華鴿** | 保閑堂 申叔舟

  새장의 고운 비둘기

  華鴿依依飮啄閑　예쁜 비둘기 사이좋게 한가로이 마시고 쪼니
  雙雙飛無自相歡　쌍쌍이 나르다가 절로 서로 기뻐하네
  無人解擧開籠手　새장을 열어 풀어줄 이 없으니
  豈乏凌霄萬里翰　어찌 만리 푸른 하늘 나를 날개 잃었나
  啄 쪼을탁, 歡 기쁠환, 翰 날개한
  依依(의의) : 서로 떨어지지 않는 모양
  凌霄(능소) : 하늘을 넘음

- **籠中華鴿** | 乖厓 金守溫

  새장의 고운 비둘기

  長安家萬戶　장안이라 집은 수만 호인데
  此物在朱門　이 새는 부귀한 집에 있네
  錦翼斑成點　비단 날개에 점점이 아로 새겨져
  丹頰細作文　붉은 뺨에는 가늘게 서린 무늬
  零毛碧瓦外　빠진 털은 푸른 기와 곁에 남았고
  啄食綠階痕　쪼던 모이는 파란 계단에 흔적 있네
  飛去如鳴鏑　날아가면 우는 화살 같고
  軋聲十里聞　울음소리가 십리 밖에 들린다
  翼 날개익, 頰 뺨시, 啄 쪼을탁, 痕 흔적흔
  朱門(주문) : '주문갑제(朱門甲第)'의 준말로, 권력자나 부자들의 호화스
  　　　　　런 저택을 가리킴.
  鳴鏑(명적) : 쏘면 소리가 나는 울 화살
  軋聲(알성) : 여기서는 비둘기 울음소리를 가리킴

- **籠中華鴿** | 四佳 徐居正

  새장의 고운 비둘기

  綉圍羅幙暎珠櫳　수 높은 비단 감고 구슬 영롱히 비치는데

  閑放飛奴出細籠　한가한 비둘기 가는 새장에서 나오네

  錦背花明翻畫景　비단 등에 꽃 밝아 낮의 경치 번득거리는데

  金鈴風緊響雲空　금방울소리 바람 급해져 뜬 하늘에 울리네

  傳書故舊恩情好　친구에게 편지 전해주니 은정은 좋은데

  得食庭除意趣同　뜰 끝에서 밥 먹으니 취미 또한 같아라

  莫把家鷄一樣看　집안 닭들과 한 모양으로 보지 말라

  分明異彩出群中　분명 기이한 빛이라 무리 중에서 뛰어나도다

  幙 휘장막, 櫳 난간롱, 籠 대그릇롱, 翻 번득일번

  響 소리향, 樣 모양양, 彩 채색채

  飛奴(비노) : 비둘기의 다른 이름

  庭除(정제) : 정원. 뜰

鳲鳩 <뻐꾹새, 布穀, 迷藏鳥, 戴勝>

- **午睡頻驚戴勝吟**
  如何偏促野人心

    뻐꾸기 울어 낮잠 자다 자주 놀라는데
    야인의 마음 어찌하여 재촉하나

[출전] 朴仁老의 詩句

  戴滕(대승) : 뻐꾸기, 促 재촉할촉

- **迷藏鳥** | 臨淵 李亮淵

    뻐꾹새

    遠遠迷藏鳥   멀리 멀리 있는 미장조
    迷藏岑樾春   멧부리 나무그늘에 봄인데 깊이도 숨었네
    藏身鳴自衒   몸 숨기고 스스로 자랑하며 울어대니
    愧爾隱非眞   숨어 있어 참되지 못함이 부끄럽구나

    迷藏鳥(미장조) : 우리나라에서는 미장아(迷藏兒)를 포곡(布穀)으로 불러
                  미장조라 이름 붙임.
    岑 묏부리잠, 樾 두나무그늘월, 衒 자랑할현

- **鳲鳩** | 梅月堂 金時習

    뻐꾹새

    均呼七子綠陰叢   푸른 그늘 속에서 일곱 자식 고루 부르는데
    麥熟梅肥五月中   보리 익고 매실 살쪄 오월 중순인세
    叫斷年光渾不識   가는 세월 부르짖다 모두가 전혀 모르는데
    隴頭桑葚已殷紅   언덕 위엔 오디 벌써 검붉게 익었네
    叢 떨기총, 熟 익을숙, 渾 모두혼, 隴 언덕롱, 葚 오디심

雉 <꿩>

- **春日山陽鳴角角**

  斑爛文彩照人瞳

  봄날 산 볕에 깍깍 울고

  아롱진 문채가 사람들 눈에 비치네

  [출전] 崔正秀의 雉

- **雉子往焉山雲白**

  鷄之鳴矣寺烟靑

  꿩이 난 뒤에 산구름이 희고

  닭이 운 뒤에 절의 연기 푸르다

  [출전] 林配垕의 龍門山讀書

- **雉子斑** |象村 申欽

  치자반

  雉子斑　알록달록한 꿩이여

  音粥粥　소리 내어 서로 부르나니

  莫向田間道　밭 사잇길을 향해 가지 말라

  網羅施于谷　그물을 골짜기에 쳐놓았느니라

  斑 아롱질반, 粥粥(죽죽) : 소리내어 우는 모양, 網 그물망

- **聞雉鳴** |桐溪 鄭 蘊

  꿩 울음을 듣고

  聞聲不覺起余心　꿩의 울음소리 듣고 내 마음 일으킴 깨닫지 못해

  塵網寧追物外潛　그물같은 세상 차라리 멀리하여 세상밖에 잠기네

今日出山山更遠　오늘 산 밖에 나와서도 산을 오히려 멀다하니

人而曾不似渠禽　사람들은 일찍부터 저 새와 같지 못한 것을

塵網(진망) : 그물같이 얽혀진 세속의 잡다한 일

潛 감출잠, 物外(물외) : 속세 밖의 세계

▪ **雉** | 洪性濤

꿩

五色羽衣斑尾身　오색깃 옷에 아롱진 꼬리와 몸

何由謫下立風塵　어이하여 귀양 와서 이 세상에 섰느냐

時來田畔豆萌拔　때때로 밭두둑에 와 콩 풀을 뽑아먹다

譁逐人聲電匿身　쫓아내는 사람소리에 번개같이 몸 숨기네

斑 아롱질반, 謫 귀양갈적, 萌 풀싹맹, 譁 지껄일화

白頭翁 <할미새>

- **題畵** | 九皐 妙聲(明)

  그림에 쓰다

  百鳥共春風　모든 새들 봄바람과 함께 하는데
  相呼樂意同　서로 불러 뜻 같으니 즐겁구나
  不知緣底事　어쩐 일인지 연유를 알지 못하는 것은
  爾作白頭翁　저들이 흰 머리 늙은이 된 것이라
  呼 부를호, 緣 연유연, 白頭(백두) : 흰머리

- **白頭鳥** | 四佳 徐居正

  할미새

  花間時見白頭鳥　꽃 사이에 때때로 할미새 나타나는데
  頭白古來因坐愁　예로부터 흰머리는 근심으로 생긴다네
  我自因愁頭白盡　나는 근심으로 인해 흰머리 온통 되었지만
  汝愁幾許能白頭　너는 무슨 시름이 그리 많아 흰머리 되었나
  白頭鳥(백두조) : 곧 할미새
  坐 입을좌, 汝 너여, 愁 근심수

- **風水洞聞　二禽** | 東坡 蘇軾 (宋)

  풍우동에서 두 마리 새 소리 듣고서

  林外一聲靑竹筍　숲 밖에서 한 가닥 소리나고 죽순은 푸른데
  坐間半醉白頭翁　자리 사이엔 반취한 할미새
  春山最好不歸去　봄산이 너무 좋아 돌아가지 못하니
  慙愧春禽解勸儂　봄새가 나를 타이르고 권함이 부끄럽네
  白頭翁(백두옹) : 할미새
  醉 취할취, 歸 돌아갈 귀, 慙 부끄러울참, 解 풀해, 儂 나농

鷹 <매>

▪ 題畵鷹 | 希遠 李祁(明)

매화 그림에 쓰다

勁翮排霜戟　굳센 날갯죽지 서릿발 같은 참 부리로
天寒氣轉驕　날씨가 추워지면 기세는 더욱 교만해져
草間狐兎盡　풀밭의 여우와 토끼 다잡아 없앤 뒤
側目望靑霄　눈 돌려 푸른 하늘을 바라본다
鷹 매응, 勁 굳셀경, 翮 깃촉핵, 排 : 벌려 놓을 때 戟 : 갈래긴 창극

▪ 畵鷹 | 四佳 徐居正

매를 그리다

天地奇才意氣雄　천지간에 기이한 재주로 뜻과 기상 웅장하고
穿雲掣電瞥靑空　구름을 뚫고 번개같이 푸른 하늘에서 재빠르네
終然可合爲時用　마침내 때에 따라 쓰일 수도 있으리니
伐兎殲狐始見功　토끼를 잡고 여유를 섬별하면 공이 드러나리라
掣 끌체, 瞥 눈깜작할별, 殲 멸할섬, 狐 여우호

鵂鶹 <부엉이>

▪ **聞鵂鶹鳴臥占** | 象村 申 欽

　　부엉이 울음을 듣고 누워서 읊다

　　　　花落殘燈影漸低　꽃이 지고 등잔불 희미한데 그림자 점점 낮아져
　　　　江關秋色曉凄凄　강관의 가을빛이 새벽 들어 더 쓸쓸하네
　　　　漳濱逐客渾無寐　장수 물가로 쫓겨난 객 잠이 전혀 오지 않아
　　　　聽盡鵂鶹半夜啼　한밤중에 부엉이 울음을 끝없이 듣는다네

　　　　殘 쇠잔할잔, 漸 점점점, 漳 강이름장, 寐 잠들매, 啼 울제

鴉 <까마귀>

- **鴉陣晩霞紅**

  까마귀 저녁노을 붉을 때 진을 치네

- **慈鳥失其母**　효성스런 까마귀 어미를 잃고

  啞啞吐哀音　까악까악 슬픔을 토하고 있네

  [출전]　白居易의 詩句

- **落照吐紅挂碧山**

  寒鴉尺盡白雲間

  해지자 붉게 토하여 푸른 산에 걸렸는데

  찬 까마귀 떼 지어 구름 사이 지나네

  [출전]　朴文秀의 詩句

- **千里作遠客**　천리 멀리 떠나온 나그네 되어

  五更思故鄕　오경에 옛 고향 생각하네

  寒鴉數聲起　찬 까마귀 우는소리 몇 일어나고

  窓外月如霜　창 밖에는 달빛이 서리 내린 듯하네

- **慈鳥啼**｜梅月堂 金時習

  어미 까마귀 울음

  啞啞枝上吐哀音　까악까악 가지 위서 슬픈 소리 토하다가

  飛遶荒城楓樹林　날아서 거친 성(城) 단풍나무 숲을 둘러가네

  莫向綠窓啼更苦　푸른 창 바라보고 더 괴롭게 울지 마라

五更殘夢正關心　새벽녘 남은 꿈이 깰까 정말 마음 걸리네

啞啞(아아) : 새 울어대는 소리

吐 토할토, 遶 두를요, 啼 울제

▪ 朝鴉 | 桐溪 鄭蘊

아침 까마귀

郡鴉朝集老査頭　온 무리의 까마귀 아침에 늙은 나무 등걸에 모여

飛逐和鳴任自由　화답하여 울어대며 자유로이 쫓아 날아 다닌다

多羨爾禽能反哺　저 새들 능히 새끼들 먹이 주는 것 부러운데

人而不若可無羞　사람들은 저 같지 못하면서도 부끄러움도 없네

鴉 갈가마귀아, 査 떼사, 逐 쫓을축, 羨 부러워할선, 哺 먹일포

▪ 啞啞城上烏 | 復齋 鄭摠

깍깍 우는 성위의 까마귀

啞啞城上烏　까옥 까옥 성 위의 까마귀

日暮尾畢逋　날이 저물자 꼬리 펼치고 날아가네

上林樹高低　상림 숲의 나무 높고 낮아

全樹借汝棲　온 나무 그대 쉬게 빌려주네

樹頭多好枝　나무 머리엔 좋은 가지 많아

風雨亦不移　비바람에도 역시 옮기지 않네

無人挾彈射　화살을 끼고 쏠 사람은 없으니

儘敎啼入夜　모두 울면서 밤을 새게 하네

逋 도망갈포, 棲 쉴서, 挾 끼일협, 彈 쏠탄

▪ 烏 | 眞玉

까마귀

一隊群烏坐樹枝　한 무리의 까마귀 나뭇가지에 앉아있고

雌雄似古有誰知	암수컷 모습 비슷하니 그 누가 분간하리
形非白雁難傳信	그 모습 기러기 아니거니 편지 전하고 어렵고
類異金鷄未報時	종류가 닭과 다르거니 때도 알리지 못한다
亦壁夜過驚漢將	밤에 적벽 지날 때 한나라 장수 놀라게 했고
銀河曉散泣天姬	새벽 은하에서 흩어질때는 직녀도 울리었다
爾之爲物禽中惡	너는 물건됨이 새들 중에 추물이라
忙把瓦端打起宜	얼른 기와쪽 먼저 쫓아버려야 하리

隊 무리대, 難 어려울난, 類 무리류, 泣 울읍, 端 끝단

金鷄(금계) : 천상(天上)에 산다는 닭

赤壁(적벽) : 중국의 적벽강

天姬(천희) : 하늘계집. 직녀(織女)를 말함.

■ **烏夜啼** | 靑蓮 李白(唐)

까마귀 밤에 울다

黃雲城邊烏欲棲	황운성가에 까마귀 둥지 찾으려는데
歸飛啞啞枝上啼	날아와 깍깍 가지 위에서 우네
機中織錦秦川女	베틀에서 비단 짜던 진천의 아낙이
碧紗如烟隔窓語	푸른실 연기같이 아련한데 창 너머에 말소리 나네
停梭悵然憶遠人	북을 놓고 슬프게 떠난 임 그리워하나니
獨宿孤房淚如雨	홀로 빈 방에는 눈물이 비 오듯 하네

棲 쉴서, 梭 북사, 紗 깁사, 隔 떨어질격

烏夜啼(오야제) : 송(宋 ; 420~479) 임천왕(臨川王) 의경(義慶)이 팽성왕
(彭城王) 의강(義康)과 함께 임금이 노여움을 샀으나 왕의
외동생이 식빙을 권하여 풀어주게 되있는데, 이들에게 사면
소식이 전해지기 전 까치가 미리 울어 길조임을 알렸다고
한다. 청상곡사(淸商曲辭) 중의 하나

啞啞(아아) : 까악까악 하는 소리

秦川女(진천녀) : 전진(前秦; 351~394) 두도(竇滔)의 처는 사방으로 돌

려 읽을 수 있는 회문시(迴文詩)를 비단으로 짜서 임에게
보냈다고 한다. 진천(秦川)은 지금의 섬서성(陝西省) 일대

錦鷄 〈금계〉

- **水上錦鷄** | 梅竹軒 成三問

  물위의 금계

  寧憂濕毛翰　어찌 날개털이 젖는 걸 근심하리오

  最好看浮沈　잠기다 뜨는 모습 가장 보기 좋아라

  沈時思水底　잠길 때는 물밑까지 갔나 생각하고

  浮處擬波心　솟는 곳은 물결중심인가 의심되네

  寧 어찌녕, 翰 날개한, 擬 의심할의

- **水上錦鷄** | 保閑堂 申叔舟

  물위의 금계

  錦鷄吐綬恣翶翔　금계가 인끈을 토하며 멋대로 날아

  山日已高烟水長　산의 해 이미 높아 강물의 안개 길어라

  自照臨流溺不悟　물결에 다가서 얼굴 비추다 빠지는 것도 모르니

  知渠爲坐愛文章　그놈은 앉았어도 제 무늬만 사랑하네

  翶翔(고상) : 날아가는 모습. 溺 빠질닉

  吐綬(토수) : 인끈을 토함. 부리의 아래까지 달린 벼슬이 마치 도장을 장
  　　　　　식한 수실처럼 늘어져 토하는 것처럼 보인다고 이렇게 표현
  　　　　　하였음.

- **水上錦鷄** | 乖厓 金守溫

  물위의 금계

  春水池塘滿　봄물 못에 가득해

  鷄鶒意晏然　백로는 편안한 마음이라

  波恬時自泳　물결 잠잠하면 홀로 헤엄치고

沙暖或孤眠　모래 따뜻하면 외로이 잠자네
毛羽文多怪　깃털 문양 무척 기이하고
雌雄坐必聯　암컷 수컷 앉아서 반드시 짝하네
中河摯而別　강물 한가운데 손잡고 이별해서
千載入詩篇　천년세월 시 가운데 들었구나
鵁鶄(교청) : 하얗다 못해 푸른빛이 도는 백로
晏 편안안, 恬 고요할념, 摯 잡을지, 篇 책편

- **水上錦鷄** | 四佳 徐居正

　물위의 금계

春入芳塘漾綠漪　봄이 든 고운 연못에 일렁이는 푸른 물결
錦鷄無數弄晴暉　금계 무수히 맑은 햇빛 희롱하네
波明兩兩飛相照　환한 물결에 짝을 지어 나르면서 비춰보고
沙暖雙雙水政依　따스한 모래에 쌍쌍으로 물에다 의지하누나
戲動小荷香玉觜　작은 연잎에 장난치니 옥 같은 부리 향기롭고
吹來落蕋妬花衣　떨어진 꽃잎이 불어와 꽃 같은 옷깃 투기하네
自多羽翼文章異　깃털에는 기이한 무늬 절로 많아서
鵝鴨池邊省見稀　연못가에 거위나 오리는 살펴볼 일 드물어라
漾 물넘칠양, 漪 물결의, 戲 희롱할희, 蕋 꽃술예, 翼 날개익
觜 거위아, 稀 드물희

- **水上錦鷄** | 太虛亭 崔恒

　물위의 금계

駿鸃非不愛江湖　금계가 강호를 아끼지 않는 것은 아닌데
爲戀方塘一鑑娛　네모 연못에 한번 감상하는 즐거움 사모하네
紅綬蘸波遊每並　붉은 끈을 물에 담근 채 노닐 때 매번 함께하고
錦翎翻日戲何孤　비단 깃을 햇빛에 번뜩이니 장난에 어찌 외로울까

啄花乍向蘭汀立　꽃을 쪼다가 잠깐 난이 자란 물가를 향해 서고
逐絮時從柳岸趨　솜 쫓다가 때때로 버들이 선 언덕 따라 달리네
莫倚奇姿終夕映　기이한 자태를 저녁 비추는 햇살에 기대지 마라
眼花落井也難扶　현기증이 나 우물에 떨어져도 도와주기 어렵나니

蘸 잠길잠, 趨 따를추

鵔鸃(준의) : 금계의 다른 이름임.
紅綬(홍수) : 붉은 인끈. 부리의 아래에 달린 벼슬이 마치 도장을 장식한
　　　　　 붉은 수실처럼 생겨 이렇게 표현하였음.
眼花(안화) : 현기증 따위가 날 때 눈앞에 어른대는 불똥 같은 것을 가
　　　　　 리킴

鴨 <오리>

・ 鳧耕萬里波

물오리가 만리의 물결을 밭갈이하네

・ 春江水暖鴨先知

봄 강물 따뜻한 것 물오리 먼저 아네

[출전] 東波 蘇軾의 詩句

・ 題畵鴨 | 四佳 徐居正

집오리 그림에 쓰다

敗荷枯葦一池秋　시든 연꽃 마른 갈대 연못엔 가을인데

家鶩依然得自由　집오리는 옛날같이 자유롭게 지내네

好向庭除時飮啄　자주 뜰로 나와 마시고 쪼는 때를 좋아하면서

何曾枉費稻粱謀　어이 일찍 비축할 곡식 헛되이 다 써버렸나

鴨 집오리압, 葦 갈대위, 鶩 집오리목, 啄 쪼을탁

枉費(왕비) : 헛되이 써버림

鷔 <따오기>

- 落霞與孤鷔齊飛
  秋水共長天一色

  지는 노을 외로운 따오기와 나란히 날아가고
  가을 물은 길게 뻗어 하늘과 한 빛이네

[출전] 王勃의 勝王閣序

鶚 <독수리>

- 臨風步步看庭樹

 鶚出凡禽驚隱林

  바람맞아 걸으며 동산의 나무 보는데

  독수리 오니 모든 새들 숲에 놀라 숨노라

[출전] 崔正秀의 詩句

  鶚 독수리악, 驚 놀랄경

- 赤眸曲喙兩伸翼

 得意飛飛過樹林

  붉은 눈 굽은 뿌리 두 날개 활짝 펴고

  뜻 얻어 날고 날아 숲을 지나가네

[출전] 崔正秀의 詩句

  眸 눈동자모, 喙 부리훼, 翼 날개익

啄木鳥 〈딱따구리〉

▪ **啄木** | 臨淵 李亮淵

딱따구리

啄木休啄木　딱따구리야 나무을 쪼아대지 마라

古木餘半腹　고목 반이나 먹어 치웠구나

風雨所漂搖　바람 치고 비내릴 때 흔들린다면

爾將焉寄宿　너는 장차 어느 곳에 붙어 살려고 하나

啄木(탁목) : 탁목조. 딱따구리, 漂 흔들릴표, 搖 움직일요, 焉 어찌언

石〈돌〉

石 〈돌〉

▪ **怪石** | 梅竹軒 成三問

　　괴석

　　　怪石入盆心　괴석이 화분 속에 들어있어
　　　綠苔封石上　푸른 이끼 돌위를 덮었네
　　　石有潤而滋　돌에 윤갈한 자양이 있어
　　　不然苔不旺　푸른 이끼는 왕성해지도다
　　　苔 이끼태, 封 봉할봉, 潤 윤택할윤, 滋 진액자

▪ **詠水石 絶句 四首** | 茶山 丁若鏞

　　수석을 읊다

　　其一
　　　泉心常在外　샘물 마음 언제나 밖에 있기에
　　　石齒苦遮前　돌 이빨 괴로이 앞길을 막네
　　　掉脫千重險　천 겹의 험한 역경 헤치고 지나
　　　夷然出洞天　너 의젓이 동천을 나가는구나
　　　遮 가릴차, 掉 흔들도, 脫 벗을탈, 險 험할험

　　其二
　　　只恃盤陀穩　단지 평평한 반석만을 믿고 달리다
　　　翻遭絶壑危　홀연히 깎아지른 벼랑을 만난다
　　　瀑聲如勃鬱　지축을 뒤흔들듯 소리 울리니
　　　無乃怒相欺　아마도 속았다고 노한 것 같아
　　　遭 만날조, 勃 우쩍일어날발, 欺 속일기

　　其三
　　　客心雖已淨　나그네의 마음이 비록 맑다 하지만

猶未及澄泓　오히려 맑디맑은 저 물엔 미치지 못해
强受霜林影　서리 맞은 숲나무 그림자 받아들이니
黃璃間紫晶　노랑 옥 빨강 수정 찬란하여라
淨 맑을정, 澄 맑을징, 泓 물깊을홍, 璃 유리리

其四
谽蚜堆落葉　골짜기에 낙엽이 겹겹이 쌓여
幽咽不能流　흘러가지 못하고 흐느끼누나
誰作囊沙決　어느 뉘 낭사 둑을 한번 터뜨려
澎湃大壑秋　가을 골짝 세차게 흐르게 할꼬
谽蚜(함아) : 골짜기, 堆 쌓일퇴, 決 정할결
澎湃(팽방) : 물이 세차게 흐르는 모양
囊沙(낭사) : 모래를 넣은 자루로 물줄기를 막은 둑

- **庭畔三石** | 令壽閣 徐氏
  뜰 가의 세돌
  猶帶他山色　아직도 다른 산 빛을 띠어
  常有雲氣封　언제나 구름 기운 뭉치어 있네
  元精本虛明　근본 기운은 본래 허명하나니
  水月自相春　물과 달 더불어 스스로 봄이로다
  帶 띠대, 虛 빌허
  元精(원정) : 본래의 정기
  虛明(허명) : 속이 비고 맑음

- **琉璃石** | 梅竹軒 成三問
  유리석
  淸瑩中無玷　맑은 옥빛에 티끌 한 점 없는데
  廉隈外奇觀　말끔하게 모진 것 기이하게 바라보네

所以託高契　고상한 마음 부칠 수 있기에
長承帶笑看　웃음 띠고 오래도록 바라보노라
硫 유리류, 玷 옥티점, 廉 맑을렴, 契 합할계

- **怪石** | 澹翁 朴昌元

　괴석

嵌空一石山　텅 빈 골짜기 산 같은 한 덩이 돌
當檻峰峰碧　난간 바로 앞에 봉우리마다 푸르네
幽趣默相通　그윽한 정취 말 없어도 서로 통하는데
煙霞籠日夕　연하는 해질녘에 들러있네
嵌 깊을골감, 檻 난간함,
煙霞(연하) : 고요한 산수의 경치, 籠 얽을롱

- **靈室石** | 凝窩 李源祚

　영실의 돌

拏山蓋氣深　한라산은 깊은 기운 덮고
高厚稱其德　높고 두텁게 그 덕을 칭송하네
終難掩奇峭　기이한 바윗돌을 감싸주지 못하고
嵓嵓逐外閾　산 우뚝 솟아서 밖으로 쫓아내네
掩 가릴엄, 峭 바위초, 嵓 산우뚝할암, 閾 문지방역

- **盤石磴** | 文昌 張籍(唐)

　너른 돌 사다리

疊石盤空遠　쌓인 돌들 하늘 멀리 서려 있고
層層勢更危　층층이 겹쳐져 형세가 더욱 위태롭네
不知行幾匝　몇 번을 돌았는지 알 수 없는데
得到上頭時　맨 윗머리에 오를 때야 알 수 있네

磴 돌사닥다리등, 疊 포갤첩, 盤 서릴반, 匜 두루잡

- **獨石** | 伯庸 馬祖常(元)

  홀로 있는 바위

  秋瀨喧石梁　가을 여울이 돌다리에 부딪쳐 시끄러운데
  臨流不肯渡　흐르는 물 건너가기가 싫네
  與客坐忘歸　나그네와 함께 돌아 가는 것 잊고 앉으니
  山寒日將暮　산은 차고 해는 저물어 가네
  瀨 여울뢰, 喧 지껄일훤, 梁 징검다리량, 肯 즐길긍

- **石上苔** | 仲文 錢起(唐)

  돌 위 이끼

  淨與谿色連　말끔히 시냇물 빛과 짝하여
  幽宜松雨滴　솔 빗방울 그윽하고 조용한데
  誰知古石上　누가 알리오 오랜 돌 위에
  不染世人跡　세상사람 자취에 물들지 않음을
  淨 깨끗할정, 谿 시내계, 滴 물방울적, 染 물들일염, 跡 자취적

- **石人峰** | 淸碧 杜本(元)

  석인봉

  臨風衣自整　바람이 불어도 옷 가지런하고
  對月影偏長　달 마주하고 그림자가 치우쳐 길다
  獨立經寒暑　홀로 서서 더위와 추위를 겪으니
  眞成石作腸　진정으로 돌로 된 창자를 가졌나보네
  整 가지런할정, 偏 치우칠편, 經 지날경

- **水石** | 保閑堂 申叔舟

  이끼 낀 수석

  怪石巉岩花竹看　괴석이 우뚝 솟아 꽃과 대를 보는데
  飽経風雨碧苔班　비바람 잔뜩 맞아 푸른 이끼로 얼룩졌네
  天然奇巧遺繩墨　천연의 기교로 법도를 남겼으니
  敢道從來造化閑　조물주 한가로웠다고 감히 말할 수 있으리
  巉 산높을참, 飽 배부를포, 繩 줄승
  繩墨(승묵) : 먹줄. 나아가 규칙이나 법도를 가리키기도 함.
  造化(조화) : 조화옹. 조물주

- **怪石 二首** | 荷屋 金左根

  괴석

  其一

  畵他山石勢稜尖　먼 산의 돌 그리니 형세 모질고 뾰족해
  濃淡如烟影動簾　연기같이 짙고 옅은 게 그림자 발을 움직이듯
  近隔書床時坐臥　책상을 사이에 두고 때때로 앉았다 누웠다 하니
  身邊却恐冷光添　몸 주위 찬 빛 더해도 두려움 잊어 버리네
  稜 모질릉, 尖 뾰족할첨, 添 더할첨

  其二

  苔紋青疊海田鹽　이끼 무늬 푸른 게 쌓여 바닷가 소금 같고
  中立如人直且嚴　사람같이 가운데 서니 곧고 또 위엄 있어
  一丈哈研元氣活　원기를 내뿜는 듯 크게 벌린 입
  縈烟微雨兩相兼　연기 둘러 가늘게 서로 겸하여 비 내리네
  苔 이끼태, 紋 무늬문, 疊 겹쳐질첩, 鹽 소금염
  哈 입딱벌릴합, 縈 얽힐영

- **南侍御以石相贈** | 香山居士 白居易(唐)

  남시어와 돌을 서로 주고받으며

  泉石磷磷聲似琴　돌 틈을 흐르는 거문고 같은 샘물 소리
  閒眠靜聽洗心塵　한가히 누워 고요히 들으면 마음의 때 씻긴다
  莫輕兩岸青苔石　양쪽 언덕의 푸른 이끼돌을 가벼이 여기지 말게
  一夜潺湲値萬金　밤새워 졸졸 흐르니 만큼의 값어치라

  磷 돌문채린, 潺 물 졸졸 흐를잔, 湲 물소리원, 値 값어치치

- **題盤石** | 摩詰 王維(唐)

  반석에 쓰다

  可憐盤石臨泉水　물가에 있는 반석이 사랑스러운데
  復有垂楊拂酒盃　버드나무 드리워 술잔을 건드리고 있으니
  若道春風不解意　만약 봄바람도 이 뜻을 모른다고 말한다면
  何人吹送落花來　어이하여 불어서 꽃 떨어뜨리며 오는가

  拂 떨칠불, 解 풀해

- **孤石** | 釋 鄭法師

  외로운 돌

  迥石直生空　먼 돌이 곧게도 공중에 생겨
  平湖四望通　편편한 호수에 사방이 탁 틔었다
  岩隈恒灑浪　바위 모퉁이 항상 물을 뿌리고
  樹杪鎮搖風　나무 끝에서는 바람을 잠재운다
  偃流還清影　물에 누웠어도 그림자 맑고
  侵霞更上紅　노을을 침노하다 다시 붉게 오른다
  獨拔群峰外　여러 봉우리 밖에 홀로 빼어나고
  孤秀白雲中　흰 구름 속에 외롭게 빼어났네

- **苔封 怪石** | 乖厓 金守溫

  이끼 낀 괴석

  物有異常者　사물은 남다른 면모 있는데
  人皆以怪稱　사람 모두 괴이하다 이르네
  風扣拗有穴　바람이 두드려 우묵하게 구멍 뚫리고
  雨洗峭成稜　비가 씻어 우뚝하게 이랑을 이뤘네
  剝落千年態　천년의 모습 벗겨져 떨어지고
  巉岩太古層　태고의 단층 우뚝 높이 솟았네
  無由究終始　시종을 궁리할 연유도 없어
  只見綠苔凝　다만 파란 이끼 엉긴 것 바라보노라

  稱 칭할칭, 拗 뚫을요, 峭 산높을초, 凝 응길응
  剝落(박락) : 벗겨냄. 벗겨짐
  巉岩(참암) : 가파르고 우뚝함.

- **苔封怪石** | 四佳 徐居正

  이끼 낀 괴석

  雲骨巉岩勢自頑　구름처럼 우뚝 솟은 바위 형세 절로 완고해서
  千年生長蘚痕班　천년을 자라서 선명한 얼룩과 반점
  龍鱗夜濕將成雨　용 비늘 이끼는 밤에 젖어 비 내리려 하는데
  鼇背秋高忽見山　자라 등에 가을 높아 문득 산이 보이네
  香霧欲生仙掌動　향긋한 안개 피려함에 신선의 손바닥 움직이고
  靑烟不斷劍鋩寒　푸른 연기 끊임없어 칼날 빛이 차갑네
  怪奇曾入靑州貢　기이하도다 일찍이 청주에서 바친 공물(貢物)
  劈取應驚鬼物慳　쪼개니 놀랍도록 단단해서 귀물인가 하는구나

  巉 산높을참, 頑 완고할완, 痕 흔적흔, 鼇 자라오, 霧 안개무
  鋩 칼날망, 劈 쪼갤벽
  龍鱗(용린) : 이끼를 비유하였음.
  鼇背(오배) : 땅덩이를 받치고 있다는 전설 속의 여섯 마리 자라의 등

劍鋩(검망) : 칼날에 서린 섬광

淸州貢(청주공) : 『시경(詩經)』의 「우공(禹貢)」편에 보면, 청주의 노인이
괴석을 보내왔다는 구절이 있음.

鬼物(귀물) : 귀신. 도깨비

• 苔封怪石 │ 太虛亭 崔恒

이끼 낀 괴석

一拳螺綠何崎嶇　녹색빛 고둥처럼 어찌 그리 솟아있나

餉來想自靑州叟　보내온 뒤 청주의 늙은이 생각나네

莓笞間鎖翠痕濕　이끼 사이엔 닫혀 푸른 자취 젖어있고

烟雨長含晴光流　안개비 오래 머금어 맑은 빛 흐르네

坡翁仇池讓奇絶　소동파옹의 구지산은 기이한 절경 양보하고

正臣九華羞淸幽　왕양명의 구화산은 맑고 그윽함에 부끄럽네

雕琢塊然獨形立　깊이 새겨 우뚝하게 뛰어난 형태 서 있으니

鑿竅混沌誰比侔　뚫어 버려진 혼돈과 누가 감히 비유할거나

螺 소라고둥라, 餉 음식보낼향, 釀 사양양, 雕 새길조, 鑿 뚫을착
竅 구멍규, 侔 가지런할모

淸州叟(청주수) : 『시경(詩經)』의 「우공(禹貢)」편에 보면, 청주의 노인이
괴석을 보내왔다는 구절이 있음.

坡翁(파옹) : 송(宋)나라의 시인 소식(蘇軾)을 가리킴

仇池(구지) : 오늘날의 감숙성(甘肅省) 성현(成縣) 서쪽에 있는 산의 이
름. 꼭대기에 연못이 있어 '구지산'이라고 불렀는데, 소동파
가 생전에 즐겨 찾았다고 함.

正臣(정신) : 명(明)나라의 사상가 왕양명(王陽明)을 가리킴

九華(구화) : 중국의 안휘성(安徽省) 청양현(靑陽縣)에 있는 산의 이름으로,
왕양명이 이곳에서 '치양지(致良知)'의 이치를 깨달았다고 함.

塊然(괴연) : 홀로 있는 모양. 편안한 모양

混沌(혼돈) : 천지가 개벽하기 전에 원기(원기)들이 한데 뭉친 모양

比侔(비모) : 갖다대고 비교함.

獸〈각종 짐승〉

馬 〈말〉

- **老馬智**

  늙은 말의 지혜

  [출전] 韓非子의 詩句

- **繫馬高樓垂柳邊**

  높은 누각 버들 드리운 가에 말을 메어 두었네

  [출전] 摩詰 王維의 詩句

- **鞍馬四邊開**　말 안장 오르니 사방이 열리고

  突如流星過　갑자기 유성이 지나는 듯하네

  [출전] 靑蓮 李白의 詩句

- **孤雲忽無色**　외로운 구름 홀연 무색하고

  逸馬爲廻首　뛰어난 말 머리를 돌려보네

- **人面南帶楚山月**

  馬頭北歸鎭川雲

  사람 얼굴 남으로 하니 초산에 달 뜨고

  말머리 북쪽 돌리니 진천에 구름이네

  [출전] 金慕齋의 詩句

- **詠馬** | 海叟 袁凱(明)

  말을 읊다

  生長月支國 월지국에서 나고 자라
  何年入漢疆 어느 때에 한나라로 들어왔나
  猶懷水草意 고향 물가의 풀밭을 생각하면서
  嬾逐左賢王 현왕을 돕는 일에 게으름을 피우네
  月支國(월지국) : 옛 서역의 나라이름. 5세기 중엽 중앙 아시아 아무르강
  　　　　　　　유역에 터키 계통의 민족이 세운 나라
  疆 지경강, 嬾 게으를란

- **白馬** | 金錫哲

  백마

  白馬閒嘶繁柳條 백마는 버들가지 밑에서 한가히 울고
  將軍無事劍藏鞘 장군은 일이 없어 칼을 칼집에 넣었다
  國恩未報身先老 나라 은혜는 갚지 못하고 몸이 먼저 늙었나니
  夢踏關山雪未消 꿈에 밟은 변방에는 눈이 녹지 않았다
  嘶 말울시, 鞘 칼집초, 藏 숨길장

- **題唐申王三駿圖** | 永庚 丁鶴年(明)

  당 신왕의 삼준도에 쓰다

  三駿英英出渥洼 세 마리 준마가 멋있게 악와에서 뛰쳐나와
  太平芻束飽天家 태평스러운 궁궐에서 배부르게 꼴을 먹다
  誰知百戰平河北 누가 알리오 온갖 싸움에서 하북을 평정하니
  汗血功歸獅子花 피와 땀의 공훈이 사자화에게 돌아갈 줄을
  駿 준마준, 渥 물이름악, 洼 물이름와, 芻 꼴추
  獅子花(사자화) : 당나라 태종이 곽자의(郭子儀)에게 주었던 명마

▪ **詠馬** | 鹿門 唐彦謙(唐)

말을 읊다

紫雲團影電飛瞳　구름 같은 갈기 둥근 말굽 번개 같은 눈빛
駿骨龍媒自不同　골격은 용마와 같은데 용 같지 않네
騎過玉樓金轡響　말 타고 옥루를 지나니 쇠고삐 소리 울리고
一聲嘶斷落花風　울음소리 한번 끊기면 꽃이 바람에 떨어지네

紫雲(자운) : 말갈기의 뜻
瞳 눈동자동, 轡 고삐비, 嘶 말울시

▪ **題雙馬圖** | 益齋 李齊賢

쌍마도를 보고 쓰다

月山用筆逼龍眠　월산의 붓 솜씨 용면에 가까워
寫出驊騮絶可憐　의젓한 화류마를 뛰어나게 그렸네
不似悲鳴虞坂上　우판에서 슬피 우는 그런 꼴이 아니라
頗同游戱渭川邊　위천에서 즐겁게 노니는 모습일세
皇恩豈啻千金賜　황제의 은혜가 어찌 천금뿐이랴
家寶須將萬葉傳　가보로 반드시 만세(萬世)에 전하리라
安得與君眞致此　언제나 그대와 이런 말을 타고
玉鞭金勒去朝天　옥채찍 금굴레로 천자에게 조회할까

逼 가까울핍, 驊騮(화류) : 대추빛깔의 준마 周 穆王이 한말
啻 뿐시, 鞭 채찍편, 勒 굴레륵
龍眠(용면) : 이공린(李公麟)의 호. 송대의 유명한 화가
虞坂(우판) : 지명(地名)으로 어떤 준마(駿馬)가 소금 수레를 끌고 우판
　　　　　에 오르다가 자신을 알아줄 백락(伯樂)을 만나자 슬피 울
　　　　　었다는 고사이다.
渭川(위천) : 위천은 위수(渭水)를 말하는데, 주효왕(周孝王)이 진(秦)나
　　　　　라 비자(非子)를 시켜 위수와 견수(汧水)사이에서 말을 기
　　　　　르게 하여 말이 크게 번식되었으므로 이른 말이다.

鹿麕 <사슴과 노루>

▪ 濯濯其形呦呦其聲

　　잘 살찐 그 모양 잘 우는 그 목소리

▪ 日日行隨麋鹿群

　　날마다 노루사슴 벗을 삼아 살아간다

　　　隨 따를수, 麋 고라니미

▪ 欲取眞香追甚急

　全身爲保噬其臍

　　사향을 얻기 위해 심히 급히 쫓으니

　　온 몸 보호하려고 그 배꼽 입으로 씹어 끊더라

[출전]　崔正秀의 詩句

　　　噬 씹을서, 臍 배꼽제

▪ 文王靈囿再逢難

　自往深山遠害殘

　　문왕의 신령한 동산 다시 만나기 어려워

　　스스로 깊은 산 들어가 인간들 침범을 멀리하네

[출전]　尹秉柬의 詩句

　　　囿 동산유, 殘 시들잔

▪ 麕 | 漢式帝(漢)

　　노루

　　　呦呦鹿鳴　어린사슴 울며

食野之苹　들판의 쑥을 뜯어먹네
我有喜賓　내 귀한 손님 있어
鼓瑟吸笙　가야금 뜯고 피리부노라
呦呦(유유) : 사슴우는 소리. 苹 맑은대쑥평

- **麝眠園草** | 梅竹軒 成三問

  사향이 동산의 풀에 잠들다

  風微書帶綠　바람 희미한데 서대초 푸르고
  園暖麝香眠　동산 따스하니 사향은 졸고 있네
  幸渠自馴擾　요행히 저놈들 길들여 진 것이라
  非我是神仙　내가 신선이라 그런 것 아니라오
  書帶(서대) : 풀이름임. 상록의 다년생 풀로 일찍이 한(漢)나라 정현(鄭
  　　　　　玄)이 독서하던 곳에 났다고 해서 정강성서대초(鄭康成書
  　　　　　帶草)라고 불렸음.
  馴擾(순요) : 길듦. 또는 길을 들임

- **春芳眠麝** | 四佳 徐居正

  봄향기 잠든 사향노루

  雨餘春草碧初齊　비 온 뒤에 봄풀이 자라 가지런히 푸르러
  麝自安閑睡不迷　사향노루 편히 졸아도 길을 잃지 않는다
  莫向網羅多處去　그물 많은 곳으로 가지 말아라
  由來買禍爲香臍　예부터 배꼽의 향기 때문에 화를 불러 오느니라
  麝 사향노루사　睡 졸음수, 臍 배꼽세

- **山中 玩白鹿** | 施聖 施肩吾(唐)

  산중 흰 사슴이 놀다

  繞洞尋花日易消　골 푸른 깊은 곳의 꽃 날마다 쉬이 지고

人間無路得相招　사람 다닐 길이 없어 서로가 부르네
呦呦白鹿毛如雪　울어대는 흰사슴 털은 눈과 같고
踏我桃花過石橋　찾던 복사꽃을 밟고 돌다리를 지나가네

繞 둘릴요, 呦 사슴우는소리 유, 踏 밟을답, 橋 다리교

▪ 麇眠園草 | 四佳 徐居正

사향이 동산풀에 졸고 있네

何意奔狂性易馴　무슨 생각으로 미친 듯 달리다 성격 길들여져
碧蕪占斷睡成茵　푸르게 우거진 곳 홀로 차지해 졸고 있나
夢尋文沼安閑地　文沼를 꿈에 찾으니 한가한 땅 평안해
食托周苹自在春　주(周)의 쑥 먹으니 스스로 봄속에 있네
强弩遍山非買禍　온 산에 강한 쇠뇌 있어 화를 부르는 것이 아니고
薰香滿肚故依人　배 가득 좋은 향기 사람 의지하는 연고라
他時騎倒尋仙去　다른 날 널 거꾸로 타고 신선을 찾아간다면
五百年來一化身　오 백년 후 이 땅에 신선 되어 나타나리

茵 자리풀인, 托 맡길탁, 弩 쇠뇌노

文沼(문소) : 문왕(文王)의 연못. 『시경(詩經)』의 「영대(靈臺)」편에 보면,
　　　　　　사슴이 문왕의 정원에서 다북쑥을 뜯는다는 표현이 있음.
周苹(주평) : 주(周)나라의 다북쑥. 시경(詩經)』의 「녹명(鹿鳴)」편에 보면,
　　　　　　사슴이 주나라 들판에서 다북쑥을 뜯는다는 표현이 있음.

牛 〈우〉

▪ 花暖靑牛臥

　　꽃 그늘 따뜻하여 검은 소 누웠네

[출전]　靑蓮 李白의 詩句

▪ 叱牛聲出白雲邊

　　소 몰고 가는 소리 흰구름 주위에 들린다

▪ 日暖風和花滿開

　日暖風和花滿開
　牧童弄笛騎牛來

　　날은 따뜻하고 바람 온화하여 꽃 만발한데
　　목동이 피리불고 소를 타고 오도다

[출전]　崔正秀의 詩

▪ 澹澹夕陽外　　맑은 석양 지는 밖

　遲遲過遠村　　더디게 먼 마을 지나는데

　一聲牛背笛　　소 타고 가는 목동 피리 한소리

　吹破滿山雲　　온 산의 구름 흩어놓네

　　　　澹 맑을담, 遲 더딜지, 背 등배

▪ 牧牛圖 ｜伯均 錢宰(明)

　　소치는 그림

　　　野老春耕歇　　촌 늙은이 밭갈이 그치고

　　　溪兒晚牧過　　시냇가 아이 늦게 소치고 지나가네

夕陽牛背笛　해질 때 소 등에서 피리를 부니
强似飯牛歌　소치는 노래를 뻐득뻐득 울린다
歇 쉴헐, 强 뻐득뻐득할강, 飯 칠반, 飯牛歌(반우가) : 소치는 노래

• 老牛 | 子虛 宋無(元)

늙은 소

盡力山田後　산비탈 밭을 힘을 다해 간 후에
孤鳴野樹根　나무 그늘 아래서 외로이 우네
何由逢介葛　무슨 일로 풀과 칡넝쿨을 마주 보면서
道汝腹中言　너의 마음속에 맺힌 말을 하느냐
介 풀잎개, 葛 칡갈, 腹中言(복중언) : 배속에 있는 말

• 夏日雜興 | 茶山 丁若鏞

여름날의 흥취

黃犢新生母愛殊　누런 송아지 막 나오니 어미 사랑 유달라
橫跳豎躍入山廚　이리저리 뛰고 걸으며 산주로 들어가네
不知似許便娟質　저렇게도 우아한 본바탕 알 수 없는데
何故他年作笨夫　어찌하여 후일엔 그 우둔한 것이 되는고
犢 송아지독, 笨 투박할분

• 放牛 | 陶庵 李縡

풀어 놓은 소

豊林雨歇野氣昏　풍성한 숲에 비 개이고 들 기운 어두운데
臥聽流泉左右喧　누워서 흐르는 샘 소리 온통 시끄럽네
白晝閒眠渠不愧　대낮에 한가히 자는 것 부끄러워 않고
春時猶報主人恩　봄 되면 오히려 주인의 은혜에 보답하네
歇 다할헐, 氣 기운분, 喧 지껄일훤, 渠 저것거

- **題牧牛圖** | 元叟 釋 行端(元)

  목우 그림에 쓰다

  誰家荒疃連平原 뉘집 거친 마당 들판으로 이어졌나
  何處孤村帶喬木 어느 외로운 마을 큰 나무에 매어 있는지
  官田耕盡牛正閒 맡은 밭 다 갈고 난 한가한 소는
  且對東風弄橫笛 봄바람 맞으며 피리소리 듣고 있네

  疃 마당탄, 弄 희롱할롱, 官 맡을관

- **牛** | 洪性濤

  소

  鈴目重體兩角高 방울눈 무거운 몸에 양뿔은 높아
  能耕大野不吟勞 능히 큰 들판 갈고도 수고롭다 않네
  身成五彩攻齊跡 몸에 오색빛 둘러 齊나라 친 공훈 있는데
  今豈三時唊草皐 지금은 어찌 세 때 언덕 풀만 먹고 있느냐

  鈴 방울령, 唊 씹을담, 皐 언덕고

鷄 <닭>

- **金距花冠**

  금색 발톱 붉은 벼슬

- **靜憩鷄鳴午**

  조용히 쉬는데 한 낮에 닭이 우네

  [출전] 王安石의 詩句

- **黃鷄啄黍秋正肥**

  누런 닭이 기장을 쪼고 가을되니 살찌네

  [출전] 靑蓮 李白의 詩句

- **黃鷄啄處秋風早**

  누런 닭 모이 쪼는 곳에 가을바람 일찍 부네

  [출전] 馬存의 詩句

- **時有隣鷄來啄粟**

  이웃 닭 때때로 조를 쪼으러 모여든다

- **搏翼天時向斗牛**
  棲塒物態等沙鷗

  날개는 天時에 치고 북두를 향하고
  회에 길들인 모양은 갈매기와 같구나

  搏 두르릴박, 棲 쉴서

■ **雞** | 牧隱 李穡

　닭

　　生不山林在里閭　살아 산림에 있지 않고 마을 여염에 있어서
　　知時守義送居諸　때를 알아 의리 지켜 세월을 보내는구나
　　最憐風雨天沈黑　비바람에 하늘 컴컴해도 사랑스럽네
　　一刻何曾有欠餘　한 시각이라도 적거나 많게 틀린 적 어찌 있었나
　　閭 마을려, 憐 사랑할련, 欠 모자랄 흠
　　居諸(거저) : 시간의 흐름 세월을 말함

■ **夏日雜興** | 茶山 丁若鏞

　여름날의 흥취 : 병아리

　　雛雞學唱大憨生　햇병아리 울음 배워라 어리석은 그 소리
　　恰到天明始一鳴　하늘이 다 밝아서야 비로소 한 번 우는데
　　縱道喉嚨無曲折　어울리게 잘 울지 못한다고 말들 하지만
　　秋來自足繼家聲　가을에는 절로 넉넉히 가성을 잇겠네
　　憨 어리석을감, 嚨 목구멍롱

■ **鷄** | 壺山 朴文鎬

　닭

　　曉唱何如凡鳥哢　새벽에 울어 어이하여 뭇새들 조롱하고
　　令人不穩六更夢　사람들 새벽 꿈 편안치 못하게 하나
　　白是名標成五德　이로 인하여 오덕을 갖추었다는 이름이 붙었으니
　　不妨喚作家中鳳　집에 있는 봉황이라 지어 불러도 되겠네
　　曉 새벽효, 哢 새읊조릴롱, 穩 평온할온, 夢 잠몽, 喚 부를환

▪ **鷄鳴曲** | 汪遵(唐)

닭 우는 노래

金距花冠傍舍棲　금색 발톱에 붉은 벼슬하여 집 곁에서 살고
淸晨相叫一聲齊　이른 아침엔 한결같이 소리 맞춰 우네
開關自有憑生計　관문 열고 살아날 계책을 스스로 가져 있어
不必天明待汝啼　하늘 밝아 너 울기를 기다릴 필요 없었지
距 며느리발톱거, 晨 새벽신, 叫 부르짖을규, 齊 가지런할제
憑 의지할빙
憑生計(빙생계) : 전국시대 제(齊)나라 재상 전영(田嬰 :孟嘗君)이 식객
　　　　　　　삼천명을 길렀는데 제각기 특유의 재주를 가졌다. 훗날
　　　　　　　진(秦)나라에 죄를 지어 닭이 울어야 열리는 함곡관을
　　　　　　　빠져 나가려 할 때 식객 중 닭 울음을 잘하는 자가 있
　　　　　　　어 한밤중에 닭 울음을 울어 관문을 열게 하였다는 고
　　　　　　　사를 인용함.

▪ **詠鷄** | 白雲 李奎報

닭을 읊다

出海日猶遠　바다에 솟은 해 아직도 멀어
乾坤尙未明　온천지 오히려 밝지 않다
沈酣萬眼睡　술에 잠긴 눈의 졸음이
驚破一聲鳴　한 마디 울음에 놀라 깬다
索食呼雌共　먹이 찾으면 암놈 불러 함께 하고
誇雄遇敵爭　숫놈 자랑으로 적 만나면 싸운다
吾憐五德備　다섯 가지 덕이 갖추어 있음 사랑하니
莫與黍同烹　기장과 함께 삶지를 마소
五德(오덕) : 닭의 다섯 가지 덕은 文 武 勇 仁 信
鷄黍(계서) : 닭 잡아 반찬하고 기장으로 밥을 짓는다는 뜻으로 손님 대
　　　　　접한다는 말을 鷄黍라 한다.

- **子鷄** | 震澤 申光河

  병아리

  桑落生成者　뽕나무 떨어지는데 자라는 걸 보면
  聰明最可憐　총명하여 가장 사랑할 만하다.
  近人來恐懼　사람이 다가서면 두려워하여
  隨母去團圓　어미를 따라 무리지어 달아나네
  力小飛常後　힘 약한 놈은 날아 뒤따르고
  身輕食必先　몸 가벼워 먹을 때 반드시 앞장서네
  雄鳶西北盡　솔개가 서북쪽으로 사라지고 나면
  遊戲野籬前　돌 울타리 앞에서 즐거이 노닌다.
  桑 뽕나무상, 懼 두려워할구, 鳶 솔개연, 遊 놀유, 戲 희롱할희

- **鷄雛** | 壺山 朴文鎬

  병아리

  雄雌相混欲分難　암컷 수컷 서로 섞여 분간하기 어렵고
  總戴頭邊小粒冠　모두 다 머리에는 낱알만한 관을 썼네.
  飢色惱人齊仰喙　배고픈 빛 부리 들어 사람 고민케 해
  悲聲索母欲摧肝　슬픈 소리로 어미를 찾으니 애간장을 끊는 듯
  庭前芳草春心嫩　뜰 앞의 향기로운 풀 봄 마음에 부드럽고
  園上繁陰夏令闌　정원의 번성한 그늘 늦여름 알려지네
  一自離群能報曉　한번 무리가 흩어져 새벽을 알릴 때는
  滿塒風雨不知寒　둥우리에 비바람쳐도 추위를 알지 못하네.
  雌 암컷자, 雛 병아리추, 戴 일대, 粒 낱알립
  嫩 고울눈, 闌 늦을란, 塒 홰시

虎 <호랑이>

- 爾本深山物　너는 본래 깊은 산의 동물인데
  黃昏下野村　황혼녘에 마을로 내려오는구나

[출전]　崔正秀의 詩句

- 猛虎出深林　사나운 호랑이 깊은 숲에서 나와
  振其雄健心　그 웅건한 마음을 떨치는도다

[출전]　崔正秀의 詩句

- 長尾綏綏步　긴 꼬리에 편안한 걸음
  乘夜山上頂　밤을 틈타 산꼭대기에 오르네

- 嘯聲一振處　우는소리 한 번 떨치는 곳에
  獸群不得前　뭇 짐승들 감히 앞에 못 나서네

- 山中王者莫如虎
  大吼一聲百獸隱
  　산중의 왕자 호랑이 같음 없는데
  　크게 한번 우니 뭇 짐승들 숨더라

兎 〈토끼〉

· **兎舂千山雪**

　　토끼는 千山의 눈을 방아 찧네

· **玉兎含情月三更**

　　한 밤중에 토끼는 정을 머금네

· **足短耳長身**　발은 짧고 귀는 긴 몸인데

　性仁不害人　성품 어질고 사람 해롭게 않는다

· **黃筌子母兎** | 靑丘子 高啓(明)

　　통발의 어미새끼 토끼

　　　陽坡日暖眼迷離　해 따뜻한 양지언덕 눈 아른거리고

　　　芳草春眠對兩兒　풀밭에 두 새끼 마주하고 봄 잠자네

　　　誰道姮娥曾作伴　누가 항아 일찍이 짝했다고 말했나

　　　廣寒孤宿已多時　달나라에서 홀로 잠잘 때가 많았네

　　　筌 통발전

　　　姮娥(항아) : 원래는 예(羿)의 아내. 예가 서왕모에 청하여 얻은 불사약
　　　　　　을 훔쳐먹고 신선이 되어 달나라로 도망가 달의 요정이 되
　　　　　　었다 한다. 한나라 문제(文帝)의 이름자가 恒자이므로 姮을
　　　　　　嫦으로 고쳤음. 달의 별칭으로 쓰임.(姮娥)

犬 <개>

- **紫扉尨亂吠** 자주 사립문에 삽사리 개 짖어대고

  窓外白雲迷 창 밖엔 흰구름 미혹하네

    尨 삽살개방, 吠 짖을폐

- **題李迪畵犬** | 靑丘子 高啓(明)

  이적의 개 그림에 쓰다

    猧兒偏吠客　나그네만 보고 강아지 짖어대다가

    花下臥晴莎　꽃 아래 맑은 잔디에 누워 있네

    莫出東原獵　동쪽 들판 수렵할 때 나가지 마라

    春來兎乳多　봄이 오니 젖 먹는 토끼가 많으리라

    猧兒(와아) : 강아지

    莎 잔디사, 兎 토끼토

- **題犬** | 南湖 貢性之(元)

  개를 보고 쓰다

    深宮飽食恣猙獰　궁궐 깊은 곳에서 배불리 먹고 방자한 삽살개

    臥毯眠氈慣不驚　좋은 담요에 눕고자니 익숙하여 놀라지도 않는데

    却被卷簾人放出　도리어 사람에게 주렴 밖으로 내쫓김을 당하여

    宜男花下吠新晴　원추리꽃 밑에서 해를 보고 짖는다

    恣 방자할자, 猙 밉살스러울쟁, 獰 삽살개털영

    毯 담자리담, 氈 담자리전, 宜男花(의남화) : 원추리(忘憂草)

猫 <고양이>

- **題畵猫** | 四佳 徐居正

  고양이 그림에 쓰다

  > 畵當高處睡狸奴　그림으로 단장한 집 높은 곳에 잠든 고양이
  > 雲母屛前紫錦緂　운모의 병풍 앞에 채색 비단을 깔아 놓은 듯
  > 憶昔牧丹花下看　옛날 모란꽃 밑에서 볼 때 기억하니
  > 雙睛炯炯夜光珠　두 눈동자가 야광주같이 날카로왔네
  > 猫 고양이묘, 狸 들고양이리, 雲母(운모) : 엷은 판자 모양의 광물
  > 緂 비단유, 睛 눈동자정, 炯 빛날형

- **題畵猫** | 伯溫 劉基(明)

  고양이 그림에 쓰다

  > 碧眼烏圓食有魚　푸른 눈 검고 둥글어 고기를 얻어먹고
  > 仰看胡蝶坐階除　나비 우러러보고 계단에 앉아있네
  > 春風漾漾吹花影　봄바람 살랑살랑 그림자에 불어오니
  > 一任東郊鼠化鴽　동쪽 들 쥐는 메추라기로 보이는 듯
  > 烏 검을오, 漾 물출렁거릴양, 鴽 메추라기여

- **詰猫** | 後村 劉克莊(宋)

  고양이를 꾸짖다

  > 古人養客乏車魚　옛사람 나그네 대접에 한 수레 고기도 모자라는데
  > 今汝何功客不如　너는 지금 무슨 공로가 있어 나그네보다 나은가
  > 飯有溪魚眠有毯　고기로 반찬을 하고 담요 위에서 잠을 자면서도
  > 忍敎鼠齧案頭書　쥐들에게 상머리의 책을 씹게 하고 있나
  > 乏 옹색할핍, 毯 담자리담, 鼠 쥐서, 齧 깨물설

猿 <원숭이>

- **題畵猿** | 猿亭 崔壽峸

  원숭이 그림에 쓰다

  老猿失其群　늙은 원숭이가 그 무리를 잃고
  落日古查上　해질녘에 오랜 명자나무에 오른다
  兀坐首不回　오뚝이 앉아 머리도 돌리지 않나니
  想聞千峰響　천봉의 메아리를 듣는 것 같다

  兀坐(올좌) : 꼼짝 않고 앉아 있음. 響 소리향

鼯 <다람쥐>

- 園林秋栗自然開
  無數群鼯爭取來

  > 숲 속 가을밤 저절로 벌어져
  > 수많은 다람쥐 다투어 취하려 오는구나

[출전] 崔正秀의 詩句

昆蟲類〈벌레〉

蟋蟀 〈귀뚜라미, 促織〉

- **聞**蟋蟀 | 桐溪 鄭蘊

  귀뚜라미 소리를 듣고

通宵唧唧有何情	밤새도록 울어대니 무슨 정 있는지
喜得淸秋自發聲	맑은 가을이 즐거워서 스스로 소리내는가
微物亦能隨候動	하찮은 벌레도 능히 계절을 따라 움직이는데
愚儂還昧待時鳴	미련한 너는 어두울 때 기다려서 울고 있구나

  蟋 귀뚜라미실, 蟀 귀뚜라미솔, 宵 밤소
  唧 찍찍거릴직, 儂 그이농, 昧 어두울매

- **促織** | 子美 杜甫(唐)

  귀뚜라미

促織甚微細	귀뚜라미 지극히 작고 여린데
哀音何動人	슬픈 울음 얼마나 사람을 흔드나
草根吟不穩	풀숲에서 불안한 듯 울더니
牀下意相親	침상 아래에서 서로 친하게 보도다
久客得無淚	오랜 나그네 눈물 없인 못 들으니
故妻難及晨	버림받은 여인 새벽 못 기다리겠느냐
悲絲與急管	서글픈 거문고와 결정적인 피리소리
感激異天眞	감격스러움은 천진(天眞)스레 기이하네

  微 희미할미, 哀 슬플애, 穩 편안할온, 激 격할격
  故妻(고처) : 버림받은 아내
  悲絲(비사) : 슬픈 현악기의 소리
  天眞(천진) : 생긴 그대로의 것, 즉 귀뚜라미 소리

蜻蜓 <잠자리>

▪ 草影老蜻蜓

　　풀잎에 잠자리 힘없이 앉았네

[출전]　休貫의 詩句

▪ 兒捕蜻蜓翁補籬

　　아이는 고추잠자리 잡고 늙은이 울타리 손질하네

[출전]　梅月堂 金時習의 山行卽事

▪ 紫門日暖柳花影
　無數蜻蜓上下飛

　　문밖 날 따뜻한데 버들 그림자지고
　　무수한 잠자리 위아래로 날구나

[출전]　尹紀의 詩句

▪ 蜻蜓 | 石北 申光漢

　　잠자리

　　　山下柴門盡日開　산 아래 사립문 종일토록 열려있고
　　　蕪菁花發小庭隈　무꽃 작은 뜰 모퉁이에 만발하네
　　　蜻蜓到地旋飛去　잠자리는 땅에 내려왔다 다시 날아가버려
　　　直過西墻更却回　빠르게 서쪽 울을 넘었다 되돌아오네
　　　蕪 무무, 菁 무청, 隈 모퉁이외

蜂 〈벌〉

▪ 梢頭無數著飢蜂

가지 끝에 무수히 배고픈 벌들 붙었네

[출전] 茶山 丁若鏞 夏日田園雜興,

梢 나무끝초, 飢 배고플기

▪ 詠蜂 | 牧隱 李穡

벌을 읊다

山家酒熟午生香　산 집에 술이 익으니 낮에 향기 일어나고
最喜游蜂鼻孔長　노는 벌들 콧구멍 길어 가장 기쁘구나
且向石崖勤作蜜　또한 돌 언덕 향해 부지런히 꿀 만드는데
白頭騷客政枯腸　흰 머리 시인은 정히 창자가 말라 있단다

熟 익을숙, 鼻 코비, 崖 낭떠러지애, 騷客(소객) : 시인

▪ 蜂 | 嚴慶迪

벌

簾日飛還鬧　발에 햇살 비춰 날아다니니 또한 시끄럽고
園花坐故占　동산의 꽃에 일부러 차지하고 앉는다
芳香藏液蜜　꽃다운 향기는 꿀을 간직하였고
春色上鬚纖　봄 빛깔에 가는 수염 울린다
聚陣期無失　진을 모으면 때 잃을까 걱정하고
分衙令自嚴　힐 일 나누면 스스로 엄해진다
那將爾銳翅　어찌하여 너는 날카로운 날개 가졌으니
殲盡彼讒憸　저들의 헐뜯고 간사함을 모두 없애라

簾 발렴, 鬧 시끄러울뇨, 銳 날카로울예, 翅 날개시
聚陣(취진) : 진영(陣營)을 모음, 分衙(분아) : 벼슬아치를 나눔
讒憸 (참섬) : 헐뜯고 간사함

蝶 <나비>

- 紅花蝶舞頻

  붉은 꽃송이 위로 나비 춤춘다

- 花發深園蝶自來

  꽃핀 깊은 동산 나비 절로 날아오네

- 蝶過靑山難避花

  청산을 지나는 나비 꽃 피하기 어렵네

- 野花黃蝶領春風

  들 꽃에 누른 나비 봄바람이 맞이하네

- 滿園芳草蝶紛紛

  뜰 가득 고운 풀에 나비 춤추네

- 多情最是雙胡蝶

  다정한 한 쌍의 나비 춤추네

- 裛露濃花芳蝶舞

  이슬적신 꽃에 아름다운 나비 춤춘다

  [출전] 趙龜錫의 晚發鳳山夕後有雨

- 粉蝶如知合斷魂

  꽃 찾아 나는 나비 꽃보고 깜짝 놀라니라

[출전] 林逋의 山園小梅

- **新蝶** | 海叟 袁凱(明)

  새 나비

  怯露依芳蕙　이슬방울에 겁먹고 혜초에 의지하고
  驚風入繡幃　바람에 놀라 휘장 속에 들어오네
  莫將羅扇撲　장차 비단 부채에는 부딪치지 마소
  更待滿園飛　다시 뜰에 가득 날아다니길 기다리네
  蝶 들나비접, 怯 무서워할겁, 繡 수놓을수, 幃 휘장위, 撲 부딪칠박

- **詠蝶** | 牧隱 李穡

  나비를 읊다

  雪翅翩然箇箇同　하얀 날개 펄럭이며 하나하나 다 같으니
  弄芳成隊舞東風　떼 지어 꽃 희롱하며 봄바람에 춤춘다
  曾聞月下飛無數　일찍이 듣건대 달 아래에 수 없이 날아와서
  肯入吾家紙裏中　우리 집 종이 이불 속에 들려고 한다네

- **胡蝶二首** | 四佳 徐居正

  나비 두수

  其一

  榮花離落風更香　나물 꽃 떨어지니 바람 더욱 향기롭고
  胡蝶飛來飛去忙　나비는 날아왔다 날아가기 바쁘네
  採採行歌白紵衫　모시적삼 입고 나물 캐며 노래하는
  東家娘似西家娘　동녘집 아가씨 서녘집 아가씨 같네
  榮 나물채, 忙 바쁠망, 紵 모시저, 衫 적삼삼, 娘 아가씨낭

其二

瓢葉翩翩花雪白　박잎은 번득번득 꽃이 눈같이 흰데
胡蝶飛飛如自得　날고 나는 나비는 만족해하는데
兒童赤手促胡蝶　아이는 맨손으로 잡아보려고 하나
狂走籬東復籬北　동쪽 울타리 서쪽 울타리로 바삐 도망가네
瓢 박표, 翩 번득일번, 促 잡을촉, 狂 빠를광

• **蟻蝶圖** │ 山谷 黃庭堅(宋)

개미와 나비그림

胡蝶雙飛得意　한 쌍의 나비 득의양양 날다가
偶然畢命網羅　순식간에 거미줄에 걸려 생명을 마친다
群蟻爭收墜翼　개미떼는 떨어진 날개 다투어 가져가나
策勳歸去南柯　그 공로 남가(南柯)로 돌아갈 뿐이라
畢 마칠필, 網羅(망라) : 그물, 蟻 개미의, 墜 떨어질추

• **賦得菜花蛺蝶** │ 茶山 丁若鏞

장다리꽃에 나비를 읊다

舍下三畦菜　사랑채 아래 세 두둑 장다리밭
疏籬傍樹開　성근 울타리 나무 곁에 쳐 두었네
且看花欲靜　꽃을 보니 조용히 있으려 하건만
誰起蝶先來　누가 부추겨 나비를 오게 했는지
病翅猶全凍　병든 날개는 꽁꽁 얼어붙었어도
芳心獨未灰　꽃 탐하는 마음을 그래도 동하나봐
春風大有信　봄바람은 신의가 대단해서
海與爾同回　그대와 함께 바다에서 함께 돌아오지
畦 밭두둑휴, 翅 날개시, 灰 재회

蟬 <매미, 齊女>

- **蟬聲亂夕陽**

  매미소리 석양에 어지럽네

- **臨風聽暮蟬**

  바람맞으니 저물 때 매미소리 들리네

  [출전] 王維의 詩句

- **綠槐高處一蟬吟**

  푸른 홰나무 높은 곳 한 마리 매미 우네

  [출전] 東坡 蘇軾의 詩句

- **蟬集林逾靜**

  매미 모여들어도 숲은 더욱 고요하네

  [출전] 東皐子 王籍의 入若耶溪

- **柳含餘靄咽殘蟬**

  버들은 남은 노을 머금고 매미는 흐느껴 운다

  [출전] 伍喬의 晚秋同何秀才溪上

- **數家茅屋清溪上**

  千樹蟬聲落照中

  몇 간 띠집 푸른 시내위에 있는데

  숲속 매미 울고 해지고 있네

- **畵蟬** | 幼公 戴叔倫(唐)

  매미 그림

  飮露身何潔　이슬을 마시고 사니 몸이 청결하여
  吟風韻更長　풍월을 읊는데 여운이 더욱 길어라
  斜陽千萬樹　수많은 나무에 저녁 해 기우는데
  無處避螳螂　사마귀를 피할 곳을 찾지 못하네
  潔 맑을결, 螳螂(당랑) : 사마귀

- **蟬 伯施** | 虞世南(唐)

  매미

  垂緌飮淸露　관끈 드리우고 맑은 이슬 마시며
  流響出疎桐　우는 소리 성근 오동나무에서 나오네
  居高聲自遠　높은 곳에 앉아 아득히 울어댐은
  非是藉秋風　가을바람을 핑계함이 아니로다
  緌 관끈드리울유, 響 메아리향, 藉 핑계할자

- **聞蟬** | 復齋 鄭摠

  매미 소리를 듣다

  齊女淸高異衆虫　매미의 청렴 고결함이 뭇 벌레와는 달라
  生涯飮露與吟風　그의 생애는 이슬을 마시고 바람을 읊는다
  數聲嘒唳催時節　우는 소리 두어 곡조에 계절을 재촉하니
  斗覺新凉入院中　새로운 서늘함이 집안으로 들어옴 깨닫겠다
  齊女(제녀) : 매미의 딴 이름. 齊王의 王妃가 억울하게 죽어 그 시체가
  　　　　　　매미로 변하여 뜰의 나무에 올라가 울어 왕이 후회했다 하
  　　　　　　여 매미를 '齊女'라 한다.

- **蟬** | 惕若齋 金九容

  매미

  江村五月聽寒蟬　강 마을 오월에 싸늘한 매미소리 들려
  驚起舟中盡日眠　배 안에서 종일 졸다 놀라서 깬다
  自是異鄕多感慨　절로 타향에서 마음속 느끼는 바 많아
  元非節物使悽然　원래 계절의 사물도 아닌데 처연하게 하네
  　驚 놀랄경, 慨 슬플개

- **山中聞蟬** | 桐溪 鄭蘊

  산에서 매미소리 듣다

  其一

  隨處童童有綠陰　곳곳마다 왕성한 푸른 녹음 있는데
  如何深入峽中吟　어이하여 깊이 들어와 협곡에서 우는가
  應嫌塵世多喧擾　어지러운 세상 허다한 시끄러움이 싫어서
  來和幽人物外音　숨어사는 이와 세상 밖의 소리에 화답하노라
  　童童(동동) : 왕성한 모습. 峽 협곡협, 喧 시끄러울훤

  其二

  前身定是伯夷淸　이 세상에 나오기 전 백이 같은 청렴한 몸
  蛻却當年餓死形　올해 허물벗어보니 굶어죽는 모양이라
  羞向周天隨日影　주나라 따르는 것 부끄러워 해 그림자 따르고
  綠陰深處抱柯鳴　녹음 깊은 곳에 나뭇가지 껴안고 울고 있구나
  　蛻 매미허물세, 餓 굶주릴아, 羞 부끄러울수, 周天(주천) : 주나라 하늘

螢 <반딧불>

▪ 腐草爲螢

풀이 썩어 반딧불 됐네

▪ 秋燈如孤螢

가을 등불 외로운 반딧불 같네

[출전] 放翁 陸游의 詩句

▪ 螢飛夜堂靜

반딧불이 날고 밤에 집은 고요하네

[출전] 王守仁의 詩句

▪ 螢穿濕竹流星暗

반딧불 젖은 대에 날고 있는데 유성은 어둡네

[출전] 鐵崖 楊維禎의 詩句

▪ 詠螢火示情人 | 重規 李百藥(唐)

반딧불 시를 정인에게 보임

窓裏憐燈暗　창 안에 어두운 등불 가련한데
堦前畏月明　섬돌 앞 밝은 달을 멀리하네
不辭逢露濕　이슬에 젖는 일 마다하지 않고
祇爲重宵行　다만 깊은 밤에만 날아다니네

堦 섬돌계, 辭 사양할사, 畏 꺼릴외, 祇 다만지

▪ **詠螢** | 伯施 虞世南(唐)

반딧불을 읊다

的歷流光小　또렷하게 작은 불빛 흐르는데

飄颻弱翅輕　연약한 날개 가볍게 나부끼누나

恐畏無人識　알아주는 사람이 없어 두려워하여

獨自暗中明　외로이 홀로 어두운 곳을 밝히네

飄 나부낄표, 颻 나부낄요, 翅 날개시

蟻 <개미>

- **蟻** | 白雲 李奎報

  개미

  穴竅珠中度　구멍 있으면 구슬 구멍이라도 건너고
  隨輪磨上奔　바퀴 따라 맷돌 위도 바삐 내닫는다
  誰知槐樹下　누가 알리오 괴수나무 아래에
  別占一乾坤　별달리 한 세상을 마련해 놓은 것을
  竅 구멍규, 磨 갈마, 槐 회화나무괴
  槐樹下(괴수하) : 唐의 순우분(淳于棼)이 괴수나무 남쪽 가지 아래 누웠
  　　　　　　더니 꿈에 괴안국(槐安國)에 가서 왕의 딸을 취하여
  　　　　　　남가군(南柯郡)의 태수가 되어 영화를 잘 누리었는데
  　　　　　　깨어 보니 괴수나무 아래 큰 개미집이 있었다는 고사

- **蟻施蟲雙韻** | 白雲 李奎報

  개미가 벌레를 끌다

  微莫微於蟻　작기로야 개미보다 작은 것도 없지만
  曳蟲猶善走　벌레 끌고도 오히려 잘 달린다
  大小若等視　크고 작은 것을 대등한 것으로 본다면
  如虎制百獸　호랑이같이 온갖 짐승 제압하네
  曳 끌예, 獸 짐승수

蛙 〈개구리〉

▪ 蛙吠殘陽影

　　　개구리 울고 석양에 그림자지네

[출전] 林景熙의 詩句

▪ 蛙鳴靑草泊

　　　개구리 울고 푸른 숲에서 쉬네

[출전] 東坡 蘇軾의 詩句

▪ 靑草池塘處處蛙

　　　연못가 푸른 풀에 곳곳마다 개구리

[출전] 趙師秀의 詩句

▪ 小蛙一種靑於艾
跳上蕉梢效鵲啼

　　　청개구리 한 마리 푸른 무덤가에
　　　파초 위에 뛰어올라 까치처럼 울어댄다

[출전] 秋史 金正喜의 詩句

▪ 蛙 | 白雲 李奎報

　　　개구리

　　　　無怒亦無瞋　노여움도 없고 부릅뜸도 없이
　　　　皤然長逘腹　허옇게 늘 배를 내놓고 있다
　　　　兩部爾莫誇　노래 솜씨를 너는 자랑 말라
　　　　人將焚牡菊　사람들이 국화를 불사르리라

怒 노할노, 瞋 눈부릅뜰진, 皤 머리흴파, 迸 달아날병

兩部(양부) : 음악연주의 生部와 入部를 말함

焚牡菊(분두국) : 모란은 꽃 안피는 국화인데 이것을 불살라 물에 뿌리
면 용이나 자라가 죽는다 한다.

- **夏日雜興** | 茶山 丁若鏞

  여름날의 흥취

  綠色通身絶小蛙　푸른 색으로 몸을 둘러 아주 작은 개구리

  一生端正坐梅叉　일생을 단정히 매화가지에 앉았네

  非渠敢有居高願　제가 감히 높은 데 있길 바라서가 아니라

  剛怕雞腸活見埋　닭 창자 속에 산 채로 매장됨이 두려워서라

  叉 가장귀아, 願 원할원

- **蛙** | 乖厓 金守溫

  개구리

  窓前竭澤蓼花開　창 앞에 연못이 말라 여뀌꽃 피니

  不揀虫蛇象類多　벌레 뱀 가릴 것 없이 종류도 많구나

  蛙黽也知聲六律　개구리는 어찌 六律을 알아서

  一番高唱一番和　한 번 고음으로 부르니 한 번은 화답하네

  竭 다할갈, 蛇 뱀사, 蓼 여뀌료

- **蛙** | 荷屋 金左根

  개구리

  泳逐浮萍或躍地　부평초를 쫓아 헤엄치기도 혹은 땅에서 뛰며

  乍驚人跡上靑枝　사람 기척에 잠시 놀다 푸른 가지로 오르네

  花甎苔壁藏身在　꽃기와 이끼벽에 몸을 감추고 있다가

亂聒春宵欲雨時　봄 밤 비 오려고 할 때 시끄럽게 우네

蛙 개구리와, 萍 마름평, 乍 잠깐사, 甄 기와전, 聒 떠들썩할 괄

▪ 蛙鳴 | 牧隱 李穡

개구리 울음

蛙鳴靑芹田　개구리 푸른 미나리 밭에서 울고

雨暗聲更揚　비로 어두워지면 소리 더욱 거세다

高低合樂府　높낮이가 어울려 악보에 맞춘 듯하고

水底開笙簧　물 밑에선 피리 생황을 불어대는 듯

聲音與政通　소리와 가락은 정치와 상통하나

韶鈞今渺茫　우아한 악곡은 지금 아득하기만

天機偶爾動　하늘 기미 우연히 발동하여

自足思皇王　스스로 만족하여 큰 임금 생각하나

皇王旣遠矣　큰 임금은 이미 멀어졌으니

髣髴瞻餘光　남은 빛을 바라보는 것과 같네

芹 미나리근, 韶 아름다울소, 瞻 볼첨

皇王(황왕) : 옛날의 성왕. 皇은 크다는 뜻. 큰 황제.

▪ 閣閣井底蛙 | 復齋 鄭摠

우물밑에 우는 개구리

閣閣井底蛙　개골개골 우물 밑의 개구리

跳梁缺甃崖　난간에 뛰어오르고 우물 벽에 쉬었네

喜來鼓吹起　기쁨이 오면 북처럼 불려 일어나고

怒腹脹則已　노여우면 배를 팽창시키고야 만다

自誇坎井樂　스스로 우물 안의 즐거움 과장하되

科斗莫吾若　올챙이라 하더라도 나만 못하다 하네

灑灰無蟈氏　석회를 뿌려 괵씨의 일도 없는데

官私聒人耳　관가나 사가에서 귀를 시끄럽게 하네

甃 우물벽돌추, 脤 배부를창, 坎 구덩이감, 蟈 개구리괵

跳梁缺甃崖(도량결추애) : <莊子, 秋水> 편에 "너는 우물 안의 개구리를
　　　　　　　들어보지 못했느냐. 동행의 자라 보고 이르기를 '나는 즐
　　　　　　　겁도다. 우물 난간 위로 뛰어오르고, 우물벽 무너진 곳에
　　　　　　　서 쉬고, 물에 뛰어들면 겨드랑이에 접하고 턱을 버티고,
　　　　　　　진흙에 발꿈치만 빠지니, 장구벌레나 올챙이도 나만은 못
　　　　　　　하다'"라 함이 있다.

蟈氏(괵씨) : 고대에 개구리와 같은 동물을 제거하던 벼슬의 이름

魚甲類〈어갑류〉

蟹 <게, 郭郎>

- **紫蟹肥時晚稻香**

   자주 게 살찔 때 늦은 벼 향기롭네

[출전]　馬存의 詩句

- **魚類皆思從前去**

  爾何獨取橫步行

   물고기 모두 앞으로 나갈 것을 생각하는데

   너는 어이하여 홀로 횡으로 가느냐

- **詠蟹** | 間氣布衣 皮日休(唐)

   게를 읊다

   未有滄海早知名　　넓은 바다에는 일찍이 이름이 알려지지 않았고

   有骨還從肉上生　　뼈는 도리어 살갗 위에 붙어 있네

   莫道無心畏電雷　　번개 우레 두려워하지 않는다 이르지 마소

   海龍王處也橫行　　바다 용왕이 있는 곳에서 함부로 다니네

   蟹 게해, 滄 큰바다창, 橫 거스를횡

- **題蟹二首** | 伯溫 劉基(明)

   게 그림에 쓰다

   其一

   殼鬪犀函手鬪兵　　껍질은 굳은 갑옷과 손은 병기 들고 있는 듯

   沙堤潮落可橫行　　모래 언덕에 썰물이 되면 마음대로 돌아다닌다

   稻根香軟蘆根美　　벼뿌리 향기롭고 부드러워 갈대뿌리 맛나는데

   未覺江山酒興生　　강산에서 술홍취 일으킬 줄 깨닫지 못하지

殼 껍질각, 犀 무소서, 美 맛날미, 稻 벼도 蘆 갈대로

其二
擁劍橫行氣象豪　칼을 품고 가로로 가니 기상은 호탕하고
渾疑縑素是波濤　파도 속을 합사비단 위를 달리듯 하네
能令吻角流饞沫　딱딱한 입술에 탐스러운 거품을 줄줄 흘리나
莫向窓前咤老餐　창 앞에서 늙은이 맛있는 반찬 되지 마소
吻 입술문, 饞 탐할참, 沫 거품말, 餐 안주찬, 縑 합사비단겸

蝦 <새우>

▪ **詠紅大蝦** | 牧隱 李穡

붉은 새우를 읊다

受質非鱗介	바탕이 비늘도 조개도 아닌 것을 받아
憐渠出海隅	바다 모퉁이에 사는 것 사랑스럽네
銀朱如帶血	붉은 골무 모양은 붉어 피를 띤 듯하고
雪白自凝膚	눈처럼 희어 스스로 살갗에 엉켜있네
匣薄祇一扎	껍질 얇어 다만 한번에 열리고
鬚長知幾扶	수염 길어 몇 뼘인지 알겠나
曲躬交有禮	몸을 굽혀 있어 예절을 알고 있고
深味道爲腴	맛이 깊어 살결에 살찌웠네

蝦 새우하, 隅 모퉁이우, 銀朱(은주) : 골무 모양을 말함.

匣 궤갑, 扎 뽑을찰, 腴 보기좋게살찔유

石蝦 <가재>

▪ **石蝦** | 田艮齊

　　가재

　　　　負石穿沙自作家　돌을 지고 모래 뚫어서 스스로 집을 뚫고
　　　　進前退後足偏多　앞으로 나가고 뒤로 물러나는 데 발은 많네
　　　　寒泉一脉生涯足　찬 샘 한 줄기 생애 족하니
　　　　不願江水萬斛波　강물에 물결 많은 것 원하지 않네
　　　　穿 뚫을천, 斛 희곡(열말)

■ 參考 文獻

- 『東文選 12권』, 민족문화추진위원회, 1976
- 『韓國漢詩 3권』, 민음사, 1989
- 『漢詩의 理解』, 일지사, 1976
- 『唐詩』, 을유문화사, 2004
- 『梅月堂集』, 세종대왕기념사업회, 1980
- 『翰墨錦囊』, 다운샘, 1996
- 『古文眞寶』, 명문당, 2005
- 『안평대군에게 바친 詩』, 다운샘, 2004
- 『申紫霞詩集』, 이화출판사, 2005
- 『漢詩作法』, 명문당, 1979
- 『三韓詩龜鑑』, 이화출판사, 1998
- 『李太白악부시』, 사람과책, 1998
- 『杜甫』, 태종출판사, 1975
- 『陶淵明』, 태종출판사, 1975
- 『金克己 한시선』, 다운샘, 2003
- 『黃庭堅詩選』, 문일재, 2002
- 『王維詩選』, 문일재, 2002
- 『萬首唐人絶句 5권』, 서예계, 소화53
- 『韓國의 漢詩 40권』, 평민사, 1990
- 『韓國漢詩大觀 15권』, 이회, 1998
- 『서예를 위한 漢詩選』, 이화문고, 1999
- 『팔방미인 蘇東坡』, 신서원, 2005
- 『中國의 名詩』, 종로서적, 1980
- 『퇴계 이황의 매화시 연十』, 원광내학교, 2006
- 『墨場寶鑑』, 미술문화원, 1985
- 『靑丘風雅』, 다운샘, 2002

文人畫 畵題集 문인화 화제집

초판 발행 2008年 3月 1日
5판 발행 2019年 10月 10日

저 자 배 경 석

발행처 書藝文人畵 서예문인화

등록번호 제300-2001-138
주소 서울시 종로구 인사동길 12, 320호 (대일빌딩)
전화 02-732-7091~3 (도서 주문처)
　　　 02-738-9880 (본사)
FAX 02-725-5153
홈페이지 www.makebook.net

ISBN 978-89-8145-589-7

값 25,000원

※ 잘못 만들어진 책은 바꾸어 드립니다.

※ 본 책의 내용을 무단으로 복사 또는 복제할 경우, 저작권법의 제재를 받습니다.